늘푸른 소나무 3

김원일 소설전집 12

늘푸른 소나무 3

1판 1쇄 발행　│　2015년 8월 28일

지은이　│　김원일
펴낸이　│　정홍수
편집　│　김현숙 박지아
펴낸곳　│　(주)도서출판 강
출판등록　│　2000년 8월 9일(제2000-185호)

주소　│　서울시 마포구 동교로 17안길 21(우121-842)
전화　│　02-325-9566
팩시밀리　│　02-325-8486
전자우편　│　gangpub@hanmail.net

값 18,000원
ISBN 978-89-8218-204-4　04810
　　　978-89-8218-133-7(세트)

이 도서의 국립중앙도서관 출판시도서목록(CIP)은 서지정보유통지원시스템 홈페이지(http://seoji.nl.go.kr)와 국가자료공동목록시스템(http://www.nl.go.kr/kolisnet)에서 이용하실 수 있습니다.
(CIP제어번호: CIP2015021632)

김 원 일
소   설
전 12 집

김원일 장편소설

늘푸른 소나무 3

강

일러두기

1. 이 소설전집의 맞춤법 및 외래어 표기는 현행 맞춤법통일안에 따랐다.

2. 수록된 모든 작품은 최종적인 개고와 수정을 거쳤다.

3. 권별 장편소설 배열과 중단편소설집 배열은 발표 순서에 따르는 것을 원칙으로 하였으나, 여러 권짜리 소설 『늘푸른 소나무』와 『불의 제전』은 장편소설 끝자리에 배치하였고, 연작소설은 별도로 묶었다.

김 원 일
소 설
전 12 집

차 례

징정(徵丁)

1921년 11월 초순, 늘 그늘지고 퀴퀴한 냄새로 들어찬 음습한 감방은 환기통으로 찬바람이 밀려들어 수인들의 어깨를 옴츠러들게 했다. 밤이면 환기통을 통해 기러기 떼의 처량한 울음이 들려 추위와 고적감이 온몸을 저몄다.

열세 명이 기거하는 남2동 다섯 평 14호는 오전 열시면 감방이 한가로울 때였다. 외역수(外役囚)로 채석장에 출역 나간 자가 넷, 외소반(外掃班) 출역자가 둘, 나머지 일곱 수인은 어망 뜨기로 무료한 시간을 죽였다. 병이 있는 자, 나이 든 자, 몸이 불편한 자들이 남아 그 일을 했다. 행형 당국은 수인을 놀리지 않고 일감을 맡겨 일정한 작업량을 마쳐야 배식을 허락했다.

발소리가 들리더니 14호 감방 앞에서 멎었다.

"일공이이, 나와." 간수가 시찰구를 들여다보며 말했다.

"석선생, 좋은 일 있나봐요." 절도범 한씨가 싱긋 웃었다.

석주율 전력이 서당 훈장, 기미년 만세사건 주동자란 이력으로 남2동 수인들이 그를 존경해 선생이란 호칭을 썼다.

"누이나 색시 면회면 목구멍 한번 호강하겠수다." 아편 밀매범 박노인이 그물코를 뜨며 좋아했다.

"면회가 아무 날이나 됩니까. 다른 일이겠지요."

간수가 감방 문을 열자, 석주율이 복도로 나섰다. 병감(炳監) 생활을 끝낸 지 달포, 그쪽에서 호출할 리 없을 텐데 무슨 일인지 그는 알 수 없었다. 햇살 잔잔한 환한 바깥으로 나오자 눈이 부셨다. 뜰 가장자리 잡초는 시들었고, 수양버들 줄기도 잎을 지웠다. 흙먼지가 뿌옇게 일었다. 선화가 차입해준 누비 속옷을 입었건만 그는 한기를 느꼈다. 간수는 석주율을 작업과 건물과 나란히 있는 계호실로 데리고 갔다. 계호실에는 붉은 수의를 입은 서른 명 정도가 모여 웅성거렸고, 다른 간수가 계속 수인을 데리고 들어왔다.

"어디로 출역 가는 걸까? 새로 개설된 작업장 소식 들었어?" "젊은 축만 모은데다 신참이 없는 걸 보니 울력이 틀림없어. 채석장 아닐까?" "육체 노동 시키려면 삼시 세끼 배는 채워주겠지." 옹기종기 모인 젊은 수인들이 집합시킨 영문을 몰라 쑤군거리는 말이었다.

석주율은 스승을 찾았으나 보이지 않았다. 스승님은 병감에 들기 전 한창 더울 때 세탁실에서 만난 뒤 여태 뵙지 못했다. 그는 스승께 간도로 들어갔다 왔다는 말은 하지 않았다. 1년 7개월을 숨어 지내다 실형을 살기로 작정해 자수했다고 말했다. 어느 때보다 핼쑥한 얼굴에 초췌한 스승은 아무 말이 없었다. 박상진 선생이 마지막으로 수감되었던 대구감옥에서 처형당했다는 소식을 알려도 알고 있는지 표정만 무거울 뿐 입을 열지 않았다. 1분 정도 짧은 사이, 스승은 헤어질 때 한마디를 불쑥 던졌다. "난 탈출할 걸세." 주율이 말뜻을 깨우치기 전 스승은 대열에 섞여 떠났다. 스승께서 3년 6개월 선고를 받았으니 잔여 형기를 1년여 남겨 자기보다 먼저 석방될 텐데 탈옥을 꿈꾸다니. 그는 스승 심중을 헤아릴 수 없었다. 감옥 생활을 배겨내기가 힘든 탓일까. 아니면, 탈출할 만큼 바깥일에 긴급한 상황이 생긴 걸까. 그로서는 모를 일이었다.

석주율은 스승에게는 물론 감옥으로 들어온 뒤 어느 누구에게도 자신이 북간도 청산리 지방 독립군 전투에 참가했다고 말한 적이 없었다. 적군 총에 자신이 죽게 될 다급한 위기에 처해 엉겁결에 쏜 총이지만 사람을 죽인 죄인이란 괴로움을 그는 떨쳐내지 못하고 있었다. 얼따오고우 천수동을 떠난 지 1년이 지난 이제야 앳되어 보이던 안경 긴 그 일본군 환영만은 겨우 잠재웠지만, 하루 한 차례 그의 명복을 빌고 있기는 지금도 마찬가지였다. 자고 난 뒤 눈을 뜨면 그를 병대에 보내놓고 늘 평안을 기원했을 그 가족에게 사죄를 비는 묵념을 올려왔다.

한편, 석주율은 북간도 용정에서 군자금 모금차 부산까지 내려왔다 피체되어 감옥에 들어온 독립운동원을 통해 북로군정서의 천수동전투 이후 소식도 전해 들을 수 있었다. 북로군정서가 불효 시간 이전 천수동전투를 종결지은 그날, 숨돌릴 틈 없게 어랑촌에서 대전투가 또 벌어졌다는 것이다. 이웃 어랑촌에 일본군 기병연

대사령부가 주둔해 있음을 탐지한 북로군정서는 적을 앉아서 기다리기보다 기선을 제압해 유리한 고지를 확보하고자 어랑촌 서남단 고지를 선점했고, 곧 전투가 벌어졌다. 북로군정서는 백운평과 천수동의 연 이틀에 걸친 전투로 기력이 쇠해 궁지에 몰렸을 때, 홍범도 부대의 측면 지원으로 대승첩을 올렸는데, 적 사살만도 3백여에 달했다 한다. 북로군정서는 22일 어랑촌전투에 이어 이튿날 맹개골전투, 만기구전투, 쉬구전투에서 잇따라 적을 섬멸했고, 24일과 25일에는 천보산 남쪽 기슭에서 홍범도 부대와 연합해 다시 적 1개 중대를 습격했다는 것이다. 그날 밤에는 고하동 골짜기에서 야습을 감행한 150여 일본군을 섬멸함으로써 얼따오고우와 쌴따오고우로 출정한 일본군 동지대에 일대 타격을 주었다 한다. 이어, 독립군대들은 전투를 더 벌이지 않고 서백리아 삭풍과 눈보라를 헤쳐 밀산 쪽으로 대이동을 감행했으니, 일본군이 독립군을 추적한다는 핑계로 얼따오고우와 쌴따오고우 일대의 조선인 부락을 닥치는 대로 습격해 갖은 만행을 자행했기에 그 피해를 줄이려는 목적과 병력 재집결을 시도하기 위해서였다는 것이다.

인원이 쉰 명쯤 채워지자 간수장전(看守長殿)과 납작모 쓰고 당코바지 입은 자가 지휘봉을 들고 계호실로 들어왔다.

간수 여럿이 수인을 정렬시켰다.

옷을 벗으라는 간수장전 노무라 말에 수인들은 수의를 벗었다. 속옷을 벗고 나자 사루마타(잠방이)까지 벗으라고 해 그걸 입은 자도 벗자, 모두 알몸이 되었다. 내남없이 추위로 떨었다. 여기저기 몸 긁는 소리가 났다. 가을 들고부터 감방마다 이가 창궐하여 수인은 이떼와 공생해 석주율이 옷을 벗을 때도 마룻바닥에 이가 싸라기같이 떨어졌다.

노무라와 납작모 쓴 자가 책상 뒤 의자에 앉았다. 노무라가 서류철을 책상에 펼쳐놓았다.

"모두 제자리 앉아. 노무라 장전께서 호명하는 자는 앞으로 나와 이름과 나이, 징역 개월 수, 남은 형기, 죄목, 질병 유무를 말하도록." 조선인 간수가 수인들에게 말했다.

수인들이 마룻바닥에 엉덩이를 들고 앉아 손가락셈으로 이름, 나이, 형기, 죄목, 질병 유무의 순서를 외웠다. 순서가 바뀌거나 잘못 말했다간 몽둥이질 당할지 몰랐다.

"구사이." 노무라가 개인 신상명세서를 들고 호명했다.

"이한돌. 스물둘에, 상해죄, 에도. 징역은 삼 년에 남은 형기는 일 년 반, 아픈 데 없습니다." 942의 대답이었다. 양쪽 허벅지에 옴 나은 자리 살색이 꺼멓게 죽어 있었다.

간수 명령에 따라 942는 허리 굽혀 무릎 꺾기, 팔 흔들기, 목 돌리기, 손가락 폈다 오므리기 따위의 기본동작을 했다. 저쪽에 가서 옷 입고 서라고 노무라가 말했다. 노무라는 납작모와 942를 두고 저희 말로 몇 마디 의견을 나누곤, 다른 수인을 불러냈다.

노무라와 납작모는 수인들 신체를 검사하곤 왼쪽과 오른쪽으로 나누어 분류해나갔다. 무슨 일로 죄수를 차출하는지 모르지만 한쪽은 합격이요 한쪽은 실격이 분명했다. 몸이 왜소한 자, 거동이 불편하거나 손가락이 자유롭지 못한 자가 왼쪽 줄에 서자, 수인들은 합격자와 실격자를 알게 되었다.

"일공이이." 노무라가 석주율을 호명했다.

"석주율. 이 년 사개월 선고에 남은 형기 일 년 사개월, 치안유지법 위반, 질병은 없습니다." 석주율은 늑막염을 앓고 난 뒤였으나 지금은 아픈 데가 없었다. 그는 간수 명령에 따라 간단한 맨손체조를 했다. 병후라 그의 몸은 다른 죄수와 달리 유난히 말랐고 여러 차례 고문으로 몸 곳곳에 흉터가 남아 있었다.

"로쿠마쿠엔(늑막염)?" 노무라와 의견을 교환하던 납작모가 묻자, 노무라가 머리를 끄덕였다.

석주율은 왼쪽 줄로 보내다. 실격이었다. 그가 너무 여위었기에 다른 수인들 역시 당연한 판정이라 여겼다.

올 2월 중순에 남2동으로 이감된 뒤, 석주율은 두 달 만에 병을 얻었다. 숨쉬기가 힘들고 얼굴이 창백해졌다. 소변량도 줄고 하루 두 끼 식사나마 식욕이 없었다. 기운이 없었고 진땀이 났다. 의무과로 보내져 진찰을 받은 결과 늑막염이었다. 그는 석 달을 병감에서 보냈는데, 날마다 먹게 된 사식이 아니었다면 아직 병감 신세를 지거나 사망했을는지 몰랐다.

작년 10월 하순, 북간도 얼따오고우 천수동전투를 마지막으로 북로군정서를 이탈한 뒤, 석주율은 곧장 얼두정 뜸마을 오달평 씨를 찾아갔다. 그때 그는 제정신이 아니었다. 자신이 끝내 사람을 죽였다는 자책감으로 넋이 나간 상태에서 길도 없는 숲을 헤치고 야산을 넘었으며, 어디를 어떻게 거쳐 얼두정에 도착했는지 꿈에서 깨어난 느낌이었다. "내가 사람을 죽였다오!" 해가 기울 무렵, 고샅길에서 땔감을 지게에 지고 오던 장불이를 만났을 때 석주율이 뱉은 첫말이었다. "어디서 누구를 죽였단 말입니까? 그러잖아도 독립군부대와 왜군이 전투 중이라는 소문을 들었다오. 왜군이 조선인 마을을 급습해 닥치는 대로 동포를 죽이고 불지른다던데……" "청산리전투에 참가했다가 왜군을 죽였소! 장형, 결국 나도 사람을 죽였다오." 장불이는 군복 차림의 석주율 얼이 반쯤 빠졌음을 눈치챘다. 그를 부축해 집으로 들어갔다. 그날 밤, 석주율은 잠자리에 들어서도 악몽에 시달리며 헛소리를 내질렀다. 석주율이 북로군정서를 떠났음을 뒤늦게 알고 정심네가 얼두정 오씨네 집으로 찾아오기는 이틀 뒤였다. 그때까지도 주율은 자신이 죽인 일본군 환영을 떨치지 못해 손 재어놓고 멍해져 있던 상태였다. "선생님이 죽인 일본군이 어디 그 사람뿐입니까. 산을 이룬 시체더미를 봤잖아요. 그들이 조선인 마을을 들이쳐 저지른 만행을 생각해보세요. 저도 여기로 오며 봤지만, 복수한다고 무고한 양민을 얼마나 학살했습니까." 정심네가 여러 말로 구슬리고, 민족의식이 남다른 고씨가 석주율의 여린 마음을 위로했다. 사흘 만에 정신을 수습한 석주율은 곧 얼두정을 떠나 환고향하기로 했다. 그는 오씨, 장씨, 탁씨, 고씨네가 추렴해준 양식감을 등짐 지고 정심네와 함께 백두산 정상 어름께로 길을 잡았다. 그들이 가는 길목의 조선인 마을은 노인들만 지킬 뿐 장정과 아녀자는 집을 비웠다. 일본군이 들이닥치면 살아남기 힘들다 해서 양식 지고 마을을 잠시 떠나 후미진 산채나 더 깊은 숲으로 숨어버린 탓이었다. 석주율과 정심네가 울산군 범서면 구영리 갓골에 도착하기는 11월 중순을 넘겨서였다. 석주율은 글방 문을 열고 다시 생도를 모아 고

군분투하던 이희덕과 무학산 아래 농막 식구와 눈물 어린 재회를 했다. 무학산 중턱 선산에 묻힌 함명돈 숙장 묘를 참례했고, 박상진 선생께서 지난 8월 11일 대구감옥에서 처형당해 순국했다는 소식도 들었다. 박상진 선생 처형 소식이 전해지자 대구 근동 유림과 백성은 물론 칠곡군 장사직 소작인들이 감옥 앞에서 방성통곡했으며, 시신을 운구할 때 많은 조문객이 뒤를 따라 대구에서 영천으로 가는 한길을 하얗게 덮었다 했다. 박상진 시신은 경주 녹동리 별택까지 오지 못하고 경주 내남 땅 동운산 기슭에 묻혔다. 석주율은 야밤에 고하골로 들어가 부모님을 뵙고, 누님이 준 무명두 필을 엄마 앞에 내놓았다. 자리보전해 누운 너르네가 북지에서 보내온 맏딸 무명필을 받아 가슴에 얹었더니 하염없이 눈물만 흘렸다. 석주율이 범서주재소에 제 발로 걸어가서 자수하기는 귀향한 뒤 이레째 되는 날이었다. 그는 그때까지 살인자로서의 번민에 시달렸으므로, 기미년 만세사건 이후 곧장 만주로 들어가 독립군 부대원으로 복무했음을 주재소에 고지할 마음이었다. 그러나 이희덕, 정심네, 박장쾌가, 선생님이 그렇게 실토하겠다는 마음은 이해하지만 만약 사실대로 밝힌다면 형량이 몇 배 높아지고 어쩌면 사형선고를 받게 될지 모른다고 간곡하게 조언했다. 얼두정에서 얼이 반쯤 빠진 석주율을 목격했던 터라 정심네는 사생결단하듯 석주율 의견을 말렸다. 석주율도 더 만용을 부릴 수 없어 그들 뜻을 받아들여 간도로 들어갔던 일을 숨기기로 했다. 간도 지방에서 일본군이 불령선인 무장단체를 대대적으로 섬멸한다는 기사가 신문마다 대서특필되고 있을 즈음이었다. 일본군 토벌에 쫓긴 독립군부대들이 백두산록을 떠나 아라사와 만주 국경지역인 북쪽 수천 리 밖 밀산으로 이동했다는 기사까지 특파원 보고로 보도되고 있었다. 그래서 석주율은 범서주재소에서 언양장 만세시위 때 총상을 입고 스무 날 동안 동운사 위 빈 암자에 숨어 지내다 무작정 북으로 떠나 함경도 갑산 노의원 집에서 머슴살이를 하다 추수로 새경을 받자 갓골로 돌아왔다고 말했다. 닷새 뒤, 그는 울산경찰서로 넘겨져 기미년 언양장 만세사건 경위를 두고 다시 조사를 받았다. 부산재판소로 송치되기는 12월 초순, 그는 누적된 전과 기록에 따라 2년 4개월 실형선고를 받았다. 감옥 생활을 시작하고 석 달 뒤부터 면회가 허락되었다. 정심네, 이희덕, 선화, 백운이 번갈아 면회를 다녀가고, 부리아범도 두 차례 면회를 왔다. 지난 2월, 선화는 주율이 늑막염으로 병감에 입원한 사실을 알자, 백운을 통해 병감 조선인 간수를 매수해 약제와 사식을 넣기 시작했다. 폐병이나 늑막염은 잘 먹는 게 우선이어서 사식은 주로 개장국을 들여보냈다. 병감에서 쉬며 환약과 육식으로 정양하자 석주율은 차츰 병에서 회복되었다. 3개월이란 날수를 병감에서 보내게 된 것도 선화와 백운 덕분이었다.

오십여 명의 신체검사가 끝나자 합격자가 서른여섯, 실격자는 스물이 못 되었다. 무슨 일이든, 그 일이 아무리 힘든 고역이라도 합격자로 뽑히면 기가 살았으나 실격되면 나락에라도 떨어진 듯한 기분을 어쩔 수 없었다. 열여덟 명 실격자는 따라지 인생들이 모인 감옥에서조차 낙방되니 낯짝이 어두웠다. 그도 그럴 것이 외역수로 뽑히지 못한 자들 가운데에서 선발하는 데마저 탈락된 탓이었다.

석주율 역시 외역수에 뽑혔으면 했다. 몸은 여위었으나 식욕만큼 힘이 솟았고 하루 종일 감방에 앉아 그물 뜨기로 배겨내기에는 온몸이 쑤셨다. 책이 있다면 수양에 도움이 되겠으나 책 반입이 허락되지 않았고, 이번은 왠지 선교사도 찾아오지 않았다. 일본 승려 교해사(敎海師)만 두 차례 다녀가며, 죄짓지 말라고 설법했을 따름이었다. 성경책이나 불경책을 넣어달라고 간수에게 부탁했으나 허가가 떨어지지 않았다. 그렇다고 참선에 임해도 정신 일도가 되지 않았다. 눈을 감고 머릿속을 비우면 먼저 떠오르는 얼굴이 자기 총에 사살된 일본 병사였다. 화염에 반사된 안경알의 번쩍임이 전기고문처럼 뇌수를 지졌다. 한편, 병이 회복기에 든 탓인지 어느 때보다 식욕이 동했다. 늑막염에 들기 전에는 바깥세상에서도 그랬듯 하루 두 끼 식사에 임해 점심 끼니는 다른 수인에게 넘겨주었으나 병감에서 일반 감방으로 돌아온 뒤로 참을 수 없는 식욕으로 콩밥이나마 세끼를 먹고 있었다. 당신은 열심히 먹지 않으면 병이 재발되고 그러면 그때는 백약이 무효요, 하던 의사 말 또한 일조가 되었다. 살아 바깥세상으로 나가 농민운동에 헌신하겠다는 일념으로 잠자는 시간 이외 늘 정신을 연마했던 것이다.

납작모가 서른여섯 명 합격자를 셈하더니 노무라에게, 네 명을 더 채워야 한다고 말했다. 실격자 중에서 넷을 다시 차출하게 되자, 열여덟 명 실격자들은 눈치로 그 결정을 알아차렸다.

노무라가 엉거주춤 일어서는 실격자들에게 앉으라고 말하곤 실격자 개인 신상명세서를 들췄다. 실격자 중 여러 수인을 세웠다 앉혔다 하던 끝에, 납작모와 의견일치를 보아 셋을 추가로 뽑았다.

"교육을 받았다 했잖소. 저치를 뽑읍시다." 납작모가 일본말로 말하며 지휘봉으로 석주율을 가리켰다.

"저 몸으로야 어디…… 더욱이 국사범으로 재범이오."

"아무리 다루기 힘든 놈도 우리 손에 넘어오면 순해지지. 교화소치곤 우리만한 데가 없소. 글줄 아는 자니 쓰임새가 있어요. 국어도 해독한다지 않았소?"

"일공이이, 나와." 노무라가 석주율을 불러냈다.

간수는 수인들에게 옷을 입게 해 실격자는 감방으로 호송하자 합격자만 남았다.

"내 이름은 시노다 세이지로우다." 납작모의 일본말을 조선인 간수가 통변했다. "이제 너희들은 나와 함께 산림 속에서 생활하게 될 것이다. 사회적 평화와 안녕을 파괴한 범법자인 너희들에겐 큰 행운이며, 황은(皇恩)에 감사해야 할 것이다. 출발은 일주일 후니 그동안 건강하기 바란다."

노무라와 시노다가 계호실을 떠났다. 합격자들은 옷을 입으며, 어떤 일을 하러 어디로 가게 될까를 두고 의견이 분분했다. 나이 젊고 남은 형기가 1년 이상인 수인을 선발했기에 장기 외역이 될 것임을 짐작할 뿐이었다.

"당분간 감방에서 풀려나게 될 테니 기분은 좋군." "채석장 아니면 탄광일걸. 고생길 훤한데 엄동을 어이 날꼬." "숲속 생활이니 화목은 많겠지. 설마 불 쬐는 데도 인색하려구. 배곯지 않을 만큼은 대접할걸." "태백산이나 조만(朝滿) 접경지가 아닐까. 거기 나무가 울창하잖아."

그런 객담이 오고 갈 때야 석주율은 두만강변 혜산진에서 보천을 거쳐 통천으로 오르던 길에서 보았던 벌목 운반꾼들이 떠올랐다. 살을 겨우 가린 남루한 입성에 껑더리된 마른 몸들이었다. 짚신도 신지 않은 떼거지 꼴로 통나무를 운반하던 조선인 목도꾼 모습을 보자 눈물이 돌던 기억이 생생했다. 그때도 시노다처럼 당코바지 입은 일본인 감독관이 채찍을 휘두르며 목도꾼을 독려했다. 함께 간도로 들어가던 장불이가, 벌목꾼 중 국사범 죄수도 많다고 말했다. 그 기억을 되살리자 이번 합격자가 벌목 노역에 충당됨이 짐작되었다. 회복기에 접어든 늑막염이 재발하지 않을까 염려될 뿐, 벌목 노동이 짐승만 못한 생활일지라도 대자연 품에서 일하게 되었음을 그는 감사해했다. 죽고 삶이 자신의 뜻이 아니고 하늘의 뜻일진대, 내일 일은 내일에 맡기는 도리밖에 없었다. 사람은 병(病)으로 죽지 않고 명(命)으로 죽는다고 표충사 의중당 각공이 했던 말도 있었다.

석주율이 감방으로 돌아오자 동료 수인들이, 면회 다녀오며 왜 빈손이냐고 물었다.

"이제 여러 벗님과 헤어질 때가 온 모양입니다. 외역반에 뽑혔는데, 일주일 뒤 여기를 떠납니다."

"석선생, 어디로, 무슨 일을 나갑니까?" 창녕 출신 948이 물었다. 석주율 나이 또래로 형기를 다섯 달 남겨두고 있었다.

"장소는 모르나 짐작건데 산판 벌목 일 같군요."

"선생께서 떠나면 섭섭해서 어쩌지. 두 달 동안 좋은 말씀으로 배운 바 많았는데." 박노인 말에 나머지 수인들도 석별의 아쉬움을 한마디씩 했다. 아직 몸도 성치 않은데 힘든 노역을 어찌 감당하겠느냐며 자기 일처럼 걱정해주었다. 고생을 함께 겪는 감옥이기에 정만은 바깥세상보다 도타웠다.

그로부터 닷새 뒤 아침, 석주율만이 감방에서 불려 나가 이발과 목욕을 했다. 그곳에서 만난 자들은 장기 외역반으로 뽑힌 마흔 명이었다. 떠날 때를 앞두고 이렇게 때 빼고 광 내게 되었다며 모두 즐거워했다.

"오후에는 면회도 있을걸. 면회대장에 올라 있는 가족에게 통기했나봐. 여태 한 번도 면회 오지 않은 자야 할 수 없지만." 이발소 앞에 줄 섰던 수인이 알은체 말했다.

"우리가 어디로 가는지 아직 모르지요?"

한 수인이 물었으나 선뜻 대답하는 사람이 없었다.

"어쩌면 바다 건너 화태라는 곳에 갈는지 모르오." 구레나룻 자국이 시커먼 서른 중반 사내가 말했다.

"화태가 어딘데요?"

"일본 본토 위쪽에 북해도란 큰 섬이 있고, 그 위가 화태라오. 아주 추운 지방이랍디다. 일본이 아리사와 전쟁에 이겨 양도받은 땅인데, 나무가 무진장이고 광물이 많아 벌목과 탄광에 조선인 노무자가 동원된다는 말을 들었소."

"배 타고 가면 몇 시간 걸려요?"

"몇 시간이 뭐요. 밤낮으로 몇날 며칠 간다던데."

"만주 땅만큼 춥소?"

"만주보다 더 추울걸."

"고향으로 아주 못 돌아오는 게 아닐까요?"

"그건 알 수 없지요."

여러 사람이 물었으나 대화가 이어지지 않았다. 모두 울가망한 표정으로 화태라는 춥고 낯선 땅을 머릿속에 그렸다. 만주보다 더 추운 땅, 그곳에서 나무 베거나 곡괭이질한다? 짐승처럼 노역한다면 겨울은 닥치는데 봄까지라도 배겨낼 수 있을까. 그 땅에서 죽는다면 진짜 무주고혼 신세 아닌가. 그들은 그런 불길한 예감으로 주눅들었다.

"설마 그런 데로 보내겠어. 우리보다 먼저 외역 나간 팔팔한 친구를 보내고 다음 차례라면 모를까. 우린 비실비실한 치들 아냐. 병자도 있구." 멀대키 사내가 말했다.

그 말에 엔간히 위안이 되는지 구겨진 상판들이 펴졌다. 감옥에서는 풍문에 의지하다 보니 이 말에 솔깃했다. 저 말을 하면 그 말에 솔깃해지는데, 바깥세상보다 귀가 엷었다.

아니나 다를까, 오후에 면회가 있었다. 석주율도 호명되어 면회장으로 나갔다. 주율이 예상한 대로 백운과 선화였다. 검정 옷을 받쳐입어 선화의 박 속 같은 얼굴이 더욱 돋보였다. 그녀 나이 이제 스물여섯이었다.

"어제 아침에 통기가 와서 언양 부모님과 갓골에는 미처 연락드리지 못했습니다. 갑작스런 면회라, 무슨 사연이 있어요?" 선화가 물었다.

"외역에 뽑혀 감옥을 떠나게 됐어. 마흔 명인데, 어디 심산유곡 산판 벌목에 동원되는 것 같기도 하고⋯⋯"

"건강은 괜찮아요?"

"여기 있기보다 노동함이 마음으론 편한 것 같아."

"석선생, 아직 형기가 일 년 남았으니 몸조심하구려. 그곳에서 인편에라도 서찰을 전할 수 있다면 피봉에 성내군 읍내 동장대 아랫말 '현현역술소'로 적으면 됩니다. 제가 한번 찾아 나서리다. 모쪼록 이번 난관을 잘 이겨야 하오. 석형 괘를 보니 구(口)가 나왔소. 이는 흉괘(兇卦)라 과거 절에서 그랬듯, 조신하여 정도(正道)로 나가시오. 그러면 곤란을 극복하리다." 백운이 말했다.

"지난 추석 넘겨 언양엘 다녀왔어요. 울산 땅 떠난 지 아홉 해 만에 처음 환고향했답니다." 말하는 선화 얼굴에 화기가 감돌았다.

"부모님이며, 학산리 사람들이 반겼겠구나." 석주율은 자신이 두번째 부산감옥에 수감되고부터 면회 오기 시작한 둘의 차림이 몇 년 전보다 멀쑥해져, 입살이 걱정은 면했겠거니 여겨 금의환향했겠구나 싶었다. 그 점은 병감에 있을 때 간병수 하라의, "석상 누이가 장님이지만 돈을 잘 버는 점쟁이라, 내 운세도 잘 맞힙디다" 하던 말로도 짐작할 수 있었다.

"추석에 복례가 친정을 다녀오며 역술소에 들러 하는 말이, 어머님 해수병이 더 나빠져 대소변을 받아낼 정도라고요. 저 한번 보기가 마지막 소원이라기에 걸음했지요. 이틀을 고하골에 머물며 큰오라버님 식구도 뵙고 왔습니다."

"제가 선화를 데리고 다녀왔지요. 처음엔 선화가, 아직 환고향

때가 이르다며 나서지 않겠다 했으나, 부모님 생전에 소원을 못 풀어드리면 평생 후회하게 된다며 내가 우겼지요. 역을 몰랐을 때는 몰라 그렇다지만 알고 난 뒤 미욱한 짓을 자초해서야 되겠소. 또한 역술소를 성내로 옮긴 후 선화를 보러 오는 손이 많아 입신 초입에 들었다 볼 수 있으니, 환고향할 때도 됐지요." 백운이 말했다.

"선화가 그렇게 신수를 잘 맞힙니까?"

"선화한테는 눈뜬 자가 가질 수 없는, 뭐랄까, 신통력이랄까 신비한 능력이 있어요. 이를 영험이라 말할 수밖에 없지요. 석선생, 세상 일이 그렇잖아요. 소문이 나면 한 사람이 두 사람을 데려오고, 두 사람이 네 사람을 데려오지요."

"선생님이 괜한 말씀 하십니다. 역풀이는 선생님이 하시고 저는 그저 괘를 읊조릴 뿐이지요. 사람들이 누구나 모자라는 점이 있으면 그 모자람을 채우고 싶어하고, 탐심이나 욕망은 채워 넘쳐도 더 담고 싶어하기에, 저는 빈 독에 물을 채우려 할 때 그 손에 표주박을 들려주는 말만 해준답니다."

"선화는 이제 명이괘(明夷掛)에서 벗어나 환(渙)의 괘로 접어들었습니다. 바람이 티끌을 쓸어내듯, 갇혔던 새가 그물을 벗어나 창공을 날 듯, 그런 운세요. 이는 시간의 흐름에 따라 저절로 얻어진 열매가 아니라 참고 참는 인내와 각고의 노력 끝에 수확한 추수로 봐야 합니다. 선화 슬기로움이 거기에 있습니다." 백운이 말했다.

석주율은 선화의 맑은 얼굴만 보고 있었다. 그는 인간의 운명을 역으로 풀이해 현재와 미래를 맞힌다는 괘를 믿지 못했기에, 두 사람이 뱉는 주술에 홀린 느낌이었다. 그러자 간수가 시간이 되었다며 폐쇄판을 닫았다.

*

아침 여섯시에 기상, 10분 뒤 출방해서 인원점검이 있고, 수인들은 각 동별로 운동장에 집결했다. 간수장전의 훈시에 이어 맨손체조, 다음은 구보로 운동장을 세 바퀴 돌면 수인들은 다시 감방에 수감되었다. 그동안 석주율은 스승을 만날 수 있을까 여기저기 기웃거렸으나 뵐 수 없었다.

아침밥이 배식되자, 간수가 감시구를 들여다보더니, 일공이이는 사물을 챙기라고 말했다. 석주율이 외역 마흔 명 중에 뽑힌 지 그저께로 일주일, 그동안 간수가 아무 말도 않더니 명령이 떨어진 것이다.

"허허, 정말 떠나는군. 여태껏 이렇게 심성 착한 젊은 분을 뵌 적 없는데, 섭섭해서 어쩌나." "우리한테 들려주던 만국 문명발달 얘기도 다 들었군." "동절기가 닥치는데 그 몸으로 힘든 일을 어이 이길지…… 부디 건강하시오." "언제 또 만납시다." 감방 수인들이 한마디씩 했다.

"떠나는 선생한테 정리로 콩밥이나마 한 숟가락씩 보태줍시다. 출옥 때까지 잘 버텨내라고." 연장자 박노인 말에 평소에는 콩 한 톨조차 아껴 먹는 수인들이 품에서 몽당숟가락을 꺼내며, 그럴듯한 의견이란 듯 동의했다.

"아닙니다. 제가 그러고 싶었습니다. 아프기 전까지는 하루 두 끼밖에 먹지 않았기에, 여기 떠나면 다시 그러기로 했으니깐요." 석주율은 자기 몫 콩밥을 그들에게 한 숟가락씩 나누어주려 마음 먹었던 것이다.

서로 양보 못하겠다는 화기애애한 승강이 끝에 박노인이 바꾸어 먹기를 제의해, 석주율이 자기 식기 밥을 열둘에게 나누어주고 그들 밥을 다시 받는 번거로움을 거쳤다. 식사가 끝나자 간수가 시찰구를 통해 식기를 거두더니, 석주율에게 사물 챙겨 출방하라고 말했다.

"안녕히 계십시오. 모두 무사히 출옥하시면 선한 마음으로 이웃을 도울 일에 매진하십시다." 사물이래야 옷 보퉁이만 들고 감방을 나서며 석주율이 남은 수인에게 인사했다.

구름이 낮게 낀 새초롬하게 추운 날씨였다. 석주율이 교무과 앞마당으로 나가자 서른여 명 수인이 사물 보퉁이를 들고 모여 있었다.

인원 마흔 명이 차자, 간수장전 노무라와 외투 입고 방한모 쓴 40대 초반의 사내가 교무과에서 나왔다. 따라나온 건장한 젊은이 셋이 수인들 양옆에 섰다. 인상이 고약한 그들은 군복 비슷한 누런 제복에 홀태바지를 입었고 허리에는 몽둥이와 가죽채찍을 차고 있었다.

먼저 인원점검이 있고, 그 자리에서 붉은 죄수복을 벗고 보퉁이에 담은 사복으로 갈아입었다. 대체로 바지저고리였으나 검정 학생복짜리도 있었고 두루마기 차림도 다섯이었다.

"붉은 수의 벗으니 석방되는 기분이군." "어디로 가는지 아는 사람 있어?" "어차피 지옥까지 내려왔으니 갈 데까지 가보는 거야." 옷을 갈아입으며 수인들이 쑤군거렸다.

옷을 바꿔 입고 다시 정렬하자, 방한모 사내가 나섰다. 외투 단추를 풀어헤친 그는 옆구리에 권총을 차고 있었다.

"이제 너들은 나와 함께 행동하게 된다. 목적지까지 호송할 나는 서 부총대다. 지금부터 내 말을 명심하기 바란다. 목적지에 도착될 때까지 옆 사람과 사담을 나누면 안 돼. 어떠한 말이든, 말하는 자는 가차없는 체벌을 받게 된다. 지금부터 열 명씩 네 개조로 편성한다. 편성된 조는 임시 조장을 임명할 것인즉, 필요한 문의 사항은 조장을 통해 인솔대원 셋에게 전달하면 돼. 그런 일이 발생하지 않겠지만, 목적지에 도착될 때까지, 만약 탈출을 시도하는 자가 생기면 그 자리에서 사살됨을 명심하도록." 딱딱 끊어서 뱉는 강단 있는 말이었다.

곧 조가 짜여지고 조장이 임명되었다. 뜻밖에도 석주율이 3조 조장으로 호명되었다.

화물자동차 한 대가 교무과 앞마당으로 꽁무니에 시커먼 연기를 뿜으며 들어왔다. 수인들은 조별로 화물차에 올랐다. 마흔 명이 다 타자 화물차 뒤칸은 서로 어깨를 붙이고 무릎 세워 쪼그려 앉아야 할 만큼 비좁았다. 인솔대원 셋도 뒤칸에 올랐다.

"자동차를 타보다니, 이거 영광인데." 떠꺼머리 수인이 무심코 말했다.

"너, 일어서!" 인솔대원이 그 수인을 지목했다.

"저, 저 말입니까? 수인이 겁먹은 표정으로 일어섰다.

"부총대님이 사담을 일절 말랬잖아." 인솔자가 뽑아든 채찍은 바람 소리 날카롭게 3미터 정도 거리의 떠꺼머리 수인 얼굴을 정확하게 내리쳤다. 수인이 비명을 지르며 얼굴을 가렸다. "앞으로는 임시 조장을 통해 묻도록."

그 꼴을 본 수인들은 의기소침해질 수밖에 없어, 시작이 이렇다면 앞으로의 장기 외역이 지옥살이와 다름이 없겠거니 싶었다. 모두 입을 다문 채 올가망한 얼굴로 구름 낀 낮은 하늘만 보았다. 서쪽 하늘 멀리, 낙동강 하구 쪽에서 물떼새 무리가 검정깨를 뿌린 듯 날고 있었다.

"삼조 조장, 우리가 어디로 가오? 그걸 물어주시오." 침묵을 깨고 한 수인이 걸걸한 목소리로 말했다. 계호실에서, 화태로 끌려가 벌목이나 탄광 노역에 동원될지 모른다고 말했던 구레나룻 시커먼 사내였다.

석주율은 갑작스런 질문에 당황했다. 인솔자 셋은, 맹랑한 놈이군 하는 표정으로 말한 사내를 보았다. 우리가 어디로 가냐고 석주율이 채찍 휘두른 인솔대원에게 물었다.

"말할 수 없다. 도착하면 알게 돼. 앞으로 그따위 질문하는 놈 역시 따끔한 맛을 보여주겠다."

"네놈 이름이 뭐냐? 기억해두지." 다른 인솔대원이 희떱다는 투로 구레나룻 시커먼 사내에게 물었다.

"갈봉석입니다."

교무과로 들어갔다 나온 서 부총대가 운전석 옆자리에 오르자, 화물자동차가 덜커덩 움직였다. 감옥 철문이 열리고 자동차는 보수산 고갯길로 달려 부산역으로 향했다. 부산역에 도착한 화물자동차는 전찻길을 비켜 수하물취급소 문을 통과해 구내로 들어갔다. 수인들은 창고 옆에 부려졌다.

부총대가, 사담 말고 지시를 기다리라고 말하곤 떠났다. 수인들은 날이 저물도록 창고 앞에 쪼그리고 앉아 입을 봉하고 있었다. 물조차 제공되지 않았다. 밤이 되자, 11월 중순의 찬 바닷바람이 옷 사이로 스며들어 그들은 추위와 허기로 떨었다. 무릎 사이에 얼굴을 박고 조는 자도 많았다. 그러다 간단없는 기적과 뱃고동 소리에 놀라 깨어나곤 했다.

포장된 하물을 실은 무개차 칸에 수인 마흔 명이 비집고 앉아 열차편으로 부산역을 떠나기는 밤이 깊어서였다. 화물칸만 길게 매단 무개열차가 출발하자 한뎃바람이 차가워 수인들은 추위에 떨며 다닥다닥 붙어 앉아 웅크리고 있었다. 허기와 졸음으로 무릎 사이에 머리를 박았다 참을 수 없는 갈증으로 얼굴을 들면 사방은 칠흑의 밤으로 옆 사람조차 모습을 볼 수 없었다. 쇠바퀴가 일으키는 파열음과 바람 소리만이 지축을 흔들었다. 어디엔가 박혔을 인솔자 셋 위치도 알 수 없었다.

석주율은 눈앞을 스쳐가는 깜깜한 허공을 보았다. 됫박처럼 생긴 차 칸이라 벽에 가려 들녘은 볼 수 없었으나 별빛마저 없는 하늘이 넓게 펼쳐져 있었다. 무한대의 공간이 암흑으로 가려질 때, 그는 모래알 같은 자신의 왜소함을 느꼈다. 삶이 무엇인지, 농민운동에 자신이 헌신해야 할 이유가 무엇인지, 조선 독립이 꼭 필요한지, 그 모든 게 허망하게 생각되었다.

"형씨." 학생복차림 젊은이가 조그맣게 석주율을 불렀다.

"우리가 배 타고 타국까지 끌려가는 것 같진 않군요. 국내 탄광이나 벌목장으로 가는 게 아닐까요?"

"글쎄요."

"저는 형기가 일 년 정도 남았는데, 형기 채워도 놈들이 잡아두는 게 아닌지 모르겠어요."

"무슨 일로 감옥에 들어왔나요?"

"저는 강치현이라 합니다. 이번이 두번째로, 처음은 작년 삼월 스무날 동래고보에 다니다 고향 함안군 군복면 장터에서 만세를 불렀지요. 농민 만세꾼 삼천오백 명이 군복주재소를 포위해 갇힌 자를 풀어내라고 투석할 때 앞장섰습니다."

"주재소에 돌을 던졌단 말입니까?"

"왜놈 군경이 먼저 발포했지요. 총에 맞아 죽은 자가 스물이 넘고 부상자는 부지기수였습니다. 평화적 만세시위에 짐승 사냥하듯 방총질하는데 가만있을 자가 누굽니까."

강치현 말에 석주율은 입을 봉했다. 작년 12월, 부산감옥으로 들어온 뒤 그는 그때까지 형을 살던 기미년 만세사건 수감자를 더러 만났다. 그들은 대체로 만세시위 중 폭력으로 맞섰던 만세꾼들이었다. 비폭력 만세시위가 끝내 무력충돌로 발전되었다는 여러 마을 사례를 그들로부터 듣기도 했다. 상대가 먼저 총질하는데 곱게 만세만 외칠 수 없어 맞대항했다는 당위성을 그 역시 부정할 근거가 없었다. 그러나 그의 마음은 어느 쪽이든 폭력이 문제를 해결할 수 없다는 데 변함이 없었다. 일본이 폭력으로 조선인

만세 운동을 평정했다 해서 조선인 영육을 굴복시킬 수 없듯, 조선인 역시 지엽적인 무력 사용이 독립에 도움이 되지 못했다. 많은 희생이 뒤따르기는 했으나 조선인 모두의 마음에 비폭력 만세 운동이 민족해방 자긍심을 새겨준 하나만이라도 소중한 수확으로 만족할 수밖에 없었다.

"그때는 옥살이를 얼마 했습니까?"

"여섯 달 살았지요. 이번은 향리에서 악질 왜놈 헌병에게 자상을 입혀 일 년 반을 받았습니다. 그놈이 만세사건에 나서지 않은 부친한테 무고죄를 적용해 처벌받게 했거든요. 형씨께서는 무슨 일하다 이렇게 되었어요?"

"영남유림단 사건으로 이 년 수감된 적 있습니다. 만세사건으로 늦게 자수해 두번째 감옥으로 들어왔지요."

둘은 고개 숙이고 낮은 목소리로 여러 말을 나누었다. 열차 굉음으로 대화를 남이 엿듣지 못함이 다행이었다.

무개열차는 전등불빛만 휑한 작은 역에 머물러 마주 오는 열차에 길을 비켜주기도 했다. 그렇게 이따금 쉬어가며 달린 끝에 대구역에 정차했을 때는 날이 뿌옇게 밝아왔다. 수인들은 그곳에 하차해 미곡창고에 수용되었다. 그들은 밤새 한데바람을 맞아 몸이 뻐덩하게 굳은데다 헛헛증도 극심했지만, 목마름을 더 참아낼 수 없었다. 채찍도 겁나지 않은지 분대장을 앞세워 여기저기서 물을 달라는 말이 터져나왔다. 인솔자가 밖으로 나가더니 두 양동이 물을 날라왔다. 수인들은 한 표주박씩 기갈 들린 듯 물배를 채우고, 소피볼 시간도 허락받았다. 그들은 두 시간여 창고에 대기한 끝에 아침끼니를 먹게 되었다. 역 주위에 널린 밥집에 부탁했는지, 아낙 둘이 광주리에 갓 쪄낸 감자와 풋김치를 담아왔다. 더운 감자가 세 개씩 분배되어 그들은 허기를 껐다.

"이제부터 도보다. 하루 백오십 리를 강행군할 작정이니 인솔자 지시에 협조하도록. 꾀를 피우는 자나 낙오되는 자는 가차없이 체벌을 받게 되니 조심하도록."

부총대 말이 있고, 그들은 곧 분대별 2열횡대로 철길을 따라 서북향으로 떠났다. 하늘이 맑게 트여왔다. 한 마장을 못 가 그들은 철길을 버리고 추수 끝난 빈들로 내려섰다. 멀리로 금호강이 보였다.

금호강변 모래톱에 예순 명이 넘을 알머리 사내들이 줄지어 앉아 있었다. 대구감옥에서 차출된 외역수들이었다. 칼 찬 인솔자 여럿과 말을 탄 병정도 셋 있었다.

두 부대 수인이 합류하자, 말 탄 일본인 병사가 수인들에게 행군할 동안 지켜야 할 수칙에 관해 장황하게 훈시했다. 그는 조선말에 능통했고 어조가 부드러웠다.

"……죄수들은 명령에 복종해 착오 없어야겠다. 행군할 동안 취사 조건이 어려워 일일 이식이니 양해 있기 바란다. 목적지에 도착하면 대우를 받게 될 것이다."

훈시에 이어, 백여 명 무리가 나무다리를 건넜다. 칠곡 땅으로 들어서차 속보행군이 시작되었다. 길가 여염집 농민이 모두 나와 어디로 가는지 알 수 없는 일행을 구경했다.

도보를 시작한 첫날, 그들은 150리를 강행군해 날이 저물어서야 의성군 면사무소에 도착했다. 보통학교 빈 교실에 수용되자, 전화 연락을 해둔 듯 좁쌀로 뭉친 주먹밥과 식은 시래깃국이 배식되었다.

이튿날은 안동 땅으로 들어서서 낙동강 상류 계곡을 거슬러 올랐다. 해 떨어지기 전에 조선 중기 거유(巨儒) 퇴계 이황의 향리인 예안 마을 장거리에서 노숙하게 되었다. 인솔자들이 마을 양식을 사들이고 아녀자들 품을 사서 장터마당에 가마솥 여러 개를 걸어 잡곡밥을 지었다. 수인들 몰골과 행색을 가련하게 여긴 마을사람들이 발 벗고 나서서 밤 서리 가릴 포장을 여러 채 쳐주고, 각자 집에서 찬거리도 가져왔다. 추수 끝난 절기라 집집마다 옥수수며 감자며 겨울 넘길 먹성이 넉넉했던 것이다. 예(禮)를 아는 선비 마을이 다르다며 수인들은 그들의 동포애에 흠복해했다. 첩첩준봉이 앞을 가로막는 그곳까지 오자, 인솔자들이 저희끼리 내일 오후에 도착할 거라고 쑤군거리는 말로 미루어 수인들은 '짚신에도 금 조각이 묻혀 나온다'고 소문난 태백산 아래 봉화 땅 금정 광산이나 그 어름 춘양면, 소천면의 소나무 벌채에 자기들이 동원됨을 알았다. 밥과 찬을 날라주며 눈치껏 들려주는 마을 아낙들 귀띔도 대체로 그러했다. 그쪽으로 많은 조선인 노무자가 동원된다 했다.

대구를 떠난 지 사흘째, 새벽동자를 서둘러 들자 일행은 다시 낙동강 물길을 따라 북으로 떠났다. 좌우로 산이 가팔라지고 인가가 드물었다. 어른 키가 넘는 철쭉과 원추리 무리가 아름드리 노송 사이사이에 박혀 울창했다. 하늘은 맑았고 늦가을 볕이 따뜻했다. 그날 해거름 녘, 수인들은 최종 목적지 해발 1천3백 미터에 가까운 청옥산 서쪽 기슭의 첩첩산중에 당도했다. 북으로 용트림하듯 등뼈를 세운 산이 태백정맥 주봉인 태백산이었다. 물굽이 이룬 협곡은 수목이 울창했고 시든 잡초가 수북한 공터 위 언덕바지에 통나무로 얽고 틈새를 흙으로 메운 기다란 귀틀집(투방집) 여러 채가 흩어져 있었다. 예상은 했지만 막상 목적지에 도착하니 수인들은 피곤조차 잊을 만큼 표정이 침울했다.

"여기서 고생하느니 기회 보아 탈출하는 길밖에 없을 것 같습니다." 풀더미에 앉아 부르튼 발바닥을 살피던 강치현이 석주율에게 속달거렸다.

석주율은 대답하지 않았다. 장백정맥 밀림을 두 차례나 넘나들었던 그로서는 비록 오지 산속이긴 했으나 별다른 느낌이 없었다. 별채든 목도든 어떤 노역도 하늘이 내린 고행으로 생각한다면 극기의 단련 방법이 될 터였다. 그는 감방 안보다 대자연 속에서의 새 삶에 원기를 느꼈다.

오른쪽 등성이에서 노랫소리가 메아리 되어 들려왔다. "와레와레와 야마노 오토코 돈나노 시고토모 데키루(우리는 산사나이 어떤 일도 이겨낸다)……" 다른 장소에도 한 무리 벌목꾼이 있음에 틀림없었다.

그날 밤, 수인들은 군대식으로 막사라 부르는 귀틀집 두 채에 나뉘어 숙식하게 되었다. 통로를 가운데 두고 양쪽으로 나무침상이 기다랗게 만들어져 있었다. 벽에 널빤지로 칸을 만든 사물함 상자마다 목침과 낡은 담요가 한 장씩 들어 있었다. 막사는 오래 비워둔 듯 냉기와 곰팡이 내음이 풍겼다.

개인별로 생철 식기 두 개가 분배되었다. 인솔자는 쭈그러진 식기를 나누어주며, 식기는 이곳을 떠날 동안 개인이 간수해야 하며 분실할 때는 재지급이 없다고 말했다. 수인들은 식기를 들고 분대 별로 취사장이라 이름 붙은 가장자리 너와집 앞에 줄을 섰다. 배식구에서 잡곡밥과 된장국 한 국자씩을 배식받자, 너와집 주위 풀섶에 앉아 짙어오는 어둠도 아랑곳없이 품에서 꺼낸 몽당숟가락으로 저녁밥을 먹었다.

막사 안에는 양쪽 침상 좌우에 납작한 돌을 붙이고 흙으로 땜질한 뒤주 두 배 크기의 사각형 구조물이 출입구 양쪽에 있었다. 수인들이 그 용도를 몰랐다. 인솔자의 지시로 수인 몇이 바깥 아궁이에 화목을 지피자 구조물이 열을 발산했는데, 서양에서 고안된 페치카란 이름의 벽난로였다.

인원 점검이 있고, 수인들은 일찍 잠자리에 들었다. 담요 한 장은 바닥에 깔고 한 장은 둘이 덮게 되어, 석주율은 강치현과 짝이 되었다. 문기둥에 관솔불 횃대를 꽂아놓고, 인솔대원이 밤새 교대해 지켰으나, 수인들은 사흘 만에야 다리 뻗고 잠잘 수 있었다.

이튿날 새벽, 기상 나팔 소리에 수인들은 모두 일어났다. 인솔자가 침구를 개어 사물함에 넣고 빠른 동작으로 운동장으로 집합하라는 재촉이 성화같았다. 모두 바깥으로 몰려 나가니 먼동이 트여오고 있었다. 서리 내린 숲에는 새 떼 지저귐이 요란했다. 운동장에는 간부진이 벌써 나와 있었는데, 어젯밤까지 보이지 않던 낯선 사람 열두어 명이 앞줄에 도열했다. 바지저고리 차림도 있었고 국민복 복장도 있었다. 병정모 같은 고깔모를 쓴 자, 수건으로 머리를 싸맨 자, 각반을 찬 자, 허리에 줄자를 매단 자, 각양각색이었다. 그러나 팔에 붉은 완장을 두르고 있는 점은 동일했다.

백여 명의 수인이 정렬하자 조회가 있었다. 곧이어 작업조가 편성되었다. 열 명씩을 1개 분대로 짰는데, 분대마다 붉은 완장 찬자가 한 명씩 배속되었다. 그들이 분대장이었다. 3개 분대가 1개조를 이루었다. 체격이 약한 자, 속병이 있는 자를 골라 예비조를 편성했다. 3개조와 예비조 조장은 국민복 차림에 목 긴 가죽장화를 신은 일본인들이 맡았다. 조장 아래 한 명씩 직계 독찰대원이 있었는데, 수인들을 인솔해왔던 자들이 맡았다.

분대와 조대 편성이 끝나자, 당코바지에 외투 입고 털모자 쓴사내가 지휘봉을 들고 통나무 그루터기에 올라섰다. 부산감옥에서 외역수를 선발했을 때 참여했던 시노다 총대였다. 그가 일본말로 연설하자 젊은 통변이 이를 조선말로 옮겼다.

"이제부터 당신들은 명예로운 충성대 대원이다. 소속을 물을때, 충성대 몇 조 몇 분대라고 대답하면 돼. 당신들은 숙련사인 분대장 지시에 잘 따라야 제반 사고에서 안전을 도모할 수 있다. 분대는 각 조장 통솔책임하에 운영된다. 조장 명령이 이곳에서는 법률과 동일하다. 조장 명령에 불복종하는 자는 배식이 중단되고 토굴 감옥에 수용된다. 그러나 미리부터 공포에 떨 필요는 없다. 작업량이 성과에 달하면 충분한 배식과 휴식이 주어지고, 일정 기간 후부터 면회도 가능하다. 우리는 당신들을 오늘부터 죄수로 생각지 않는다. 일본에 충성하는 신민으로 대접할 것이며, 이름도 충성대라 명명했다. 앞으로 우리와 동고동락할 동안 건투를 바란다."

시노다 연설이 끝나고, 아침식사가 있었는데 양과 질이 감옥소

보다 충실해 수인들은 흡족한 마음으로 첫날을 맞았다.

석주율과 강치현은 충성대 1조 3분대에 소속되었다. 분대장 이름은 황차득으로 소싯적부터 산판에서 살아온 이 방면에 이력이 난 자였다. 마흔 살쯤의 그는 딸기코에 얼굴이 붉은 사내였다. 몸이 피둥했고 둥근 안면에 턱살이 늘어져 첫인상이 호인다웠다.

"자네들 속 썩이면 재미없어. 나를 두고 다들 뚝심 세고 사람 좋다고 말하지만, 화나면 물불 안 가리는 성미라구. 지난여름에 떠난 치들이 나를 멧돼지라 씨부렁거렸으니, 우직한 짐승 성질을 잘 기억해두라구." 죄수를 부려먹자면 앞으로 골치깨나 아프겠다는 투로 황차득이 선수를 쳤다.

1조 조장은 서른 후반 나이에, 이름이 후쿠지마였다. 작달막한 키에 광대뼈가 불거지고 구레나룻에서부터 목젖까지 까칠한 터럭이 밀생했고 턱이 짧은 일본인 골상이었다.

"……죽으면 죽으리랐다, 조선인 이런 말 있지? 죽도록 일하면 살길 생기고 살길 찾으면 죽을 길 나서. 열심히 일하는 자 나 좋아해." 후쿠지마가 서툰 조선말로 말하곤 조원과 악수를 나누었다.

오전 시간은 숙소 안팎 대청소와 풀이 시든 운동장 제초작업이 있었다. 충성대 전 대원을 모아놓고 분대장급 벌목꾼들의 벌목 요령과 안전사고 예방수칙 설명회도 가졌다.

황차득 말에 따르면 지형, 기후조건, 운반 방법에 따라 벌목 시기를 결정하나, 음력 10월에 시작해 이듬해 2월까지가 상례라 했다. 겨울 동안 나무를 베어 넘겨놓고 봄부터 장마기가 들기 전까지 벌목한 나무를 강어귀로 운반한다는 것이다. 강물이 붇기 시작할 때,

통나무를 하구로 흘려보내거나 강폭이 넓은 경우 뗏목을 엮는다 했다. 벌목할 동안 일어날 수 있는 사고에 대해선 다른 분대장이 설명했다.

운동장에서 설명회가 있을 동안 취사원 셋이 어디에서 가져오는지 지겟짐으로 떡시루와 술통을 날라왔다. 취사장 쪽에서는 구수한 고깃국 내음이 풍겼다. 한편, 해발 1천 3백여 미터에 이르는 서편 구룡산 쪽에서는 연방 폭약 터지는 소리가 산천을 울렸다. 금정광산에서 폭약 터뜨리는 굉음이었다.

점심참에 들어서자 막사 앞 운동장 머리에 제상을 놓고 제수가 차려졌다. 삶은 돼지머리와 떡시루와 주과포(酒果捕)가 제상에 올랐다.

"산치성(山致誠)을 드리는 게야." 분대장 황차득이 말했다.

충성대 대원들은 벌목하기 전 산신께 제사 드리는 산치성을 구경하게 되었다. 상등품 목재를 많이 수확하고 한 건 사고도 없도록 산신께서 응감(應感)해달라는 제식이었다. 충성대원들은 벌목꾼으로 일해본 자가 없는 만큼 제식은 처음 구경하는 셈이었다. 제주는 충성대 총대 시노다가 맡았다. 그는 축문을 일본말로 낭송하고 막걸리 한 잔을 제상 돼지머리 앞에 올렸다. 산치성이 끝나자, 제상과 가까이에 있는 나무 한 그루를 시범으로 베어 넘기는 순서였다. 이때는 톱을 쓰지 않고 도끼로 찍어 나무를 쓰러뜨리는데, 여러 사람이 하지 않고 노련한 벌목꾼이 혼자 하게 되어 있었다.

"리상, 나와."

서종달 부총대 말에 1조 1분대 선두에 섰던 이만술 분대장이 앞으로 나갔다. 황차득과 비슷한 나이로 키가 껑충하고 뼈대가 억센 강골형이었다. 그는 서종달로부터 도끼를 받았다. 이만술은 찍을 나무를 지목해둔 듯 공터 가장자리로 걸어갔다. 시노다와 서종달과 조장들이 뒤따랐다. 이씨가 지목한 나무는 적송으로 아랫동이 두 사람 팔을 둘러야 할 정도의 거수(巨樹)였다. 이씨는 조끼를 벗더니, 손바닥에 침을 뱉고 도끼자루를 쥐었다.

"황명(皇命)이오!" 이만술이 목청껏 외치곤 첫 도끼질을 했다. 어명(御命)이란 말이 일본인 상관 앞이라 황명으로 바뀌었으니, 천황 명으로 나무를 베기에 베는 사람에게 동티를 내지 말라는 습속의 변조어였다.

이만술은 도끼질로 적송 밑동을 반쯤 파다 뒷면으로 돌아가 다시 도끼질을 시작했다. 도끼질은 힘찼고, 도끼를 머리 위로 휘두르는데도 찍은 위치가 정확했다.

"나무가 넘어지면 모두 손뼉 치고 환성을 질러. 그래야 산신이 동티를 내지 않아." 황차득이 분대원에게 말했다.

육중한 나무가 움칠움칠하더니 우지끈 운동장을 향해 장엄하게 쓰러졌다. 그로써 산치성은 끝났다.

산치성 뒤끝이라 점심은 음식이 푸짐했다. 좁쌀에 수수를 섞었지만 밥이 생철 그릇에 가득 찼고 국은 기름 뜨는 돼지 고깃국이라, 몇 년 만에 고깃국을 먹게 되었다며 감복하는 대원이 많았다. 제수음식 중 분대별로 시루떡도 한 판씩 내려 떡 맛도 볼 수 있었다.

"내일은 어찌될망정 살판나는데. 산판 인심이 이렇게 후할 줄 몰랐어." "우리 안전을 위해 산신제까지 드려주니 이제야 사람 대

접을 조금 받는군." 1조 3분대 대원들이 황차득을 싸고 앉아 음식을 먹으며 한마디씩 했다

"동고동락할 한 분대가 됐으니 인사나 나눠요." 턱이 뾰족한 짝눈의 이귀동이 나섰다.

"우린 충성대 대원으로 한통속이니 감옥에 들어온 전력은 생략하기로 합시다. 내 이름은 김복남이오. 경상도 갯가 고성 출신입니다." 분대원 중 연장자로 보이는 서른 중반의 기골 장대한 사내가 말했다.

"이놈아, 무슨 죄로 감옥소에 들어왔으며 형량이 얼만고 말해야지. 그걸 빼면 고물 빠진 송편 아닌가."

황차득이 호통치자 김복남이 피식 웃더니, 폭행죄로 2년 형을 받았다고 말했다.

열 명이 모두 자기소개를 했다. 치안유지법으로 형을 살고 있는 자는 석주율과 강치현뿐이었고, 송유복이란 젊은이가 불령단체 조직죄로 2년 실형선고를 받았는데 남은 형기가 10개월이라 했다. 이마가 넓고 메기입을 한 안색이 파리한 자였다. 나머지는 잡범이라 강도, 강간, 과실치사, 사기, 공문서 위조, 삼림법 위반이었다.

"불령단체? 뭘 했기에?" 황차득이 송유복에게 물었다.

"고향에서 독서회를 조직했습니다."

"그렇다면 글 배운 자로군. 어디서 배웠나?"

"일본 시모노세키에서 부두 하역노동을 하며 야간부 고등보통학교 강습 과정을 마쳤습니다."

"언제 조선 반도로 나왔는가?"

"작년 말 이질이 심해 고향으로 돌아왔습니다."

"허허, 우리 분대만 문제인물이 왜 이렇게 많아. 모두 셋이잖아."

황차득이 송유복, 석주율, 강치현을 유심히 보았다.

오후에는 각 조장 인솔 아래 조별로 벌목작업장 답사에 나섰다. 청옥산 서편 계곡과 능선을 따라 북서쪽으로 거슬러 낙동강 지류에 해당되는 병오천 넘어 태백산 남쪽 협곡을 돌아오는, 봉화군 소천면 북부 산간지대 수립군이었다. 햇살 잘 드는 더기에는 철쭉나무, 원추리, 고채목, 키 낮은 주목 따위의 관목대를 형성하고 있었다. 그러나 태백산과 청옥산 일대는 육송, 전나무, 피나무, 참나무, 원시림을 이루었는데, 아름드리 육송 군락이 장관이었다. 겉껍질에 붉은색이 돌아 적송으로도 불리는 육송 군락을 두고 봉화군에는 북부 산간지대를 점유한 춘양면, 소천면에서 나는 소나무 재목을 '춘양목'이라 불러, 일찍이 한옥을 짓는 데 으뜸 목재로 쳤다. 중요 사찰은 물론, 안동 지방 세도가와 서울 양반 집은 조선시대 이후 춘양목 목재를 사용했다. 춘양목은 다른 지역 소나무와 달리 곧게 자라 껍질이 얇고 나무결이 부드러우며, 켠 뒤에도 크게 굽거나 트지 않으며, 대패질해놓으면 붉은색 또는 노란색을 띠어 윤기가 났다. 겨울 넘길 동안 충성대는 춘양목 벌채에 동원될 터였다.

충성대 대원들이 작업장을 답사하는 동안 다른 벌채꾼 무리도 만났지만, 고원지대 더기의 편편한 땅을 일구는 화전민 또한 곳곳에서 만날 수 있었다. 화전민 특유의 투방집, 너와집, 상투집을 지어 감자나 옥수수 따위의 밭작물을 갈아먹고 사는 그들 몰골은 산

짐승과 다를 바 없었다. 그들은 조장과 독찰대원이 지나가자 문설주에 몸을 가린 채 겁먹은 표정으로 지켜보았다. 춘양면, 소천면 일대 화전민은 임진왜란과 병자호란에 쫓겨 들어와 정착을 시작했으니 그 역사가 실히 몇백 년에 이른다고 황차득이 말했다.

"……그런데 말씀이야, 일정 치하 들자 화전민이 불어나더니 근년에 들어 장시(場市)를 이룰 정도라. 농토 잃고 살 길 없으니 심산유곡으로 찾아들겠지만, 저 꼴들 보게, 저게 어디 사람 꼴인가. 그나마 화전민 소개령이 내리면 산채를 떠나야 하니 저들 갈 곳이 어딘지 모르겠어."

석주율이 보아도 황차득 말이 맞았다. 남녀노소 가릴 것 없이 봉두난발의 버썩 마른 얼굴에 눈만 살아 살쾡이처럼 퀭했고 입성이라고 걸친 무명옷은 기워 입은 누더기였다. 어른은 칡줄기로 삼은 신발을 꿰었으나 아이들은 맨발이어서, 원시인 모습 그대로였다. 동방예의지국 백의민족이 저렇게 홀대받으며 살구나, 하는 슬픔으로 그는 목이 메었다.

충성대 대원들이 양이 부쩍 줄어버린 잡곡밥에 된장국으로 저녁식사를 하고 난 뒤였다. 2개조가 귀틀집 막사 한 채씩을 차지했는데, 전 대원을 1조와 2조가 들어 있는 제1막사로 집결시켰다. 관솔불을 여러 군데 밝혀 막사 안이 환했다. 산치성 뒤끝이라 간부진만 돼지 머리고기 수육에 막걸리를 흥청망청 먹었는지 총대 시노다, 부총대 서종달, 각 조장과 독찰대원들 얼굴이 불그스름했다.

"지금부터 충성대원은 내 말을 잘 듣기 바란다." 서종달이 연설했다. "앞으로 대원 중에 흉모를 꾸며 탈출을 모의하거나 시도하려는 자가 없잖아 있을 것이다. 그러나 그런 가소로운 망상은 일 찍 버려. 이 일대는 충성대만 노력동원 되진 않았고 황민대, 아카 마루대 같은 벌목 단위대가 여럿 있고, 일본군 수비대가 경계 임 무를 띠어 주둔하고 있어. 밤이면 수비대원이 순찰근무에 임함을 알게 될 거야. 체포되면, 한쪽 다리를 절단하고, 형량 무거운 징역 형에 처한다⋯⋯" 서종달은 경고에 이어 종이를 들고 작업 일정 표를 발표했다.

오전 6시 기상. / 7시까지 조회와 아침식사. / 7시 현장으로 출발. / 8시 작업 개시. / 오후 1시부터 30분간 휴식. / 1시 30분 부터 오후 작업 시작. / 8시 작업 완료 철수. / 9시 숙소 도착. / 10시까지 석식 및 휴식. / 10시부터 11시까지 단음창가 및 수신 학습. 성과 보고회 및 석회. / 11시 취침.

일정표가 발표되자 충성대원들은, 오후 여덟시까지 작업한다면 깜깜해지고도 한참 뒤라며, 밤중에 무슨 일을 어떻게 하느냐며 쑥 덕거렸다. 손가락셈을 해보더니, 고된 노역에 비해 잠자는 시간이 겨우 일곱 시간이라고 불평을 뱉는 자도 있었다. 독찰대원들이 복 도를 오가며 잡담을 막았다.

그날 밤 열한시에 취침하게 되자, 제1막사는 1조와 2조에서 한 명씩 뽑아 보초를 세웠다. 수비대 병사가 불시에 막사를 방문해 조는 보초가 있을 때는 처벌을 내린다 했다. 보초는 이튿날 벌목 일에서 면제된다는 독찰대원 말에 빨리 보초원에 뽑혔으면 좋겠다고 말하는 대원도 있었다.

 이튿날 새벽 여섯시부터 충성대 대원의 일과가 시작되었다. 조회와 아침식사를 마치자 전 대원에게 지급된 수통에 물을 채웠다. 분대원 열 명은 두 명씩 짝을 지었다. 둘에게는 대형 톱과 개인용 소형 톱, 도끼 한 자루, 톱날을 세우는 강철줄 한 개씩, 연장이 지급되었다. 연장은 둘이 책임보관하며, 연장검열 때 분실은 물론, 도끼에 이가 빠졌거나 무딘 톱날을 방치했다간 체벌을 내린다고 독찰대원이 말했다. 석주율은 강치현과 짝이 되었다.

 "우리 둘은 여기를 벗어날 때까지 운명을 같이해야겠군요. 그런데 저는 호미자루 한번 잡아보지 않았는데 어찌 일할까 걱정이 태산 같습니다." 강치현이 말했다. 함안군 군복에서 누대에 걸쳐 토호로 지반을 다져온 진주 강씨 후손인 그는 동래보고로 유학 갈 만큼 가세가 넉넉해 손에 흙 묻히지 않고 스무 해를 살아왔던 것이다.

 "강형 몫은 제가 도와드릴게요. 낙심 말고 견뎌냅시다." 석주율이 지급받은 연장을 살피며 말했다.

 충성대 대원들은 칡줄기로 신발과 바짓가랑이와 소매를 묶고, 지급 받은 연장을 들거나 멨다. 벌채 장소는 지정이 되어 있는 듯 3개조 행선지가 달랐다. 1조는 조장과 독찰대원 셋과 함께 열 지어 길을 떠났다. 고산지대라 활엽수는 져버렸고 서리가 축축이 내려 있었다. 재인 낙엽에 발목이 빠지자 발과 바짓가랑이가 물기에 젖었다. 산새들 지저귐 속에, 숲을 가로지르는 토끼와 노루를 수월찮게 볼 수 있었다. 그들은 울창한 숲속을 헤쳐 길도 없는 등성이와 골짜기를 건넜다. 수인들은 어깨를 움츠린 채 침울한 얼굴로 걸음을 옮겼다. 석주율은 북지 북로군정서에서 서무 일을 볼 때, 십리평 본영에서부터 450리 길이었던 백두산 아래 싼따오고우로 부대가 이동하던 그해 10월을 떠올랐다. 그곳은 그때 늦가을이었고 서리가 내렸다. 지금처럼 낙엽 재인 밀림지대를 걷고 또 걸었다. 그런데 그때 부대원들은 모두 대한 독립의 원대한 포부를 가졌고 의기에 넘쳤다. 그러나 벌목에 동원된 수인들은 의기소침해 말조차 잊고 있었다.

"점심은 안 주는 모양이지?" "분대장이 멘 니쿠사쿠(등가방)는 저들 먹을 점심밥만 들었을 테지." 먹는 데만 관심이 쏠린 대원이 더러 속달거리는 말이었다.

병오천 북쪽 해발 7백 미터에 이르는 더기에 강 이름 붙여 지은 병오 마을이 있었다. 병오 마을은 비록 화전촌이지만 연조가 임진왜란까지 거슬러 올라가는 고촌(古村)으로, 가구 수 20여 호였다. 거기에서 깊게 골을 파서 흐르는 여울 상류를 따라 서쪽으로 시오리 길, 태백산 아랫녘 경사가 완만한 지역 일대가 충성대 1조 벌채 장소였다. 그 지점에 도착했을 때는 오전 여덟시경이었다.

금정광산이 있는 춘양면 일대 소나무는 한일강제합병 이후 몇 년에 걸쳐 벨 만큼 베어내어 벌채 장소를 소천면으로 옮겼다니, 이 일대 산간지대는 약초를 캐려는 화전민 발길이나 닿을까, 아직 고산밀림(高山密林)의 비경을 간직하고 있었다. 뻗어 오른 장대한 소나무 군락이 하늘을 가렸다.

이만술이 조원을 모아놓고 작업에 들어가기 전 설명회를 가졌다.

그의 말에 따르면 나무를 벨 때 선산에 벌초하듯 모조리 베어나가는 벌채를 개벌(皆伐)이라 하고, 용도에 따라 필요한 나무만 골라 베는 벌채를 간벌(間伐)이라 한다 했다. 이번 벌채 작업은 육송만 대상으로 하기에 간벌에 해당되며 나무 길이는 스무 척 전후, 밑동(末口)의 직경은 다섯 촌 이상을 원칙으로 한다는 것이다. 그러므로 대원들은 정해진 짝과 함께 한 그루씩 베어 넘기는데, 분대장이 백묵으로 표시해놓은 육송만 베어야 했다.

이만술이 설명할 동안 2분대장과 3분대장은 등성이에서 위쪽으로 곧게 오르며 목측(目測)으로 가늠해 벨 나무 허리에 백묵으로 동그라미표를 하고 있었다.

"보더라구. 이분대장과 삼분대장이 벨 나무에 표해놓은 게 조금 이상하잖아? 벌목은 일하기 쉬운 장소에서부터 닥치는 대로 베어 넘기는 게 아냐. 산 위쪽을 향해 두 줄로만 계속 백묵 표시를 하며 올라가는 데는 그럴 만한 이유가 있어. 베어놓은 나무를 집채해 운반하기 쉽게 하자는 게지. 두 줄 가운데가 나중에 운반하는 통로가 되는 셈이야. 또한, 나무를 베어 넘길 때도 통로에서 뒤쪽으로 넘어가게 베어야 해. 그래야만 베어 넘긴 나무끼리 얽히지 않을뿐더러 밑둥부터 통로를 끌어내기가 쉽거든. 그러면 어떻게 베어야 나무가 통로 반대편으로 넘어가게 하느냐 하면, 가설라무네, 그건 벨 때 방법이 있다 이 말씀이야. 거기, 앞에 선 톱 가진 놈하고 도끼 가진 놈 이리 나와."

이만술은 백묵으로 표시해놓은 소나무 쪽으로 시범조를 데리고 갔다. 1조 대원이 그 뒤를 따랐다. 이만술은 둘이 함께 사용할 대형 톱으로 두 아름 넘는 소나무 뒤로 돌아가더니 밑동을 톱질하게 했다. 그의 말로는 용재(用材)로서 가치가 있는 최대한 낮은 데를 택해, 넘어뜨릴 쪽부터 톱질을 해야 한다는 것이다. 톱질은 직경 정도까지 하다 멈추고 홈을 내야 한다고 말했다. 소나무의 가장 낮은 곳을 먼저 반쯤 끊어놓고, 다음은 그 정반대 방향에서 작업 하되 반드시 먼저 끊어놓은 부위보다 높은 부위를 끊어야 한다는 것이다. 그렇게 끊어야 나무가 넘어질 때 높이 끊은 쪽으로 넘어 가지 않고 낮게 끊어놓은 쪽으로 넘어지게 된다는 이치였다. 벌목 부위와 수평 차이는 나무 수세(樹勢), 즉 지표면과 수직성에 따라 수평 차이와 간격을 결정한다 했다. 이만술은 시범자 둘에게 직접 가르쳐가며 설명을 이어갔다. 나무가 넘기려는 쪽으로 약간 기울어 있다든가 그쪽 수세가 강해 나무 중량이 그쪽으로 있을 때는 먼저 끊은 부위와 나중에 끊은 부위의 수평 차이를 작게 해도 넘 기려는 방향으로 쉽게 넘어간다는 것이다. 지표와 수세가 수직되 거나 앞 설명과 반대로 되어 있을 때는 끊은 두 부위의 수평 차이 를 많이 두어야 한다 했다. 이만술은 마지막으로, 나무가 넘어진 뒤를 설명하기에 앞서, 시범자 둘에게 선택된 소나무 톱질과 도끼 질을 마치게 해 나무를 넘어뜨리도록 지시했다.

"지표와 수세가 넘기려는 쪽으로 기울면 제힘으로 넘어가지만 그렇지 않으면 밀어 넘어뜨리는 게야. 이때 주의할 점은 넘기려는 쪽에 사람이 있나 없냐를 살펴야 해. 넘어지는 나무가 골통을 때 리면 그 자리에서 즉사야. 지난겨울 나무가 쓰러지며 옆 나무에 부딪혀 가지가 부러졌는데 날카로운 뿌다구니가 멀뚱히 섰던 놈

옆구리를 찔러 갈비뼈가 왕창 나가버린 참변도 당했어. 현장에서 황천으로 갔지."

시범자 둘이 아름이 넘는 소나무를 통로 반대편으로 밀자, 밑동이 우지끈 살 터지는 소리를 내며 쓰러졌다. 쓰러지며 옆 나뭇가지를 치자, 가지 부러지는 소리가 요란했다. 그러나 땅에 완전히 눕지 못한 채 30도 기울기를 이루었다.

이만술은, 나무가 이렇게 넘어가면 톱이나 도끼로 가지치기를 한다고 말했다. 가지치기는 전 수간(樹間)을 다하는 게 아니라 용재로 사용할 부분만 한다 했다. 가지치기를 할 때는 되도록 원줄기와 가까이 자르되 원줄기에 손상이 가지 않게 끊고, 가지치기를 한 뒤에는 떼를 짜기 위한 길이인 스무 척을 재어서 끊는 게 원칙이라는 것이다. 그때는 자를 사용할 필요 없이 지닌 톱 길이를 기억했다 그 톱으로 베어놓은 나무 길이를 재라고 말했다.

"설명은 끝났다. 둘이 짝이 되어 작업을 시작하는데, 오후 한시까지 열 그루 작업을 마치기 바란다. 작업량이 미달될 때는 벌칙은 물론 석식량이 조절됨을 명심하도록."

두 명씩 짝이 되어 벌목 작업이 시작되었다. 석주율과 강치현은 대형 톱 손잡이를 서로 마주잡고 소나무 밑동을 톱질했다. 위에서 아래로 힘을 주어 톱질하기보다 옆으로 밀며 톱질하기가 힘이 더 들게 마련이었다. 슬근슬근 썰 때마다 흰 톱밥이 떨어지고 나무 향기가 그윽하게 코끝에 스쳤다.

"제가 형님이라 불러도 되겠지요?" 강치현이 물었다. 그의 얼굴은 어느덧 땀으로 범벅이 되었다.

"글쎄요. 제가 형 노릇을 옳게 할는지 모르지만."

"제가 주율 형님이라 부를 테니 말씀 놓으십시오."

"글쎄요." 글쎄요는 석주율의 버릇말이 되었다.

"형님, 이렇게 나무를 베어나가면 십 년 못 가 조선 산은 알머리가 되고 말겠습니다."

"조선시대만도 나무가 울창한 산에는 금표(禁標)라는 팻말을 세워 관에서 산림을 보호했지요. 한두 그루 나무를 벤 자는 곤장 백대, 열 그루 이상 벤 자는 가족을 국경 근방으로 추방했으니 조선 말기까지 산림이 울창했지요. 법이 너무 가혹했지만 육림을 국가 사업으로 그만큼 우선했던 게지요. 그런데 총독부 영림청은 조선 땅 벌목과 제지업을 우선 삼으니 앞으로 벌채가 더 성행할 겁니다."

"쉬잇." 강치현이 석주율 등뒤를 보며 입막음하라고 일렀다. 채찍 든 당코바지 독찰대원이 이쪽으로 오고 있었다.

밑동이 한아름이나 되는 소나무를 직경까지 끊자, 강치현은 벌써 기진맥진되어 쐐기 모양으로 홈을 파는 도끼질은 석주율이 맡았다. 도끼를 내리칠 때마다 그는 마음이 아팠다. 마당귀 풀 한 포기에도 부처님 뜻이 깃들어 있다던 동운사 조실승 말이 떠올랐다. 1년초 연약한 풀이 그럴진대 2백 년은 실히 자랐을 늘푸른 소나무야말로 분명 신의 뜻이 있을 터였다. 이 청청한 거수를 베어 넘김은 이 일이 타의에 의한 행함이라도 살생과 다를 바 없다는 생각이 들었다. 그래서 벌목에 착수할 때 산치성을 드리는 풍습이 생겼으리라. 싱그러운 향기를 뿜으며 곧 쓰러져 조만간 껍질이 벗겨지고 난도질당할 소나무의 운명이 일본 압제 아래 신음하는 조선민과 다를 바 없었다.

둘이 한 그루 나무에 톱질을 마치고 그 나무를 밀어 넘길 때는 다른 벌목꾼들 역시 작업이 그쯤에 이르러, 사방에서는 나무 쓰러지는 소리가 요란했다. 둘이 밀어 넘긴 소나무는 다행히도 잡목더미 속에 완전히 몸통을 뉘었다. 그래서 비스듬하게 쓰러진 나무의 경우처럼 줄기를 타고 올라가 가지치기를 해야 하는 불편을 덜 수 있었다. 굵은 가지는 석주율이 도끼질을 했고 강치현은 1인용 작은 톱으로 잔가지를 쳐냈다.

3분대 벌목을 감독하던 황차득이 뒷짐지고 석주율 쪽으로 다가왔다.

"자넨 도끼질이 제법인데. 난든 솜씨야, 그러나 조심해. 벌써 제 발가락에 도끼질한 얼간이가 생겼으니깐."

석주율은 대답하지 않고 묵묵히 도끼만 휘둘렀다.

"분대장님, 열 그루 다 베면 점심밥 줍니까?" 절도범 임일갑이 아래쪽에서 톱질하다 소리쳤다.

"점심? 네 이놈, 버썩 마른 꼴을 보니 바깥세상에서도 세끼 챙겨 먹은 것 같지 않은데 이 바닥에서 중식 처먹겠다는 거냐? 김칫국부터 마시지 마." 황차득이 고함지르곤 톱질을 하는 강치현을 보더니 머리를 흔들었다. "샌님은 톱질하는 꼴 보니 성한 몸으로 하산할 것 같지 않군. 자네 쥔 톱이 한 치 여덟 푼 길이 아닌가. 스무 자를 맞추려면 그 톱 몇 배쯤이란 건 계산할 수 있겠지. 이놈아, 우선 머릿동이부터 끊어내라구." 황차득이 강치현 엉덩이를 걷어차곤 임일갑 일터로 내려갔다.

소나무 여섯 그루를 베어 넘기고 가지치기를 마쳤을 때, 강치현 손바닥은 살가죽이 벗겨져 그의 톱질이 도무지 시원치 않았다. 그렇다 보니 석주율이 두 배 힘을 써야 했다. 치현의 손바닥은 피가 비쳤다. 주율이 옷고름을 떼어 그의 양 손바닥에 붕대로 감게 했다.

"형님, 이러다간 손바닥이 남아나지 않겠습니다. 하루이틀도 아니고 어떻게 배겨내지요?"

"어제 저녁에 삼분대장이 말하지 않습디까. 딱지가 앉고 다시 피가 흘러, 그렇게 굳은살이 몇 차례 박혀야 한다고. 강형, 독찰대원 눈이 없다면 쉬라고 권하겠으나 그럴 수 없으니 내가 강형 몫까지 힘써보리다." 석주율은, 나는 사람이 아닌 마소다 이렇게 여기기로 마음먹었다. 자신이 일찍 종 자식이었고 마소처럼 부림을 당해왔다. 아니, 살생의 업보로서도 이만한 일은 능히 감당해야 마땅했다.

모닥불 피워놓고 둘러앉아 독찰대원과 한담하던 조장이 회중시계를 보더니 한시 정각이 되자 호루라기를 불었다.

"작업 중지, 집합!" 독찰대원이 소리쳤다.

석주율과 강치현은 일손을 거두었다. 소나무를 열 그루째 베다 일을 중단했기에 오전 작업량을 마치지 못한 셈이었다. 다른 패도 아홉 그루나 열 그루에서 휴식시간을 맞았으니 오후 책임 분량에서 보충하는 수밖에 없었다.

독찰대원이 충성대 대원을 모아놓고 인원점검을 한 뒤, 그 자리에서 휴식을 취하게 했다. 자리를 뜰 때는 보고해야 한다고 일렀다.

조장, 독찰대원, 분대장은 모닥불 주위에 앉아 준비해온 점심밥을 먹었다. 대원들은 수통에 채워온 물로 배를 채웠다. 땀에 젖은 옷이 덜 마르자 모두 추위로 몸을 옹송그렸다.

"불을 쬐면 견딜 만한데, 추워서 휴식이구 뭐구……" "통방이 (덫)를 놓으면 토끼는 수월찮게 잡겠는걸. 내일부터 점심 때울 궁리나 해봅시다." "화전촌에서 감자나 옥수수를 구해 오면 알불에 구워 먹을 텐데." "우리도 무슨 수단을 강구해야지. 저들 처먹는 꼴 보니 배알이 뒤틀려서 원……" 벌겋게 부푼 손바닥을 들여다보며 대원들이 쑤군거릴 때, 대원 하나가 일어섰다. 갈봉석이었다. 그가 모닥불 쪽으로 다가갔다.

"뭐야?" 1분대장 이만술이 나물무침을 젓가락질하다 말고 갈봉석을 보았다.

"불씨를 빌렸으면 합니다. 옷이 땀에 젖다 보니 모두 추위를 견딜 수 없어 하는군요. 이러다간 오후 작업의 책임량 완수에 지장이 많겠습니다. 산불 단속은 우리가 책임지지요." 갈봉석은 우락부락한 생김새와 달리 말씨가 수더분했다.

"허락하시지요." 추위가 닥치면 어차피 불 피우고 일을 해야 할 테니깐요." 황차득이 후쿠지마 조장에게 청을 넣었다. "호각 불면 곧 불을 끄도록." 후쿠지마 허락이 떨어졌다.

1조 대원들은 삭정이를 주워 모아 불을 지폈다. 불 주위에 둘러앉아 신세타령을 곁들인 담소를 나누기 잠시, 짧은 휴식시간이 끝나고 호루라기 소리가 터졌다.

오전 동안 대원들 벌채를 지켜보며 순회하던 독찰대원 셋이 오후에 들자 작업 독촉이 성화같았다.

"이 새끼, 남들은 열다섯 그루를 마쳤는데 겨우 열세 그루째야! 여기가 어디 공짜 밥 먹여주고 잠 재워주는 덴 줄 알아. 산림지옥 간이 어떤 곳인지 매운맛을 봬주지!" 독찰대원이 닥치는 대로 채찍을 휘둘렀다.

대원들은 말을 잊었고 힘써 일에 몰두할 수밖에 없었다. 숲을 휩쓰는 바람 소리와 광산에서 들려오는 폭약 터뜨리는 소리만 산채를 올렸다.

해가 지자 바람이 기승을 떨었다. 어둠이 내리기 전에 대원들은 책임량을 마쳐야 했기에 일손을 서둘렀다. 기온조차 빙점으로 떨어져 온몸은 땀에 절었으나 발가락과 손가락 끝이 참기 어려울 정도로 시렸다.

"작업 중지!" 한 발 앞을 겨우 분간할 수 있을 정도로 숲이 어둠에 잠겨서야 후쿠지마 조장 명령이 떨어졌다.

그동안 독찰대원들은 작업 완성량을 파악했는데 3개 분대 열다섯 짝 중에 세 짝이 한 그루씩 책임량 미달이었다. 독찰대원은 셋 명단을 수첩에 적었다. 석주율과 강치현은 겨우 작업량을 마칠 수 있었다.

분대장 셋은 등피 씌워 심지불을 밝힌 램프를 들고 나섰다.

"지금부터 운목(運木)길 통로 작업이다. 일분대는 벌채장 일대, 이분대는 벌채장에서부터 삼백 보 전방, 삼분대는 삼백 보 전방에서 다시 삼백 보까지로 정한다. 짝 중에 톱을 사용할 자는 목도채 운목에 지장이 되는 큰 잡목을 밑동째 베어내고, 도끼를 사용할 자는 어린 잡목을 찍어낸다. 각 분대장이 램프를 들고 작업현장을

돌 테니 안전사고에 조심하도록." 이만술이 소리쳤다. 그의 말을
바람이 앗아갔다.

3분대는 램프를 들고 황차득 인솔 아래 벌채장에서 3백 보 아래
쪽으로 내려가 통로 작업을 시작했다. 독찰대원이 붙어 있어 누구
도 꾀를 피울 수 없었다. 작업은 정확하게 밤 여덟시가 되어서야
중지 명령이 떨어졌다.

1조 대원들은 등가죽과 뱃가죽이 붙은 상태의 헛헛증으로 허리
조차 제대로 펴지 못하고 숙소로 돌아왔다. 잡곡밥과 국 한 그릇
으로 배를 채우자, 야간보초 당번이 벽난로에 불을 지펴 실내를
훈훈하게 만들었다.

밤 열시부터 30분 동안은 일본국 역사 강의와 「나날이 새롭다」
란 창가 배우기로 보냈다. 그리고 30분 동안에 걸쳐 작업성과 보
고회, 인원 점검, 석회를 끝으로 대원들은 잠자리에 들었다.

이튿날, 새벽부터 작업장으로 출동하기 전까지 충성대 대원들
은 내남없이 시간을 틈내 몸단속에 열중했다. 우선 봇짐에 싸온
헌 무명옷을 찢어 목도리와 긴 붕대를 만들어 손바닥과 발싸개로
겹겹이 감았다. 대바늘로 벙거지를 만들어 머리에 쓰기도 했다.

"형님은 그냥 나서려 하오?" 아무런 준비 없는 석주율을 보고
강치현이 물었다.

"아직 엄동이 아니니 견딜 때까지 견뎌보지요."

"장하십시다. 제 몫까지 도맡아 일하며…… 은혜는 바깥세상에
나가더라도 잊지 않겠습니다." 강치현이 감복한 눈으로 석주율을
보았다. 주율이 자신의 이력을 그에게 소상하게 밝히지 않았으므

로, 치현 입장에서 보자면 그의 극기심이 어디에서 나오는지 납득이 가지 않았다.

간밤에 배운 「나날이 새롭다」란 일본 노래를 합창으로 왜자기며 숙소를 떠난 충성대 대원들은 그날도 작업 일정대로 벌목에 임했다. 톱질이며 도끼질에 요령이 생겨 첫날보다는 작업 능률이 나았다.

*

고지는 겨울이 빨리 찾아왔다. 11월 하순에 한 차례 첫눈이 내리더니, 갑자기 날씨가 추워졌다. 자고 나면 간밤 사이 귀틀집 처마에 고드름이 달렸다.

충성대 대원들은 벌목 노동에도 이력이 붙어 하루 책임량을 아득바득 깜냥껏 해낼 수 있었다. 안전사고도 잦아 팔다리에 상처를 입는 자, 발목을 삐는 자가 생겼으나 작업에 큰 불편이 없는 한 조장은 휴식을 허락하지 않았다. 분대별로 작업 중에도 모닥불을 피우게 해서 대원은 굳은 손을 녹이며 일을 할 수 있었다. 그 짬을 빌려 대원들은 무뎌진 톱날을 줄로 갈아 날끝을 벼렸다.

충성대 대원들이 견디기 어려운 점은 역시 추위와 배고픔이었다. 12월에 접어들자 손발과 귓바퀴에 동상이 든 자가 생겼고, 휴식시간이면 모닥불 주위에 둘러앉아 꺼내는 화제가 한결같이 먹자타령이었다. 상자 안에 미끼를 넣고 짐승이 먹이를 낚아챌 때 후리채에 걸어둔 문이 닫혀버리는 통방이를 분대별로 몇 개씩 만들어, 심심찮게 토끼를 잡아 낮 휴식시간에 모닥불에 구워 먹기도 했다.

그러나 송편 크기로 한 점씩 돌아오는 별식이야말로 주림을 더욱 보챌 뿐이었다. 얻게 되는 털이 귀마갯감으로 더 소중했다.

충성대 대원들이 봉화군 소천면 태백산 아랫녘 일대의 산판에 동원된 지도 스무 날을 넘겼다. 날씨가 하루 다르게 추워져 엄동설한이 본격적으로 찾아왔다. 사흘이 멀다하고 눈가루가 흩날렸다. 그래도 눈이 오는 날은 기온이 눅었으나 눈이 그치면 살을 에는 혹한이 몰아쳤다. 겨울철 벌채 노동이란 나무와 씨름하는 작업이라기보다 추위와 싸우는 전쟁터였다. 일에 지쳐 눈 위에 쓰러지는 자가 생겼고 환자도 늘어갔다. 숙소에는 탈진과 고열로 신음하는 자가 날마다 네댓 명씩은 누워 있는 형편이었다. 강치현도 몸살로 이틀 동안 숙소에서 앓다 다시 작업에 나섰다.

충성대 대원들은 대체로, 처음 며칠 동안에는 열흘을 넘기지 못할 것 같던 중노동에 차츰 단련되어 갔다. 벌목 일에 익숙해지는 만큼 체력도 적응되었다. 또한 병오천 일대의 지역 사정에도 귀를 텄다. 백여 명을 한 단위로 조직된 황민대, 아카마루대가 어느 산협에 숙소를 정하고 있으며, 그들이 벌목하는 산판이 어디쯤이냐도 위치를 대충 가늠할 수 있었다. 또한 대원들이 궁금하게 여기던 병대가 주둔하고 있는 장소도 알게 되었다. 병대는 골짜기를 빠져 내려가 병오천 따라 산자락을 돌아나가면 병풍같이 낮은 능선으로 둘러싸인 요새에 본부를 두고 있었다. 그곳에는 '총독부 영림청 봉화지창 현장사무소'와 충성대를 비롯한 각 단위대 기간요원 숙소도 있었다.

"충성대 숙소에 계집년이 셋 있지. 총대, 부총대, 조장과 서기

밥해주고 빨래하는 여자들이야. 지난번 산치성 때 진설한 떡이며 돼지머리도 거기서 장만해 날라온 게야. 그중 시노다 총대님 잠자리를 즐겁게 해주는 계집년도 하나 끼었구." 어느 날, 1조 3분대장 황차득이 분대원들에게 들려준 말이었다.

"분대장님은 처자식이 없습니까?" 임일갑이 물었다. 분대장 셋과 독찰대원들은 취사장 옆 숙소에서 합숙했던 것이다.

"사지 육신 멀쩡한데 왜 없겠어. 안동에 있지. 월급으로 오십육 원 오십 전씩 받아 그걸 모아두었다 초복 절기에 안동으로 내려가. 여기 병오천에서 목재를 적심(강물에 통나무를 띄워 내리는 일)하면 낙동강 타고 내려가서 안동에서 집목(集木)되거든. 거기서 떼를 만드는 작업을 하지. 가을 들 때까지 두어 달 동안 그 일에 자네들 중 일부도 동원될 거야. 그동안은 나도 가족과 한솥밥 먹게 돼. 자식도 구들목 농사로 그때 만들구." 황차득이 딸기코를 벌름거리며 들려준 말이었다. 그는 또 청산옥 넘어 서북쪽으로 20리 연화봉 아래 아연이 발견되어 새로 광산이 개발되었는데, 그쪽으로 일꾼이 많이 몰려든다는 말도 들려주었다. 대원들이 안동에서 떼 만들기를 마치고 철수하면 제 원 처소대로 부산감옥이나 대구감옥으로 돌아갈 테고 거기서 형기를 마치고 석방되어도 입살이 힘든 자는 연화산 쪽 광산으로 찾아들면 된다고 했다. 그러나 무엇보다 1조 2분대장 안승훈이 들려준 금정광산 이야기가 대원들에게는 더 솔깃했다.

"나, 나 말이네. 버는 쪽쪽 갈보 속치마 밑에 나, 날렸지만 후회는 어, 없어. 요릿집에 소리 하는 기생년들, 차, 참말로 눈에 삼삼

하누만. 여름 너, 넘기면 우구치로 또 갈 테야." 안승훈은 마흔 초반의 홀아비로 말더듬이였다. 작달막한 키에 상체가 벌어졌고 팔뚝이 무쇠 같아 그의 도끼질 솜씨는 분대장들 중 호가 났다. 도끼를 들고 휘둘렀다 하면 두 아름 나무가 넘어질 때까지 쉬는 법이 없었다. 작업 달성량을 두고 분대별 경쟁을 붙였으므로 하루 작업량이 모자라는 분대는 분대장이 손수 나서서 솜씨를 보이기도 했던 것이다. 그의 말에 따르면 금정광 앞 산촌 우구치 마을은 어느 도회지 못지않다고 했다. 우구치는 노다지를 찾아 전국에서 몰려든 돈푼깨나 있는 전주를 앞세워 3백여 가구 마을로 번창했으며, 삽살개도 주둥이에 물고 다닐 정도로 지전이 흔전만전 뿌려진다는 것이다. 그렇다 보니 기생 예닐곱 명씩 두고 장사하는 요릿집이 열 군데가 넘으며, 밤이면 장구 장단에 맞추어 가무로 날 새는 줄 모르는 요지경 세상이라 했다.

"버는 족족 화냥년 그 구멍에 다 날려버리니 저 속내를 알고도 모르겠어. 계집 얻어 살림 차린다면 상주 세울 자식이라도 남길 게 아냐." 황차득이 안승훈을 두고 혀를 찼다.

12월 중순을 넘겨 충성대 대원들 산판 생활도 한 달을 채웠다. 기온이 영하로 뚝 떨어진 어느 날 아침 조회 때였다. 부총대 서종달이 아침 조회를 주로 관장했는데, 그날은 총대 시노다도 참석했다. 그가 사무소 서기직에 있는 젊은 통변을 세워 일장 연설 끝에, 그동안 대원들이 학수고대하던 가족 면회 문제를 꺼냈다.

"한 명 이탈자도 없고 대원들 벌채 작업 성적이 양호하여, 연초를 기해 가족 면회를 주선하기로 결정 보았다. 내년 정초부터 조별, 분대별로 날짜를 정해 면회를 허락하겠으니 일차 가족에게 편지를 쓰기 바란다⋯⋯"

시노다 총대 말에 따르면 양력 정월 초하루부터 이틀 동안 휴무하고 3일부터 벌채 작업을 다시 시작하는데, 면회는 5일부터 실시한다고 했다. 5일에는 1조 1분대와 2분대, 6일에는 3분대와 2조 1분대, 이렇게 2개 분대씩 실시되며 면회 장소는 봉화군청 소재지 총독부 영림청 봉화지창 현장사무소였다. 편지는 검열을 통해 일괄 우송할 것인즉, 다음 사항을 필히 준수해야 한다고 말했다. 불온한 내용은 물론, 벌채 현장 위치와 작업 내용을 쓰지 말 것, 가족이 면회 올 때 무엇무엇을 가져오라고 구체적으로 명시하지 말 것. 위배되는 사항을 기록했을 때는 편지가 우송되지 않는다 했다.

시노다 말에 충성대 대원들은 환성을 올렸다. 양력 초하루부터 이틀 동안 휴무도 반가운 소식이었지만 가족 면회는 무엇보다 더 없는 바람이었다. 당장 겨울을 넘기는 데 필요한 두터운 옷을 차입할 수 있었다. 여러 켤레 버선과 설피화(雪皮靴)도 필요했고 가죽으로 만든 장갑과 털모자도 벌채 작업에 요긴한 품목이었다. 그래서 면회 올 때 가져올 물건을 편지에 쓰도록 허락해달라고 이구동성으로 외쳤다. 시노다가 큰 선심이나 쓰듯, 음식과 피복 종류에 한해서만 기재해도 좋다는 청을 받아들였다.

그날 저녁 석회 때, 각 개인에게 편지지 한 장과 봉투가 나누어졌다. 철필대가 분대별로 두 개씩 배당되어, 돌아가며 써야 할 형편이었다. 충성대 대원들이 수인들 집단이었으므로 면회 올 가족이나 친지가 없는 사고무친 외돌토리도 있었지만, 글을 쓸 줄 모르는 무학자가 태반이었다. 그래도 1조 3분대는 석주율, 강치현, 송복복, 이렇게 셋이나 있어 나머지 일곱 명이 셋에게 대필을 부탁했지만, 2분대는 글 쓸 줄 아는 자가 하나도 없었다. 석주율과 강치현이 2분대 몫까지 대필해주어야 했다. 혹한의 산판 생활이라 고생이 막심하다고 쓰면 편지가 검열에 걸릴까봐 언급 없이, 모두 봉화군 봉화면소에 있는 총독부 영림청 봉화지창 현장사무소로 면회 와줄 것과 입성과 먹거리 따위를 부탁하는 내용이었다.

"형님은 남의 대필만 해주고 자기 편지는 안 쓸 작정입니까?" 강치현이 석주율에게 물었다.

"이 첩첩산골까지 찾아올 사람도 없고, 부탁할 물건도 없군요. 편지를 내지 않겠습니다."

"언양에 부모 형제분이 계신다면서요?" 석주율이 말없이 대필에만 열중하자, 강치현이 안부편지라도 내라고 말했다.

석주율은 본가는 물론 갓골 이희덕, 또는 석송농장 박장쾌나 선화에게 편지 낼 마음이 없었다. 사흘 밤낮은 걸려야 올 수 있는 봉화 땅까지 연로한 아버지를 걸음 시키고 싶지 않았다. 현현역술소가 번창한다니 선화는 올 수 없을 테고, 소식을 안다면 정심네가 불원천리 달려올 텐데 그네에게는 늘 신세만 진 미안함 때문에 편지를 내고 싶지 않았다. 글방이며 농막 소식이 궁금했으나, 자신이 출옥할 때까지는 걱정한다 해도 어떤 도움도 줄 수 없었다. 만약 편지를 낸다면 백운에게 안부를 전하고 책 몇 권을 부탁했으면 싶었다. 『반야(般若) · 유마경(維摩經)』『약설 종경록(略說 宗鏡錄)』 등 불교 경전과 야소 말씀을 기록한 성경이었다. 부산감옥 시절에도 원했던 책인 만큼, 휴식시간 틈틈이 책을 읽으면 마음에 평안을 얻을 것 같았다. 그러나 없으면 없는 대로 지낼 만하기도 했다. 벌목 때 짝인 치현은 일을 거든다는 정도고 자신이 두 사람 몫 중 칠 할을 감당해내니 가열한 노동으로 늘 파김치가 되는 마당에 독서가 과연 마음에 새겨질까 의문이 들기도 했다.

"형님도 고집 그만 부리고 주소 대세요. 제가 대신 편지 넣을게요." 가족면회 통보에 신바람이 난 강치현이 우겼다.

석주율은 문득 강치현의 가족이 면회 올 때 그 책을 구해 오라고 부탁할까 하고 생각했다. "제가 형님과 짝이 되지 않았다면 벌써 산송장이 되었거나 죽기를 각오하고 탈주했을 겁니다. 이 모두가 형님 덕분입니다. 형님 인내심에서 깨우친 바 컸습니다. 우리 분대원들이 모두 형님을 흠모하는 이유도 잘 압니다." 강치현이 자주 하는 말이었다. 강치현이 샌님이란 별명으로 통한다면 석주율은 도사로 불렸다. 늘 미소를 잃지 않고 말없이 일만 한다 하여 묵언도사로 불리다 앞 두 글자가 생략되었던 것이다.

"강형, 나도 그럼 편지를 내겠어요. 면회 올 사람이 없으니 인편에 책을 몇 권 부탁할까 합니다. 함안에 있는 강형 본가로 책을 전해주면 강형 가족이 면회 올 때 가져오면 되겠지요." 석주율이 부산의 백운을 떠올리며 말했다. 시골인 함안에서는 구하기 힘들 책을 강치현의 가족에게 사오도록 하는 부담을 주고 싶지 않았다. 시노다 총대가 편지에 책 반입에 따른 내용은 쓰지 말라 했으나, 석주율 판단으로 그런 책이라면 반입 못할 이유가 없었다.

백운거사님 귀하.

동절에 댁내 균안하온지요. 소인은 부산을 떠나온 후 신체 강건히 잘 있습니다. 올릴 말씀은 다름이 아니옵고, 서책 몇 권을 부탁할까 합니다. 책방에서 구입할 수 있으면 아래 주소로 양력 12월 25일까지 닿게 해주시면 소인에게 전달될 것입니다. 불교 경전으로 『화엄경』 『유마경』 『종경록』과 야소 말씀을 기록한 성경입니다. 촌음 중에도 그런 경전을 틈틈이 읽으면 불비한 인격에 수양이 될 테지요. 번거로움을 끼쳐 죄송합니다. 선화에게도 안부 전해주십시오. 책을 보낼 곳은 경상남도 함안군 군북면 면소 장터거리 강흥원 참사 댁입니다.

석주율은 편지봉투 겉봉에 백운이 일러준 거주지를 '경상남도 성내군 읍내 동장대 아랫말 현현역술소'로 적었다.

"부모 없고 처자식도 없는 내 신세가 처량하군. 면회 올 사람이 있어야 편지나 띄워보지." "팔베개 베고 마루에 누워 있던 김복남이 투덜거린 말이었다. 들소라는 별명이 붙은 그는 대장간 맞메꾼 출신으로, 벌채에 따른 산림법 위반으로 1년 2개월 형을 받은 자였다.

자정을 넘기까지 대원들 편지 대필을 마치자, 이튿날 아침에 벌목장으로 출발하기 전 후쿠지마 1조 조장이 편지를 거두어갔다.

이틀 뒤였다. 아침밥 먹고 벌목장으로 출발하기 전이었다.

충성대 대원들이 출동 준비를 하느라 숙소에서 손에 붕대를 감고 행전 친 발목에 넝쿨줄을 두르며 분답 떨 때였다.

"일조 삼분대 석상, 오늘 작업 가지 말고 있슴이다." 후쿠지마 조장이 숙소로 들어서며 말했다.

석주율은 영문을 몰라 대답을 못했으나 다른 대원들은, 이 추위에 도사가 광땡패를 잡았다며 부러워했다. 석주율이 숙소에 남아 무료한 시간을 아끼느라 찢어진 솜저고리 팔꿈치를 대바늘로 깁고 있었다.

"석상, 사무소로 가봐요." 젊은 취사원이 말하고 갔다.

석주율이 운동장 동쪽에 있는 사무실로 갔다. 부총대 서종달이 서류철에 도장을 찍는 참이었고, 안경 낀 젊은 서기는 무엇인가 열심히 쓰고 있었는데, 시노다 총대의 통변을 도맡는 자였다. 사무실 가운데 놓인 연통 달린 난로는 아침부터 벌겋게 달아 실내가 후끈했다.

"일조 삼분대 석주율입니다." 석주율이 다소곳하게 말했다.

앉으라고 말하곤 서종달이 도장을 찍었다. 석주율이 의자에 앉자 난로에서 뿜는 열기 탓인지 온몸이 스멀거렸다. 속옷에 박힌 이떼가 더운 내를 맡고 꼼지락대기 시작했다. 잠시 뒤, 서종달이 난로 옆 의자로 옮겨 앉았다.

"석상은 가족이 있는데 왜 면회를 원하지 않는가?"

"먼길인데다 부모님이 연로하셔 알리지 않았습니다."

"백운이란 자는 어떤 인물인가?"

"주역을 공부한 역술갑니다."

"석상 기록서에는 과거 절에 있었다던데, 왜 파계했는가?"

"가난한 이웃과 함께 살려고 절을 떠났습니다."

"석상의 열성적인 작업 태도와 어학 실력을 인정해, 당분간 사무소 당번에 채용하기로 결정했다."

사무소 당번 일이란 벌채 노역에서 놓여날뿐더러 독찰대 감시도 받지 않을 테니 나날의 생활이 노역보다 편안하고 자유로워질 것이나, 석주율은 부총대 말이 달갑지 않았다. 벌목장에서 혼자 빠져 현장사무소 난로를 끼고 앉아 시노다 총대 급사 노릇하는 꼴이란 조선인으로 인두겁을 쓰고는 못할, 가시방석 자리가 아닐 수 없었다. 마루 아래 모여든 굶주린 개떼의 질시를 받으며 밥상머리에 앉은 고양이 작태를 보는 꼴이며, 그들이 멀건 죽사발 받을 때 자기만이 쌀밥그릇을 받는 격이었다. 앞으로 누가 강치현 짝이 될는지 모르지만 그의 굼뜬 일을 미룰 때, 고생 또한 눈에 훤했다. 만주 간도 시절, 북로군정서 서기 일과는 근본적으로 다르다는 자기 속에서의 외침이 귀에 들렸다.

"왜, 사무소 당번이 싫은가?"

"대원들과 함께, 지금 일을 계속하렵니다."

"이건 명령이다!" 무시당한 쾌씸 탓인지 서종달이 목소를 높였다. "오늘부터 너를 현장 사무소 당번으로 임명한다. 엔도상이 네 할 일을 지시할 것이다." 서종달이 지휘봉을 들고 사무소를 떠났다.

엔도 서기가 철필을 놓고 안경코를 밀어 올리며 석주율을 건너다보았다. 몸집도 작고 얼굴이 홀쭉해, 한눈에 섬약해 보이는 모습이었다.

"석상 앉으시오. 나 엔도 센스케입니다. 어릴 적에 가족과 반도로 건너왔지요. 김천 실과중등학교를 나와 영림청 봉화지창에 근무한 지 삼 년 지났습니다. 여기 현장사무소에 출장 나와 있는 셈이지요." 엔도는 조선말도 분명하게 사근사근 말하며 난로 옆으로 건너왔다. "연말이라 뽑을 통계와 보고할 서류가 많이 밀렸습니다. 그래서 내가 국어와 조선글을 아는 조수 한 사람을 붙여달라고 건의했습니다. 총대님께서 충성대 대원들 편지를 검토하다 석상을 뽑은 모양입니다. 나를 도와주시오."

시노다 총대 통변을 맡을 때 조선말이 너무 유창해 일본인과 조선인 튀기로 소문났는데, 이름이 일본인이라 석주율은 적이 놀랐다.

"글쎄요. 그럴 만한 능력도 없지만, 여기서 일한다는 게 동료들 보기에 죄짓는 듯해서……"

"겸손이 지나치군요. 연말연시까지 바쁜 일을 끝내면 다시 원대 복귀될 겁니다." 석주율의 말이 그의 마음을 더 흡족하게 한 듯 그가 빙긋 웃었다.

"그렇다면……"

"저기 주전자에 식수 길어와 난로에 데우는 일부터 합시다." 엔도가 자기 자리로 돌아가며 말했다.

*

석주율의 현장사무소 당번 일은 안팎을 말끔히 청소하고 난로에 불을 피우는 일로 하루 일과를 시작했다. 날이 샐 무렵이면 전체조회에 참석하려 서기 엔도는 자전거로, 부총대 서종달은 말을 타고 출근했다. 둘의 아침식사는 충성대 대원들과 달리 취사장 옆

방에서 특식으로 먹었다. 그 자리에는 조장과 독찰대원들이 합석 했는데, 하루 업무현황에 대한 말이 그때 나누어졌다. 석주율은 충성대 대원들이 벌목장으로 출발하기 전까지는 그들과 행동을 같이했기에 식사는 숙소 침상에 일렬로 앉아 함께 먹었다.

"석도사, 무슨 중요한 정보 없어?" "벌채는 언제까지 하고, 운목 목도질은 언제부터 시작한대?" "우리들 편지는 봉화로 나가 거기 우체국에서 부쳤겠지? 특별히 지적당한 내용은 없었나?"

사무소 안에서 일어나는 일, 들은 말, 문서 내용을 일절 함구하라는 주의 말을 총대와 부총대로부터 귀 따갑게 들은 만큼 석주율은 대원들의 그런 질문에 대답이 궁색했다.

"사무소 일을 말하지 말라 해서 할 말이 없군요. 저는 엔도 서기가 시키는 일만 할 뿐입니다."

석주율의 이런 답변이 동료들에게는 아니꼽게 들렸다. 그도 그럴 것이 대원들은 한 달 넘도록 목욕을 못하고 머리와 수염을 깎지 못해 모색이 두더지와 다를 바 없었는데, 주율은 사무소 근무 첫날에 알머리로 이발하고 더운 물에 목욕을 했던 것이다. 누더기 겉옷도 빨아 입어, 누가 봐도 동료들과 별종직으로 구별되었다.

"친일노(親日奴)가 되더니 땟물 벗었어. 도사폼 잡은 것도 저 자리 따려는 수작이었겠지." "매사에 예, 예 하며 굽신거리는 꼴도 꿍심이 있었던 게야."

석주율은 동료들로부터 빈정거림을 들을 때가 괴로웠다. 바깥 기온과 상관없는 사무소 책상 앞에 앉아 엔도가 넘겨주는 보고서 필사본을 만들면, 자신이 친일노가 된 게 아닐까 하는 의구심이

들기도 했다. 만약 스승이 자기 꼴을 본다면 면전에서 침을 뱉을
게 분명했다. 그래서 그는 무슨 구실을 찾든 다시 벌채꾼으로 나
서겠는 속다짐만 되풀이했다.

"형님, 너무 괴로워 마세요. 그 일이 어디 형님이 자청한 일입니
까. 또한 영림청 현장사무직 자체가 친일이라 말할 수 없지요. 말
을 그렇게 붙인다면 벌채노동도 일본을 돕는 일이니 친일 아닙니
까." 유확이란 외자 이름의 사기죄 죄수와 벌채 짝이 된 강치현이
말했다.

총대 시노다는 충성대 전체 조회 때인 월요일과 목요일에만 참
석할 뿐 나머지 날은 모두 벌목장으로 떠난 뒤 아홉시가 넘어서야
말을 타고 출근했다. 출근 뒤 첫 업무는 각종 보고서 결재였다. '조
별 작업보고서' '독찰대 일지' '물자 및 장비 현황' 따위 일지에 도
장을 찍었다. 총대가 결재할 동안 부총대 서종달은 상관 책상 옆
에 서서 보충설명을 했다. 결재를 마치면 총대와 부총대는 대기
중인 독찰대원 둘의 호위를 받으며 벌채 작업 현장시찰에 나섰다.
다른 지역에서 벌채 작업을 벌이는 타대(他隊)를 방문하기도 했다.
그들은 오전 일과를 그렇게 보내고 오후에는 숙소에서 쉬는 환자
와 면담을 하거나 바둑으로 소일했다. 시노다는 독서를 즐겼는데
그가 주로 읽는 책은 가마쿠라 막부시대 무사들의 영웅담을 그린
군담소설(軍譚小說)이었다. 총대와 부총대는 일주일에 한두 번 군
청사와 영림청 지소가 있는 봉화면청으로 말을 타고 외출에 나서
기도 했다. 봉화면청까지는 험로 60리 넘는 길이라 그곳에서 하룻
밤을 유숙하고 오는 경우가 많았다.

석주율은 저녁 여섯시로 현장사무소 일과가 끝날 때까지 엔도를 도와 영림청 봉화지창으로 보내는 여러 종류의 보고서를 작성했다. 벌채 작업 진척에 따른 통계 서식, 충성대 대원 주식과 부식을 요청하는 서식도 있었다. 장비 지원을 요청하고 기간요원 급료 명세서도 작성했다. 봉화지창에서는 일주일에 세 차례씩 전령이 자전거를 타고 와서 우편물을 넘겨주고 현장사무소 우편물을 거두어 갔다. 오후 여섯시로 일과가 끝나면 충성대 대원들이 벌채를 마치고 숙소로 돌아올 아홉시까지 석주율은 자유시간이었다. 그러나 취사장에서 자잘한 심부름을 시키거나 독찰대원들이 벗어놓고 간 양말이나 내의를 빨 때가 잦았다. 그런 일감은 심리적인 압박감을 주었으나 남에게 조건 없이 베푸는 행위는 우인(友人)이 아니어도 좋다는, 불교의 자비와 야소교의 사랑을 되새겼다.

석주율이 사무소에 근무하며 엔도를 놀라게 한 점은 첫날 점심시간 때였다. 점심을 겸한 정오 휴식은 한 시간으로 정해져 있었다. 엔도가 식당으로 점심을 먹으러 함께 가자고 권하자, 주율은 그의 호의를 사양했다. 충성대 대원들이 힘들게 노동하며 점심을 거르는데 자신은 편안하게 사무 보며 수저를 들 수 없었다. 하루 이식(二食)을 다시 실천할 좋은 기회라 여겨 엔도가 두어 차례 권해도 그는 거절했다.

'왜놈 설'로 불리는 신정 이틀 휴무, 이어 시작될 가족면회로 충성대 대원들은 마음이 한껏 부풀어 있었다. 그들은 모든 희망을 거기에 걸고 벌채 일에 열성을 다했다.

강치현은 손과 발, 귓바퀴까지 동상이 심했다. 부은 살이 꺼멓게 변색되고 진물이 흘렀다. 그런 치현을 날마다 옆에서 함께 자며 보는 석주율 마음이 안쓰러웠다. 치현은 잠이 들어도 섬돌 밑 강아지처럼 앓는 소리를 흘렸다. 꿈속에서 부모라도 만나는지, 날 살려줘요, 나 이러다간 죽겠어요 하는 말을 칭얼거리기도 했다. 그러나 강치현만이 석주율에게는 변함없는 동료일 뿐, 나머지 대원들은 그를 경원시했다. 말조차 걸지 않았고, 바라보는 눈초리도 멸시에 투기가 번뜩였다. 그들은 이제 누구도 석주율에게 도사라는 별칭을 쓰지 않았고, "저 친일노 말이야" 하고 빈정거렸다. 그런 굴욕을 참아내느라 석주율은 벙어리가 된 듯 입을 봉했고, 행동도 더 차분해져 걸음 걸을 때도 고양이가 움직이듯 했다.

"자네가 만세시위에 앞장섰다고는 도무지 믿어지지 않아. 절에서 도 닦으면 어울릴 팔잔데, 장가갈 마음도 없다며 왜 파계했는지 이해가 안 가. 농민운동도 기개가 살아 있어야 하는데, 자네는 물먹은 명주옷 꼴 아닌가." 석주율을 옆에 두고 볼수록 심성의 착함을 알게 된 서종달 말이었다.

영림청 지소 현장사무소 부총대라면 조선인으로서는 출세를 한 축에 들었다. 조장들이 모두 일본인이니 서종달은 그들 위에 군림했다. 그러나 그의 전력이 어떤지 석주율은 몰랐다. 그가 일본말을 썩 잘했지만 어느 정도 교육을 받았는지도 알 수 없었다. 그 점에 대해 아무도 말해주지 않았고, 석주율도 누구에게 묻지 않았다. 충성대 대원들이 그를 두고 '독사 대가리'란 별칭을 붙여줄 만큼, 여러 사람 앞에 나설 때면 근엄했고 명령투 말씨에는 찬바람이 돌았다. 그러나 석주율이 그를 개인적으로 접했을 때 우스갯말도 곧

잘하는 다른 면도 볼 수 있었다. 나이 스물다섯 살로 아직 독신인 서기 엔도는 생김새대로 차분한 성격에 마음 씀씀이가 자상했다. 석주율을 늘 친절하게 대했고 존댓말을 썼다. 그래서 주율은, 이런 일본인도 있구나 하고 새삼스럽게 느낄 때가 많았다.

연말이 닥치자 현장사무소는 사무 일감이 밀렸다. 그래서 엔도가 야간근무까지 하곤 2킬로미터 밖 숙소로 가지 않고 기간요원 숙소에서 잠을 자는 날도 있었다.

밤이 들면 몰아치는 북풍으로 온 산의 숲이 아우성을 지르지만, 그날따라 바람 소리가 더욱 기승을 부려 사무소 유리창이 연방 떨어댔다. 난로 장작불은 잘 타올랐고 주전자 물은 소리 내어 끓고 있었다. 난방 잘된 방은 바깥 날씨가 추울수록 더 안온한 느낌을 주었다. 사무소에는 엔도와 석주율만 남아 남포등 밝혀놓고 연말 결산보고서 작성에 열중하고 있었다. 주무는 엔도가 담당했다. 엔도가 석주율에게, 수판으로 합산해보라, 보고서를 먹지 넣어 두 벌 복사하라는 따위의 일감을 넘겼다.

충성대 대원들이 밤일을 마치고 합창하며 돌아오는 소리가 들린 지도 한참 지났으니, 밤이 제법 깊었다. 야간근무 하는 날이면 석주율은 숙소로 돌아가지 않아도 되었기에 충성대 대원들로부터 빈정대는 말을 듣지 않고 눈총 또한 받지 않으므로, 편안한 쪽으로 따진다면 날마다 야간근무를 원할 만도 했다. 야간근무 때는 저녁식사 또한 엔도와 함께 기간요원 식당에서 특식으로 먹을 수 있었다. 토끼구이, 버섯볶음, 두부국이 상에 올랐다. 그러나 석주율은 동료를 생각해 김치와 국 이외 다른 찬에는 수저를 대지 않

68

았다. "석상 기록서를 보니 부산감옥에서 늑막염 앓은 병력이 있더군요. 우선 몸이 튼튼해야 하니 열심히 먹어요. 생명은 무엇과도 바꿀 수 없어요." 그렇게 신경 써주는 엔도를 석주율은 그가 일본인이라 해서 특별히 싫어할 이유가 없었다. 엔도 역시 석주율이 왜 점심밥을 먹지 않는지, 영양가 있는 반찬에 젓가락을 안 대는지, 그의 여린 마음을 읽고 있었다. "무로마치 막부가 몰락하고 일본 전토가 군웅할거 시대로 들어선 천오백년대 중엽, 다케다 신겐과 우에스기 겐신이 양대 세력을 형성해 평생을 난형난제 맞수로 자웅을 겨루었지요. 서로 한 치 양보 없이 전투로 일생을 보냈으나 두 사람 사이에는 따뜻한 정이 흘렀습니다. 적대국에 흉년이 들어 백성이 굶주리면 양식을 보내주었고, 상대국이 소금이 없어 백성이 곤란을 겪으면 소금을 보내주었답니다. 그들의 인간성이 후세에 큰 존경을 받았지요. 일본인은 누구나 신겐과 겐신의 피를 이어받았을 텐데도 조선인을 대하는 감정에는 그런 너그러움이 부족한 것 같아요." 어느 날, 저녁밥 먹으며 엔도는 그런 말도 했다.

엔도가 골필을 놓곤 안경을 벗었다. 그는 기지개를 켜며 하품하더니 의자에서 일어나 난로 쪽으로 갔다.

"석상, 오늘은 그만 합시다. 시간이 벌써 열시 됐어요." 엔도가 회중시계를 꺼내보았다. 바깥은 여전히 귀곡성이듯 바람 소리가 요란했다.

"엔도상은 신정휴가 때 부모님 계신 곳에 안 갑니까?"

"내년 오스키마(추석)에 부모님 찾아뵙기로 했지요. 마마상은 신정 맞아 내지로 들어간대요. 외할머님이 편찮아 마지막 걸음이 될는지 모르겠다면서요. 편지에는, 고향에 간 김에 제 색싯감도 물색해보겠다고 썼습니다. 그래서 신정은 여기서 지내기로 했어요." 엔도 부친은 하급직 철도공무원으로 근무하다 작년에 비로소 김천 아래쪽 아포라는 간이역 역장이 되었다 했다.

"엔도상, 제가 한 말씀 여쭈어도 될까요?" 석주율은 망설여온 말을 꺼내기로 마음먹었다. 간부식당에서 저녁밥 먹을 때, 오늘 저녁이 적당하다고 생각했던 것이다.

무슨 말이냐고, 주전자 물을 찻잔에 따르며 엔도가 물었다.

"연말 결산보고서 일이 끝나면 내년부터 저를 다시 벌채장으로 복귀시켜달라고요."

"같은 조선인들 대하기 괴롭다는 뜻입니까? 충분히 이해갑니다. 그렇다면 숙소를 아예 옮기는 방법은 어떨까요? 총대님과 부총대님이 석상에게 호감을 가지고 있어요. 그러니 두 분 승낙을 얻어 취사원들 숙소를 함께 쓸 수 있어요. 저 역시 당분간은 석상의 도움이 필요하니깐요."

"호의는 고맙습니다만 그런 배려가 더 불편할 것 같습니다. 여기로 올 때 저는 노동을 원했지 사무직을 원한 게 아닙니다. 젊은 나이에 몸이 편해진다는 게 왠지 부끄럽습니다. 제 청이 이루어지도록 엔도상이 도와주십시오. 조만간 부총대님께도 제 뜻을 말하겠습니다." 석주율은 동료들로부터 당하는 멸시의 눈초리나 현재의 안락도 괴로웠지만, 근본적으로는 출옥한 뒤 다시 빈민운동과 농촌운동에 매진할 때 이곳에서의 사무직 근무가 심리적으로 부담이 될 것임을 내다보았던 것이다.

"그래요?" 엔도는 보리차를 마시며 이해할 수 없다는 듯 석주율을 보았다. "석상, 한마디 묻겠습니다. 솔직히 대답해주시오. 벌채에 나서겠다는 의지가 점심 굶고 고기 먹지 않는 절제와 관련이 있습니까? 시노다 총대님은 그 점을 두고 불문에 몸담았던 종교심의 발로라 해석했습니다. 총대님께서 임시 서기보 한 명을 대원 중에서 차출할 때 단박 석상 편지를 뽑아냈습니다. 이번에 투입된 백열여덟 명 대원 중 조선어나마 어학 해독자가 아홉 명이었습니다. 모두 만세 운동이나 불령사건 관련자들이지요. 총대가 그중에서 석상 편지를 집어낸 이유가 무엇일까요. 석상은 편지에서 누구나 원하는 면회를 거절했고, 불경과 성경을 인편으로 보내달라고 했습니다. 석상 기록서를 다시 보곤, 늑막염에는 무리한 육체노동이 금물인데 마침 잘됐다며 만족해했습니다. 총대님은 독실한 불교신도지요." 엔도가 안경을 끼고 말을 이었다. "그러나 제가 가까이에서 석상을 지켜본 탓인지, 총대님 견해에 전적으로 동의할 수 없습니다. 부총대님 언질이 더 설득력 있었지요. 부총대님은, 극기에 가까운 그런 절제력은 동료가 수모당하며 노역하는데 나는 동료의 배반자다, 즉, 민족감정 작용 탓이라고 말했습니다. 우리 사무 일이 대원들 노동력을 착취하는 데 직접 이바지한다고 볼 수 없으나, 그들을 관장하는 관청인 셈이지요. 그러므로 지금 석상 업무가 일본인 명령을 이행하는, 이를테면 내지인 고츠가이 아닙니까. 그러므로 고츠가이 노릇은 못하겠다는 뜻 맞지요? 석상이 다시 벌채 일에 원대 복귀하겠다는 말이. 석상, 그 점을 분명하게 대답해주시오." 엔도가 석주율을 정시했다.

"그렇습니다. 부총대님과 엔도 서기 판단이 정확합니다. 그러나 제 원대 복귀 희망에 민족감정의 작용이란 거창한 이름까지 붙일 필요는 없습니다. 감옥에서 동고동락해온 동료들이 힘든 일을 하는데 저만 따뜻한 사무실에서 일하는 게 죄스럽습니다. 마음이 편치 못할 때는 비단금침에서 잠을 자도 편안한 마음으로 섶에서 잠을 잠만 못합니다. 저는 육신의 고통을 참는 데는 웬만큼 단련돼 있습니다." 석주율은 일본인 아래 일하는 데 따른 수치심은 언급하지 않았다.

　"솔직한 대답이 좋습니다. 고려해보도록 하지요."

역류(逆流)

1922년 1월 1일. 며칠 동안 혹한이 몰아친 뒤, 날씨가 좋았다. 하늘이 맑고 바람도 잔잔했다.

충성대 대원들이 침상에 일렬로 늘어앉아 양력 원조 아침밥을 먹었다. 조밥이지만 식기에 고봉으로 담아 양이 넉넉했고 무 썰어 넣고 끓인 동태국이 나왔다. 대원들은 처음 맞는 이틀 동안 휴무여서 입성 빨아 벽난로에 말리며, 곧 닥칠 면회날을 앞두고 마음이 들떠 있었다.

"영내서도 토끼를 잡을 수 있어. 토끼고기나 먹자구." "독찰대원들이 이틀 휴무 동안 노루사냥 나간다더군. 몰이꾼이 필요하다면 거기 껴붙어도 좋을 게야." "휴무 동안 군부대가 비상경계를 선다잖아. 만약 탈출자가 생기면 그 분대는 연대책임을 물어 엄중 처벌한대." "개팔자로 늘어지게 잠이나 자둬." 대원들이 침상에 눕거나 앉아 싱둥생둥 지껄였다. 벽난로가 열을 발해 실내가 훈훈

했다. 오늘은 왠지 계집이 그립다고 누군가 말하자, 한동안 음담패설이 분분했다.

"객소리 치우고 일분대, 이분대는 이발 준비해." 황차득이 가위로 발톱을 깎다 내지른 말이었다.

그 말에 누군가, 봉두난발 청산하면 사람꼴은 갖추겠으나 털모자가 없어져 알머리가 시렵겠다고 말했다. 통나무 문짝이 열리더니 엔도 서기가, 석상, 옷 두툼히 껴입고 사무소로 와요 하곤 가버렸다. 강치현과 김복남을 상대로 백두산 정상에 올랐던 일화를 들려주던 석주율은 거두절미한 말에 영문을 알 수 없었다. 강치현이, 부총대가 어제 봉화로 나갔으니 총대가 사냥 가는 길에 데려갈 모양이라고 알은체했다. 석주율은 목도리 두르고 발싸개를 감았다. 그가 사무소로 가니 털모자 쓴 시노다 총대가 차를 마시고 있었다.

"신정 맞이해 석상 행운을 기원하오." 시노다가 말했다.

"모쪼록 사고 없는 한 해가 되었으면 합니다."

"엔도상, 저래서야 산행할 수 있겠어? 보급실로 데려가 외피와 신발을 바꿔줘." 시노다가 엔도에게 저희 말로 말했다.

엔도가 석주율과 함께 취사장으로 걸으며 신년 해맞이 산행을 두고 의견을 나누었다. 시노다는 새해를 맞아도 고향에 못 가 태백산에 올라 동해 건너 내지를 향해 참례하겠다는 뜻을 말했고, 자기와 주율을 동행자로 뽑았다는 것이다.

석주율은 방한복 바지와 작업화 한 켤레를 지급받았다. 왕새기 벗고 고무창 붙은 작업화를 신으니 발이 가벼웠다.

셋은 능선 따라 북으로 길을 잡았다. 시노다는 권총을 차고 등

산용 피켈을 들었다.

"짐승을 보더라도 총질 않을 테야. 오늘은 피 보는 날이 아니니 깐." 시노다가 말했다.

태백산 능선은 눈에 덮여 있었다. 개울 갓길로 오르기 한참, 병대 초소를 지나 일행은 대여섯 채 너와집이 있는 화전촌에 들었다. 정상까지 오르자면 길잡이를 세워야 했기에 중늙은이 하나를 불러냈다. 남바위 쓰고 설피 신은 중늙은이가 도끼 꽂은 지게를 지고 따라나섰다.

"오늘이 양력설인지도 몰라 옥수수죽으로 조반을 때웠습죠. 마침 나무하러 나선 참인데 나리님을 모셔 영광입니다."

중늙이가 곱송거리며 앞장섰다. 백련암 오르는 실배암길로 오르자 응달에는 쌓인 눈으로 정강마루까지 빠졌다. 그들은 숫눈에 찍힌 멧돼지며 노루 발자국을 보았고 앞길을 지르는 토끼는 심심찮게 만났다.

"우리는 경술년 합방 전에 여기로 들어온 원주민이라 겨우 소개(疏開)를 면했으나 늦게 들어와 쫓겨난 화전붙이야 여기 떠나면 갈 곳이 어딥니까. 관헌 눈 피할 더 깊은 산도 없으니 북지로 떠날 수밖에 없지요. 나리님들이 선처해주셔야지요." 중늙이가 석주율을 영림청 관리로 알고, 둘이 저만큼 앞서 걷자 속달거렸다.

"전 충성대 대원입니다. 화전붙이도 못해먹겠군요."

"그래요?" 중늙이가 놀라하며 석주율을 보았다. "몇 해 전부터 화전 입산지는 무조건 내치고, 집은 허물어버려요. 청옥산, 구룡산, 삼동산 쪽으로 들어온 사람들이 그렇게 쫓겨나 태백산으로 찾아

들어 듣게 된 소문입지요. 여기만도 골이 깊고 산이 높아 관헌 손이 못 미쳤으나 작년부터 벌채가 시작되고 병대까지 들어오자 경술년 이후에 들어온 화전붙이는 모두 내쫓겼지요."

"농사 지어먹을 수 없어 들어왔을 텐데 화전도 못하면 굶어 죽는 길밖에 없겠군요."

조선총독부가 1916년 화전정리대책 훈령을 발표한 바 있는데, 산림 남벌 피해가 막심하다는 이유였다. 일본의 농지 수탈로 파산한 농민들이 화전이나 부치러 깊은 산으로 찾아드는 수가 1915년 이후 한 해 1만여를 넘어서자 당국이 단속에 적극 나섰던 것이다. 그러나 의병 출신자, 독립운동꾼자의 은신처가 산채라 그 해체에 목적이 있음을 석주율은 알고 있었다.

"소백산 쪽은 화전민이 독립운동을 모의하다 잡혀갔다는 소문을 들었습니다만, 젊은이도 그런 일 하다 잡혀왔나요?"

"글쎄요."

일행은 큰키나무 군락지대를 거쳐 억새밭 더기로 올랐다. 사방이 트였고 돌아보면 눈 아래로 등성이와 골짜기가 가뭇없이 펼쳐졌다.

"이제 얼마 가지 않으면 제천단(祭天壇)입니다. 그곳이 태백산 신령님 처소지요." 중늙은이가 말했다.

일행은 태백산맥 주봉 태백산 정상에 도착했다. 바람결에 너울거리는 억새밭이 넓었다. 모두 땀에 젖은 얼굴을 바람결에 식히며 눈 아래를 조망했다. 흰 고깔 쓴 연봉이 햇살 아래 점점이 이어져 있었다.

"장엄하도다, 대륙의 산맥이여. 위대하도다. 대륙을 정복한 황민의 혼이여!" 시노다가 저희 말로 읊곤 피켈을 땅에 꽂았다. 품에서 일장기를 꺼내 피켈에 매달았다. 그는 무릎을 꿇더니 해가 떠오른 동쪽을 향해 손 모아 묵념에 들어갔다. 상관의 엄숙한 자세에 감동당한 엔도가 그 옆에 무릎 꿇고 합장했다.

석주율이 선 채 묵념을 올렸다.

"세존이시여, 하늘님이시여, 이 땅을 창조하시고 배달겨레가 터전을 잡게 하신 한배검이시여, 조선이 광복되어 이 나라 백성이 자유를 찾게 도와주소서." 석주율은 자기 총에 죽은 일본군이 떠올라 그의 명복도 빌었다.

"겨울을 넘기면 봄이 올 테지요. 봄이면 온산을 덮는 철쭉꽃이 볼 만합니다." 중늙은이가 석주율에게 말했다.

"제천단은 어디 있습니까?"

석주율 물음에 중늙은이가, 나를 따라오라 했다. 기원 드리는 일본인을 두고 둘은 억새밭을 헤쳐갔다.

"태백산은 예부터 우리 동포 성지라 들었습니다. 그래서 단군임금님께 제사 드리는 제단이 있어왔습죠. 그런데 몽고병란 때 많이 부서졌는데, 작년에 일본 병대가 주둔하곤 그들이 제천단을 아주 허물어버렸습니다." 중늙은이가 말했다.

석주율은 허락 없이 자리를 떠나 뒤가 켕겼으나, 곧 제천단 터에 도착했다. 여기라며 중늙은이가 손가락질했으나 바위덩이와 돌무더기만 흩어져 있을 뿐이었다. 단이라면 무엇인가 쌓은 형체가 있어야 하는데 아무것도 없었다. 석주율은 잔설이 희끗하게 붙은 돌을 집어들었다. 돌은 제천단 쌓을 때 끼임돌로 쓰였음직한 죽사발 크기였다. 몽고병란이라면 고려 말 1260년대로 6백여 년 전이었다. 그 이전에 이곳에 우뚝 솟은 제천단이 있었다니, 주율이 손에 쥔 돌도 긴 세월을 이어온 역사의 파편이었다.

"망원사 쪽으로 넘어가면 화전붙이 세 가구가 굴피집을 엮고 살지요. 나야 여기 들어온 지 십수 년에 불과하지만 그들은 몇십 년 전에 들어왔다오. 가까이 절이 있지만, 다들 단군님 섬기는 교를 믿는답니다. 자취마저 없어졌으나 제천단을 지키며 음력 시월 사흘에는 제사를 모셔요."

"그렇다면 대종교 말씀이군요?"

"맞아요. 젊은이도 그 교를 아십니까?"

"백두천산 아래 화룡현에 있는 대종교 총본사에 가본 적이 있습니다. 신도는 아니지만요."

석주율은 자형과 누님이 떠올랐다. 자형은 지금도 북로군정서 소대장으로 만주벌을 누비는지, 누님은 청포촌 본사에 잘 있는지 궁금했다.

"어천절이라 해서 삼월 보름날, 개천절이라 해서 시월 초사흘 날이면 제천단을 찾아 그 교도 수백 명이 온답니다. 젊은이에게만 귀띔하지만 화전붙이 세 가구 중 한 가구는 몇 년 전 들어온 유식 잔데, 독실한 단군님 신봉자지요. 그분 말에 따르면 태백산에 저 신라 적 이전부터 단군님 말씀이 적힌 비석이 있었답니다. 그래서 태백산은 조선 사람에게 어느 산보다 신령한 산으로 받들어져 왔다지 뭡니까."

석주율은 그 말을 들으니 자기가 이곳에 오게 된 것도 그 어떤 점지된 계시가 있지 않았나 여겨졌다. 조선 땅 많은 산 중에 왜 태백산 벌채에 동원되었는지, 우연이라기보다 비밀한 인연이 느껴졌다. 그는 대종교 교인이라는 화전민을 만나 태백산과 단군 관계에 대해 묻고 싶었으나, 시노다와 엔도가 탈출을 염려해 자기를 찾으리라는 데 생각이 미쳤다.

"어르신, 갑시다. 우리가 너무 지체했어요."

석주율은 걸음을 돌렸다. 아니나 다를까. 석주율을 부르는 엔도 목소리가 바람결에 실려왔다.

"자리 떠나면 말하고 가시오." 엔도는 그 말만 했다.

"석상은 신년 기원이 무어요?" 시노다가 쾌활하게 물었다.

석주율은 대답을 망설였으나 시노다 총대가 불쾌해하더라도 원단에 거짓말을 할 수 없었다.

"조선 사람이라 조선의 자주독립을 기원했습니다."

"자주독립?" 순간적으로 시노다 표정이 굳어졌다. "좋아, 석상의 솔직한 말이 마음에 들었어. 그러나 그 발언은 묵과할 수 없소. 오늘은 좋은 날이니 그만큼 해두지." 시노다 말을 엔도가 저어하는 목소리로 통변했다. 시노다는 피켈에서 일장기를 풀어 외투 주머니에 넣었다.

일행은 하산을 시작했다. 석주율 발언 탓으로 모두 말이 없었고 표정이 무거웠다. 석주율은 역시 마음이 편치 않았으나 후회는 없었다. 만약 가족의 평안을 기원했다고 둘러댔다면 두고두고 괴로움이 남을 터였다.

"석상, 왜 그런 말 했소? 신정부터 총대님 기분을 구기다니." 큰 키나무 군락지대로 들어서자 엔도가 걸음을 늦춰 석주율을 힐책했다. "석상은 조선이 독립할 수 있으리라 믿소?"

"조선은 긴 역사를 이어온 독립국이었습니다."

"조선은 누대로 중화 대륙을 지배한 대국의 종속국이었소. 조선 백성은 무지하고 의타심이 강해 자주국으로 독립할 능력이 없어요. 독립은 가설로도 성취될 전망이 전무하오."

석주율은 대답하지 않았다. 예의 바르고 친절한 엔도도 그 점만은 양보할 수 없다는 벽을 치고 있었다. 석주율은 엔도와의 관계에 한계점을 인식했다.

이튿날도 휴무였는데 낮 열한시쯤 엔도가 석주율을 사무소로 부르더니, 내일 시무식 전에 총대님에게 제출할 반성문을 써두라고 말했다. 석주율은, 총대님이 그렇게 말했냐고 물었다.

"그런 말은 없었으나 총대님 심기가 편찮은 것 같소. 석상을 사무소에 근무시킬 수 없겠다는 말씀은 했지만."

"반성문을 쓰지 않고 내일부터 벌채에 나서겠습니다."

"석상 마음을 알겠소." 엔도가 석주율을 조수로 두고 싶으나 단념할 수밖에 없다는 듯 목소리에 체념이 섞여 있었다.

휴무가 끝난 이튿날, 날이 희뿌옇게 밝아왔다. 운동장에는 충성대 전 대원이 조별로 서고 간부진과 독찰대원이 마주보며 도열했다. 총대 시노다의 신년사가 있었다. 작년에 사소한 사고가 몇 건 있었으나 대원들의 열성적인 노력으로 목표량을 달성한 점을 치하하고, 올해도 소정의 성과를 거두어달라는 격려의 말이었다. 특

80

별한 지시는 하달되지 않았고 그의 일본말 연설은 엔도가 통변했다. 단상에서 내려온 시노다는 뒷짐지고 사무소로 걸음을 돌렸다. 이어, 어제 오후에 휴가에서 귀가한 서종달 부총대가 그루터기에 올라섰다. 그는 추위가 혹심해지고 해가 짧은 일월 한 달 동안은 오후 작업을 한 시간 단축한다는 말로 대원들 사기를 진작시켰다. 환호성이 가라앉자, 서종달이 지휘봉으로 1조를 지목했다.

"일조 삼분대 석주율, 앞으로 나와!"

한순간에 운동장이 조용해졌다. 석주율은 벌채꾼으로 다시 복귀되리라 여겨 노역 준비를 하고 나왔다 얼결에 대열에서 빠져 앞으로 나갔다.

"여기에 나온 자는 시노다 총대님 앞에서 불령한 말을 거침없이 뱉은 자다. 이런 불령분자를 일본국 형법으로 다스리자면 재판에 회부해 중벌을 받게 해야겠으나 총대님께서 신년 은전을 베풀어 영내에서 체벌하기로 결정했다. 체벌은 사십 대 채찍과 금식 육 일, 토굴 감방 구류에 처한다. 앞으로 국시에 위반되는 언행을 공개적으로 행하는 자나, 음모하는 불령지도(不逞之徒)는 이번 체벌보다 엄중한, 신체적 불구도 불사하는 체형에 처해질 것이다."

서종달은 말을 마치자, 독찰대원에게 형구를 가져오라 했다. 독찰대원 둘이 기간원 숙소로 뛰어가 날라온 형구는 십자형 틀이었다.

"껍데기 벗어!" 독찰대원이 석주율에게 명령했다.

석주율은 솜저고리와 바지를 벗고, 작업화도 벗었다. 고쟁이마저 벗자 독찰대원이 양쪽에서 달려들어 그의 팔을 낚아챘다. 둘은 알몸의 주율을 십자형 틀에 등 보이게 뉘고 포승으로 손목과 발목을 묶었다. 바람 가르는 소리에 이어 석주율 등줄기로 채찍이 떨어졌다. "이치, 니, 산, 시" 하고 수를 세며 양쪽에서 내리치는 채찍이 석주율의 등과 엉덩판을 겨냥해 겨끔내기로 떨어졌다. 예닐곱 대를 맞았을 때, 그의 등과 엉덩판은 핏줄기가 고랑을 이루었다. 스무 대 넘게 매질을 당하자 주율은 차츰 정신을 잃어갔고, 서른 대를 넘자 실신했다. 내리치는 매질에 핏방울이 채찍에 묻어 튀었다. 채찍은 어혈된 살점까지 집어냈다. 석주율 몸이 산적이 되자 마흔 대 채찍질이 끝났다. 그의 몸이 움직이지 않았다.

단상에 섰던 서종달이 채찍을 내린 독찰대원에게, 의무실로 옮기라 이르고 침묵하는 충성대 대원들에게 말했다.

"마흔 대 체형은 시작에 불과해. 저놈이 혼절에서 깨어나면 병대 토굴 감방에서 오늘부터 엿새 동안 굶게 될 것이다. 토굴에 갇힌 자는 태반이 시체로 나왔는데, 대원들은 석가가 어떻게 될 것이냐를 엿새 후면 보게 될 것이다. 살아서 동료와 다시 상면하게 되기를 나 역시 희망한다. 이상." 서종달이 말을 맺곤 단상에서 내려갔다.

석주율이 깨어나기는 낮참이었다. 그는 살점을 뜯어내듯 쓰리고 화끈거리는 통증부터 느꼈다. 자신은 침상에 엎어져 있었는데 실내가 밝고 훈훈해 아직 토굴 감방으로 이송되지 않았음을 알았다. 말소리가 들렸다.

"소금을 지참시켜요. 탈진과 각기병은 막을 테니." "발각되면 내가 추궁당해요." "총대님도, 개인적으론 용서해주고 싶으나 국가에 충성하는 신민 입장으론 용납할 수 없다 했소. 그 말씀을 헤아려줘요." 엔도와 독찰대원 대화였다.

석주율이 된숨을 뿜으며 신음을 흘리자 대화가 그쳤다.

"석상, 깨어났소?" 엔도가 묻자, "이놈아, 일어나 감방으로 가야지" 하고 독찰대원이 석주율 앞머리를 흔들었다.

"석상, 최선을 다했지만 내 능력으론 어쩔 수 없었어요. 우리 숙소가 병영 안에 있고 토굴과 가까우니 한번 들르리다. 그동안 마음 굳게 가져 견디시오." 엔도가 말했다.

석주율은 몸을 일으켰으나 앉을 수 없어 엉거주춤 선 채 옷을 입었다. 등과 엉덩판에는 지혈제로 말린 쑥을 붙여 그것이 터진 살에 닿아 화끈거림을 알았다. 주율이 힘들게 겉옷까지 입자, 엔도가 무엇인가 바지주머니에 찔러주었다. 주율은 버선을 발에 끼고 작업화를 신었다.

"다리는 멀쩡하니 앞장서." 독찰대원이 장총을 어깨에 멨다.

석주율은 어기적걸음으로 운동장에 나섰다. 걸음을 옮길 때마다 등과 엉덩판이 쓰라렸다. 석상은 의지력이 대단하니 잘 견디어 낼 거라며 엔도가 작별 말을 했다.

포승에 묶인 석주율이 앞서고 독찰대원이 따르며, 둘은 얼어붙은 병오천 따라 산자락을 돌아갔다. 병풍을 두른 듯 산으로 싸인 더기에 여기저기 통나무집이 흩어져 있었다. 둘레로 철조망이 쳐졌고 정문 초소에는 병정이 지키고 있었다. 둘은 정문을 통과해 앞마당에 일장기를 건 병영으로 걸었다.

영주에 주둔하며 경북 북부 산악 지방 경비를 담당하는 보병 대대병력 중 2개 소대가 파견근무하는 태백산 경비대 본부에 서종달 부총대가 먼저 도착해 있었다.

독찰대원이 포승을 풀자 석주율은 병사(兵事) 담당 하사관으로부터 심문을 받았다. 서종달이 하사에게 석주율 죄상을 설명했기에 인정신문(人定訊問) 절차를 밟았다. 젊은 하사관은 조선어를 못했기에 서종달이 통변했다. 석주율은 출생지, 성장 과정, 기미년 만세시위에 참가한 경위 따위를 밝혔다. 마지막으로, 태백산 정상에서 시노다 총대에게 말한 조선의 자유적 독립 기원도 사실임을 시인했다.

"구류 육 일 벌칙에 이의 없는가?" 하사가 물었다.

석주율이 없다고 대답하자, 하사는 상등병을 불러 이자를 감방에 넣으라고 말했다. 석주율에게 낡은 모포 한 장이 주어졌다. 감방은 병영과 떨어진 소각장 뒤쪽에 있었다. 둔덕을 깎아지른 빗면에 토굴 구멍이 여러 개 뚫려 있었다. 구멍 앞을 문짝으로 막았는데, 문짝마다 번호가 붙어 있었다. 상등병은 5호 감방 빗장을 벗겨 문을 열더니 주율을 토굴 안으로 밀어넣었다. 육중한 나무문짝이 닫히고 밖에서 빗장 지르는 소리가 났다.

토굴 안은 깜깜했다. 코끝에 습기 찬 흙내음이 묻었다. 문득 선화가 떠올랐다. 평생을 이런 어둠에 갇혀 살아가는 누이의 고통에 공감이 느껴졌다. 그가 발을 옮기자 발끝에 무엇인가 부딪혔다. 쪼그려 앉아 손으로 더듬으니 머리통 굵기의 통나무 네 개가 가지런히 깔려 있었다. 꿉꿉한 흙바닥에 깔아놓은 통나무가 침상 대용임을 알았다. 눈을 뜨고 있자 토굴 안 어둠에 차츰 익숙해졌다. 문틈을 밀봉해 빛을 차단했으나 공간 넓이가 느껴졌다. 그는 엉덩판

상처가 짓눌리더라도 통나무에 정좌하기로 마음먹었다. 토굴 안이 삼청냉돌이 아닌 게 다행으로 오싹한 추위는 느낄 수 없었다. 여름이면 찬 우물물이 겨울이면 따뜻하듯, 땅속 흙벽은 추위를 막아 지열을 뿜고 있었다.

석주율은 통나무에 가부좌했다. 허리를 세우고 아랫배에 힘을 주며 단전호흡에 임했다. 깨달음에 이르고자 자처한 불타나 달마의 고행과, 40일 동안 광야를 헤매며 시험을 이겨낸 야소를 떠올리지 않더라도, 그는 엿새 정도 토굴 생활에는 자신이 있었다. 엔도가 주머니에 찔러준 건 소금 봉지였다.

시간이 꽤 흘렀다고 생각되는데도 석주율은 정신집중이 되지 않았다. 상념이 사라지고 머릿속이 비어야 할 텐데 생각이 꼬리를 물었다. 태어남과 죽음 사이, 이 지상에서의 삶이란 무엇인가. 현생은 과연 살 만한 의미가 있을까. 그 의미를 찾자면 어떤 삶이 올바른 삶일까. 사랑의 베풂과 선한 행위와 정의의 실천? 그렇다면 진리는 하나일까. 하나라면 일본과 조선인 역시 실천목표는 동일해야 하지 않는가. 그런데 일본인은 조선을 지배함에 합법성을 내세워 정의롭다 일컫고, 조선인은 자주독립을 성취하는 길을 정의의 실천이라 하지 않는가. 마찬가지로 일본은 이토 히로부미를 민족의 영웅이라 칭송하고 조선인은 안중근을 순국한 의사로 기리지 않는가. 진리는 그렇게 해석의 차이가 있고 민족에 따라 길이 다를까. 그렇지 않으리라. 해와 달이 하나이듯 진리의 길은 만백성이 걸어갈 오직 한길이리라. 그런데 진리의 길이란, 먼저 내가 깨달아 모범을 보임이 우선일까, 남을 교화시키고 나라를 구하는 길이 우선일까. 그렇다면 내 깨달음은 어느 경지에 이르렀을까……

*

대충 하루가 지났으리라 여겼고, 그 뒤부터 흐르는 시간을 따지지 않았으니 참선 시간이 길게 지났다고 석주율은 생각했다. 그러나 그는 예전 산문 시절 동안거 수행처럼 머릿속이 맑게 개이고 마음의 평안이 깃들지 않았다. 『반야심경』 마지막의, 절규라 할 만한 '아제아제 바라아제 바라승아제 모지사바하(가자, 가자. 모든 유형적 현상과 무형적 실체까지 다 건너가자. 그것을 모두 버리면 깨달음을 성취할 것이다)' 열여덟 자를 욀 때의 수행승 시절과 지금 심경과는 차이가 있었다. 지금 가부좌는 스스로가 결정한 장좌불와 고행이 아니라 벌칙을 쉽게 넘기려 참선에 영육을 의탁함으로써, 그 동기가 순수하지 못했다. 차라리 엿새 동안 토굴 독방은 명상 시간으로 기회가 주어졌다고 해석하는 편이 나았다. 억지로 생각을 끊지 않고 편한 마음으로 삶에 관한 질문과 대답을 계속하자, 그러면 드디어 생의 의문이 스스로 끊기고 상념이 사라지는 진공(眞空)이 찾아오리라. 그렇게 마음먹자, 첫 생각은 뱃속이 쪼그라드는 허기에서부터 시작되었다. 채찍 매질에 따른 등과 엉덩판 통증은 자연스럽게 더 강한 욕구에 의해 감각이 마비되어 갔다. 그는 우선 생리적 욕구에 따른 욕망부터 끊기로 했다. 그러나 생각을 끊는다고 고통이 사라지지 않았다. 한동안 허기와 갈증이 살을 말리며 육신을 옥죄었다. 다시 얼마의 시간이 흐르자, 모든 상념은 태울 것을 다 태우고 식은 재로 사그라들었다. 이 점은 인간의 육체 역시 살과 뼈와 물로 채워진 동물이기에 육신의 욕망이 정신을 지배한 현상으로 보아야 했다. 이를 초극할 수 있어야 깨달음의 경지에 이를 텐데 역시 자신이 지고(至高)에 이르기에는 역부족이었다.

어디에선가 일정한 간격을 두고 토굴 안의 적요를 깨뜨리며 떨어지는 물소리가 들렸다. 이전에 듣지 못한 작은 소리였기에 석주율은 환청일지 모른다고 생각했다. 그 소리가 이어지다 어느 순간 소리가 사라지자 텅 빈 머릿속을 바람이 채웠다. 몸뚱이가 공중에 떠오르는 육신의 가벼움을 느꼈다. 머릿속 바람 소리가 사라지자 천천히 어둠이 그치더니 환한 빛이 쏟아져 내렸다. 석주율의 꼿꼿이 앉은 몸이 나무등걸이듯 옆으로 쓰러졌다.

감시 병정이 몇 차례 다녀간 것도 모른 채 석주율은 탈수증과 허기로 깊은 잠에 들었다. 잠이 아니라 의식이 쇠진되어 숨길만 가느다랗게 붙어 있었다.

"석상, 나요, 엔도요."

석주율은 사람 목소리와 밀려드는 찬바람에 눈을 떴다. 그는 일어나 앉으려 했으나 몸이 말을 듣지 않았다.

"나흘 지났소."

엔도가 석주율을 내려다보았다. 감옥문을 열어놓았으나 밤이라 빛이 없었다. 바깥을 하얗게 덮은 눈의 반사로 엔도 얼굴이 희미하게 드러났다. 견딜 만하냐고 엔도가 물었다. 석주율은 자기를 좀 앉혀달라고 가느다랗게 말했다. 엔도가 석주율 윗몸을 부축해 일으켜 앉혔다.

"모를 일입니다. 절에 있을 때는 스무 날 금식도 했는데 쓰러지 다니. 동기가 중요한 건지……"

"감옥에 있을 때 늑막염을 앓지 않았습니까. 거기다 하루 두 끼 약식만 먹었으니 영양실조가 겹친 게지요. 토굴에서 물을 구할 수 있다던데, 소금물은 먹고 있지요?"

"아무것도……" 엔도 말에 석주율은 비로소 갈증이 극심함을 느꼈다. 머릿속은 맑았다.

"여기 있다 나온 죄수는 물 덕분에 살았다 그럽디다. 찾아보세요. 탈수가 심하면 죽습니다."

바깥에서 헛기침 소리가 들리자 엔도가 일어섰다. 그는 사흘 뒤 다시 보자는 말을 남기고 토굴에서 나갔다.

석주율은 이렇게 죽을 수 없다고 다짐했다. 오직 한 번 이 지상에 초대받은 생명인데 자기 몫 일을 해야 할 책무가 있었다. 아니, 여기서 죽어나가지 않으리라는 확신이 계시처럼 신경을 긴장시켰다. 그는 힘주어 몸을 움직였다. 기어서 꿉꿉한 흙바닥을 더듬었다. 한참 동안 사방 벽을 더듬었다. 이마에 한 방울 물이 떨어졌다. 손으로 천장을 훑으니 나무 뿌리가 만져졌다. 뿌리를 통해 눈 녹은 물이 스며들어 떨어지고 있었다. 석주율은 턱을 쳐들고 나무 뿌리를 입안에 머금었다. 뿌리를 빨자 물기가 목 안을 적셨다. 목을 축일 정도의 물을 마시는 데도 한참 시간이 걸렸다. 갈증을 면하자 통나무 깔판으로 돌아와 앉아 모포로 어깨를 둘렀다. 소금을 손가락으로 찍어 염분을 취했다. 맑게 갠 머릿속은 아무 생각도 떠오르지 않았다. 몸은 가뿐했고 기분은 상쾌했다.

정좌해 얼마의 시간을 버텼는지, 석주율은 시간을 셈할 수 없었다. 갈증이 심하면 다시 물과 소금 한줌을 집어먹으며, 그는 누워서는 안 된다고 다짐했다. 달려드는 수마를 쫓으며 의지력으로 벼텼다.

울산 학산리 백군수 댁이었다. 행랑마당에 차일이 쳐져 있는데, 바람이 몹시 불었다. 포장이 북소리를 내며 펄럭였다. 사람들이 울고 있었다. 우는 사람들 속에 맏형도 보였고 소복한 선화도 있었다. 정심네가 소반에 술되를 날랐다. 석주율이 다가가자 명석에 돌아앉아 곰방대 빨던 아버지가 그를 맞았다. 이제 오냐. 아버지가 반가워하는 기색 없이 말했다. 울던 맏형이 돌아보며 충혈된 눈을 부라렸다. 엄마 임종도 못한 불효자식, 그 옷이 뭐냐. 당장 옷부터 갈아입어! 형 호통에 주율이 옷섶을 살피니 온통 선지피였다. 선화가 옆에 놓은 옷보퉁이를 들더니 옆방으로 그를 데리고 갔다. 주율은 피에 젖은 옷을 벗었다. 온몸에서 물방울이 돋듯 핏방울이 돋아 흘러내렸다. 아프지 않은 게 이상했다. 인천 부두에서 날품 파는 둘째오빠는 오지 않았어요. 사주를 보니 뒤주에 갇혀 꼼짝할 수 없는 형국이야요, 하며 선화가 수건으로 흐르는 피를 닦아주자 닦아낸 자리에는 다시 핏방울이 돋지 않았다. 그때, 주율은 누구인가 자기를 부름을 알았다. 선화 모습과 곡성이 사라졌다. 주율은 꿈에서 깨어났다. 찬바람이 얼굴에 닿았다. 그는 이틀을 꼬박 앉아 버텨냈다.

"석상, 나갑시다. 유치살이 끝났어요." 엔도가 석주율의 무릎을 흔들었다.

석주율이 몸을 일으키려 했으나 다리에 힘이 모아지지 않았다. 엔도가 주율을 부축했다. 둘은 토굴 밖으로 나왔다. 밤이었다. 온 산이 드센 바람을 타고 메마른 소리로 울었다. 넓은 마당이 눈에 덮여 있었다.

"인계해 가도 되지요?" 밖에서 기다리던 병정에게 엔도가 저희 말로 물었다.

"본부로 가서 인도필(引度畢)에 손도장 찍고 가십시오."

엔도는 석주율을 부축해 결빙된 눈길을 밟고 병영본부로 갔다. 남포등 아래 당직 하사관이 책을 읽고 있었다. 남포 불빛이 너무 밝아 주율은 눈뿌리가 아렸다. 엔도가 서류에 손도장 찍을 동안 그는 책상 모서리를 짚고 서 있었다.

"황차득 씨가 석형을 인도하러 오기로 돼 있었으나 내가 나섰지요. 내 숙소로 갑시다. 오늘은 함께 자고 내일 아침 본대로 올라가요. 허락을 받았어요." 엔도가 말했다.

엔도가 석주율을 부축해 창틀에 불빛이 스며 나오는 기간요원 숙소로 걸었다. 드센 밤바람이 어떻게나 찬지 석주율은 상대적으로 토굴 안의 따스함이 되짚어졌다.

"엔도상이 나를 돕다 신변에 해를 입을까 걱정입니다. 더운물 마시고 내처 충성대 숙소로 갈게요."

"괜찮아요. 나를 믿어도 됩니다" 하더니, 엔도가 석주율 쪽으로 돌아보며 말했다. 목소리가 긴장기를 띠었다. "오늘로 사흘째 충

90

성대 전 대원은 비상이 걸렸어요. 석상이 충성대에 가더라도 잠자리가 편치 못할 겁니다. 총대님과 부총대님은 아직 퇴근하지 않고 있어요."

"무슨 사건이라도?"

"지난 오일, 봉화 영림청에서 면회 마치고 돌아오는 길에 대원 둘이 탈출했어요."

석주율은 그자가 누구냐고 묻지 않았으나 떠오르는 얼굴은 구레나룻 시커먼 갈봉석이었다.

기간요원 숙소는 낮은 판자 담장 안에 통나무집 다섯 동으로 이루어져 있었다. 눈에 덮인 화단을 돌아 한 동 앞에서 엔도가 문을 두드리자, 안에서 문이 열렸다. 문을 따준 이는 쪽진 머리의 젊은 여인이었다.

"여태 기다렸습니다." 둘을 맞는 여인의 목소리가 옥을 굴리듯 투명했다.

"옥상, 목욕물을 데워놓았지요?"

"그렇구말굽죠."

"몸 닦고 식사를 들도록 합시다."

엔도가 석주율에게 말하곤 그를 부축해 마루를 질러갔다. 여인이 안쓰러운 눈길로 석주율을 보다 얼른 욕실 문을 열었다. 남포동 불빛 아래 욕실은 증기로 차 있었다.

"석상, 옷 벗을 수 있습니까? 도와드릴까요?"

"괜찮습니다. 씻고 나가지요."

엔도가 나가자 주율은 도마의자에 앉았다. 엉덩판이 찢어지게 따가웠다. 천천히 옷을 벗었으나 뜨거운 물이 채워진 목조 욕조 안에 들어갈 마음이 없었다. 그는 나무통으로 물을 퍼내 얼굴부터 씻었다. 사분 그릇이 있어 머리를 감았다. 앞몸을 대충 씻자, 바깥에서 여인 말소리가 들렸다.

"손님, 문 앞에 새 옷 준비했습니다."

석주율은 선반의 수건으로 몸을 닦고 문밖 옷을 거두어들이니 유카타였다. 욕실을 나서기 전 벽에 걸린 거울에 눈이 갔다. 김 서린 거울을 닦자 여위다 못해 해골이 된 얼굴이 나타났다. 거울 볼 기회가 없었기에 그는 오랜만에 자기 얼굴을 보고 놀랐다. 움푹 꺼진 눈자위, 튀어나온 광대뼈와 갈라터진 입술, 턱은 말안장 각처럼 여윈 모습이었다. 쭈글쭈글한 살가죽이 보푸라기를 일으켜 몰골이 흉측했다.

석주율은 마루로 나섰다. 엔도가 주율을 온돌방으로 안내했다. 화로에는 주전자 물이 끓고 있었다. 여인이 밥상을 들고 들어왔다. 엔도와 겸상으로, 석주율 몫은 죽이었다.

"토굴에서 엿새를 굶다니. 명줄은 타고나신 모양입니다. 가련키도 해라, 피골상접한 얼굴하며…… 잣죽을 묽게 쑤었습니다." 여인이 혀를 차며 말했다. 서른 살 고개턱으로 올랐을까, 목소리처럼 복스럽게 생긴 도톰한 용모였다.

"옥상이 미인이지요? 우리 삼호 숙소 다섯 내지인이 군침을 흘린답니다. 성공한 자는 아직 없어요." 여인이 치마귀 싸쥐고 방에서 나가자, 엔도가 말했다.

"탈출한 두 사람은 어찌되었습니까?"

"아직 체포하지 못했습니다."

석주율은 강치현을 떠올렸다. 치현이 벌목 노역을 견뎌내지 못해 탈출 말을 종종 꺼냈던 것이다. 스스로 실행하지는 못해도 누군가 탈출을 획책한다면 따라나설 위인이었다.

"둘 다 일조 대원입니다. 갈봉석과 송유복이란 자요."

탈출한 지 사흘째라면, 그들이 북으로 행로를 잡았을 경우 가시권을 벗어나 강원도 인제쯤은 들어섰을 터였다.

"그 사건으로 충성대 전 대원은 작업시간이 두 시간 연장되어 취침시간은 자정을 넘겨야 해요. 일조 대원은 이틀째 잠을 못 자는 형편입니다. 관련자를 캐내느라 개별적 철야심문으로 매질도 당하지요."

엔도가 젓가락으로 공기밥을 먹었다. 왜 식사를 하지 않느냐는 엔도 말에 석주율도 숟가락을 들었다. 반찬은 김, 장국, 단무지, 쇠고기장조림, 매실절임(우메보시)이었다. 종지간장으로 잣죽의 간을 맞추자 더운 김이 코끝에 묻었다. 구역질이 치받쳤고 온몸에 진땀이 배나왔다.

"빈속이니 천천히 드세요. 조금씩, 자주 먹어야 합니다. 단식 마친 회복기는 그렇게 먹는다고 들었습니다."

석주율은 멀건 죽을 먹기 시작했다. 반 그릇쯤 먹자 뱃속이 느글거리던 참에 엔도가 젓가락을 놓자, 석주율도 숟가락을 놓았다. 바깥에서 왁자지껄한 일본말 소리가 들렸다. 다른 방을 쓰는 간부요원들이 돌아온 모양이었다. 엔도는 그들을 황민대, 아카마루대 간부와 서기라고 말했다.

"석상, 오늘 밤은 다리 뻗고 푹 주무시오."

"엔도상이 제 어떤 점을 좋게 보았기에 이런 친절을 베푸는지, 고마울 뿐입니다."

"전생에 인연이 있었던 모양이지요." 엔도가 빙긋 웃곤, 다다미보다 온돌이 좋으니 조선인이 다 된 모양이라고 말했다.

엔도가 장롱에서 이불을 꺼내놓고 나가자, 석주율은 곧 잠에 떨어졌다.

정신 차리라는 엔도 목소리가 아까부터 석주율 귓가를 스쳤다. 깨어나야 한다고 안간힘 쓰던 끝에 주율은 가까스로 눈을 떴다. 엔도 얼굴과 치맛자락이 어릿하게 보였다.

"물, 물을 좀……"

여인이 숟가락으로 숭늉을 떠서 주율 입에 흘려 넣었다.

"정신이 돌아왔으니 다행이구려. 나는 석상이 죽는 줄 알았다오. 앓는 소리에 깨어나 불을 켜고 보니 먹은 죽을 죄 토해놓았지 뭡니까. 고열로 땀을 흘리며 숨을 거세게 몰아쉬어 깨웠지요. 날이 밝아야 의무실에 갈 텐데……"

석주율은 등으로 서늘한 기운을 느꼈다. 여인이 수건으로 냉수찜질을 하고 있었다. 그제야 그는 자신이 모로 누운 채 벗고 있음을 알았다. 이불 덮개 광목천 한 자락이 엉치뼈를 가리고 있었다.

"석상이 말을 않기에 상처가 아문 줄 알았지요. 동절이라 화농 염려도 없겠거니 여겼고. 그런데 유카타 뒤쪽에 피가 비쳐, 보았더니 아직 피고름이 흐르지 뭡니까." 둔한 사람이란 듯 엔도가 혀를 찼다.

"이대론 일에 못 나가겠습니다. 기력이 쇠했고 상처도 심한데다……" 찜질한 수건을 물통에 빨며 여인이 말했다. "열이 펄펄 끓어 땀을 얼마나 흘리시던지……"

석주율은 수치심으로 얼굴이 달아올랐다. 엔도라면 남자라 상관없겠으나 여인이 엉덩판에 냉수찜질했다면 알몸을 통째 보인 셈이었다. 여인이 물통을 수습해 방에서 나갔다. 마루 괘종시계가 두시를 알리는 소리를 듣고 주율은 다시 잠에 들었다.

바깥의 소란스러움에 석주율이 눈을 떴다. 전등이 켜졌고 창문은 어둠으로 채워졌는데, 엔도가 옷을 입고 있었다.

"병정들이 출동했어요……" "…… 총대님, 부총대님도 말을 타고……" "……충성대 일조가 난리를……" 바깥은 여러 말이 시끄러웠다. 호루라기 소리와 어지러운 발소리가 섞갈렸다. 말을 끌어내는지 땅을 차는 편자 소리가 났다.

"석상, 일어나야겠어요." 엔도가 말하며 외투를 입고 털모자를 썼다. 석주율이 힘들게 몸을 일으켰다. "경비전화로 연락이 온 모양입니다. 일조가 집단 반란을 일으켰대요. 부총대님이 석상 데리고 현장 사무소로 급히 들어오랍니다."

석주율은 등덮개와 겹누비 잠방이를 입고 방한 작업복을 걸쳤다. 엔도와 석주율이 바깥마당으로 나서자 동살이 희미하게 잡히고 있었다. 초소 쪽은 열 맞춘 병정들이 구령을 외치며 영외로 달려갔다. 엔도가 광에서 자전거를 꺼내어 와 석주율을 뒷안장에 앉혔다.

"고맙습니다. 덕분에……" 석주율이 출입문 밖에 나와 서 있는 여인에게 목례했다.

"너무 심하게 다룬다 싶더니…… 기어코 터졌군." 엔도가 혼잣말하며 자전거 발판을 밟았다. 자전거가 치워놓은 눈 사잇길로 정문을 빠져나갔다.

엔도와 석주율이 충성대 운동장에 도착하니 착검한 장총을 든 병정들이 1조와 2조 막사를 포위하고 있었다. 숙소 안에서는 손뼉에 맞추어 합창으로 「아리랑」을 불러댔다. 엔도가 석주율을 부축해 사무소로 걸었다.

"죽지 않고 살아서 나왔군." 난로 옆 의자에 앉아 지휘봉을 만지작거리던 서종달 부총대가 석주율을 보았다.

"석상, 잘 왔스므다. 석상이 폭도를 설득해줄 수 있소?" 자기 책상 쪽 의자에 앉은 시노다 총대가 말했다.

무슨 사연인지 모르지만 석주율은 일본인 감독관 앞잡이로 대원을 설득할 수 없다는 생각이 들었다.

"나와봐." 서종달이 석주율을 밖으로 불러냈다.

막사 안에서는 대원들이 구호를 외쳐댔다. "우리는 짐승이 아니다!" "병정을 들여보내면 우리는 죽기로 싸운다!" 외침에 이어, 와 하는 함성이 터졌다.

"석군, 자네가 조정자로 나서줘야겠어." 서종달이 석주율 어깨에 손을 얹었다. "저자들이 작업을 거부하고 농성한다고 돌아갈 이득은 없어. 대원 중 악질은 자네가 토굴에서 굶어 죽었다는 유언비어까지 유포시키며 무리를 선동하고 있어. 만약 숙소에 불을 지른다면 튀어나오는 자를 모조리 체포할 수 있어. 사살할 권리

96

도 있고. 그러나 우리는 대화로 사태를 수습하려 해. 이 점은 시노다 총대님 엄명이기도 하구. 대원들이 더 험한 변을 당하기 전에 순순히 농성을 풀고 벌채 작업에 나가도록 타일러봐. 그러면 이번 농성파업은 불문에 부칠 테니. 놈들이 자네 말은 믿을 거야."

석주율은 대답하지 않았다. 엔도가 다가왔다.

"중계자로 나서지 못하겠다는 거냐?"

"우선, 사태가 왜 이렇게 되었느냐를 알아보고 말씀드리겠습니다. 사태 진상은 사무소측이 아니라 대원들에게 직접 알아보겠습니다."

"그렇게 해." 서종달이 잠시 말을 끊었다 석주율을 쏘아보았다. "만약 대원들을 선동하거나 그들 편에 선다면, 자네를 주모자로 분류해 극형을 내리겠다. 자네가 결백한 민족주의자임은 내가 알고 있는바, 이 자리에서 그 점 하나는 분명히 못박아둔다."

"석상은 어젯밤도 고열로 앓았습니다. 석상이 중계자로서는 적당치 못하다고 보는데요." 엔도가 말했다.

"자네가 참견할 일은 아니야" 하더니, 서종달이 석주율에게 은근한 목소리로 말했다. "아무도 일호 막사로 들어가지 못하고 있어. 저들이 우리측과 대화를 거부하니깐. 그러나 자네 출입은 허락할 거야."

석주율이 무거운 발걸음을 떼었다. 엔도가 그를 부축해, 둘은 농성장으로 갔다. 막사 농성장은 '쾌지나 칭칭나네'가 쏟아지고 있었다. 한 사람 선창에 후렴을 복창하는 중, 숟가락으로 식기를 두드리고, 연장으로 마룻장을 치는 소리가 요란했다. 막사 정문 앞은 병대 중대장 정위(正尉)와 하급장교가 늘어섰고, 경비가 삼엄했다.

석주율이 숙소 문 앞에 서자 조장, 분대장, 독찰대원에 섞여 있던 1조 3분대장 황차득이 나섰다.

"살아 돌아왔군. 모두 자네를 손꼽아 기다렸어." 황차득이 석주율 손을 잡으며 기뻐했다.

"중대장님, 이자가 삼분대 석주율입니다. 다이쇼 팔년 만세 폭동자지요." 1조 조장 후쿠지마가 부동자세로 중대장에게 저희 말로 보고했다.

"들여보내. 시간은 십오 분으로 정한다. 타협점을 찾지 못하면 무차별 공격이다." 야나이바라 중대장이 허리띠에 매단 회중시계를 보며 말했다.

"자네 손에 달렸어. 삼조와 사조는 군말 없이 벌채에 나갔는데 일, 이조만 이 지랄들이야. 네가 설득시키지 못하면 대원들도 다치게 돼. 총대님이 인격자라 협상을 제의했지, 중대장님은 당장 문 부수고 들어가 무차별 연행하겠다잖아. 대원들도 재판에 회부되면 현재 형량에서 두 배는 추가될 게야." 황차득이 딸기코를 씰룩이며 말했다. 그가 출입문을 주먹으로 쳤다. 막사 안에서 노래가 멎었다.

"내 말 들어. 내가 누군지 알지? 분대원 석주율이 멀쩡하게 살아 나왔어. 석군이 너희들을 만나고 싶어한다. 석군은 들여보내줄 수 있지? 석군이 인격잔 줄은 너들도 알지?"

막사 안이 조용해졌다. 황차득이 다시 석주율 이름을 팔며 문을 열라고 종용했다. 안에서는 대답이 없자 황차득이 석주율에게, 자네가 한마디 하라고 부추겼다.

"저, 석주율입니다. 동무들을 뵙고 싶습니다." 석주율이 무너지려는 다리를 벽에 손 짚어 의지하며 외쳤다.

"석씨만을 단독으로 들여보내고 일체 무력행사를 않는다고 총대님이 약속할 수 있소?" 안에서 누군가 물었다.

"그러고말고. 석씨만 들여보낼게." 황차득이 말했다.

"삼분대장 약속은 못 믿겠고 총대님이 약속해야 하오."

"총대님은 여기 계시지 않아. 부총대인 내가 약속하마. 문을 열어." 서종달이 외쳤다.

막사 안에서 숙의가 있은 듯 한참 뒤에야 문고리를 땄다. 중대장 주위에 몰려 있던 부중대장 부위, 하급장교인 정교, 부교, 삼교들이 일제히 권총을 뽑아 들이칠 기세를 보이자, 중대장이 제지했다. 열린 틈 사이로 도끼와 죽창이 비어져나왔다. 텁석부리 얼굴이 문틈으로 내다보았다.

"네놈, 정억쇠 아닌가. 엇쭈, 하치마키(머리띠)까지 하구선." 황차득이 농을 했다.

"석씨, 들어와." 정억쇠가 말했다.

석주율이 막사 안으로 들어서자 재빨리 문이 닫히고 문고리가 채워졌다. 문 가까이에 있던 대원이 버팀목 두 개를 문짝에 괴었다. 침상에 모여 앉은 대원들은 머리띠를 하고 연장을 쥔 임전 태세였다. 순한 짐승처럼 노역만 하던 그들이 어떤 계기로 뭉쳐 일을 벌였는지 석주율은 궁금했다.

"형, 무사하셨군요." 눈두덩에 피멍 든 강치현이 반겼다.

석주율은 힘든 걸음을 통로 가운데로 옮겼다.

"석도사 무사 출옥에 모두 손뼉 칩시다." 한쪽 귀에 피 묻은 헝 겊 조각을 두른 김복남 말에 대원들이, 와 하고 함성을 지르며 손 뼉 쳤다.

"왜들 이러십니까?"

석주율이 묻자, 정억쇠가 벽난로 쪽을 보았다. 대원 셋이 신음 중인데, 대원 하나를 흰 보로 씌워두었다.

"고문 끝에 어젯밤 운명했소." 정억쇠가 말했다.

석주율이 시신 쪽으로 다가갔다. 흰 보를 걷고 시신 얼굴을 보 았다. 휴식시간이면 곱사춤 흉내를 잘 내던 2조 1분대원 땅꼬마였 다. 물세(水稅) 문제로 마름을 폭행해 1년 6개월 형을 받은 자였다. 석주율은 무릎 꿇고 땅꼬마의 명복을 빌었다. 석주율이 기원을 드 릴 동안 대원들이 제가끔 연장으로 마룻장을 울리며 노래를 합창 하기 시작했다. 나무 벨 때 부르는 「할목요(割木謠)」였다.

나무님네 원망마소 / 어엉여기 어기영차 / 적선 삼아 넘어지 소 / 어엉여기 어기영차 / 집 칸 없는 우리살림 / 어엉여기 어기 영차 / 재목 되어 덩실 서서 / 어엉여기 어기영차 / 천년만년 함 께 살며……

선창자는 목청 좋은 2조 2분대 차삼두였다. 그는 숟가락으로 식 기를 두드리며 흥을 돋우었다.

정억쇠, 강치현, 김달식이 석주율에게, 우국충정과 엿새 토굴 감옥을 견뎌낸 용기를 위로했다. 그들 말을 듣자, 석주율은 태백산 정상에서의 자기 행위가 와전되었음을 알았다. 자신이 왜놈 설날 태백산 정상에서 시노다 총대 앞에서 '조선독립만세'를 외쳤다는 것이다. 석주율이 변명할 틈도 주지 않고 셋은 파업에 돌입한 경위를 설명했다.

　봉화 영림청에서 면회하고 돌아오는 길에 각화산 어름에서 잠시 쉬는 틈을 이용해 송유복과 갈봉석이 탈출한 뒤, 인솔을 책임졌던 병졸 하나와 독찰대원 둘이 인원점검을 하지 않고 출발했으나 그 사실을 알기는 반마장 더 가서라 했다. 병졸이 중대본부로 먼저 달려가 탈출건을 보고해, 중대 병력이 태백산과 청옥산 일대에 수색에 나섰으나 밤을 넘기도록 둘 행방을 찾지 못했다는 것이다.

　"두 분 탈출을 대원들은 알지 못했습니까?"

　"송씨와 갈씨가 몸을 숨길 때 주위 대원은 알았지요." 별명이 맷돌인 김달식 말했다.

　"사실은 면회길에 탈출자가 있을 거라는 말은 사전에 유포되었지요. 나도 갈씨한테 그런 제안을 받았으나……" 강치현이 말꼬리를 흐렸다.

　"어쨌든 엄동에 깜깜한 운동장을 백 바퀴씩 뜀박질시키지 않나, 공모자를 찾는다고 개별심문과 고문 끝에 결국 사망자까지 생기지 않았소. 우리가 죽기를 각오하고 조회에 나가지 않은 것도, 이 이상 학대받고 일할 수는 없다 이거요. 총칼 든 저놈들과 대적해 승산은 없지만 차라리 싸워서 죽음을 택하는 게 낫다는 전체 합의를 보았던 거요." 정억쇠는 셋 중에서 연장자였고, 농성 주동자답게 결기를 올렸다. 무전취식은 '경찰범 처벌규칙'에 적용되어 구류를 살면 되는데, 정이 1년 8개월의 실형선고를 받은 점으로 미루어 그는 단순한 무전취식이 아니라 다른 죄목도 추가되었음이 분명했다. 그는 그 점에 대해 함구했다. 1조와 2조가 전원 조회에 불참하기로 해 창문과 출입구를 밀폐시키고 임전 태세에 임하기까지, 그는 전 대원을 지휘하고 있었다.

"석도사, 총대와 부총대가 무슨 말을 합디까? 병대가 우리 숙소를 포위한 모양인데 어떤 조치를 취할 작정이요?" 김달식이 물었다.

"그 점에 대해선 듣지 못했습니다. 그런데, 연좌농성에 어떤 조건을 내걸었습니까?"

"저 땅꼬마 시신 보면 몰라요? 우리 몇도 어젯밤 잠 못 자고 심문 받았다오. 그래서, 있지도 않은 공모자 색출을 중단하라, 두 시간 연장 근무를 종전대로 환원하라는 거지요. 중노동이니 주먹밥이나마 점심을 달라는 겁니다. 이게 무리한 요구요?"

"요구 조건을 통보했습니까?"

"쪽지에 써서 문틈으로 내보냈어요. 저쪽은 조건을 들어줄 수 없다며 무조건 투항하라는 겁니다." 강치현이 말했다.

"일을 벌인 이상 항복할 수 없소." 김달식이 말했다.

"이럴 줄 알았다면 창고 무기를 탈취해 죽을 때 죽더라도 싸우는 게 최선의 방법이었다는 생각도 드는구려." 정억쇠의 불퉁한 소리였다.

"오늘 새벽 시신을 두고 의논할 때 총대나 부총대를 납치해 인질로 잡고 농성을 벌이자는 의견도 있었습니다. 그러나 일을 크게 벌이면 뒷수습이 어려우니 세 가지 조건만 내걸자고 합의했지요. 저들에게도 명분을 줄 겸. 그만큼 했음 우리도 양보할 만큼 했어요." 강치현이 말했다.

대원들의 「할목요」는 이어지는데 바깥에서 문짝 치는 소리가 나고 고함이 들렸다. 석주율은 중대장이 일방적으로 약속한 십오 분이 되었음을 알았다.

"밖으로 나가 여러분 뜻을 전하겠습니다. 병대가 문 부수고 들어와 연행한다면 난투극이 벌어지고 사상자도 생깁니다. 어떤 경우라도 피차간 폭력이 사용되어서는 안 됩니다. 성사될는지 모르나 제가 여러분 뜻을 전달하겠습니다." 석주율이 출입문 쪽으로 히든거리는 걸음을 옮겼다.

"가족 면회에서 가져온 비상양식으로 우리는 사나흘 이상 버틸 수 있소. 우리 주장이 타결되도록 성공을 비오. 석씨 애국심을 믿소." 정억쇠가 말했다.

"형님, 부산 백운거사가 제 부모님과 함께 면회 왔더랬습니다. 형님이 부탁한 책은 제가 보관하고 있어요." 뒤따라오던 강치현이 말하며 석주율 주머니에 무엇인가 찔러 넣었다.

정억쇠가 대원들에게 노래를 그치게 했다. 밖에서 문짝 치는 소리가 그쳤다. 출입문 방위조라도 짜둔 듯 대원 여럿이 다시 연장 들고 경비를 서자 대원이 버팀목을 치워 문고리를 땄다. 석주율이 문밖으로 나섰다.

"석상, 타협점은 찾았습니까?" 엔도가 물었다.

"글쎄요……" 석주율이 둘러보니 병대들 사이 부총대와 야나이바라 중대장 모습은 보이지 않았다.

"부총대님은요?"

"중대장과 함께 사무소에 있어요."

"그분들께 말씀드리겠습니다."

엔도와 석주율은 사무소로 갔다. 사무소 안에서는 일본말 고함이 터지고 있었다.

"나는 총대님 심중을 이해할 수 없습니다. 폭도들의 집단 무력 행동을 방치한다는 건 대일본 육군의 불명예입니다. 십오 분 여유를 주고도 자제해야 한다는 이유가 뭡니까? 탈영건을 보고했고 시말서도 쓰지 않았습니까. 그 건과 이번 집단항명은 별개 문젭니다." 야나이바라 중대장 말에 시노다 총대는 대답이 없었다.

"중대장님, 고정하십시오. 저 또한 일벌백계로 본때를 보여야 한다고 건의했으나 총대님은 후유증에 대해…… 삼월 말까지 벌채 목표량을 달성해야겠기에 사태 추이를 분석하며 심사숙고하시는 줄 압니다." 서종달이 말했다.

"나는 더 참을 수 없소. 문을 부수고 병대를 돌입시키겠소. 우리 주둔 목적이 그 점에 있고, 내 고유 권한이오!"

문을 박차고 나서려는 야나이바라 중대장을 엔도가 막았다. 석상을 데려왔으니 그의 말을 듣고도 늦지 않다고 엔도가 중대장 노기를 풀었다.

"항복하지 않겠다는 건가?" 서종달이 석주율에게 물었다.

"대원들이 내건 세 가지 조건은 타당성이 있습니다. 총대님께서 모쪼록 노역자들의 어려움을 헤아려 선처를 베풀어주심이……"

석주율 말이 떨어진 순간, 서종달이 그의 뺨을 후려쳤다. 엉거주춤 섰던 석주율이 힘없이 쓰러졌다.

"개새끼, 이 자식이 일번 처형감이군! 그 조건에 우리가 항복하기로 했다면 일은 벌써 수습됐어. 네놈 아가리를 통해 새삼 확인하려고 여태 기다린 줄 아냐!"

쓰러진 석주율 옆구리를 장화발로 걷어차곤 서종달이 주율 건의말을 일본말로 옮겼다. 그 말을 들은 야나이바라 중대장 입에서 '바카야로'란 욕지거리가 튀어나왔고, 그가 당장 요절이라도 낼 듯 허리에 찬 권총을 뽑았다.

"중대장, 참아요. 그자는 충성대 대원이므로 그렇게 말함이 당연하오." 시노다 총대가 무겁게 입을 떼었다. "엔도 서기." 엔도가 널브러져 신음을 뱉는 석주율을 일으켜 세우려 하자 시노다가 저희 말로 말했다. "석상 데리고 밖에 나가. 그럴 게 아니라 뭘 먹여서 데려와."

엔도는 석주율을 데리고 식당으로 갔다. 식당지기에게 빨리 장국물에 밥 풀어 죽을 쑤라고 말했다. 식당지기가 장국밥을 만들어 왔으나 석주율은 숟가락을 들지 않았다. 엔도가 몇 차례 먹기를 권유했으나 실패하자, 석주율을 부축해 사무소로 왔다. 중대장은 없고 총대와 부총대만 있었다.

"그동안 고생 많았다. 너는 실로 대단한 놈이다. 너만한 자가 천명만 뭉쳐도 조선은 독립될 수 있을 것이다. 거기 앉아." 서종달이 석주율에게 말했는데 목소리가 부드러웠다. 석주율이 난로 옆

의자에 앉자 종달이 난로 위에 올려놓은 주전자의 끓는 보리차 한 잔을 그에게 권했다.

"도망간 두 놈과 탈영을 모의한 일당을 우리는 그동안의 자체 조사로 확인했으나 불행히도 사망자까지 생긴 이상 그 문제는 불문에 부치기로 했다. 총대님 아량으로 우리는 다음과 같은 결정을 보았다."

서종달이 뜸 들이는 사이 석주율은 그의 얼굴을 보았다. 부총대의 날카로운 눈매는 경멸의 비웃음을 담고 있었다. 석주율은 문득 강오무라 형사를 떠올렸다. 아직 그가 언양주재소에 근무한다면 무고한 백성을 이렇게 능멸하고 있을 것이다. 전생을 무슨 억하심정으로 살았기에 현생에서 동족을 이토록 가혹하게 다루는 직업을 갖게 되었을까. 석주율은 연민의 마음으로 그를 보고 있었다.

"너희들이 내세운 세 가지 조건 중에 두 가지를 들어주기로 총대님이 은전을 베푸셨다. 이는 총대님의 종교적 자비심의 발로다……" 서종달이 총대 쪽으로 곁눈질하곤 말을 이었다. "즉, 두 놈 탈출건에 따른 더 이상의 연대책임은 묻지 않기로 한다. 또한 벌채 작업 두 시간 연장을 종전대로 환원한다. 그러나 하루 삼식 급식은 허락할 수 없다. 이는 봉화 영림청 산하 전 대(隊)의 동일한 급식 규정에 위배되므로 충성대만 그런 특혜가 보장될 리 없다. 자네도 생각해봐. 영림청에서 책정한 급식량이 있는데, 우리가 봉급 떼어 양식을 댈 수는 없다 이거야. 그렇다고 식량이 보급되지 않는데 흙을 삶아 먹일 수는 없지 않은가. 자네는 배운 자니 내 말 뜻을 이해할 거야."

"석상 생각은 어떠하든가?" 시노다 총대가 물었다.

석주율이 대답을 머뭇거리자, 서종달이 쐐기를 박았다.

"그렇게까지 양해했음에도 연좌농성을 풀지 않는다면 즉각 막사 안으로 병대를 투입할 것이다. 반항하는 자는 현장에서 사살하고, 농성자 전원을 봉화헌병대로 연행한다!"

"지금 하신 말씀이 지켜진다고 믿어도 되지요?"

"물론이다. 조금 전 총대님 말씀을 듣지 않았느냐."

"대원들이 농성 풀고 벌채에 나선다면 어느 대원도 농성으로 인한 또 다른 체형을 받지 않는다고 믿어도 되지요?"

"약속은 지켜진다." 서종달이 침통하게 단언했다.

석주율이 절뚝걸음으로 사무소를 나섰다. 엔도와 서종달이 뒤따랐다. 시간은 어느덧 낮참에 이르렀다. 구름이 더껑이로 끼어 햇발이 보이지 않았다. 1조와 2조는 노래 부르기에도 기진해졌는지 숙소 안이 조용했다. 출입문 앞에 화톳불 피워놓고 무리 지어 있던 병사들 속에 야나이바라 중대장 모습이 보였다.

"석주율입니다. 문 열어주십시오!"

"석도사가 해결 방책을 가져왔어. 문 열어!" 황차득이 땔나무로 문짝을 쳤다.

출입문이 조금 열리자 석주율이 막사로 들어갔다. 그는 대원들에게 서종달 부총대로부터 들은 제안을 옮겼다. 석주율 말에 대원들은 세 가지 협상안을 관철할 때까지 싸우자, 우리 주장이 얼추 반영되었으니 작업에 임하자는 쪽으로 의견이 양분되었다.

"석씨, 당신 말 믿어도 되오?" 정억쇠가 물었다.

"총대와 부총대가 단언했습니다. 약속은 지켜질 겁니다. 농성에 따른 보복도 없다고 했습니다."

석주율 말에 정억쇠는, 농성을 계속하자는 쪽과, 타협하고 작업에 나서자는 쪽을 구별해 양쪽 침상에 갈라 앉기를 대원들에게 제의했다. 더러 이쪽에 있을까, 저쪽으로 갈까 서로 눈치를 보던 끝에 통로를 거쳐 자리를 옮기기 시작했다.

"썩어빠진 겁보들아, 네놈들 작태가 조선을 망쳐먹었어. 간 떼어 차라리 개한테 먹여라!" "왜놈 종살이 팔자가 그렇게도 좋으냐. 평생 도끼질이나 해처먹고 살아!" 끝까지 투쟁을 하자는 쪽에서 욕설이 터졌다.

"소도 언덕이 있어야 비빈다구. 총포 든 왜병한테 도끼로 맞상대하겠다는 거냐? 어디 우린들 너들만큼 말할 줄 몰라 이쪽에 앉은 줄 알아? 우린 코흘리개가 아냐!" "콩밥 먹으며 십 년쯤 감옥서에서 썩어봐. 그 객기 두고 골백번 후회할 테니." 상대 쪽도 지지 않겠다는 듯 반박했다.

명분보다 실리를 택하는 쪽 인원이 갑절을 넘었다. 석주율이 결정을 내려달라며 정억쇠를 보았다. 정억쇠가 강치현과 김달식을 불러 의견을 나누었다. 정억쇠가 우겼으나 역시 2대1로 타협을 보아 강치현이 대원들 앞에 나섰다.

"대원 여러분, 막대 하나는 쉽게 부러지지만 여러 개 막대를 합쳐놓으면 힘이 강해 부, 부러뜨리기 힘듭니다. 그 이치같이 우리가 한마음 한뜻으로 뭉치니 저들이 섣불리 공격하지 못합니다. 또한 우리가 세 가지 요구조건을 내건 결과 두 가지를 쟁취했습니다. 보다시피 타협하자는 쪽 대원 수를 보더라도 이쯤에서 투쟁을 풀고 작업에 나서기로 합시다. 이씨 장례도 치러야 하고, 고문 후유증으로 고생하는 대원도 많습니다. 그러니 이번 농성을 기화로, 차기에도 저들이 가혹하게 조치할 때는 다시 뭉쳐 투쟁합시다."

처음은 홍당무된 얼굴에 말이 어눌했으나 차츰 조리 세워 강치현이 말을 마치자, 박수가 터졌다. 다음 기회에는 더 힘차게 싸우자는 성원의 격려도 있었다.

"석씨를 의심하는 건 아니지만, 석씨가 속아넘어갔다. 앞으로도 한둘씩 불러내는 야간 심문과 고문이 계속될 테니 두고 봐!" 계속 투쟁하자는 쪽에서 누군가 외쳤으나 반론은 다수에 의해 묵살되었다.

석주율이 막사 밖으로 나섰다. 중대 병력이 어느새 출입구 앞에 도열해 착검한 총구를 겨누고 있었다.

"이제 대원들이 농성 풀고 나올 것입니다. 당부하는 말입니다만 대원들에게 폭력을 사용해서는 안 됩니다. 사태가 평화적으로 해결되었음을……"

석주율 말을 끝내기 전, 야나이바라 중대장이 병대에게, "도츠게키!" 하고 명령을 내렸다. 병졸들이 석주율을 밀어제치고 숙소 안으로 밀려들었다. 총소리가 서너 방 연달아 터졌다.

"머리 위로 손 들어, 손 들어!"

고함에 이어 비명이 터졌다. 동작이 늦은 자는 총대에 몰매질을 당했다. 숙소 안은 아비규환의 수라장으로 변했다.

"부총대님, 약속이 틀리잖습니까! 대원들이 순순히 작업에 나서

기로 했는데 이럴 수 있습니까!" 넘어졌다 일어선 석주율이 부총
대를 보고 거세게 항의했다.

"석군을 사무소로 데려다 놓아."

서종달 말에, 옆에 선 독찰대원 둘이 석주율에게 달려들었다.
둘은 석주율 양팔을 끼고 사무소로 떠났다.

잠시 뒤, 숙소 안 소란이 가라앉았다. 대원들이 한 줄로 늘어서
서 포로병처럼 머리 위에 손을 얹고 줄줄이 엮여 나왔다. 개백정
에게 끌려가는 개처럼 겁에 질려 있거나 더러는 분노로 표정이 일
그러져 있었다. 마지막으로 환자들에 이어 대원 넷이 광목천으로
덮은 땅꼬마 시신을 들고 나왔다.

석주율은 사무소로 들어서기 전 고개를 꺾어, 머리 위로 손을
얹은 대원들이 한 줄로 늘어서서 운동장으로 향하고 있음을 보았다.
그는 서종달 부총대의 감언이설에 속았음을 알았다. 두 차례에 걸
쳐 다짐을 받았음에도 멍청한 바보랄까, 세상 모르는 순진성이랄
까, 그는 보기 좋게 속아넘어갔던 것이다. 그런 자기를 두고 대원
들이 퍼부을 욕설이 떠올랐다. 배반자가 된 셈이고, 그런 배반의
속죄를 떨치지 못해 자살해버린 경후의 초췌한 모습이 보였다. 이
제 나 혼자서라도 투쟁해야 한다. 싸워서 죽어 동료들에게 결백을
보여야 한다. 아니면, 경후처럼 나 역시 자살로 속죄해야 한다. 그
렇게 다짐을 하자 그는 갑자기 목이 탔다.

석주율이 사무소에 감금당해 있자 서종달 부총대가 바삐 들어
섰다.

"약속이 틀리잖습니까?" 석주율이 목소리를 높였다.

"석군, 놈들을 그렇게 대하지 않고 어떻게 조치해? 대원도 도끼로 무장하고 있지 않냐. 만약 병대가 비무장으로 숙소에 들어갔다면 어떤 봉변을 당하는지 누가 알아? 또한 앞으로 벌채에 내몰자면 그 정도 기를 꺾어놓지 않고 어떻게 부려먹어? 자네는 하나만 알고 둘은 몰라. 물론 당분간은 독찰대원과 병대가 함께 작업현장에 출동하겠지만, 내가 석군에게 하고 싶은 말은……" 총을 멘 독찰대원이 사무소로 들어오자 서종달이 말을 중단했다. 독찰대원이 대원 집합을 끝내놓았다고 부총대에게 보고했다. 서종달은 석주율에게 대기하라는 말을 남기고 밖으로 나갔다.

내 판단이 형평을 잃었을까? 주율이 자신에게 반문했으나 숙소로 들이닥쳐 무력시위를 행사한 병대들 행위는 부총대 변구에도 약속 위반은 사실이었다. 대원들이 농성을 풀고 벌채 작업에 나서기로 했는데 공포로 위협하며 무작하게 다스릴 이유가 없었다. 이럴진대 앞으로 두 가지 약속마저 지켜지지 않을는지 몰랐다. 어쨌든 협상에 나선 자기를 두고 대원들은 다시 한번 친일노란 말을 짓씹을 게 분명했다.

연좌농성을 벌였던 충성대 1조와 2조 대원들을 무릎 꿇려 앉히고, 서종달 부총대의 연설이 있었다.

"……대원들은 앞으로 닥칠 신변의 불행을 예감하고 농성을 풀어 작업에 임하게 되었음을 기쁘게 생각한다. 작업 시간은 종전대로 환원하겠으나 앞으로 가일층 노력하여 작업량 목표 달성에 차질이 없기를 당부한다. 지금부터 대원들은 작업 현장으로 떠난다. 대원들이 조회에 참석하지 않기로 모의했을 때 아침식사는 자진 포기한 결과이므로 오늘은 저녁 급식만 제공한다. 이 결정에 이의 있는 자는 나서봐!"

병대가 집총한 채 겹으로 싸고 있어 서종달 말에 아무도 일어서는 자가 없었다.

서종달은 두 대원 탈출사건과 연좌농성에 대해서는 언급이 없었다. 대원들로서는 일체의 보복이 없을 것이라는 부총대의 확약을 듣고 싶어했으나 그는 끝내 그 말을 하지 않고 단상에서 내려갔다. 병대에 둘러싸인 채 대원들은 막사로 돌아갔다. 그들은 각자의 연장을 챙겨 독찰대원과 병대 감시를 받으며 작업 현장으로 떠났다.

석주율이 엔도에게 자신도 대원들과 함께 벌채 작업에 나서도록 해달라고 간청했으나 엔도는 자기 권한 밖이라며 거절했다.

농성에 참여했던 대원들을 작업 현장으로 떠나보내고 서종달이 사무소로 돌아왔다. 시노다 총대와 야나이바라 중대장은 일본말로 소곤소곤 농성 사후대책을 숙의했고, 엔도 서기는 자기 책상에서 사무를 보고 있었다.

중계자로 나선 데 따른 자괴감으로 제 마음을 짓찧고 있던 그로서는, 총대와 부총대에게 인륜을 저버렸다고 한마디하고 싶은 심정이었다. 그의 마음에서 사나운 격정이 끓어오르기도 오랜만이었다. 시노다와 중대장이 사무소를 나가자 서종달이 석주율 쪽으로 다가왔다.

"석군, 이번 일에 협조해줘서 고맙네." 서종달이 웃으며 능갈맞게 말을 이었다. "자네를 원대복귀시켜 대원들과 함께 작업시킬 순 없겠어. 물론 자네같이 온건한 민족주의자가 선동에 앞장설 리 없겠지만 말야. 한마디로 자네는 군계일학 아닌가. 그래서 자네 적성에 알맞은 다른 일감을 맡기기로 했어. 물론 엔도 서기를 보좌하는 서생 역할은 아냐. 석군은 건강이 좋지 않으니 그 일감이 적격이고 종교서적 읽을 시간적 여유도 있을 게야." 석주율이 말이 없자, 서종달이 엔도에게 독찰대원을 데려오라고 했다. 독찰대원이 오자 서종달이 말했다. "이자를 본대로 데려가. 마구(馬具, 마구간) 아카모토 병졸에게 인계해. 그가 알아서 일감을 줄 테니깐."

석주율은 독찰대원과 함께 본대로 내려갔다.

석주율은 병오천을 따라 빙판을 이룬 오솔길로 히든거리며 걷자, 문득 강치현이 주머니에 찔러준 게 생각났다. 곶감 두 개였다. 봉화 영림청 면회길에 가져온 것이리라. 곶감 하나를 독찰대원에게 주고 자기도 먹었다. 언제 먹었는지 알 수 없게 까마득한 단맛이 금세 혀에 녹았다.

일탈(逸脫)

마방 책임자 아카모토 일등졸은 스모 선수처럼 체격이 우람하고 배가 나온 스물 중반 사내였다. 그는 새로 배속되어 온 석주율을 수하에 두게 되자, 위엄을 보이며 알아듣기 힘든 조선말로 훈계부터 했다.

"일이노 여어시미노 해. 아니 하모노 알치? 이거이 요이서르 아이해. 도망이노 카모 캉 구머이노나."

주먹을 쥐며 총 쏘는 시늉을 하는 그의 작태가 주율은 우스꽝스러웠다. 아카모토는 마구간을 청소하는 조선인 사역꾼 둘을 불러 석주율에게 인사시켰다. 박홍주란 열여섯 살 홍안 소년과 쉰 줄로 접어든 염소수염 봉씨였다.

석주율은 아카모도가 관장하는 마방 사역꾼이 되었다. 아홉 마리 말을 솔빗으로 닦고, 각종 마구(馬具)를 갈무리하고, 마구간을 청소하고, 말을 먹이고, 말을 운동시키는 일이 사역꾼 주무였다.

그 외 현장사무소 간부 사택의 자잘한 심부름을 도왔다.

박홍주는 고향이 봉화였으나 봉씨는 영주 출신으로, 그들은 마구간에 달린 토방을 숙소로 쓰고 있었다. 밥과 국은 병영 취사장에서 타냈고, 김치와 짠지 따위는 간부 사택에서 얻어왔다.

아홉 필 말은 각 대 총대와 부총대 전용 말이 여섯 필, 중대본부 장교용 말이 세 필이었다. 조선 재래종 말이 네 필, 나머지 다섯 필은 몸집 큰 아랍 말과 교배종이었다. 총대들은 일주일에 두 번 새벽 조회에 참석하는 날을 빼곤 아침 여덟시 삼십분쯤에 말을 타고 출근했고, 중대에서 쓰는 군마(軍馬)는 사용 시간이 일정치 않았다. 날이 어두워지면 말들은 아홉 칸 제 처소에 입방되었다. 그러면 사역꾼은 등잔 밝혀 건초와 잡곡사료를 말에게 먹이는 일로 하루 일과를 대충 끝냈다. 중대 막사 쪽에서 취침나팔 소리가 울리는 밤 열시 전에 아카모토가 반드시 마방을 순찰하고 갔다. 아홉 필 말의 이상 유무를 확인하고 불단속을 일렀다. 그 이후부터 중대 막사 쪽에서 새벽 기상나팔 소리가 울릴 때까지 사역꾼은 자유시간이었다. 석주율은 충성대 숙소 생활과 비교할 수 없게 편했다.

충성대 노역 시간 단축이 제대로 실시되는지, 1조와 2조의 연좌 농성에 따른 책임 추궁은 없는지, 땅꼬마 장례는 무사히 치러졌는지 석주율은 궁금했으나 첫날은 누구도 그 소식을 알려주지 않았다. 충성대 대원들이 자기를 어떻게 생각하는지 또한 궁금했다. 그들이 자신을 서종달 부총대 앞잡이로 생각한다면 그 누명은 반드시 벗어야 했다.

어둠이 내리고 시노다 총대 말을 마방에 반납한 자는 정문 입초 병졸이라 말을 붙일 수 없었다. 이튿날, 아침 여덟시 삼십분에 시노다 총대가 직접 마방으로 와서 말을 타고 갔으나 그는 다른 말에 안장을 얹는 석주율을 곁눈질했을 뿐 무심했다. 그날 밤, 날이 저물어 박홍주가 중대 취사장에서 타온 밥을 먹고 났을 때였다. 장옷 둘러쓴 아낙이 칸델라 불을 들고 시노다 총대 말을 마방으로 인계하러 왔다. 그네는 봉씨에게 내일쯤 짬 내어 장작을 패달라고 말했다.

"부인님, 드릴 말씀이······" 구석에 있던 석주율이 바깥으로 나가 여인을 세웠다.

"엔도 서기가 퇴근하셨다면 잠시 뵙고 싶다고······"

"토굴에 갇혔다던 대원이구려. 석씨 말을 총대님한테 들었어요." 여인 목소리가 밝았다. 석주율이 엔도 숙사에서 보았던 여인이 아니었다. "엔도상은 왜요?"

"묻고 싶은 말이 있습니다."

"그렇게 전할게요. 여기서 일한담 종종 만나겠군요."

석주율이 마방으로 들어오자 봉씨는 '왕눈이'로 불리는 시노다 총대 말을 5호 마구간에 넣어 건초를 먹이고 있었다.

"장작을 패주면 병대 밥 대신 차진 이밥 한 끼를 먹을 수 있지. 그런데 석군, 간부 사택에 색시가 셋 있는 거 알아? 지금 왔던 길안댁이 시노다 총대 애첩이고, 봉순네와 이산댁이라구, 색시가 둘 더 있어." 봉씨가 말했다.

봉순네와 이산댁 두 여자 중에 하나가 고열로 신음할 때 간병해준 여인이겠거니 여겼으나 석주율은 봉씨에게 묻지 않았다. 그는 엔도 방에서 잠을 잔 그날 밤, 먹은 죽을 죄 토하며 고열로 앓고 난 뒤 이상하게도 몸이 가뿐했다. 매질당한 등과 엉덩판도 손으로 만져보면 딱지가 앉고 있었다. 일주일 금식 끝에 닥친 열병이 몸 안의 독기를 씻어내었음을 표충사 의중당 경험으로 체득할 수 있었다. 오랜 금식은 고통스러워도 그 기간이 끝나면 새로 태어난 듯한 상쾌함을 그는 이번에도 체험한 셈이었다.

길안댁이 사택으로 돌아가서 전했을 텐데, 그날 밤 엔도는 마방을 찾지 않았다. 이튿날, 밤이 이슥해서야 엔도가 토방으로 석주율을 찾아왔다. 박홍주는 잠에 들었고, 봉씨는 등잔 아래 화투로 점을 쳤고, 주율은 걸레쪽으로 잿물을 찍어 말안장에 달린 등자 쇠붙이에 광을 내고 있었다.

"부총대께서 석상을 만나지 말라는 언질이 있었고, 눈치가 보여 늦었습니다. 이것 받아요." 엔도가 들고 온 묵직한 보퉁이를 넘겨 주었다. "일조 삼분대 강치현이 봉화 면회를 갔다오며 전해 받은 모양입니다."

봉씨가 먹을 게 있나 하고 석주율이 매듭 푸는 보퉁이를 넘겨다 보았다. 누비 솜옷 한 벌과 털목도리, 털장갑, 버선 두 켤레였다. 아래에는 책이 네 권 있었다.

『약설 종경록』『반야·유마경』『신약전서』, 그리고 일어로 된 문고판 두옹(杜翁, 톨스토이) 수상록『인생론(人生論)』이었다. 앞 세 권은 백운에게 석주율이 부탁한 책이었으나『인생론』은 그가 임의로 보낸 책이었다. 두옹이 어느 나라 사람인지, 그가 어떤 일을 한 사람인지 주율은 알 수 없었다.

"부총대님이 검열한 후 이 서찰도 줍다." 엔도가 접은 편지를 주율에게 주었다.

　석선생 전.
　영림청 면회소에서 몇 자 씁니다. 석선생이 면회 요청을 하지 않았으나 모습이나 일별할까 하는 심정에 함안인 강참사 내외 분과 봉화까지 동행했으나 헛걸음치고 갑니다. 강참사 자제분은 석선생 신병에 관해 안녕하다고만 언급해, 귀향하는 발길이 무겁습니다. 선화 청으로 흉복통에 고생이 심한 선생 자당을 성내로 모셔와 용한 의원을 청했으나 별 효험이 없습니다. 사경을 헤매며 망혼 중에 석선생만 찾고 있어 보는 이의 심금을 울립니다. 현현역술소는 성업 중이며, 선화는 총망 중에도 북녘 하늘을 보며 오라버니를 그립니다. 출감해 상면할 날을 고대하며, 강건하십시오.
　　　　　　　　　　　　　　　　백운 배경준 서.

편지를 읽고 나자 석주율이 엔도에게, 충성대는 아무 일 없이 평온하냐고 물었다.
"모두 열심히 벌채하고 있지요. 해동되면 운목(運木)에 들어갈 겝니다."
"목도질도 힘들기야 벌채에 못지않지요. 그러나 산판 일이란 동장군만 물러가면 한숨 돌리는 셈이지." 화투패를 가지런히 늘어놓으며 봉씨가 말했다.

"여긴 시간적 여유가 있으니 틈틈이 석상이 원하던 독서나 하십시오. 나 그럼 물러갑니다. 부총대님이 찾을는지 모르니깐요." 엔도가 서둘러 자리를 떴다.

석주율은 봉씨 앞에서 엔도가 무언가 숨김을 눈치채 마중 삼아 뒤따라나갔다. 마구간 앞에서 엔도가 걸음을 멈추었다.

"석상, 충성대 일, 이조는 개편 작업을 하고 있어요."

"개편 작업이라니요?"

"황민대, 아카마루대로 일부를 이동시키고 그쪽 인원을 보충받지요. 일종의 해체 작업이라고나 할까. 작업 연장 두 시간은 단축되었으나 병사들이 직접 현장에서 벌채를 독려하고 있어 노역이 고된 모양입니다. 환자가 계속 발생해요. 중환자 넷이 봉화로 이송됐고요. 사실 석상한테 이런 말 전하면 안 되는데……" 엔도가, 충성대 쪽에는 신경 쓰지 말라는 말을 남기고 총총히 마방을 떠났다.

눈발 저쪽 어둠 속에 잠기는 엔도 뒷모습을 보며, 석주율은 엔도가 말하기 거북한 어떤 내용을 숨겼음을 알았다. 아무리 부총대 눈총을 받는다지만 그가 몸 사리며 쭈뼛거린 적이 없었다.

이튿날 오전, 석주율은 마구간의 퇴비감을 퍼내고 말먹이 건초 써는 일로 오전 일과를 끝냈다. 오후에는 박홍주와 함께 쉬고 있는 세 마리 말털 솔질 일로 보냈다. 박군도 게으름을 피웠지만 그 일이란 놀기가 반이라 석주율은 일하는 틈틈이 『신약전서』를 읽고 야소 훈화를 새겼다. 그러나 충성대 1, 2조 개편과 후송된 중환자 넷이 마음에 쓰여 생각이 엇길로 나갔다. 자신이 부총대에게 이용당함으로써 대원을 속였다는 쓰라림이 내내 마음을 저몄다.

오후 서너시에 들자 찌푸렸던 하늘이 싸라기눈을 시나브로 뿌렸다.

"이제 그놈도 임자를 알아보누만." 석주율이 6호 마구간에서 '외점박이'의 허벅다리 아래쪽 비구(飛溝)를 솔질할 때 봉씨가 들여다보며 말했다. 석주율이 처음 말을 솔질하러 다가갔을 때 놀란 외점박이가 뒷발질해 차일 뻔했던 일을 두고 한 말이었다.

봉씨가 운동을 시키고 온 말을 옆 마구간에 넣었다.

"석군, 나랑 사택으로 가자구. 자넨 그 몸으로 도끼질이 힘들 테지만 거드는 시늉이나 해. 어쩜 저녁참까지 얻어먹을 테니깐. 준마는 군살을 빼야 되지만 자넨 살을 붙여도 한참을 붙여야겠어."

"구경하느니 저는 여기 있겠습니다."

"잔말 말고 따라와. 자네를 위해서 하는 말이니깐."

봉씨 말에 석주율은 그를 뒤따랐다. 어쩌면 총대나 부총대를 사택에서 만날 것 같았고, 따질 말도 있었다.

"일신이야 편하지만 언제까지 왜놈 말 종질이나 하고 살아야 할지. 늙어 이 자리도 쫓겨나면 가랑잎 같은 신세이긴 하지만……" 눈을 맞고 걸으며 봉씨가 한숨을 쉬었다. 그는 소싯적부터 영주 역참 마방에서 파발마를 다루었는데, 기해년(1899) 마을을 휩쓴 역병으로 가족을 잃은 뒤 영주, 봉화 일대의 마꾼으로 떠돌다 세 해 전에 이곳으로 옮겨왔다. 평소에는 과묵했으나 신세타령이 잦았다.

만주로 들어가시죠, 하는 말이 입에서 떨어지려는 걸 석주율이 참았다. 여기보다 독립군 병대 말을 돌보는 일이 훨씬 보람 있을 터였다. 또한 간도 일대를 도보 여행할 때 양마장(養馬場)을 더러 보기도 했다.

"서 부총대는 어떻게 그 지위에까지 올라가게 됐어요?" 평소 궁금하게 여겼기에 석주율이 물었다.

"잘은 몰라. 사택 여편네들 말로는, 을사년(1905)에 왜가 조선을 반쯤 빼앗자 우수한 조선인 생도를 뽑아 본토 유학을 보냈대. 한양에서 학교 다니는 고관집 자녀 중에 골라서 말일세. 서 부총대도 거기에 뽑혀 섬나라에서 몇 해 공부를 했나봐. 합방되자 조선에 나온 일본 고관 통변으로 출세했다나. 그런데 무슨 사고를 쳐 미끄럼 탄 게 어쩌다 이 산골에까지 떨어졌으니, 사람 팔자 새옹지마지 뭘."

2호 사택이 시노다 총대 거처였다. 길안댁이 기다렸다는 듯 봉씨와 석주율을 맞았다. 집 뒤란으로 돌아가니 소나무 원목의 쳐낸 가지가 켜켜로 쌓여 있었다. 굵은 가지는 직경이 머리통만 했으나 대체로 홍두깨 굵기여서 적당한 길이로 자르고 두 쪽으로 가른다면 땔감에 알맞았다.

"슬슬 시작해볼까. 석군은 이 톱을 쓰게." 봉씨가 광에서 도끼와 톱 두 자루를 가져와 작은 톱을 주었다.

싸라기눈이 함박눈으로 변해 촘촘하게 그물을 짰다. 눈 오는 날이 그렇듯 날씨가 춥지 않았다. 봉씨는 나무 몸통을 잘랐고 석주율은 잔가지를 잘라냈다.

"춥지 않으세요? 모닥불 피워놓고 일하시지요."

맑은 목소리에 석주율이 눈을 주니 머릿수건 쓰고 홍치마를 입은 낯익은 여인이었다. 석주율이 일손을 멈추고 지난번에 진 신세를 두고 고맙다는 인사를 건넸다. 알몸을 보였던 게 부끄러워 그네를 마주볼 수 없었다.

"봉순네, 석군 이력 들었지요? 기미년 삼월 만세사건 때 큰일을 했다잖아요. 말수 적고 겸손한 성품이라 제 자랑할 줄 모르는 청년이지." 봉씨가 톱질하며 말했다.

"엔도 서기 말이, 동년배지만 절로 머리가 숙여진다고 칭찬합디다. 학식 많으나 알은체 않고, 겉으로는 약해 보이나 심지가 대쪽 같고, 남 위하는 마음이 부처님처럼 넓은 양반이라고요. 한번 뵙고 싶던 참에, 마침 우리 삼호에서 하룻밤을 묵어갔지요." 봉순네가 스스럼없게 재잘거렸다.

"봉순네 말이 정분이라도 튼 듯하구려. 설마하니 하룻밤 묵어갔다 해도 과수댁과 총각이 한방 쓰진 않았겠지."

"중늙은이가 음충맞기는." 봉순네가 눈을 흘겼다.

"다들 와요. 중참 마련했으니 드시고 일해요." 쪽문을 열고 길안댁이 손짓했다.

산골 인심은 사택에 와보면 안다며 봉씨가 톱을 놓고 일어섰다. 봉순네가 석주율에게, 총각도 어서 갑시다 했다. 일이나 하겠다며 석주율이 사양하자, 마련한 음식을 안 먹어도 실례예요 하며 봉순네가 그의 소매를 끌었다. 석주율이 신발 벗고 마루로 올라섰다. 현관 맞은편에 놓인 키 높이의 찬장은 제기나 그릇을 넣어두는 가구가 아니라 붙장문 열어 신단(神壇)을 꾸며두었다. 촛대 두 개와 향로가 있었고 뒤쪽은 여러 색깔의 종이꽃으로 장식했는데, 정중

122

앙에 놓인 소반 위에 금분 입힌 작은 부처 좌상을 모셔두었다.

"가미다나나 불단(佛壇)이라 들었습니다. 시노다 총대님은 새벽마다 불단 앞에 무릎 꿇어 경을 읊지요." 안방으로 음식을 나르던 길안댁이 불상을 유심히 보는 석주율에게 말했다.

집안에 불단을 차려둔다는 점이 석주율은 신기했다. 신도가 절을 찾아 나설 필요 없이 집에서 부처께 경배드릴 수 있는 불단이라면, 우리나라 경우로는 사당에 해당되리라. 타계한 집안 어른께 조석으로 경배하듯, 일본인들은 집안 불단 앞에서 경배하는 셈이었다. 불단을 통해 석주율은 시노다 총대의 평상심을 조금은 이해할 것 같았다.

따뜻한 온돌방에 밥상이 놓였는데, 길안댁이 날라온 중참은 호박범벅이었다. 창문 쪽 서가에 꽂힌 여러 종류의 책이 석주율 눈에 띄었다. 다음에 들르면 필요한 책을 빌려가 읽을 수 있겠다 싶었다.

"언니, 범벅이 먹고 싶어 화전촌에서 늙은 호박 한 통 구했지요." 길안댁이 말했다.

"이 엄동에 살구를 찾지 않는 게 다행이야."

"무슨 말인지 대충 짐작이 가구려. 보자 하니 총대 마나님께서 입덧 중이다 이 말이렷다. 총대님이 알고 있어요?" 봉씨가 거들었다.

"귀띔이야 했지요."

"그렇담 그 자식은 조선 텃밭에서 뽑은 왜무구려."

"길안댁은 좋겠어. 음전한 분 만나 신접살림이듯 깨가 쏟아지니." 봉순네가 말끝에 달아 한숨을 쉬었다.

길안댁은 동그란 이마에 눈썹이 가느다랗고 뭉뚝한 코에 입술이 작아 오목조목한 생김새였다. 택호를 쓰니 시집을 갔던 모양인데 소박맞았는지 어쨌는지, 석주율은 그네가 어떻게 산판까지 들어왔는지 알 수 없었다. 그렇기는 봉순네도 마찬가지였다. 시노다 총대는 일본인 본처가 있는지, 홀몸으로 길안댁과 살림을 차렸는지도 알 수 없었다. 어쨌든 봉씨 말처럼 조선으로 건너온 일본인은 이제 그 씨종까지 조선 땅에 번식시키는데, 일본인을 경원시하지 않는 그네나, 그네 신세를 부러워하며 일본인 밑에서 밥 짓고 빨래 일 하는 봉순네를 보자, 석주율은 그런 기생(寄生)적인 삶을 경멸해야 할지 동정해야 할지 몰랐다. 다만 두 여인이 왜 이런 삶을 택할 수밖에 없었을까에 따른 울분과 설움만 느꼈다.

"자넨 왜 먹지 않고 코를 댓 자나 빼고 있어? 자고로 늙은 호박은 보양에 좋다 해서 산후나 병후에 먹는다잖아. 자네야말로 호박범벅이 살로 붙겠어." 봉씨가 동치미 찬으로 호박범벅을 퍼먹었다.

"고맙게 먹겠습니다." 석주율이 숟가락을 들었다. 호박범벅은 꿀맛이었다. 충성대 대원이 점심 굶으며 벌채 작업에 모질음 쓰고 있을 시간, 자신은 따뜻한 방에서 별식을 먹는다는 게 목구멍에 걸렸다. 봉씨가 길안댁에게 먹어치운 빈 그릇을 내밀어 반 그릇을 더 먹을 동안, 주율도 한 그릇을 비웠다.

"엔도 서기 말로는 점심 안 자신다 해서 어쩌나 했는데, 범벅은 다 자셨구려." 봉순네가 말했다.

봉씨와 석주율이 밖으로 나오니 함박눈이 기세 좋게 쏟아지고 있었다. 둘은 톱으로 나무 썰기를 계속했다.

"목화송이같이 탐스럽기도 해라. 이렇게 함박눈 내리니 고향 부모님이며 동기간이 생각나네. 뭘 먹고 어떻게 사는지, 우리 봉순이는 구박 안 받고 잘 크는지……" 뒷문 밖 처마 끝에 홍치마 여며 쪼그려 앉은 봉순네가 함박눈이 가없이 떨어지는 하늘을 올려다보았다.

석주율도 하늘을 보았다. 나지막이 내려앉은 하늘 어디에서 만들어졌는지 무수히 떨어지는 눈꽃이 장관이었다. 임종이 가까운 엄마 모습도 눈송이에 어려 보였지만 축담에 앉아 곰방대 빨며 묽은 눈으로 내리는 눈을 볼 아버지 모습이 눈에 어렸다. 석송농장 식구와, 혹한 아래 어느 산야를 누비며 신고할 독립군 부대원 모습도 떠올랐다.

"봉순네는 고향 떠난 지 몇 해라 했소?" 봉씨가 물었다.

"시댁 떠난 지 두 해 넘겼어요."

"저런 고운 새댁을 내쫓다니. 무슨 트집을 잡았는지 모르지만 내 한번 홍가집을 쳐들어갔으면 좋겠어. 대문간에 똥 한 무더기 싸놓고 홍가놈 낯판대기에 침을 뱉어주고 싶어."

"사람 사는 일이 어디 제 뜻대로 되나요. 석씨 총각 봐요. 학문이 없나, 인물이 없나. 석씨 총각, 언제 시간 있으면 죄 많은 우리 아녀자들한테 설법이나 들려주구려. 큰절에 스님으로 계셨다니 좋은 말씀 얼마나 많이 알고 있겠수."

석주율은 톱질만 할 뿐 대답을 못했다. 봉순네가 몸을 일으키더니 저녁밥 준비해야겠다며 자리를 떴다.

"무슨 곡절로 소박데기가 됐는지 함구하니 속내를 알 수 있어야지. 길안댁은 빈농 여섯째 딸로 태어나 열다섯 살에 돈 많은 늙은 영감 첩으로 들어갔다 영감 죽자 쫓겨났고, 이산댁은 스물셋에 서방 죽자 봉화장에서 팥죽 팔다 자식 둘을 시어미한테 맡기고 돈 벌러 들어왔다는데, 봉순네 이력은 아무도 몰라. 자네가 삼호에서 하룻밤 잤다니 혹 우는 소리 듣지 못했어? 밤이면 봉순네 자는 골방에서 울음소리가 들린대. 얼마나 애절턴지 귀신 곡소리 같아 소름이 돋는다나."

"고열로 밤새 앓아 그 소리를 못 들었습니다. 간병해주시느라 고생했지요."

"한이 많은 여편네야."

봉씨가 톱을 놓더니 도끼를 들고 잘라낸 소나무를 패기 시작했다. 팰 나무를 왼손에 쥐고 오른손으로 도끼를 휘두르는데 한 번 도끼질에 나무가 쪼개졌다. 난든 솜씨였다. 석주율은 봉씨가 썰던 큰 톱으로 굵은 소나무를 썰었다. 한 사람은 나무 패고, 한 사람은 나무 썰며, 둘은 눈을 함빡 뒤집어쓴 채 일했다.

이튿날 점심때였다. 박홍주가 부대 취사장에서 밥과 국을 타내어 얼어붙은 눈길을 밟고 마방으로 돌아왔다. 봉씨는 말 두 필을 운동시키려 끌고 나갔는데 돌아오지 않았다.

"지독하게 당하나봐. 비명 소리가 취사장까지 들리니." 박홍주가 혼잣말을 했다.

"당하다니, 누가?" 마구간 청소를 마치고 일어판 두옹의 『인생론』을 읽던 석주율이 시선을 들었다.

126

"벌목꾼이 끌려온 모양입니다. 그쪽에서 족치지 않고 병대에 넘긴 걸 보면 단단히 혼쭐내기로 작정한 것 같아요."

"심문 받는 장소가 어디요?" 석주율은 짚이는 데가 있어 책을 주머니에 꽂고 일어섰다.

"본부 옆 창고야요."

"점심 안 먹구요?" 하는 박홍주 말을 들으며 석주율이 마방을 나섰다. 본부 막사 앞을 지나치기 무엇해 뒤꼍으로 돌았다. 물을 더 먹이라고 외치는 일본말 고함 소리와 앓는 신음이 들렸다.

"주모자는 더 없다고 우기는뎁쇼." 통변이 말했다.

석주율은 걸음을 멈추었다. 파업 연좌농성 주동자였던 정억쇠, 강치현, 김달식이 잡혀왔음이 틀림없었다. 부총대 서종달은 농성에 따른 일체의 보복이 없을 거라는 약속을 어기고 셋을 병대로 이첩했음이 분명했다. 자기 말만 믿고 농성을 푼 충성대 1조와 2조 대원들의 경멸에 찬 눈초리가 화살처럼 자신을 겨누는 환상을 보았다. 고문당하는 대원 셋이 외치는 소리가 악머구리이듯 귀청을 팠다. "친일노 네놈 꾀에 우리가 속았어. 뭐라고? 보복이 일체 없음을 책임지겠다고? 왜놈 말똥이나 처먹어라!" "농성 푸는 조건으로 형님은 우리에게 어떤 약속을 했습니까. 형님이 놈들 감언이설에 속은 게 아니라 우리가 이렇게 될 줄 형님은 알았고, 우리를 판 게지요." 엔도 서기가 마방을 찾아온 이틀 전, 무엇인가 숨기는 듯하던 그의 모습이 이런 계획의 추진을 알고 있었음을 그제야 깨달았다.

마방으로 돌아온 석주율은 일손이 잡히지 않았다. 어떻게 보면 서종달 부총대와 시노다 총대 말을 곧이곧대로 믿은 자신의 잘못이었다. 비폭력 만세시위를 총칼로 다스린 저들의 속성을 알면서도 중재자로 나섰다는 게 우둔한 소치였다. 욱하는 마음에서 자살로 자신의 결백을 대원들에게 보일까 하는 생각도 들었다. 그렇다면 혐의는 풀리겠으나 세 동지의 재판 회부 절차는 변동이 없을 것이다. 어떤 방법으로든 세 동지를 구출해야 한다는 쪽으로 그는 생각을 바꾸었다. 그런데 한갓 말 당번으로 떨어진 신세에 맨주먹으로 충성대 상급자와 병대를 상대할 방법이 떠오르지 않았다. 안절부절못한 채 마음만 격해지자 감복받았던 훈화나 서책으로 배운 지혜도 아무런 소용이 없었다.

정억쇠 외 둘이 병대본부로 이첩된 경위와 충성대 동정을 알아보려 석주율은 밤이 깊자 사택을 찾았다. 푸짐한 적설 끝에 한파가 몰아쳐 날씨가 몹시 추웠다. 희미한 달빛에 장옷 쓴 여자가 치마귀 날리며 마방 쪽으로 오고 있었다.

"석씨 총각이네요? 어디 가는 길이에요?" 봉순네였다.

"엔도 서기 들어왔지요?"

"저녁밥 마쳤어요." 봉순네가 오던 걸음을 돌렸다. "마침 밤을 삶았기에 마방에 가던 참이에요."

3호 사택으로 들어가자 석주율은 엔도 방 방문을 두드렸다. 안에서 대답 소리가 들려 그가 문을 여니 엔도가 신문을 읽다 석주율을 보았다.

"엔도상, 부총대님이 농성 풀고 작업에 임하면 농성 자체는 불문에 부치겠다고 약속하지 않았어요. 그 말은 엔도상도 듣지 않았습니까. 그런데 일조와 이조를 새로 편성한 것까지는 좋은데, 대원 셋을 병대본부로 이첩해 가혹행위를 하는 이유가 뭡니까? 그분들이 새 음모라도 꾸몄습니까?"

석주율이 목소리 높이는 걸 본 적이 없던 엔도가 잔뜩 주눅든 표정으로 눈만 끔벅였다.

"이런 절차는, 이미 각본으로 짜여 있었던 겝니다. 집단 항명을 가혹하게 다루면 후유증이 있게 마련이니 우선 무마책을 쓰고, 이차적으로 해산 작업에 임하고, 마지막으로 주동자를 내사해 처벌한다…… 집단 항명을 묵과해서야 어디 규율이 서겠습니까. 불령선인들에게는 국법의 준엄성이랄까, 본때를 보여야 함은 일본국 반도 통치책 근간 아니오? 사려 깊은 석상이 그 점을 모르지 않을 텐데요."

석주율은 할 말이 없었다. 총대와 부총대에게 우롱당하고 이젠 엔도로부터 조롱받는 셈이었다. 문 두드리는 소리에 이어 방문이 열리고 봉순네가 삶은 밤과 감주 그릇을 소반에 받쳐 들고 왔다.

"옥상, 술 있으면 내와요. 아무래도 한잔해야겠는걸."

엔도 말에 봉순네가, 머루주가 있다며 마루로 나갔다.

"석상, 너무 고민하지 말아요. 나는 석상 마음을 이해해요. 이번 사단에 석상 잘못은 없어요. 세상 사는 이치가 다 그렇잖습니까. 속고 속이고, 그러나 크게 보자면 공동체 사회 생활이다 보니 통치를 위한 법이 필요하고, 그 테두리 안에서 조직이 운용된다고 봐야지요."

어떻게 해야 하나, 내가 할 수 있는 일은 무엇인가 하는 생각에 잠긴 석주율 귀에 엔도 말이 들리지 않았다. 봉순네가 술 주전자와 종지 잔 두 개를 날랐다. 안주는 양념간장 친 생두부였다.

"석씨는 왜 우거지상을 하고 있어요?" 봉순네가 물었다.

"그럴 만한 사정이 있답니다. 어쩜 충성대 대원 둘이 그랬듯, 석상이 마방에서 탈출할는지 모르죠." 엔도가 웃음 끝에 농담을 했다.

"설마 석씨가 그럴 리 있겠어요. 도망질하다 잡히면 한쪽 발목을 작두로 절단하는 벌을 받아요. 작년에 그렇게 발목 잘린 벌채꾼이 둘이나 있었어요." 봉순네는, 머루주가 항아리로 있으니 많이 들라고 말하곤 방에서 물러갔다.

"석상, 한잔 들지요." 엔도가 자기 잔에 술을 쳤다.

"엔도상, 내일 출근할 때 저를 충성대로 데려다주십시오." 통행증 없으면 출입이 허락되지 않고 철조망 넘었다간 탈영으로 간주되므로 석주율이 청을 넣었다.

"누구를 만나려고요?" 엔도가 잔을 들며 물었다.

"충성대 대원들에게 경위를 해명하고, 총대님과 부총대님께 약속 위반을 정식으로 항의하겠습니다."

"대원들에게 해명은 그렇다 치고, 석상 항의가 받아들여질 성싶습니까?"

"항의가 받아들여지든 거부되든 그건 차후 문젭니다. 세 대원이 병대본부에서 가혹행위를 당하는 마당에 모른 체하고 있을 순 없습니다. 저를 정문만 통과시켜주십시오."

"석상." 실소를 짓던 엔도 목소리가 차분했다. "석상이 정론을 따지려는 모양인데 그건 고지식한 발상입니다. 설령 그런 항의를 하더라도 받아들여질 리 없고, 그럴 경우 석상은 재판에 회부될 겁니다. 총대님이 인격을 갖춘 분이라 석상을 호의적으로 대하기에 지난번도 관대한 처분을 내렸음을 아셔야 합니다. 내가 충고컨대, 제발 조용히 계십시오. 병대로 넘어간 세 사람 뒤처리는 모른 체하고 있어요. 앞으로 석상이 그들을 만날 기회는 없을 테니깐."

"그렇다면?"

"셋은 재판소가 있는 대구로 압송되겠지요."

석주율이 자리 차고 일어섰다. 엔도가 그의 바짓가랑이를 붙잡았다.

"앉으시오. 자, 술잔 받아요. 지금 일호 사택으로 건너가 항의한다면 석상도 세 대원과 운명을 같이할 게 분명합니다. 내 말이 틀림없어요." 석주율을 올려다보는 엔도 표정이 진지했고 우정의 진정성이 담겨 있었다.

"엔도상 말씀은 고맙습니다. 그러나 저는 세 대원과 함께 재판받고 감옥으로 넘어가는 길을 택하겠습니다."

엔도가 잔을 놓고 일어서더니 석주율 멱살을 틀어줘었다.

"앉아요! 내 말 들으시오. 당신은 지금 미쳤소!" 엔도 표정이 노기로 차올랐다. 그는 석주율을 끌어 채어 그 자리에 앉혔다. 빈 종지 잔에 술을 채워 내밀었다. "석상이 술을 마시지 않는다는 건 알고 있소. 자, 드시오!"

"마시지 않겠습니다." 석주율이 받은 잔을 소반에 놓았다. 그는 1호 사택을 찾는 일이 미친 짓일까 자신에게 되물었으나 그래야 된다고 결심을 굳혔다.

"석상이 진정 남자라면 한잔 마셔보시오. 석상이 진실한 조선인임을 알고 있어요. 그러나 당신이 앞으로 큰일을 하려면, 내가 그런 말할 자격이 있는지 모르나, 세상을 한쪽 눈으로만 보면 안 되오. 진흙 속에 핀 연꽃이 왜 그토록 청초한지 아시오? 만약 석상이 앞으로 큰일을 도모하려는 이상이 있다면 일시적인 괴로움은 삭일 줄도 알아야 하오. 술은 괴로움을 달래줄 것이오."

석주율은 엔도를 멍하니 바라보았다. 섬세하고 사려 깊지만 그가 배포 큰 말까지 할 줄은 미처 생각 밖이었다. 엔도가 자신의 참마음을 우회시켜 적당한 선에서 타협하라는 방편으로 하는 말이 아님을 짐작할 수 있었다.

"엔도상 마음을 알겠습니다. 어떤 방법이 현명한지 하루 더 심사숙고해보지요." 석주율이 잔을 들었다.

엔도도 빈 잔에 술을 쳐 두 종지 잔이 부딪쳤다. 주율은 단숨에 머루주 한 잔을 입에 털어넣었다. 목구멍을 타고 화끈한 액체가 흘러 내려갔다. 자의로 난생처음 마셔본 술이었다. 절집을 떠났으므로 파계랄 것까지는 없지만 그가 술을 입에 대기로 결정한 것은 엔도 앞에서 남자다움을 보이거나 그의 주문대로 일시적인 괴로움을 삭이기 위해서가 아니었다. 그는 자기 주장이 외곬의 결벽성에 연유되지 않음을, 성격이 남다른 편벽성에 의존하지 않음을 엔도에게 보이고 싶었다. 자신이 고고한 인격의 소유자가 아닌 한갓 범인일진대, 뭇 저잣거리 사람과 다를 바 없으면서 먹성 따위로 유별남을 보이고 싶지 않기도 했다. 표충사 방장승도 그런 뜻에서 언젠가 자기에게 흘린 말이 있었다. "큰 중이 되려면 욕망을 너무 억제해서도 안 되지. 하고 하지 않고를 계율에 묶어놓지 말고 본성의 진심에 맡겨버려. 수도의 길에는 진정 애응지물이 없을지고. 바람처럼 거침없이 달리다 바위에 부딪히면 깨어지고, 골짜기를 만나면 그 안에서 돌개바람도 되는 게지. 그래야 아래로부터 위까지 알게 되고 참 깨달음을 얻게 돼."

"석상, 한잔 더 합시다." 엔도가 신바람이 나서 석주율 잔에 다시 술을 부었다.

석주율은 석 잔이나 거푸 머루주를 마시고 두부로 입가심했다. 목 안과 위장이 화끈거리고 술기가 머리로 뻗쳤다.

"그만 돌아가겠습니다." 석주율이 자리에서 일어났다.

"마방으로 곧장 가는 거지요?"

"오늘은…… 그렇게 하겠습니다."

"내일 부총대님께 항의각서라도 전달하겠다는 겁니까?"

석주율은 대답 않고 방문을 열었다. 엔도는 마루에서 그를 배웅했고, 봉순네가 마당까지 따라나왔다. 그네가 밤이 담긴 소쿠리를 주율에게 넘기며, 봉서방과 박군과 함께 야참으로 들라고 말했다.

"무슨 걱정거리가 있습니까? 방안에서 언성 높인 소리가 들리던데요."

"아무 일도 아닙니다."

"석총각, 신상을 돌봐요. 사람 몸이 둘이 아니랍니다. 벌채하다 다쳐 죽거나 추위와 영양실조로 죽는 자도 많아요. 그래도 마방은 그렇지 않으니 잠자코 붙어 있어요."

자상한 누님처럼 염려해주는 봉순네를 세워두고 석주율은 사택을 떠났다. 그네 앞에 술내음을 풍기는 자신이 왠지 부끄러웠다. 마방을 향해 걸으니 술기로 달아오른 얼굴을 찬바람이 식혀주었다. 그는 오늘 풀 수 없는 숙제는 내일 생각하자고 마음을 돌렸다. 천 근 쇳덩이에 눌린 듯하던 마음이 숨통을 조금 트는 느낌이었다. 술을 마셨다는 죄책감은 들지 않았으나 술이 괴로움을 여과시킨 다는 말뜻은 이해할 수 있었다.

마방으로 돌아온 석주율은 가져온 밤을 내놓았다. 봉씨와 홍주가 심심풀이로 화투를 치다 밀쳐놓고, 밤을 까먹었다. 봉씨는, 자네가 봉순네와 정분을 텄나보다며 농담을 했으나 주율은 대꾸를 않고 목침을 찾아 누워버렸다.

얼떨떨하던 술기운이 가신 뒤에도 석주율은 잠을 이룰 수 없었다. 재판에 넘겨져 추가 징역을 살더라도 이렇게 모른 체 있어서 되겠느냐는 양심의 소리가 끊임없이 그의 마음을 들볶았다. 그래서 봉씨와 박홍주의 코고는 소리를 듣자 소피도 볼 겸 밖으로 나왔다. 그는 살쾡이처럼 허리 숙여 병대본부 옆 창고로 발소리 죽여 걸었다. 이미 달이 져버려 사위는 깜깜했고 산천을 뒤흔드는 바람 소리만 휘휘로웠다. 그가 본부 막사 뒤쪽에 몸을 숨기고 창고를 살피니 문틈 사이로 불빛이 새어나왔다. 바람 소리에 섞여 말소리가 들렸다. 병사들은 그때까지 잠자지 않고 대원 셋을 심문하고 있었다. 석주율은 부산경찰부 지하실에서 당했던 고문을 떠올리며 치를 떨었다.

석주율이 추위에 떨며 한참을 자리 뜨지 않고 있을 때였다. 다가오는 그림자는 분명 토굴 쪽이라 짐작되었다. 어둠과 바람 속에 운동장을 질러 한 묶음이 된 둘이 걸어오고 있었다. 그들이 가까이 왔을 때 한쪽은 병정이었고, 병정에게 몸을 의지한 한쪽은 다리를 절름거렸다. 절름거리는 자의 거동은 분명 강치현이었다. 강치현을 창고로 인계한 병정이 탈진한 한 사내를 메다시피 해 끌고 나왔다. 정억쇠와 김달식은 몸집이 비슷해 누구인지 구별할 수 없었다. 병정은 늘어진 사내를 끌고 운동장 끝으로 사라졌다.

석주율은 그 장면을 보고서야 자신이 해야 할 일을 깨달았다. 자신이 싸울 방법은 그 선택밖에 없었다. 표충사 환영법회 때, 자신을 법당 밖으로 끌어내려 순사들이 밀어닥치자 그 앞에 줄지어 나서서 대항 없이 저들의 총대를 받고 쓰러지던 젊은 승려들의 무저항 맞섬, 바로 그 실천이었다.

이튿날, 아침밥을 먹고 나서였다. 봉씨는 날마다 말 운동을 시켰으므로 정문 밖 출입이 자유롭기에 그가 마방을 떠난 뒤였다. 마구간 청소를 마친 석주율은 잠시 쉬는 짬을 이용해 입은 옷 위에 강치현이 봉화 면회소에서 가져온 새 솜바지 저고리를 덧껴 입었다. 개털모자를 쓰고 목도리를 둘렀다. 박홍주에게는 언질 주지 않고 부대 취사장으로 나섰다. 점심식사 시간이 한참 남았을 때였다. 그는 박홍주 대신 밥과 국을 타러 갔을 때 취사장 뒤쪽의 허술한 철조망 구멍을 보아두었다. 사람이 들락거릴 수 있는 철조망 밖으로 오솔길이 있었고, 그 길은 예닐곱 채 너와집이 있는 안골이란 화전촌과 연결되었다. 병대 병사와 화전민들은 철조망 구멍으로 물물교환을 하곤 했다. 화전민들은 주로 술, 연초, 엿 따위를 가져왔고 병사들은 헌 신발과 자잘한 일용품을 주었다.

석주율은 아무도 얼씬거리는 자가 없을 때를 이용해 철조망 구멍으로 빠져나갔다. 밤새 작심을 굳혔기에 도망치듯 뛰지 않고, 충성대로 오르는 큰길을 찾아 나섰다. 그가 병오천을 따라 굽이도는 달구지길로 나설 때까지 만난 자는 아무도 없었다. 물소리도 들리지 않고 이따금 새소리만 뿌려지는 호젓한 길을 걷자 석주율은 요즘 읽는 두옹의 『인생론』이 생각났다. 그 책 서문을 보면 두옹은 아라사 소설가로 열한 해 전 여든두 살로 사망했다고 적혔고, 그가 쓴 소설은 만방에 번역되어 널리 읽힌다 했다. 그가 주장한 박애사상(博愛思想)이 지금 급속도로 만국인의 공감을 얻고 있다는 것이다. 그의 소설은 일본어로 여러 권이 번역되어 있는 모양이었다. 그 책 앞부분에 이런 구절이 있었다.

사람은 자기 자신의 행복을 얻으려고 노력할 동안, 모든 다른 사람들 역시 자신의 행복을 추구하고 있음을 깨닫게 된다. 그리고 주위 사람들을 관찰할 동안, 그들 모두가(심지어 하등동물까지도) 생명에 대하여 자기 자신이 생각하고 있는 것과 똑같이 생각하고 있음을 깨닫게 되는 것이다. 자기 주위의 모든 사람이 스스로의 생명과 스스로의 행복만을 느끼면서, 오직 자기 것만 중요하며 진실한 것으로 생각하고 타인의 생명을 자기를 위한 수단으로밖에 생각하고 있지 않는 데 주의를 기울여볼 필요가 있다. 한마디를 더 보탠다면, 살아 있는 모든 생명체는 자기 자신의 작은 행복을 수호하기 위하여 다른 생명체의 행복뿐만 아니라, 그 생명 자체를 빼앗을 준비를 하고 있다는 데 주목을 요한다……

책제목이 그렇듯 두옹의 명상록이라 부를 만한 『인생론』의 그 구절은 인간의 이기심, 그 해악을 환기한 대목이었다. 인간이 오직 스스로의 생명과 행복만을 소중히 여길 때 필연적으로 타인의 생활을 침해하게 마련이며 그 침해란 타인이 추구하는 행복을 빼앗거나 파괴시켜 자신의 행복으로 채우게 마련이라 했다. 또한 타인 역시 자신의 생명과 행복을 침해해 빼앗거나 파괴시키지 않을까 전전긍긍하게 마련이라는 것이다. 그러므로 두옹이 주장하는 생활의 행복이란 지나치게 이기적이 아닌, 타인의 생명과 행복 역시 자신의 그것처럼 동격으로 인정해 존중해주고 북돋워줌으로써 자신 또한 타인으로부터 보상받을 수 있다는 인도주의(人道主義), 또는 불교 경전과 성경에도 있는 공동체적 사랑, 즉 더불어 사는 삶의 실천이었다. 일상 생활의 관찰을 통해 발견할 수 있는 평범한 진리를 쉽게 말하는데도 두옹 잠언은 훈계조의 종교적 냄새를 풍기지 않고 마음에 닿았다. 석주율은 일본어에 능통하지 못했으나 『인생론』의 뜻을 깨우쳐 나가자, 백운이 왜 청하지도 않은 책을 굳이 보내주었는지 마음을 느낄 수 있었다. 지금 발목이 잘릴는지 모르는 형벌을 감수하고 마방에서 무단 이탈해 충성대로 가는 이유도 자신의 행복만을 추구하지 않겠다는 데 뜻이 있었다. 봉순네 말처럼 자기 안존만 추구한다면 마방 생활에 만족하면 그만이었다. 그러나 타인의 불행을 남의 일로 여긴다면 그 이기심은 분명 더불어 사는 삶을 외면하는 처사였다. 그런 마음에서도 그의 발걸음은 결코 무겁지 않았다.

충성대에 도착할 동안 석주율은 나무꾼 한 사람만 만났다. 빈 지게 지고 산으로 오르던 나무꾼은, 날씨가 몹시 춥다는 인사말을 건넸고 다른 말은 물어오지 않았다.

석주율이 충성대 사무소 문을 열자, 총대와 부총대는 보이지 않았고 엔도 서기가 사무를 보다 그를 맞았다.

"웬일이오?" 놀란 눈으로 석주율을 보던 엔도가 금방 짚이는 게 있었던 모양이었다. "기어코 왔구려."

"총대님과 부총대님은 어디 계십니까?"

"산판 현장에 나갔습니다. 정말 그걸 따지러 왔나요?"

석주율은 부총대에게 그 문제를 따질 필요가 없겠다고 판단했다. 연좌농성에 따른 가혹한 후속 조치를 항의한 뒤 자기 뜻을 보이려 독자적 농성을 벌이려 했던 것이다. 그러나 항의한다고 당장 어떤 조치가 내려질 리 없다면 곧장 침묵항의로 자기 의사를 표시함이 옳다고 여겨졌다.

석주율은 말없이 사무소에서 나왔다. 그는 충성대 대원들이 눈을 말끔히 치워놓은 운동장으로 내려갔다. 조회 때 단상으로 쓰는 그루터기 아래 운동장 한가운데 언 땅에 정좌해 좌선 자세로 눈을 감고 단독농성에 들어갔다.

엔도가 사무소 뜰에서 석주율의 태도를 보고 있었다. 너른 운동장 가운데 마치 눈사람이듯 석주율이 버텨 앉아 있었다. 그는 지금 주율이 무엇을 하는지 깨닫고 머리를 흔들었다. 지독한 사람이다, 그는 그렇게 중얼거리며 사무소로 들어왔다. 더운 보리차 한

잔을 마시고 다시 주판알을 튀겼으나 일손이 잡힐 리 없었다. 사무소를 나서서 운동장으로 내려가자, 독찰대원 둘과 취사원이 무슨 구경거리라고 여긴 듯 가부좌한 석주율을 지키고 있었다.

"석상이 귀머거리 됐나요? 도무지 대꾸가 없습니다." 취사원이 엔도에게 말했다.

"석상, 정 이러기요? 당신의 이런 방법이 누구에게 무슨 도움이 되겠소? 일단락된 문제가 다시 원점으로 되돌려질 리는 절대 불가하오. 석상이 이렇게 버티다 오늘 밤을 넘기면 얼어죽을 뿐이오."

엔도가 말했으나 석주율은 눈사람이듯 꿈쩍을 않았다. 주율은 엉덩이를 통해 올라오는 냉기와 옷으로 스며드는 찬바람으로 몸이 꼿꼿하게 굳었으나 일도정진(一途精進)의 마음으로 단전호흡에 임하고 있었다. 그는 예감이지만 자신이 여기에서 죽어 쓰러지리라 생각하지 않았다. 반드시 승리의 열매를 쟁취하리라는 확신이 섰다.

점심때가 되어 총대 시노다와 부총대 서종달이 말을 타고 사무소로 돌아왔다.

"저 녀석, 석상 아니오?" 시노다가 서종달에게 저희 말로 물었다. "무슨 짓거린가?"

"저놈이 독자적 농성을 벌이는 모양입니다. 마방 무단이탈 죄목으로 당장 체포해야겠어요."

서종달이 말에서 내리려 하자 시노다가 제지했다.

"그냥 두시오." 시노다가 사무소로 말을 몰았다.

"총대님, 그럴 필요까지 있습니까?"

"야나이바라 중대장에게 넘기면 일은 간단해요. 그러나 두고 봅시다."

서종달은 분김을 참으며 시노다 뒤를 따랐다. 사무소로 들어간 둘은 엔도 서기로부터 석주율의 단독 침묵농성에 따른 보고를 받았다. 어젯밤에 석주율이 숙소로 찾아와 항의했던 경위를 전하고, 잘 타일러 보냈는데 저렇게까지 나올 줄 몰랐다고 엔도가 말했다. 서종달 부총대가, 왜 아침에 즉각 보고하지 않았느냐고 엔도를 질책했다.

"총대님, 저 꼴을 언제까지 내버려둘 작정입니까?" 서종달이 상기된 얼굴로 시노다를 보았다.

"좀더 두고 봅시다." 의자 등받이에 기댄 시노다의 담담한 말이었다. 그가 궐련을 뽑아 물고 책상에 놓인 신문을 펼쳐 들었다. 작년부터 제1차 세계대전 종전에 따른 만국 경제의 대혼란기를 맞아 일본 경제도 기조가 흔들리고 있었다. 일면 표제는 '恐慌の突入?'이란 큰 제목을 달고 있었다.

해가 질 무렵부터 하늘에 엷은 구름이 끼더니 날이 어두워지자 진눈깨비가 흩날렸다. 운동장 흙바닥에도 광목천을 깐 듯 진눈깨비가 한 꺼풀을 덮었다. 석주율 개털모자와 얼굴에도 눈가루가 앉아 그는 진짜 눈사람이 되었으나 좌정 자세대로 미동조차 하지 않았다. 어찌 보면 대웅전 본존불을 옮겨놓은 꼴이었다.

소설 『풍운아 도요토미 히데요시』를 읽던 시노다 총대가 책을 덮고 독찰조 조장 오오카를 불렀다.

"불침번을 세워 운동장에 좌정한 석상을 감시하기 바란다. 그자에게 음식, 음료는 물론 보온을 위한 의복이나 모포를 일절 제공해서는 안 된다. 그러나 동사는 막아야 한다. 심장이 멎기 전 의무실로 옮겨라. 충성대의 명일 운동장 조회는 생략한다."

오오카 조장에게 명령을 내린 시노다는 곧장 말을 타고 숙소로 퇴청했다. 부총대 서종달도 그 말을 들었으나 그는 총대 속뜻을 도무지 헤아릴 수 없다는 듯 표정이 밝지 않았다. 심기가 불편한 그는 엔도를 데리고 간부 식당으로 가서 화주를 취하도록 마셨다.

서종달과 엔도가 어지간히 취해 식당에서 나왔을 때까지, 벌채에 나간 충성대 대원은 돌아오지 않았다. 어둠 속에 얼음가루로 변한 진눈깨비가 직선으로 떨어졌다. 운동장은 어둠에 잠겨 아무것도 보이지 않았다.

서종달이 말 등에 오르자 칸델라 등을 들고 나온 엔도가 꽁무니에 올라탔다. 서종달은 경사진 길로 말을 몰았다. 말이 미끄러질세라 말굽 달린 발바닥으로 안간힘 쓰며 걸었다.

"부총대님, 운동장을 거쳐가시지요."

엔도 말에 서종달은, 그러려는 참이라며 말을 운동장으로 몰아넣었다. 외투 입고 장총을 멘 독찰대원 모습이 희뿌연 눈발 속에 어렴풋이 드러났다. 시노다 총대 지시로 석주율을 지키는 보초였다.

"저치 어때?" 경례 붙이는 독찰대원에게 서종달이 물었다.

"조금 전 발길로 차니 꿈틀합디다."

"그럼 수고하라구."

서종달이 말머리를 돌렸다. 엔도가 칸델라 등불을 높이 들고 눈 속에 묻힌 석주율 자태를 찾았다. 사방이 건곤일색이요 설편까지 떨어지고 있어 그를 찾기가 쉽지 않았다. 사방을 두리번거리던 그는 독찰대원 뒤쪽 저만큼에 눈덩이 하나가 솟은 모양을 보았다.

벌채에 나갔던 충성대 대원들은 밤 아홉시가 가까워서야 눈을 함빡 쓰고 열 지어 돌아왔다. 그날도 두 명이 과로와 영양실조로 작업 중에 쓰러져 들것에 실려왔다. 조별로 숙소에 들어 언 몸을 녹일 때야 병자로 남았던 대원 입으로 석주율 소식이 알려졌다.

"석가놈이 뭔가 크게 뉘우친 모양이요. 낮도 되기 전부터 운동장에 앉아 지금껏 참선 중이오."

1조와 2조 대원들이 밖으로 몰려나와 운동장을 살폈으나 어둠 속이라 석주율 모습이 보이지 않았다. 몇이 운동장으로 뛰어가자, 독찰대원이 호루라기를 불며 접근을 막았다.

이튿날, 날이 밝아서야 충성대 대원들은 운동장 가운데 뭉쳐놓은 눈사람을 볼 수 있었다. 밤새 내리던 진눈깨비는 그쳤으나 하늘에는 구름이 켜켜로 덮여 있었다.

"친일노가 얼어죽은 게 아냐?" "제 놈이 저런 못난 짓 한다고 잡혀간 동지가 풀려날까." "하여간 괴짜야." 새벽 조회도 생략한 채 아침밥 먹기 바쁘게 연장 챙겨 들고 벌채장으로 떠나며 충성대 대원들이 나눈 말이었다.

숟가락을 놓자 엔도는 부리나케 출입복을 입었다.

"얼어죽었으면 어떡해요. 왜 그런 짓을 하는지……" 마루에 선 봉순네가 울먹이는 소리로 응절거렸다.

"죽었으면 죽었다고 연락 왔을 테지요. 석상은 보통 사람이 아니니 버틸 거요." 엔도가 그렇게 말했지만 엄동 겨울밤을 한데에 나앉아 무사히 넘겼을까에는 우려되는 바 없지 않았다. 필경 실신했을 테고 의무실로 옮겨갔으려니 여겼다.

"엔도상, 어찌됐는지 소식 전해주구려. 성치 않은 몸에 무슨 통뼈라고……" 문밖까지 따라나온 봉순네 말이었다.

엔도는 외투깃을 세웠다. 자전거를 끌어내어 빙판이 된 길을 빠르게 몰았다. 하늘에는 구름이 무거웠고 바람기가 없었다. 기온은 영하 밑이 틀림없겠으나 날씨가 그렇게 맵지 않고 잠포록한 게 다행이었다. 폭풍 전야처럼 어디에 숨었는지 새소리도 들리지 않는 강변길을 그는 부지런히 자전거 발판을 밟았다.

진눈깨비가 얼어붙은 미끄러운 길을 콧숨이 달게 달려 엔도가 충성대 운동장에 도착했을 때는 벌채에 나선 대원들이 떠나고 한시간 넘은 뒤였다. 운동장에 눈이 가자 거기에 나지막한 눈사람 하나가 아직 버텼고, 독찰대원이 시린 발을 녹이는지 제자리 뛰기를 하고 있었다.

"석상이 아직 살았소?"

"모진 종자라요. 못 이긴 체 그냥 쓰러져, 내가 의무실로 옮겨줄테니, 이렇게 말하자 머리를 조금 흔듭디다. 머리 흔드는 게 살아있는 증거요." 일본인 독찰대원이 말했다.

엔도가 석주율 옆으로 다가갔다. 눈썹과 수염에 붙은 눈은 얼음으로 변해 있었다.

"석상, 잠도 못 잤겠구려? 견딜 만하오?"

눈을 감은 석주율은 대답이 없었다. 엔도가 석주율의 어깨를 흔들었다. 꼬당꼬당 얼어버린 나무등걸이듯 주율 몸 전체가 흔들리고 모자와 어깨에 앉은 설편이 떨어졌다.

"세 대원을 석방시켜주시오. 내게 대신 벌을 주시오." 석주율의 검푸른 얼굴은 굳어 있었으나 갈라터진 입술 사이로 가느다랗게 말이 흘러나왔다.

"총대님과 부총대님이 곧 출근할 거요. 건의해보리다. 아니, 두 분에게 직접 말하구려. 어쩌면⋯⋯" 석주율 고행에 감복당한 엔도의 말이었다. 조금 전만 해도 석주율의 단독농성은 제 몸만 상하는 도로일 뿐 어떤 성과도 기대할 수 없다고 단정했으나 막상 그의 모습을 보자 마음이 바뀐 것이다. 부총대는 몰라도 총대는 석주율의 성자다운 고행을 보면 마음이 움직일 것 같기도 했다.

석주율 얼굴은 지도를 그린 듯 여기저기 살색이 변색되었다. 얼굴에 앉은 눈이 얼음으로 변해 피부가 동상 현상을 일으킨 탓이었다. 사실 의식만 깨어 있고 심장만 뛰고 있었지 그의 몸은 돌덩이처럼 굳어 있었다.

엔도 서기가 사무소로 올라간 뒤, 아홉시가 넘어서야 총대와 부총대, 야나이바라 중대장이 말을 타고 나타났다. 그들은 말에서 내려 석주율 앞에 섰다. 시노다 총대와 야나이바라 중대장은 조선말에 자신이 없어 석주율을 바라보기만 했다. 서종달이 지휘봉으로 석주율 면상을 가리켰다.

"네놈이 며칠 버티느냐 두고 보자. 죽지 않고 살아난다 해도 무단이탈에 따른 중죄를 면치 못할 것이다. 충성대 규율은 형무법과 병무법과 상통해 무단이탈은 사형에 처할 수 있다고 규정되어 있다."

서종달 말에 석주율은 대답이 없었다. 자세와 표정이 변하지 않아 산송장과 다름없었다.

"내 말 들리지 않느냐?" 서종달이 지휘봉으로 그의 어깻죽지를 내리치자 얼어붙은 얼음조각이 튀었다.

"병대로 압송된 세 대원을 석방시켜주십시오. 그들은 보복이 없을 것이란 제 말을 믿고 일조와 이조 대원을 설득해 연좌농성을 풀고 벌채 작업에 임하게 했습니다. 그들 대신 제가 형벌을 받겠습니다." 석주율이 말했다.

야나이바라 중대장이, 이자가 무슨 말을 하냐고 서종달에게 물었다. 서종달이 석주율 말을 옮겼다.

"갑시다." 시노다 총대가 말하곤 걸음을 돌렸다.

셋은 각자 자기 말고삐를 잡고 사무소로 올라갔다. 엔도가 사무소 문 앞에 나서서 말을 끌고 올라오는 그들을 보고 있었다. 야나이바라가 시노다에게, 저자를 어떻게 처리할 작정이냐고 물었다. 시노다 총대는 침통한 표정으로, 내게 하루 더 시간을 달라고 말했다.

오후에 들자 구름이 그치더니 해가 났다. 따뜻한 햇빛이 비치자 석주율 몸을 덮씌웠던 설편이 녹기 시작했다. 햇살에 반짝이는 눈밭에 석주율 몸이 드러났고 그가 앉은 주위로도 눈이 녹았다.

"눈만 먹구 어찌 견딜 만하냐?" 조선인 독찰대원이 석주율에게 물었다. 독찰대원 둘이 열두 시간 단위로 보초 교대를 하고 있었는데, 하나가 조선인이었다. "네가 죽으면 내가 문책 받게 돼. 말해보라구!"

독찰대원 호통에 석주율은 잠인지, 의식의 혼미 상태인지 몽혼에서 깨어났다. 눈을 떴으나 망막 앞은 흐린 빛뿐 아무 물체도 보이지 않았다. 독찰대원 말도 모기 우는 소리로 들렸다. 불과 스물네 시간을 넘겼는데도 신체의 자각증상은 토굴 감옥에 갇혔을 때의 사나흘만큼이나 무디어졌다. 토굴 안의 따뜻함과 바깥 추위 차이 탓이려니 싶은데, 몸 어느 부위에도 통증은 느껴지지 않았다.

석주율이 거멓게 변색된 갈라터진 입술을 달싹거리자 독찰대원이 녹고 있는 눈을 뭉쳐 그의 입에 우겨 넣었다.

"아직 죽지 않고 살아 있었군. 그러나 자넨 오늘 밤을 넘기지 못할걸. 이렇게 눈이 녹아 옷이 축축하다 밤에 꽁꽁 얼어버리면 추위가 살을 엘걸. 나도 그런 경험이 있으니깐. 피부가 터지거나 심장이 더 버텨내지 못할 거야."

독찰대원 말처럼 해가 지고 밤이 되자, 기온이 뚝 떨어졌다. 북풍이 늘푸른나무 바늘잎을 흔들며 몰아붙였다. 석주율 솜바지저고리는 꽁꽁 얼어버렸으나 물기가 새 옷 안에 입은 저고리와 방한복까지 점염하지 않은 게 다행이었다.

죽지 않으려면 깨어 있어야 한다. 깨어 있자면 무슨 생각이든 엮어야 한다. 생각을 끊어버리면 숨도 함께 멎어버린다. 석주율이 의식을 다그칠 때, 퇴근길에 시노다와 서종달이 운동장으로 내려왔다. 둘은 석주율에게 아무 말도 묻지 않았고, 시노다만 석주율을 감시하는 독찰대원에게 몇 마디 주의를 일렀다. 경비를 철저히 설 것과 생사 여부를 자주 확인해 의식이 없을 때는 지체 말고 의무실로 옮기라 당부하고 떠났다. 석주율이 버텨내는 데 오늘 밤이

고비라고 여긴 엔도는 숫제 퇴근을 포기하고 사무소에서 잠을 자기로 해 남았다.

벌채 대원들이 노래를 부르며 돌아오는 소리가 바람결에 섞여 들렸다. 충성대 대원은 골짜기로 쏟아 붓는 맞바람을 받으며 운동장 가장자리로 열 지어 지나갔다. 그들은 만월에 가까운 달빛 속에 석주율이 아직도 운동장 가운데서 독좌하는 모습을 어렴풋이 볼 수 있었다.

"석가놈이 아직 용케 버티군." "모를 일이야. 왜 저렇게 놓아두고 지키지. 토굴 영창에 집어넣어버리면 간단할 텐데." "모르는 소리 말아. 얼어죽는 꼴을 우리에게 보이려는 게야. 도사가 자기 뜻으로 나앉은 게 아니라 독사대가리(서종달)가 저런 형벌을 내렸어. 그러니깐 사냥개(독찰대원)가 감시하잖냐." "어쨌든 불쌍해. 강추위에 앉아 배기기란 매질보다 견디기 힘들 텐데." 1조와 2조 대원들이 달빛에 드러난 석주율의 형체를 보며 나눈 말이었다. 그들에게는 석주율이 자의든 타의든 그런 고역을 견뎌냄이 대견했고 한편 안쓰러웠다.

충성대 1조와 2조 대원이 식기 두 개를 들고 취사장 앞에 줄지어 서서 떨며 배식 차례를 기다릴 때였다. 엔도 서기가 대원들 얼굴을 살피며 기웃거렸다. 그는 특별 배식으로 남 먼저 밥과 국을 타서 막사로 돌아가는 1조 3분대장 황차득을 발견했다.

"황상, 석주율이 과거 당신 분대원 맞지요?"

"그렇습니다."

"잠시 나 좀 봐요." 엔도가 황차득을 후미진 곳으로 이끌었다.

아무도 듣는 귀가 없음을 알고 엔도가 말했다. "황상, 석주율이 병대본부로 달려간 동료 셋을 위해 단식농성 하는 것 알지요? 오늘까지 하루 반을 아무것도 먹지 않고 버텨내고 있어요. 내가 조금 전 가봤지만 추위가 혹심해 오늘 밤 넘기기가 힘들 것 같아요."

"그래서요?"

"만약 오늘 밤을 무사히 넘긴다면 내일 아침에 분대장들이 담합해 부총대님께 탄원해달라는 거요. 병대로 연행된 세 대원을 재판에 회부하지 말아달라고 말입니다. 그걸 부총대와 총대께서 허락한다면 석상도 독좌농성을 중단할 겝니다."

"난 그런 일 못해요." 황차득이 무뚝뚝하게 말했다. "나까지 영창살이 하게, 말이나 되는 소립니까."

"그럼 당신 분대원이 얼어죽어도 좋단 말이오?"

"석군 마음은 알지만…… 부탁 말씀과는 다른 문제죠."

엔도가 더 말 붙이기 전 황차득은, 국이 다 식겠다며 서둘러 자리를 피했다. 엔도는 닭 쫓던 개 꼴이 되었다.

충성대 1조와 2조 대원이 침상에 한 줄로 앉아 저녁밥을 허겁지겁 먹을 때였다.

"석가가 병대로 끌려간 세 대원 석방을 위해 얼어죽기를 각오하고 저렇게 굶으며 버티는 모양인데, 오늘 밤을 무사히 넘길까 모르겠어." 황차득이 분대원을 둘러보며 말했다.

"괴짜야. 어디 제 몸뚱이는 무쇤가. 성불하겠다면 또 몰라도." 턱이 뾰쪽한 짝눈의 이귀동이 빈정거렸다.

"임마, 주둥이 찢어졌다고 함부로 말해? 도사는 우리 같은 머저

148

리완 인품이 달라." 김복남이 짝눈을 꾸짖었다.

"그렇다고 막사로 석씨를 데려올 수 없잖아?"

"우리가 석형을 의심했던 게 잘못이야. 어찌 우리 석형 살려낼 궁리나 모아보자고."

김복남 말에 대원들 반응이 별무였다. 모두 기갈 들린 듯 먹기에만 바빴다. 제 배 채우고 나서 다리 뻗고 앉았을 때야 그들은 석주율을 다시 화제에 올렸다. 대단한 용기로 조선인의 기백을 보이는 자다. 저런 정신이 박혔으니 만세시위에 앞장서지 않았겠냐. 절에 계속 눌러 있었다면 저런 자가 득도할 것이다. 굶어 얼어죽게 해서는 절대 안 된다. 그런 말이 오고갔으나 석주율을 구할 뾰족한 대안을 내어놓은 대원이 없었다.

"담요라도 몇 장 가져다 주지. 지키는 독찰대원이 승낙할지 모르지만 그냥 두고 볼 수야 없잖아." 김복남이 말하곤 자기 관물함에서 담요를 꺼냈다.

그러자, 제 담요도 전해달라며 여기저기서 대원이 나섰다. 분위기가 갑자기 석주율을 돕자는 쪽으로 휩쓸렸다.

"이럴 게 아니라 우리도 석형과 함께 농성하면 어때요? 열 명씩 조를 짜서 한 시간 내지 두 시간씩 석형 옆에 동조 농성합시다. 석형은 이틀 밤을 굶으며 새우는데 담요 둘러쓰고 한두 시간쯤 못 배기겠어요." 나선 대원이 의외로 짝눈이었다.

무슨 수모를 당하려 또 이러느냐고 여러 분대장이 나섰으나, 옳소 하고 외쳐대는 대원들을 설득할 수 없었다. 대세는 한 물꼬로 터졌다. 김복남이 나서서 석주율과 함께 동조 농성할 조를 짰다.

열 명씩 조를 짜자 동조자가 많아 금세 다섯 개 조가 편성되었다. 1개 조가 한 시간 반씩 잠을 줄인다면 아침 조회까지 석주율 옆에서 밤을 날 수 있었다. 일단 석회를 끝내고 독찰대원이 모두 잠자리에 든 뒤부터 농성을 시작하기로 했다.

인원 점검의 석회를 끝내자 첫번째 조 책임자로 임명된 김복남이 담요를 들고 나섰다. 아홉 명 대원이 그를 따랐다.

"한 시간 반이 얼마쯤인지 모르나 불침당번 허도칠이 둘째조를 깨워야 해." 김복남이 그 말을 남기고 대원과 함께 밖으로 나섰다.

음력 설밑이라 날씨가 엄청 추웠다. 그들이 운동장으로 우르르 가자 석주율을 지키던 독찰대원이 호루라기를 불었다.

"우리는 아무 짓도 안할 겁니다. 석군에게 용기를 주려고 그 옆에서 시간 반만 함께 있다 들어가 자겠습니다. 노래 부르지도, 구호를 외치지도 않겠습니다." 김복남이 설레발치곤 석주율 앞에 마주보고 앉았다. 다른 대원도 주율을 싸고 원을 그려 앉았다. 모두 담요를 머리 위까지 둘러썼다.

"석형, 견딜 만하오?" 김복남이 물었으나 석주율은 대답이 없었다.

김복남의 큰 몸집에 기가 질렸는지 독찰대원이 어쩌지를 못해 몇 마디 욕지거리를 쏟다 사태를 보고하려 조장과 독찰대원이 쓰는 취사장 옆 숙소로 뛰어갔다. 그는 길목에서 자라통(湯婆)을 안고 내려오는 엔도 서기를 만났다.

"엔도상, 저놈들 보시오. 시간 반만 있다 가겠다며 석상과 동조 농성을 벌이는구려."

"그래서 어쨌다는 거요?"

"두고 볼 수는 없잖아요. 동료를 불러다 내쳐야지."

"자는 동료를 깨우지 마시오. 날 따라와요. 설득해서 조용히 돌려보냅시다. 불난 집 부채질한다고, 저자들 쫓았다 충성대 대원이 다 들고일어나면 문제가 시끄러워질 테니."

엔도가 독찰대원과 함께 운동장으로 갔다. 김복남이 석주율 몸에 담요를 둘러놓고 무슨 말인가 묻고 있었다.

"큰일났어요. 석씨가 대답을 않는구려. 잠에 든 것 같지도 않구…… 몸이 완전히 절구통이 됐어요." 김복남이 엔도와 독찰대원에게 말했다.

"석상, 어찌된 거요? 여기 유담뽀(자라통)를 가져왔소. 석상, 내 말 들려요?" 엔도가 석주율을 흔들었다. 석주율 몸이 꿈쩍을 않았다. 엔도가 얼른 등을 돌려 주율을 업었다. 그의 사지가 굳어 있었다.

"언제 그렇게 송장이 됐어? 한참 전에 툭 차니 꿈틀하던데, 그새 굳어버렸나." 엔도를 따르며 독찰대원이 중얼거렸다.

김복남을 비롯한 충성대 대원도 동조 농성 명분을 잃었으므로 독찰대원을 뒤따랐다.

"만약 석씨가 죽었다면 우리가 가만있어서는 안 돼. 생사람 죽이는 이 벌채노동에 더 이상 희생당할 수 없어. 차라리 감옥에 앉았는 게 나아. 감옥으로 보내달라고 새 농성을 해야 돼." 김복남이 동료들에게 낮은 소리로 말했다.

취사원들이 숙식하는 방과 붙은 의무실은 말이 의무실이지, 나무침대 하나만 있었다. 상비약이라곤 머큐로크롬, 지사제 정도였고 의무원이 따로 없었다. 구들이 취사원 숙소와 통하고 있어 콩나물을 키우거나 누룩 띄워 술 만들고, 간부들 낮잠에 이용되었다.

독찰대원이 의무실로 먼저 들어가 램프불을 켜고, 엔도가 침상에 석주율을 뉘었다. 엔도가 석주율의 굳은 다리를 펴려니 그 일이 용의치 않았다. 무리를 했다간 관절뼈를 부러뜨리기가 십상이었다. 얼음장 같은 마른 손목을 잡고 맥을 짚었다. 맥박이 뛰는지 어쩐지 감지되지 않았다. 콧숨도 쉬는 것 같지 않아 겉보기로는 숨이 끊어졌다고 판단될 정도였다.

"더운물 가져와요." 엔도가 독찰대원에게 말하곤 주율 옷고름을 풀었다. 겹으로 껴입은 윗도리를 헤치고 가슴을 열었다. 갈비뼈 앙상한 가슴에 손을 대니 온기가 감촉되는 것 같기도 했다. 귀를 심장에 붙였다. 여린 진동이 느껴졌다.

"살았소. 아직 죽지 않았소!" 엔도가 외쳤다.

"정말입니까? 분명 살았어요?" 뒤에 섰던 김복남이 목을 빼고 물었다.

"보시오. 다리가 조금 펴지지 않았어요?" 엔도 말이 맞았다. 웅크려 있던 석주율의 다리가 얼마간 펴져 있었다. "제가 석상을 보살필 테니 대원들은 돌아가 주무시오."

엔도 말에 김복남이 긴가민가해 얼음 박힌 석주율의 푸르죽죽한 얼굴을 들여다보다 그의 가슴에 손을 얹었다.

"글쎄, 내 손이 소나무 껍질이라 그런지, 살았는지 죽었는지 모르겠구먼" 하곤, 김복남이 대원들과 함께 의무실을 나갔다.

엔도는 독찰대원이 숭늉을 날라오자 숟가락으로 떠서 석주율의 마른 입안에 흘려 넣었다.

"어떡할까요. 보고해야겠지요?" 독찰대원이 엔도에게 물었다. 죽지 않았다고 하나 그렇다고 딱히 살아 있다고 할 수 없는 석주율을 두고 그는 보초를 잘못 선 책임을 느끼고 있었다. 총대는 실신하기 전에 반드시 의무실로 옮기라고 했는데 석주율은 가사상태였다.

"지금 병대 숙소로 내려가도 총대님은 잠자리에 들었을 텐데 보고한다고 무슨 대책이 있겠어요? 몸이 아주 얼어버렸고 동상도 심하니 시프(물수건 찜질)를 해야겠어요. 더운물을 끓여와요. 참, 내가 가져간 유담뽀는 어디 있나요?"

"내가 들고 왔어요."

독찰대원이 더운물 채운 함석 자라통을 엔도에게 넘겼다. 엔도가 자라통을 석주율 바지 안에 넣어 배를 데웠다. 독찰대원은 취사장 부엌에서 서 말 치 솥에 물을 붓고 불을 지폈다. 물이 데워지자 그는 양철통으로 물을 날랐다. 엔도가 뜨거운 물에서 짜낸 수건으로 석주율 몸을 닦았다. 뱃가죽을 닦자 푼주처럼 홀쭉해 들숨과 날숨조차 표나지 않았다.

기상 나팔이 들릴 때까지 엔도는 눈 한번 붙이지 않고 석주율을 간병했다. 독찰대원에게 눌은밥을 삶아 오라 해 죽물을 몇 차례 먹이기도 했다. 그러나 석주율이 숨을 쉬고 있음은 분명했으나 의식은 돌아오지 않았다. 밤을 새울 동안 엔도로서는 주율을 살려내야 한다는 사명감이, 이자와 전생에 맺어진 숙명인지 알 수 없다는 생각마저 들었다.

김복남과 이귀동이 의무실을 다녀갔다. 둘은 석주율이 숨을 쉬는 정황만 확인하곤 조회에 참석하러 떠났다. 김복남은 의무실을 떠나며 엔도에게 옹이 박힌 말을 남겼다.

"충성대 책임자들은 반드시 석형을 살려내야 하오. 석형이 사망한다면 석형에게 망언을 뱉은 책임자들이 석형을 죽인 결과요. 만약 그런 불상사가 발생할 때 우리가 가만있지 않을 것이오!"

조회에는 총대와 부총대가 참석하지 않았다. 동녘이 밝아와 아침밥을 타먹으려 대원들이 취사장 앞에 줄을 섰을 때는 내남없이 의무실을 한 차례씩 들렀다. 그들은 석주율을 살려야 하고 병대로 끌려간 세 동지를 석방해야 한다고 이구동성으로 외쳤다. 그래서 의무실은 독찰대원 여럿이 실탄을 장전한 총을 들고 경비를 섰다.

상등병 사쿠마가 인솔한 2개 분대 병력이 도착하자 그들은 독찰대원 여섯 명과 함께 충성대 대원들을 독려해 벌채 작업 현장으로 떠났다. 작업 현장에서 병대의 통솔 방법은 독찰대원보다 더 무작해 대원들은 정오 휴식시간 외에는 소피볼 짬조차 그들 눈치를 보며 허락을 얻어야 했다. 일이 굼뜨면 총대로 매질을 당했기에 작업은 늘 목표량을 채웠으나 환자와 부상자가 속출했다.

해가 한 발치쯤 떠오른 뒤에야 시노다 총대와 서종달 부총대가 말을 타고 출근했다. 그들은 운동장에 석주율이 없어졌음을 알고 곧 의무실로 들렀다. 둘은 엔도와 독찰조 조장 오오카 입회 아래 석주율이 가사상태임을 확인했다. 엔도가 간밤에 석주율을 의무실로 옮긴 경위를 대충 설명하자, 오오카는 충성대 대원들 동정을 보고했다.

"만약 석상이 사망하면 제이의 농성 사태, 또는 폭동이 발생할 가능성도 있습니다. 어젯밤 일조와 이조 대원이 십 명씩 조를 짜서 동조 농성을 결의했고, 오늘 아침식사 시간에는 모두 의무실로 몰려와 병대로 압송된 세 놈 석방과 석상 생사 문제를 들고 나왔습니다."

"알았어." 시노다는 묵묵히 걸음을 돌렸다.

서종달이 뒤따랐다. 사무소로 돌아오자 시노다는 불을 피운 난로 옆 의자에 다리를 포개어 앉아 턱을 괴었다. 그가 앞에 선 서종달을 올려다보며, 무슨 의견이 있냐고 물었다. 서종달은 석주율이 독좌농성에 들어갔을 때 근무지 이탈죄로 체포해버렸다면 이런 불상사가 없지 않았겠냐고 말하고 싶었으나 상관에게 책임을 추궁할 입장이 아니었다. 그렇다고 지금에 와서 뚜렷한 방책이 없었다. 석군 생사는 제 명에 달렸고, 충성대 소요는 사전에 봉쇄하는 길밖에 없었다.

"석군 생사와 상관없이 대원들 소요는 무력으로 차단해야 합니다. 그 길밖에 대안이 없습니다."

"지배하는 자와 지배받는 자로서의 상하 관계를 떠날 때, 달리 말한다면 내지인이다 반도인이다, 이런 편견의 입장을 초월했을 때, 인간 관계란 미묘한 것이오……" 손으로 턱을 괸 시노다 어조가 심각했다. 어느새 엔도가 사무실로 들어와 그림자같이 서 있었다. "한 인간이 관심을 끌었다, 그래서 처음은 그를 내 속에 가두려 위엄 세운 권력을 사용했소. 그러나 권력 행사가 자신의 치졸성에 기인함을 깨달았을 때, 묘하게 상대방에게 끌려 들어가는 자신을 발견하게 됐소. 물론 그자의 오만함을 꺾기로 한다면 더 야만적인 방법을 사용할 수도 있지요. 그러나 그런 방법을 쓰지 않았소. 상대를 멀리 둬 잊어버리기로 했소. 그러자 상대가 전혀 다른 방법을 들고 나왔소. 자기 육체를 스스로를 학대하며 정신적으로 맞서겠다, 이거요. 이럴 때는 묘책이 없소. 그자 육신은 지배할 수 있지만 정신마저 지배할 수는 없소. 정신을 지배할 수 없다는 건 패배요. 양심이 그 패배를 인정했소. 교육을 받은 인간이라면 깨끗이 패배를 자인하는 게 사나이라고 생각하오. 부총대는 내 의견이 어떻소?"

"총대님 말씀은 앗사리한(깨끗한) 사무라이 도(道)와 일맥상통합니다." 서종달은 듣기 좋은 대답을 했지만 그는 총대가 말한 '정신적 패배'를 인정할 수 없었다. 지금도 죄수 신분이요 벌채 노동자인 그자에게 정신적으로 패배했다? 그는 지금 죽어가고 있지 않은가. 육체의 죽음이란 정신의 죽음을 뜻하기도 한다. 그런데 패배라니? 상대와 맞섰을 때의 승리란 반드시 내가 살고 이겨야 함이 당연한 논리다. 그자가 죽음으로써 자기 신념과 결백을 실천했다 하더라도 영육이 사라져버릴 그를 두고 총대가 정신적으로 패배했다는 고백이야말로 어불성설이었다. 오직 자신이 총대의 말을 두고 무사도 정신을 언급했음은 총대의 그 '깨끗한 승복' 태도였다. 패배하고도 당치 않은 논리로 변명을 늘어놓는 자가 있고, 승리하고도 자랑 않고 공을 남에게 돌리는 군자도 있다. 이를테면 그런 겸손이 무사도 정신이라 할 것이다. 그런데 총대는 패배하지

않았음에도 이를 인정하는 겸손 또한 어떤 의미에서 도라 일컬을
수 있다는 생각이 설핏 들었다.

"부총대가 알다시피 충성대 일, 이조가 연좌농성을 벌일 때 우
리는 이미 병대 협조 아래 수습 복안을 수립해두었잖소. 그런데
그 과정에서 석상이 선택되었고, 그를 통해 원만히 수습하겠다는
발상이 우리측 잘못이었소. 요는 그런 자를 이용하려 했음이 우리
측의 정당치 못한 잔꾀였소. 그러나 본인이 대의를 위해 작은 허
물쯤은 묵살해야 함을 모르지 않고, 내가 그렇게 소아병적으로 유
약하지도 않소. 요는 석상의 항의가 행동이나 말이 아닌 비현실적
인 종교적 참선을 택했다는 데 문제가 있었소. 내가 심적 변화를
일으킨 것도 바로 그 점이오. 어젯밤 가미다나나 불단 앞에서 곰
곰이 생각해본 결과 얻은 결론이오."

"그럼 석상을 어떻게 조치할 작정입니까? 의무실에 저대로 두었
다간 오늘 밤 대원들 항의 사태가 발생할는지도 모르지 않습니까?"

"원위치로 옮기시오."

"마방 말씀입니까?"

"그렇소." 시노다가 의자에서 일어났다. 그동안 신중했던 그의
어조가 갑자기 활기를 찾았다. "생사는 제 명에 달렸으니 우리도
어찌할 수 없소. 그 또한 업보요. 그리고 병대에 있는 세 놈은 내
일부로 범죄사유서를 첨부해 봉화경찰서로 이첩하겠으니 부총대
가 인솔을 책임지시오. 야나이바라 중대장이 이리 오기로 했는데,
어제 잠정 합의를 보아두었소. 또한 오늘 밤은 병대 일 개 소대로
하여금 일조와 이조를 철저히 다스리도록 중대장께 요청할 작정

이오. 내일 작업을 못하는 한이 있더라도 이번 기회에 야간 특수
훈련을 통해 대원들 혼을 아주 뽑아놓겠소!" 시노다 명령이 강단
졌다. 그는 엔도에게 석군을 지체 없이 병대 마방으로 옮기고 간
병은 봉씨에게 책임을 맡기도록 일렀다.

"결단 잘 내리셨습니다." 서종달 얼굴이 환하게 펴졌다.

엔도는 외투를 입고 사무소를 나섰다. 의무실로 가자, 취사원
둘을 불러 석주율을 들것에 실어 곧 병대 마방으로 옮기라고 말했
다. 그는 아직도 혼수상태에 있는 석주율 몸을 담요 몇 장으로 머
리 위까지 감쌌다. 어차피 자신이 따라나서야 할 것 같아 앞장섰다.

이튿날 아침, 서종달 부총대는 병대의 일등졸 둘을 인솔자로 세
워 정억쇠, 강치현, 김달식을 봉화경찰서로 압송하게 했다. 그는
마방으로 와서 박홍주가 말을 끌어낼 동안 토방에 들렀다. 방문을
열자 석주율은 아직 혼수상태였다.

낮참이 되자 봉순네가 양푼을 싼 보퉁이와 옷 보퉁이를 들고 마
방으로 건너왔다. 그네는 토방으로 들어가자 방안에는 의식을 잃
은 석주율뿐 아무도 없었다. 그네는 더운 김이 서린 수건으로 석
주율 안면을 찜질했다. 동상이 심해 살갗이 터져 진물 흘리는 이
목구비를 닦곤 그의 몸을 옆으로 돌려 눕혔다. 허리띠 풀고 바지
안으로 수건을 밀어넣었다. 맨살 엉덩이도 진물을 흘리기는 마찬
가지였다. 그네가 주율 몸을 바로 눕혀 손발을 닦을 때, 바깥에서
기침 소리가 들렸다. 방문이 열리고 봉씨가 들어왔다.

"지성이구려. 봉순네 정성으로도 놈이 깨어나지 않으니 저러다
영 숨 끊는 게 아닌가 모르겠어."

158

"봐요. 손발이 어젯밤보다 훨씬 말랑해졌잖아요. 온기도 돌고. 기력만 차리면 눈을 뜰 거요."

"눈을 떠도 걱정이야. 봉화경찰서로 넘어갈 게 뻔하잖아. 형기가 일 년 남았다던데, 두 배쯤 콩밥을 더 먹게 될걸."

둘이 그런 말을 나눌 때 박홍주가 병대 취사장에서 장국과 밥을 타왔다. 봉순네는 주발을 열어 쑤어온 죽에 간장을 쳐 석주율 입에 떠넣었다. 그네가 쑤어온 죽은 봉화군 춘양면과 소천면 일대에서는 흔한 잣나무에서 딴 잣을 갈아 쌀과 섞어 쑨 잣죽이었다. 봉씨와 박군도 밥을 먹었다.

"아줌마, 석형이 어젯밤에 똥을 쌌다우. 잠자리에 들다 구린내가 나기에 아무래도 이상해서 석형 엉덩이를 까보니 묽은 똥을 쌌지 뭐예요. 제가 형 똥 수발까지 하게 됐으니 무슨 팔잔지 모르겠수." 박홍주가 말했다.

음식 앞에서 똥 얘기는 왜 꺼내냐며 봉씨가 퇴박을 주었으나 봉순네는 홍주 말에 귀가 트인 모양이었다.

"낙상해 혼절한 사람이 똥 싸고 방귀 뀌면 살아난다 하잖아요. 똥 쌌다니 석씨도 깨어날 게 분명해요. 입으로 들어간 음식이 뱃속과 창자를 거쳐 뒤로 나왔으니 오장육부가 괜찮다는 증거 아니겠어요."

"우리 할머닌 똥오줌 못 가리시더니 금세 돌아가셨어."

"젊은 사람과 노친네 근력이 같을 수 있나요. 석씨 똥오줌 받아낸 옷은 내가 다 빨 테니 걱정 마세요."

"석군은 팔자에 여복을 타고났나봐. 이 산골에서 반 시체가 되어 여자 수청 받는다? 그럼 나도 똥오줌이나 싸볼까. 봉순네가 서답 수발해주나 안해주나 두고 보게." 봉씨가 말했다.

"주책머리하구서는. 멀쩡한 사람 서답을 내가 왜 해줘요. 석씨가 어디 제 한 몸 편하려다 이렇게 됐나요. 한데 마당에 앉아 굶으며 밤낮을 보낸다는 소식 들었을 때, 우리 숙소 아녀자 셋도 밤잠을 설쳤다오. 여자들이 출입할 데라면 이불과 음식 싸들고 달려가려 했지요. 그런데 한솥밥 먹는 남정네들끼리 편익은 못 들망정 빙충맞을 소리만 골라하네."

"농담도 못해? 좁쌀 같은 여편네들 성미하구는."

봉순네가 석주율에게 죽물을 먹일 동안 숟가락질 다부진 봉씨와 홍주가 바가지 바닥을 긁었다. 먹기를 마친 둘이 밖으로 나가자, 봉순네는 방 문고리를 채웠다. 그가 덮은 이불을 걷고 허리띠 풀었다. 맨살은 고문 자국으로 여기저기 흉터가 앉아 있었다. 그네는 남자 양물을 보기가 면구스러워 외면한 채 바지를 벗겼다. 옷보퉁이를 풀어 새 무명 솜바지를 입혔다. 설핏 남자 거웃이 눈에 스치자 볼 것 다 봤는데 외면한들 무슨 소용이냐 싶었다. 죽어가는 남동생을 돌본다고 생각하면 체면 차릴 게 없었고, 엔도 서기 방에서 화농을 다스릴 때도 그의 알몸은 이미 보았다. 그네는 문득 시가댁 떠날 때의 서방이 떠올랐다. 시집가서 두어 해 동안 서방은 잠자리 근력이 좋았다. 아니, 병 들고 나서 더 자기 몸을 탐해 하룻밤을 고이 넘기지 않았다. 집안일과 들일로 각다분해진 몸을 자리에 누이면 잠이 퍼부어왔다. 그러면 어느새 서방이 이쪽으로 건너와 슬그머니 수작질을 벌였다. 잠결에 귀찮아 떼밀거나 돌아누워 보건만, 그쯤이면 잠이 달아나고 신기하게도 온몸이 열에 들떴다.

봉순네는 수건으로 고드라진 남자 양물과 쪼그러든 불알을 닦았다. 입안에 맹물이 괴고 자기 샅이 축축해졌으나 그 체액은 차라리 설움의 물기라 해야 옳았다. 옛 서방이 천형(天刑)을 받았고, 앞에 누운 석씨 역시 누구의 대속(代贖)인지 사경을 헤매고 있었다. 그런데 수건으로 그 부위를 부드럽게 닦자 그네 눈에 남자 양물이 주름을 펴고 살아남을 확인할 수 있었다. 석씨가 죽지 않았고, 분명 살아 있었다.

*

우수와 경칩을 넘기자 눈에 띄게 낮이 길어졌다. 봉화군 소천면 산골에도 봄빛이 깃들었다. 양지바른 둔덕에는 눈이 녹고, 눈 녹은 흙더미를 뚫고 파란 봄풀과 쑥부쟁이 싹이 돋아났다. 밤이면 아직 한기가 심했고 냇물에는 얼음이 얼지만, 다람쥐는 봄을 먼저 알아 동면에서 깨어났다. 눈밭을 좋아라고 깡총대며 겨울을 넘겨 달린 열매를 따먹고, 토끼라도 만나면 혼겁해 달아났다.

석주율도 동면에서 깨어나듯 의식이 돌아오기는 그 무렵이었다. 지성이면 감천이라고, 한 달여 봉순네의 헌신적인 노력이 있었다. 엔도 서기와 마방의 봉씨, 박홍주도 그의 회복을 도왔다.

석주율의 의식이 깨어나 그가 말문을 트기까지도 아기가 걸음마 배우듯 여러 단계를 거쳤다. 목석 같았던 그의 몸에 첫 변화가 오기는 마방 토방으로 옮겨온 지 일주일 만이었다. 이따금 눈과 입 주위에 경련이 왔다. 손발이 꼼지락거리고 하품을 시작하기는 그로부터 열흘 뒤였다. 그즈음부터 호흡도 순조로워졌다. 다시 열흘을 넘길 동안 발이 조금씩 위치를 바꾸었고 주먹을 쥐게 해 윷짝을 꽂아놓으면 주먹이 어느새 펴졌다. 팔을 굽혀놓으면 펼 수 있게 되고, 정강이뼈 관절도 자유롭게 꺾이고 펴지던 끝에, 눈을 뜨기는 다시 보름 지나서였다. 그 뒤부터는 회복이 빨랐다. 싫어하는 표현으로 머리를 흔들고, 사람을 알아보게 되었다. 간단한 의사 표시도 하게 될 때야 그는 봉순네에게 고맙다는 말부터 흘렸다.

석주율의 그런 굼뜬 회복 과정을 시노다 총대와 서종달 부총대가 더러 들러 확인했다. 서종달과 야나이바라 중대장은 그가 걷게 될 때, 봉화경찰서로 이첩하자는 의견을 내었으나 시노다는 반대했다. 석주율이 의식을 되찾을 한 달 반 동안 그가 육신으로 겪어낸 고통만으로도 죗가는 충분히 사면되었다는 주장이었다. 이제 겨우 아기 상태로 돌아온 그를 경찰서로 이첩한다면 그 행위는 사람의 탈을 쓴 자로서 너무 잔인하다 했다. "석상이 음모를 꾸몄거나 선동했거나 폭행한 실증적인 죄가 없소. 정초 불경죄는 형을 치렀고, 그가 원했던 충성대 세 대원 석방은 그가 원한 정반대로 우리가 사건을 종결지었소. 여기에서 그의 죄를 더 따진다는 건 명분이 없소. 조선인을 다룰 때 명분까지 찾을 필요는 없으나, 인간으로서의 최소한 양식은 있어야 하오." 시노다 총대는 석주율을 마방 사역꾼으로 계속 두자고 했다. 서종달은 불만이었으나 상사 의견에 따를 수밖에 없었다.

석주율은 의식이 돌아온 뒤 자신이 얼마 동안 혼수상태로 있었는지 알고는 놀랐다.

"봉순네가 자네 수발을 도맡았지. 죽 끓여와 먹여주고 똥오줌 받아주고 옷 빨아주고, 친동기래두 그렇게 못했을 거야. 자넨 앞으로 봉순네를 하늘같이 모셔야 해. 살아 있는 동안 그 은공을 잊으면 사람이 아니지." 봉씨 말이었다.

"형은 모르겠지만, 히히, 형 자지도 씻어줬어요. 그러는 걸 내 눈으로 똑똑히 봤으니깐." 박홍주 말이었다.

"그런데 아저씨, 병대본부 옆 창고에서 취조받던 대원 셋은 어찌됐나요?" 석주율이 입을 떼고 말 같은 소리로는 처음 흘린 말이었다.

"봉화경찰서로 벌써 넘어갔어. 자네가 여기로 옮겨오고 다음날이니, 달포는 됐을걸세. 대구재판소에서 재판도 끝났다면 지금쯤 감옥에서 옥살이하고 있겠지 뭘."

석주율 표정이 굳어졌다. 눈이 다시 감겼다. 그로부터 일주일이 지나자 석주율은 벽을 의지 삼아 앉게 되고, 남의 부축을 받기는 했으나 뒷간 출입을 하게 되었다. 그가 마구간 일에 나서기는 시간문제였다. 몸은 회복이 빨랐으나 정신만은 누가 보아도 예전 같지 않았다. 그는 말을 잊었고 넋 나간 사람 같았다. 표정이 없었고 눈동자는 초점 없이 풀려 있기 일쑤였다. 하루 종일 들창을 통해 하늘만 보고 지냈다.

"형, 충성대도 이제 벌채 작업 끝내고 운목 작업으로 들어갔어요. 날은 나날이 따뜻해지건만 목도질은 벌채보다 갑절 힘들어 대원들이 죽을 고생이라우." 박홍주가 이런 소식을 날라다주어도 석주율은 귓가로 흘려듣는지 반응이 없었다.

"이놈아, 어른이 말하면 대답해. 너 정말 정신 나갔냐? 날 봐, 나를 똑바로 봐!" 봉씨가 어깨를 흔들며 다그칠 때야 석주율이 봉씨를 보았으나 무심한 표정은 여전했다.

"석상, 날씨도 많이 풀렸소. 마방 일도 봄이 되면 해볼 만하오. 초지로 말 끌고 나가 싱그런 새 풀 먹이면 말도 힘을 여축하지요. 그렇게 봄과 여름 한철을 넘기면 되오. 가을에 들면 충성대원 모두 부산, 대구감옥으로 돌아가요. 여긴 새 대원을 보충받지요." 엔도 서기가 석주율을 위로했다.

엔도 말에 석주율은 대답이 없었다. 엔도는 주율의 정신적 타격이 크다는 점을 알자 그에게 전할 중요한 소식을 차마 옮길 수 없었다. 보름 전, 부산의 백운으로부터 석주율 자당이 별세했다는 전보가 왔던 것이다.

"석상 모친이 돌아가셨다는 전보가 온 지 오래이나 소식을 알릴 수 없구려. 저렇게 넋이 빠져 있는데 그 소식을 알리면 충격이 더 클 게 아니오. 사람 아주 병신 만들려면 몰라도." 엔도가 봉씨에게 귀뜸한 말이었다.

석주율에게도 예외는 있었다. 하루 한 차례씩 들르던 봉순네에게는 인사를 차렸다.

"아주머니, 고맙습니다. 이제 찾아주시지 않아도 됩니다. 어서 회복되어 장작이라도 패줘야 할 텐데……"

"그런 말 마시오. 살아난 것만도 다행입니다. 내가 왜 석씨에게 열성을 쏟는지 내 마음 나도 모르겠소. 전생에 무슨 인연이 있는지, 부처님이 점지해주신 일인지, 나도 모르오. 그저 내가 즐거워 한 일이고, 하루라도 석씨 얼굴을 안 보면 일손이 잡히지 않으니 이렇게 찾는 거고…… 그러니 부담감 갖지 마세요. 내가 보답받겠다고 이러는 건 아니니깐." 봉순네는 정이 담긴 눈으로 석주율을 보며 그런 말을 했다.

*

온 산에 진달래꽃이 만개하고 제비꽃, 할미꽃, 복수초가 다투어 꽃을 피우는 계절이 찾아왔다. 병오천은 응달에도 얼음이 녹아 물소리가 기운찼다. 후미진 산자락 어디에도 눈은 볼 수 없었다. 솔잎도 생기를 띠어 살아나고 민둥한 둔덕에는 들풀이 키를 다투어 자랐다.

방안에 넋 놓고 앉았던 석주율도 기동을 시작했다. 얼굴에는 동상자국으로 여기저기 검버섯이 피었고 콧마루, 귓바퀴, 발가락은 3도 동상으로 살색이 꺼멓게 변색되었으나 그가 마구간으로 나와 일하는 데는 별 지장이 없었다.

"이 녀석아, 그걸 일이라 했다고 또 서책 잡냐? 여기가 서당인가, 학곤가. 마방 중노미 신세란 걸 알아야지." 석주율이 마방 뒤꼍 양지바른 자리에 앉아 백운이 강치현을 통해 보내준 책을 들치면 봉씨가 퇴박을 놓았다. 석주율은 제 소임은 마쳐놓고 책을 펼쳤던 것이다. 봉씨로서는 입을 꿰맨 그로부터 무시당해 그렇게 화풀이

했으나 학식 있는 자를 수하에 두었다는 우쭐한 기분도 있어 땡고
함을 내지르기는 그때뿐, 쉬 잊었다.

그날도 그랬다. 봉씨가 박홍주와 함께 마구간 말들을 끌고 영
밖으로 나가 풀을 먹이고 온 저녁 나절이었다. 석주율이 마구간
구유통에 걸터앉아 『인생론』을 읽고 있었다. 그로서는 1회 독파를
마치고 두번째 읽던 중이었다.

"책벌레 놈아, 염소처럼 숫제 씹어먹지 그래." 이 정도까지는
좋았는데 엔도의 당부말을 잊고 봉씨가 무심코 그 말을 흘리고 말
았다. "어미 죽은 줄도 모르고 서책이나 들치다니, 미련한 놈 같으
니라구."

석주율은 읽던 책에서 눈을 들어 봉씨를 보았다. 봉씨가 찔끔했
으나 쏟은 말을 주워담을 수 없었다. 그는 실수를 수습한답시고
홍주에게 얼른 밥 타오라고 닦달 놓곤 토방으로 자리를 떴다.

박홍주가 병대 취사장에서 밥과 찬을 타왔을 때까지 석주율은
책을 접고 멍하니 앉아 있었다. 여름새인 검은팍새 무리가 사위
어가는 빛 속에 소나무숲을 뒤지는 모양을 물끄러미 바라보고 있
었다.

"형, 밥 안 먹을 참이오?" 하며 가까이 다가온 박홍주가 석주율
얼굴을 보았다. "형 울고 있잖아."

석주율은 그날 저녁밥을 먹지 않았다. 퇴근길에 엔도가 마방에
들렀을 때야 석주율은 어머니 별세에 따른 저간의 소식을 그에게
물었다. 엔도가 주머니에 넣고 다니던 전보를 그에게 넘겨주었다.

"석주율 자당 18일 별세, 장지 울산 신두골."

이튿날 오후였다. 봉순네가 병오천으로 나가 빨래해 오던 길에 마방에 들렀다.

"날씨가 좋기도 해라. 진달래가 지니 늦을세라 철쭉이 꽃망울을 터뜨리고, 벌과 나비가 꽃을 찾아 모여들고……" 봉순네가 나른한 목소리로 혼잣말을 했다. 석주율이 마구간 통로를 비질하고 있었다. "이런 화창한 날에 컴컴한 마구간에서 말똥 냄새나 맡으며 비질이나 하다니. 아직도 영 밖으로 못 나가게 한다면 내가 청을 한번 넣어봐야지. 도주할 사람이 따로 있지, 석총각이 그럴 사람이오?"

"아주머니, 제가 긴 잠에 들었을 동안 고향 어머니가 별세했다오." 석주율이 빗자루를 놓고 맨땅에 주저앉았다.

"석총각, 나이 들면 어차피 한 번은 가는 게 저승길 아닌가요. 소리판 「백발가」에도, 고금 역대 헤아리니 만사람 다 백발이요 못 면할손 죽음이라 하지 않았나요." 봉순네가 함지를 내려놓으며 말했다.

"세상살이가 어찌 이리도 힘이 드는지……" 석주율이 흐르는 눈물을 소매로 닦았다.

"석총각 우는 걸 처음 보네. 운다고 죽은 사람 살아나고, 운다고 매인 몸 풀린다면 석 달 열흘을 울어도 억울함이 없겠네." 봉순네가 친동기이듯 저고리 고름으로 석주율의 여윈 뺨을 타고 흐르는 눈물을 닦아주었다.

"저는 앞으로 무얼 해야 할지 모르겠어요. 용기를 잃어버리자 나날이 허무하고…… 이승이 고해라더니 마음은 정처를 잃고 떠도니……"

"괴로운 인생살이야 어디 석씨만 그러려구. 좌우로 돌아봐도 누구 하나 복 받고 산다 싶은 사람 없구려."

봉순네가 달래고, 석주율이 실성한 듯 넋두리를 읊조리며 한참 시간을 보낼 때, 마방 책임자 아카모토가 마구간에 들렀다. 봉순네는 빨래한 함지를 이고 마구간을 떠났다.

그날 밤, 해가 지고 나서였다. 석주율이 2호 사택으로 찾아갔다. 충성대원 셋이 병대본부로 연행당해 왔을 때 그걸 따지려 엔도 서기를 찾아간 뒤 처음 걸음이었다.

"엔도 서기, 계십니까?" 집안으로 들어선 석주율이 엔도를 찾았다. 마루 건넌방에서는 왁자한 말소리가 들렸다.

"다른 방은 다 돌아왔는데, 엔도상은 아직 오지 않았어요. 서기 방에서 기다리세요." 부엌에서 설거지하던 봉순네가 얼굴을 내밀고 석주율을 반겼다. 주인 없는 방에서 기다리기도 무엇해 주율이 다시 오겠다며 걸음을 돌렸다. 봉순네가 물 묻은 손을 치마에 닦으며, 저녁밥 먹었느냐고 물었다. 석주율이 먹었다고 하자, 잠시 뒤꼍으로 와보라고 그네가 말했다. 그가 장작 팼던 뒷마당으로 돌아갔다.

"그러잖아도 엔도상 밥상 물리면 마방으로 가려 했어요. 부침개 만들었으니 온 김에 먹고 가요."

"괜찮습니다. 늘 폐만 끼쳐……"

"말한 사람 무안하게, 어서 들어오라니깐."

봉순네가 석주율 소매를 끌었다. 주율로서는 그네에게 늘 송괴

168

스러운 마음을 가진 터라 그 청을 박절하게 거절할 수 없었다. 주율이 부엌으로 들어가자 봉순네가 짚타래 방석을 내놓았다. 석주율은 아궁이에서 사위어가는 장작불만 바라볼 뿐 멍하니 있었다. 침침한 등잔불 아래 봉순네가 재빠르게 개다리소반에 상을 차렸다. 부침개는 미나리전이었다.

"햇미나리가 얼마나 좋던지 메밀을 부쳐 전을 떠봤지요. 만들면서 내내 석씨 먹이는 생각만 했답니다." 봉순네가 석주율 옆에 다가앉았다. "자, 먹어요. 먹고 기운 차려요. 참, 지난번에 보니 석씨가 술도 마시던데, 머루주 한잔 드릴까. 우리 시아버님 보니 심사가 괴로울 땐 술이 약이라며 주야장천 취해 계시더니…… 앓아누우신 후 어찌되셨는지 소식을 모른다우." 봉순네가 시렁에서 술단지를 내려 머루주를 오리병에 채웠다. 석주율은 젓가락도 들지 않고 넋이 빠져 있었다. 봉순네가 미나리전을 찢었다. "원, 새로 갓난애가 됐나. 내가 우리 봉순이한테 하듯 늘 이렇게 챙겨 먹여줘야 하니." 보다 못한 봉순네가 자식에게나 하듯 젓가락으로 미나리전을 집어 간장에 찍어선 석주율 입에 가져댔다.

"제가 먹지요." 석주율이 봉순네로부터 젓가락을 받았다.

"엔도 서기는 왜 찾나요? 집에 다녀오려 청원해보려구? 말이 났으니 말이지만, 길안댁 말로는 총대님이 석씨를 보통 조선인과 달리 생각한답디다. 대단한 인물이다, 그런 조선인은 처음 봤다, 그런다지 뭡니까." 봉순네가 종지 잔에 술을 치며 말했다.

"죄인이 친상 참례가 가합니까. 사십구재도 넘겼는데."

"그렇담 엔도는 왜 찾아요?"

"대원들과 함께 목도질하게 해달라고 부탁해보렵니다."

"마구간 일이 그렇게도 싫어요? 여름 한철이야말로 말 풀이나 먹이는 목동 노릇이 상팔자일 텐데. 삼시 세끼 먹는 걱정 없고, 일도 고되잖구. 석씨가 그렇게 원하던 책 볼 시간도 있잖아요? 내가 보기 싫어 그쪽으로 가려 해요?"

"아주머니, 그럴 리 있겠습니까. 서책 들춘들 뭘 하겠습니까. 먹는 걱정 없이 편하게 지내는 게 저는 더 괴로워요. 새벽부터 밤까지 목도질하며 세상 만사를 잊고 싶어요. 잊고 싶다고 잊어지는 것도 아니지만, 제가 사람 구실 하자면 바깥세상으로 나갈 때까지 그 길밖에 다른 방책이 없어요."

석주율은 전을 먹었으나 술은 입에 대지 않았다.

"참말 속내를 모르겠구려. 자청해 고된 일에 나서겠다니. 그렇게 엉뚱한 짓만 골라 하니 총대께서 석씨를 달리 보는지 모르지만……"

엔도 서기가 돌아온 기척이 현관에서 들리고, 밥상 차려달라며 봉순네를 찾았다. 석주율이 뒷문을 통해 부엌을 나섰다.

엔도 서기가 밥을 먹을 동안 석주율이 봉순네에게 했던 말을 그에게 다시 옮겼다.

"……제가 충성대에 복귀하면 대원을 움직여 무슨 일을 벌일 것이라 염려할는지 모르나, 저는 다만 대원들과 동고동락하며 운목 일을 하고 싶을 따름입니다. 만약 저를 충성대로 복귀시키기가 무엇하다면 황민대나 아카마루대에 편입시켜주셔도 무방합니다. 총대님이나 부총대님을 직접 찾아뵙고 간청드릴까도 생각했으나 엔도 서기에게 먼저 말을 하는 게 순서일 것 같아 여쭙니다."

젓가락질만 할 뿐 대꾸 없던 엔도는 석주율 말이 끝나고도 답을 주지 않았다. 그는 묵묵히 식사를 마치자 상을 물리고 나서야 주율을 정면으로 보았다.

"목도질이야말로 체력이 우선인데 석상이 그 몸으로 이겨낼 수 있겠어요?"

"정신력도 체력만큼 중요합니다. 쓰러지지 않을 자신이 있습니다. 이 춘궁기에 조선인 태반이 굶고 지낼 텐데 마방에서 편안히 지낸다는 게 영 마음에 걸려요. 잡념만 끓고 마음이 약해져 걸핏 하면 목이 메고 눈물이 괴니……"

"석상 진심을 이해합니다. 석상이 분란을 일으킬 짓을 할 자가 아님은 진작부터 알고 있어요. 석상 말을 대신 전할 수는 있으나, 내가 끼어들면 될 일도 안 될 수가 있습니다. 내가 늘 석상 입장에 서서 편 들고 있음을 윗 두 분이 알고 있으니깐요. 부총대는 그 점을 두고 나를 아주 나쁘게 봅니다. 그러니 석상이 직접 나서보구려. 부총대 쪽보다 총대님께. 이런 말 하기 무엇하지만, 지난번 석상의 독좌농성이 총대님을 감복시켰어요. 총대님은, 내가 석상과 싸움에서 졌다고 말했소. 석상이 생명을 던져 운동장에서 버티어낸 무언의 항의가 총대님 마음을 움직였던 거요. 그런 연유가 있으니 석상이 직접 총대님께 청원한다면 들어주실 법도 하오."

"지금 곧장 총대님을 숙소로 찾아가 뵙겠습니다. 그런데 제가 일본말에 서툴러…… 동행해주면 고맙겠습니다."

석주율 청에 엔도는 선선히 동의했다. 엔도가 외투를 입고 나섰다. 석주율은 오랜만에 마음이 트여옴을 느꼈다. 그 점은 시노다 총대가 자신을 인격자로 대해준다는 엔도 말에 감복당해서가 아니었다. 아니, 전혀 무관하다고만 볼 수 없었다. 대원 셋이 봉화 경찰서로 압송됨으로써 자신의 침묵항의가 실패한 것은 사실이었다. 그래서 그는 혼수상태에서 깨어난 뒤 줄곧 실의에 빠져 있었다. 무너지는 자신의 마음을 지켜보며 실의로 보낸 나날이었다. 그러나 시노다 총대가 자신의 패배를 인정했다는 점은, 다수의 힘에 의지하지 않고 자신의 희생을 전제로 한 무언의 항거가 무위하지 않았음을 확인받은 셈이었다. 한편, 부엌에서 부침개를 먹을 때까지 나락에라도 떨어지던 기분이 잠시 사이 상승했음을 깨달았을 때, 사람의 마음이 간사하기는 자신도 예외가 아니라는 씁쓰레함도 뒤따랐다.

시노다 총대는 램프 등 아래 책을 읽다 엔도와 석주율을 맞았다. 밤중에 웬일이냐며 그가 의외란 듯 둘을 보았다.

"석상이 총대님께 드릴 말이 있다 해서 제가 통변으로 함께 왔습니다."

"어쨌든 잘 왔어. 그러잖아도 내가 석상을 한번 만났으면 했지. 묻고 싶었던 말도 있었고." 시노다가 길안댁을 불러 차를 끓여 오라고 일렀다. "승려 생활을 몇 년 했다 했지?"

"삼 년 남짓 했습니다."

석주율 말을 엔도가 통변했다.

시노다는 은사 승이 누구였나, 그의 어떤 가르침이 감명 깊었는가, 경전 중 어느 경에 심취했는가, 절을 떠난 이후 지금의 종교관은 어떠한가 따위를 거푸 질문했다. 석주율은 솔직하게 자기 마음을 밝혔고, 엔도가 그의 조선말을 일본말로 옮겼다. 길안댁이 일본 차를 내오고, 시노다가 말차(抹茶)를 음미하며 말머리를 바꾸었다.

"조선인이 상해에 집 한 칸을 얻어 해외 망명정부라는 초라한 간판 달고, 다이쇼(大正) 팔년의 만세 운동 이후 남만주 일대에서 무장 병대군를 조직해, 무적(無敵) 황군을 상대로 전투를 벌인 바 있다. 일 개 사단 병력에 못 미치는 소규모 병대 조직으로 조선 독립이 과연 가능할까? 만방 제국의 웃음을 살 일이다. 물론 불령 무장단체는 다이쇼 십년에 토벌되고 말았다. 만주 일대에서 불령 무장단체는 이제 씨가 말랐고, 오직 중국 상해에 무리 몇이 모여 망명정부라는 잠꼬대를 중언부언하고 있을 뿐이다. 그런 실정인데도 조선의 독립을 가능하다고 보는가?"

시노다의 그 질문만은 석주율로서도 솔직한 대답을 할 수 없었다. 자신이 잘 알지 못하는 사실이었다. 만주 일대에 독립군부대가 전멸되었다는 말도 처음 들었고, 가슴이 아릴 뿐이었다.

"현금, 조선 독립이 가능한지는 저로서 알 수 없습니다. 자유롭지 못한 몸이요, 바깥세상 일은 아는 바 없습니다."

엔도가 그 말을 통변했다.

"석상은 새해 첫날 나한테 조선의 독립을 염원한다고 말한 바 있다. 그렇다면 석상 소견으로 조선이 독립할 수 있는 방법에 대해 말해보라."

엔도가 통변한 그 말을 석주율이 몇 마디 답으로 정리할 수도 없었지만, 다른 이유 탓에 망설여졌다. 말을 삐끗 잘못했다간 목도질 청원이 일언지하에 거절될지 몰랐다. 그렇다고 전출에 연연해 마음에 없는 말로 둘러댈 수는 없었다.

"조선은 사천 년이 넘는 역사를 거쳐오며 독립국을 유지해왔으므로 자주, 자결권을 가져야 함이 당연하다고 봅니다. 그 당연함을 일본인이 시인할 때 상호 선린으로서 형제 관계를 유지할 수 있을 것입니다."

"일본인 견해가 자네 생각과 반대라면?"

"일본인이 깨우치도록 꾸준히 노력해야겠지요. 저는 노력 방법을 무력투쟁이라 생각하지 않습니다. 불교와 야소교에서 배운 자비와 사랑의 실천운동이 그 길이라 믿습니다. 조선을 개국한 단군 가르침인 홍익정신 선양도 중요하겠지요. 그렇게 그 당위성을 만국과 일본인에게 이해시켜야 한다고 봅니다. 그러기 위해서는 조선인이 깨우쳐야 합니다."

"석상 말은 현실적으로는 요원한, 불가능에 가까운 망상이다. 그렇다면 생각을 바꾸어보자. 석상이 조금 전 일본과 조선을 형제라고 말했다. 형제란 한집안이다. 한집안이 한 지붕 아래 평화롭게 산다는 건 장려할 가풍이다. 석상은 『일본서기(日本書記)』를 읽은 바 있는가?"

"없습니다."

"그 책은 지금부터 천이백 년 전 오노 야스마로란 학자가 편찬한 일본 역사 기록이다. 전 서른 권의 방대한 분량 중 아홉 권째, 반도 땅 신라라는 소국은 일찍 일본을 동쪽의 신국(神國)으로 흠모했고, 일본의 거룩한 임금을 천황으로 공경해 속국을 자처하며 해마다 남자와 여자와 공물을 바쳐왔다고 기록되어 있다. 즉 반도 소국들은 일본을 대형(大兄)으로 받들어 모셨다는 뜻이다."

『일본서기』에 어떻게 기록되어 있든 그 기록의 진위를 따지기 전 석주율은 시노다와 자기 생각이 전혀 다른 지점에서 출발하고 있음을 알았다. 비유컨대, 서로가 다른 방향으로 길을 떠나면 두 사람은 다시 만날 수 없다. 시노다가 자기를 설득시킬 수 없는 만큼 자신 또한 시노다를 이해시킬 수 없음을 깨달았다. 그렇다면 자신이 생각하는 방법으로 조선 독립은 그의 말처럼 실현될 수 없는 망상일는지 모른다. 어쩔 수 없는 상심으로 어두운 물결이 마음을 채웠다.

"석상, 내가 말한 그런 역사적 고증을 회고해보건대 일본과 반도는 일찍 형제 관계였고, 한 국가였다. 그런데 새삼 조선이 독립을 원한다는 것은 이치에 맞지 않는 망발이다. 『일본서기』에는 진구(神功) 황후가 남장(男裝)하여 반도 땅 신라를 정벌하고, 이어 황후 아들로 십오대 천황에 오른 오진(應神) 천황과 십육대 니토구(仁德) 천황 대에는 백제와 고구려를 쳐서 항복을 받아냈으니, 그 시절이 천오백 년 전이다. 또한 지금 부산부 옆 김해 땅에 임나(任那)라는 번국(藩國)을 세워 직접 통치했다고 『일본서기』에서 낱낱이 밝히고 있다……" 해박한 고대사 지식을 자랑하듯 시노다가 열띠게 설명했다. 통변을 하는 엔도 목소리에도 뽐냄이 넘쳤다. "……그러한즉 조선이 일본과 형제 우의로서 한 지붕 아래 다시 살게 된 것은 역사의 순리이며 철칙이요, 조선은 이를 두고 황은

(皇恩)에 감사해야 할 것이다. 조선이 오랜 청국의 속박을 벗어나 야만의 상태에서 문명국 일원이 되었으니 이 아니 경사스러운 일인가."

석주율은 시노다 말을 더 듣고 있을 수 없었다. 조선과 일본은 국토 개념이 분명하게 다르며, 글자와 말과 풍습 또한 다릅니다. 제가 말한 형제란 뜻은 국가 간 이익을 위한 대등한 위치에서의 선린을 뜻합니다. 석주율은 그렇게 말을 하고 싶었으나 의분을 눌러 참았다.

"총대님, 저는 역사학자가 아니며, 일본 역사책을 읽은 바 없어 무어라 말씀드릴 수 없습니다. 그러나 조선 역사책은 그렇게 기록되어 있지 않음이 분명합니다."

"석상이 국어를 해독하니 일본 역사교본을 빌려주겠어. 숙고하여 읽어보게. 그런데 나를 찾아온 목적이 무엇인가?"

대원들과 함께 운목 작업을 하고 싶다는 석주율 말을 듣고 시노다 총대는 그 진의가 어디에 있는지를 캐내려 같은 질문을 몇 차례 되풀이했다. "운목 일은 마소를 대신하는 험한 일이다. 그런데 석상이 그 일을 자청하다니?" "중노동을 자청하는 이유는 오직 그뿐인가?" "불타가 출가하듯 석상도 그런 심정으로 중생 고행을 자청하는가?" 이런 질문 끝에 시노다가 핵심을 찔렀다. "각 조마다 병정 둘과 독찰대원이 함께 작업감독을 하는 줄 알 테지. 또한 숙소마다 우리에게 정보를 제공하는 대원이 두세 명씩 심어져 있어 개인 동태 보고가 날마다 들어오고 있다. 그 결과 지난 주에도 일조 둘이 태형 스무 대에 구류 삼 일 처벌을 받았다. 무슨 말인지 알겠는가?"

"원대복귀시켜주면 제 몫 일에만 충실하겠습니다."

한동안 석주율을 쏘아보며 뜸을 들이던 시노다가 입꼬리에 냉소를 머금었다.

"좋다. 다시 한번 석상과 승부를 걸겠다. 내일 엔도 편에 각서한 장을 보내겠으니, 각서에 지장 찍고 이틀 후부터 운목 작업에 임하도록. 물론 충성대 일조로 원대복귀된다."

석주율과 엔도가 방에서 물러나자 시노다가, 잠깐만 하며 둘의 걸음을 세웠다. 시노다가 서가에 꽂힌 책 등피를 훑어보더니 한 권을 뽑아냈다.

"틈틈이 일독하게. 읽고 느낀 소감이 있다면 다음에 토론의 기회를 가져도 무방하네."

시노다가 석주율에게 넘겨준 책은 『모토오리 노리나가(本居宣長)전기(傳記)』였다. 주율이 책을 받아 방을 나서니 길안댁과 봉순네가 마루에서 무슨 이야기인가 나누고 있었다.

마구간 토방으로 돌아온 석주율은 봉씨와 박홍주에게 글피부터 다시 충성대로 복귀되어 운목 작업에 나선다고 말했다. 시노다 총대를 찾아가서 허락을 얻어냈다는 말을 듣고 봉씨는 한마디로 미친 짓이라며 돌아앉아버렸다. 박홍주 역시 죽었다 살아나 머리가 돈 게 아니냐며 석주율에게 물었다.

그날 밤, 석주율은 봉씨와 박홍주가 잠에 든 뒤까지 등잔불 아래 앉아 시노다 총대가 빌려준 『모토오리 노리나가 전기』를 읽었다. 일본어판 『인생론』을 읽은 게 해독에 도움이 되었다. 이튿날 마구간과 쉬는 말을 청소하며, 틈틈이 2백여 쪽의 전기를 읽어치웠다.

　노리나가는 에도(江戸) 후기 1730년 이세국(伊勢國, 지금의 나고야 아래 미에현)의 목면장수 집안 출신으로, 처음에는 의술을 배웠으나 30대 초반부터 본격적인 고전 연구에 몰입해 『고지키(古事記)』 『일본서기』의 주석서를 편찬한 국학자였다. 그는 종래의 유교, 불교적인 문예관을 비판하며 사물(모노)을 접할 때 일어나는 마음의 감동(아와레)을 문학 예술의 본질이라 주장, 자기류의 '모노아와레'에 입각한 연구방법을 확립해 한 학파를 성립시킨 바 있었다. 그는 일본 고대정신의 부활을 외친 복고주의자요, 철저한 국수주의자이기도 했다. 그의 전기에는 저서 『초산답(初山踏)』에서 발췌한 이런 구절이 그의 역사관을 잘 대변하고 있었다.

　처음 학문을 배우는 사람이 먼저 중화(中華)적인 사고방식을 제거하고 야마토다마시이(大和魂)를 견지해야 하는 이유는, 비유하자면 무사가 전장에 나가는데 우선 갑옷을 정비하고 몸을 튼튼히 해야 하는 이치와 같다.

　또한 노리나가는 조선관(朝鮮觀)을 두고 여러 군데 자신의 주장을 밝혔는데, 모두 『고지키』와 『일본서기』 기록을 옹호한 내용이었다. 일본신(天照大御神, 일본의 신화에 나오는 해의 여신으로 일본 황실의 조상)이 조선신(須佐之男命, 천조대신의 동생)을 지배한다는 논리의 발전에서 비롯된 그의 『어융개언(御戎慨言)』에는 이런 국수적 주장도 있었다.

신공 황후가 신의 가르침에 따라 스스로 신라를 평정하러 가셨다. 신라왕이 곧 신공 황후가 탄 배 앞으로 나와 여러 말로 받들어 모신 이래, 언제나 해마다 80척의 공물을 바쳐왔다고 한다. 이때 고구려, 백제도 한결같이 황조의 법에 따라 섬겼던 사실은 세상 사람들도 잘 알고 있는 바와 같다.

석주율은 옅은 지식이나마 자신이 듣거나 읽은 바와 전혀 엉뚱한 노리나가의 주장을 접하자 그들의 조선 지배를 정당화시키려는 어거지 가설임을 알았다.

저녁밥을 먹고 나자 석주율은 마구간 앞에 나앉아 있었다. 엔도 서기가 퇴근길에 지장 찍을 각서를 가져오기로 했기에 그를 기다리는 참이었다. 병대 막사는 창마다 불빛이 스며나왔고, 어둠이 내린 하늘에 하나둘 별이 돋아났다. 산간 지방이라 해만 지면 기온이 갑자기 떨어졌으나 4월 중순의 저녁 바람에는 온기가 스며 있었다. 싱그런 풋나무 내음이 바람 속에 묻어났다.

석주율은 오늘로서 마방 생활도 끝이었다. 내일 아침 엔도 서기를 따라 충성대로 올라가면 당장 운목 작업에 나설 터였다. 그러자면 그동안 신세진 봉순네에게 인사를 차려야 마땅했다. 사경을 헤매는 자기를 보살펴 회생케 한 은덕을 잊어서는 안 될 것이요, 혈연 없는 남을 그렇게 지성으로 간병하기란 하늘이 내린 인연으로 볼 수도 있었다.

"형, 봉순네 기다리는 거예요?" 박홍주가 토방을 나서며 물었다.

"엔도 서기가 오기로 했어요."

"숙소로 심부름 가요. 형이 떠나는 마당에 이별주가 없을쏘냐며 어르신이 술을 구해 오라 했거든요."

박홍주가 어둠 속으로 멀어졌다. 어느새 감청색 하늘에는 별무리가 쏟아져 내릴 듯 영롱했다. 『모토오리 노리나가 전기』를 읽고 난 뒤부터 줄곧 생각해온 스승 모습이 별빛 속에 떠올랐다. 스승을 그리워해보기도 오랜만이었다. "일찍 왜라고 칭한 섬나라는 야만인들이 군거 생활하며 살아왔다. 반도인들이 그곳으로 건너가 벼 심는 방법, 베 짜는 방법을 가르쳐주었고, 천자문과 경서와 불교를 전래하여 원시 생활에서 벗어나게 해주었다. 신격화(神格化) 시킨 저들 황실이란 것도 그 조상은 반도 도래인(渡來人)으로 알려져 있다. 그러나 역사적 진실이란 때때로 힘센 자의 붓끝에 의해 변조되니, 오늘에 와서 저희들은 과거의 은혜를 철저히 은폐하여 날조된 기록을 들추어 조선이 저희 속국됨이 마땅하다고 우기니, 실로 통탄을 금할 수 없도다. 너도 알지 않느냐. 문명의 발달이란 흐르는 물과 같으니, 아랫물이 위로 거슬러 오를 수는 없는 법이다. 일찍 동양 문명의 발상지라 일컫는 중화에서 모든 문명이 반도 땅으로 흘러 들어왔고, 뭍에서부터 대해를 건너 왜로 넘어갔음은 자명한 이치가 아니겠는가. 그러한즉, 삼국시대 세 나라가 투구하여, 끝내 백제와 고구려가 망하니 맥수지탄(麥秀之嘆)한 문무 영걸이 무리를 끌고 왜로 건너가 몽매한 백성을 다스려 오늘의 권문세족을 형성했음은 알 만한 자는 다 아는 진실이다……" 언제인가 스승으로부터 들은 말이었다. 스승님이 가까이 계시다면 조선을 통해 문명이 일본으로 전래되고 오늘의 일본 황실과 귀족 계급이 조선인의 핏줄로 형성되었음을 두고 여쭙고 싶은 말이 많았다. 시노다 주장을 논리적으로 반박하자면 그런 진실이 구전(口傳)이 아니라 지금 남아 있는 실증을 통해 과거를 유추 해석하거나 서책의 기록을 통해 예시해야 마땅했다. 그러나 주율은 조선 고대사 지식이 일천하니 어쩔 수 없었다.

옥중에서 들은 사모님의 별세 소식과 만세 운동 때 작두에 목 잘린 도정 박호문 어른을 생각하면 스승의 상심이 얼마나 클 것인가. 기미년 만세 운동으로 그렇게 큰 희생을 치르고도 조선 독립이 요원한 시점에 그 우국단충 또한 얼마나 통분을 삼키시랴. 그래서 탈출하겠다고 내게 말했던가. 정말 스승께서 탈출을 시도했다면 성공했을까, 아니면 실패했을까. 그런 생각을 갖기까지 스승의 지난한 마음을 따져본다면 친상에 참례 못한 자신의 경우는 견줄 바 아니었다.

석주율이 별무리를 우러러보며 스승을 흠모하는 정에 애닯아할 때, 숙소 쪽에서 발걸음 소리가 가까워왔다.

"형, 들어갑시다. 내일이면 형이 충성대로 간다는 걸 봉순네가 알고 닭까지 한 마리 잡았답니다. 나중에 마방에 들르겠대요." 박홍주는 한 손에 오리병을, 한 손에 보시기를 들고 있었다.

석주율은 그를 따라 토방으로 들어갔다. 보시기는 닭내장 무침과 봄나물 무침이었다. 곧 술판이 벌어졌다. 봉씨가 조롱박에 머루주를 치자 석주율은 술을 마시지 못한다고 사양했다.

"어른 앞에 무슨 말버릇인가. 꼭지에 피도 안 마른 박군도 오늘은 술을 허락한 나다. 만약 안 마시기만 했다 봐, 내일 아침 걸어서 갈 수 없게 다리몽둥이를 분질러놓겠다!"

봉씨 윽박지름에 석주율은 어쩔 수 없이 잔을 받았다. 심성 좋은 봉씨의 배려로 두 달 남짓한 마방 생활은 그런대로 별 탈없이 보낼 수 있었던 셈이다.

"자넨 액도 많고 운도 좋아. 충성대로 가더라도 인간 말자 우리 둘을 잊지 말더라고. 단식 따위는 말고 바깥세상 나갈 때까지 건강이나 돌봐."

봉씨가 조롱박을 들었다. 박홍주도 입가에 웃음을 물고 조롱박을 들었다. 봉씨가 술을 비우곤 그 잔을 석주율에게 넘겼다. 그렇게 술이 한 순배 돌고 났을 때 엔도가 토방으로 들어왔다. 엔도는 술판을 보더니, 때맞추어 잘 왔다며 끼어들었다. 한 되들이 오리병이 곧 동이 나자 박홍주가 다시 술을 얻어오겠다며 빈 오리병을 들고나섰다.

엔도 서기가 속주머니에서 한문과 가다카나를 섞어 쓴 각서를 꺼냈다.

"석상이 작업에만 충실한다면 별 내용이 아닙니다만, 만약 문제가 발생했을 때 석상은 큰 불이익을 당할 게요." 엔도가 미농지에 쓴 각서를 석주율에게 넘겼다.

각서는 총 7조로 나뉘어, 충성대에 어떠한 사태가 발생해 그 사태에 자신이 관련되었을 때 엄벌한다는 조항을 달고 있었다. 작업 시간 단축, 작업량 감축, 급식 문제, 기타 일체 현 규칙에 변동이 없고 이의를 제기할 수 없다는 단서까지 명시되어 있었다. 석주율은 엔도가 건네주는 도장밥에 오른쪽 엄지 지문을 자기 이름 옆에 찍었다.

"안주 오기 전에 독주 한 되를 다 비우면 어쩌우." 방문이 열리고 봉순네가 소반부터 들여놓으며 말했다.

"오늘 인물 한번 보네. 누구 애간장을 태우려 그렇게 밤 단장했소." 봉씨가 주기 서린 눈길로 봉순네를 보았다.

봉순네는 자주 끝동댄 옥색 저고리에 머리 빗질도 말끔히 하고 분 바른 태깔 고운 모습이었다. 그네를 뒤따라 박흥주가 술병을 들고 들어왔다.

"낭군 떠나는데 치레 좀 했기로서니 흉될 게 있나요?"

농이지만 봉순네 말이 대담해 모두 놀란 눈으로 석주율을 보았다. 석주율은 석 잔이나 마신 술 탓으로 상기된 얼굴을 아래로 숙였다. 봉순네가 자신을 외짝사랑해 그렇게 구완에 힘써주었냐는 생각이 들었다. 정말 자신의 양물까지 씻어주었다면 감쪽같게 그 짓까지 하지 않았을까란 의심도 스쳤다. 평소에도 발기가 잘 안 되는데 아무렴 의식 없는 몸뚱이가 연장만 힘을 세웠으랴 싶었다.

"이 사람아! 자네보고 낭군이라 부르는데 무슨 대꾸가 있어얄 게 아냐? 떠나는 마당에 솔직히 깨어봐. 그동안 정말 아무 일도 없었냐? 자넨 절밥 먹었으니 거짓말이야 안하겠지." 봉씨가 다그쳤다.

"누구 또 혼절하는 꼴을 볼라구 그래요? 생사람 잡는 소리 그만 하소. 우린 오누이 정분이라 그런 일은 없었으니깐. 말이 났으니 하는 말이지, 석씨가 어디 여색 밝힐 사람 같아요? 색녀 앞에는 성인군자가 따로 없다지만, 저 사람은 정말 군자요. 내가 달려

들어도 냉담히 돌아앉을 목석이오." 봉순네가 맵게 말하곤 바리를 석주율 앞으로 옮기며 뚜껑을 열었다. 노란 기름이 동동 뜨는 닭국이었다.

"닭국은 형만 주는 겁니까?" 불퉁해진 박홍주가 말했다.

"알짜 고기는 여기 쟁반무침했고 석총각은 국물 아닌가."

"말하기 나름이지, 진국은 형만 주고 우린 탈육한 나무토막이나 씹는 게 아니요."

"아서라, 그만 해. 석씨 덕에 오랜만에 육질 맛보는 것도 어딘데. 봉순네가 안골에서 힘들게 구했을 게야." 봉씨가 젓가락으로 무친 닭살 한 점을 집었다.

"이건 어르신 드십시오. 전 절밥에 길들여져 고기는 먹지 않습니다." 석주율이 바리를 봉씨 앞으로 밀었다.

"무슨 말인가. 자네야말로 장작개비 같은 몸으로 목도질 나설 텐데, 먹어둬. 봉순네 정성을 생각해서라두."

봉씨 말에 엔도도 그렇게 하라고 거들었다. 석주율은 정말 닭국을 먹고 싶지 않았다.

"봉상, 이별주 들어야지요. 석상 장도를 축하하며." 엔도가 조롱박잔을 들었다.

봉순네만 따라 하지 않고 셋이 잔을 들었다. 다시 술잔이 한 순배 돌자, 봉씨가 게슴츠레한 눈으로 노랫가락을 뽑았다.

강원도라 금강산이 높다 한들 / 우리 부모 나를 낳아 길러주신 / 은혜보다 더 높을쏜가 / 서해바다가 아무리 넓고 깊다 한

들 / 우리 부모 나를 낳아 길러주신 / 은혜보다 더 넓고 깊을쏘
냐……

봉씨는 노랫가락 끝에 타계한 부모 임종을 못 지킨 불효 타령,
칠팔 년 걸음 못한 고향 타령, 죽은 처자식 타령을 읊조리다 질금
질금 울기 시작했다. 그는 거푸 술잔을 비워내다 대취하고 말았다.
"마 그치시오. 엔도 서기는 몰라도 여기 그 정도 설움 없이 사는
사람이 어딨수. 꽃이 피어도 섧고 달이 떠도 섧으니, 섧은 세월 한
탄하며 한세상 보내자면 어디 눈물 마를 날이 있겠수." 봉순네가
타박을 놓았다.
봉씨는 넉장거리로 쓰러져 계속 엉절거렸다. 술판이 파장이 되
고 말았다. 엔도가 하품을 끄다 자리에서 일어났다. 먼저 간다며
그가 밖으로 나가자, 봉순네가 술자리를 거두었다. 석주율 앞 닭
국은 기름이 엉긴 채 식어 있었다. 정말 안 드실 거냐며 봉순네가
석주율에게 물었다. 주율이 웃으며 머리를 저었다. 박홍주가 어르
신 내일 아침 해장이나 하게 두고 가라고 말했다.
"석씨, 할 말이 있으니 나 좀 봐요." 소반에 그릇 챙겨 일어서며
봉순네가 말했다.
봉씨는 활개펴고 누워 노랫가락을 읊조리다 잠에 들었고, 박홍
주가 삿자리 바닥을 걸레질하다 석주율을 힐끔 보았다. 봉순네가
야밤에 주율을 불러내는 게 수상쩍다는 표정이었다.
봉순네가 소반 들고 먼저 나가고 잠시 뒤에 석주율이 토방을 나
섰다. 화끈거리는 얼굴을 바깥바람이 시원하게 식혀주었다. 마구

간을 나섰으나 어둠 속이라 봉순네가 눈에 띄지 않았다. 사택 쪽으로 걸음을 옮기자 마구간 모퉁이에 옥색 저고리가 희끄무레하게 보였다.

"이리 와요." 봉순네가 작은 소리로 불렀다. 그네가 건초장 뒤를 돌아갔다.

석주율이 지체해 따르며 홍주가 뒤를 밟고 있을는지 모른다는 생각이 들었다. 죄짓고 있지 않는데 점직한 느낌이었다. 스승 아래 글을 익히던 동운사 시절, 야밤에 김기조가 작은골곳댁과 통정을 나누려 절방에서 빠져나갈 때 그 뒤를 밟았던 부끄러운 기억이 떠올랐다.

봉순네는 건초장 뒷벽 앞 풀더미에 소반을 내려놓고 주저앉았다. 석주율은 베개만한 거리를 두고 그 옆에 쪼그려 앉았다. 한동안 봉순네는 말이 없었다. 건너 담장 쪽 잡목이 우거진 곳에서 푸드득 날갯짓 소리가 들리고 호록 호로록 하고 우는 새 울음소리가 났다.

"목청이 곱기도 해라. 검은딱새인가, 지빠귀인가. 이 밤에도 잠 못 들고 수선 피는 이유가 뭘까." 봉순네가 한숨을 내쉬며 혼잣말을 했다.

석주율 코에 강한 향기가 스쳤다. 언제인가 맡은 적 있는 분내음이었다. 태화강 둑에서 삼월이가 그랬고, 석송농장으로 찾아왔을 때 정심네가 그랬다. 아니, 서대파 십리평 북로군정서 본영으로 정심네가 남장해 찾아왔을 때 그는 나란히 앉아 그네의 그런 체취를 맡았다. 그러고 보니 성숙한 여자의 몸에서만 묻어나는 체

186

취였다. 얼얼한 술기운 탓인지 주율 마음이 싱숭생숭했다.

"석총각이 충성대로 올라가버리면 난 어찌 살아요? 보고 싶을 때 마방을 들르면 됐는데, 무슨 낙으로 이 긴 봄날과 숲 무성한 여름을 보내요?" 봉순네 말마디 사이로 들뜬 숨결이 느껴진다 싶더니 그네 머리가 주율 가슴팍으로 넘어졌다. "떠난다니 무슨 말이든 좀 해봐요. 왜 힘든 일 찾아 날 버려두고 가버리는지 말 좀 해봐요. 이내 가슴 불질러놓고 왜 떠나는지……" 도리질하더니 봉순네가 냇물 흐르는 소리로 응절거렸다. 어느새 그네 두 팔이 한 줌도 되지 않는 주율 허리를 조여 안고 있었다.

석주율은 목석이듯 잠자코 있었다. 그는 무슨 말을, 어찌해야 할 바를 몰랐다. 봉순네가 윗몸을 던지듯 그의 품속으로 파고들었다. 주율이 그네를 밀쳐내려 어깨를 잡았으나 떨리는 손은 힘이 빠졌다. 뭉클한 어깨살만 손바닥에 닿았다.

"아주머니, 저한테 마음 써주신 것 제 어찌 모르겠습니까. 세상 살다 보면 고마운 분 만나 은혜도 입으나 아주머니가 제게 베푼 은공이야말로 백골난망이라……" 석주율은 더 말을 잇지 못했다. 후딱, 그런 말은 언젠가 정심네한테도 했다고 되짚어졌다. 정심네 모습은 곧 사라졌다. 송장이나 다름없는 자기 알몸을 봉순네가 닦아주고 똥오줌을 받아내주는 모습이 환영으로 눈앞에 어른거렸다. 그네가 자기에게 절실하게 원하는 게 있다면 그 보답으로 주어야 함이 마땅한데도, 그 무엇만은 들어줄 수 없었다. 그 청 하나만은 거절해야 된다고 다짐했으나 생각에 그칠 뿐 말이나 행동으로 옮겨지지 않았다. 봉순네의 헐떡이는 숨결이 목덜미에 느껴졌다. 술기운 탓만도 아닌데 머릿속이 어지러웠다. 그런 총망 중에도 홍주가 이 장면을 엿볼 것이란 미심쩍음이 떠나지 않아 그는 목을 꺾어 건조장 모퉁이를 돌아보았다. 눈에 잡히는 흰 물체는 없었다. 고즈넉한 봄밤은 어둠만이 농밀하게 들어차 있었다. 목덜미에 봉순네 입술이 붙었다 싶자, 벽에 의지한 석주율 몸이 풀더미 위로 쓰러졌다. 봉순네가 주율 쪽으로 윗몸을 밀었고, 그가 그 몸을 당당하게 받지 못해 피하자니 자연 그네 체중이 그를 덮쳐버렸다. 어느새 봉순네 손은 주율 고의춤 안으로 파고들어 거웃께를 더듬었다.

편안하게 누워버린 석주율 눈에 뭇별이 들어왔다. 별은 내쏘는 빛이 번져 그 모양이 영롱하지 않았다. 목덜미를 핥다 이제 얼굴을 핥는 봉순네 짓거리를 그는 말리지 않았다. 은혜 입은 불쌍한 여인에게 한번쯤 몸보시한들 무슨 큰 죄랴. 경각심이 느즈러지자 순간적으로 그런 생각이 들었다. 뒤이어, 자신의 존재를 하잘것없는 미물로 치부하니 벋댈 그 어떤 명분도 없었다. 떨어지자, 나락의 구렁텅이로. 표충사 방장스님도 말하지 않았던가. 이승의 밑바닥까지 내려가보아야 진정한 깨달음을 얻을 수 있다 했거늘. 왠지 슬픔이 목울대를 차고 올랐다. 그는 눈을 감고 말았다.

석주율의 바지가 봉순네의 손에 벗겨져나갔다. 고쟁이를 벗어버린 그네의 치마 걷은 몸이 석주율의 몸 위에 반듯하게 실렸다. 그제야 고들어져 있던 그의 양물이 스멀스멀 힘을 세웠다. 부산경찰부 고문 이후, 자고 난 새벽에도 발기가 되지 않던 양물이었다. 그런데 무슨 조화로 그것이 제 스스로 여체를 받겠다는 준비를 하는지 그는 자신도 알 수 없었다. 나는 무엇이며, 나는 어찌될 것인가, 하고 주율은 술기운 속에 어지러운 머리로 대중없이 반문했다. 그런 행위가 이루어질 때까지 그는 손끝 한번 움직이지 않았다. 디딜방아 찧듯 봉순네가 새근거리며 열을 낼 때도 그는 잠자코 있었다.

너무 짧은 시간이었다. 절정의 순간은 더욱 짧았다. 석주율이 동정을 잃는 순간은 그렇게 끝났고, 그는 허무의 깊은 지하로 떨어졌다. 말초적 쾌락과는 정반대의 부끄러움과 절망을 그는 최후의 순간에 홀연히 체험했다.

아래쪽에서 솟아오르는 한 줄기 유액이 수문 닫히듯 그침을 알자 봉순네는 동작을 중지한 채 얼굴을 주율의 빗장뼈에 묻고 있었다. 더운 눈물이 그 뼈 위쪽의 홈을 적셨다.

"석총각 고마워요, 이젠 떠나도 돼요. 인연이란……"

입김으로 하소하는 봉순네 발음이 석주율의 귀에는 잘 들리지가 않았다. 다만 그네가 흘리는 눈물과 땀이 어깨살을 통해 느껴졌다. 여린 바람 소리가 들렸다. 이런 행위가 있기 전까지 들리지 않던 새 잎순을 스치는 바람 소리였다.

봉순네가 깊이 밀착시켰던 몸을 떼었다. 그네가 고쟁이를 입을 동안도 석주율은 눈을 감은 채 반듯이 누워 있었다. 그가 혼수상태로 있을 때 그랬듯, 그네는 그의 벗은 아랫도리에 바지를 입혀주었다.

"야심한데 한기 들겠어요. 들어가 주무세요."

봉순네가 옷소매로 눈물을 닦았다. 석주율은 대답 없이 그대로 누워 있었다. 그는 밤이 영원히 끝나지 않았으면 싶었고, 그대로 잠들어 안식의 나라 저승으로 떠났으면 싶었다.

"떠나더라도 화냥년이라 저를 욕하지 마세요. 제 생각을 하지 않아도 되니 제발 욕질은 마세요. 아닙니다. 욕하셔도 좋아요. 음탕한 년이라고 실컷 욕하세요. 제 욕심만 채운 년이라고……" 봉순네가 소반을 들고 일어서며 주절거렸다.

봉순네의 갑작스런 공대말이 석주율에게는 귀에 설었다. 귀에 선 만큼 합환한 여인이 봉순네가 아니라 해도 좋았다. 처음 만난 그 어떤 여인이라 해도 상관없었다. 자신이 능동적으로 한 여인을 취했다 해도 무방했다. 겁탈했거나 겁탈을 당했거나 그 점에도 차이가 없었다. 남녀가 몸으로 관계를 맺는 그 일을 자신도 몸소 겪었다는 체험만 마음에 남았을 뿐이었다. 봉순네를 원망할 마음이 아닌 만큼 설령 봉순네가 아닌 낯선 여자라 해도 욕질할 생각이 없었다. 만약 봉순네가 아닌 정심네였다면…… 그래도 어쩔 수 없었다. 많은 밤을 함께 보냈으나 정심네와는 그런 인연이 맺어지지 않았다. 그런 만큼 앞으로 살날까지 두고두고 봉순네가 음녀로 회상되지도 않을 터였다. 모든 문제는 오직 자기에게 있었다. 한 마리 짐승이나 벌레로 누워 있는 실체만이 남았을 뿐이었다.

봉순네는 어둠 속에 멀어져갔다. 석주율은 몸을 털고 일어나 토방으로 들어갈 마음이 아니었다. 우선 박홍주를 마주볼 수 없을 것 같았다. 밀려드는 추위로 그는 몸을 떨었다.

기복(起伏)

석주율이 충성대로 원대복귀하자, 대원들 환영이 대단했다. 죽은 아비나 자식이 살아 돌아온 듯 그를 맞았다. 살점이라곤 없는 여윈 모습에 퀭하게 뚫린 갈색빛 도는 부끄러움 담은 눈매가 그를 성자로 보이게 했다.

"석형, 죽지 않고 살아 돌아왔군요.""석도사가 꼭 올 줄 알았어요. 댁같이 훌륭한 분을 저승차사가 야박하게 데리고 갈 리 없으리라 믿었지." 그런 말 외에도 그를 흠모하는 찬사가 쏟아졌다. 어느 누구도 석주율을 친일노라 뒷공론하거나 조롱하는 자가 없었다. 그러나 주율은 그들의 흠모에 찬 눈을 마주볼 수 없었다. 어젯밤 봉순네와 그 일만 없었더라도 그는, 심려를 끼쳐 죄송하다거나 염려해주어 고맙다는 말쯤은 했을 터였다.

대원들은 마침 식사를 마쳐 출동 준비에 임하고 있었다. 들메끈 조이고 각반을 찼다. 수통에 물을 채우고 목도채나 동아줄을 챙겼다.

"아침밥 안 먹었지? 가자, 내가 밥 타주마. 그래야 목도질 나설게 아냐. 다시 와줘 반갑군." 분대장 황차득이 딸기코를 벌름거리며 말했다.

석주율은 황차득을 따라 기간요원 식당으로 가서 아침밥을 먹었다. 몽당나무 숟가락은 지니고 있었기에 그는 식기 두 개를 새로 배당받았다.

석주율이 식당을 나서자 후쿠지마 1조 조장이 호루라기를 불어댔다. "빨리빨리 움직여!" "늦은 놈은 기합이다!" 독찰대원과 총멘 병졸들의 일본말 독촉이 성화같았다.

대원들이 각자 연장을 들고 숙소 밖으로 쏟아져나왔다. 석주율도 엉겁결에 그들 사이에 섞였다. 충성대 대원이 운동장에 조별분대별로 정렬하자 인원점검이 있고 곧 작업 현장으로 출발했다. 독찰대원과 병정들이 2열 종대 대열 중간 중간에 박혀 있었다.

"창가 시작, 「산사나이」!"

후쿠지마 명령에 따라 제1막사 대원들이 선창하고 제2막사 대원들이 복창했다.

"와레와레와 야마노 오토코 돈나노 시고토모 데키루(우리는 산사나이 어떤 일도 이겨낸다……)"

석주율은 「산사나이」를 조그맣게 따라 불렀다. 대원들과 함께 오랜만에 불러보는 노래였다. 해가 산과 숲 위로 솟기 전이라 신선한 아침 공간의 수목 사이로 노래가 퍼져나갔다. 연초록 잎순이 다투어 피는 쾌청한 봄날의 아침 공기가 더 없이 싱그러웠다. 석주율은 1조 3분대 대원 사이에 섞여 걸었으나 짝이었던 강치현의 앳된 모습을 볼 수 없음이 슬펐다. 강치현 외 정억쇠와 김달식도 없었다. 그들은 대구재판소에서 재판 받고 복역하고 있을 터였다. 자신이 운동장에서 눈을 뒤집어쓰고 독좌농성할 때 담요를 날라주며 동조 농성을 선동했다는 김복남도 보이지 않았다. 토굴 감방 고초를 겪은 뒤 타대로 전출되었으리라. 그 외에도 1조와 2조는 전에 있었던 얼굴이 여럿 사라졌고 낯선 사람들로 채워져 있었다. 타대와 교체되었거나 질병과 부상으로 어디론가 떠나버렸으리라 짐작되었다.

"석도사, 왜 그렇게 우거지상이우? 무슨 언짢은 일이라도 있었나요?" 이귀동이 나란히 걷다 물었다.

"아닙니다. 대원들이 많이 바뀌어서……"

"감옥으로 가고, 다른 대(隊)로 넘어가고 했지요. 목도질이 벌채보다 고된 중노동이지만 이제 점심 요깃감이 나온다우. 감자 세 알씩이긴 하지만 말입니다. 칡과 더덕을 캐어먹는 재미도 있지요. 무엇보다 날씨가 풀리니 살 만합니다."

이귀동 말이 맞았다. 해동되자 땅이 힘을 얻어 동면했던 풋나무를 일으켜 세우고 있었다. 온 산은 연초록 새 옷으로 치장했고 온갖 꽃이 다투어 피어났다. 무엇보다 산벚나무의 담홍색 꽃이 튀밥을 뿌려놓은 듯한 모양이 장관이었다. 석주율은 소생하는 자연의 품에 다시 안겼다는 감사함으로 어느 정도 마음의 평정을 되찾았다. 마방을 떠나 대원들과 함께 일하기로 결정했음이 잘했다고 여겨졌다. 모든 지난 일을 잊고 열심히 목도질 하리라. 봉순네도 잊어버리리라. 어젯밤의 그 기억만은 정말 잊어야 하리라. 그는 그렇게 다짐했다.

작업 현장은 지난겨울 동안 벌목했던 병오 마을 북쪽 더기였고, 운목을 위한 길이 어느새 빤질하게 닦여 있었다.

목도질 조가 편성되자, 석주율은 키가 성큼했으므로 자연 키 큰 자들과 한 조가 되었다. 벌채한 원목 길이가 길어 목도질은 6목도였다. 원목 양쪽에 두 명씩, 셋이 나란히 서서 목도줄에 낀 목도채를 어깨에 지고 발 맞추어 운목하게 되어 있었다. 목도질은 반드시 짝이 맞아야 했기에 짝이 없는 대원은 땔감으로 쓸 쳐낸 원목 가지를 지게로 날랐다.

둘이 한 조가 되어 어깨에 메는 목도채는 길이가 2미터 조금 넘고 굵기는 직경이 15센티미터 정도의 각목이 아닌 둥근 나무였다. 수종은 대체로 탄력성이 강한 고로쇠나무나 사시나무를 썼다. 목도는 큰 중량을 운반하므로 목도채가 탄력성 없는 나무면 부러지기 쉬워 그런 수종을 썼다. 목도채는 나무가 생긴 대로 원통으로 된 것도 있고, 한가운데 밧줄을 거는 곳은 원통으로 되어 있으나 양쪽 끝 사람이 메는 부분은 메는 사람 어깨에 맞도록 양쪽을 약간씩 깎은 것도 있었다. 목도줄은 직경 5센티미터 안팎의 밧줄로 길이는 두 겹으로 해서 두 사람이 어깨에 메고 원목에 걸어 그 원목이 땅에서 15센티미터 정도 들릴 길이였다. 키가 작은 사람과 큰 사람에 따라 목도줄 길이를 가감할 수 있도록 되어 있었다. 목도줄로는 피나무 껍질이나 삼을 썼다. 피나무 껍질은 살아 있는 피나무 껍질을 벗겨 물에 담가 누글누글하게 한 뒤에 이를 한 가닥씩 합해 직경이 5센티미터 정도로 꼬아 썼다. 피나무 껍질은 매우 튼튼해서 무거운 중량에도 잘 견뎠다. 삼 말린 껍질로 목도줄을 꼬아 쓰기도 했는데, 피나무 껍질과 섞어 만들기도 했다.

석주율 조 여섯 명은 원목에 목도줄 세 개를 감고 목도줄 윗매듭 두 구멍에 목도채를 끼웠다. 여섯 모두 목도채 끝을 어깨에 걸치자 앞줄에 선 털보 김웅태가 말했다.

"자, 시작해보더라구." 이어, 털보가 선소리를 불렀다. "이 나무가 어디서 왔나!"

털보 선소리에 이어, 다섯 명은 일제히 "여차하니 여차!" 하고 후렴을 부르며 동시에 일어섰다. 털보가 「목도 소리」 선창을 다시 내질렀다. 나머지 다섯은 후렴을 부르며 발을 옮겼다. 발을 맞추어 걷지 않으면 운반물의 요동이 심해 행진하기 힘듦을 얼른 깨우친 석주율이 옆사람과 발을 맞추었다. 목도채에 눌려진 어깨가 내려앉을 듯 아팠다. 다른 대원은 요령을 터득해 목도채를 받치는 어깨에 두툼한 수건을 대었건만 주율은 그런 준비가 없다 보니 땀 닦을 목도리를 수건으로 대신했다.

6목도가 대종을 이루고 더러는 4목도, 8목도가 「목도 소리」를 부르며 언덕 아래로 운목하다 보니 산판은 온통 노랫소리로 시끄러웠다. 멀리서 들으면 호곡과 같게 선소리가 구슬펐다. 그도 그럴 것이 대원들이 헉헉대고 비칠대며 노래를 부르다 보니 목청이 힘찰 수 없었다.

이 나무는 어디서 왔나 / 여차하니 여차 / 태백산 제일봉에 / 여차하니 여차 / 낮이며는 일광 타고 / 여차하니 여차 / 밤이며는 이슬 먹고 / 여차하니 여차 / 낙락장송 되었다가 / 여차하니 여차 / 만인간의 힘을 빌려 / 여차하니 여차 / 이제 낙동강 나서 도다 / 여차하니 여차 / 이 나무를 끌어다가 / 여차하니 여차 / 기역자로 집을 짓고 / 여차하니 여차 / 한 오백 년 살고 지고 / 여차하니 여차 / 가자 가자 어서 가자 / 여차하니 여차 / 고향 찾아 어서 가자 / 여차하니 여차 / 나귀 등에 솔질하여 / 여차하니 여차 / 소고 안장 지어 타고 / 여차하니 여차 / 물도리동 하회 가자 / 여차하니 여차……

석주율은 처음 듣는 「목도 소리」였으나 선창이 아니라 다른 목도꾼과 함께 후렴만 외치자니 따라 부르기 쉬웠다. 선소리에 섞여 독찰대원과 병정들이 일을 독려하는 고함과 채찍 휘두르는 소리도 섞였다.

「목도 소리」는 피로를 풀고 일의 능률을 올리려는 일반 노동요와 달리 걸음걸이 맞추는 데 주목적이 있었다. 걸음걸이가 맞지 않으면 험한 길에 운반하다 보니 원목이 흔들려 힘이 배로 쓰일 뿐 아니라 자칫하면 몸을 다치기 십상이었다. "여차하니 여차" 하고 합창하는 후렴이 행진 보조를 맞추는 데에도 큰 역할을 했다.

운목꾼들의 발길에 다져진 언덕길로 미끌어지지 않으려 용을 쓰며 백 미터쯤 내려가자, 털보가 "이제 그만 쉬어감세" 하는 선창에 이어, 여섯이 길 옆으로 비껴 서서 함께 무릎 굽혀 원목을 땅에 내려놓았다. 한 조 여섯은 풀밭에 주저앉아 잠시 다리쉼을 했다. 석주율은 그새 속옷은 땀에 젖었고 얼굴 또한 땀투성이였다. 다른 대원들은 그토록 땀을 흘리지 않았기에 그는 몸이 예전 같지 않음을 실감했다.

여섯이 숨을 돌릴 짬도 없게 병정이 다가와 빨리 시작하라는 독려가 거셌다. 수건으로 땀을 훔치던 김웅태가 목도채를 다시 메었다. 그가 선창으로 「목도 소리」를 내지르자, 목도채를 멘 다섯 대원이 후렴을 부르며 원목을 들었다.

일차 집목장(集木場)은 그 지점에서 4백 미터쯤 아래쪽 병오천변에 있는 병오 마을이었다. 병오 마을 역시 궁벽한 화전촌으로 열 가구 남짓이었다. 화전민들은 산비탈을 개간해 잡곡을 심고 산나물과 약초를 캐며 살았다. 너와집과 투막집들로 집집마다 큰 감나무가 두서너 그루씩 있었다. 터 잡은 지 오래인 붙박이 화전촌이었다.

병오천 물은 계곡 사이로 흘러 병오 마을에서 시오 리 동쪽 배지미를 거쳐 다시 5리 길인 팔각정 어름에서 낙동강과 합류되었다. 병오천은 태백산 남쪽 비탈과 청옥산 북쪽 비탈에서 모여드는 물줄기였기에 수량이 비교적 풍부했다. 그러나 청석 바닥과 굴러 떨어져 박힌 바위 사이로 길을 열어 물이 궁(弓)자 형으로 흘러 원목을 띄울 수 없었다. 어차피 낙동강 본류와 만나는 지점까지는 원목을 사람과 마소로 운반해야 했다. 병오 마을부터 석포리 들입 팔각정까지 20리 채 못 되는 길은 운목을 위한 달구지길로 닦여 있어 거기서부터는 마소에 의한 운반이 가능했다.

충성대 본부는 5월 말까지 첫 집목장으로 운목을 마치고, 장마가 드는 절기인 6월 말까지 낙동강 어귀에 도착시킨다는 계획을 세워두고 있었다. 그러다 보니 일정이 빠듯해 대원들은 해가 서산 너머로 기운 뒤까지 군데군데 횃불을 밝혀두고 목도질을 해야 했다. 그런 사정은 황민대, 아카마루대도 마찬가지였다. 그래서 첫 집목장 병오 마을 주위에는 각 대가 운송한 원목들이 작은 동산을 이루어 켜켜로 쌓여 있었다.

오후 일곱시가 넘어서야 충성대 대원은 목도 운목을 끝내고 숙소로 돌아왔다. 어깨 늘어뜨린 힘없는 걸음걸이였다. 온종일 「목도 소리」를 부르다 보니 목청이 가라앉아 구호를 외치게 하거나 합창을 시켜봐야 소용이 없음을 아는지 기간요원들도 별다른 명령을 내리지 않았다.

석주율은 한동안 중노동에 단련이 되지 않은데다 건강 또한 여의찮아 다른 대원들보다 어깨가 더 늘어졌고 걸음이 히든거렸다. 그런 그의 모습을 본 주위 대원이 여러 말로 격려와 위로를 아끼지 않았다. 그중에도 한 대원 말이 그의 마음에 아프게 박혔다. "석형, 석형은 이제 우리 모두의 등불이오. 석형만은 절대 쓰러져서는 안 되오." 주위 기대를 한몸에 받고 있음을 안 석주율은 다른 대원이 쓰러져도 자신만은 쓰러져선 안 된다고 다짐했다. 그렇게 결심하고 운목 노동을 자원했던 것이다. 낮 울력 동안 중노동에 지쳐 쓰러지는 대원이 여럿 있었고, 그들의 넝마가 된 옷 위로 떨어져 내리던 독찰대원 채찍을 볼 때도 그는 그 다짐을 곱씹었다.

그날 밤, 석주율은 잠자리에 들자 천장을 보고 누울 수 없었다. 목도질할 때 짝이었던 김끝동과 자리 바꿔가며 목도채를 메었으나 어느새 양쪽 어깻죽지와 뒷목께는 허물이 벗겨져 화끈거리는 쓰라림이 심했다.

"형씨, 모두 형씨를 훈장처럼 받들어 모시는 까닭을 들었다오. 참으로 장하십니다. 어깨와 등판이 몹시 아프지요? 저도 껍질이 몇 차례나 까졌다오. 이제 굳은살이 박히니 견딜 만합니다." 저녁밥을 타먹으려 취사장 앞에 줄 섰을 때 같은 3분대원으로 인사를 나눈 경북 의성 출신이라는 문명수였다. 그는 황민대에서 전출 온 자로 덮고 자는 담요를 함께 쓰는 잠자리 짝이 되었다.

"괜찮습니다. 처음 나선 일이라 그렇지, 날수가 지나면 단련이 되겠지요. 그런데 충성대로 전출 온 특별한 사정이라도 있습니까?" 충성대를 제외한 다른 대는 죄수들로 조직된 벌채꾼들이 아니라는 소문을 들었기 때문이었다.

"석형." 갑자기 문명수가 담요 끝자락을 입 위로 올리고 작은 소리로 말했다. "그쪽서도 두 달 전에 사건이 터졌지요. 사건이야 임금 문제 아니겠습니까. 소작지마저 털리고 식구가 굶어 죽는 걸 보다 못해 돈에 팔려 산판으로 들어온 무지랭이들이니, 임금이 문제가 되면 눈알이 뒤집힐 수밖에요. 일을 밤까지 시킨다면 밤 시간 하는 일만큼은 초과 일당을 얹어줘야 할 게 아닙니까. 그런데 애당초 약조를 어긴 게지요. 그러자 일꾼들이 들고일어났는데, 내가 앞장섰다 십장놈들 미움을 샀지 뭡니까. 그래서 태형 서른 대를 당하고 이쪽으로 넘겨진 게지요. 그러나 소속이 그쪽이니 일당 계산은 계산대로 해서 매달 양력 말일에 그쪽에서 준답니다."

"그 사건으로 다친 사람도 있겠군요?"

"있다마다요. 병정이 총질해서 한 사람이 즉사까지 한걸요. 저도 매타작에 골병들었습니다. 여기로 넘어올 때도 감옥이냐 충성대냐 한 곳을 택하라니 어쩔 수 없었지요. 굶어도 처자식과 같이 있는 건데, 몇 푼 쥐어보겠다고 따라나선 게 후회막급입니다."

"가을 들면 충성대는 철수합니다. 다른 대는 어때요?"

"소천면 일대에 수삼 년 더 벨 나무가 있는 모양입니다. 이 원목을 일본으로 실어가 제놈들 배 만들고 집 짓는 데 쓴답니다. 그러나 저는 겨울 들기 전에 환고향할 작정이라요. 일 년 계약하고 산판에 들어왔으니깐요. 귀향하는 길로 꼴머슴으로 맡긴 맏이와 애업개로 부잣집에 맡긴 딸애를 거둬 만주로 들어가렵니다. 만세 운동 후에 만주로 떠나는 동포가 신작로에 하얗게 깔렸대요."

석주율은 북간도 일대를 다녀온 정황을 대충 들려주었다. 안도현 싼따오고우 얼두정에서 만난 개척민들 실상을 말할 때, 문명수가 귀 솔깃해했다.

"충성대로 넘어와보니 그래도 나 같은 놈은 낫다는 생각이 듭디다. 나야 돈 몇 푼 쥐고 귀향하지만 형씨들은 다시 감옥으로 돌아갈 게 아닙니까. 여기 와보니 죄지은 사연도 구구절절하고, 그 죄가 모두 입에 풀칠하겠다고 저지른 죄 아니면 독립운동에 연관이 있습디다. 나보다 팔자 험한 사람도 이렇게 많구나 싶어 힘을 얻었지요. 참, 형씨는 언제 석방됩니까?"

"내년 삼월이 형 만깁니다."

"형씨, 북지 경험담은 차후에 듣기로 합시다. 자야겠어요. 내일 신새벽에 일어날 텐데 이러다간 큰일나요. 잠을 제대로 못 자면 내일 울력을 망쳐요. 형씨도 눈 붙이십시오."

잠시 뒤 문명수의 코고는 소리가 났다. 여기저기 코고는 소리가 오뉴월 논바닥에서 우는 개구리 소리 같았다.

석주율은 쉬 잠을 이루지 못했다. 어깻죽지는 쓰리고 온몸이 돌덩이라도 매단 듯 무거운데 머릿속은 자꾸만 한 가지 영상이 어지럽게 떠올랐다. 잠에 들지 않았으나 나쁜 꿈에 시달리는 꼴이었는데, 머릿속을 어지럽히는 장면은 어젯밤 봉순네와 사단이었다. 과연 자기가 그런 일을 저질렀을까 하는 의심마저 들었다. 그러나 목도질할 동안 하초께가 다른 때와 달리 축축함을 느꼈고, 이따금 오줌줄이 따끔하게 쑤셨으니 자신이 봉순네와 관계를 가졌음은 확실했다. 그 일을 치르고 나면 늘 그렇게 그 부위가 무지근하고 샅이 축축해질까. 때때로 오줌줄이 쑤시고 오줌발이 시원하지 않을까. 아니면, 그 문제에 긴장해 신경을 쓰는 탓일까. 그런 의문이 꼬리를 물었으나 누구에게 통사정할 수도 없었다.

석주율이 충성대에 다시 편입되고 닷새가 지났다. 그새 샅께가 축축하고 오줌줄이 쑤시는 증세는 슬그머니 사라졌다. 떠올리기 괴로운 봉순네와의 관계도 마음속에서 차츰 희석되어 갔다. 목도질이 고되기는 했으나 생명력을 힘차게 뿜어내는 대자연의 품에서 대원들과 함께 일한다는 사실이 마음 편했다. 노동이 고된 만큼 잠자리에 들어도 쉬 잠들었고, 그 잠이 달콤했다. 점심참 30분 외에는 짬이 없어 그 시간에는 불경과 성경을 되풀이 읽었다.

어느새 대원들 사이에는 그런 석주율을 두고 형씨, 석군, 도사라는 호칭이 사라지고 훈장어른, 선생이란 호칭이 자연스럽게 통용되었다. 비단 그가 점심끼니 감자 세 알을 먹지 않고 힘쓰기가 부실한 동료에게 나누어주는 선행을 두고 붙여진 존칭은 아니었다. 그가 글방 훈장 경력이 있음은 대원들이 알고 있었으나, 그의 신중한 언행과 목도질에서 보이는 남다른 열성이 차츰 존경으로 바뀌었던 것이다. 대원들 중에서도 가장 마른 그의 몸 어디에서 그런 힘이 나오는지 모두 놀라워했다. 운목 도중 잠시 쉬는 짬에도 그는 그냥 쉬지 않고 물 괸 홈이나 미끄러운 비탈에 원목 받침 돌멩이를 괴는 작업을 했다. 늦은 밤 숙소로 돌아와서도 앓는 환자의 밥 타오기와 그들을 돌보는 일은 석주율이 맡았다.

"훈장어른, 당신은 하늘 아래 첫 사람입니다." "석선생, 그러다 선생이 몸져눕겠어요." "자기 몸 아끼지 않고 남 돌보는 그런 힘이 어디서 나와요?" 대원들이 물었다.

"사람이 어떻게 사는 게 참다운 삶인가, 책을 읽으면 깨우치게 되지요. 책 속에 도가 있다란 말도 책에서 읽었지요. 도란 참되게 사는 길입니다."

"석선생, 이런 말 물어도 될는지 모르나 듣는 이가 없기에…… 참답게 사는 길은 광복운동도 해당됩니까?"

"조선인들이 참답게 살려 할 때 그 앞길에 일본이 가시덤불을 놓는다면 그걸 치워야겠지요."

석주율은 훈장어른이나 선생 호칭을 듣기가 거북해 예전대로 석군 또는 석씨라 불러주기를 청했으나 그의 말은 별 실효성이 없었다. 그는 호칭의 부담도 줄일 겸, 대원들을 위해 무엇인가 보람 있는 일을 해보려고 마음먹었다. 그 일이란 취침 전 밤 아홉시 삼십분부터 한 시간 동안 단음 창가 및 수신 학습시간에서 20분 정도를 할애받아 대원들에게 조선글을 가르쳐보자는 계획이었다.

충성대 대원들의 태반이 제 이름자도 쓸 줄 모르는 까막눈이었다. 더욱 보통학교 교육을 받은 몇 대원은 타대로 전출갔기에 무학자만 남아 있었다. 그러므로 대원들에게 조선글을 가르치겠다는 자기 계획을 본부측이 굳이 반대할 것 같지 않았다. 석주율은 엔도 서기를 만나면 그 문제를 상의해보려 했으나 좀체 그가 숙소로 얼굴을 내밀지 않았다. 목도질할 때 시찰 나온 총대와 부총대를 보기도 하고 눈길까지 마주쳤으나, 울력 중이라 그런 말을 꺼낼 분위기가 아니었다.

열흘을 넘기자 석주율은 본부 사무소로 엔도를 직접 찾아갔다. 목도 일 마치고 돌아왔을 때 사무소 창문에 불빛이 비쳤기에 엔도가 있겠거니 싶었다. 사무소 문을 열자 엔도가 신문을 뒤적거리다 주율을 맞았다.

"그동안 못 만났으나 소식은 늘 듣고 있습니다. 이제 훈장어른으로 통한다면서요?"

"그동안 안녕하셨습니까." 석주율이 머리를 싸맨 수건을 풀곤 엔도 옆 의자에 앉았다.

"숙소 아녀자들과 마방 봉서방이 더러 석상 이야기를 하지요. 특히 봉순네가 지금도 섭섭해한답니다. 참, 세탁해놓은 옷가지를 전해줘야 한다던데 가져왔습디까?"

엔도가 봉순네 말을 꺼내자 석주율은 가슴이 뜨끔했다. 옷이라면 엔도 편에 보내도 될 텐데 만나서 전하겠다는 이유는 알 수 없었다. 그러나 엔도 표정으로 보아 자신과 봉순네의 그 사단은 알고 있는 것 같지 않았다. 그날 밤 건초장 뒤에서의 그 일을 박홍주가 엿보았다면 소문이 났을 텐데 공연히 그를 의심하고 떠났음이 마음에 걸렸다.

"찾아온 목적은 다름이 아니라……" 석주율은 자신의 계획을 밝혔다.

"석상이 별 탈없이 목도질하고 있어 총대님과 부총대님도 석상에 대해 마음놓고 있는데, 또 무슨 새로운 청을 넣겠다는 겁니까? 너그러운 마음으로 죄를 사면해준 총대님의 마음을 생각한다면 새삼 그런 건의로 또 불씨를 제공해서야 되겠습니까." 엔도가 시무룩한 표정으로 말했다.

"대원들에게 글 깨치게 해준다는 건 별 염려할 일이 아니잖습니까. 그것도 저녁 시간 이십 분 정도를 할애하면 될 텐데요. 조선글 가르칠 때, 내용에 불온한 말이 있냐 없냐는, 독찰대원이 수업에 참관해도 무방합니다. 또한 총대님 말씀으로는 대원 중 정보를 제공하는 자가 있다니 이튿날 보고가 들어갈 테고……"

"석상은 매사가 너무 이상적이오. 여긴 글방이 아니라 산판이오. 시간이야 석상 말대로 쪼갤 수 있겠지요. 그러나 어린애도 아닌 나잇살 먹은 죄수들과 무지렁이 농투성이들한테 글 가르쳐 뭘 어쩌겠다는 겁니까? 녹슨 머릿속에 문자 집어넣어주면 저치들 면서기라도 될 것 같아요? 그런 잡념은 목도 일에도 지장이 있어요. 그저 소처럼 열심히 일하면 저들도 속 편할 텐데, 왜 머리까지 쓰게 하려 해요?"

"제 생각이 이상적이 아니라, 엔도 서기 생각이 단견입니다. 물론 나이 들어 글을 익힌다는 게 소년처럼 머릿속에 잘 들어가진 않겠지만, 배움에는 남녀와 노소가 없습니다. 모름지기 사람은 배워야 지혜를 얻을 수 있습니다. 지혜란 자신의 존재와 위치를 깨닫게 하고 살아갈 길에 광명을 예시해줍니다. 불교에서도 지혜는 미혹(迷惑)을 절멸하고 보리(菩提)를 성취하는 힘이라 했습니다." 석주율은 자기 말이 너무 지나치다는 생각이 들었다. 지혜란 말을 꺼내다 보니 강론이 되고 말았다. 현실을 외면하고 관념에 치우친 이상적인 지껄임이라 면박 받기 알맞다 싶었으나 솔직한 마음으로 쏟은 말이었다. 아니나 다를까, 엔도 입가에 비웃음이 흘렀다.

"그런 점이 석상을 돋보이게 하는지 모르지만, 딱하기도 해요. 개 이빨에 금박이요, 돼지 목에 목걸이요. 지혜란 깨칠 자나 깨치는 거지 아무나 될성부르오? 아예 그런 생각은 거두시오. 산판 떠나 옥살이 마치고 세상 바람을 마음껏 쐴 때, 석상이 하고 싶은 지혜로운 일을 강구해보오. 그런 말이 총대님이나 부총대님에게는 안 통해요. 내 말 못 믿겠거든 직접 한번 건의를 드려보오."

석주율은 엔도에게 더 말을 건네야 소용이 없음을 알고 사무소에서 물러났다. 엔도가 그렇게 말하더라도 그는 조만간 짬을 내어 총대에게 직접 문맹퇴치 문제를 건의해보기로 마음먹었다.

사흘 뒤, 석주율은 엔도 서기를 통해 시노다 총대 면담을 요청했다. 이튿날, 그는 목도질하고 돌아와 사무소에서 시노다 총대를 만났다. 엔도 서기가 석주율의 조선글 강습 건을 사전 설명해놓아 시노다는 주율의 방문 목적을 알고 있었다. 시노다는 주율의 보충 설명을 대충 듣곤, 옆에 서 있는 엔도 통변을 빌려 세 조목을 들어 불가함을 강조했다. 첫째, 영림청에서는 일절 별도 교육을 실시하지 않는다. 전례도 없을뿐더러 그런 규칙도 없다. 이 점은 총독부가 제정한 조선교육령에도 위배된다. 교육에 관한 칙령에는, 총독부 허가 없이 어떤 교육장도 개설할 수 없다. 물론 교재와 교사도 당국의 인정을 필해야 한다. 그러므로 영림청 현장지소에서 교육을 실시함은 문책당하게 된다. 둘째, 사사로이 몇십 분 동안 문자 익히기 학습장을 개설한다 해도 석상은 죄수 몸으로 근로 복역을 하고 있으므로 교사 자격이 없다. 다중 앞에서 교육을 목적으로 어떠한 발언도 용인될 수 없고 이는 행형 규칙 위반이다. 셋째, 오후 아홉시 삼십분부터 한 시간 동안 실시하는 '창가와 수신'은 다음과 같은 분명한 목적이 있다. 황실에 대한 숭경(崇敬), 일본 국민으로서의 품성, 근로 의욕의 고취를 통해 국가에 봉사하는 충량한 신민을 만드는 데 일익을 담당하고 있다. 조선 전역의 학교, 공공단체, 사업장, 회단, 농어민 집회에서도 실시되는 의식이므로 그 시간을 타의 목적으로 활용할 수 없다. 물론 감옥에서도 그 의식은 실시되고 있음을 잘 알 것이다.

"석상이 충성대 대원들에게 국어(일본어)를 가르치겠다고 해도 나는 이를 허락할 수 없다. 그 이유는 영림청 조례에 그런 규정이 없고, 내게 권한이 없기 때문이다. 내 말을 알아듣겠는가?" 시노다 총대가 미소 띠며 부드럽게 말했다.

석주율은 그 말에 어떤 대꾸도 할 수 없었다. 내가 조선인이요, 죄수라는 자각만이 선지피가 되어 가슴을 붉게 물들였다. 작업장에서나 숙소에서 늘 머리 맞대는 3분 대원들에게라도 틈틈이 그 일을 시작해보리라. 그는 고개를 꺾으며 그런 소망을 품었다.

"총대님 말씀 하신 뜻을 잘 알겠습니다." 석주율은 돌려주려 가져왔던 『모토오리 노리나가 전기』를, 열심히 읽었다며 시노다 총대에게 넘겼다.

"석상이 모범적으로 일하고 있다는 전언을 들었어. 이번 건의를 들어줄 수 없으나 석상 마음은 이해하겠어." 책을 받은 시노다가 석주율 어깨에 손을 얹고 격려했다.

*

5월로 접어들자 맑은 날이 계속되었다. 산속에도 봄이 한가운데로 들어와 있었다. 목도질할 때는 솜옷이 부담스러웠다. 때에 절고 해지고 불에 그슬린 누더기 겨울옷을 세탁하려, 어느 날 오전 일과로 작업을 마치고 충성대 대원은 모두 숙소로 돌아왔다. 오후 들자 독찰대원들 인솔로 대원들이 병오천으로 나갔다. 때아니게 빨래방망이질 소리가 병오천 골짜기를 흔들었다. 대원 중에는 머리만 감는 게 아니라 아직 손 시린 물에 옷 벗고 들어가 때를 씻기도 했다.

빨래를 마치고 돌아온 대원들이 갈무리했던 새 봄옷을 입으니 때깔과 행색이 한결 멀끔했다. 조별로 이발도 실시되었고 저녁밥 먹을 동안 휴식이 주어졌다.

석주율은 휴식시간 동안 숙소 뒤 상수리나무 그늘에 앉아 두옹의 『인생론』을 읽었다. 세번째 독파였는데, '지혜와 행복의 장' 중

다음 구절에 감명받아 되풀이 읽었다.

　'자기 생활을 남에게 바칠 수 있기 위해서는 우선 자신의 동물적 욕망, 즉 개인의 행복을 충족키 위해 타인으로부터 빼앗은 것을 버려야 한다. 다음, 그는 더 어려운 일을 실행해야 한다. 즉 타인들 중 누구를 위해 자신의 생활을 바쳐야 하느냐를 결정하는 문제다. 그는 타인을 사랑하기 위해서 자신의 동물적인 개인의 행복을 버리고, 타인의 행복을 위해 그를 미워하지 말아야 하며, 타인을 불행하게 만드는 행위를 해서는 안 된다.'

　'그는 지금 눈앞에 있는 가장 가까운 사람을 위해 자신을 바치고 희생하는 일부터 실천해야 한다.'

　'벗을 위하여 자신의 목숨을 버리는 사랑보다 더 큰 사랑은 없다. 사랑은 자기 희생일 경우에 비로소 진정한 사랑의 실현이다. 사랑하는 자나 이웃을 위해 자신의 시간과 힘은 물론 육체를 내던져 목숨을 바칠 때, 우리들은 이것만이 사랑이라고 시인할 수 있고, 이런 사랑의 실천을 통해 값어치와 행복을 발견하게 되는 것이다. 인간 사회에 이런 사랑이 있음으로써 세계의 평화가 성립된다.'

　평범한 진리를 설파한 두옹의 이런 교훈담은 야소교 성경의 골격을 이루는 '타인을 위한 조건 없는 사랑의 실천'에 기저를 두고 있었다. 그 교훈담대로, 세상이 아무리 사악해도 타인을 사랑하는 마음이 인간들 사이에 교류됨으로써 인류는 평화로운 공동 삶의 터전을 마련해온 것이리라.

석주율은 고락을 함께하는 충성대 대원들을 위해 무슨 일을 더 해야 하나 하고 생각에 잠겼다. 푸른 하늘에 종다리 몇 마리가 날며 지지배배 울었다. 그는 종다리들의 희롱질을 물끄러미 바라보았다.

"석선생!" 털보 김웅태가 주율을 찾았다. "정문으로 가봐요. 독찰대원 오소리가 석선생을 찾아요. 정문 초소에 여자 치마가 보이던데 면회 온 여자가 아닌지 모르겠구려."

석주율이 정문 초소로 내려갔다. 그는 면회 온 여자가 누구인지 짐작했다. 행복한 생각에 잠겼던 조금 전과 달리 그의 마음에 먹장구름이 일었다. 그는 마방 일을 할 때만도 봉순네를 평생 잊어서는 안 될 은인이라 생각했다. 그런데 언제부터인가 봉순네를 생각하면 그네가 죄의 화신, 정욕의 고깃덩어리로 떠올랐다. 봉순네와 관계를 가진 뒤 마방을 떠나 목도질에 나선 이후 한동안 그네를 생각하면 죄책감으로 마음이 괴로웠다. 그네의 맑은 목소리와 구김살 없던 명랑한 모습은 사라지고 죄를 잉태하는 육체로만 떠올랐다. 그네와의 관계를 죄로 규정한다면 그 죄는 공동으로 저질렀기에 자기 책임도 컸다. 그럼에도 책임을 봉순네한테 전가함으로써 그네는 의식 속에 육체로만 남은 셈이었다.

나는 그 여인을 왜 예전처럼 마음씨 곱고 상냥한 여인으로 상상할 수 없게 되었나? 나 또한 추한 모습일진대 왜 그네만의 허물을 따져 그렇게 생각하게 되었나? 이 점이야말로 동물적인 이기심이 아닌가. 추한 나를 감추려는 허위 의식으로 어떻게 이웃을 사랑할 수 있느냐. 내가 봉순네를 예전처럼 은인으로 생각하기 전까지, 나는 이웃을 사랑할 자격이 없다. 먼저 동물적 이기심부터 씻어내야 하리라. 석주율은 무거운 발걸음을 옮기며 자신을 꾸짖었다. 그 반성 자체가 마음을 괴롭혔다. 사람은 누구나 괴로워할 때 괴로움을 주는 대상으로부터 도망치거나 해방되고 싶어한다. 도망치지 않거나 해방되려면 괴로움의 대상을 기쁨, 행복, 사랑의 대상으로 바꾸어야 한다. 그래야만 괴로운 대상과의 만남이 소중한 기쁨이 될 수 있다. 그러나 범인으로서는 마음 작용이 여반장처럼 쉬 바뀌지 않는다. 왼쪽 뺨을 때리거든 오른쪽 뺨을 내주고 원수까지 사랑하라고 가르친 야소나 전도여행을 떠난 푸라냐 같은 성자라야 그럴 수 있다. 그는 봉순네를 기쁨의 대상으로 변모시킬 수 없었다. 그래서 괴로움을 주는 대상을 향해 괴로운 마음을 안고 걸었다.

봉순네는 통나무집 초소 안 의자에 앉아 있다 석주율이 들어서자 일어섰다.

"절에서 내려온 스님 같군요." 봉순네가 이발해 알머리 된 주율을 보며 말했다. 당목 흰 저고리에 검정 치마를 입었고 연지 바른 얼굴색이 고왔다.

그새 평강하셨냐며 석주율이 목례했다. 말길을 못 찾아 잠시 서먹한 시간이 지나자, 초소 경비원인 일본인 이등졸이 자리를 피해 주었다.

"지난번에 맡았던 솜옷을 손질해 가져왔어요. 진작 온다는 게, 봄살이와 여름살이 한 벌씩 장만하느라 늦었어요."

옷보퉁이를 받으며 석주율은 고맙다는 말도 못했다. 괴로움의 덩어리인 양 부담감을 떠안는 느낌이었다.

"일에 재미 붙였어요? 고되지는 않구? 소식은 엔도 서기 편에 더러 듣지만……"

"잘 지냅니다. 이렇게 마음을 써주시니 무어라 말해야 할지……" 석주율이 어물거렸다. 괴로움이 마음속에 남았을망정 이 여인을 죄인시하거나 원망해서는 안 된다. 기피해야 할 어떤 이유도 없다. 그네가 자기 몸을 탐했음은 간절한 사랑의 표현이지 정욕의 화신이라 능멸할 수 없다고 생각하며 주율은 고개 들고 그네를 보았다. 봉순네가 정인을 보듯 정이 밴 눈으로 말끄러미 건너다보고 있었다.

"이 골짜기를 떠나기로 했어요." 봉순네가 나직이 말했다.

"환고향하시렵니까?" 석주율은 그런 생각을 말아야 함에도, 괴로움의 대상이 사라진다니 앓던 이가 빠진 듯한 후련함이 마음 한 귀퉁이를 밝혔다.

"내쫓겼지만…… 시댁으로 다시 돌아갈래요. 시댁에서 받아주지 않더라도 서방 거처하는 뒷산 움집 옆에 나도 움집 엮고 병든 서방을 수발하겠어요. 석총각이 마방을 떠난 후 여러 날 생각하다 마음 결정을 보았어요."

"저간의 사정을 알지 못하지만, 결정 잘하셨습니다."

"이 모두 석총각 덕분이에요."

"과분한 말씀이십니다."

석주율은 봉순네에게 환고향을 권유했던 적이 없었다. 무슨 사연으로 시댁에서 쫓겨났는지, 서방이 무슨 병으로 산속에서 움집

살이를 하는지 그는 알지 못했고, 알려고 하지 않았다. 그 사연을 귀띔해주는 사람도 없었다.

"석총각 옷을 마름질하며, 편한 마방살이를 팽개치고 병대에 갇힌 대원을 구하겠다고 나섰다 산송장이 되어 마방으로 돌아왔을 때나, 계속 마방에 눌러 있으면 일신이 편할 텐데 왜 부득부득 목도질에 나섰냐를 따져보다, 홀연히 그런 마음이 들었지 뭐예요. 일신의 안존을 따지지 않고 저렇게 나서는데, 병든 서방과 어린 자식을 놔두고 내 일신 편하다고 여기에 주저앉아 있는 나야말로 천벌 받아 마땅하다고……" 봉순네 목소리가 울음에 잠겨들어 더 말을 잇지 못했다.

"봉순이 아버지는 무슨 병으로 고생하십니까?"

"말씀드리기 뭣하지만, 풍병(風病)으로…… 남 앞에 나서지 못할 정도로 얼굴이며 손발이 흉측하게……"

문둥병이란 말에 석주율은 놀랐다. 서방과 한방 썼던 봉순네도 그 병에 옮지 않았을까란 생각이 설핏 스쳤다. 봉순네 경우 아직 겉으로 나타나지 않았지만 그 병균을 몸에 지녔는지도 몰랐다. 그런 여자와 살을 섞었다면 자신 역시 병을 옮아 받았을는지 알 수 없었다. 그래서 그네와 관계가 있고 며칠 동안 오줌줄이 쑤시고 샅이 축축했을까.

"어떻게 그런 병을…… 혼례 올릴 때는 그렇지 않았을 게 아닙니까?" 질린 얼굴로 석주율이 물었다.

"멀쩡했지요. 봉순이가 태어나고 이듬해부터 눈썹이 빠지고 얼굴에 종기가 생기더니 병이 점점 심해져…… 시댁에서는 며느리

잘못 봐서 자식이 천벌 받았다며…… 구박 끝에 친정으로 쫓겨났지요." 봉순네 울음이 절절해졌다.

석주율은 어떡하다 이런 여자와 한순간을 가졌던가 하는 후회가 마음을 저몄다. 그네에게 어떤 말도 할 수 없었고 줄행랑치고 싶은 마음뿐이었다. 저는 그만 물러가겠습니다, 하는 말이 입속에 맴돌아 그는 옷 보퉁이 매듭을 쥐었다. 보퉁이마저 그네에게 돌려주고 싶었으나 그렇게까지 박절하게 헤어지기가 미안했다.

"시댁으로 가겠어요. 가서 서방을 돌보겠어요. 시댁으로부터 어떤 구박을 받더라도 참겠어요. 내가 천벌 받아 그 병에 걸리더라도 마다하지 않고 서방과 함께 살다 죽겠어요. 석총각이 굶어 죽고 얼어죽기를 각오하고, 한데서 참선했던 그런 마음이라면 어떤 지옥살이인들 참아낼 수 있어요."

순간 석주율은 그네 표정에서 서릿발을 보았다. 아니, 그 어떤 광채가 그 얼굴에 어리고 있었다. 한순간에 그네는 몹쓸 병균을 몸에 지닌 여인이 아니었다. 가련해 보이지도 않았고 색탐에 밝은 음녀도 아니었다. 순간적인 마음의 변화가 주율에게 충격을 주었다. 그는 그네의 손을 잡았다.

"장한 생각이십니다. 하늘이 아주머니에게 큰복을 내리실 겁니다. 그런 결심은 누구나 엄두 낼 일이 아닙니다."

"석총각, 나를 고깝게 생각 마세요. 그날 밤, 내가 왜 석총각같이 음전한 분한테 그런 짓을 했는지 알 수 없어요. 그땐 내 정신이 아니고 미쳤나봐요. 내일이면 마방을 떠난다기에…… 돌아와 후회해본들…… 부디 너그럽게 용서해주세요. 이제 떠나면 다시 뵙지 못할 거여요."

봉순네가 의자에서 일어섰다. 눈물을 손등으로 훔치고 그네는 초소를 빠져나갔다. 석주율은 얼이 빠져 떠나는 그네에게 인사말도 못했다.

석주율이 숙소로 돌아오자 대원들은 모처럼 반공일을 맞아 침상에 누워 밀린 잠을 자는 이가 많았다. 주율도 자기 자리에 다리 뻗고 누워 팔베개를 벴다. 조금 전 봉순네를 만났을 때 그네가 했던 말이 지난번 관계 뒤가 그랬듯, 이번도 꿈속 일인 듯했다. 무엇에 홀렸다 깨어난 느낌이었고, 문둥병에 걸린 서방을 둔 여인과 부정한 짓을 저질렀다는 자기 혐오감이 다시 엄습해왔다. 자신도 조만간 문둥병에 걸려 저주를 받게 될 것이란 두려움이 업보(業報)처럼 마음을 채웠다.

그날부터 석주율에게는 목도질보다 마음이 더 괴로운 나날이었다. 육신의 한 부분이 그의 마음에 끊임없이 고통을 주어 여러 차례 성기를 잘라버리고 싶은 충동에 사로잡혔다. 내시가 되면 욕망이 불러일으키는 죄를 다시 범하지 않을 것이다. 성의 욕구가 원천 봉쇄됨으로써 억제에 따른 인내의 괴로움도 사라질 터였다. 그러나 선문에서는 일체의 욕망을 제어하기 위한 수양을 게을리하지 않지만 그런 극단적인 방법을 사용하라는 가르침은 없었다. 석존 이후 불교가 전파된 나라마다 많은 고승대덕이 났으나 그 방법으로 득도(得道)한 자는 없었다. 그가 읽은 성경에도 야소가 음란을 큰 죄로 말씀했으나 성기를 거세해 죄의 원인을 단속하라는 말은 없었다. 남자의 생식기는 자손을 번성케 하는 육신의 중요한 부분이므로 거세란 곧 인류의 멸망을 뜻하기에 그런 권유가 있을 성싶지가 않았다. 목사는 결혼하고 신부는 결혼하지 않으나 신부 역시 성기를 거세해 욕망을 억제하지는 않는다. 유교 경전은 부모로부터 물려받은 육신이라 하여 터럭조차 함부로 자르기를 조심했기에 을미년 단발령(斷髮令) 때 유생의 반발이 극심했던 것이다. 그렇다면 욕망의 분출은 정신력으로 다스려야 함이 마땅했다. 그래서 참대 같은 정신력의 단련 방법으로 참선의 고행과, 끊임없는 기도와, 학문을 통한 인격 도야가 있을 터였다.

사지에서 기진맥진 빠져나오듯 5월 중순에 접어들 때쯤 석주율은 번민에서 풀려났다. 죄에 따른 벌을 받아 마땅하다고 인정하자, 떠오르는 봉순네의 모습이 두렵지 않았다. 앞으로 살아갈 길이 첩첩산중인 가련한 한 여인의 모습으로 떠올랐다. 그때까지 그의 육신에는 아무런 변화가 없었지만 문둥병 증상이 피부를 뒤틀며 나타나더라도 인과(因果)를 받아들이기로 마음먹자, 마음에 평안이 깃들었다. 앞으로는 어떤 유혹이 있더라도 그런 죄만은 다시 짓지 않기로 하루에도 몇 차례씩 맹세했다. 만약 목도질을 하지 않았다면 맹세의 확인을 위해 백일 금식 참선이라도 했을 터였다. 그런 괴로움의 긴 시간을 헤쳐 나올 동안 그는 남에게 웃는 모습을 보일 수 없었고 말을 잃었다. 대원들에게 글을 가르치려는 계획도 자연 취소되고 말았다.

*

　계획된 5월 말로 첫 집목장 병오 마을까지 벌채한 원목 운송을 마치자, 이제부터 낙동강 본류와 합쳐지는 석포리 들입 팔각정까지 운목이 시작되었다. 20리 채 못 되는 거리로, 거기서부터는 병오천 계곡을 빠져 길이 평평했고 달구지가 다닐 신작로가 개설되어 있었다. 그러나 동원되는 마소가 한정되어 역시 사람의 목도질에 의한 운목에 대부분을 의존했다.

　그동안 벌채했던 산판은 달랐으나 병오 마을 집목장에 충성대는 물론 황민대, 아카마루대가 모여들어, 뜸마을인 몇 채의 화전촌은 장시(場市)를 이루었다. 각 대 십장과 기간요원들, 병정들, 마소까지 뒤섞여 북적대는 아침 나절에 각대 대원이 목도질에 나설 때면, 병오 마을 일대는 난장처럼 시끌벅적했다. 고함과 목도 노래와 마소 울음이 골짜기를 메웠다. 그렇게 되자 파리떼 꾀듯 그들을 상대하는 장사치가 운집했다. 병오 마을에는 포장막이 여러 채 생겨 밤이면 술상을 두드리는 노랫가락이 왁자했다. 트레머리에 입술 붉게 칠한 작부들이 산판에서 흘러나오는 지전을 챙겼다. 대체로 가까운 연화광산, 장성광산에 진을 친 화류장이 한철 장사를 노리고 몰려들었던 것이다. 병오 마을에서 병오천이 낙동강과 합류하는 팔각정까지 늘어진 20리 길가에는 달구지가 비켜가거나 목도꾼이 쉴 만한 빈터마다 장사치가 진을 치고 앉아 호객했다. 들병이, 떡장수, 엿장수, 실과장수, 장갑이나 수건 따위를 파는 잡화장수들이었다.

"산판 떠나니 이제야 인간세상으로 나온 듯하군." "치마만 둘렀다 하면 할망구 엉덩짝만 봐도 좆뿌리가 근질근질하구먼." "달포 지나면 이 생활도 끝장이야. 그때 가서야 면회가 있을런가?" 목도질하며 충성대 대원들이 히히덕거리는 말이었다. 장사치들이 길가에 좌판을 벌이고 있었지만 충성대 대원들에게는 그야말로 그림의 떡이었다. 수인들이 대부분이라 춤지가 비었던 것이다. 그러나 기간요원과 다른 대 대원들은 월급을 받는데다 한 달에 한 번씩 가족 면회가 있어, 떡이나 엿을 사서 품속에 여투었다.

병오천 가장자리 비탈 밭에 보리가 누렇게 익어가는 망종 절기에 접어들자 해 시간이 한껏 길어지고, 낮더위가 쩌와 초여름 날씨가 완연했다. 대원들이 저고리 벗고 알몸으로 목도질해도 땀이 고랑을 파며 흘렀다. 제대로 먹지 못하다 보니 목도꾼 윗몸은 하나같이 갈비뼈가 오종종했다.

뜨물 동이 호박씨 날 듯 / 여차하니 여차 / 빨랫줄에 제비 놀 듯 / 여차하니 여차 / 물댄 논에 개구리 놀 듯 / 여차하니 여차 / 어화둥실 잘도 논다 / 여차하니 여차 / 창포밭에 불나비 날 듯 / 여차하니 여차 / 둥실둥실 잘도 논다 / 여차하니 여차……

「목도 소리」도 오뉴월 엿가락이듯 진이 빠졌다.

목도질이 6월 초순을 넘기자 막바지에 이르렀다. 병오 마을에서 팔각정까지의 운목이 끝날 즈음, 충성대는 해단식을 앞두고 봉화 영림창에서 가족면회가 있었다. 지난번처럼 대원들이 본가에 편지를 띄워 날짜 잡아, 날짜에 맞추어 조별로 면회 장소로 나갔다. 지난번에는 탈주자가 둘 있었기에 인솔에는 무장한 병정 여럿이 따랐다.

석주율은 편지 대필만 서른 통 넘게 해주었으나 자신은 편지를 내지 않았다. 어느 누가 면회를 온다 해도 만날 마음이 없었다. 부실한 대원들의 일을 두남들고, 점심끼니를 굶으며 감자 세 알을 남에게 주는 선심은 여전했으나, 그는 말을 잃었다. 봉순네가 떠난 뒤 그는 스스로 마음과 몸을 담금질하며 인종의 나날에 순종했던 것이다. 엔도 서기가 몇 차례 숙소에 들렀으나 표정 없는 얼굴에 꿀 먹은 벙어리 같은 주율을 대하곤 그 역시 여러 말을 물을 수 없었다. 엔도는 석주율이 변했음을 알았고 무슨 결심인가 뭉치고 있는 그의 모습에 주눅이 들었다.

낙동강 원류 팔각정에서부터 적심을 이용한 운목이었다. 원목을 물길 흐름에 맡겨 떠내려보내어선 안동 도산서원 어름의 집목장에서 거두어 떼를 짜게 되어 있었다. 그러므로 목도질이 필요 없기에 충성대도 해산을 맞게 되어, 대원들은 부산감옥이나 대구감옥으로 다시 이송되었다. 타대로 전출갔던 충성대 대원들도 복귀해서 감옥으로 이송되는 수인들과 합류했다. 이제 적심과 떼를 짤 요원 스무 명 정도만 남게 되었는데, 그들은 모두 몸집이 크고 건장한 젊은이들이었다. 문명수는 황민대로 돌아갔다. 석주율은 물론, 원대복귀된 김복남도 남는 무리에 끼었다. 김복남은 덩치 큰 장골이었다.

"짝눈도 복귀해서 떠났는데 석선생이 남게 되었구려. 우리가 끝

218

까지 함께 있게 되다니." 김복남이 석주율 손을 잡고 반가워했다.

스무 명을 남기고 모두 봉화군 소천면 산채를 떠날 때, 한바탕 석별의 울음판이 벌어졌다.

"태백산아, 청옥산아, 잘 있거라. 피땀으로 보낸 한세월아, 나는 떠난다." "죽었다 환생한대두 산판살이는 안할 테다. 그러나 정든 병오천아, 소나무야, 너를 두고 가막소로 또 어이 갈꼬." 충성대 대원들이 단봇짐을 싸들고 숙소를 나서며 한마디씩 회한에 찬 소리를 읊조렸다.

"석선생을 통해 배우고 깨친 바 많았습니다. 부산감옥에서나 다시 뵙겠군요." "석선생, 부디 건강하시오." 떠나는 대원들은 석주율 손을 잡고 울먹였다. 이제 봉화 영림청 소천면 현장 숙소를 떠나기는 잔류한 대원들도 마찬가지였다. 그들은 팔각정에서 적심으로 대엿새를 보내고, 안동으로 내려가 떼를 짜는 데 동원될 터였다.

충성대 해단식이 있고 대원들이 모두 떠난 이튿날, 잔류한 스무 명도 짐을 쌌다. 식량이며 된장 따위의 부식, 솥이며 냄비도 꾸렸다. 분대장 넷과 일본인 조장 둘도 그들과 합류했다. 그러나 총대, 부총대, 엔도 서기, 조장, 분대장들은 봉화 영림청으로 원대복귀되었다. 그들은 영림청으로 돌아갔다 안동 집목장에서 다시 합류하기로 되어 있었다.

"그동안 엔도 서기 배려로 힘입은 바 컸습니다." 대엿새 뒤 안동 집목장에서 다시 만나겠지만 석주율은 엔도 서기와 작별인사를 했다.

"내가 석상으로부터 배운 바 많았어요. 앞으로는 일도 고되잖고 시간적 여유도 많을 겝니다."

"그래서 부탁이 있는데……" 엔도가 무슨 부탁이냐고 물었다. "총대님 숙소의 책 몇 권을 빌렸으면 합니다."

"책 이름을 알고 있나요?"

"『명치유신사(明治維新史)』『일선관계연구사(日鮮關係硏究史)』, 그리고 구라파 책 역판 같던데 『농업문제(農業問題)』란 책이 마루 서가에 꽂혀 있더군요."

"총대님께 말씀드려보겠어요. 지난번 방문 때 책을 가져가서 읽어도 좋다 했으니 허락하실 겝니다." 엔도가 약속했다.

병오천이 낙동강과 합류하는 지점에 작은 돌산이 독메로 솟았고, 돌산 중턱에 휘어진 노송을 병풍 삼아 운치도 좋게 정자가 낙동강 물살을 굽어보며 앉아 있었다. 한 시절 풍류를 즐기던 선비들 시회(詩會)가 벌어졌음직한 팔각정자였다. 그러나 지금은 정자도 퇴락해 구겨진 망건처럼 초라한 모습이었다. 돌산 기슭에 뜸마을 예닐곱 가구가 동아리 틀었는데, 마을 이름은 없었고 그냥 팔각정이라 불렀다.

팔각정 넓은 모래펄에는 그동안 운반해놓은 원목들이 작은 동산을 이루어 쌓여 있었다. 충성대 몫만 아닌, 황민대, 아카마루대 원목 또한 따로 동아리를 이루었고 그쪽도 대원들이 북적댔다.

조장 둘은 팔각정 뜸마을에 방을 한 칸 빌려 밥을 부쳐먹게 되었다. 가구수가 적은 마을이라 그들은 다른 대 조장들과 합숙했다. 대원들과 분대장들은 임시로 기거할 움집부터 지었다. 바람막이 방죽 아랫녘에 가마니로 벽을 치고 이슬을 피할 수 있게 천장을 광목포장으로 덮은 움막 두 동이었다. 다른 대 대원들 역시 그런 움집을 세우다 보니, 병오 마을 어름에 진을 쳤던 들병이와 장사치들이 이제 팔각정으로 이동해 와 난전을 벌였다.

충성대 대원들은 한데에 솥을 걸어 저녁밥을 지어먹었다. 뜸마을에서 소채를 구해 오고 장아찌도 얻어와, 장국에 반찬이 그럴싸했다. 이제부터 조회와 석회가 없고 창가와 수신 시간도 없으니 대원들은 놓아 먹이는 망아지처럼 운신이 홀가분했다.

저녁밥을 먹고 나자 모두 강변 모래펄에 모닥불 피워놓고 둘러앉아 한담했다. 분대장들이 추렴해 막걸리 다섯 되를 사서 술까지 마셨다. 그동안 벌채와 운목에 따른 고생담이 오고갔다. 과로와 질병으로 숨진 자, 재판소로 넘어간 자, 몸을 다쳐 일을 못하게 되자 산판을 떠난 자들을 두고 팔자타령 넋두리가 취기를 돋우었다. 타대에서도 술 취한 노랫가락이 강바람에 실려 퍼져나갔다. 암묵색 넓은 하늘에는 눈썹 같은 초승달이 기우뚱 걸렸고 별무리가 사금파리를 뿌린 듯 촘촘히 박혀 있었다. 어둠 속에 강물은 소리 죽여 흘렀다. 강 건너 서 있는 미루나무가 희미한 자태를 드러냈다. 바람에 실려 밤꽃 향기가 은은하게 묻어왔다. 물총새인가, 강 쪽 갈대숲에서 밤새 울음소리가 들렸다.

석주율은 모닥불 주위에 둘러앉은 대원의 한담을 들으며 어두운 강물을 바라보았다. 태곳적부터 흘러내린 강물과 강 주변 산천은 의구하건만 나라가 일어서고 엎어지는 세상사의 변혁이며, 죽고 새로 태어나는 인간사의 운명이 무엇인지 그는 막연한 상념을 흐르는 강물처럼 풀어놓고 있었다. 강물 또한 그랬다. 흘러간 물은 다시 돌아올 수 없었다. 늘 새로운 물이 앞서가는 물을 밀며 흘러내렸다. 세월 또한 늘 새롭게 변하고, 자신 또한 그런 변화의 물결에 실려 흘러가는 셈이었다. 첩첩산중에만 박혔다 넓은 터전으로 나와 마음이 트여서인지, 바깥세상이 어떻게 돌아가는지 궁금하기도 했다. 봉화 영림청으로 면회를 다녀온 대원을 통해 들은 말로는 세상도 제법 변해 여러 지방에 조선인 교육을 위한 고등보통학교가 인가되었다 했다. 반도 식민지정책을 총칼로 무자비하게 억누름이 한계에 봉착했다는 증거이리라. 만세 운동을 통한 희생의 대가로 조선인이 그나마 숨통을 조금 틔운 셈이었다. 갓골 글방은 이희덕 혼자 힘으로 운영하는지, 석송농장 식구는 어떻게 사는지, 개간사업은 진척이 있는지, 아직 옥에 계신 스승님은 평강하신지, 아니면 정말 감옥에서 탈출했는지, 언양 고하골 아버님 조석이며 입성은 어떻게 해결하시는지, 여러 소식이 궁금했다. 봉순네는 시가로 돌아가 병든 서방 수발 잘하는지, 그네의 눈물 글썽한 눈이 어둠 속에 불꽃처럼 피어났다.

"자넨 영 안 마시고 식초를 만들 참인가? 잔은 돌려야 될 게 아닌가." 황차득이 석주율을 꾸짖었다.

생각에 잠겼던 석주율이 술은 사양하겠다며 술사발을 옆 대원에게 넘겼다. 봉순네와 사단이 있은 뒤 그는 단주를 결심했던 것이다. 봉순네와 성합에 따른 후회막급함에는 취기에도 원인이 있었기에 그는 평생 술을 입에 대지 않기로 했다가 그런 결심 또한 부득이한 경우 무너질 수도 있기에 가능한 술은 멀리하기로 마음을 바꾸었다. 내시가 되지 않고도 성적 욕망을 이겨내야 하는 수양처럼, 술을 마시고도 그런 사태에 무너지지 않아야 했다.

그날 밤, 대원과 분대장들은 두 채 움막에서 잠을 잤다.

"복남 형은 조선글을 읽을 줄 압니까?" 잠자리에 들어 석주율이 옆에 누운 김복남에게 물었다.

"허허, 대장장이로 잔뼈가 굵어 홀아비 신세도 못 면했는데, 글을 어찌 알겠습니까."

"글을 모르는 대원이 많던데 내일부터 쉬는 짬짬이 제가 글을 가르쳐드리면 어떨까요?"

"우리 같은 말자 인생이 글을 깨쳐 무엇하겠습니까. 석선생, 분대장들도 까막눈이잖아요."

석주율이 여러 말로 왜 글을 배워야 하느냐를 설명했다. 조선글은 진서와 달리 익히기가 쉽다고 구슬렸다. 그 말에 솔깃했던지 다른 대원이 거들고 나섰다.

"돌대가리라 글자가 들어올지 모르지만, 배워서 남 주나요. 석선생께서 가르친담 한번 따라 해봅시다."

"그래요. 우리가 한 달은 함께 지낼 텐데, 열심히 배우면 글을 읽을 수 있습니다. 글 모르는 분대장님들도 찬성할 겝니다. 제가 조장님들에게 허락을 받아내지요."

석주율 말에, 그렇게 해보자고 세 대원이 동의했다.

대원들은 얼얼한 취기로 곧 잠이 들었다. 6월 중순이라 덮개 없이 잠을 자도 추운 줄 몰랐으나 밤이슬이 내리고 낮 열기를 식힌 강변이 서늘해지자 새벽에는 모두 봇짐에 꾸려온 솜옷을 꺼내 껴

입었다.

이튿날, 아침밥을 먹고 나자 봉화 영림청에서 전령이 왔다. 그는 석주율이 엔도 서기에게 부탁했던, 총대 사택 서가에 꽂혔던 책 세 권을 가져왔다. 그의 말로는, 내일로 총대를 비롯한 간부진이 안동 땅으로 떠난다 했다. 도산서원 앞 낙동강 물길을 막는 보(洑) 쌓는 일을 준비한다는 것이다.

일에 나선 대원들은 분대장들의 지시에 따라 '인방망이'로 원목 하나하나마다 표시하는 작업부터 시작했다. 유목민들이 자기 소유 소나 양떼에 낙인을 표시해 임자를 식별하듯, 원목 또한 마찬가지여서 적심에 앞서 인방망이 찍는 작업은 필수적이었다. 인두와 닮은 인방망이는 나무 손잡이에 달린 쇠막대 끝에 직경 5센티미터 안팎의 쇠로 양각된 도장으로, 전체 길이는 40센티미터 정도였다. 인방망이를 불에 달구어 원목 밑둥 잘라낸 부분에 찍었다. 충성대, 황민대, 아카마루대가 한꺼번에 원목을 적심해 하류로 내려보내면 원목이 뒤섞이게 마련이었다. 안동 도산서원 앞 집목장에서 떠내려온 원목을 갈고리로 찍어낼 때 낙인 표지를 보고 소유대(隊)를 구별했다. 다른 대 인방망이 표지는 달랐으나 충성대 낙인은 한문으로 가운데 중(中)자이었다. 인방망이 표시 일은 하루만에 끝냈다.

해가 지기 전 작업을 마치자 석주율은 1조 조장 후쿠지마에게 글을 모르는 대원과 분대장에게 석식 뒤 30분 정도 조선글을 가르치겠다는 허락을 얻었다. 후쿠지마는 오직 글자만 익혀줄 뿐 불온한 어떤 예문도 들어서는 안 된다는 단서를 달았다. 석주율은 기쁜 마음으로 뜸마을로 들어가 붓을 빌리고 창호지 한 장을 얻어 닿소리 14자와 홀소리 10자, 그리고 겹닿소리 5자와 겹홀소리 12 자를 창호지에 썼다. 교본을 만들자, 예전 자신이 처음 글을 배울 때 스승이 만든 교본이 떠올라 그 은덕이 새삼스러워 콧마루가 시큰했다.

저녁밥을 먹고 나자 석주율은 모래펄에 모닥불을 피워놓고 대원과 분대장을 불러모아 본격적으로 글을 가르치기 시작했다. 어둠이 내렸으나 모닥불에 교본 글자가 비쳐져 다행이었다. 나이 든 생도들이 ㄱ, ㄴ, ㄷ, ㄹ…… 이렇게 손가락으로 모래 바닥에 쓰고 지우기를 되풀이했다. 주율의 읽기에 따라 생도가 복창하자, 그 소리를 듣고 타대 대원들이 몰려와 어깨너머로 구경하기도 했다. 더러는 따라 읽으며 모래에 자모 써보는 흉내를 냈다.

"전력이 있나봐. 썩 잘 가르치는데." "저 학식으로 산판에 들어오다니. 배운 바가 아깝군." 구경꾼 중에 이런 말을 주고받는 사람도 있었다.

갓골 글방을 운영하며 남녀노소 가리지 않고 글을 가르쳤던 석주율로서는 말솜씨에 이력이 붙었지만 모처럼 신바람이 나기도 했다. 그래서 30여 분이 아니라 한 시간 학습을 하고서야 수업을 그쳤다.

이튿날부터 적심이 시작되었다. 대원들은 여섯 명씩 두 개 조로 나누어 6목도 목도질로 모래펄에 쌓인 원목을 강심(江深)으로 옮겼다. 모두 웃통을 벗고 아랫도리도 속잠방이 차림으로 일했으나 강바람이 흐르는 땀을 식혀주었다.

태백산 깊은 골에 / 여차하니 여차 / 백수 넘긴 춘양목아 / 여
차하니 여차 / 낙동장강 칠백 리 길 / 여차하니 여차 / 길 나서서
떠나가네 / 여차하니 여차……

양쪽에 셋씩, 여섯이 목도채를 메고 「목도 소리」에 맞추어 원목
을 운반했다. 모래톱을 거쳐 강물에 발목만 적셔도 물이 원목덩이
를 떠받쳐 올렸으므로 산판 비탈이나, 늘어진 20리 길에서 목도
질 할 때보다 적심을 위한 목도질은 그만큼 수월할 수밖에 없었다.
독찰대원들이나 병정 눈치를 보지 않는 점이 편했고, 운반 거리가
짧아 모래펄에서 강까지 쉬어 가지 않아도 되었다. 분대장들도 지
레질로 원목을 모래톱까지 옮기며 일을 도왔다.

"제가 선창 한번 해볼까요?" 석주율이 「목도 소리」 선창을 왜자
기는 홍씨에게 말했다.

"석선생도 그새 「목도 소리」를 익힌 게로군요."

"아닙니다. 글 배우는 데 도움이 될까 해서요."

석주율은 문득 모심기 때 부르는 '국문풀이'가 생각났던 것이다.
자모를 외는 데 도움이 될 터였다.

"어디 한번 해보시구려."

"그럼 시작합니다."

이 나무를 톱질하여 / 여차하니 여차 / 기역자로 기둥 세워 /
여차하니 여차 / 니은자로 들보 삼아 / 여차하니 여차 / 디귿자

로 상량 올려 / 여차하니 여차 / 리을자로 이음 맺어 / 여차하니 여차 / 미음자로 방을 놓고 / 여차하니 여차 / 비읍자로 시렁 올려 / 여차하니 여차 / 시옷자로 맞배지붕 / 여차하니 여차 / 이응자로 우물 파세 / 여차하니 여차.

"더 이상은 모르겠습니다."

"여차하니 여차."

목도꾼들이 소리 내어 웃었고, 그 참 그럴듯한 「목도 소리」라며 석주율의 국문풀이를 두고 칭찬했다. 홍씨는 다시 한번 해보라고 주율을 부추겼다. 그러나 어느새 목도질 운목은 물이 정강이뼈까지 차오르는 데에 이르고 있었다. 목도꾼 여섯은 목도채를 내려 원목을 풀어놓았다. 풍덩, 가라앉던 원목이 물살에 밀려 천천히 움직이기 시작했다. 타대 목도꾼들도 모두 그렇게 원목을 적심하고 있었다. 하류로 유유히 흘러가던 원목은 서로 부딪쳐, 퉁하고 둔중한 소리를 내기도 했다. 그러나 곧 제 갈 길을 열어 사이좋게 흘러갔다.

석주율은 원목이 강물에 실려 유유히 떠내려가는 모양을 보고 있으면, 강이 마치 엄청난 힘을 가진 생명체로 여겨졌다. 물이란 무엇인가. 고정된 형체가 없으므로 그 부드러운 유동체를 어디에 가두기 전에는 낱낱으로 나누어져 공간 속이나 지면 아래로 자취 없이 사라지게 마련이다. 그러나 증기 정도의 작은 알맹이가 모이고 모여 일정한 체적을 형성하면 어느덧 제 무게를 만든다. 그 체적과 무게는 엄청난 힘을 가져 때때로 홍수로 돌변해 전답과 가옥은 물론 동산조차 쓸어 뭉그러뜨린다. 그러나 그 체적이 부드러운 상태로 고요할 때도 쇠붙이나 돌맹이를 제외한, 자기보다 가벼운 물체는 무조건 위로 받쳐 올린다. 쇠붙이와 돌맹이 또한 배처럼 얇게 펼 수 있다면 띄워 올린다. 많은 사람을 실은 철갑선이 가라앉지 않는 이치도 물의 엄청난 무게와 힘 때문이라 할 수 있다. 물은 결코 살아 있는 그 무엇이 아니지만 땅과 달리 끊임없이 움직이기를 좋아하며, 생명체의 사활에 절대적인 영향을 끼친다. 아니, 만약 물이 없다면 이 지상에 살아남을 생명체가 없을 것이다. 수십 수백 개의 원목을 한꺼번에 운반하는 강물을 보며 주율이 물의 생명성과 엄청난 괴력을 실감한 연유가 거기에 있었다.

적심을 위한 목도질이 사흘째 되는 날은 하늘이 어두워지더니 종일 비가 내렸다. 목도꾼들은 장대비를 맞으며 목도질을 했다. 강물이 불어난 만큼 물살의 흐름이 빨라지자 원목들도 그만큼 빠르게 흘러 내려갔다. 비가 온 그날 저녁은 바깥에서 공부할 수 없었기에 움집에서 글방을 열었다. 며칠 사이 생도들이 서른 명 가깝게 불어났으니, 타대 대원도 글을 배우러 몰려왔던 것이다. 그래서 좁은 움집 안은 발 디딜 틈도 없었고, 한데서 도롱이 둘러쓰고 글을 배우는 자도 있었다.

"가갸거겨 고교구규……" 나이 든 생도들의 글 읽는 소리가 빗발이 무색할 정도로 우렁찼다. 그래서 일본인 조장들은 그들의 열성에 놀라기도 했거니와, 혹 무슨 사단이라도 벌어질까봐 자주 수업 현장을 참관했다. 분대장들까지 생도로 참석했고, 가르치는 내용이 온건해 달리 가탈 부릴 건덕지가 없었다. 약속한 30분 시간

엄수를 두고 경고만 내렸다.

석주율이 때아니게 훈장 노릇을 하다 보니 총대로부터 빌려온 세 권 서책은 책장 넘길 �짬이 없었다. 그러나 산판으로 들어오고 난 뒤, 처음으로 하루하루가 보람찬 나날이었다. 모두 한마음으로 열성을 다해, 적심은 예정대로 엿새 만에 끝을 보았다. 이제 움집을 걷고 적심하는 원목을 뒤쫓아 이동해야 했다.

적심을 마친 충성대 요원 스무 명은 낙동강 물길을 따라 내려갔다. 타대 역시 적심을 마치고 충성대에 하루 앞서거나 하루 뒤처져 팔각정을 떠났다.

녹음 짙은 초여름 절기라 강 주위 풍경이 아름다웠다. 통나무가 두둥실 흘러내리는 강물 좌우에는 모래펄과 갈대숲이 펼쳐졌고 해오라기, 물총새, 물떼새, 도요새, 농병아리 따위의 새들이 한가하게 노닐었다. 마을도 촘촘히 나타났다. 팔각정을 지나자 반마장도 못미처 굴티 마을이었다. 호박넝쿨 꼬리치는 담 위로 접시꽃이며 석류꽃이 붉게 피어 있었다. 들에는 모내기철을 코앞에 두고 모판에 달라붙은 농부들이 바쁜 일손을 놀려 모숨모숨 모를 뽑아내고 있었다.

"바다 같은 이 모판이 장기판만큼 남았구나" 하며 모 찌는 노래를 흥얼거리던 병팔이가 타령조로 한마디했다. "저 논에 모를 심어도 뉘 입에 들어갈 이밥이뇨."

"말도 마라. 자고로 논 부치는 농군치고 그 논 양식 먹는 놈 없다더라." 김복남이 시투렁이 뱉었다.

"그 말씀 맞습니다. 저렇게 고지논이라도 부쳐먹는 팔자라면 입에 풀칠은 하겠지요. 세상 바뀌고 수년, 고지논도 씨가 말랐어요."
병팔이가 한마디 더 하려다 앞서 걷는 후쿠지마 조장이 켕겼던지
입을 다물었다.

"저기 봐. 더미가 생겼군." 이만술 분대장이 강 하류를 손가락
질했다. 지겟짐 지고 걷던 대원들이 목을 뽑아 강 하류를 넘보았다.
비탈진 바위동산을 끼고 강물이 휘어 도는 어름의 비쭉비쭉 솟은
바위에 한 무더기 통나무가 더미를 이루어 멈춰 있었다.

"잘됐네요. 저기서 점심밥이나 지어먹읍시다. 해도 중천에 올랐
는데." 병팔이가 말했다. 강변길을 따라 일행은 걸음을 서둘렀다.

통나무가 떠내려가지 못하고 더미를 이룬 자갈밭에서 대원들은
지게를 부렸다. 대원들이 지고 온 지게에는 사물 보퉁이도 얹혔지
만 대부분이 운목에 필요한 도끼, 끌, 톱, 지렛대 따위의 도구와
이동하며 생활할 때 쓸 가재용구가 얹혀 있었다. 석주율은 움집을
세우는 데 쓰일 가마니를 날라 그의 짐이 가장 많았다.

대원 둘은 큰 돌멩이 세 개를 고아 솥을 걸고 삭정이를 주워 모
아 취사 준비에 임했다. 나머지 대원과 분대장들은 장대를 하나씩
들고 '데미토리'에 나섰다. 데미토리란 적심한 통나무가 강물을
따라 흘러가다 바위나 지표, 또는 물속 장애물에 걸려 흘러내리지
않고 한 지점에 고정되었을 때 그 통나무 더미를 와해시키는 작업
을 일컫는 말이었다. 물이 깊을 것 같지 않아 모두 지렛대를 들고
물속으로 첨벙첨벙 뛰어들었다.

통나무가 더미를 이룬 지점은 소(沼)라 물길이 의외로 깊었다.
장정들은 웃통을 벗고 속잠방이 바람으로 모두 헤엄쳐서 통나무

더미로 접근해 갔다. 후쿠지마 조장과 이만술 분대장은 자갈밭에서 앞으로 시작될 데미토리를 구경할 요량이었고, 황차득 분대장은 감독차 대원들과 행동을 같이했다.

황차득이 물 위에 솟은 바위너설에 올라섰다. 대원들은 떠 있는 통나무에 팔을 걸쳤다.

"너희들, 내 말 잘 듣도록. 데미토리를 우습게 보다가 통나무 사이에 끼어 황천길 간 놈도 있고, 팔다리가 으깨져 병신된 자도 있어. 자, 모두 저쪽으로 헤엄쳐 모여. 저쪽에서부터 데미치기를 시작할 테니깐. 통나무 위에 올라서는 짓거리는 아예 말아. 굴러 떨어져 옆 원목에 어깨라도 찧으면 뼈가 박살나버리니깐."

황차득의 말을 좇아 대원들은 통나무 더미 뒤쪽에 모여들었다. 더미를 이룬 통나무는 대략 백수십 본으로, 인방망이 낙인을 보니 여러 대(隊) 통나무가 갈지자형으로 뒤섞여 있었다.

엉킨 실타래를 풀 때 어디에서 시작해야 하는지 그 매듭을 잘 찾아야 하듯, 데미토리에도 그런 요령이 필요했다. 데미토리를 잘못하면 오히려 통나무가 묘하게 꼬여 지렛대로 아무리 데미를 쳐도 꿈쩍 않는 경우가 있었다. 그래서 데미토리는 숙련을 요하는 일로 그 기술자는 임금도 일반 인부보다 높았고, 데미토리 하는 사람을 철떡군이라 불렀다. 황차득이 전문가는 아니었으나 산판을 누벼온 세월이 오래라 철떡군 데미토리를 많이 보았기에 대원들이 지렛대로 데미를 치는 요령을 일일이 지시했다.

"그렇지, 들소가 덩치답게 잘하는군. 그 통나무는 저쪽으로 보내. 아주 멀리 떼어내라구." "어라차, 그쪽 통나무가 무너지잖나. 허리뼈 작살나기 전에 빨리 피하라구!" "개똥쇠, 네놈은 그 통나무 위에 올라가. 통나무가 구를 때 떨어지지 않도록 조심하구." 바위 너설에 버티어 선 황차득이 악을 쓰며 이쪽저쪽에 명령을 내렸다.

데미토리는 생각보다 힘이 들었다. 통나무를 지렛대로 데미를 쳐놓으면, 어느새 곁 통나무가 슬그머니 끼어들어 빈자리를 메웠다. 만약 키가 수십 척 되는 거한이 있다면 통나무를 한꺼번에 쓸어 떠내려보내련만, 사람 힘으로 엉킨 통나무를 떼어내기에는 역부족이었다. 뭍에서 엉킨 통나무라면 목도질로 가능하겠으나 물의 힘이 묘하게 작용해, 통나무 움직임이 미꾸라지를 방불케 했다.

모두 기진해져 점심 먹고 다시 일에 나서기로 했다. 늘 그랬듯 석주율만이 점심밥을 사양하고, 더미진 통나무에 묻혀 지렛대로 섣부른 철떡꾼 노릇을 혼자 했다.

세 시간이 좋게 걸려 데미토리가 끝났다. 엉킨 실타래가 한 줄로 풀어지듯 통나무들이 비로소 제 나갈 물길을 찾아 풀려 내려가자, 그동안 철떡꾼 노릇으로 고역을 치렀던 대원들은 숙변이 시원하게 빠져나가는 후련함을 만끽했다. 그러나 데미를 치다 통나무 아퀴쟁이에 찔려 피를 종지로 쏟은 대원도 있었다.

"앞으로도 이런 통나무 더미를 자꾸 만나면 우리가 다 처치해야 합니까? 황민대, 아카마루대는 뭘 해요?" 지겟짐을 지며 들소가 황차득에게 물었다.

"다른 건 몰라두 산판 인심이 바로 그 점에 있어. 내 것 남의 것 가리지 않구 먼저 눈에 띄는 대로 데미토리를 하게 돼 있지. 생각해보라구. 빨리 데미를 치지 않으면 뒤에 적심한 통나무가 자꾸만

232

더께로 쌓일 게 아냐. 그럼 일이 몇 배나 힘들게 되지. 우리가 시오 리 넘게 내려올 동안 데미진 통나무가 있었을 게야. 그걸 먼저 내려간 타대 대원들이 데미토리를 했다고 봐도 무방하겠지."

"그 참, 그렇기도 하겠군요. 산판 의리가 대단합니다." 개똥쇠 말에 모두 머리를 주억거렸다. 개똥쇠는 대구 약전거리의 날품꾼으로 일하다 남의 감초 한 지겟짐을 팔아먹은 절도죄로 대구감옥에서 수형 생활을 하던 자였다.

팔각정에서부터 따져도 도산서원까지는 120여 리 길이었다. 낙동강 상류 물굽이 따라 경관 좋은 주위 경치를 눈요기하며 충성대 일행이 도산서원 앞까지 도착하기는 사흘 걸렸다. 하루는 강변에 움집을 엮어 잠을 잤고, 하루는 명호란 마을 공회당을 빌려 잠을 자기도 했다. 낮이면 천렵해 눈치, 버들치, 모래무지 따위를 잡아 고추장을 풀어 매운탕 해먹는 재미도 있었고, 밤이면 석주율이 대원들에게 조선글을 가르쳤다. 세 차례에 걸쳐 흐름을 멈춘 통나무 더미를 데미토리하기도 했다.

대원들에게는 사흘이 즐거운 나날이었다. 무엇보다 마을 사람을 만나 세상 돌아가는 형편을 귀동냥하고 풋고추를 된장에 찍어먹는 맛깔이나 반찬감을 얻어먹는 별미가 유별났다. 만약 원처소 부산감옥이나 대구감옥으로 돌아갔다면 그 따분한 감방 생활로 죽어날 터였다.

6월 중순은 보리쌀 나는 절기여서 농민은 겨우 허기를 꺼 허리 펴고 지냈다. 온 산과 들이 푸르니 지천으로 솟아나는 푸성귀와 나물과 물고기가 먹성의 일부였다. 그러나 농촌 사람들 말로는 해가 지날수록 목숨 부지가 힘들어 마을마다 이농자가 속출한다며 한숨을 깔았다.

석주율 일행이 도산서원 앞 낙동강에 도착했을 때는 오후 서너 시경이었다. 수십 자 절벽 위에는 아름드리 소나무가 울울했고 휘어진 붉은 줄기 사이로 고색창연한 도산서원 지붕과 기와추녀가 보였다. 절벽 아래 굽이도는 낙동강 강물 위에는 떠내려온 원목들이 빼곡히 들어차 강물이 보이지 않을 정도였다. 도산서원 아래쪽에 보를 막아 물길을 가장자리로 돌렸기에 팔각정에서 방류한 통나무들이 모두 집하되어 있었다. 먼저 도착한 타대 대원들, 뗏목 조립에 징발된 일꾼들, 봉화 영림청 간부들로 그곳은 성시를 이루었다.

강을 사이에 둔 건너편은 모래밭에 이어 길동그란 자갈이 깔린 자갈밭이 실히 수천 평은 되었다. 자갈밭에는 수십 채 움집이 세워져 있었다.

"그동안 수고 많이 하여소다." 먼저 와 있던 시노다 총대가 충성대 일행을 맞아 한 사람마다 악수를 나누며 위로했다. 서종달 부총대는 보이지 않았다. 독찰대원과 조장과 분대장은 모두 있었다.

석주율 일행은 짐을 풀자 몇은 움집을 세웠고 나머지 대원들은 뗏목을 만드는 데 묶을 드렁칡을 쪄오려 산으로 떠났다. 자갈밭 쪽은 분지를 이루어 들이 넓었고, 한 마장은 나가야 마을을 에두르는 야산이라, 칡줄기는 아무래도 도산서원 쪽을 택해야 했다. 석주율과 대원 여덟은 지게에 낫을 걸어 이만술 분대장 인솔로 그쪽을 택해 떠났다.

드렁칡을 찌러간 대원들은 도산서원 뒤 영지산 기슭에서 작업했다. 칡줄기를 지게 키 넘게 쌓아 돌아오는 길에 일행은 다리쉼도 할 겸 도산서원에 들렀다. 석간수로 갈증을 풀고 경내 전교당, 상덕사, 서당, 용운정자, 동광명실, 서광명실, 장판각, 옥진각을 두루 둘러보았다. 누구보다 석주율로서는 감회가 깊었다. 영남 유학의 거두요, 성리학 연구로 대성해 '동방의 주자'라고 불린 퇴계 이황 선생 일화는 스승으로부터 여러 차례 들은 바 있었다. 서원을 관리하는 진보 이씨 종회 유사(有司) 노인장이 친절하게 그들을 안내했다.

퇴계 선생께서는 여러 벼슬을 두루 거친 끝에, 명종 7년(1552) 임금 부름을 다시 받아 대사성, 부제학, 공조참판에 임명되었으나 모두 사양하고 고향으로 내려와 명종 10년 최초의 사액서원(賜額書院)인 도산서원을 지어 학문과 자연을 벗해서 생활했다고 한다. 임금은 선생이 관직에 나오지 않음을 애석히 여겨 화공에게 명해 도산 경치를 그려 오게 하여 궁궐에서 완상했다는 미담이 전해진다고 유사가 설명했다.

"임금님이 얼마나 퇴계 선생을 그리워했으면 여기 경치를 그림으로 그려 한양에서 보고 지내셨을까." "과연 명소로다. 뒤에는 산이요, 앞에는 강이라. 솔바람 소리를 들으며 눈 아래 저 강과 들을 보라구. 선비라면 저절로 시 한 수 읊겠군." 전교당 뜰에서 절벽 아래 강과 건너 쪽 들녘을 보며 대원들이 한마디씩 감탄사를 흘렸다.

"저 편액을 보십시오. 명종 임금께서 내리신 편액입니다. 글씨는 누대의 명필 석봉 한호 선생이 쓰셨습니다." 유건 쓴 노인장 말이었다. 흰 수염이 솔바람에 날렸다.

석봉이라면 배운 바 없는 대원도 유명한 일화 때문에 호는 익히 알고 있었다. 그래서, 그 어머니가 떡장사 하지 않았소 하거나, 등잔불을 끄고 모친은 떡 썰고 소년 석봉은 글씨 쓰는 시합을 하지 않았냐며 알은체했다. 모두 '陶山書院' 편액에 눈을 주며, "저 글씨가 바로 그 유명한 석봉 한호 명필이로군" 하며 우러러보았다. 정원 안팎에는 퇴계 선생이 손수 심어 가꾸던 살구나무가 잎 무성히 자라고 있었다.

석주율은 옥진각에 진열된 퇴계 선생이 쓰던 베개, 빗자루, 명아주지팡이, 문방구를 보며 옛 시절 선비 영화를 실감했다. 높은 벼슬 제수를 마다하고 향리에 칩거해 오로지 학문에만 정진했다면 적소(謫所) 유배와 다를 바 없었을 테고 세속적인 부귀영화를 등진 고적한 은둔이라 할 만했다. 그러나 그의 눈에 비친 도산서원이야말로 퇴계 선생이 학문에 정진하기 더 이상일 수 없는 처소요, 임금 비롯한 뭇 선비의 흠모를 받으며 그렇게 학문에만 정진할 수 있는 삶은 축복이라 아니할 수 없었다. 당쟁으로 조정이 평안하지 않은 세월이었으나 당시는 국권을 남의 나라에 강탈당하지 않은 태평성대였다. 그러나 오늘에 만약 퇴계 선생 같은 대학자가 있다면 과연 이런 은둔처에서 『주자전서(朱子全書)』 읽으며 심오한 학문 탐구에만 몰두할 수 있을까. 스승의 가르친 바로는, 퇴계 선생은 진리를 비단 이론에서 찾는 데 그치지 않고 지(知)와 행(行)의 일치를 통해 그 기본은 성(誠)이요 닦음이 경(敬)이라 하여 실천했다 한다. 만약 퇴계 선생이 이 시대에 살고 있다면 경으로 나라와 백성을 구할 그 어떤 혜안에 이르게 될까. 주율로서는 퇴계 선생의 지고(至高)한 학문에 이르지 못했으므로 자신이 머리 짜본들 만족한 해답에 이를 것 같지 않았다. 스승의 경우는 경을 넘어서서 무력항쟁으로 구국운동에 뛰어들지 않았던가. 생각이 거기에 이르자 도산서원을 둘러보는 주율 마음이 무거웠다.

이튿날부터 뗏목 조립을 위한 작업에 들어갔다. 먼저 각대는 인방망이 표지로 자기네 통나무를 골라내는 작업부터 시작했다. 그래서 통나무 지름이 눈어림으로 25센티미터 미만은 모래펄로 끌어내어 뗏목을 엮었고, 그 이상 되는 굵은 통나무는 물속에서 작업이 이루어졌다.

뗏목 엮는 방법에는 지방과 하천 상태에 따라 여러 가지 방식이 있었는데, 칡덩굴이나 쇠줄로 묶거나, 구멍을 뚫어 바늘귀를 꿰듯 꿰어 묶거나, 또는 쇠고리를 박고 여기에 나무덩굴이나 밧줄을 꿰어 연결하기도 했다. 모래펄로 끌어낸 통나무는 모두 구멍 뚫어 그 구멍으로 드렁칡을 꿰어 원목끼리 결속시켰다. 물속에서 작업을 하는 굵은 통나무는 구멍 대신 홈을 파서 그 홈에 두 가닥으로 꼰 드렁칡으로 엮었다. 통나무를 나란히 맞추어 뗏목을 묶을 때 굵은 통나무는 궁궐떼라 하고, 지름이 20센티미터 미만 통나무 조립은 부동떼라 했다. 부동떼의 경우 맨 앞에 엮는 통나무 숫자는 스무 개에서부터 서른 개를 한 묶음으로 하는데, 맨 앞에 엮는 한 묶음을 '앞동가리'라 부르며, 그 뒤로 네 동가리를 더 붙여 떼 '한바닥'이 완성되었다. 뗏목은 언제나 다섯 동가리를 연결해 한바닥으로 만들어 띄우는 것을 철칙으로 삼았다. 두번째 동가리부터는 둘째, 셋째, 넷째, 다섯째 동가리라 불렸는데, 둘째 동가리부터 다섯째 동가리까지를 줄여서 묶었기 때문에 전체 모양은 역유선형(逆流線型)이 되었다. 앞동가리 앞머리를 묶을 때는 통나무 뿌리 쪽을 앞으로 하고 위쪽이 뒤로 가게 늘어놓고, 미리 뚫어놓은 통나무 구멍이나 홈에 칡끈을 꿰어 묶는데, 통나무가 흩어지거나 흔들리지 않도록 위에 가로로 '등테'를 내어 등테에 한 번씩 말아 묶었으므로, 등테는 참나무 따위의 튼튼한 나무를 썼다. 이렇게 한바닥 뗏목이 묶여지면 앞동가리 앞머리 가운데에 새총가지 꼴의 '강다리'를 엮어 세우는데, 이것은 '그레'를 올려 뗏목 운전을 하기 위한 받침대 구실을 했다. 뗏사공은 배의 노 역할을 하는 그 그레를 키처럼 잡고 운전하게 되어 있었다.

뗏목 한바닥을 완성하는 데는 한둘 숙련자 지시를 받아가며 일꾼 예닐곱이 달라붙어 새벽부터 해질녘까지 하루를 꼬박 걸려야 마칠 수 있었다. 벌채나 운목 때처럼 독찰대원 독려가 심했다. 그렇게 완성된 뗏목은 엔도 서기가 원목 숫자를 장부에 기록하고 운송장을 떼어주면, 고용된 뗏사공에 의해 하류로 방류되었다.

7월 초순에 장마가 들었다. 일주일 동안 그치지 않고 비가 퍼부었다. 상류에서 흘러 내려온 거센 황토물이 끝내 보 한 귀를 무너뜨렸다. 칠흑의 밤에 홍수가 진 것이다. 도산서원 목에 움집 치고 숙식하던 전 대(隊) 대원과 마을사람이 동원되어 보를 다시 막는 작업에 임했다. 통나무를 양쪽 보에 걸쳐 세우고 자갈 넣은 가마니를 져다 날랐다.

보통 둑이 홍수로 터지면 센 물줄기 막기가 불가능하므로 이를 천재(天災)로 여겨 비가 그치고 물길이 잦아진 뒤에야 보수하기가 상례였다. 그러나 통나무 유실을 막느라고 봉화 영림창 지휘부가 독찰대원을 앞세워 사람을 동원시켰다. 그 통에 여섯 명이 급류에 휩쓸려 실종되었고, 여덟 명이 중상을 입는 인명 피해가 났다. 넷이 한 조 되어 자갈 가마를 목도질할 때 석주율도 왼쪽 발목에 큰 상처를 입고 골절상을 당했다.

석주율은 왼쪽 발목이 부어 걸을 수 없었으므로 뗏목엮기 일터에 나가지도 못했다. 취사원 보조로 일하는 한편, 여유 시간을 얻게 되어 시노다 총대로부터 빌린 책 세 권을 열심히 읽었다. 『명치유신사』와 『일선관계연구사』는 일본이 만국 유수한 강대국과 어깨를 겨룰 만큼 큰 나라로 발돋움하는 과정이 상대적으로 전근대적 답보에서 지리멸렬한 조선을 반성하는 데 도움이 되었다. 한편, 오지리 사람인 가로을 가우스기(카를 카우츠키)의 『농업문제』는 주율의 실력으로서 이해하기 힘든 농업경제학 이론서였다. 농촌운동에 관심이 컸던 그로서는 그 책제목을 시노다 서가에서 처음 접했을 때 읽고 싶다는 호기심에 끌렸음은 당연했다. 그러나 그 책은 다른 여러 새로운 경제학 서적을 읽고 난 뒤에야 이해가 가능했고, 조선 현실은 적응에도 문제가 있었다. 그가 만주로 들어갔을 때, 용정 연목수 집에서 만난 적 있던 진성식이란 명신여자학교 선생이 그에게 막스란 경제학자를 처음 소개하며, 그가 쓴 『자본론』을 두고 이야기한 적이 있었다. 그리고 막스 이론에 따라 래닌이란 혁명가가 푸로래타리아 혁명에 성공해 제정 아라사 제국을 뒤엎고 볼세비기당을 건설했다고 말했던 것이다. 1899년에 발간된 가우스기의 『농업문제』는 막스 『자본론』을 전범으로 발전시킨 좌파 경제이론서였다. 자본주의적 생산 방법의 발달에 따른 대경영(지주측)에 의한 소경영(소작인측)의 구축(驅逐) 문제, 도시발전에 따른 이농현상 문제, 사회주의혁명에 필요한 농민의 협조 문제 따위를 분석하고 있었다. 결론적으로 가우스기가 설파한 농업정책에서는 다음과 같은 여러 해결책을 제시하고 있었다. 열네 살 아래의 임금노동 금지, 하루 평균 여덟 시간 노동제 실시, 푸로래타리아화되는 빈농을 위한 여러 방지책을 열거했다. 그리고 삼림과 수력(水力)의 고유화, 토지개발에 따른 농업 보호 측면을 영세농 입장에서 개설하고 있었다. 한편, 도시 공업화에 흡수되는 농민 이탈 현상 문제, 자녀 교육 문제, 절대빈농 구제사업 등 농민을 위한 여러 복지정책도 언급했다.

석주율이 생각하기에 조선 농민의 농지 이탈 현상은 도시의 공업화에 있다기보다 일제 수탈에 의한 실농에 문제가 있었다. 그가 기미년 만세 운동 전 어느 잡지에서 보았던 통계자료에 따르면 조선의 공장 수는 5명 정도 공원을 둔 가내공업 형태를 합치더라도 1700여 개에 불과하고 조선인 종업원 수는 4만 명 정도였다. 거기에 비해 실농에 따른 북간도 이주자는 1907년 7만여 명에서 1918년 25만 명으로 급격히 불어나고 있었다. 농촌의 나머지 제반 문제점 또한 직접 간접으로 일제의 가혹한 식민지 정책에 원인이 있어, 그 뿌리 제거는 조선의 자주 독립에 첫째 목표를 설정하지 않을 수 없다는 데 그는 주목하게 되었다. 그러나 소작농이 조합을 결성하여 지주와 관리들의 횡포에 공동 대처하는 문제, 노동 연령 제한과 노동시간 설정 문제, 빈농 자녀의 교육 문제 등에서는 깨우친 바가 적지 않았다.

도산서원 목에서 뗏목엮기를 하면서도 석주율은 대원들에게 조선글 가르치기를 계속했다. 시노다 총대는 강안 마을에서 민박하고 있었기에 따로 보고하지 않았다. 작업을 끝내고 저녁밥 먹은 뒤에는 자유시간이었기에 자갈밭 움집에서 배울 자를 모아 가르치면 되었다. 자갈밭에 모닥불 피워놓고 둘러앉아 가르치기도 했다. 독찰대원이 눈치챘으나 산판에서와 달리 권한이 약화된 탓인지 이렇다 할 간섭을 하지 않았다. 독찰대원 보고를 통해 시노다 총대도 알고 있었겠으나 그 역시 모른 체했다. 석주율이 빌린 책 세 권을 돌려주던 어느 날 저녁, 시노다 총대와 일본의 명치유신 대개혁을 두고 오랫동안 담소를 벌였던 게 효과가 있었는지도 몰랐다. 명치유신이 오늘의 문명국가로 일본을 발전시키는 원동력이었다는 시노다 총대 말을 그 또한 시인하며 동의했던 것이다.

석주율이 표충사 의중당에서 배운 대로 골절상을 입은 발목에 손수 침을 놓고 약초 찜질을 했으나 별 효험이 없었다. 상처와 부기가 아물고 가라앉았으나 자연 치유에 맡길 수밖에 없었다. 열흘을 넘기자 목발에 의지해 바깥출입을 하게 되었다. 그렇게 거동하게 되었을 때, 뗏목엮기는 반쯤 끝나 있었다. 엮은 뗏목은 사공과 함께 하류로 방류되었기에 도산서원 목에 들어찼던 통나무도 그 수가 그만큼 줄어들었다.

석주율은 걷기가 불편하다 보니 자갈밭에 끌어 올려놓은 통나무를 망치와 끌로 홈을 파는 목수질에 동원되었다. 그 홈에 물에 불린 칡덩굴을 감아 통나무를 결속시켜 뗏목을 짤 터였다.

7월 중순을 넘기자 날이 더워져 연일 뙤약볕이 내리쬐었다. 뜨거운 자갈을 맨발로 밟지 못할 정도였다. 물속에서 일하는 자들은 피서 겸해 능놀아가며 노래를 불렀으나 자갈밭에서 톱질과 망치질하는 자들은 숨이 막혀 노래 부를 신명이 나지 않았다. 독찰대원이 지켜 물이나 그늘을 찾아 쉴 짬이 없어 더위와 싸우는 두 겹 고생을 겪었다. 사람 마음이란 간사스러워 자갈밭에서 일하는 어떤 자는 차라리 지난 엄동 산판 시절이 그립다는 말을 푸념 삼아 흘렸다. 일사병으로 쓰러지는 자까지 생겼다. 그래서 낮 동안 몇 됫박 땀을 흘리다 일손에서 풀려나면 모두 한달음에 강으로 내달았다. 강물에 소금기로 전 몸을 담그면 신선놀음이 따로 없었다. 모기와 파리 등쌀에 뜯기면서도 밤 잠은 달디달았다.

어느 날 저녁, 석주율은 왼쪽 발목의 상처 부위가 몹시 쑤시고 가려워 감았던 붕대를 풀어보니 구더기들이 고름을 자양 삼아 고물거리고 있었다. 소독제로 효능이 탁월한 석탄산(石炭酸)을 엔도 서기가 구해주어 물약을 바른 결과 상처가 완치되었다고 생각했는데 덧났던 것이다. 딱지가 앉았으나 안에서 다시 곪기 시작해 결국 딱지를 뚫고 고름이 흐르자 구더기가 재빨리 슬었던 것이다.

"이렇게 악화되도록 그냥 두고 일에 나서다니. 석선생, 이거 안 되겠는데요. 칼을 대야겠습니다." 김복남이 말했다.

석주율이 상처 주위를 눌러보니 곪은 부위는 뿌리가 꽤 깊었다. 석주율은, 칼로 째고 불에 달군 부젓가락으로 환부 깊숙이 태우는

242

수밖에 없다는 결정을 내렸다.

"지독히 아플 텐데, 참겠습니까?" 개똥쇠가 물었다.

"그 방법이 가장 확실하고 바른 처침입니다."

석주율 말에 대원들은 그렇게 하기로 했다. 대원 셋이 움직일수 없게 주율 몸을 누르고 김복남이 불로 소독한 장두칼을 들고나섰다. 상처 부위를 십자형으로 째고 고름을 짜내자 복사뼈 뒤쪽에 옹달샘이라도 있는지 짜면 짤수록 피고름이 비어져나왔다. 한종지 넘게 고름을 짜내자 떨어져나간 딱지 안쪽의 살갗이 벌겋게드러났다.

"선생님, 아파도 참으셔야 합니다. 금세 끝날 테니깐요."

김복남이 말하곤 저녁밥 짓는 아궁이 불에 꽂아 둔 부젓가락을집어들었다. 석주율은 대답 없이 노을이 타오르는 도산서원 쪽 하늘에 눈을 주었다. 그는 천도교 도정 박생원의 공개 처형을 직접보지 못했으나 작두로 목을 자른 장면을 떠올렸다. 작두가 내려지는 순간 도정어른은 무엇을 생각했을까. 조선독립만세를 외쳐 불렀다니. 그 순간 망국 통한의 절통함은 있어도 두려움은 없었으리라. 의절(義節)의 굳센 마음이 육신의 고통을 넘어섰으리라. 그분의 고절한 기상을 생각할 때 그는 이런 순간적인 통증은 아무렇지않게 생각되어 마음이 편안했다.

생살 태우는 냄새와 더불어 부젓가락이 송곳처럼 상처 속을 깊숙이 파고들었다. 주율은 아찔한 현기증을 느꼈고 터지려는 비명을 앙다문 어금니로 으깨었다. 어차피 시작했으니 아주 뿌리를 뽑자는 김복남 말에, 주율은 그렇게 하라고 머리를 끄덕였다. 김복남은 부젓가락을 다시 불에 달구어 한 차례 더 상처 안쪽을 다름질했다.

"이제 된 것 같습니다. 오늘 밤은 화상으로 통증이 있겠으나 내일이면 거뜬할 겁니다." 김복남이 부젓가락을 놓으며 손을 털었다.

"선생님, 대단하십니다. 어찌 찡그리지도 않고 참아내십니까. 학문이 그런 담력도 준다면 배워볼 만하군요." 개똥쇠가 감탄했다.

사흘 뒤, 석주율은 씻은 듯 상처가 나아 지팡이에 의지하지 않고 걸을 수 있었다. 골절도 아물었던 것이다.

8월 중순에 들어 한 차례 태풍이 몰아쳐 노송 가지를 부러뜨리고 강물을 뒤집을 즈음, 뗏목엮기 작업도 끝났다. 이제 충성대 나머지 스무 명 대원은 원처소로 돌아가야 했다. 대원들은 떠듬떠듬 조선글을 읽고 발음대로 글자를 쓸 수 있게 되어, 그들은 가르친 스승 노고를 치하했다. 김복남은 자기가 먼저 감옥을 나오니 꼭 면회를 가겠다며 주발뚜껑 같은 큰 손으로 주율을 세게 쥐며 흔들었다.

석주율의 떠남을 엔도가 가장 아쉬워해 그는 눈물까지 글썽였다. 시노다 총대는 반도 땅으로 나온 뒤 3년 동안 조선인으로서 가장 기억에 남는 인물이라며 석주율을 두고 각별한 정리를 표했다.

속진(俗塵)

진자주색 두루마기를 떨쳐입고 명주목도리를 두른 복례가 손가방을 팔에 걸고 동장대로 오르는 골목길을 나실나실 걷고 있었다. 빗질 곱게 한 쪽찐 머리에는 옥모란잠을 꽂았고 버선발에는 백고무신을 신었다. 중년 아낙 둘이 복례 옆을 스쳐가며 도란도란 말을 나누었다.

"……용하다마다. 정말 살아 있는 귀신이라니깐. 도칠엄마 있잖아. 역전에서 떡장수 하는 여편네 말야. 큰애가 정신이 이상해져 처음은 굿을 했대. 공연히 히죽히죽 웃고 밤에도 큰길을 싸돌아 점을 보러 여기 왔다잖아. 그랬더니 자식 걱정해도 소용이 없다며 그냥 가라더래. 복채도 안 받겠다면서 말야. 도칠엄마가 하도 기막혀, 왜 이러시냐고 묻자, 새파란 판수가 쌀쌀맞게 하는 말이, 역사수(轢死數)가 있어 복채를 못 받겠다잖아. 그게 무슨 흉사냐며 더 물으려는데 문간에 앉은 늙은 판수가 뒤차례 사람 이름을 불러 쫓겨 나오다시피 했다더군."

"역사수가 무슨 말인데?"

"도칠엄마가 글줄 아는 사람한테 물었더니 마차에 치여 죽을 운수라나. 참 이상한 점괘라며 며칠이 지났는데, 아니나 다를까 그런 사단이 나고 말았어. 좌천 철길 건널목 있잖나. 실성한 자식이 거기서 화차불통에 치여 비명횡사 당했지 뭐야. 건널목을 건너던 주정뱅이와 함께 말야. 주정뱅이 꽁무니만 따라갔는지, 마차에 칠 걱정만 안고 다녔는지, 원."

"어찌 그리도 용하게 맞출까. 마차나 화차나 바퀴 달린 차 아닌가. 그래서 새파란 판수 찾아 인산인해를 이루나?"

복례가 짐작키로 두 중년 아낙이 새파란 판수라 말하는 품이 선화를 지칭하는 듯했다. 현현역술소는 성내 바닥은 물론 부산부까지 소문이 났다.

하늘은 구름 한 점 없이 맑았다. 해는 복호산에 솟은 서장대 팔작지붕 위로 비스듬히 기울었다. 음력설 넘긴 지 보름 남짓, 낮이 노루꼬리만큼 길어져 오후 다섯시가 다 되었을 텐데 해는 아직 하늘 귀퉁이에 걸려 있었다.

복례는 며칠째 부화를 끓이다 선화를 찾아 나선 참이었다. 현현역술소는 골목 초입부터 내왕객으로 붐볐다. 역술소에서 나온 인력거 두 대가 부잣집 마님을 싣고 골목길을 빠져나갔다. 아낙 여럿이 뒤따라 역술소에서 나왔으나 마당에는 아직 사람이 많았다. 복례가 마당 안으로 들어서자 백운이 대청 쪽에서 손님들에게 번호표를 나누어주고 있었다.

안방에서 복례만큼 잘 차려입은 중년여인이 마루로 나섰다. 그네가 신방돌에서 백고무신을 신자, 마당에서 서성이던 아낙들이 그네 주위에 몰렸다.

"마님, 사주가 들어맞아요?" "판수 말씀이 어때요?" "병자 고치는 처방도 준답디까?" 아낙들이 중구난방으로 물었으나 여인은 대꾸 없이 시녀가 건네주는 여우목도리를 두르고 대문을 나섰다.

안방 미닫이문이 열리더니 파파할멈 판수가 얼굴을 내밀었다. 선화가 무당촌 검정골을 찾아 나섰을 때 처음 점술을 배워주었던 명구할멈이었다.

"이제 다들 돌아가시오. 우리 선녀님이 오늘 손 받기를 물렸다오. 칠원성군(七元星君)이 선녀님께 영매(靈媒)를 끊었으니 그리 아시고 돌아가요." 명구할멈이 손을 내저으며 칼칼하게 내뱉곤 미닫이문을 닫았다.

백운도 번호표 나누어주기를 끝내자, 번호표 받은 손님들은 내일 아침에 와서 차례를 기다리라며 안방으로 들어가버렸다.

"해 빠지기 전에 어서 가시우. 오늘은 일 끝났수다. 마당이나 쓸게 자리 비워줘요." 마당쇠가 대빗자루를 내두르며 말했다. 마당쇠 이름은 길명이로 선화가 검정골 백운역술소로 역을 배우러 다닐 때 신시장에서 구걸하던 소년이었는데, 몇 년 사이 떠꺼머리 총각으로 자랐다. 손님들이 하나둘 대문을 빠져나갔다.

복례는 선화를 만나러 곧장 안방으로 들어가기가 무엇해 뒤란으로 돌아 들어갔다. 우선 물금댁부터 만나보려 했다. 부엌문이 열려 있어 안을 들여다보니 보꾹이 연기로 자욱한데 백운 처 옥천댁과 영소엄마가 저녁밥을 짓고 있었다.

"아주머니, 안녕하세요."

"소화통 새댁이구려. 오랜만이네." 옥천댁이 풍로불에 적쇠 얹어 갈치를 굽다 복례를 보았다.

"저녁답은 한가할 줄 알고 맞춰 왔는데, 선화언니 소문이 하늘을 찌르는군요." 복례가 공치사하곤 뒤란으로 돌아갔다.

백운은 뒷집 초가 세 칸을 매입해 흙담 헐어 쪽문을 터놓고 있었다. 부엌은 헛간으로 썼고 물금댁, 명구할멈, 영소 모자가 방 두 칸을 쓰고 있었다.

"물금 아주머니 계세요?" 댓돌에 신발이 있었으나 복례가 짐짓 방에 대고 물었다.

"오랜만에 듣는 목소리네. 복례 아니냐. 어서 들어와."

복례가 어둑신한 방안으로 들어갔다. 차렵 치마저고리를 깨끗하게 차려입은 물금댁이 정흠이를 무릎에 앉혀놓고 어르던 참이었다.

"아주머니 신수가 날로 훤해지네요."

"다 선화 덕이지. 그래, 지배인마님도 편안하시고?"

"자주 뵙지 못하지만 늘 바쁘시니……" 복례가 조그맣게 대답하곤 말머리를 돌렸다. "그새 정흠이도 많이 컸네요. 지난 세밑에 왔을 땐 벽 짚고 서더니, 이젠 걸음마도 곧잘 하겠군요." 복례가 손뼉 쳐서 돌 지난 사내아이를 물금댁으로부터 넘겨받았다.

"날만 새면 바깥에 나가자고 소매를 끄는데 눈먼 내가 어디 흠이 데리고 나돌 수 있어야지. 그저 손잡고 마당이나 맴도는 도리

밖에."

길안여관에서 선화와 함께 객실 손님 마사해주던 물금댁은 주인이 바뀌자 나이 들었다 해 입살이마저 떨려나게 되었을 때, 선화가 오갈 데 없는 그네를 거두어주었다. 선화가 조석으로 물금댁에게 문안드리며 부모 모시듯 대접했다.

"정흠아, 여깄다. 엿 먹으렴. 아주머니도 드세요." 복례가 손가방에서 깨엿봉지를 꺼내 한 개는 정흠에게, 한 개는 물금댁 손에 쥐어주었다.

"올 때마다 꼭 무얼 사오구나." 물금댁은 엿을 분질러 이빨이 시원찮아 침으로 녹여 먹었다.

"손님이 이렇게 밀고 차면 복채를 갈퀴로 긁겠습니다." 길안여관에서 함께 일할 때 지배인마님한테 구박받던 선화를 떠올리며 복례가 말했다. 허기사 고향 떠나 부산에 나온 지 벌써 아홉 해가 흘렀으니 그새 변한 자신을 보더라도 옛적 일이라 할 만했다.

"선화가 재물 복을 타고났겠으나 거사 스승님을 잘 만났어. 두 사람이 전생에 무슨 연분이 있었나봐."

물금댁 말에 복례는 품에 안은 정흠이를 보았다. 백운과 선화 사이에 태어난 자식이었다. 백운은 본처와 선화를 한 지붕 밑에 거느렸으나, 처첩이 시샘 없이 사이좋게 살고 있음 또한 그네는 부러웠다. 첩이 정실부인의 너그러움 아래 동기간처럼 오순도순 살고 있음은 여간 복이라 아니할 수 없었다. 지난 세밑에 왔을 때 복례는 그 점을 두고 물금댁에게 옥천댁과 선화 사이를 캐어물었으나 대답은 한결같게, 그럴 수 없이 의가 좋다 했다. 두어 시간

머물다 갈 동안 복례가 보기에도 그랬다. 옥천댁은 아기를 못 낳는데 선화언니가 아들을 보았고, 또한 선화언니가 집안 생계를 떠맡고 있어 그럴까? 묘한 한 지붕 아래 두 집 살림이었다. 복례는 역시 첩살이를 하고 있는 자신의 팔자를 따지며 생각에 잠겨 있자, 물금댁이 말을 걸었다.

"자네 오라버니는 홍복상사 서기로 잘 지내는가?"

김기조는 지난 동지 무렵 신년 재수점을 본다며 현현역술소로 찾아왔다. 그는 길안여관 시절의 옛 정리를 생각해서인지 뒷집으로 돌아와 물금댁에게도 인사 차렸다. 그때 그는 일본 도쿄에서 귀국한 지 댓 달 남짓 되었다며, 지배인마님 주선으로 홍복상사에서 서기로 일한다고 자랑을 늘어놓았다.

"마님 속을 썩이는지 그저께 마님께서 오빠 푸념을 한참 하십디다." 복례가 엿을 빠는 정흠이를 풀어놓았다.

"속썩이는 일이 뭔데? 허기사 자네 오라버니는 머리가 너무 좋아 탈이야. 많이 배워 똑똑한 사람이 그렇듯, 이것저것 따지고 요구하는 것도 많겠지."

"오빠가 그렇게 난 인물인지, 웬 여자는 시도 때도 없이 찾아오는지…… 누이와 따로 사는 게 편하다 싶었던지 남빈정 쪽에 하숙 정해 나갔어요. 저도 편하게 됐지요."

"구변 좋겠다, 학식 있겠다, 인물까지 훤하니 여자가 따르는 게지." 물금댁은 정흠이가 복례 품에서 풀려났음을 느낌으로 알고, "정흠아, 이리 온" 하며 아이를 품에 거둬들였다. 정흠이는 엿 빨기에 정신이 팔려 있었다.

"아주머니, 그럼 선화언니 만나보고 올게요. 여기 엿봉지 두고 가요." 복례가 손가방 들고 일어나 바깥채로 나왔다.

"선화언니, 저예요. 복례 왔어요."

장지문을 살그머니 열고 안방으로 들어선 복례가 저만큼 앉아 있는 선화를 보았다. 여섯 자 여덟 자는 될 만한 널찍한 방이었다. 선화는 장자(障子)를 뒤에 두고 아랫목에 앉아 있었다. 앞에 둔 문갑 위에는 괘(卦)를 새긴 댓가치와 역술서(易術書)가 놓여 있었다. 한 손으로 턱을 괴고 생각에 잠겨 있던 선화가 복례를 보았다.

"오랜만이네." 선화 말은 늘 그렇듯 냉랭하고 간단했다.

"거사어르신도 그동안 별고 없으셨지요?"

"보다시피 늘 바쁘게 지내지요." 선화와 대각선으로 앉은 두건 쓴 백운이 대답했다. 그는 앉은뱅이책상에 장부책 펼쳐놓고 한창 수판알을 튀기던 참이었다.

"진종일 손님에게 시달려 그런지 언니 안색이 안 좋아 보이네요. 피곤하신가 봐요."

복례가 선화 쪽으로 다가가 두루마기 자락을 걷고 손님용 방석에 앉았다. 아래위 검정 명주치마저고리를 입고 단정하게 앉은 선화 모습이 복례 눈에 영묘한 판수답게 보였다. 아니, 한밤에 머리 풀고 나타난다면 혼절할 자도 생길 요괴스런 모습이었다. 언니라 부르며 따랐던 길안여관 시절에 선화언니는 늘 슬픔 깃든 청초한 모습이었는데 나이 들고 햇수가 지날수록 청초함은 차츰 사라지고 차가운 모습으로 변해갔다. 복례가 옛 정리로 언니라 부르긴 하지만 선화를 마주하면 절로 옷깃을 여며야 할 정도로 당차게 위엄이 섰다. 언니가 명판수로 이름을 얻게 된 것도 그런 범접 못할 기상이 있기 때문인지도 몰랐다. 바른 가리마 탄 반듯한 이마, 오똑한 콧날, 안색이 희다 못해 투명하기까지 해 관자놀이에는 파란 심줄이 비쳤다. 꼭 다문 입술은 단풍처럼 붉은데 표정조차 없어 온기가 느껴지지 않는 모습이었다.

"나보다도 자네 목소리가 더 피곤하게 들리네. 대창정 나리마님 댁 소식은 더러 듣겠지?"

"잘 계시겠죠. 내 코가 석 자라 내 앞가림도 바쁘니 그쪽 소식은 자주 듣지 못했어요."

대화가 끊기고 한동안 침묵이 흘렀다. 선화 입에서 말 떨어지기를 기다리자면 한 시간도 좋을 것 같아 복례가 말을 꺼낼 수밖에 없었다. 선화는 늘 그랬다. 상대가 조바심을 참지 못해 속사정을 털어놓을 때까지 입을 떼지 않았다.

"언니, 어쩌면 좋아요. 영감님이 동기(童妓) 한 년에게 홀딱 빠져 또 낭자머리를 올려줬다지 뭐예요. 이틀을 넘기지 않던 발길이 지난 추석 후부터 나흘 닷새 거리로 멀어지더니, 동지 넘기자 보름도 좋고 스무 날도 좋지 않겠어요. 사업장에는 절대 찾지 말랬지만 더 기다릴 수 없어 닷새 전에 귀주 앞세우고 바다 메우는 공사판을 찾아 나섰지요. 사무소에 들르니 아니나 다를까, 영감이 영 딴사람이듯 나를 대하며 으름장을 놓지 뭐예요. 한 살림 장만 해줬으니 이제 이별장 쓰자고 말입니다. 거기에다 귀주까지 데려가겠다잖아요. 영감 하나 믿고 들어앉아 살림 시작한 지 이태도 못 되어 이런 날벼락이 어딨어요. 나 어떡하면 좋아요? 언니, 속시원케 무슨 방책을 일러줘요. 귀주와 함께 부산 앞바다에 몸 던져 저세상으로 갔으면 싶은 마음이 하루에도 수십 번도 더 드니, 무슨 팔자가 이렇게도 기구해요……" 어느덧 복례 목소리가 울먹거리더니 눈물을 흘렸다. 그네는 손가방에서 수건을 꺼내어 눈물을 닦으며 훌쩍거렸다.

선화는 복례를 보기만 할 뿐 입을 떼지 않았다. 자기 모습을 보지 못할 텐데 복례는 빤히 눈뜨고 마주보는 선화언니 눈길이 섬뜩했다.

백운이 복례 출생 연월일을 묻더니, 뒤쪽 책꽂이에 꽂힌 여러 서책과 장부책 중에서 면담기록철 한 권을 뽑아냈다. 책장 들춰 전에 보았던 복례 역풀이 괘를 찾아냈다. 복례의 생년월일시, 복례 서방의 생년월일시, 복례 딸 귀주 생년월일시가 기재되어 있고, 역풀이도 기록되어 있었다. 그가 군기침하곤, 귀주어머니 내 말 들으라며 신중한 어조로 운을 떼었다.

"꽃이 피면 벌과 나비가 모이듯, 음주가무가 있는 곳에 꽃다운 여자가 있다면 남자 음심이 따르는 법이오. 귀주어머니의 화촉동방은 사필귀정이겠으나 궁합이 오판이라고 선화님이 말하지 않았나요. 이제 품었던 생기가 증발되어 천공으로 올라갔으니, 이를 잡으려 동분서주한들 기력만 탕진할 뿐 별무소득이오. 병화(丙火)인 태양이 구름에 가리어 그 차광으로 빛이 힘을 쓰지 못하니, 투기와 정념을 거두고 절분을 눌러야 할 것이오. 참지 못할 성정으로 노기를 세우면 구름이 비바람을 몰고 와서 억수를 쏟아 부어 재물 손실의 홍수를 면치 못할 것이오. 귀주어머니는 금생수(金生

水)로 나쁜 남자 괘라, 이럴 때는 오로지 조심하고 인내해야 신변에 탈을 넘길 것이오. 그러나 귀주가 물에 떠내려가는 자에게 던져진 밧줄이니 귀주를 품에서 떠나보내면 안 됩니다."

"거사어르신, 뭐라고요? 귀주를 영감한테 넘겨주지 말라고요? 지배인마님께서는 귀주가 돈보따리니 귀주를 신주단지 삼아 흥정을 한껏 해서 넘겨주라던데요. 귀주를 담보로 집칸 장만할 돈을 긁어내라 했어요. 그런 연후에 새 마음으로 '아타미'에 다시 출근하면 받아주겠대요. 이번에는 정말 어리숙한 봉을 물면 되잖느냐, 이 말씀이에요."

"내 말 더 들어시오." 백운은 복례 말에 아랑곳 않고 하던 말을 계속했다. "물욕에 눈이 어두워 기를 쓰며 재물을 모으고, 한편으로는 허랑방탕하게 쓰던 자가 창궐하는 제 운세를 망상해 두려움 없이 깊은 내를 건너다 소용돌이 물길을 만나 기력이 홀연히 쇠하는 법도 있다오. 허우적거리다 못해 몸이라도 살려고 재물을 벗어던질 때, 귀주 운세로 동아줄을 잡게 되어 겨우 목숨 구할 날이 오리다."

기분이 언짢아 어깨숨 쉬던 복례는 거사 말이 무슨 뜻인지 대충 짐작이 갔다. 귀주를 잡고 있으면 그 운세로 영감이 다시 돌아온다는데, 그때가 언젠지 궁금했다.

"영감 정실이 펄펄 살아 있고 거기에다 이제 새 시앗을 보았는데 어찌 우리 불쌍한 모녀한테 돌아온단 말입니까? 그 싹수가 언젭니까?" 하던 복례가 선화를 돌아보았다. "언니, 언니도 그렇게 믿어요? 동아줄 잡고 돌아올 그날까지 귀주 키우며 생과부로 독수공방 살아야 한단 말이에요?"

"선생님 말씀이 맞아. 귀주 떠나면 자네는 홀몸 살기도 힘들걸세. 부평초가 무슨 풀이냐? 물이 마르지 않은 다음에는 시들지 않아. 그러나 사람은 뿌리를 땅에 박아야 하니……"

"언니, 그럼 내가 부평초란 말이에요?"

"한 시절 우리는 한솥밥 먹은 식구였잖은가. 너무 가까운 사이에는 사(私)가 끼었으니 역풀이를 삼가란 말이 있어. 길이 있고 길로 들어섰으니 막을 자가 없겠지. 내가 막는다고 돌아설 자네도 아니고, 자네 뒤에는 똑똑한 오라버니가 있지 않은가. 그만큼 해두자. 저녁밥이나 먹고 가도록 하거라." 선화가 목소리를 누그러뜨려 음전하게 말했다.

복례는 피라도 토할 듯 복장이 터졌으나 안방에서 물러나올 수밖에 없었다. 그네는 명구할멈과 물금댁, 두 소경과 함께 저녁밥 먹고 넋두리를 한참 늘어놓다 돌아갔다.

뒤란 대숲에 이는 바람 소리만 들릴 뿐 사위가 조용해지면 언제나 그렇듯 안방에서는 글 읽는 소리가 낭랑했다. 촛불을 밝혀두고, 백운은 선화에게 역을 가르쳤다. 수업은 두 시간 정도 계속되었다.

"십일월을목(十一月乙木), 화목한동(花木寒凍), 일양래복(一陽來復), 희용병화해동(喜用丙火解凍), 칙화목유향양지의(則花木有向陽之意), 불선용계이동화목(不宣用癸以凍花木), 고단용병화(故端用丙火)."

백운이 서너 마디로 끊어 읽자 선화가 따라 읽었다. 이어 거사는, 여섯 장 좌, 셋째 첫 자 하며 천자문 점자책을 짚었다. 한자로

꽃 화(花)가 요철로 새겨져 있었다. 선화가 오른손 손가락 끝으로 선을 따라 볼록하게 새긴 '화'를 더듬었다. 거사는 그렇게 한 자씩 뜻풀이를 한 뒤, 한 문장의 뜻풀이로 들어갔다. 선화는 손끝으로 점자를 짚었으나 거사는 줄곧 선화 얼굴에서 눈을 떼지 않고 그네 표정을 통해 이해의 정도를 관찰했다. 그런 뒤에야 전체 문장풀이로 들어갔다.

"을목의 이 운세로 말하면 꽃과 나무가 추위로 얼게 되는 십일월에 태어났으니 엄동이 지나고 돌아오는 춘절이라야 병화가 되니, 병화로써 해동함을 기쁘게 여긴다는 뜻이오. 즉 꽃과 나무는 태양을 향해 성장하려 하기에 계수를 써서 꽃과 나무가 얼게 하는 것은 좋지 않아요. 오로지 병화를 써야 될 운세입니다."

백운은 그렇게 설명하며 선화 표정을 살피면 그네가 질문하거나, 알겠습니다 하고 수긍하기도 했다. 그가 선화에게 가르치는 책은 중국 청나라 때, 저자가 밝혀지지 않은 『난강망(欄江網)』이었다. 백운이 선화를 자기 앞에 내세우기로 했을 때 육효(六爻)만으로는 뭇사람 각양각색의 운세에 풍부한 사례를 열거할 수 없었다. 그래서 십육원법(十六元法) 중에서 『사주추명(四柱推命)』, 즉 천법(天法)과 지법(地法)을 공부한 뒤 시작한 술서가 『난강망』이었다. 내용의 어려움도 그러려니와 소경에게 가르치는 공부였기에 두 문장을 끝내는 데도 두 시간이 빠듯했다. 아침부터 저녁까지 뭇 손님의 통사정을 새겨들으며 꼿꼿이 앉아 응대하자면 선화도 체력이 달렸다. 그러나 그네는 저녁 학습을 마다하지 않았다. 그네가 피곤한 기색을 보이면 백운이, 오늘은 그만 하자고 말해도 그네가 그 말을 듣지 않았다. "소경에다 제 머리가 명석하지 못하고 술서에 통달하지도 않으니 학문을 게을리해서는 아니 될 것입니다. 부귀한 자, 미천한 자 가리지 않고 제 말 한마디에 숨을 조이며 찾아오는데, 찾아오는 발길로 문지방이 닳는다고 제가 방만한 마음을 가진다면 하루아침에 파장을 맞고 말겠지요. 제 마음은 하루하루가 늘 조마조마하고 위태롭습니다." 선화 말이 그러했다. 공부를 마치면 백운은 요령을 흔들었다. 건넌방에 있는 옥천댁이 들으라고 내는 소리였다. 잠시 뒤면 옥천댁이 소반에 잣 띄운 수정과나 감주 잔을 날라왔다. 어떤 때는 백운이 죽로차를 청하기도 했다. 그때부터 한담 나누는 시간이었다. 옥천댁은 두 사람 대화를 듣다 잔이 비면 거두어 나갔다. 백운과 선화의 한담이란 하루 일과 점검부터 시작했는데, 역풀이를 할 때 서로 견해가 달랐던 점에 따른 의견교환도 있었다.

일반적으로 여자 장님 점쟁이를 '여복'이라 불렀고, 장대에 흰 깃발을 달아 표시하던 그런 점 보는 집을 '여복집'이라 일컬었다. 여복은 명구할멈처럼 주로 산통으로 점을 쳤고 액을 쫓는 방법으로 도가(道家) 경문의 한 가지인 『옥추경(玉樞經)』을 읽어주며 외우게 했다. 그러나 백운이 선화를 앞세워 여복집을 열 때, 그가 '현현역술소'란 간판을 내건 만큼 산통점은 배격했다. 보수산 검정골에서 '백운역술소'란 간판을 걸어 파리만 날리던 실패를 경험 삼았으나, 산통점은 너무 단순하므로 미신적인 요소를 배제키로 했던 것이다. 그 대신 육효(六爻), 산명학(算命學), 심령술(心靈術)을 가미하는 새로운 점술을 선화로 하여금 익히게 했다. 선화의 수려하고 차가운 용모는 점을 보러 오는 사람들에게 그 어떤 신비감을 주었고, 말을 아껴 헤프지 않은 예언의 비의성(秘意性)이 산통점에 익숙한 아녀자들에게는 아주 그럴듯한 운명 풀이로 들렸고, 영험 있는 해박한 술사로 세움 받아 금세 이름을 얻게 했던 것이다. 백운은 선화를 두고 금강산 입산 수도 몇 년 만에 도통했다느니, 누구누구에게 배워 영험을 얻었거나 신내림을 받았다느니 하는 허위 선전을 하지 않았으나 출생과 이력만은 철저히 함구했다. 주위 사람들에게도 비밀을 다짐케 했다. 그러나 한 입씩 건너가는 소문은 눈덩이처럼 부풀게 마련이어서, 선화를 신비한 안개로 감싸 당대에 만나기 쉽지 않은 영험 있는 술사로 이름을 얻게 했다.

점을 칠 때, 선화, 백운, 명구할멈이 한방에 좌정하나 각자 역할이 있었다. 아랫목 가운데 정중앙에 선화가 정좌하고, 그 옆자리 방문 쪽에 앉은뱅이책상을 앞에 두고 백운이 책사처럼 앉았다. 명구할멈은 뚝 떨어져 선화와 마주보고 마당 쪽 윗목에 자리했다. 손님이 방안으로 들어와 선화 앞에 앉으면 생년월일시와 성명을 대라는 말로 선화가 말문을 떼었다. 백운이 이를 갑자인명록(甲子人名錄)에 올렸다. 선화가 괘로 육효를 풀 동안 거사는 주성, 종성표(主星, 從星表)와 천중살표(天中殺表)를 산술해서 당사자 운세를 찾아내 선화에게 일러주었다. 선화가 손님에게 질문을 시작하면 질문 응답에 따라 육효와 사주추명 이론을 바탕으로 운세 풀이에 들어갔다. 그러나 가족운, 건강운, 재산운 따위로 평생 신수를 보아주는 경우는 드물었고, 지금 당하는 액이나 궁금하게 여기는 점만을 짚어 풀어나갔다. 거사가 손님에게 보충질문을 해서 선화 역풀이를 돕거나 자기 의견을 제시하는 경우가 있지만, 선화가 일이 분 정도 정신 집중을 위해 명상에 들어가면 백운도 말을 끊었다. 그런 정적이 있은 뒤 선화는 뇌리에 잡히는 하나의 상(想)을 두고 그 상을 실체화시켜 상대 운명을 짚어나갔다. 그런 직관력은 거사도 탄복할 만했으니, 남 앞에 나설 실력이 없다고 부득부득 우기는 선화를 타일러가며 손님 앞으로 끌어낸 결정적인 동기가 그 점이었다. 백운은 선화의 그 점을 발견한 혜안을 가졌던 셈이다.

선화는 손님이 앙원하는 점을 족집게처럼 짚어내 만족할 만한 결정적인 해답을 내릴 적이 흔치 않았다. 『주역』 육효대로 해결책을 어렵게 제시했다. 손님이 답에 불만일 때면 선화 또한 단호히 맞섰다. "모르오. 그것까지 알면 내 눈뜨게 내가 왜 못하겠소. 초상날 집을 내가 처방한다고 죽을 자가 살아난다면, 우리 부모님인들 이백 년을 내가 왜 못 살리겠소. 내 아무리 신통하기로서니 인간의 행과 불행을 순리 벗어나 여반장처럼 좌지우지할 수는 없소." 선화의 그런 높하늬같이 쌀쌀맞은 말이 어떤 면에서는 성가를 높이는 데 일조한다고 볼 수 있었다. 손님을 무안하고 안타깝게 했고, 정직한 내쏨이 인간이 인간의 미래를 거울 보듯 죄 알 수 없다는 데 수긍 가게 했던 것이다.

합방해 자리 차지하기는 했으나 명구할멈 역할은 별 하릴없는 보좌역이었다. 어찌 보면 바람잡이였다. 손님이 넋두리 늘어놓을 때면 "우리 선녀님 말씀 맞아. 갈 데까지 갔군. 아주 버린 헌 짚신 짝이야" 하고 초를 치거나, "그런 횡액을 막는 비법은 우리 선녀님이나 알까, 나도 몰라. 사십여 년 여복인 나도 모른다구" 하고 선화를 추켜세우기도 했다. 선화 말이 끝났는데도 자꾸 군사설을 달며 뭉그적거리는 손님에게는, "끝났어. 뒷사람 봐서라도 자리 뜰 줄 알아야지. 복채나 놓고 어서 나가. 일러준 대로만 하면 되지 무슨 잔말이 많은고" 하며 퇴박을 놓았다. 그네는 오랜 경험을 바탕으로 엔간한 사주는 짚어내었기에 그런 말이 아주 허황되지는 않았다. 그래서 촉새같이 나서기는 했으나 양념 구실은 톡톡히 하는 셈이었다. 선화가 명구할멈을 식객으로 모셔왔고, 점 보는 방에 들이기도 선화 뜻이지만, 그네로서는 명구할멈이 옆에 있다는 게 심적으로 의지기둥이 되었다.

백운은 선화를 제자로 거두었으나 낮춤말을 쓰지 않았다. "그렇소" "저렇소" 하고 반말 쓸 때도 있었지만 대체로 공대말을 썼다. 선화를 현현역술소 얼굴로 내세웠으니 손님들 앞에 "이렇다" "저렇다" 하고 가르치는 투여선 곤란했기에 그 점은 자연스럽게 이루어졌다. 평소 집안 식구 앞에서도 그네에게 올림말을 쓰기는 4년쯤 전이었다.

선화가 보퉁이 싸들고 길안여관에서 나와 검정골 백운역술소로 거처를 옮기는 데는 백운과 옥천댁의 간곡한 권유가 있었다. 선화 역시 마사를 청산한 데는 그럴 만한 결심이 서 있었다. 저금통장에서 찾아낸 여축금이 제법 되었기에 공밥 먹지 않겠으며 본격적으로 『주역』 공부에 매진하겠다고 단단히 별렀던 것이다. 그래서 잠자리는 다른 방을 쓰며 스승과 제자로서 아침부터 늦은 밤까지 공부에 매달렸기에, 다른 문제가 있을 수 없었다. 그러나 서너 달이 지나자 검정골 판수들 사이에 선화가 백운 소실로 들어왔다는 소문이 나돌았고 한 지붕 아래 살다 보니 남 보기에도 그렇게 인정할 수밖에 없었다. 어느 날, 명구할멈이 옥천댁을 따로 불러 말했다. "작첩하거나 소실 두는 남정네가 요즘 세상에 어디 한둘 인가. 역술소 간판을 내걸었지만 두 입 살기도 빠듯한 처지에 소실 둔다는 게 말 같잖은 소리지만, 그것도 다 팔자야. 운세를 그렇게 타고났으면 인력으로는 안 될 일이지. 더욱 자네와 거사 사이에는 아직도 자식이 없지 않은가. 자네가 일찍 몸이 허해 거사를 만나 죽을 목숨을 살렸으니 그것만으로도 족한 팔자야. 자식 없음 또한 거사 쪽 탈이 아니라 자네 자궁집이 배태를 못하니 자식 한(恨)은 타고난 셈이지. 그러나 자네가 심성이 착해 투기심이 없고, 선화가 소경이나 사리 분별력 있는 아이니 후일에 자네를 하대하거나 어찌하지 않을걸세. 선화가 자네를 내치고 안방 차지할 아이가 절대 아님을 내 손가락으로 장을 지지더라도 장담하지. 그러니 거사와 선화 합방을 자네가 주선해봐. 그래서 자식이라도 얻게 된다면 눈먼 선화 쪽보다 자네가 노후에 큰 낙이 될 게야." 서방과 선화 사이가 스승과 제자일 뿐 그 관계의 깨끗함을 알고 있던 옥천댁으로서는, 명구할멈 말이 말 같지 않은 소리로 들려 그저 웃음만 짓고 말았다. 동네 소문이 그렇게 돌았으나 옥천댁은 두 사람이 그럴 사이가 아니라고 변명도 했다. 계룡산 용동골에서 혼례 올린 지 열한 해째, 폐병 뒤끝 탓인지 옥천댁은 자식을 두지 못하고 있었다. 소박을 맞아도 순종해야 할 터인데, 서방은 한번도 그런 내색 없이 자신을 도타이 여겨줌이 그네로서는 감지덕지했다. 그러나 날수가 지나자 명구할멈이, 자기 산통점이 이번만은 틀림없다며, 옥천댁이 수수방관해도 어차피 그렇게 될 사이이니 먼저 나서서 권해보라고 그네를 다시 구슬렸다. 옥천댁도 차츰 생각이 바뀌게 되었다. 늦은 밤까지 남녀가 호롱불 밝혀놓고 낭랑하게 글 읽는 모습을 창호지 그림자로 지켜보면, 그네로서도 더 이상 모른 체할 수 없었다. 소경인 선화는 그렇지 않았지만, 선화를 보는 서방 눈은 그 어떤 정염이 타오르고 있음을 그네는 여자의 직감으로 여러 차례 엿본 적 있었다. "선화는 보통 애가 아니야. 청빈을 허물로 여기지 않고 내 이렇게 살아왔듯 지금도 재물을 넘보는 마음은 없으나, 선화를 썩혀두기란 보배를 땅속에 묻어둠과 같도다. 저애를 세상으로 끌어내면 틀림없이 명망과 영화를 얻고 우리 또한 적빈함을 벗으련만 내 차마 그 말이 입에서 떨어지지 않구나. 내가 선화를 만난 것은 전생의 인연이로다." 서방이 무릎 치며 애석함과 찬사를 늘어놓을 적마다, 선화를 소실로 거두어 자식을 봄이 어떤지요 하는 말이 입안에서 궁글었으나 옥천댁 역시 차마 그 말을 털어놓을 수 없었다. 그 말을 뱉은 뒤 서방이 자칫 잘못 판단한다면, 선화를 취한 연후에 당신은 뒷전에 물러앉고 그녀를 판수로 내세우라는 후안무치한 충동질로 들리기 십상이었다. 서방의 대쪽 같은 품성은 어디까지나 세속적 욕망에서 초연한 선비풍이었다. 그렇다고 학문에 여념 없는 선화에게 씨받이가 되어달라고 의뭉스레 발설하기도 망설여졌다. 선화를 보면 승천할 새끼 용 한 마리를 몸안에 키우는 듯한 범접 못할 무엇을 늘 느꼈던 터였다. 그네의 그런 속마음을 영안(靈眼)으로 짚어낸 명구할멈이 그제야 머리를 끄덕였다. 거사와 선화는 칼날 끝에 모둠발하고 앉아 서로 쏘아보는 매와 같아 내로라 생각이 상대 마음을 다정하게 어루지 못하므로 둘 중 하나에게 그 무엇을 섣불리 권하다 일을 아주 그르칠 우려가 있다고 조언했다. 그 일이야말로 대명천지에 명분 세워 권할 일이 아니며, 순리에 의지하자면 이 길을 좇을 수밖에 없다며 명구할멈이 대안을 냈다. 저녁마다 다듬이질 일감이나 바느질 일감을 가지고 자기 집으로 마을 오라 했다. 옥천댁이 그 말뜻을 알아듣고, 다듬이질 소리가 공부에 훼방이 될 터인즉 마을 가겠다며 서방 허락을 얻었다. 이튿날부터 그네는 일감을 가지고 명구할멈 댁으로 가서 자정 가까워 집으로 돌아오곤 했다. 그네는 서방과 한방 썼으나 살 섞기가 열흘에 한 차례쯤이었는데, 그 뒤부터 몸이 좋지 않다는 핑계를 대고 늘 돌아누워 잤다. 나이가 드니 슬하에 자식 없음이 서럽고 외롭다며 서방에게 죄송하다는 말을 흘렸다. 자기 그런 속셈을 백운이 모를 리 없건만 서방은 대꾸가 없었다. 달포를 넘기자 옥천댁은 숫제 명구할멈 집에서 자고 오는 날도 있었다. 새벽에 돌아와도 서방은 가타부타 말이 없었다. 옥천댁이 명구할멈 집에서 자주 잠을 자고 오기 한 달째, 독이 터질 만큼 날씨가 맵게 춥던 밤이었다. 공부를 마친 깊은 밤, 백운은 끝내 자제력을 잃고 호롱불을 서둘러 껐다. 선화를 안고 몸을 뉘었다. 그런데 오히려 선화 쪽에서, 스승님 마음이며 사모님 배려를 오래전부터 깨닫고 있었다며 아무런 저항 없이 몸을 열어주었다. 백운 하는 짓이 그럴 수밖에 없었지만, 조급하고 서투른 몸놀림으로 짧은 합환을 끝내고, 그가 선화 뺨에 얼굴 붙였을 때였다. 그는 깜짝 놀랐다. 질펀한 눈물이 닿았던 것이다. 선화는 숫처녀가 아니란 데 따른 부끄러움과 흘러간 시간을 두고 울음을 깨물었으나, 그는 그 눈물을 그렇게 받아들이지 않았다. "앞으로 너에게 하대말을 쓰지 않겠네. 내 이제 스승의 체모를 잃었으니 올림말을 쓰겠소." 거사가 선화로부터 몸을 떼고 의복을 수습한 뒤 무례함을 변명하듯 침통하게 말했다. "한갓 미천한 계집에게 스승님이 어찌 올림말을 쓰겠습니까. 말씀은 예전대로 하십시오." 선화가 말했으나 백운은 고집을 꺾지 않았다. 그는 때를 보아 터를 옮겨 선화를 판수로 내세우기로 작정했기에 이에 대비해 이튿날부터 깍듯이 올림말을 썼다.

백운은 솔직한 성품 그대로 옥천댁에게 선화와 관계를 이실직고해 해량을 구했다. 이튿날, 그가 서책을 사러 출타한 틈을 빌려 선화 역시 옥천댁에게 큰절을 올리고, 소녀의 상스러운 행실을 용서해달라고 빌었다. 옥천댁이 그 말을 너그러이 받아들이자, 선화가 앞뒤 사정을 훤히 꿰뚫고 있었거나 한 듯 차분한 어조로 말했는데, 그 말이 당찼다. "제 뜻이 하늘에 닿을는지 모르겠으나, 천지신명께 간구하여 다행히 옥동자를 출산하게 되면 사모님께서 백모로서 그 아이를 거두셔서 후사를 잇게 하십시오. 저는 그 아이를 제 자식으로 여기지 않겠습니다. 예전이나, 지금이나, 훗날에나 사모님 모시는 마음은 추호도 변함이 없을 것입니다. 소녀 맹세를 한낱 변명으로 듣지 마옵소서." 옥천댁은 그날로 시집올 때 가져온 백동비녀를 선화에게 내렸다.

선화가 정흠이를 낳은 것은 그로부터 한 해를 넘겨 이태가 다 되어서였다. 여러 차례 유산 끝에 얻은 두 눈 또록한 옥동자였다.

보수산 턱마루 검정골을 떠나 성내 동장대 아랫말에 현현역술소를 내어 손님이 붐빌 무렵이었다. 선화는 젖이 모자랐다. 그래서 부엌일 삼아 두게 된 정흠이 젖어미가 영소어미였다. 선화는 정흠이가 엄마를 알아보기 전에 정을 떼려는 속셈인지, 아이를 옥천댁 품에 넘겼다. 낮에는 주로 물금댁이 정흠이를 거두었으나 잠자리에 들 때면 옥천댁이 아이를 품에 끼고 잤다. 옥천댁은 마치 자기 소생인 양 정흠이가 밤에 보챌 때면 기저귀 갈이는 물론 암죽을 끓여 먹였다. 그네가 아이에게 쏟는 애정이 각별나 정흠이 감기에 걸려 밤새 보채었을 때, 그네는 뜬눈으로 밤을 새우기도 했다. 그런 그네 정성은 그렇다 쳐도, 선화 태도를 두고 집안 아녀자들은 혀를 내둘렀다. 제 뱃속에서 나온 자식에게 어찌 저토록 매정할 수 있느냐는 놀람이었다. 선화의 매정한 점은 다른 면에서도 나타났다. 정흠이를 출산한 이후부터 그네는 백운의 잠자리를 받지 않았다. 출산 이후 한 달이 지났을 무렵 밤이 깊었을 때, 백운이 선화에게 동침을 원했으나 그네는 예를 갖추어 청을 물리쳤다. "저는 평생 홀몸으로 살기로 고향 떠나 부산에 정착했을 때 작심했더랬습니다. 스승님 만나 평생 갚지 못할 은혜를 입은 바 있사옵고…… 정흠이를 낳았으나, 역시 제가 갈 길은 처음 세운 뜻에 있음을 깨달았습니다. 무례한 청으로 여길지 모르오나 앞으로 합방할 수 없겠습니다. 초심 각오대로 학동으로서 학문에 더 주력하겠사오니 모쪼록 더 높은 가르침을 베푸소서." 선화 말에 백운은 부끄러웠다. 두 여자를 양쪽에, 그 가운데 대를 이을 손까지 두고, 집안에 여러 아랫사람까지 거느리게 되자 세속적 안락에 자족

해온 근년의 자신이 되돌아보였던 것이다. 또한 자신의 역풀이에
도 '선빈후복(先貧後福)하나 명리(名利)와 묘령(妙齡)을 좋아하면
허부(虛浮)한다' 했다. 선화의 그런 태도에 백운은 홀연히 군자로
서의 체모를 자각했다. "선화 말이 맞아요. 내가 잘못했습니다. 내
다시 예전으로 돌아가 한때의 과오를 뉘우치겠소. 사려 깊지 못한
나를 용서해주시오." 백운은 조용히 안방에서 물러나왔다. 건넌방
으로 건너간 그는 정흠이를 보듬고 미음을 먹이던 옥천댁에게 선
화 말을 그대로 옮겼다. 옥천댁은 서방의 그 말이 더없이 기쁘고
선화 처신이 고마웠다. 과연 선화가 이 세상에 살고 있는 그런 여
자가 아님을, 그네의 차가운 모습이 신비로운 존재로 옥천댁 마음
을 채웠다. 그렇게 되자 그네는 선화를 친동기 이상으로 더 따뜻
하게 대해 보살핌을 아끼지 않았다. 손아래 소경이지만 선화 앞에
만 서면 절로 언행이 조심스러웠다.

　선화는 복채로 들어오는 금전에는 일절 관여하지 않았다. 날
마다 쌓이는 돈은 백운이 맡아 관리했다. 아홉 명 식솔을 거느리
다 보니 안살림은 옥천댁이 맡았다. 백운은 일주일 단위로 가용돈
을 옥천댁에게 넘기는 외, 나머지는 경남은행 성내지소에 예금하
고 있었다. 성내지소는 백운이 큰 고객이라 명절이면 지소장이 손
수 선물꾸러미를 들고 현현역술소로 찾아오곤 했다. 백운은 한 달
에 한 번 선화에게 총 예금액, 그동안 불어난 이자, 가용에 쓴 돈
따위를 말해주었다. 그러나 선화는 한 번도 백운 보고에 되묻거나
첨언하지 않았다. 선화가 경청만 하며 토를 달진 않았으나, 말씀
해주지 않아도 된다고 말한 적이 없었기에 그는 월말에 그 보고를

266

빠뜨리지 않았다.

오늘 마지막 손님은 혼례 날짜 택일을 보러 왔던 부잣집 마님이었다. 선화는 음력 이월 초엿샛날을 길일(吉日)로 잡아주었는데, 백운과 선화는 간지(干支) 풀이를 두고 의견을 나누었다. 뒤를 이어 백운이 꺼낸 말은 석주율에 관해서였다. 주율은 작년 8월 중순으로 산판일을 끝내고 부산감옥에 재수감되었던 것이다. 9월부터 선화와 백운은 한 달에 한 차례 있는 면회날을 빠뜨리지 않았다. 정심네와 이희덕이 두 차례 면회를 다녀갔다.

"이번 음력 스무이틀날이 감옥 면회 날입니다. 이제 사흘이 남았습니다. 종전대로 하자면 양력 삼월 일일이 면회 날인데 기미년에 만세사건이 있었다 해서 하루를 늦추었나봐요."

"오빠 면회는 이번으로 마지막이 되겠군요." 석주율 말만 비추면 선화의 다문 입도 자주 열렸다. "출감을 앞둔 오빠 장래를 두고 참신(參神) 숙고해도 왠지 그 길이 보이지 않습니다. 글방이며 구휼운동은 계속하겠지만 수고로움은 산이 되어 앞을 막고……"

"시국이 이러니 나도 심려가 큽니다. 석선생이 출감하더라도 매달 석송농장 보조금 삼십 원은 그대로 유지해야지요."

"오빠가 새 일을 벌인다면 보조금을 더 늘여야지요."

"물론 그래야겠지요." 백운은 자리에서 일어났다. 밤이 제법 깊었다.

백운이 나가자 영소엄마가 세수대야에 더운물을 안방으로 날랐다. 선화는 얼굴과 손발을 정히 씻고 한동안 다시 점자책으로 공부한 뒤, 너른 안방에서 혼자 잠을 잤다.

*

　양력 3월 2일, 해가 떠오르기 전 아침 나절이었다. 다른 날 같으면 새벽부터 점을 보러 오는 손님들이 몰려들련만, 골목길이며 바깥마당이 횅했다. 백운이 그날만은 손님을 받지 않기로 해 예약표를 나누어주지 않았기 때문이었다. 부산감옥 면회 날이라 거사와 선화가 외출 채비를 했다.

　"거사어르신, 인력거 대령해놓았습니다." 어제부터 열심히 먼지 털고 닦은 인력거를 문간채 헛간에서 끌고 나오며 마당쇠 길명이가 말했다.

　검정 두루마기에 중절모 쓴 백운이 책과 옷을 싼 보퉁이를 들고 건넌방에서 나왔다. 따라나온 옥천댁이 얼른 댓돌에 내려서서 콧등을 윤나게 닦아놓은 서방 구두와 선화 고무신을 신기 좋게 가지런히 놓았다. 잠시 뒤 곱게 단장한 선화가 영소엄마 안내를 받으며 대청으로 나섰다. 선화 역시 검정 당목두루마기 아래 버선코를 보인 옥색치마를 입었다. 옥천댁이 선화 손에 길잡이 짝지를 쥐어주었다.

　바깥마당에 나와 있던 집안 식구가, 잘 다녀오시라며 인사를 했다. 2인승 인력거에 백운이 선화를 먼저 태우고 옆자리에 올랐다. 어르신과 마님 모시고 잘 다녀오겠다며 머릿수건 동여맨 길명이 인력거를 몰았다.

　인력거는 동장대 내리막길을 내달아 법륜사 쪽으로 길을 잡았다. 안산(鞍山) 쪽에서 불어오는 산내리바람에는 아직 묵은 겨울 한기가 스며 있었으나 봄은 오고 있었다. 한길가 버드나무가 연초록 잎순을 틔웠고 통행인 입성도 그랬다.

"어제 신문에서 보니 양산 청년회, 부인회, 소년단, 여자소년단이 공동으로 토산물 애용운동을 전개한다는 기사가 실렸더군요. 일본 물건을 쓰지 않고 조선 물산을 장려하자는 운동이 전국적으로 활발한 모양 같아요." 백운이 길가 통행인을 살피며 세상 잡사를 두고 몇 마디 말을 더 꺼냈으나 선화는 반응이 없었다. 그는 입을 닫고 눈을 감았다. 길바닥이 고르지 못해 인력거에 앉은 두 사람 몸이 흔들렸다.

길명이 헌걸차게 인력거를 몰아 동대신정과 보수산 고개턱을 넘어 부산감옥 정문 앞에 당도했을 때는 해가 하늘 위로 성큼 떠올라 있었다. 아침 열시부터 면회신청서를 받았는데 맞춤하게 도착한 참이었다.

수위실 면회신청 접수창구 앞은 면회온 가족이 떼거리로 몰려 있었다. 간수가 호루라기를 불며 차례대로 줄을 세웠다. 선화를 인력거에 남겨두고 백운이 접수창구 앞 긴 대열 꼬리에 섰다. 누구인가 백운 어깨를 쳤다.

"거사님 오셨군요." 김기조였다. 혈색 좋은 넓적한 얼굴에 콧수염을 짧게 길러 나이가 서른 중반으로 보였다. 그는 양피 납작모자를 눈썹께까지 눌러쓰고 있었다. 검정 양복에 조끼를 받쳐입고, 흰 와이셔츠에 진홍색 나비넥타이를 매어 한껏 멋 부린 신사 차림이었다.

"김형이구려. 백선생님 면회 오셨군요."

"나리님 부탁으로 스승님 자제분을 모시고 왔습죠."

3년 6개월 실형선고를 받았던 백상충의 만기 출옥 시기가 작년 9월이었다. 그러나 이태 전 12월, 백상충은 부산감옥에서 사건 국사범과 탈옥을 모의한 끝에 조선인 간수를 매수하는 데 성공했다. 그 결과 밤교대 시간에 간수로 위장해 정문을 무사히 빠져나갔으나 곧 비상경보에 따른 불심검문에 걸려 부산역전에서 동료와 함께 체포되었다. 백상충은 다시 재판에 회부되어 추가 징역 2년 선고를 받았다. 그의 옥중 생활이 2년 더 연기되었으니 내년 9월에나 석방이 가능했다.

"백선생님은 여전히 독방에 수감되어 있습니까?"

"사식 차입은 물론이고 책도 반입 안 돼요. 붙잡힐 탈옥을 왜 시도했는지 납득이 안 갑니다. 참, 선화는 왔나요?"

"인력거에 있습니다."

"여기 이렇게 줄 서서 언제까지 기다릴 작정입니까. 면회 순번이 오후로 늘어질 텐데요. 날 따라오십시오." 김기조가 수위실로 걸었다. 백운은 그 자리에 서 있었다. "아니, 왜 그러세요?"

"순서대로 기다리겠어요."

"융통성 없기는…… 석형 수인 번호가 몇 번인가요?"

"육삼옵니다."

김기조는 수위실 출입문을 밀고 들어갔다. 한참 뒤, 그가 번호표 두 장을 들고 나와 한 장을 백운에게 넘겼다.

"나리님 심부름으로 종종 들랑거리니 면회소는 안면이 넓지요. 면회시간을 열한시로 끊었습니다."

김기조가 회중시계를 꺼내어 보곤, 이제 사십오 분 남았다고 말했다. 둘은 정문 밖 공터로 걸었다. 인력거가 열 몇 대가 대기해 있었는데, 백상충 자녀인 형세와 윤세가 외투를 입고 타고 온 인력거 앞에서 기다리고 있었다. 형세는 부산공립상업학교 졸업반이었고, 윤세는 관립 보통학교 5학년이었다. 면회 때마다 만나 안면이 있어 형세 남매가 백운에게 인사했다. 그들을 본 길명이 선화를 데려왔다.

"선화는 날이 갈수록 절세가인이 되는군. 자기 용자를 명경으로 못 봄이 안타까울 뿐이야." 김기조가 너털웃음을 웃었다.

선화는 대답하지 않았다.

"그럼 갑시다." 백운이 말했다.

길명이 선화 팔을 잡고 인도하려 했으나 그네가 지팡이 짚고 혼자 나섰다. 일행은 면회자 대기실로 들어갔다. 벌써 간수에 의해 수인 번호가 불려 면회가 시작되고 있었다. 백운은 석주율에게 차입할 책을 창구로 넘겼다. 책은 사상서, 역사서 따위는 반입이 안 되기에 노자와 장자 경서,『대승기신론(大乘起神論)』, 정약용의『목민심서』였다. 간수가 책을 장부에 기록했다.

열한시를 조금 넘겨 다른 세 사람과 함께 백상충과 석주율의 수인 번호가 호명되었다. 김기조는 철책문을 지키는 간수에게 번호표를 넘겨주곤 형세와 윤세를 달고 면회실로 들어섰다. 석주율 면회는 3호 창구였다.

개폐기가 올라가자 쇠창살 건너 석주율이 나타났다. 붉은 수의에 변함없이 여윈 모습이었다. 백운과 석주율이 인사말을 나누었다.

"출감 날짜를 손꼽을 때부터는 하루가 한 달만큼 지루하다던데 지내시기 어떠합니까?" 백운이 물었다.

"수양하는 기회로 여기니 편안합니다."

"백선생님은 종종 뵙습니까?"

"아침 운동시간에 더러 뵙지만 긴 말 나눌 기회가 없어 눈인사만 하지요."

"오빠 출옥할 때가 해동 절기요 입학기라 갓골로 돌아가면 무척 바쁘겠어요." 선화가 말했다.

"면회 온 이희덕 선생한테 그쪽 소식은 대충 들었어. 어서 나가 혼자 애쓰는 이선생을 도와야지."

"나오는 날까지 마음 편케 가져요." 백운이 말했다.

3호 창구에서 그런 대화가 오고 갈 동안 1호 창구는 윤세가 목소리를 높이고 있었다.

"……그래서 할아버님께 막 떼를 썼지요. 조선인 아이들이 다니는 학교로 전학시켜달라고요. 일본애들도 보기 싫고요. 제가 조선인이 아니었다면 모리 선생님이 그런 답안지 냈다고 회초리 치겠어요?"

"윤세야, 그만큼 해둬. 회초리 맞은 게 무슨 자랑이라도 되니. 너 퇴학당하고 싶어 자꾸 그런 말 해?" 형세가 누이를 나무랐다.

"윤세야, 학교를 옮겨도 조선 땅 안에서는 어디나 마찬가지다. 네 뜻은 알겠으나 일 년 지나면 졸업하니 참고 배워." 딸을 보고 말하는 백상충 목울대가 들먹였다. 그는 기미년 만세 운동 5주기를 맞아 통방(通房)을 통해 뜻맞는 수인과 사흘 기한부 단식 중이라 얼굴이 더 초췌했다.

"선생님이 반성문 쓰라 했지만 쓰지 않았어요. 조선인이 조선말로 작문 쓰는 게 잘못 아니잖아요?"

"아버지." 윤세 말을 받아 형세가 나섰다. "윤세 학교는 내지인만 다니는 수이쇼 소학교잖아요. 할아버지 덕분에 그런 학교에 입학한 걸 고마워하기는커녕 늘 투정만 하지 뭐예요. 작문시간에 국어를 쓰지 않고 조선어로 썼으니 회초리 맞아도 당연해요. 제가 뭐 윤세에게 조선어로 작문해선 안 된다고 하는 건 아니에요. 그러나 학교란 규칙이 있으니 학교 안에서는 규칙에 따라야 한다고 봐요."

"형세 네겐 따로 할 말이 있으나 그럴 자리가 아니니 훗날에 보자." 백상충이 아들에게 말한 뒤 딸에게 눈길을 돌렸다. "윤세야. 다 못난 아비 탓이다. 내 너만 할 때 집을 떠나 경주 땅 녹동 마을에서 스승으로부터 글을 배울 때, 바름(正)이 아닌 것을 바르다 함은 사(邪)라 배웠다. 사란, 거짓이란 뜻이다. 그러나 지금 세상은 그런 정론을 받들지 않는다. 그러므로 바른길로 나아가는 사람이 곤경을 겪는다. 그런데 너는 아직 학동 아닌가. 그러니 배울 때 힘써 배워둠이 우선 중요하다. 장차 그 배움을 바탕으로 정과 사를 구별한다면 갈 길이 열릴 게다. 그동안은 속으로 삭이며 참아야 한다. 아버지 말을 명심하거라. 슬픔과 괴로움을 참는 것도 학문하는 자세니라." 백상충이 그윽한 눈길로 딸을 보았다.

윤세가 흑, 하고 울음을 삼켰다. 면회 시간이 끝났다는 호루라기 소리가 들렸다.

"스승님 부탁대로 도서 반입은 계속 교섭하고 있습니다. 아마 다음 면회 때까진 책을 받아보실 수 있을 겁니다. 다른 부탁 말씀은?" 시계를 보던 김기조가 일본말로 물었다.

"가능하다면 신간 잡지나 신문도 넣어주게."

개폐기가 무심히 닫겼다. 얼굴을 볼 수 없었지만 오누이가, 아버지를 불렀으나 대답을 들을 수 없었다.

백상충과 석주율 면회를 마친 다섯이 정문 옆 수위실 앞까지 나왔을 때였다. 한 지게꾼이 일행을 발견하곤 쫓아왔다.

"거사어르신, 그동안 무고하셨죠?" 체격 늠름한 지게꾼이 인사했다.

"김서방이구려. 왜 안 보이나 했지요. 그런데 우리는 벌써 면회 마치고 나오는 길입니다."

"그렇게 빨리요? 절영도 도선목까지 나무 한 짐 나르고 오니 지체하고 말았군요. 석선생님은 별고 없으시구요?"

"탈없이 잘 있습디다."

"차입금도 몇 푼 마련해왔는데……"

"우리가 손을 썼으니 걱정 마십시오. 이제 보름 남짓 지나면 석방되잖습니까."

"나오는 날짜도 알 겸 동장대에 한번 들르겠습니다."

"그렇게 하시지요. 이렇게 찾아줘 고맙습니다."

"그럼 저는 물러가겠습니다."

지게꾼이 절을 하곤 서정(신창동) 신시가 아랫길로 멀어졌다. 봉화군 소천면 산판에서 석주율과 함께 일했고 육송정 적심 때부터 안동 도산서원에서 떼를 짤 때까지 주율로부터 글을 배운 김복남이었다.

"지난달 면회 때 봤던 자 아니오? 지게꾼 주제에 성의가 놀랍구려." 김기조가 멀어지는 김복남을 보았다.

"석선생한테 감화를 받았나봐요. 저분 외에도 산판에 같이 있었다며 동장대로 안부 물으려 오는 자가 더러 있지요."

"석형이 산문에서 도 닦더니 인품 세웠어. 백립초당에서 스승님 아래 함께 공부하던 소싯적이 생각나는군. 나보다 늘 한 수 아래로 쫓아왔지만, 그때 싹수가 보였지. 마음이 너무 유약하다고 스승님 핀잔을 자주 듣긴 했지만." 김기조가 위신을 세웠다. 그는 늘 여러 사람에게 자신을 백상충 수제자라며 자랑했고 반드시 스승님이란 호칭을 썼다.

인력거가 대기한 공터까지 올 동안 윤세는 서럽게 울었다. 형세가 누이를 위로했으나 윤세 흐느낌이 그치지 않았다.

"형세, 윤세, 잘 가거라. 틈내어 나리마님께 인사도 드릴 겸 대창정에 한번 들르마." 선화가 윤세 어깨를 싸안고 등을 다독거렸다.

"그럼 여기서 헤어지기로 합시다. 나야말로 몸이 두 쪽이라도 바쁜데, 또 복례 문제까지 골치를 썩이니. 석형이 석방되면 내가 한번 동장대를 찾으리다."

김기조가 말하곤 형세와 윤세를 인력거에 태웠다. 그는 인력거꾼에게 삯전을 주고 둘을 대창정 삼정목까지 태워주라고 일렀다. 기조를 탐탁잖게 여기는 백운은 그에게 목례만 하고 선화를 부축해 인력거에 먼저 태웠다.

"검정골에 들렀다 가자." 백운이 길명이한테 말했다. 석주율 면회를 마치고 돌아가는 길이면 꼭 검정골 판수마을에 들러 인사를 차렸던 것이다. 선화가 먼저 그 운을 떼고부터 관행을 거르지 않았다. 삶은 돼지고기, 떡, 과실 따위의 먹거리를 사들고 가면 판수들이 반갑게 둘을 맞았다. 금방 잔칫집 분위기가 되었고, 판수들은 성공한 선화를 두고 인사성 밝다며 칭찬했다. 선화는 같은 처지의 어른들을 모심에 깍듯이 예를 차렸다.

인력거 두 대가 떠나자, 김기조는 궐련을 피워 물고 잠시 멀뚱히 서 있었다. 그가 지금부터 해야 할 일과시간표를 머릿속에서 짤 동안, 인력거꾼 여럿이 몰려와 자기 인력거로 모시겠다고 턱받이해 간청했다. 멀쑥하게 차려입은 양복쟁이를 보고 거지도 몰려와 적선하라고 손을 내밀었다. 인력거꾼들이 제 몫 손님이라며 입싸움을 벌일 때야 김기조가 젊은 인력거꾼을 찍었다.

"자네가 마음에 들었어."

김기조가 으레 일본인인 줄 여기고 "샤초사마 요쿠오세와시마쓰(사장님 잘 모시겠습니다)" "이싱 구다사이(일 전 줍쇼)" 하고 혀 짧은 소리를 굴리며 머리 조아리던 인력거꾼과 거지들이 그가 조선인임을 알아보곤 놀란 눈으로 보았다.

김기조가 인력거에 오르자 인력거꾼이 어디로 모실지 물었다. 해관청이란 김기조 말을 듣고, 인력거꾼이 서대신정을 떠나 신바람 내며 달렸다. 보수산 고개를 넘어 영정(대창동)을 거쳐 부두거리로 들어섰다. 길바닥은 통행인과 우마차로 북새통을 이루고 있었다. 이제 이름조차 '소료여관'으로 바뀐 길안여관 앞을 지날 때,

김기조는 감회가 새로웠다. 주인마님과 사장님 부정을 빌미로 뜯어낸 거금을 쥐고 남빈정 유곽거리 덕이와 함께 현해탄 건너 내지로 들어가기가 다이쇼 5년 겨울이었으니, 벌써 다섯 해를 헤아렸다. 그 시절 여관 중노미 겸한 서생과 지금 자기 위치란 땅과 하늘 차이로 격세지감이 느껴졌다.

김기조가 덕이를 데리고 현해탄을 건너 도쿄에 도착하자, 그는 국철이 다니는 외곽지대 기치오요 지역 부근 하층민 집단부락 도야가이에 사글세방 한 칸을 얻었다. 그는 덕이와 살림을 차리곤, 시내를 뻔질나게 나다니며 수소문한 끝에 요요기상업전수학교에 청강생으로 등록했다. 부산 떠날 때부터 그런 꿍심을 품었던 대로 덕이를 쓰레기 소각장 휴지 수집 잡역부로 내보내고 그는 가을학기 입학을 목표로 학업에 매달렸다. 기조는 지닌 돈을 은행에 예금한 뒤 가능한 한 생계비를 절약해 겐죽(멀건 죽)으로 끼니를 때웠다. 혼례 올리지는 못했을망정 창가(娼家)에서 빼내어준 기조를 기둥서방으로 받들며 덕이는 밤낮으로 열심히 일했다. 새 삶의 전망 앞에 그네는 의욕을 되찾았던 것이다. 기조는 소망대로 고등보통학교 과정인 상업전수학교에 입학할 수 있었다. 덕이가 일본말로 의사소통이 가능하게 되자, 기조는 그네를 덴뿌라(튀김요리)집 하인으로 일자리를 옮기게 했다. 기조가 덕이를 버린 것은 도쿄 생활 1년 반 만이었다. 그는 경성에서 유학 온 부잣집 처녀를 낚는 데 성공했던 것이다. 신문명의 화려함에 잔뜩 겉멋 들렸던 경옥이란 유학생도 당시엔 숫처녀가 아니었다. 신무용예비학교에 적을 둔 그녀는 개화 여성으로 자처하며 여러 남학생을 거친 만큼, 도쿄 유학생 사이에서도 연애대장으로 소문나, 기조를 만났을 때는 술과 담배에 탐닉해 퇴폐적인 생활에 익숙해져 있었다. 기조는 어느 날부터 이유 없이 덕이를 매질로 홀대하던 끝에 그네로 하여금 제풀에 떨어져나가게 만들었다. "네놈이 얼마나 잘되는가 두고 보자. 여자가 한을 품으면 오뉴월에도 서리가 내린다." 온몸에 피멍이 든 덕이가 기조 면전에 내뱉곤 보퉁이 꾸려 덴뿌라집 골방으로 거처를 옮겼다. 기조는 경옥이를 집으로 불러들였다. 경옥이 경성 친가에서 부쳐오는 돈으로 새살림을 시작했다. 그러나 타락한 여자 전도가 그렇듯 경옥과의 살림은 1년을 더 끌지 못했다. 기조에게도 불운이 따랐다. 그는 우연히 노름판에 재미를 붙였는데, 명민한 그의 계산으로 단박에 묶음돈을 벌 수 있다고 판단했던 것이다. 마작 도박이었다. 처음 몇 차례는 돈을 땄다. 그러나 미끼에 걸려들어 그는 은행에 예금했던 돈을 몽땅 날렸다. 부산 바닥에서는 통할는지 모르지만 꾼들은 기조 단수보다 높았던 것이다. 월세마저 밀리자 기조는 거리로 나앉는 신세가 되었고, 경옥이는 물론, 다시 함께 합하자며 덴뿌라집으로 찾아간 덕이로부터도 수모를 당했다. 학업마저 중단하자 그는 부두 노동판에 나설 수밖에 없었다. 신학기가 되었으나 등록금 낼 처지가 못 되자 김기조는 부산 본정통에 있는 '아타미 요릿집' 홍이엄마 앞으로 편지를 냈다. 2백 원을 당장 송금하지 않으면 한달음에 현해탄을 건너가 사통을 폭로하겠다고 협박했다. 홍이엄마는 기조 입막음을 해야겠기에 울며 겨자 먹기로 그 요구에 응했으나 금액은 절반으로 줄여 우편환으로 부쳤다. 돈이 떨어지면 또 편지질해 올 것임을 예측했기 때문이었다. 기조는 부두 노동자합숙소에서 숙식을 해결하며 학업을 계속했다. 날품 파는 노동도 쉬지 않았다. 그러나 졸업장을 쥘 때까지 학비 조달만은 그 뒤에도 홍이엄마 신세를 계속 져야 했다.

어느덧 인력거가 홍복상사 어름까지 와 있었다. 해관청은 잠시를 더 가야 했다.

"저기, 저 이층집 앞에 세워." 김기조는 도쿄에서 보낸 참담한 지난날을 털어버리기라도 하듯 인력거에서 내렸다.

홍복상사는 이태 전 단층 함석집을 헐어내고 왜색풍 2층 목조건물로 신축되었다. 기조는 유리문짝을 밀고 안으로 들어갔다. 사무원 여럿이 책상을 마주해 업무에 여념 없었다.

"사쪼 나오셨지요?" 김기조가 출입문과 가까이 앉은 사무원에게 물었다.

"올라가십시오."

김기조는 나무계단을 밟고 2층으로 올라갔다. 2층 열대여섯 평을 두 쪽으로 나누어 경리직원 셋이 쓰는 사무실과 사장실로 쓰고 있었다. 그는 사무실 통로를 거쳐 사장실 방문을 두드렸다. 안에서 들어오라는 허락이 떨어졌다.

김기조가 사장실로 들어서니 조익겸과 우억갑이 응접의자에 마주앉아 있었다. 가운데 탁자에는 돈다발이 네댓 묶음 얹혀 있었다. 사장께 보고를 하던 우억갑이 말을 끊고 기조를 보았다. 기조는 그의 시선을 묵살하고 차렷자세로 90도나 되게 허리 숙여 조익겸 사장에게 정중히 절했다.

"빨리 끝내고 왔군. 애들은 집으로 보냈는가?"

"예, 사장님."

"백서방은 어떻고?"

"조용히 드릴 말씀이……"

"어시장 조합장을 내가 한번 만나지. 우서방은 돌아가." 조익겸
우억갑에게 말했다.

우억갑이 나카기의 오비를 추스르며 기조 앞을 스쳐갈 때 눈꼬
리 세워 눈총을 주었다. 한 시절 수하에 두었던 중노미 주제에 자
기를 밟고 올라서는 기조가 그의 눈에 시었던 것이다. 김기조는
그가 눈총을 주든 말든 아랑곳 않고 조익겸 맞은편 의자에 앉았다.

"사장님, 면회소 다나카 주임을 만나 오십 원 봉투를 찔러넣고
쇼부(결판)를 보았죠. 책 반입은 한 달 안으로 가능할 것 같습니다."

"독방살이니 책이라면 무료함을 달래겠으나 백서방한테는 그놈
의 서책이 화근이야. 책이란 무릇 명분만 내세우지 실익을 도외시
하니, 이 시절에 책을 읽는다 함은 머릿속에 몽유도원도나 그리는
작태가 아닌가. 책장이나 들치는 백면선생이라면 또 몰라. 백서방
은 책에 쓰인 주장만 믿고 중뿔나게 나서기만 하는 철부지니……"
콧수염을 만지작거리는 조익겸 표정이 찌무룩했다.

"신문이나 잡지까지 반입해달라던뎁쇼."

"그건 관둬. 물론 시국 문제는 먹칠해서 넣어줄 테지만 독방에
들어앉아 바깥세상을 알면 뭘 하겠다는 건가. 울화통이 치밀면 또
무슨 꿍꿍이셈을 꾸밀지 모르니, 잡범과 섞여 있도록 그 주선이나
해봐. 너라면 해낼 수 있는 일이니깐."

"그건 아무래도…… 스승님이 워낙 중범이라 어떻게 손을 쓸

도리가 없습니다. 계도과에서는 국사범을 잡범과 함께 뒀다간 오염을 염려하니깐요. 병감(病監) 쪽은 계속 타진하고 있습니다만……"

"알았어." 조익겸이 퀄련 낀 손으로 이마를 짚었다.

백상충 면회에 따른 보고가 일단락되자, 김기조가 퉁방울눈을 번쩍이며 조익겸을 건너다보았다. 옥에 갇힌 사위 문제로 늘 근심을 안고 있는 터라 조익겸은 눈을 감고 있었다. 기조가 은근하고 조심스럽게 말을 꺼냈다.

"사장님."

"또 뭔가?"

"지난번 말씀드린 은행 대부 건을 보고 올리겠습니다."

"그런 얘기가 있었더랬지."

"그저께 저녁 하사마(迫間) 상점의 경리원 후쿠모토상을 아타미로 조처했더랬습니다. 하사마 상점이 이번 김해 진영 소재 전 팔십오 정보를 동척 부산지점에 담보해 이만일천 원 대부금을 인출했다는 정보를 확인했습니다. 그래서 드리는 말씀인데, 기장에 있는 전답을 담보하시면 최소 오천 원 상당의 대부금을 받아낼 수 있겠습니다."

"자넨 아직 뭘 몰라." 조익겸이 결기를 돋우었다. "임대업, 곡물, 무역, 창고업, 수산업에다, 경남 지방 토지를 무한정 매입하다 못해 이제 전라도 곡창지대까지 손을 뻗치는 거상(巨商) 하사마와 나를 견주어? 내 비록 부의원(府議員)이긴 하지만 조선인 아닌가. 중추원 의원이래도 그 씨종이 조선인이라면 은행 문턱이 다락만큼 높다는 걸 몰라? 몇백 원이면 또 모를까." 조익겸이 말은 그렇게 했지만 넘겨짚기 삼아 해본 소리였다.

"사장님, 그렇게 비관적이지 않습니다. 동척을 상대하지 않고 한일은행을 이용한다면 대출 길이 있습니다. 후쿠모토상이 교량을 놓아주기로 했고, 성사에는 제가 자신 있습니다. 사장님, 대부금 오천 원을 상업회의소 보증을 세워 사채시장에 풀면 이자만으로 원금을 월부로 갚아 나간다고 할 때, 삼 년 이내에 완전 변제가 가능합니다. 저를 믿어주십시오."

김기조가 잠시 뜸을 들였으나 조익겸은 대답이 없었다. 공명심이 대단한 녀석이군, 하며 그는 기조를 두고 생각에 잠겼다. 도쿄 요요기상업전수학교를 졸업했다는 기조를 홍이엄마 천거로 홍복상사에 채용한 뒤, 조익겸이 금융장부 일을 맡겨보니, 단급(段級)인 수판셈도 빨랐지만 부기(簿記) 능력이 탁월했다. 유창한 본토 말을 밑천 삼아 은행과 상업회의소와 어업조합으로 외근을 뛰게 하자 대인 관계에 또 다른 수완이 있었다. 어떤 일감을 맡겨도 겁 없이 부닥쳤고, 그 결과는 반드시 정보를 빼내오거나 해결을 보았다. 조익겸은 기조를 새로운 눈으로 보게 되었다. 그는 김기조를 길안여관 중노미 시절에 더러 보기는 했다. 부잣집 맏아들 티 나는 훤한 용모에 인사성은 밝았으나 왠지 마음이 썩 내키지는 않았다. 난 체하는 쓸데없는 구변이 구슬렸다. 본토 말 의사소통이 자유롭고 손님을 잘 유치한다는 우억갑 말에도 시큰둥했더랬다. 그런데 그를 가까이 두고 보니 웬걸, 길 가다 돈지갑을 줍게 된 우연스런 횡재였다. 그러나 돌다리도 두드려가며 건너는 조익겸으로

서는 그를 신임하기에 연조가 너무 짧았다. 자금을 다루는 일이라면 더 신중할 필요가 있었다. 이삼 년 착실히 키워보다 금전에 정직하고 의리가 믿을 만하면 그때쯤 주사 자리 정도 주리라 늦춰잡고 있었다.

"은행 거래란 자네 말처럼 그렇게 단순하지 않고 덤빌 성질도 아냐. 그 문제는 내가 좀더 숙고해보기로 하지." 조익겸이 수고했다는 말은 하지 않았다. 이런 녀석에게는 칭찬말을 자주해 간덩이를 키워줘서는 안 됨을 알고 있었다. 상대를 바라보는 부리부리한 눈길에 남자다운 기상을 느낄 때도 있지만 한편으로 무슨 일이든 저지를 것만 같아 섬뜩해지기도 했다. 그래서 조익겸은 조만간 선화를 불러 사위 백상충과 김기조 점괘를 봐야겠다고 별렀다.

"상업회의소의 보증 세워 사채로 풀면 뒤탈은 걱정 없습니다. 상업회의소 채권을 담보하면 됩니다. 채권은 어업조합에 또 담보해 아타미 납품 어물 변제도 가능합니다." 상사 속뜻을 간파한 김기조 말이었다.

"알았다니깐." 조익겸이 입막음하곤 조끼주머니에서 지갑을 꺼냈다. 교제비로 쓰라며 20원을 주었다.

"사장님, 그만두십시오. 아타미에서 주로 교제하니 용돈은 필요 없습니다. 색시 접대도 아타미에서 쇼부를 봅니다."

"넣어두라면 넣어둬."

"그런데 사장님……" 김기조가 돈을 받으며 망설이는 투로 뒷말을 흐렸다.

"또 무언가?"

"지난번에 아타미에 넣은 애들로 사장님 심려를 끼쳐 죄송합니다. 촌애들이었으나 인물이 출중하기에 천거했습죠. 그런데 이번은 권번 출신으로 일류를 낚았습니다."

"자네에게 채홍사 노릇에서 손떼라고 말했잖았나. 머리꼭대기 피도 안 마른 놈이 그쪽은 왜 그렇게 밝혀!" 의자에서 일어서며 조익겸이 언성을 높였다.

"사장님 말씀에 따르기로 했습니다만, 이번만은 미색이 하도 아까워 현해탄 넘겨보내기가 차마……"

"그렇게도 인물이 출중하던가?" 목소리 누그러뜨린 조익겸이 턱살이 겹주름지게 빙그레 웃었다.

"예명이 소란이라 합지요. 일단 아타미로 데려다놓겠습니다. 사장님께서 일차 완상하시면 제 말이 허튼소리가 아님을 아실 겁니다." 마주 일어선 김기조가 손바닥을 비볐다.

"부산 바닥에 말뚝 박고 있지도 않았는데 넌 그런 애들을 어디서 조달해?"

"그 점은…… 정보망이 있습죠."

"한마디 충고하겠는데, 김군은 여자를 조심해. 이번만은 용서해준다만 앞으로 채홍사 노릇은 끊어. 그런 말 입에 더 올렸다간 내 밑에서 밥 먹지 못함을 유념해둬."

"명심하겠습니다." 김기조가 허리를 깊이 숙여 절하곤 사장실에서 물러나왔다.

탁자 위 돈다발을 들고 말코지에 걸린 양복과 외투와 모자를 챙겨 조익겸도 따라나섰다. 조익겸은 돈다발을 경리원에게 넘기곤,

점심을 먹고 오겠다며 아래층으로 내려갔다. 직원이 그에게 얼른 단장을 넘겼다. 그는 홍복상사 앞에 대기하던 전용 인력거에 올랐다. 인력거는 한길을 질러 부산경찰부 쪽으로 길을 잡았다. 본정통에는 경찰서, 이사청, 일본인 거류민사무소 따위의 관공서가 몰려 있었고, 아타미 요릿집도 그 근방이었다.

모든 쇠붙이가 광택으로 번쩍이는 귀인용 인력거의 꽁무니를 바라보다 김기조는 걸음을 옮겼다. 사장 마지막 말이 마음에 걸렸고 은행 대부건의 시큰둥한 반응도 그의 마음을 어둡게 했다. 맡은 바 직무에 성실을 다하는데 사장은 한 번도 수고했다는 말조차 없었다. 한 달에 한두 차례 교제비로 쓰라며 따로 쥐여주는 돈은 있지만 전수학교 졸업자로서 월 65원 봉급은 보통학교 평교사 급료보다도 적었다. 여기저기 쑤시고 다니며 발을 넓히고 있으나 그럴듯한 직장이 안 생겨 홍복상사에 눌러 있자니 이래저래 울화가 끓는 나날이었다. 그럴 때마다 언젠가 때가 오고, 때를 잡으면 놓치지 않으리라고 그는 새롭게 다짐하며 용기를 부추겼다.

행정(창선동)마님 댁에서 점심을 먹기로 예정했기에 그는 부두쪽으로 걸으며 발 앞에 널린 돌멩이를 구두코로 찼다.

"야, 깡박. 찾던 참에 잘 만났어."

김기조가 시선을 드니 갈고리와 작두였다. 기조는 두 녀석을 여기서 맞닥뜨렸으니 여러 점에서 일진에 옴 붙은 날이란 생각이 설핏 스쳤다.

"팔자가 좋으신가봐. 신수 훤하군. 이젠 우리 같은 종자들과 어디 상종하겠냐. 오늘은 인력거 안 타고 걸으셔." 낡은 병정복에 목수건을 동여맨 알머리의 갈고리가 기조를 아래위로 훑어보며 빈 정거렸다.

"듣자 하니 깡박 네가 남빈정과 부두거리 일대에서 너무 설친다는 소문이 파다하더군. 큰형님께서 아무래도 손 좀 봐줘야겠다는 언질이 계셨어." 바지저고리 차림에 벙거지 쓴 작두가 말했다.

"왜들 이래?" 김기조는 점심값은 뜯기겠다 싶었다. 그는 20전 정도 쥐여주기로 하고 너스레를 떨었다. "나 일본서 공부하고 왔어도 예전 길안여관 시절과 달라진 점 없어. 깡박이 이 바닥에서 의리 하나는 찰떡 아닌가. 관공서 출입을 하다 보니 주는 옷 뽑아 입고 다니지만 고관들 앞에 굽신거리며 비위 맞추자니 이거 사람할 짓 못 돼. 더군다나 은행 출입하는 체신이라 인력거는 타야 되니, 사실 자네들 보기도 민망해. 차라리 예전에 막 놀던 시절이 그립다구."

김기조가 바지주머니에서 돈을 꺼냈다. 점심값에 쓰라며 20전을 떼어 작두에게 주었다.

"이거 왜 이래. 우리가 어디 거진가. 그렇게 의리를 아가리에 달고 다닌담 점심밥쯤 직접 사면 배탈나?" 작두가 김기조의 돈 쥔 손을 내치곤 그의 어깨를 눌러 짚었다.

"난 점심 약속이 있어서…… 지금 바빠 그러는데, 큰형님 한번 찾아뵙겠어. 세배 간다고 벼르기만 하다, 어디 짬이 나야지. 인편으로 정종 댓병만 두 병 보냈지."

"세월이 좀 먹냐. 점심 약속? 지체하면 그쪽에서 어련히 알아 기다리겠지. 잠시 따라와줘야겠어." 갈고리가 김기조 양복 허리께

286

를 쥐고 끌었다. "밥집에서 얘기나 하자구."

김기조는 그들을 따를 수밖에 없었다. 셋은 선창에 즐비한 허름한 밥집 중에 한 집을 골라 들었다. 목로에 앉자 작두가 국밥 세 그릇과 막걸리 한 되를 시켰다. 심부름하는 계집아이가 술되를 먼저 내오자 갈고리가 사발에 술을 쳤다.

"마셔."

"낮술은 곤란해. 그런데 할 말이 뭐냐? 큰형님께서 왜 나를 손보시겠다는 거야?"

"임마! 이 바닥에 쓸 만한 계집이 모두 너 밑닦개냐?" 작두는 주먹으로 술상을 치며 쌍소리를 퍼질렀다.

김기조는 찔끔했다. 아타미 요릿집으로 데려온 남빈정 거리에서 내지로 팔려갈 처녀들 중에서 동기(童妓) 둘을 빼내왔는데, 작두가 이를 두고 하는 말 같았다. 그러나 앞으로 부산 바닥에서 터를 굳히자면 그들에게 주눅 들린 변명만 늘어놓을 수 없었다. 또한 부두거리 주먹패 동무로 지내기에는 신분이 다름 또한 보여줄 필요가 있었다.

"이거 왜 이래. 나 기죽어 사는 놈 아냐. 너들 나를 물렁좆같이 보는 모양인데, 예전 길안여관 시절과는 달라. 큰형님은 나도 너들만큼 모신다면 모셔!" 김기조가 일어나 외투를 벗었다.

주모가 무를 썰다, 싸움질하려면 선창으로 나가라고 땡고함 질렀다.

"어쭈, 너 정말 따끔하게 손 좀 봐줘야겠어!" 작두가 소매를 걷어붙이며 김기조와 맞섰다.

싸움질이라면 기조 또한 한가락하는 어깨지만 양복을 버릴까 주저되어 몸을 뺐다. 타협조로 나오면 술값에나 보태라며 일이 원쯤 주고 나서려 했으나 판이 이렇게 된 이상 그도 물러설 수 없었다. 기조는 주모 쪽으로 달려가 식칼을 빼앗아 들었다.

"작두 너 칼침 맛 좀 볼래? 아니면 초량헌병대 오쿠마한테 연락해서 감옥에 처넣을까? 껍데기 아주 벗겨내라고 말해주지." 김기조가 칼날을 작두에게 겨누며 감사납게 말했다.

"음식 앞에 두고 왜 이래. 어디 우리가 한두 해 알고 지내는 사인가. 깡박도 동경 유학 갔다 오더니 보짱 한번 키웠군. 그만큼 했음 됐어. 앉으라고. 앉아서 얘기하자구." 갈고리가 둘 사이를 막고 나섰다.

"그따위 공갈에 떨 줄 알았다면 이 바닥에 살아남기 힘들었을 게야. 네놈이 사냥개 앞잡이인 줄 진작 알고 있어. 그러나 네놈 뜻대로 콩밥 먹지는 않을걸. 깡박 네놈은 구멍만 있다면 쑤셔박는 색골 아냐. 그러니 칼도 잘 쑤셔박겠지. 어디, 내 배때기 한번 찔러봐!" 작두가 가슴을 젖히고 기조 앞으로 다가갔다.

"너야말로 배때기에 철판 깔았군. 어디 칼 맛 봐라." 말은 그렇게 하면서도 김기조는 다가오는 작두로부터 몸을 뒤로 빼 게걸음을 걸었다. 상대가 먼저 덤비기 전에 칼을 휘둘렀다간 정당방위가 아닌 살인 미수죄를 덮어쓸지 모른다는 생각이 들어 아무래도 자리를 피하는 게 상책일 듯싶었다. 그는 목로를 작두 앞으로 밀어 쓰러뜨리자, 부리나케 벗어둔 외투를 쥐고 문을 박찼다. 칼을 버리고 축항 매립공사가 한창인 선창길로 뛰었다.

"벼룩이 뛰어야 얼마 뛰겠어. 다음에 잡히면 발목을 아주 분질러버릴 테다!"

작두 고함이 들렸으나 쫓아오는 낌새가 없자 김기조는 턱에 닿는 숨을 끄며 뜀박질을 늦추었다.

축항 공사장을 뒤로하여 행정으로 오르는 언덕길을 걸으며 김기조는 조만간 최학규를 찾아보리라 마음먹었다. 음력 설날 아타미 사동 편에 정종 두 병과 달걀 꾸러미를 보냈는데 직접 찾아뵙고 세배하지 않은 점이 후회가 되었다. 그랬다면 이런 봉변을 당하지 않았을 터였다.

최학규는 부산 북항과 남항의 부두거리 일대에서는 주먹패를 한 손에 쥐고 있는 미나미우라(南浦)파 우두머리였다. 용미산 자락을 허물어 남빈정 앞바다를 메우는 데 동원된 공사판에서도 최학규 이름을 모르는 자가 없었다. 다섯 해 전 부산감옥에서 석주율과 한방에서 지내기도 했던 그는 그 뒤에도 한 차례 더 짧은 옥살이를 겪었다. 훈장으로 붙은 여러 차례에 걸친 감옥 이력과 화주로 재력가인 부친 등세와 주먹계에서의 의리, 광포한 성정으로 그는 미나미우라파를 관장해나갔다.

"문 열어라." 판자대문 앞에서 김기조가 사람을 불렀다.

"김서기로군." 달귀댁이 달려와 빗장을 열었다.

"마님 계시우?"

"나들이 차비하고 있어."

"나 점심밥 차려주구려." 김기조는 마당을 질러갔다. 기역자형 네 칸 초가였다.

"마님, 김서기 왔습니다." 달귀댁이 안방에 대고 말했다.

"김서기가 뭐요? 김주사 나리, 이렇게 불러주면 어디 혓바닥에 바늘 돋아요?" 김기조가 달귀댁에게 말했다.

"나리 좋아하네. 기조라 부르려다 양복쟁이 됐다고 서기로 올려주니 이제 나리라 부르라고?" 달귀댁이 코방귀 뀌곤 부엌으로 들어갔다.

"건넌방에 들게나." 안방에서 홍이엄마가 말했다.

김기조는 건넌방으로 들어갔다. 네 살배기 수동이가 방바닥에 엎드려 공책에 연필로 항칠하며 놀고 있었다.

"수동아, 아저씨보고 인사 안해?"

"아저씨 왔쪄요." 수동이는 고개만 까딱하곤 하던 놀이에 정신이 팔렸다.

"홍이, 필이형 학교 갔어?"

"예."

"형 공책에 낙서하면 욕먹을걸."

수동이는 대답이 없었다. 김기조는 홍이 책상 위에 외투를 벗어 걸쳐놓고 수동이와 마주앉았다. 그는 수동이 얼굴을 유심히 살폈다. 수동이는 자랄수록 두 형을 닮지 않았다. 홍이와 필이는 형제답게 닮은꼴로 각진 얼굴에 눈썹이 짙었고 주먹코에 아랫입술이 두꺼웠다. 그러나 막내 수동이만은 눈썹숱이 듬성하고 콧대가 선데다 메기입이었다. 언젠가 기조가 수동이 머리통을 유심히 보다 가마(旋毛)가 이마 위에 자리잡은 앞가마임을 알았다. 그래서 수동이 형 둘 머리통을 살펴보니 가마가 정상대로 정수리에 있었다.

그래서 기조는 누구에게도 그런 말을 발설하지 않았지만 수동이 출생을 의심하지 않을 수 없었다. 우억갑 씨손이 아닌 조익겸 자식이 아닐까 여겨졌다. 성내온천장에서 사장과 지배인마님의 사통 현장을 목격했던 날수를 따져보니 수동이 출산과 거의 맞아떨어졌다. 그러나 내밀한 사정을 당사자 둘만이 알고 있을까, 그로서도 확실한 증거는 잡을 수 없었다. 심증이 가기는 하지만, 세월이 지나면 자연 밝혀질 사실이었다.

달귀댁이 쪽상에 점심밥과 찬을 차려왔다. 김기조가 밥을 먹고 밥상을 마루로 내놓은 뒤까지 홍이엄마는 기척이 없었다. 수동이 낙서질을 보며 담배질로 무료한 시간을 죽여낼 때야 안방문 여닫는 소리가 났다.

홍이엄마가 항라당치마 저고리와 겹배자 마고자에 비단 목도리를 걸치고 건넌방으로 들어왔다. 쪽찐 머리에 살찐 뺨에는 연지도 잘 먹었고 앵도색 구치베니(입술연지)를 칠한, 농염한 모습이었다.

"아타미 가호마님답게 대단하십니다. 활짝 핀 꽃을 보면 벌 나비가 따르게 마련, 지배인나리가 투기할 만합니다."

"주둥아리 놀리는 꼴 좀 봐. 네가 출세했기로서니 어디 대고 농짓거린가. 오줌 누고 뭣 볼 짬도 없다더니 요즘은 행차가 잦구먼." 홍이엄마가 치마를 걷고 앉았다. 향긋한 지분 냄새가 기조 콧속에 스몄다.

"왜 왔는지 몰라 묻습니까?"

"너는 찾아오는 쪽쪽 돈타령 아닌가."

"너무 돈돈 마세요. 사람 낳고 돈 낳지 돈 낳고 사람 낳습니까.

어쨌든 계산은 계산이니깐, 소란이 출근하는 날 소개비는 톡톡히 내셔야 합니다. 내가 소란이 말을 꺼냈더니 사장나리께서도 대단한 관심을 보였으니깐요. 그건 그렇고, 복례를 아타미에 다시 써줘야겠어요. 개도 이제 과거지사를 정리하고 모진 마음 먹었으니깐요. 그동안 잠겼던 목청 틔운다고 오늘부터 미나미하마(南濱) 우다마루(歌丸)에 나갔을 겝니다."

"노랭이 영감이 목돈깨나 헌 모양이군. 애를 안 넘겨주기로 했다니, 양육비하며 얼마를 쥐여주던?"

"너무 돈돈 하며 따지지 마시래두요. 닥치는 대로 계집 집적거리니 그런 돈쯤 흘러나가는 건 당연하죠. 영감 재산에 비하면 새발에 피지요."

"사돈 남 말 하고 자빠졌네. 너야말로 여러 계집 그렇게 작살내고 다니다간 경칠 날 올걸."

"정필봉, 그 영감 정말 노랭이입디다. 두번째 만날 때까지 어찌나 소금 먹은 소리 해대는지 엄포가 통해야지요. 하는 수 없이 헌병대 형사 조수 하나를 동원해 치부장부를 압수했지요. 고리대금업이란 뒤가 구린 구석이 있으니깐 비로소 두 손 들더니 수더분해집디다. 딸애 넘겨주는 조건으로 목돈이야 받았지만 여기저기 뜯기고 나니 어디 몇 푼 돼야지요. 점방 달린 집칸이나 장만해 부모님 모셔올까 했더니 거기까진 틀렸어요. 복례가 선화 말 좇아 귀주를 안 넘겨줘야 한다 했으나 홀몸에 혹 달면 뭘 해요."

"마른날에 벼락치는 꼴 보겠군. 효자 소리 들을 만큼 뗴돈 우려냈다면 이제부터는 나한테 손 벌리잖아도 되겠어. 이미 한물간 복례를 다시 돈방석에 앉힌다면 소개비는 내가 챙겨야지. 네가 받겠다는 소란이 구전하고 서로 까면 되겠어."

"마님, 우리 사이에 정말 이러시깁니까?"

"왜, 내가 틀린 소리 했냐?" 홍이엄마가 일어섰다.

"좋도록 해보슈. 기조가 어떤 놈인지 안다면 그렇게 섭섭히 대접할 순 없을 겝니다. 나도 복안이 있으니깐요. 한다면 하는 놈입니다!" 김기조도 일어나 외투를 거칠게 입었다.

"어휴, 지긋지긋해. 이놈의 악귀를 언제 떨쳐버릴꼬." 홍이엄마가 기조를 쏘아보며 눈빛을 세웠다. 수동이가 그제야 낙서질을 거두더니, 엄마 따라가겠다며 치맛자락을 잡고 칭얼거렸다. 홍이엄마가 옷 더럽혀진다며 막내 손을 뿌리치곤, 달귀댁이 사탕 사줄 테니 집에서 놀라며 얼렀다.

"허허, 수동이 그놈 기특도 하군. 어찌 노는 모양이 제 형 둘하곤 판이하게 달라. 잡았다 하면 필묵이니 장차 정승 판서가 되려나. 지배인님이야 비린내를 지고 다니는데, 뉘 머리를 닮아 이렇게 똑똑한지 모르겠군." 김기조가 천연덕스레 말하곤 수동이 알머리를 쓰다듬었다. 주머니에서 1전을 꺼내어 수동이 손에 쥐여주며 솜사탕 사먹으라 했다.

김기조 말에 홍이엄마가 찔끔했으나 내색 않고 건넌방을 나섰다. 아타미로 출근하는 길이었다. 인력거를 잡으려면 부두거리까지 걸어서 내려가야 했다. 어차피 기조와 동행하지 않을 수 없었다.

둘은 말없이 걸어 축항공사가 한창인 남빈정 부두거리까지 내려왔다. 수백 명 잡역부가 큰돌을 목도질로 옮기거나 바지게로 자갈짐을 져다 나르고 있었다. 바닷바람은 차가운데 버썩 마른 몸에 넝마옷을 걸치고 모질음 쓰는 인부들 모습이 안쓰러웠다. 두 달 전 한창 추울 때 축항공사 잡역부들이 임금 문제로 파업을 벌여 큰 소란을 빚었으나 주모자가 모두 경찰서에 연행당하자 파업 농성이 헛수고된 바 있었다. 김기조는 그들을 보며 도쿄 부두에서 하역 인부로 일하던 한 시절을 회상했다. 저 꼴을 면하려면 대장부는 모름지기 배워야 돼. 그가 혼잣말을 중얼거릴 때 홍이엄마가 빈 인력거를 잡았다.

"나도 홍복상사로 돌아가야 하니 편승해야겠어요."

김기조는 홍이엄마 치마꼬리에 붙어 재빠르게 인력거를 탔다. 사실 그는 소란이 셋방을 찾아 아타미 출근 허락 건을 귀띔해주려 했으나 부두거리를 빨리 떠나고 싶었다. 오늘은 일진이 좋지 않았고 작두나 갈고리를 또 만날는지 몰랐다. 점심식사 마치고 사장이 돌아오기 전 책상 앞에 앉아 수판알 튀기고 있어야 곱게 보일 터였다.

"인력거에 나란히 앉아 가니 꼭 원앙 한 쌍 같습니다." 김기조가 한마디했다.

"내 말 새겨들어." 홍이엄마가 바깥 거리만 내다보다 한참 뒤에야 벼른 말을 뱉었다. "네가 그따위 말 같잖은 소리를 계속 주절거렸다간 어느 손에 비명횡사 당할는지 몰라. 이 바닥에서 쬐금 발을 넓힌 모양이다만 난 부산 바닥의 내로라하는 양반은 다 알고 지내. 내가 네 누이를 불쌍케 여겨 거느렸고 네 총명을 기특하게 보아 나리마님을 뵐 때마다 입에 발린 칭찬말을 했으나, 내 마

294

음이 변해 한번 칼을 뽑으면 넌 하루아침에 영락한다는 걸 알아. 머리가 있으니 무슨 말인지 짐작할 것인즉."

"아니, 내가 뭘 어쨌다고 마님이 그렇게 역정내십니까? 수동이가 영특하다는데, 그 말이 아니꼬워요? 아니면 뭐 책잡힐 건수라도 있습니까? 알고 보면 나도 외로운 놈입니다. 너무 그렇게 겁주지 마십시오. 나도 출세하려 이리저리 뛰다보니 지갑 밑천이 달려더러 마님 신세를 지긴 합니다만, 내 어찌 과거지사 마님 은공을 모르겠습니까. 그 빚 갚을 날까지만 열심히 밀어주세요. 마님 한마디 말씀이면 주사로 승급될 텐데 서기 직함 명함으로 은행 간부 만나자니 어디 체면이 섭니까."

김기조가 통사정했으나 홍이엄마는 대답이 없었다. 그네는 아무래도 나리마님에게 김기조 문제를 까발려놓아야겠다고 작심했다.

이틀 뒤 저녁, 조익겸이 구포은행 두취와 생어상(生魚商) 조합장과 함께 주연 자리를 가지려 아타미에 들렀다. 두어 시간 놀다 거나해져 돌아가는 길에 홍이엄마가 조익겸을 따로 불렀다.

"그래, 긴히 할 얘기란 무엇인가?" 둘만 호젓이 남게 되자 조익겸이 홍이엄마를 불쾌한 얼굴로 건너보았다.

학 무늬가 놓인 고소대 차림의 홍이엄마가 보료에 앉은 조익겸 앞에 한쪽 무릎 세워 힘들게 말을 꺼냈다.

"혼자서 앓을 병이 아니라, 아무래도 나리님께 상의드려야 할 것 같아서…… 나리마님과도 관계가 있고 우리 수동이도 걸린 문제라……"

"웬 사설이 긴가. 홍이애비가 눈치라도 챘단 말인가?" 조익겸이 시투렁해 내뱉았다. 그는 그 좋던 근력도 많이 쇠해 홍이엄마와 잠자리하지 않은 지도 1년이 가까웠다. 환갑 지난 지 세 해째, 노인 건강이 하루가 다르다는 말처럼 갖은 보약을 장복하건만 회춘(回春)이 되지 않았다. 자랑하던 절륜을 나이도 잊은 채 남용한 탓인지 환갑 넘기곤 양물 발기가 영 시원찮았다. 처첩과 홍이엄마는 물론, 물 오른 버들가지 같은 소녀를 옆에 두어도 옥문에만 이르면 양물이 힘을 세우지 못했다. 그래서 그는, 이제 여자는 멀리하고 남은 건강을 오로지 사업에나 매진하라는 하늘의 뜻으로 받아들여 양생(養生)에 더욱 조력했으니, 어디 뚜렷하게 아픈 데가 없는 게 다행이었다.

"홍이아비는 아무것도 모르고 있으나 문제는 김기조 그 녀석이 나리마님과 제 사이는 물론 수동이 출생까지 의심하고 있어 이제 더 두고 볼 수 없을 것 같사옵니다."

"아니, 김서기가?" 취기로 하여 안석의자에 기대어 앉았던 조익겸이 허리를 세웠다. 그는 문득 김기조와 홍이엄마가 사통이라도 있었나 하는 의심부터 들었다. 자기가 그네를 멀리하자 그네가 김서기에게 꼬리 쳤고, 색탐에 이력난 기조인지라 둘이 정분을 틀수도 있으리라 여겨졌다.

"기조가 나리님과 저 사이를 눈치챈 건 벌써 오래전이올습니다. 녀석이 저를 성내온천장까지 미행해…… 그래서 입막음하겠다고 제가 그놈을 일본으로 보냈던 겁니다. 그런데 기조가 도쿄에서 돌아와 협박을 일삼으니…… 그 녀석 밑에 들어간 돈도 적지 않은데, 이를 홍이아비에게 고자질하겠다고 만날 때마다 손을 벌리잖겠습니까. 한번 혼찌검을 내야 할까 봅니다."

"김서기완 아무 일도 없었고?"

"나리마님, 무슨 말씀이옵니까." 홍이엄마가 깔았던 시선을 들고 화들짝 놀랐다. "하늘을 두고 맹세하지만 그런 일은 없었사옵니다. 그런 일이 있었다면 제가 무슨 낯짝으로 나리님께 이런 말을 고해 바치겠습니까. 그런 천벌 받을 짓을 했다면 그놈과 저를 면대시켜도, 올린 말씀대로 뱉겠습니다."

"그렇다면 오래된 일을 두고 왜 여태껏 내게 이실직고가 없었던가?"

"나리마님께 근심 끼쳐드리지 않고 제힘으로 수습해볼까 여태 미루어왔으나……"

"나쁜 놈. 내 그놈을 가만두지 않겠다. 하는 짓거리하고선! 미나미우라파를 쥐고 흔드는 불통이란 자가 중앙어시장 총대를 지낸 최두취 아들 아닌가. 내 거기에 선을 대어 김서기 그놈을 아주 병신으로 만들어놓지. 이놈이 하룻강아지 범 무서운 줄 모르고 뉘 안전에서 촐싹대며 협박해. 네 그 말 한번 잘했다. 그러잖아도 내가 호랑이새끼를 키우지 않나 늘 떨떠름히 여기던 참이었어." 조익겸이 김기조를 당장 요절 낼 듯 자리 차고 일어섰다.

"나리마님, 고정하십시오. 일본서 돌아온 뒤 기조 녀석이 헌병대며 미나미우라파에도 연줄 달고 있는 줄 압니다. 일을 섣불리 벌였다가 홍이아비가 눈치라도 채는 날에는…… 녀석 입을 어떻게 영원히 봉하느냐는 나리마님 처분에 달렸사오나, 모쪼록 실수가 없어야 할 것입니다."

"알았어. 네가 녀석을 홍복상사 서기로 추천할 때 무슨 꿍꿍이속이 있나보다고 의심했더랬더니 과연…… 불통이라면 그놈을 쥐도 새도 모르게 혼찌검 낼 게야. 제놈이 미나미우라파에 선을 대고 있다면 졸개겠지 불통과 호형호제하는 사이는 아닐 거야. 내아무리 나이 들었다기로서니 이 바닥에 살아온 지 몇십 년쨌데 애송이 제깐놈 하나 처치 못하겠어. 넌 입 닫고 가만있어. 내가 알아조처할 테니. 수동이나 잘 건사하라구." 조익겸은 머리가 아픈지뒷골을 치며 방을 나섰다.

재귀(再歸)

석주율은 3월 17일 새벽 동이 터올 무렵 2년 4개월 만기일을 맞아 부산감옥에서 석방되었다. 그날은 그가 영남유림단 사건으로 수감되었다 석방되던 다섯 해 전과 달리 마중 온 사람이 늘었다. 백운과 선화, 갓골에서 온 이희덕, 맏형, 정심네, 지게꾼 김복남이었다.

"선생님, 드디어 나오셨군요." "그동안 얼마나 고생 많으셨습니까." "선생님, 안녕하셨습니까." "탈없이 무사히 나왔으니 다행입니다." 모두 한마디씩 하며 석주율 손을 잡거나 합장하고, 절했다. 미소만 띨 뿐 말없이 바라보기는 선화와 정심네였는데 눈길이 마주치자 석주율은 왠지 부끄러워 시선을 피했다.

"고맙습니다. 여러분 염려 덕분입니다. 이희덕 선생이 저를 대신해 고생 많으셨습니다."

"저보다 선생님 고생이 더 많았습니다."

석주율은 마중나온 여러 사람과 함께 현현역술소로 가서 밤이
깊도록 밀린 이야기를 나누었다. 이튿날 아침, 석주율은 누이가
내어놓은 진솔 옥양목 바지저고리를 입었다. 일행은 옥천댁과 영
소엄마가 마련해준 아침동자를 들자 길 떠날 차비를 했다.

"사나흘 쉬시며 약첩을 드셔 원기를 회복해 떠나셔도 될 텐데
이렇게 찬바람 맞으며 선걸음에 나서다니……"

백운 말처럼 선화 마음도 그랬으나 석주율은 마중 온 이웃과 함
께 나서야 했고, 빨리 갓골로 돌아가고 싶었다.

"어머님 임종도 못한 불효자라 성묘라도 어서 해야겠어요. 출감
인사차 스승님 면회날에 맞춰 와야 하니, 부산에는 조만간 다시
올 겁니다."

"갓골까지 동행하고 싶으나 손님이 밀려 선화와 저는 역술소를
비울 수 없습니다." 백운이 말했다.

"거사님 대신 제가 있잖습니까." 김복남이 나섰다.

석주율은 김씨 동행이 부담스러워, 하는 일 제쳐놓고 저를 따라
나서지 않아도 된다고 말했다.

"허허, 왜 저를 뿌리치려 합니까. 선생님 덕분에 까막눈 면했
고 사람 사는 도리를 깨우쳤는데, 저를 멀리하시다니요. 사실은
저도 갓골에 주저앉아 선생님 하시는 일을 돕고 싶습니다. 입살
이나 하는 이까짓 지겟일에 허구한 날 매달릴 게 뭐 있어요. 두고
보십시오. 저를 받아주시면 앞으로 선생님과 일심동체되어 농장
건설에 한몫해낼 테니깐요." 김복남은 듬직한 체격처럼 말소리도
시원했다.

"말부터 앞세우지 마시고 실천을 보이셔야지요." 정심네가 미소 띠며 일침을 놓았다.

"아주머니가 저를 잘 못 믿는 모양인데, 두고 보십시오."

"고맙습니다." 석주율은 그 말만 했다. 김복남이 석송농장 개간 일을 도와준다면 의리 있고 배짱 있는 건실한 동지를 얻는 셈이었다. 농장 식구가 장애인들이었기에 몸 성한 장골이 꼭 필요했다.

동살이 트여올 때 일행은 현현역술소를 나섰다. 떠날 일행은 다섯이었다. 선화는 오빠가 성묘하자면 제수감이 필요하다며 어제 오후에 떡, 실과, 유과, 전붙이를 마련했는데, 김복남 지게에 싣고 가게 했다. 선화는 마당에서 걸음을 묶었고, 문밖까지 따라나온 백운이 노자에 보태라며 주율에게 30원을 내놓았다. 주율은 2년 4개월 동안 백운이 차입해준 영치금을 쓰지 않고 맡겨두었다 출감할 때 받아 나와 그 돈이 백 원에 가까웠기에 그 성의를 뿌리쳤다. 백운은 돈을 정심네에게 맡겼다.

길 나선 일행이 철마산 아랫녘 회동못에 도착했을 때, 해가 동산 위로 한 뼘 넘게 솟아올랐다. 못물에는 많은 새 떼가 내려앉아 날개 손질에 바빴다. 철이 바뀌는 절기였기에 여러 종류 나그네새들이었다. 왜가리와 후투티는 여름을 나려 남하해 왔고, 황오리와 도요새는 서백리아 쪽으로 북상 차비를 서둘렀다.

북상할 철새들처럼 농토 잃은 농민이 해마다 10여만 명씩 남부여대해 살길 찾아 만주나 연해주로 떠나는데, 흰옷 행렬이 석주율 일행과 함께 북으로 빠지는 신작로를 채웠다. 기미년 만세 운동 뒤 유이민의 행렬은 기하급수로 늘어났고, 춘궁기를 앞둔 탓인지 석주율 일행이 성내를 떠나 북행길에 올랐을 때 간도로 들어간다며 가재도구를 이고 진 네 가구를 만날 수 있었다.

일행은 태백정맥 꼬리에 해당되는 깊은 두메로 빠져 낮참에 들어서야 신명사 사하촌(寺下村) 검곡 마을에서 다리쉼을 했다. 일행은 요기할 수 있는 동구 주막에 들렀다. 석주율은 점심끼니를 먹지 않았기에 물만 청하자, 모두 자기네도 요기를 않겠다는 걸 주율이, 먼길 걷는데 허기지면 안 된다며 돈을 선불해 나머지 사람들은 국수로 한 끼를 때웠다.

"저야 산판에서 돌아오자마자 석방되었으니 아무렇지 않았습니다만, 선생님께서는 그동안 다리 힘살이 오그라들었을 텐데 잘도 걷습니다. 감방 생활을 오래하고 나온 자는 몇 리만 걸어도 다리를 못 가눠 주저앉는다는데 말입니다." 김복남이 말했다.

"내 발로 걸으며 산천이며 사람 사는 모양을 두루 볼 수 있다니 감개무량해 다리 아픈 줄도 몰랐습니다. 어디에 매이거나 갇혀 있지 않는 자유란 게 이렇게 귀하구나 하고 고마움만 되새기지요. 자유란 먹거리만큼이나 우리들 삶에 소중한 권리임을 이번에도 절실히 느꼈습니다."

일행이 울산 읍내에 들기는 석양 무렵이었다. 이희덕과 정심네는 20리 남짓한 갓골로 내처 들어갔고, 석주율과 김복남은 읍내에서 10리 길인 떠밭띠 석서방 집에서 밤을 나고 아침에 성묘 다녀온 뒤 갓골에 들기로 했다.

이튿날, 선돌이어멈이 지어준 아침동자를 들고 석서방과 주율 형제, 김복남이 신두골 천민들 묘터를 찾아 나섰다. 파룻하게 돋아난 봄풀이 양지녘 묘역을 덮고 있었다. 석주율은 조부 때부터 모신 가족 묘터에서 새로 만들어진 봉분을 보았다. 엄마 별세 소식을 들은 때가 충성대 병영에서 마방살이 하던 춥던 동절기이니 벌써 1년이 지났다. 어머니 묘는 아직 뗏장이 제 터를 잡지 못해 붉은 흙이 보였다.

너르네 봉분 앞에는 상석이 없었고 비목만 세워져 있었다. '石富利妻 金宏村宅之墓'라는 붓글씨가 빗물에 씻겨 획을 겨우 알아볼 정도였다. 굉촌댁은 너르네 고향 너르네 마을의 한자 택호였다.

김복남이 지게에 지고 온 제물을 진설하자 석주율은 먼저 삼배를 올렸다. 석서방이 아우에 이어 절하고 김복남도 짚신 벗고 절을 했다.

"산역이 있고 난 뒤 선화가 가장 서럽게 울더구나." 석서방이 아우에게 말했다.

"선화야말로 맺힌 한이 많을 테지요. 어머니 목소리는 남아 있겠으나 어디 모습이 잡히겠어요."

김복남이 비목을 유심히 보자 석주율이 울산 읍내 백군수 댁 행랑살이했던 집안 내력을 그에게 들려주었다.

"아, 그렇습니까." 새삼스럽다는 듯 주율을 보는 김복남 눈이 크게 열렸다. 종 자식이 젊은 나이에 어떻게 그토록 입신할 수 있느냐는 놀람이었다. "저야 뭐 조실부모한 대장장이 출신입니다만, 선생님 내력을 이제야 얼추 알겠군요."

석주율은 형과 함께 제물을 조금씩 떼어서 무덤 주위에 흩뿌렸다. 지나가던 산새나 들짐승이 그 먹이를 먹으며 외로운 망자 혼을 달래주겠거니 싶었다. 망자 넋이듯 무덤 주위 군데군데 할미꽃이 피어 있었다. 주율이 마지막 뵐 때까지 어머니는 허리가 곧았다. 기침 끝에 복통을 치며 헐떡였으나 눈에는 정기가 있었다. 그러나 어쩔 수 없이 생자필멸(生者必滅)의 법칙을 수긍하듯, 어머니는 할미꽃으로 환생한 듯 꼬부장히 허리 숙였다.

세 사람은 봉분 앞에 나란히 앉았다. 맑은 햇살 아래 멀리로 태화강 하구의 물줄기가 동산 사이로 보였다. 주위에는 새들의 지저귐과 돌돌 흐르는 물소리뿐 한갓졌다.

"선생님이 스님으로 계셨다니 한마디 여쭙겠습니다. 사람이 죽으면 내세라는 다른 세상으로 들어가게 될까요?" 김복남이 물었다.

"어느 종교나 그 점을 인정하지요. 이 세상에 살았던 이력을 심판받아, 그에 합당한 자리에 계시는 먼저 온 혼령들과 만난다고 말하지요."

"너도 내세를 믿는다는 말인가?" 석서방이 물었다.

"제가 절 생활할 때 망자를 위한 예불과 재에 참례한 유족의 오열하는 모습을 자주 보았지요. 그럴 때마다 저 역시 죽음이 살아 있는 자와의 진정한 이별이라고 생각하지 않았습니다. 불교 가르침이 그렇지요. 삶과 죽음은 삼라만상의 질서요, 그 윤회는 끝없이 되풀이되는 무상(無常)이라고. 상주(常住)함의 없음이요, 생멸전변(生滅轉變)으로 풀이하지요. 그렇게 가르침을 받았습니다. 그러므로 승가에서는 죽음을 초탈하므로 살아 있는 사람들의 슬픔을 부처님 이름으로 위로할 수 있습니다. 서양 종교인 야소교 역시 인간의 사망을 고(苦)의 육신으로부터 해방되는 것으로 보지요.

야소 말씀에 따르면, 이 땅에서 착하게 살았던 사람은 천상의 하느님 품안에 돌아가 영생복락을 누리고, 믿음 없이 죄지은 이교도는 지옥으로 떨어진다고 말하지요. 그러므로 야소교는 죽음을 하느님의 심판이라 일컫고, 착하게 살았던 믿음 굳건한 자는 죽음을 더 큰 축복을 위한 과정으로 이해합니다. 그 교 창시자인 야소님은 죽은 후 다시 이 지상에 살아나는 부활의 능력을 보인 분이니깐요. 그렇게 보면, 종교는 모두 이 세상만이 아닌 또 다른 세상이 영원함을 인정하고 있습니다. 저 역시 이 지상에서의 사망이 완전한 멸이라고는 생각지 않습니다. 우주의 질서를 지배하는 그 어떤 위대하고 신령한, 영혼을 다스리는 어떤 존재가 있겠지요." 석주율은 자기 말이 너무 설교적이라 계면쩍어져 벗어놓은 괴나리봇짐을 멨다.

"착하게 살라는 말씀은 알겠는데…… 말씀이 어려워 이해가 쉽지 않군요." 김복남이 말했다.

세 사람은 공동묘지를 떠났다. 울산 읍내로 들어서니 어느덧 정오에 가까웠는데, 한길에는 흰옷 무리와 통행인들로 북적댔다. 울산 장날이었다. 무엇이든 내다 팔아 양식감을 구하겠다고 물건을 이고 지고 나온 시골 사람들 얼굴을 보자 석주율은 비로소 고향 땅에 왔음이 마음에 닿았다.

석주율은 학산리를 지나며 예전 이웃 사람들을 만나 인사했다. 그들은 그동안의 소문에 밝아 주율의 옥살이 고생을 위로했다. 모화댁은 선화가 성내에서 판수로 크게 성공했다는 소식도 알고 있었다.

"김형, 이 집입니다. 백군수 댁이지요. 이 집 행랑채에서 제가 태어났고 출가를 결심해 표충사로 떠나기 전 열여덟 살까지 살았습니다." 석주율이 백군수 댁 솟을대문 앞에서 걸음 멈추고 말했다.

퇴락해버린 솟을대문은 활짝 열려 있었고 짐꾼들이 짐바리해놓은 건어물을 어깨짐으로 옮기고 있었다. 해초, 김, 북어쾌, 오징어 축이었다.

"이 집이 작은서방님 처가로 완전히 넘어갔어. 큰서방님이 팔아버린 셈이지." 석서방이 말했다. "부자가 망해도 삼 대는 간다 했으나 백군수 댁은 이 대째 들어 몰락해버렸어. 울산 바닥에 전답이 한 두락도 남아 있지 않으니······"

형 말에 석주율은 대답 없이 걷다 왼쪽으로 트인 골목으로 꺾어 들었다.

"읍내에 들른 길에 박호문 어른 댁에 잠시 인사드리고 갈까 해서요."

"그분이 어떤 어른이십니까?" 김복남이 물었다.

"제 스승님을 도와 광복운동에 매진하신 천도교 도정이셨지요. 기미년 그해 사월 병영장 만세시위 때 일본군에 잡혀 장터 사람들이 보는 앞에서 작두로 참수되어 순국하셨습니다. 늦게나마 남은 유족 분들께 조의를 표하고 싶어서요."

석주율은 박생원 댁 닫힌 싸리문 앞에서 사람을 찾았다. 인기척이 없어 그는 싸리문을 젖혀 열고 마당으로 들어섰다. 가장을 잃은 뒤 몇 년 동안 어떻게 호구를 이어왔는지 주율은 부엌만 들여다보아도 한눈에 짐작이 갔다. 부엌 안은 며칠째 끼니조차 끓여 먹지 않았는지 나뭇단도 없고 기명통에는 금간 사발만 뒹굴고 있었다.

셋은 마루에 앉아 집안 식구가 돌아오기를 기다렸다. 언제였던가. 도정어른과 함께 표충사로 떠난 스승님이 약속한 날짜를 넘겨도 돌아오지 않아 석주율은 백립초당에서 내려와 도정어른 댁을 찾았다. 지대 위에는 천도교 교도들 신발이 즐비했고 방안에서 '교훈가'를 읊는 소리가 우렁우렁 들렸다. 이어 도정어른 교리 강론이 시작되었다. 인내천(人乃天)을 설명하던 그분 목소리가 지금도 귀에 쟁쟁했다. 햇수로 벌써 열한 해가 흐른 셈이었다.

석주율이 김복남에게 도정어른 인품에 대한 말할 때, 싸리문으로 허리 꼬부장한 노파가 들어섰다. 도정어른 노모였다.

"할머니, 그동안 기체 안존하오신지요. 예전 백군수 댁 행랑붙이 어진입니다." 석주율이 마당에 내려서서 땅바닥에 엎드려 인사를 올렸다.

"어진이라? 그래, 맞구나. 자네가 스님 됐다는 어진이구나. 감옥에 들어갔다는 말은 들었지. 그러고 보니 이제 풀려났구나. 내 아들놈은 만백성 보는 앞에 그렇게 처참하게 죽고…… 산 사람은 이렇게 다시 만나는데 죽은 자식은 다시 만날 수 없으니……" 노파가 석주율 손을 잡고 울먹였다.

"며느님과 손자분들은 어디 갔습니까?"

"어미와 갑선이는 품 팔러 갔지. 밤이 돼야 돌아올 거다. 손자 둘은 뿔뿔이 집 나가 살아. 큰놈은 북지로 독립군 하러 들어갔고, 둘째는 남의 집 머슴을 살아. 백군수 댁은 망해버렸는데 자네는 어디 가는 길인가?"

석주율은 갓골로 들어가는 길이라며 도정어른 모친 손에 몇 푼 돈을 쥐여주며 양식에 보태라 했다.

"옥에서 나온 자네가 무슨 돈이 있기에 이러는고. 우리 세 식구야 입에 금구 치겠는가. 어미가 있으면 잡곡밥이나마 더운밥 한끼는 먹여 보낼 텐데……"

"읍내에 나오면 종종 들르겠습니다. 안녕히 계십시오."

석주율은 인사하고, 형과 김복남과 함께 도정어른 댁에서 나왔다. 셋은 언양 쪽으로 길을 잡다, 복산 마을 둔덕에 자리잡은 예전 광명서숙 쪽에 눈을 주었다. 기미년 만세 전만 해도 다섯 칸으로 나누어진 목조 교사가 한 동밖에 없었는데, 본 교사와 기역자로 새 목조 건물 한 동이 신축되어 있었다. 운동장에는 까까머리 생도들이 칼 찬 교유(敎諭) 호루라기 구령에 맞추어 체조를 하고 있었다. 주율은 학교에 들러 장경부 선생을 뵙고 출옥 인사를 드릴까 하다 다음 기회로 미루었다.

"기미년 만세 운동 후에 학교 인가가 쉬워져 광명서숙도 삼 년 전에 고등보통학교로 정식 인가가 났어. 교장선생은 일본인이고, 작은서방님 따라다니던 장선생 있지, 그분이 교감이야. 학교 운영은 장교감 그 양반이 하는 셈이지." 석서방이 아우 시선을 좇으며 들려준 말이었다.

일행 셋은 태화 강둑을 따라 서쪽으로 난 큰길을 걷다. 떠밭띠로 갈라지는 차운리까지 오자, 석서방과는 헤어졌다.

"오늘 갓골에 들면 내일이나 아버지 뵈러 언양에 가겠군. 아버지 뵈오면 나도 조만간 들르겠다고 전하거라. 내가 장자니 아버지를 모셔야 하고 그럴 뜻도 말했건만, 아버지 고집이 워낙 완강하셔서……" 석서방이 떠나며 아우에게 말했다.

석주율과 김복남은 해가 무학산 허리 위로 비스듬히 기울었을 때야 범서면 구영리 갓골에 당도했다. 마을 앞길에는 양쪽에 장대를 받쳐 광목천을 내다 건 현수막이 번듯하게 세워져 있었다.

돌아온 석주율 선생님을 진심으로 환대합니다.

글씨를 보자 석주율은 낯이 달았다. 대단찮은 자기를 이렇게 맞아줌에 부끄러웠고 앞으로 해야 할 일에 대한 책임을 통감했다.

북간도에서 내려왔을 때는 며칠 동안 농막에 숨어 있느라 마을을 돌아보지 못했는데, 만세 운동이 있었던 네 해 전이나 지금이나 30여 호 마을은 변함없었다. 첨탑에 십자가를 달고 있는 구영예배당 종루도 예전 모양 그대로였다.

석주율과 김복남이 함명돈 숙장 본가로 들어서자, 주율을 먼저 본 자가 김수만이었다. 수만이 쇠스랑으로 외양간을 치다, 석선생님이 돌아왔다고 고함질렀다. 그 소리에 집안 식구가 모두 몰려나와 주율을 에워쌌다.

"석선생도 드디어 옥살이를 마감했구려. 그동안 얼마나 고생이 많았어요." 소복한 함숙장 미망인 연곡댁이 안채마루로 나서며 주율을 반겼다.

"저렇게 야위었다니! 자네, 그 몸으로 어찌 옥살이를 겪었는가.

장하기도 하다. 그러나 우리 애는 죽어서 나왔지. 자네를 보니 마치 내 애를 본 듯 한이 사무치구나." 숙장 노모가 주율 손을 잡고 눈물을 글썽였다.

석주율은 안방으로 들어가 연곡댁과 노마님에게 큰절을 올리고, 함숙장의 옥사에 따른 조의와 그동안 석송농장 식구를 보살펴준데 고마움을 표했다.

"……그해 만세 운동만 없었더라도 바깥양반께서는 대구로 나가 신학교에 입교해 목회 수업을 받겠다 했는데…… 도조사 되면 구영예배당에 시무하겠다던 그 꿈이 깨졌으니 천기가 그이 명을 앗아갔나봐. 자네가 이렇게 다시 돌아왔으니, 자식들도 있지만 아직 타지에서 공부하는 몸이라 이제 내가 자네를 의지해야 되겠어." 연곡댁이 눈물을 거두며 말했다.

"요즘 예배당은 어느 분이 맡아보십니까?"

"대구 협성신학교를 나온 젊은 도조사를 모셔왔지. 전도에 열성이라 신도 수가 많이 늘었어."

그럴 동안 안마당이 자못 소란해 바깥에서 나누는 말과 고함이 안방까지 들렸다. 석주율이 갓골에 돌아왔다는 소문이 마을에 돌아 그를 보러 온 동네사람들이었다. 마을 남녀노소와 글방 생도들, 석송농장 식구까지 몰려와 백 명에 이르는 사람들로 안마당이 발디딜 틈 없이 차버렸다.

"자네 왔다고 환영하는 사람들인 모양이다. 나가보아라."

석주율은 연곡댁과 노마님께 큰절을 올리고 안방에서 나왔다. 주율이 마루로 나가자, 마당에 모였던 사람들이 일제히 손뼉 치며 함성을 질렀다.

"석선생님 돌아오셨다!" "만세, 석선생님 만세!" "선생님, 그동안 고생 많았습니다!" 만세 소리, 박수 소리, 함성에 질린 석주율 얼굴이 벌겋게 상기되었다. 그는 무언가 한마디해야 되겠는데 목이 잠겨 말이 나오지 않았다.

"여러분 덕분으로 무사히…… 이제 갓골을 떠나지 않겠습니다. 고맙습니다."

"선생님, 얼마나 고생이 많으셨습니까. 우리는 그동안 잘 지냈습니다." 마당 앞쪽에서 석주율 발목을 잡고 흐느끼는 사람은 앉은뱅이 박장쾌였다.

"박형, 농장 식구 거느리고 고생 많았습니다. 여러분을 여기로 모셔오고 도움 드리지 못한 점을 용서하십시오. 이제 힘을 합쳐 함께 삽시다. 우선 농장으로 올라갑시다."

"서, 선생님. 욕 많이 보셔, 셨지요." 박장쾌 뒤쪽에 섰던 간질병 가진 분님이였다. 그새 처녀로 성장해 키가 한 뼘은 더 자랐고 몸도 피어났다.

꽹과리 소리와 징소리가 요란하게 울렸다. 김수만이 꽹과리를 치고 맹필이가 징을 쳐댔다. 석주율은 박장쾌 옆에 선 절름발이 소녀 모슬이를 안아 들었다. 부산 잔교 근처에서 구걸하던 다섯 살배기 고아를 토막촌에 데려왔었는데 모슬이 역시 다섯 해 사이 소녀로 자랐다.

"석선생이야말로 우리 마을의 등불이었소!" 누군가 외친 말처럼, 석선생이 있을 때는 어둠이 얼마나 어두운 줄 몰랐다 없을 때야 비로소 그 빛을 알게 되었다며 예전의 그를 두고 칭송했다. "석선생님 만세, 만만세!" 젊은이가 큰 목소리로 고함 지르며 다시 만세를 불렀다. 홍석구였다. 그의 선창에 따라 마당에 모였던 사람들이 언양장 시위 때처럼 만세를 불렀다.

석주율이 이런 환대를 받아보기는 영남유림단 사건으로 옥살이를 끝내고 표충사로 돌아갔을 때의 '환영 불사' 이후 처음이었다. 사람들은 여러 차례 만세를 부른 뒤 홍석구 제의에 따라 석선생을 무동 태워 마을을 한바퀴 돌자고 나섰다. 그런 공대만은 주율이 완곡하게 사양했다. 복받치는 감정을 억제하려 했으나 주율 눈에도 눈물이 괴었다.

"길을 터주십시오. 석선생님이 농장으로 올라가십니다. 여러분 환대에 진심으로 감사합니다." 이희덕이 마당 안에 빼곡히 들어선 마을 사람들에게 말했다.

꽹과리와 징소리가 길을 열었다. 인사를 나눈 김복남이 자기 지게에 박장쾌를 덜렁 들어 앉혔다. 농장 식구 열둘이 앞장섰다. 분남이 장님인 구노인 손을 잡고 걸었다. 중풍 앓는 초전댁은 토막촌 시절 십이지장충으로 배가 앞산만하던 봉익이가 부축했다. 애꾸소년 근출이는 꽹과리 장단에 맞추어 길길이 뛰며 연방, 선생님 만세를 외쳤다. 석주율이 없을 때 농장 새 식구가 된 꼽추소년 음정이는 꾸부정한 어깨로 석주율 뒤를 따랐다. 농장 식구는 석주율이 북지로 떠날 때 그대로 열둘이었으나 어린이들은 그새 몰라보게 자라 맹필이, 근출이, 봉익이는 일꾼 한몫을 해낼 만큼 젊은이티가 났다. 그들을 지켜주고 키워주었음이 여러 사람들 도움 덕분

312

이겠으나 석주율은 그들을 귀히 여겨 보살펴준 하느님 은총으로 돌릴 수밖에 없어, 그분에게 감은했다. 그분은 부처님이라 해도 좋고, 야소님, 단군님이라 해도 좋았다. 그들이야말로 인간의 마음을 사랑으로 살필 줄 알기에 눈물로 살아온 불행한 사람들을 버리지 않았을 터였다.

마을 사람들 대부분이 돌아가고, '구영글방' 생도 서른여 명과 마을 아이들이 석주율 뒤를 따라 대숲 사이로 난 길을 거쳐 무학산을 바라보고 언덕길을 올랐다. 주율 눈에 무학산 소나무숲이 청청하게 닿아왔다.

"선생님 보십시오. 백로와 왜가리 떼가 올해도 예년같이 무학산을 찾아왔습니다. 사흘 전에 열몇 마리가 날아들더니 날마다 수가 늘어나군요. 사월에 들면 저 소나무숲이 학떼로 하얗게 덮일 겁니다." 나란히 걷던 이희덕이 무학산 중턱께를 손가락질했다.

석주율이 자세히 보니 맑은 하늘 아래 무학산 중턱 소나무 윗가지는 흰 학떼 몇 마리가 늠름하게 앉아 있었다. 그제야 그는 침침한 감방 생활 탓인지 시력이 많이 나빠졌음을 알았다.

석주율이 북간도로 떠났다 돌아왔을 때는 농막촌 입구에 나무표지로 '石松農場'이란 말뚝을 세워두었는데, 이제 우차바퀴 두 배나 됨직한 바위를 옮겨 음각으로 '석송농장'이란 한글 표시를 해두고 있었다. 석주율이 옥살이했던 2년 4개월 사이 개간 면적도 넓어져 농막 옆 산자락이 2천여 평은 되게 개간되어 층층이 밭두렁을 이루었고, 아래쪽은 물길을 돌려 실개천가로 세 마지기 논을 풀어두었다.

"그동안 농장 식구가 많은 일을 하셨군요." 석주율이 김복남 지게에 얹힌 박장쾌에게 말했다.

"모두 불편한 몸이나 옥중에 계신 선생님 어려움을 생각하고 열심히 일했을 뿐이지요. 현현역술소에서 도와준 은공이 컸습니다. 백운거사님이 몇 차례 여기를 다녀가셨지요."

석주율이 농장 식구와 담소하며 저녁밥 먹고 나서였다. 날이 어두워졌을 때, 홍석구와 김수만이 농장으로 올라왔다. 석선생님 출옥을 맞아 주철규 이장 댁에 마을 어른들이 모였으니 함께 내려가자고 청했다. 소찬도 준비했다니 어서 내려가시자는 홍석구 채근에 석주율이 두루마기를 입었다. 마을 어른들께 인사 올리겠다며 김복남도 따라나섰다.

이장 댁 사랑방에는 마을 어른 예닐곱과 청년들이 모여 있었다. 술상이 차려졌는데, 시루떡이며 닭볶음이 올랐다. 마을 남정네들이 꾸역꾸역 이장 댁 사랑으로 모여들었다. 춘궁기가 닥친 이른 봄철이라 집집마다 기근 면하기 힘들 텐데 빈손으로 오지 않고 갈무리했던 야찬감을 가지고 왔다. 꿀 한 종지 가져온 사람도 있었고 제사 지내고 매달아놓았던 북어를 가져온 사람도 있었다. 송기떡이나 삶은 밤을 가져오기도 했다. 그들은 먹거리를 석주율 앞에 내놓았다. 주율은 먹지 않아도 배가 부를 정도여서 함께 나누어 먹자며 되물렀다. 그들은 주율을 다시 만난 즐거움으로 이야기꽃을 피웠다.

"선생님 말씀 많이 들었습니다. 저는 구영예배당에서 시무하는 소선묵 도조삽니다." 동그란 안경을 낀 청년이 석주율에게 인사했다. 얼굴이 희고 선이 부드러워 도회지 출신임이 한눈에 짚어졌다.

"궁핍한 시골에 오셔서 어려움이 많겠습니다."

"석선생님, 내일 새벽예배에 참석하실 수 있을는지요? 선생님을 위한 시간을 갖고 싶습니다."

"저를 위해서 그렇게까지……" 석주율은 영남유림단 사건으로 석방되었을 때 표충사에서 베풀어준 환영 불사를 떠올리고 점직해졌다.

"교인들이 환영 예배를 원합니다."

"저를 위해서는 생략하시고 예배는 평소대로 행하십시오. 새벽에 내려가도록 하겠습니다." 앞으로 저녁마다 예배당을 교실로 빌려 써야 할는지 몰라 석주율은 청을 수락했다.

다섯시 반까지 오시면 된다는 도조사 말에 이어, 기다렸다는 듯 청년회원들이 석주율에게 옥살이 경험담을 들려달라고 운을 떼었다. 주율은 감옥 생활에는 별 할 말이 없었으나 경북 봉화에서 반년 남짓한 산판 생활은 얘깃거리가 있었다. 그러나 자칫하면 자기 자랑으로 들릴까봐 주율이 망설이자, 김복남이 대신 나섰다. 조선 독립을 발설했다가 토굴에 갇혀 엿새를 굶은 일화, 운동장에서 눈사람이 되어 침묵 항의를 했던 일화에 마을 사람들이, 석선생은 그러고도 남을 인품이라며 한바탕 치켜세우는 칭찬말이 오고갔다. 그러나 석주율은 이태 동안 구영리 일대의 변화가 더 궁금했다. 주율이 방안을 둘러보며 최근의 농촌 실정을 물었다.

"석선생이 갓골로 돌아왔으니 선생과 함께 도요오카 농장 횡포에 대책을 마련해야겠어. 그런 일에 나설 만한 인물이 구영리 근동에는 없으니깐. 이렇게 나가다간 우리도 정든 고향을 떠나야 할 것 같아." 주철규 이장이 말했다.

"도요오카 농장은 언양에 있잖습니까? 몇 년 전 구영리 일대에도 농장 소작지가 있었으나 그리 많지 않았는데요?"

"선생님, 말도 마십시오." 갓골 청년회 회원으로 예전 글방 출신인 마충기가 말했다. "선생이 있지 않는 사이 도요오카 농장 장토는 언양면은 물론이고 범서면, 삼남면, 청량면 일대에 더 늘어났습니다. 몇 년 사이 마구잡이로 매입했으니 네 개 면에 걸쳐 총 천오백 정보는 될 거라고 들었어요. 그 정도 넓이라면 새벽밥 먹고 뛴다 해도 저녁참은 되어야 한 바퀴 돌 겁니다. 도요오카 농장은 기미년 만세사건 후 특히 범서면 태화강변 일대에 집중적으로 농지 매입에 나서서 구영리 일대만도 전이 수월찮습니다. 그렇게 되기까지 긴 설명이 필요하겠으나 간략하게 말한다면, 농지개혁이 끝난 기미년 이후 왜정 농지정책에 있습니다. 산미 증식 계획이니 뭐니 하며 토지개량을 한답시고 그 비용을 농민에게 떠넘기지 않습니까. 또한 수로나 농로, 방죽을 만든다며 부역 동원을 하다못해 거기에 드는 비용은 물론, 조합비란 명목으로 물세를 물어야 합니다. 그 외에도 온갖 명목을 달아 이름 붙인 세금이 열 가지에 이르니 소지주는 물론이고 작인들조차 도저히 땅을 부쳐먹을 수 없습니다."

"사실 주인댁도 재작년과 지난해 가을에 걸쳐 논 다섯 마지기를 방매했습죠." 김수만이 나섰다. "대구에 나가 공부하는 자제분들 학자금에 지출이 많습니다만, 숙장님 옥바라지하며, 거기에다 세금 등살에 견뎌내지 못했습니다. 그러나저러나 농사짓기는 해가 지날수록 어려운 게 한두 가지가 아닙니다. 왜정 초기하고 지금과는 판이합지요. 관청과 찹쌀궁합이 되어 하이, 하이 하며 게다짝 신고 촐랑대는 대지주는 몰라도 소지주와 자작농은 고리채 뺨치는 세금을 감당해낼 수 없습니다. 마님께서 망성 쪽 논을 내놓자마자 금세 임자가 나타났지요. 가능하면 같은 동포 손에 넘기려 했으나 근동에 그럴 만한 부자가 어디 있나요. 울산 읍내에는 재력가가 있으나 농지 매입에는 선뜻 나서려 하지 않습니다. 듣자 하니 조선인이 농지 매입하려면 서류가 엄청나게 까다롭다나요. 그렇다 보니 동척이 아니면 도요오카 농장이지요. 매입자를 따로 내세우기도 하나 그 농지가 어느 손에 넘어가느냐는 뻔하지 않습니까."

"이 사람아, 그래도 숙장선생 댁이야 자네 식구까지 포함해서 어디 피죽 먹는 신센가. 이장님 또한 막내놈을 언양 보통학교라도 보낼 처지가 되니 우리하고야 어디 댈쏜가. 석선생, 여기 이 자리에도 도요오카 농장 작인이 있습죠. 작인들은 조만간 집단농장에 수용된다는 말도 파다하고요. 집단농장이란 게 도대체 뭡니까? 마소처럼 가둬놓고 종놈으로 부려먹자는 심보 아닙니까. 오늘은 입암리로, 내일은 사연리로, 모레는 강 건너 천상리로 이리저리 끌려다니며 일을 해야 하니, 집단 농장살이는 밤 한 톨 내 것이 없지요. 시키는 대로 일하고 주는 대로 먹는 멍에 진 마소지요⋯⋯" 최영감이 채수염 떨며 말했다.

석주율은 평소 희망이 그랬고, 가우스기의 『농업문제』를 읽을 때도 집단농장 장점을 인정한 만큼 하고 싶은 말이 있었으나 그들 말을 더 듣기로 했다.

"동척이나 도요오카 농장이 수리답은 오점오(5.5) 대 사점오 (4.5)제요, 천수답은 오오제라고, 말이야 그럴듯하지요. 그런데 수리조합비니 토지개량비, 비료대, 종자대에 이리저리 뜯기는 금 액을 합치면 지주가 칠을 먹으며 작인 삼을 먹는 정돕니다. 그 돈 은 또한 저들이 장리빚으로 놓다 보니 추수 때 현물로 계산해 빼 앗아가지요. 그러니 봄부터 뼈빠지게 일해 타작해도 우리 손에 남 는 건 쭉정이뿐입니다. 애들 혼례비며 별세하신 어른들 장례 치르 다 보면 빚은 빚대로 쌓이고요. 실정이 이러니 살길 찾아 떠나지 않을 수 있습니까. 조상묘 지킨다고 죽은 귀신이 밥 먹여줍니까?" 이생원 말이었다. 그는 도요오카 농장 작인이었다.

"농감이며 농감 앞잡이 마름을 상대해 항의하고 싸워봤자 맨주 먹으로 바위치기겠지만, 그래도 석선생이 계신다면 조리 있게 따 져 진위를 가릴 수 있겠지요. 전답 부쳐먹을 농사꾼은 얼마든지 있다지만 제놈들도 우리가 있어야 마소처럼 부려먹을 게 아닙니 까." 주철규 이장의 말이었다.

"모든 분들 말씀 잘 명심하겠습니다. 여러 점으로 아직 농사일 에 밝지 못하지만 여러분들 고충을 잘 들었으니 이제부터 함께 의 논하며 힘 자라는 대로 제 힘껏 돕겠습니다." 석주율이 여러 사람 을 둘러보며 말했다.

"고맙습니다. 석선생이 돌아오니 힘센 장수를 맞은 듯 든든합니 다. 보시오, 우리 박수로 환대합시다!"

이장 말에 모두 함성을 지르며 박수를 쳤다.

*

석주율은 갓골로 돌아온 뒤 석송농장에서 첫 밤을 자고 이튿날 새벽, 잠에서 깨어나자 호롱불을 밝히고 옷을 걸쳤다. 아직 바깥은 어둠이 채 그치지 않았으나 닭장에서 닭들이 푸드덕대며 홰치는 소리가 들렸다. 석주율은 무릎을 꿇어 잠시 기원을 올렸다. 조국의 광복, 농민의 자립, 농장 식구와 글방 생도들의 안녕을 위한, 잠에서 깨어나면 늘 하느님께 앙원하는 관행이었다. 그는 그길로 『사복음서』를 들고 방을 나섰다. 그는 먼동이 터는 어슴새벽 오솔길을 밟고 갓골로 내려갔다. 구영예배당 창문은 불을 밝혀 환했고 안에서는 찬송이 흘러나왔다. 주율이 교회 안으로 들어섰다. 교인 스물대여섯이 마룻바닥에 앉아 있었다. 그는 문득 북간도 명동촌 명동예배당의 경건하던 새벽예배 분위기가 떠올랐다. 석주율이 뒷자리에 무릎 꿇자, 소선묵 도조사는 그가 입장한 것을 보고 손짓으로 앞자리를 가리켰다. 주율이 손짓으로 사양하다 마지못해 앞자리로 옮겨 앉았다.

찬송이 끝나자 도조사는, 예정대로 석주율 선생께서 새벽예배에 참석하셨다며 모두 환영을 표하자고 말했다.

"주 야소님 은혜 고맙습니다!" 공식화된 말인 듯 교인들이 한목소리로 외쳤다.

"그럼 설교시간을 갖도록 하겠습니다." 도조사가 강대상의 램프불 아래 성경책을 펼쳤다. "고린도후서 제일장 육절부터 구절까지 읽겠습니다."

성경책을 지참한 교인은 몇 되지 않았다. 새벽예배에 나온 교인은 대체로 중년과 늙은이들이었고, 그들은 까막눈이었다. 석주율은 가져온 성경책을 펼쳤다. 소 도조사가 한 음절마다 또박또박 말씀을 새겨 읽었다.

"우리가 혹 환난받는 것도 너희의 위로와 구원을 위하야 함이요 혹 위로받는 것도 너희의 위로를 위하야 함이니 이 위로가 너희 속에 행하야 우리가 받는 것 같은 고난을 너희도 함께하느니라. 너희를 위하야 우리의 바라는 것이 견고하도다. 이는 너희가 고난을 함께 받는 것같이 위로도 함께 받을 줄을 아노라. 형제들아 우리가 아시아도에서 당한 환난을 너희가 알지 못하기를 원치 아니하노니 힘에 지나도록 심한 고생을 받아 살 소망까지 끊어지고 참으로 우리 마음에 죽을 줄 알았으니 이는 자기를 믿지 말고 죽은 자를 다시 살리시는 하느님만 믿게 하심이라." 소 도조사는 성경 말씀을 한 차례 더 읽고 설교를 시작했다. "제가 읽은 성경 말씀은, 사도 바울 선생이 당하신 숱한 고난과 그 고난을 통해서 고린도 야소교당이 받은 위로를 기록한 말씀입니다. 바울 선생이 당한 핍박은 고린도 교인들에게 큰 위로와 구원이 되었습니다. 야소님이 고난을 당해 십자가에 못박혀 돌아가셨듯, 바울 선생의 고난을 통해 교인들은 시련과 환난을 이길 수 있는 힘을 갖게 되었습니다. 바울 선생께서 아시아도에서 당한 환난은, 야소님을 증거하다 유대인 돌에 맞아 죽을 지경에 이르고, 빌립보에서는 귀신 들린 여종을 낮게 해주다 주인의 송사로 옥에 갇히고, 에베소에서는 폭도들의 난동으로 죽을 지경에 이르는 심한 곤경을 겪기도 했습니다. 바울 선생은 살 소망이 끊어질 그런 시련 가운데서도, 주야소님이 걸으신 고난의 길을 묵묵히 따랐으니, 고난은 사람의 교만을 버리게 하고, 하느님을 더욱 신뢰하게 변화시키며, 큰 환난을 오히려 기쁨의 승리로 체험케 합니다……" 연약해 보이는 외양과는 달리 소 도조사 목소리가 점점 열을 띠자, 여기저기서 "아멘" 소리가 들렸다. 도조사는 잠시 말을 끊었다가 석주율을 보며 말을 이었다. "석선생님께서도 의를 위해 온갖 고난을 받으셨으나 그 고난을 묵묵히 견디시고 다시 갓골로 돌아오셨습니다. 석선생님의 고난은 교인들에게 어떤 고난도 이길 수 있다는 힘을 주셨고, 우리가 그 위로를 받았습니다. 이제 우리는 그 위로를 석선생께 다시 돌려드려 형제로서 따뜻이 맞아드려야 할 것입니다. 하느님은 환난을 기쁨으로 변화시켜주신다고 하셨는데, 의를 위해 고난받은 자야말로 하느님의 축복이 내리십니다. 야소님은 고난받는 이와 함께하시며, 그분에게 고난을 이길 수 있는 더욱 성숙한 믿음을 주십니다. 보십시오. 우리가 바울 선생처럼 환난과 핍박 아래 헤맬 때, 하느님은 우리를 위로하시고 우리를 우뚝 세울 날을 예비하십니다. 그러므로 우리는 눈물을 거두고 야소님의 고난을 되새기며 형제가 서로 위로하면, 우리가 그 위로를 받는 것입니다. 야소님이 사셨던 그 시대와 같은 이 고난의 시대를 기쁨과 축복의 시련이라 알고 이겨나가야 할 것입니다……"

소선묵 도조사는 석주율이 옥중에서 겪은 고난을 바울의 전도 여행에 따른 고난으로 비유해 설교를 마쳤다. 그는 주율을 강대상 앞으로 불러내어 한마디 인사말을 청했다. 교인들 앞에 나선 석주율은 홧홧 달아오르는 얼굴로 교인들을 둘러보았다. 무슨 말을 해야 할지 얼른 떠오르는 말이 없었다. 7할이 아녀자인 여자들 자리에 소복하여 앉아 있는 함숙장 미망인 연곡댁 모습이 눈에 들어왔다. 그 옆자리에는 연곡댁 시어머니도 있었다.

"야소교 교우 어르신들, 고맙습니다. 저를 이 갓골에 다시 받아주셔서 고맙습니다. 제가 이곳에 오게 되기도 여러 교우어르신들의 기원 덕분이온 줄 아옵니다……" 순간, 석주율은 부산감옥에서 여러 차례 읽었던『사복음서』중에서 특히 감복받던 성경 말씀이 떠올랐다. "감옥에서 읽은 야소님 말씀 중 이런 말씀이 있었습니다. 누가복음에, '너희 듣는 자에게 내가 이르노니 너희 원수를 사랑하며 너희를 미워하는 사람에게 선대하며 너희를 저주하는 자를 위하야 복을 빌며 너희에게 학대하는 자를 위하야 기도하며 네 뺨을 치는 자에게 더 뺨을 들이대며 네 겉옷을 빼앗는 자에게 속옷도 금하지 말라. 무릇 네게 구하는 자에게 주며 네 물건을 가져가는 자에게 달라나지 말며 너희는 남에게 대접받고져 하는 대로 너희도 남을 대접하라.' 이 말씀에 감복해 하루 종일 이 말씀을 외웠더랬습니다. 바깥세상에 나가면 그 말씀을 잘 지키며 살겠다고 마음먹었습니다……" 석주율은 더 할 말이 없었다. 말을 하고 나니 정말 자신이 그 말씀대로 살아갈 수 있을지 두렵기도 했다. 마음속으로 그 말씀을 실천하겠다는 소망과, 여러 교인을 앞에 두고 실천을 공포함이란 어쩌면 교만일 수도 있었다. 아니, 실천을

322

못할 때는 분명 허언에 따른 죄를 짓게 된다. 교인들의 "아멘" 소리를 듣자 주율은 참괴(慙愧)한 마음으로 자기 자리에 돌아왔다. 이제부터 진실로 내 말에 책임져야 한다고 그는 다짐했다.

구영예배당에서 농장으로 돌아온 석주율은 남자들이 거처하는 방에서 아침밥을 먹었다. 예전 주율의 뜻을 그대로 좇아 반찬은 밥과 국 이외 세 종류였다. 묵은 김치, 콩나물무침, 멸치조림이었다. 석송농장 남자 가족은 이제 석주율과 김복남이 새 식구가 되었기에 일곱 살 난 꼽추 음정이에서부터 장님 구노인에 이르기까지 여덟이었다.

석주율이 없을 동안 농장의 작업 분배는 박장쾌 지시로 이루어졌고, 안살림은 간난이엄마가 두량하고 있었다. 그래서 아침식사가 있고 나자 석주율, 박장쾌, 김복남이 새로 도배해놓은 주율 방으로 옮겨, 장쾌가 2년 4개월 동안 농장 경영에 따른 보고가 있었다.

"……선생님도 보셨지만 농장 식구는 성한 분이 없으나 아이들이 그동안 자라 한몫을 하게 되었고, 글방 이선생님, 수만이, 홍석구가 앞장선 갓골 청년들 도움이 컸습니다. 선생님 안 계실 동안 우리도 선생님처럼 두 끼만 먹기로 해, 여러분들이 보태주는 양식으로 살았지요. 가마니짜기와 새끼꼬기로 들어오는 수입에서 찬감을 마련하고 땔감은 아이들이 해다 날랐습니다."

"설령 제가 있었다 해도 개간작업을 이 이상 진척시키지 못했을 겁니다. 여러분이 합심해 종귀 이외 이탈자 없이 열심히 살아온 것만도 대단합니다. 이제 더욱 합심해 농장 건설에 매진해야지요" 하곤 석주율이 말머리를 돌렸다. "아무래도 오늘 범서주재소로 내려가 석방에 따른 신고부터 해야겠습니다. 늦게 신고했다며 무슨 까탈을 잡을는지 모르니깐요. 그길로 저는 언양 고하골로 들어가 아버지께 문안 인사 드리고 오겠습니다."

"내일부터 열심히 일하겠습니다만, 오늘까지는 제가 선생님을 고하골로 보필하겠습니다. 부친께 인사도 올리고요." 김복남이 나 섰다.

현감 행차마다 따라붙는 이방을 보듯 매사에 나서는 김복남을 박장쾌가 못마땅한 눈길로 보았다. 김복남 말에 석주율은 그럴 필 요까지 없으니 박형과 상의해서 봄 파종 작업을 도우라고 말했는 데 범이 제 말 하면 찾아온다는 속담대로 방문이 열렸다.

"석상 아닌가. 이 사람아, 석방돼서 돌아왔다면 인사 차릴 줄 알 아야지. 자네가 돌아왔다는 현수막까지 크게 걸렸던데, 군자 같은 자네가 그런 예의에는 까막눈이군." 범서주재소 순사 송하경이 웃 음 띠며 말했다.

"그동안 안녕하셨습니까. 그러잖아도 지금 주재소로 나서려던 참입니다. 사토 소장님도 안녕하시지요?" 석주율이 인사를 했다. 송하경 순사는 그가 북지에서 돌아와 범서주재소에 자수했을 때 낯익은 얼굴이었다.

"사토 소장은 밀양경찰서로 전근간 지 석 달 됐어. 후치다 소장 이 부임해 왔지. 신발 벗기도 뭣하고, 실례 조금 해야겠어." 송하 경이 구둣발로 방안으로 들어오더니 셋을 방구석으로 몰아 앉혔다. 그는 앉은뱅이책상에 얹힌 책 몇 권을 훑어보며 수색을 시작했다. 책상 위에서 주율이 어젯밤 주철규 이장 댁에서 돌아온 뒤 나름대

324

로 짜본 금년도 사업계획서 종이와 한쪽에 있는 바랑에서 종이묶음과 공책을 찾아냈다. 공책은 예전에 썼던 범서면 일대 가구 조사표였고, 종이 묶음은 북지에서 가져온 단군 영정, 대종교 경전, 진성식으로부터 받은 막스의 『자본론』 등 사본 따위였다.

"남의 방을 뒤져 미안허이. 그러나 직업이 직업이라서 어쩔 수 없구먼." 송하경이 허리에 찬 포승줄로 책과 공책을 묶어 쌌다. "석상, 겉옷 걸치시지. 후치다 소장님께서 석상을 정중히 모셔오라는 분부가 계셨으니깐."

"무슨 일 때문입니까?" 김복남이 물었다.

"상견례 정도 아니겠어. 오랏줄로 묶어가는 것도 아니니 자네들이 걱정할 건 없어. 쉬 나올 테지."

석주율은 주재소에서 나오는 길로 아버지를 찾아뵙기로 했기에 선화가 아버지께 드리라며 싸준 보퉁이를 들고 나섰다. 그는 두루마기 차림으로 송하경이 타고 온 자전거 뒷자리에 앉아 면소재지 구영리로 떠났다.

범서주재소로 들어가자 석주율이 맞닥뜨린 자는 영남유림단 사건 때 언양주재소에서 강오무라 형사와 함께 백상충과 경후를 취조했던 고무라 순사였다. 자그마한 키에 앙바틈한 그는 한일강제병합 이듬해에 조선으로 나와 조선말에 능통했다.

"석상, 말만 듣다 오랜만에 만납니다. 석상은 나 잘 모를 테지만 나 석상 잘 알고 있소. 언양주재소 강차석을 잘 알 테지?" 의자에 윗몸 젖혀 앉은 고무라가 물었다.

"강형사님이 아직 언양주재소에 계십니까?"

"있다마다. 나처럼 차석이 됐지요. 내 언양주재소에 있을 때 경후란 중과 백상충이란 불령선인 거물을 추달했지요. 그때 석상 이름 많이 들었소. 백상은 탈옥죄가 추가되어 아직 부산감옥에 있다며?"

"내년 가을에 출감하실 겁니다."

"앞으로 서로 협조하며 지냅시다." 고무라가 의자에서 일어나 석주율에게 악수를 청했다. "소장님께서 접견하시겠다니 들어가 보쇼." 고무라가 소장실 문을 열어주었다.

석주율은 올 정월에 부임해 왔다는 후치다 소장을 면담했다. 후치다는 주율이 갓골에 정착하게 된 동기와 목적을 두고 물었다. 동테안경 낀 마흔줄의 후치다 소장은 조선말을 알아듣기는 했으나 표현은 서툴렀다. 생김새가 홀쭉한 염소상에 체구도 자그마해 외관은 빈약했다. 조선어가 서툴러 그런지 말을 아꼈고 주율에게 하대말을 쓰지 않았다. 그는 석주율의 농촌운동 취지를 경청한 뒤, 궐련을 꺼내어 한 개비를 권했다. 주율이 담배를 피우지 못한다고 하자, 그는 나지막한 목소리로 자기 의견을 밝혔다.

"석상이 감옥에서 모범생 성적 보고바다습니다. 들어보니 농민과 일하겠다는 목적 이해하니다. 주재소는 신민으 재산과 안녕 보호하는 관청입니다. 석상은 반도인으로 민족적 감정 있기에 조사하니다. 내 말 알게습미까?"

석주율은 충분히 이해한다고 대답했다. 후치다는 주율의 성장 과정, 이력, 가정환경 따위를 질문했다. 그는 주율의 말을 되묻고 펼쳐놓은 공책에 철필로 요점을 기록했다.

"우리는 이제 반도인으 진정한 형제로 마지합니다. 반도가 내지만금 발전이 되도록 모든 우애하고 있습니다. 헌병경찰 폐하고 보통경찰 고쳐습니다. 반도인이 만든 신문 보고 반도인 실정 만이 배우고 있습미다." 후치다 소장은 석주율에게 예의를 갖추어 대했다.

석주율은 그길로 풀려나려니 했으나, 고무라 차석과 면담이 있었다. 고무라는 송하경이 압수해 온 석주율의 사물을 대충 조사한 뒤여서 질문이 보다 구체성을 띠었다. 단군 영정과 대종교 경전을 취득한 경위와 장소, 『자본론』 등 사본을 복제해서 전해준 자와 그로부터 들은 말을 묻고, 주율이 전날 밤 적어둔 사업계획안을 집중적으로 추궁했다. 범서면 가구 실태 파악 목적과 도요오카 농장의 농감 면담 목적을 따졌다.

"……봉화군 소천면 산판에 징발되었다 다시 부산감옥으로 돌아온 후, 행형 성적이 좋았던 때문인지 서책과 신문 차입이 가능했습니다. 날마다 볼 수 없었으나 『조선일보』와 『동아일보』도 더러 보았습니다. 기미년 만세사건이 있은 후, 세상이 많이 달라졌음을 알았습니다. 조선인 교육 혜택의 폭이 넓어지고, 발표 집회의 자유가 신장되고, 조선인의 산업 참여 관문이 개방되었더군요. 그리고 신문 기사를 통해 농촌 현실과 농민 실정도 대충 알았습니다. 차석님도 알다시피 조선인 총인구 중에 팔 할이 농민이요, 농민 계급 성분을 분류한다면 칠 할 이상이 영세한 소작농입니다. 제가 누누이 설명하지 않더라도 이들의 어려운 살림살이를 차석님도 목격하리라 믿습니다. 조선인이 아무런 희망 없는 생활을 영위하고 있음은 총독부 반도정책으로서도 장려할 바 아니겠지요. 해마다 조선에서 일본으로 넘어가는 미곡 양을 감안할 때, 농민들이야말로 쌀 생산의 직접 담당자이기 때문입니다. 그래서 저는 농촌을 살리지 않고는 조선민 또한 살길이 없음이요, 조선 농민의 곤궁은 농업정책을 입안하는 관청 입장에서도 불이익이 아니겠습니까. 그래서 저는 연고지인 갓골로 돌아와 다시 농촌운동에 헌신해보려고 어제 저녁에 대충 비망록을 써두었던 겁니다." 석주율은 앞으로도 고무라 차석과 잦은 마찰이 있을 터임을 예감했고 힘든 싸움을 벌여나가야 했기에 설명이 길어졌다. 아니, 고무라에게 말꼬리를 잡히지 않아야 했으므로, 압제의 이 바닥에서 몸바쳐 일하자면 인내심의 터득이 무엇보다 필요하다는 자기 비하의 감정까지 곁들어 있었다. 총독부 정책이 기미년 만세 운동 이후 형태를 달리했다고는 하나 조선에 주둔한 경찰관 수와 경찰관서 수가 만세 운동 이듬해에 벌써 네 배나 증가했음을 주율도 알고 있었다. 조선인에게 어느 정도 자유를 허락했다 하지만 조선 농민의 수탈이 더 가혹해지는 오늘의 현실을 어제 주철규 이장 댁에서도 들은 바 있었다.

"강차석에게 듣던 대로 석상은 문제인물이 될 만큼 똑똑하구만. 그런데 도요오카 농장의 신만준 농감과 면담이 무엇을 위함이오? 농장측에 일이 있소?"

"범서면에 도요오카 농장 농토가 많고, 작인들 또한 수백 호 되는 줄 알고 있습니다. 그런데 소작계약조건에 문제가 많다는 말을 어젯밤에 들었습니다. 한쪽의 일방적인 견해라, 농장측 의견도 들어볼까 해서요."

"단지 농장 의견만 듣겠다는 거요? 다른 목적 없이?"

"만약 농장측이 작인들에게 너무 가혹한 소작 조건을 달았다면 그 시정을 요구해볼 수도 있겠지요. 소작농 편에 서서 그들의 고충을 이해하고 그들에게 도움을 줄 수 있는 일을 할 작정이기 때문입니다. 그러나 그들을 선동해서 농장측을 상대로 집단 행동을 부추길 생각은 추호도 없습니다. 그런 의도를 숨긴 자가 있다면 오히려 제가 나서서 화해 쪽으로 유도해야겠지요. 또한 농장측이 부당한 요구로 작인을 괴롭힐 때도 마찬가지로 나설 겁니다. 좌절하고 있는 농민에게 의욕을 고취시켜 근로정신을 앙양하고 구습을 추방해 생활을 개선시켜보겠다는 목적도 제가 할 중요한 몫이라고 생각합니다."

"요는 석상 그 말을 우리가 신빙할 수 없다는 데 문제가 있소. 석상은 백상충의 사주를 받은 충실한 하수인으로 알고 있소. 내가 듣기로 다이쇼 칠년(1918)에도 갓골에 병신 거지떼를 몰고 들어와 정착하고선 농촌운동 빙자코 농투성이들에게 민족의식을 고취시키다 다음해 삼월에 사건이 터지자 갓골 일대의 아이까지 선동해 언양장터 만세사건에 적극 가담하지 않았소? 내가 그때 석상을 봤소."

"그 운동은 폭력을 쓰지 않은 순수한 운동이었기에 저 또한 조선인으로서 참여했던 겁니다. 그 벌로 이 년 사 개월 옥살이를 치렀습니다. 만약 제가 진정 독립투사로 나서겠다면 출옥하는 길로 만주나 상해로 들어가지 왜 다시 갓골로 돌아왔겠습니까."

석주율 말에 고무라도 마땅한 대답이 궁한 모양이었다. 그는 잠시 침묵을 지켰다가 빈정거리는 투를 바꾸어 목소리를 낮추었다.

"내가 반도로 나온 지 햇수로 십이 년, 일조합방(日朝合邦) 이듬해였소. 그 후 이 바닥에서 터득한 경험에 비추어, 치안관으로서 직무 수행을 평점할 때는 기준이 있소. 사건이 터진 후에 흉한을 잡아들여 처벌함은 하(下)라 할 것이오. 이미 피해는 발생했고 처벌만 남았기 때문이오. 흉한을 늘 감시해 사건 발생을 미연에 방지함을 중(中)이라고 한다면, 사건 발생의 소지가 있는 싹을 뿌리째 뽑아버림이 상(上)으로, 치안관의 마땅한 도리라 할 것이오. 내말 틀렸소?"

"차석님 말씀을 잘 명심하겠습니다."

"알았소. 그럼 각서 한 장 받아둬야겠소."

석주율은 고무라가 읊는 대로 따라 썼고, 마지막으로 오른손 엄지 지장을 이름 아래 찍었다. 일체의 유언비어 조장 금지, 조선 독립이나 자치권의 선동 금지, 소작쟁의 불간섭, 글방에서 훈도 노릇을 하더라도 조선 역사의 불령한 훈화 금지 조항까지 달려 있었다. 그 조항들을 위반할 때는 치안유지법에 저촉되므로 어떠한 처벌에도 순응하겠다는 단서를 달았다.

"석상의 물건 여기 있으니 가져가시오. 우리는 석상이 하는 모든 일을 남김없이 감시할 것이오." 고무라 차석이 제복에 외투를 걸치며 엄중하게 다지름을 놓았다.

석주율이 범서주재소에서 풀려났을 때는 정오를 넘겨서였다. 그는 면소에 나온 길에 면사무소 옆에 있는 신문보급소에 들러『동아일보』를 구독 신청했다. 『조선일보』는 이장 댁에서 구독하고 있었다.

석주율이 고하골 백군수 댁에 도착하니, 대문이 반쯤 열려 있었다. 그가 대문 안으로 들어서자 뒤란에서 김기조 모친 갈밭댁이 나왔다.

"아니, 이게 누군가. 어진이 아닌가. 감옥에서 나올 때 됐다는 소식은 들었지." 갈밭댁이 움집으로 걸음을 돌려 "행랑아범, 어진이가 왔다요" 하고 외쳤다. 부리아범은 어둑신한 방안에 누워 있다 자식이 왔다는 소식에 일어나 앉았다. 노인은 아들 절을 받고 눈꼬리부터 훔쳤다.

"네가 살아 왔구나. 고생 많았지?"

"어머니 별세 소식은 들고도⋯⋯ 그저께 부산으로 온 큰형님과 함께 성묘는 했습니다."

"내 허리가 영 좋잖다. 누워 지내니 너 출옥 때 가보지도 못했구나. 해동이 됐는데 들일은 밀렸고⋯⋯ 아침참에 잠시 움직였더니 또 허리가 아파 낮부터 누워 있다."

석주율이 토방 안을 둘러보았다. 어머니가 타계하고 홀아비로 살자면 노추한 궁상티도 나련만 도배를 새로 해서 방안이 깔끔했다.

"전에 선돌이 데리고 있지 않았습니까. 들일 나갔나요?"

"큰애가 그 말 않던가. 선돌이도 나이가 스무 살 됐지. 이태 전에 장생포로 나갔다. 거기 고래기름 짜는 공장에서 일해. 고생은 되지만 월급을 받는 모양이더라."

"언제부터 허리가 좋지 않으셨습니까?"

"내 나이 예순다섯 아닌가. 환갑 넘긴 지 다섯 해니 나도 살 만큼 살았어. 이렇게 병과 동무해 살다 죽는 게지. 그러나 내가 움직이지 않으면 집안에 일할 사람이 어디 있냐. 김첨지 내외도 부산 자식들 덕분에 형편이 펴니 예전처럼 주인님 말씀을 고분고분 듣지 않는다."

"차봉이형 소식은 더러 있습니까?"

"네 어미 죽은 것도 모른 체 소식이 영 돈절됐다 지난 동지에 편지가 한 통 왔더라. 그 녀석도 뱃전 노무자들과 작당해서 일당 더 달라고 선주와 싸움질 벌여 네 어미 숨 거둘 때 너처럼 옥살이하고 있었다더군. 네 형수는 여태 고무공장에 나가는 모양이다. 너를 만나러 저 만주까지 들어갔다 온 정심네 편에 인실이며 곽서방 소식은 들었다만 요즘은 그쪽 소식은 통 없구나."

"감옥에 있을 때 북지에서 온 사람을 만났더랬지요. 독립군부대들이 흑룡강 건너 아라사 자유시(自由市, 브라고웨시첸스크)란 데로 들어갔다가 거기서 노국으로 이름을 바꾼 아라사 적군(赤軍)과 전투가 붙었는데 대패했다는 소식을 들었습니다. 아마 자형도 거기에 있었을 텐데, 어찌됐는지 알 수 없어요."

1920년 10월 22일 새벽에 북로군정서가 치른 천수동전투, 그날 낮 홍범도 연합부대와 합세하여 치른 어랑촌전투, 23일 오후 북로군정서가 맹개골 삼림 지역을 통과하다 치른 맹개골전투와 그날 밤 쉬구(溝)전투, 24일 밤 북로군정서가 홍범도 부대를 지원하며 치른 천보산전투, 25일 한밤중부터 26일 새벽까지 홍범도 부대가 치른 길동하전투를 끝으로 독립군부대들의 엿새간 전쟁은 끝났다.

이어 재만(在滿) 조선인 독립군부대들은 일제히 흑룡강 쪽 북으로 퇴각해 북만주 중, 아 국경지대에서 재집결한 뒤, 흑룡강을 건너 노령 이만시(市)로 들어갔다. 거기서 여러 독립군부대들은 새로운 '대한독립군단'으로 통합해 총재는 서일, 부총재는 김좌진, 홍범도, 조성환이 맡았다. 이만에는 만주에서 건너온 독립군부대 외에도 연해주에서 온 청룡대, 사하린대(박일리 부대), 이만대(박그레고 리 부대) 등이 참가해 병력 수가 총 3천에 이르렀다. 그런데 코민 테른 동양비서부(東洋秘書部)는 1921년 3월 긴급히 '임시고려혁명 군정의회(臨時高麗革命軍政議會)'를 조직하고 총사령관에 노국인 갈란다라시월린, 부사령관에 노국에서 귀화한 일구주구파 고려공 산당원인 오하묵을 임명했다. 대한독립군단도 그 예하에 두려고 이만에 있던 독립군부대를 자유시로 불러들였다. 그 지시에 대한 독립군단이 강력하게 항의하자, 소국 적군 29연대는 대한독립군 단에 무장 해제를 요구했다. 이에 대한독립군단은 '피압박 민족의 해방을 위해 투쟁한다'는 래닌 정권의 허울 좋은 구호를 지적하며 강력히 벋댔으나 6월 28일, 이미 적군은 두 겹으로 독립군을 포위 하고 각종 대포와 중기관총으로 공격해 왔다. 이 싸움에서 독립군 은 결사적으로 항전했으나 중과부적으로 전사 272명, 포로 917명, 행불자 250명, 흑룡강 건너다 익사자 31명의 참혹한 희생자를 내 고 다시 만주로 돌아오고 말았다. '흑하사변' 또는 '자유시사변'이 라 일컬어지는 참변 사건의 전말이 그러했다.

　부자는 한동안 집안 얘기를 나누었다.

　"참, 내 정신 봐. 주인님께 인사부터 드려야지. 나와 위채에 잠시 다녀오자."

부리아범과 석주율이 몸을 일으키자, 바깥에서 기침 소리가 나더니 김첨지가 방문을 열었다. 석주율을 보러 건너온 참이었다. 주율이 김첨지에게 큰절을 올리곤, 주인님을 잠시 뵙고 오겠다며 바깥으로 나섰다.

"진맥해 약첩도 짓고 공부하는 딸애들도 볼 겸 검사로 대구에 다녀오더니 주인나리께서 아주 누워버리셨다. 연세가 쉰도 안 찼는데 아무래도 이 늙은이보다 먼저 세상 뜨실 것 같아. 똥오줌도 받아내는 처지니 작은서방님 옥에서 나오실 동안이라도 수를 연명할는지 몰라." 달빛에 젖은 어두운 땅을 밟고 위채로 오르며 부리아범이 말했다. 그는 등이 할미꽃처럼 휘어져 꾸부정한 자세로 쪼작걸음을 떼었다.

"주인님, 어진이가 인사드리러 왔습니다."

댓돌 아래서 허리 곱송거려 부리아범이 말하자, 장지문이 열렸다. 허씨가 얼굴을 내밀고 어둠 속에 선 주율을 보았다.

"어진이 왔구나. 막 잠에 드셨는데…… 들어오렴."

허씨가 힘없이 말하곤, 잠에 든 서방을 깨웠다. 부리아범과 석주율이 안방으로 들어갔다. 게슴츠레 눈을 뜨고 모로 누운 백상헌 면전에 주율이 큰절을 올린 뒤 무릎 꿇고 앉았다. 위장병 악화로 죽조차 제대로 삭이지 못하고 토해내니 온몸은 살점 없이 말라 모색이 옥에 있는 백상충과 닮았다.

"출옥했군. 고생 많았겠다. 상충은 잘 있는가?" 한참 만에 백상헌이 물었다. 석주율은 작은서방님이 옥중 생활을 잘 견디신다고 말했다. "미안허이. 나라 위해 봉욕을 자청한 자네며 상충 보기가…… 면목 없어. 내 눈감더라도 용서하게."

백상헌의 움푹 꺼진 눈자위에서 눈물이 흘러내렸다. 도드라진 광대뼈를 싸고 내리는 주인장 눈물을 보며 주율은 잠자코 있었다. 쉬 회복되실 것입니다, 하는 위로의 빈말이 차마 입 밖으로 뱉어지지 않았다. 표충사 의중당 시절 그는 이 정도 중환자를 보았고, 방장스님이 진맥하더라도 약효조차 때를 놓쳤다고 머리를 흔들성싶었다.

"나리께서 어서 회복되셔야 집안을 두량하시지 않겠습니까. 내년 추석 절기면 작은서방님도 집으로 돌아오실 텐데요." 부리아범이 말했다.

"난 가망 없어. 죽을 날 눈앞에 두니 육신은 고사하고 마음이 미어지게 아프구나" 하더니, 백상헌이 거미발같이 깡마른 손을 이불 밖으로 내밀어 주율 손을 잡았다. "어진아, 여기에 눌러살아. 모두 떠났으나 행랑아범만이 이 집 귀신 되겠다고 남지 않았느냐. 아범과 함께 네가 우리 집안을 지켜줘. 내 너를 친동기로 여기고 하는 말이니 그렇게 해다오. 제수씨가 살았어도 집발 붙지 않은 상충이었으니 석방되더라도 그놈은 또 떠날 테니, 네가 남아 백씨 문중을 지켜준다면 내 편히 눈감으련만……" 백상헌이 하소연했다. 늘 하인들 앞에 체모 세우던 그도 북망산을 눈앞에 두니 가물거리는 촛불과 다름없었고, 서방 병 구환과 쪼들리는 살림을 건사하느라고 폭삭 나이를 먹어버린 허씨 역시 마찬가지였다. 바느질감을 뒤로 물린 그네는 손등으로 눈물을 훔쳤다.

"집으로 돌아오기는 어렵겠습니다. 범서면 갓골에 하는 일이 있어서요. 멀지 않은 거리니 자주 들르겠습니다."

"그렇겠지. 망하려면 아주 철저히 망해버려야지…… 씨손도 없이 그렇게……" 백상헌이 주율의 쥔 손을 놓고 눈을 감았다. 그가 고된 숨을 몰아쉬다 갑자기 눈을 떴다. "어진아, 나를 용서해주겠지? 내가 네게 너무 박정하게 대한 걸 이제 다 용서해주겠지?"

"서방님 말씀 듣기 부끄럽습니다. 옆에서 받들어 모시지 못하니 죄송할 따름입니다." 석주율 말은 진심이었다. 그는 백씨 문중 당주인 백상헌에게 아무 유감이 없었다.

석주율은 큰절을 올리곤 백상헌 면전에서 물러났다.

"지난 설쇠러 큰애가 왔을 때도 나리가 너한테처럼 똑같은 말을 하대. 큰애보고도 용서해달라더니, 여기 들어와 같이 살자고 조르더군. 주인나리도 저렇게 변하는 걸 보니…… 사람이 죽을 임시에 변한다는 말도 있잖더냐." 어스름이 덮여오는 가운데 움집으로 걸으며 부리아범이 말했다.

"태어날 때 마음으로 돌아가는 증거겠지요." 사람이 죽을 때가 되면 마귀 농간으로 사악해지는 경우도 있긴 하나 대체로 살아온 회한과 두려움으로 어린애처럼 선량해진다고 그는 믿었다.

부자가 토방으로 들어가니 김첨지가 기다리고 있었다. 잠시 뒤, 갈밭댁이 밥국 세 그릇을 끓여 묵은 김치를 곁들여 개다리소반에 받쳐 들고 왔다.

"자네가 모처럼 귀가했는데 더운밥으로 대접 못해 미안하네. 먼 길에 시장할 텐데 어서 들어."

갈밭댁 말에, 부리아범이 내 끼니도 김첨지 집에서 부쳐먹다 보니 늙은 홀아비 신세가 말이 아니라며 갈밭댁 수고를 두고 겸연쩍어했다.

"모녀가 번갈아 와서 수발해드리니 조강지처 살았을 때보다 신수가 더 훤한데 공치사 듣기 싫구려. 어진아, 자네가 봐도 그렇지? 말만 다 늙은 홀아비지, 이렇게 신방같이 꾸며놓고 살잖나. 늙어도 귀골이라 여복도 많으셔." 갈밭댁이 부리아범에게 눈을 흘기며 핀잔을 놓았다.

석주율은 갈밭댁 말을 알아듣지 못해 숟가락을 들다가 아버지를 보았다. 갈밭댁 말에 부리아범이 눈 줄 데 몰라 스스러워하더니 국밥 그릇에 얼굴을 박았다.

"면소 장거리 신당댁 모녀를 두고 하는 말이네." 김첨지가 말했다.

그 말에도 부리아범은 묵묵부답이었다. 석주율은 신당댁 모녀가 아버지를 위해 그렇게 뒷수발을 아끼지 않는 이유를 알 수 없었다. 어머니 별세 후 아버지가 면소 장거리를 나다니다 신당댁과 친분을 텄고, 홀아비 사정은 과부가 안다고 모녀가 종종 들러 빨래를 해주고 간다는 정도로 짐작할 수밖에 없었다.

김첨지 내외는 부산에 사는 아들과 딸 성공담을 구구절절 늘어놓다 아래채로 돌아갔다. 김첨지 내외가 자리 비우자 석주율은 들고 온 보퉁이를 풀었다. 선화가 마련해서 보낸 아버지 춘추용 바지저고리 한 벌, 속옷, 고무신 한 켤레였다. 선화가 오빠 편에 아버지께 드리라며 20원을 주었기에, 주율은 그 돈을 건넸다.

"선화가 판수로 성공했기로서니 이런 큰돈을 주다니. 궁한 집안 보릿고개는 수월케 넘기겠다. 그러나 내가 돈 쓸 데가 어디 있냐. 너가 지녀. 갓골에서 불쌍한 사람들과 지내자면 너야말로 돈 쓸데가 많잖겠냐."

아버지 말에 주율이, 그 돈은 자기 몫이 아니라며 한사코 거절했다. 밤길을 도와 갓골로 돌아갈 수 있었으나 주율은 모처럼 아버지와 하룻밤을 자기로 했다. 잠자리에 들었으나 그는 잠을 이루지 못했다.

"어진아, 자느냐?"

"아닙니다."

"내일 갓골로 돌아간다면 네 어미 기일 때나 보겠구나."

"그렇게 되겠지요."

"큰애 말이 피죽을 먹더라도 아버지를 모시겠다고 하나 너 봤다시피 나마저 이 집을 어찌 떠나겠냐. 김첨지 내외가 부산으로 나앉겠다는 판국에 말이다."

"기조 그분이 작은서방님 처가댁 흥복상사 서기로 있답디다. 일본서 공부하고 와서 성공했더군요."

"그러니 김첨지 내외가 자랑이 늘어졌잖던. 내일 아침 면소를 거쳐가면 신당댁 주막에 인사나 드리고 가렴." 아들의 말이 없자 부리아범이 말을 달았다. "꼭 그렇게 하거라. 모녀가 나한테 잘해주지만 그 연조를 알고 보니 너와 옛적부터 연(緣)이 있더라."

부리아범이 이불을 걷고 앉았다. 봉창으로 스며든 달빛에 담배쌈지와 곰방대를 찾아 연초를 곰방대에 쟁였다. 주율은 정심네의 건장한 몸과 매같이 날카로운 눈매를 떠올렸다.

"너 나이 올해로 스물아홉 아닌가. 장가갔다면 자식을 서넛은 두었겠다. 이제 맞춤한 색시를 얻어야지. 네 어미가 너 성례를 못 보고 죽는 걸 원통하게 여겼느니라."

"어머님 유지가 그러셨더라도 저는 제 혼례를 두고 여태 생각해 본 적 없습니다."

"할 일이 많을수록 장가를 가야지. 백년가약으로 한 사람을 맞아들인다 함이란, 한 손으로 일하기보다 두 손 맞잡아 일하는 격이요, 바깥일 하는 남자는 몸이 첫쌘데, 끼니 제때 챙겨 먹이는 데는 아녀자가 있어야지." 아들 대답이 없자 부리아범이 담배연기를 내뿜곤 혼잣말처럼 어물거렸다. "이건 뭐 늙은이 주책 같은 소리 같으나 신당댁 과년한 딸…… 아무래도 네게 마음을 두고 있는 것 같아. 그야 말이 돼잖는 소리지만 말야. 행랑살이한 과거지사야 형편이 우리와 같다지만 너는 명색 총각이요, 신당댁 딸은 후처로 갔다 온 몸 아닌가. 더욱 술주전자를 나르는 처지인데 말이다. 그런데 너를 위해 여자 몸으로 그 먼 북지를 다녀오지 않았느냐. 어디 재취 자리라도 보내려 신당댁이 매파를 넣어도 외곬로 네 생각만 하며 무조건 마다한다니…… 신당댁도 이를 두고 언양 미나리밭 처녀가 몽중에 본 한양 산다는 도령 두고 상사병 걸린 꼴이라나 어쩐다나……"

"신당 마을 한초시 댁은 요즘 살림이 어떠합니까?" 석주율이 아버지 말을 듣다 말머리를 바꾸었다.

"한초시? 그 부자 영감님은 작년에 수를 누리고 죽었지. 언양

바닥이 떠들썩하게, 아흐레장을 성대하게 치렀어. 이 일대에 널린 전답만으로도 조선인 중엔 젤로 큰 부자야."

아버지 말에 주율은 한숨을 깔았다. 한초시 영감이 재산을 더 일구고 수를 누려 죽었다니 진정 하늘의 뜻이 어디 있는지, 그는 그 조화를 알 수 없었다.

"내일 아침 길 떠날 때 신당댁 주막에는 들르지 않겠습니다. 제 처신이 더 곤란할 것 같아서요……" 석주율은 아버지를 등에 두고 돌아누웠다.

*

고하골에 다녀온 이튿날부터 석주율은 바쁜 나날을 보냈다. 새벽별이 스러지기 전에 잠자리를 털고 일어나면 자정이 넘어서야 이부자리를 폈다. 낮 동안은 몸이 두 쪽이었으면 싶을 정도로 여러 일감에 휘뚜루마뚜루 휘둘렸다. 석송농장은 개간일을 미루어 두고 논갈이를 해야 했고, 보온 못자리 설치 준비를 서둘렀다. 밭작물로는 옥수수 심기가 시작되는 철이었고 고구마도 짚가리로 온상 관리를 해야 했다. 예전에 만들어두었던 우사, 돈사, 양계장도 몇 년 사이 버려져 있어 개수가 필요해 김복남에게는 그 일감을 맡겼다. 석주율은 부산감옥에서 나올 때 받아온 영치금이 있었기에 양돈과 양계부터 먼저 시작해볼 작정이었다. 한편, 함숙장이 자기에게 맡겼던 선암사 오르는 길목의 과수원만 해도 놉을 사야 할 정도로 일손을 기다렸다. 기미년 만세사건 전 뽕나무, 능금나

340

무 묘목을 2백 그루씩 심었는데 그동안 돌보는 이 없어 고사하거나 사태로 무너지고 푸새가 수북이 자라 잡목밭으로 변해 있었다. 제철 놓치기 전에 가지치기하고 퇴비를 쳐야 했다.

석주율은 이런저런 일감을 농장 식구들에게 대충 지시하곤 글방으로 내려갔다. 기미년 만세 운동 이후 면사무소 소재지에는 사설 보통학교가 많이 세워졌으나 범서면은 아직 학교가 없었기에 글방은 몰려드는 생도들로 교실은 입추의 여지가 없었다. 이희덕이 혼자 몇 년을 꾸려왔다는 게 신통하다 해야 마땅했다. 이희덕 말에 따르면, 기미년 만세 운동 이후 농민들의 의식이 몰라보게 개화되어 1년형을 살고 갓골로 돌아와 글방 문을 다시 여니, 일주일 만에 자발적으로 참여하는 생도 수만도 육칠십 명이 넘었다는 것이다. 소문은 빨리 퍼져 입암리, 사연리는 물론 태화강 건너 천상리, 굴화골 마을에서까지 부모들이 자녀를 데리고 와서 입학을 간청했다. 그들은 이삼십 리 먼길을 마다하지 않았다. 우물 안 개구리가 되지 않으려면 사람은 모름지기 깨쳐야 한다는 향학열이 골골샅샅 바람을 일으키고 있었는데 학자금이 들지 않는 글방이야말로 기쁜 소식이 아닐 수 없었다. 콩나물처럼 앉힌다 해도 아흔 명은 무리일 수밖에 없는 교실 사정이라 1부와 2부로 나누어 수업을 시작했다는 것이다. 그러나 눈망울 반짝이며 배우겠다고 찾아오는 생도가 줄을 이어 여덟 살 아래는 배움터를 다시 확장할 동안 1년을 늦추어 입학시키기로 하여 돌려보내는 궁여지책을 쓸 수밖에 없었다. 구영예배당을 빌려 이용하고 다시 야학문을 열지 않을 수 없었다는 것이다. 실정이 그래서 석주율도 오전반과 오후

반을 나누어 하루 네 시간씩, 거기에다 야학 수업도 맡아야 했다. 생도들에게 월사금은 받지 않는 대신 형편에 따라 임의로 보조를 받았으니, 집안 곡식을 조금 가져오는 생도, 땔감을 날라오는 생도, 그도 못 낼 형편일 때는 생도 부친이 농장 개간사업에 품을 돕기도 했다.

석주율은 가을 학기까지 석송농장에 큰 교실 한 칸을 세우기로 작정하고, 우선 선생 보강부터 서두르기로 했다. 거기에 맞춤하게 떠오른 인물이 봉화군 소천면 산판 시절 자기와 짝이 되어 형님이라 부르며 따랐던 강치현이었다. 강치현은 동래고보를 다닌 이력에다, 출감하면 주율과 함께 농촌운동을 하겠다고 여러 차례 약속한 바 있었다. 형기는 석주율보다 6개월이 짧았지만 파업 농성을 주도한 죄로 정억쇠와 함께 다시 재판에 회부된 바 있었으나, 가중처벌을 받았더라도 이제 석방되었으리라 싶었다. 주율은 함안군 군복면 면소 장터거리 강참사 댁으로 편지를 냈다. 먼저 강치현 출감 여부를 묻고, 자신이 범서면 구영리 갓골에서 다시 농촌운동을 시작했는데 강형 도움이 절대적으로 필요하다고 썼다.

함안군 군북면 강치현의 본가로 보낼 서찰을 쓰고 난 늦은 밤이었다. 바깥에서 인기척이 나더니 누구인가 방문을 두드렸다. 석주율의 들어오라는 말에 방문을 연 사람은 뜻밖에도 분님이었다.

"선생님, 자, 잠시 드릴 말씀이 있어서요." 분님이가 눈을 내리깔고 수줍어했다.

"들어와요. 무슨 말인지 들어봅시다." 석주율은 분님이 나이 스물이 넘었기에 감옥에서 나온 뒤부터 그녀에게 올림말을 쓰고 있었다.

방으로 들어와 문 앞에 무릎 꿇어 앉은 분님이가 고개를 빠뜨린 채 말을 꺼내지 못했다.

"무슨 말인지 말을 해야 알지요." 석주율이 미소 띠어 분님이를 건너다보았다.

"다, 다름이 아니옵고, 바, 박장쾌 그분……"

분님이 숨차하며 또 말을 멈춰, 석주율이, "그래서요?" 하고 뒷말을 채근했다.

"바, 박씨 그분을 도와…… 사, 살고 싶어요. 박씨 생각이 어, 어떨지 모르지만…… 그, 그분 다리가 되어 펴, 평생 서로 의지해서……"

석주율은 분님이 속마음을 알 수 있었고, 그녀 생각이 갸륵했다. 박장쾌는 나이 서른에 이른 노총각으로 두 다리가 없는 앉은뱅이로 혼례 따위는 단념하고 있었다. 분님이는 비록 말을 더듬고 한 달에 두어 번 간질 발작을 일으키고 있으나 심성 곱고 부지런한 처녀였다.

"분님 씨가 그런 마음 결정을 했다니 고맙구려. 내 박장쾌 형에게 그 뜻을 전해 꼭 성사되도록 해보겠습니다. 그렇게만 된다면 석송농장의 큰 경사지요." 석주율은 자기가 농장을 오래 비운 사이 두 남녀는 쓰러지려는 농장을 굳건히 지킨 장본인이었기에 혼례가 성사된다면 그 의미는 각별할 수밖에 없었다.

이튿날부터 석주율이 새로 착수한 일은 그동안 활동이 지지부진했던 '구영리 청년회' 재건이었다. 새 규약을 만들고 연중 행사

표를 짰다. 우선적으로 김수만, 홍석구, 마충기, 신성우를 앞세워 청년회원들에게 새 일감을 맡겼다. 농사철이 시작되었기에 낮 시간은 회원 모두가 바빠 저녁시간을 이용하여 구영리 일대의 가구조사 일을 의뢰했다. 식구는 몇이며 가용 노동력은 어떠한가, 농지는 자작인가 소작인가, 소작인 경우 지주는 누구이며 소작료는 얼마인가, 고리채는 있는가, 있다면 누구로부터 빌려 쓰고 있으며 이자는 얼마인가, 집안에 병자는 있는가, 식구 중 타지로 나간 자가 있는가 따위였다. 청년회원들은 석주율 지시대로 비밀을 보장한다는 조건 아래 집집마다 돌며 미주알고주알 캐물어 잡책에 기록하니 가구주는 주재소에서 나온 순사보다 더 따진다며 웃었다. "여러분에게 도움을 드리는 일을 하려 예비조사를 하는 겁니다. 현재 애로점이 있다면 무엇입니까?" 청년회원이 마지막 질문을 던지면 대답이 천차만별이었다. 당장 닥칠 보릿고개를 어떻게 넘기느냐의 호구지책에서부터, 고율의 소작료 문제, 농감의 비행과 착취, 고리채와 지세 문제, 지주측의 무보수 노역 동원, 배내기 소를 키우는데 소 임자와의 갈등, 잠사회사와의 양잠 수납 과정의 피해 문제가 제기되었다.

석주율은 청년회원들이 취집해 온 조사를 통해 지역 사정의 문제점을 어느 정도 파악할 수 있었다. 조사에 따르면 구영리 일대 350여 가구 중 자기 농토 없는 완전 소작농이 3백여 가구였고 그중 120여 가구는 동척과 도요오카 농장 소작이었다. 범서면만 해도 일본인 농지 수탈이 그만큼 광범위하게 자행되고 있었으며 그에 따른 분쟁이 끊임없이 야기되었던 것이다.

석주율은 청년회에 이어 '구영리 부녀공조회' 조직에도 착수했다. 연곡댁을 임시회장으로 삼고 모임처를 함숙장 댁 사랑으로 정했다. 부녀공조회는 우선 열두 명 부녀자로 발기되었다. 주율은 두레와 향약(鄕約)을 발전시킨 '농우회' '상조회' '소작인회' 따위의 조직도 만들어볼 계획을 세워두고 있었다. 그런 단체는 공동체 상부상조, 농민 의식 개혁, 생활 개선에 도움이 될 터였다.

석주율은 언양 면소에 있는 도요오카 농장 사무소도 조만간 방문해야 했다. 무엇보다 수세(水稅) 연납비(延納費)와 저수지 공사비 체납에 따른 이자 탕감 해결이 급했다. 또 작년에 개간비 지불을 지주측이 부담해야 한다고 항의한 소작인 두 가구에게 소작권 박탈이란 가혹한 조치를 내린 농장측에 철회를 요청할 작정이었다. 두 문제는 모판을 내기 전에 타협을 보아야 올 농사를 지을 수 있었다. 한편, 배내기 소를 사육하는 농가와 양잠 소작을 하는 농가에도 계약조건에 문제점이 있어 위탁한 지주측과 협상할 일건이 있었다. 배내기 소의 경우, 수탁자가 암소를 맡길 때 예탁자가 사역료의 일정액을 받고 송아지를 낳으면 순번을 정해 나누어 가지게 되는 것이 상례였다. 그런데 금년부터는 수탁자가 사역료를 지불하지 않고 송아지를 나누어 가진다는 새 계약을 들고 나왔던 것이다. 구영리에 아홉 마리 암소를 각 농가에 한 마리씩 수탁한 지주는 조건을 그렇게 변경하며 낳은 송아지를 판매할 경우 수탁자 2, 예탁자 1 몫으로 반분한다는 방식으로 바꾼다는 선심 조건을 내걸었던 것이다. 그러나 송아지는 대체로 판매를 목적으로 삼기보다 예탁자가 자기 소 한 마리를 갖게 된다는 보람으로 배내기를 맡았기에 계약의 변경이란 사역료만 떠안게 된다는 불이익을 감수해야 할 판이었다. 양잠 소작도 작년 추잠(秋蠶) 때 고치 등급을 매기는 과정에서 지주측 농간이 드러났기에 춘잠(春蠶)에 들어가기 전 그 점을 명확히 해둘 필요가 있다는 양잠 소작인들 의견이 있었으므로 그 문제 또한 석주율이 맡게 되었다.

소 배내기를 업으로 삼는 지주는 삼남면 부호 주진사로 그는 150여 두 소를 인근 여러 마을에 배내기로 주고 마름을 두어 관장하고 있었다. 울산군 소시장 시세는 그의 수판알에 좌지우지된다고 해도 지나친 말이 아니었다. 한편, 양잠 소작을 내주고 있는 지주는 울산 읍내 윤학관이었다. 그는 백상충이 광명서숙을 설립하겠다고 동분서주할 때, 복산 마을 뒤 땅 만 평을 팔았던 장본인으로 울산군 안에 널린 땅이 많았다.

석주율은 소 배내기 문제로 30여 리 밖 삼남면 백록 마을 주진사 댁을 찾아가기도 했다. 그러나 가진 자의 권세 앞에 설령 이치에 맞는 말일지라도 그 말이 통할 리 없었다. 구영리만 특례를 봐주었다간 다른 모든 마을이 들고 일어날 때 그 수습이 불가능함도 사실이었으므로 하늘이 두 쪽 나더라도 계약을 고칠 수 없다고 벽창호로 맞섰다. 그렇지만 주율은 그쯤은 예견하고 있었기에 착수 단계로 마음을 느긋이 잡았다. 그는 세상사 이치가 마지막까지 악이 이긴다는 점과 사람 역시 죽는 날까지 악으로만 관철할 수 있다는 주장을 믿지 않았고, 선은 그 행함이 정대하므로 반드시 악을 뉘우치게 할 수 있다고 확신했다. 그의 그런 생각이 본 태성의 순진무구함에 기인하더라도, 구정물이 냇물에 섞이면 맑은 물로 정화되듯, 부정함이 정대함에 의해 구축됨은 사필귀정이라 믿었던 것이다.

*

석주율이 스무 날을 어떻게 지냈는지도 모를 정도로 바쁜 나날을 보내자, 어느덧 산천의 초목이 푸르게 살아나는 한식을 맞았다. 한식 성묘를 하자면 하루 전날 고하골로 들어가 이튿날 새벽 아버지를 모시고 떠밭띠 맏형네 집으로 가서 가족이 함께 울산 읍내로 들어가야 했으나 주율은 그럴 짬을 낼 수 없었다. 그는 한식날 새벽에 곧장 울산 읍내로 떠나 신두골 공동묘지로 갔다. 그는 거기서 맏형네 가족을 만났다. 장생포 경유(鯨油) 공장에 있는 첫째조카 선돌이도 틈을 내어 성묘에 왔다. 선돌이는 키가 훤칠하게 자란 장골이 되어 있었다. 경유공장 일이 어떠냐는 주율 말에, 생각보다 일이 너무 고되고 여축할 돈도 많지 않다고 선돌이가 말했다. 물주와 공장장이 일본인이라 공원 부리기가 종 다루기보다 혹독하다 했다. 공원들 스물네댓 명이 공장 안에서 합숙하다 보니 쉴짬이 없으며 게으름을 부렸다간 호된 기합이 따른다는 것이다. 그렇게 일하고 한 달에 쥐는 돈이 평균 28원 정도라 했다. 선돌이의 구릿빛 얼굴은 거칠었고 기름때 묻은 손등이 갈라 터져 일의 고됨이 짐작되었다.

선대 묘까지 두루 성묘를 마치자 식구가 너르네 묘 앞에 둘러앉아 차례 지낸 음식을 먹었다. 부리아범은 막내아들에게, 네가 오

려니 하고 어제 저녁 신당댁 모녀가 고하골로 다녀갔다고 말을 했
으나 주율은 부담이 앞서 그 말을 흘려듣고 말머리를 돌렸다.

"서방님 병세는 어떠합니까?"

"북정골 어르신이 대구에서 성묘차 오셨으나, 서방님은 방 문턱
나서기도 힘드셔. 임자 수를 짐작했는지 올봄 농사부터는 큰애가
고하골로 들어와 나와 함께 종답(宗畓)을 부쳤으면 하더라. 내 늙
어 힘 달리고 집안이 적막하니 그런 말씀을 하셨겠지."

"큰형님 생각은 어떠십니까?" 석주율이 물었다.

"막내놈이라도 공부시키려면 그렇게 해야지. 떠밭띠를 자작하
고 군수 댁 종답을 소작한다면 지금보다 형편이 펼 테지. 아버님
을 모시게 되어 마음도 홀가분하고." 충직한 농사꾼인 석서방이
무뚝뚝하게 말했다.

"선돌아, 네가 집안 장손이니 고하골로 들어와 농사나 짓자. 힘
들게 공장에 다닐 것 없이."

부리아범 말에 선돌이는 대답이 없었다.

석주율은 한식 성묘를 다녀온 이틀 뒤, 백상충의 면회날을 하
루 앞두고 부산으로 떠났다. 사흘거리로 범서주재소 송하경 순사
가 갓골 글방이나 농장에 들러 석주율의 행동을 감시했기에 그에
게는 언양 고하골로 들어간다는 말만 남겼다. 글방도 이틀은 쉬지
않을 수 없었다. 그때까지 함안의 강치현으로부터는 연락이 없었
다. 김복남과 박장쾌만이 먼동이 트기도 전에 떠난 석주율의 부산
걸음을 알고 있었다.

"선생님, 누이께 말씀드리기 거북하시면 거사님께 부탁해보십

시오." 김복남이 마을 들입까지 따라나와 석주율을 배웅하며 당부했다.

"소야 있으면 좋고 없어도 견딜 만하니 너무 서두를 필요는 없습니다. 순리에 따라야지요."

예나 이제나 농가에서 소와 가대기(쟁기)를 하루 빌릴 때는 소 임자 집에 하루 품을 팔아주는 것으로 상쇄되었다. 그렇게 소 품앗이를 해줄 수 없을 때는 소 품삯을 일당으로 잡아 80전을 소 임자에게 지불했다. 석주율도 소를 빌릴 때는 소 품삯을 쳐주었다. 소 배내기 맡은 집을 제외하고 완전 소작농으로 자기 소를 가진 집이 갓골에서는 쌀독에 돌 고르기만큼 드물었다. 대체로 네댓 가구가 조를 이루어 소 한 마리와 가대기를 돌려가며 썼다. 이를 '소 겨리'라 일컬었고, 농번기에 겨리된 소를 엉뚱한 집에서 품앗이 내기란 힘들었다. 그러하다 보니 살림에 여유가 있어 외양간이라도 짓고 사는 자작농, 중농, 대농가 소를 빌려 쓸 수밖에 없었으므로, 김복남이 축력(畜力)을 빌리려 소 가진 집을 찾아 구영리 근동 몇십 리 길을 싸돌기 예사였다. 석송농장도 소를 빌릴 때면 소몰이꾼은 물론 가대기까지 따랐으므로 하루 품삯을 1원 60전으로 쳐주었다. 그 비용은 싼 가격이었다. 석주율이 농촌운동가로 글방을 열고 있다는 소문이 퍼져 한껏 선심 써서 소를 대여해주었던 것이다. 잡종지를 경작지로 만드는 일이란 묵힌 논밭에 쟁기 꽂아 흙을 떠번지거나 이랑을 짓고 씨를 덮는 일과는 성질이 판이할 수밖에 없었다. 쟁기를 꽂으면 나무 뿌리나 돌팍과 부딪치고, 자갈더미를 떠번지자면 그만큼 소 노동도 가중되고 소몰이꾼의 가대기질도 힘이 곱절로 들었다. 또한 소 노동이 여느 밭보다 힘이 들므로 반드시 낯이 익은 소몰이꾼이 소를 부려야 그나마 소가 움직여주었다. 그래서 박장쾌와 김복남은 무엇보다 축력을 아쉽게 여겨, 복남은 현현역술소에 소 한 마리를 사주면 배내기해 3년 안에 갚겠다는 조건을 제시해보라고 석주율에게 당부했던 것이다. 그러나 주율의 대답은 한결같았으니 계속 누이와 백운 신세를 질 수만은 없었기 때문이다.

어둠이 내려서야 석주율은 성내 동장대에 도착했다. 선화와 백운은 백상충 면회 때 주율이 올 것임을 알고 있어, 그는 정갈하게 차린 저녁밥상을 받았다. 주율이 언양 고하골 집안 이야기며, 갓골에 정착해 벌인 글방과 농촌운동 과정을 둘에게 들려주었으나, 소를 마련할 백 원 차용 말은 차마 입이 떨어지지 않았다.

"석선생, 그렇게 사업을 벌이자면 아무래도 자금이 꽤 들 텐데요?" 백운이 넌지시 물었다.

그제야 석주율은 어떡할까 망설이다 축력이 꼭 필요하므로 백원 정도 돈을 빌렸으면 한다는 말을 꺼냈다.

"그 돈은 당장 마련해드릴 수 있습니다." 백운이 선선히 대답했다.

"오빠, 기미년 전에 함숙장님 땅을 빌려 과수원을 일군다더니 그 일은 다시 시작했습니까?" 선화가 물었다.

"그때 심었던 능금나무, 뽕나무, 배나무를 백 주 정도 더 심기로 했어. 어린 묘목은 성장기가 길어, 삼 년 후면 수확할 수 있는 중치를 심기로 했지. 그러나 자립 기반은 아무래도 축산에 중점을 둬야 할 것 같아. 모아둔 영치금으로 돼지새끼 열 마리와 염소 세 마리를 삽입했고 병아리를 들여놓아 양계도 시작했지. 올가을에 형편이 닿으면 송아지를 몇 마리 들여놓을까 해. 그렇게 하면 삼 년 후쯤은 자영으로 본격적인 목축업을 시작할 수 있을 게야. 나는 향후 삼 년을 분기점으로 삼아. 그 후부터는 흑자경영을 해볼 참이야. 농촌운동을 글방 운영과 농민 의식 계몽에 치중한다면 착근 못한 나무와 같아. 스스로 농업경영의 성공 사례담을 만들어 모범을 보이는 진정한 농사꾼이 돼야지." 백 원을 차용해달라는 말을 꺼낼 때의 쭈뼛거림과 달리 석주율 목소리에 힘이 섰다.

"삼 년 동안 계속 투자하려면 자금이 필요하겠군요?" 백운이 물었다.

"모쪼록 도움을 주시면 고맙겠습니다."

"우리가 힘 자라는 대로 돕지요." 선화가 말했다.

"석선생, 생도가 모여들면 교실도 부족하겠군요. 교사를 짓자면 목재값만도 백 원으로는 어림없을 텐데요? 필요하다면 글방 건물도 지어드리겠습니다. 그 돈 일부는 가실 때 마련해드리지요."

백운이 그 말을 꺼내자 석주율은 백운과 선화가 자기 어려움을 너무 잘 짚어, 하고 싶던 말을 꺼냈다.

"그런 말씀이 나온 김에 제가 몇 마디 하겠습니다. 거사님께는 제가 언젠가 했던 말이 되겠습니다만, 첫 옥살이를 끝낼 때 제가 승복을 아주 벗기로 했던 것은 구도를 통한 득도보다 중생을 위해 몸바쳐 일해야 한다는 자각 때문이었습니다. 옥살이하며 뭇 저잣거리 사람과 교우하던 중, 이 세상에 버림받은 빈민을 구휼하고,

천대받는 빈농을 위해 농촌에 봉사하는 길이라 깨달았습니다. 지금은 농장 식구가 열둘이지만 앞으로 수는 늘어날 겁니다. 제힘으로 끼니 해결이 힘든 자는 수용할 수 있을 때까지 계속 받아들일 작정입니다. 또한 빈농이 누굽니까. 조선민 이천만 중에 팔 할이 농민이 아닙니까. 삼정의 문란이 극도에 달한 조선 말기에 이르러서는 농민의 참상이 아귀 떼를 방불케 했습니다. 주림을 더 참지 못한 백성이 곳곳에서 봉기하니 민란이 일어나고 왕권은 뿌리째 흔들려 민심을 수습할 능력이 한계에 도달했습니다. 결과적으로 왕권이 쇠해 국기(國基)가 흔들리니 열강 세력이 조선 땅으로 넘쳐오고, 끝내는 신흥 강국 일본이 서양 열국을 제치고 조선 국권을 강탈했습니다. 그래서 저는 농민운동을 계획하며, 예전 씨족사회 형태의, 함께 뭉쳐 함께 일하며 함께 나누어 가지는 집단농장을 해보면 어떨까 하고 생각했습니다. 집단농장이 오늘의 식민지 현실에서는 여러 점에서 타당성이 있다고 보았습니다. 일본의 조선 농지 점탈이 가속화되고 그들의 탄압정책이 노골화되는 마당에, 조선 농민이 생존을 하자면 뭉치는 길밖에 없습니다. 농민 중에 다수를 점유하는 절대빈곤층인 소작농을 중심으로 집단농장을 경영하며 자립책을 강구해보겠다는 꿈이 비록 제한적이기는 하나 제힘으로 성공 실례를 보이겠습니다. 협동심을 통한 자치, 자립, 자주정신이지요." 석주율이 말을 끊은 사이, 백운이 물었다.

"석선생께서는 아라사 혁명으로 성공한, 계급 없는 사회를 조선 땅에 심어보겠다는 소망입니까? 저도 최근 그런 글을 읽었는데, 지주와 자본가가 없는 만민 평등사회가 그쪽 체제라면서요?"

"물론 저도 혁명정부를 세운 신생 노국 주장도 대충은 알고 있습니다. 그러나 저는 공산주의 혁명이론을 따르겠다는 마음보다…… 뭐랄까요. 아직 지식이 얕아서 공부를 더 해야겠지만, 공동체의 호혜정신은 하늘 아래 만백성이 평등하다는 우리 고래의 홍익사상에도 나타나 있지요."

"석선생이 없을 동안 저도 몇 차례 갓골을 다녀왔습니다만, 개활지를 개간하여 밭작물과 과수만으로 자립이 가능할까요? 축산을 한다지만 오늘의 농산물 유통과정을 따지자면 축산에도 한계가 있다고 봅니다. 식육(食肉)으로는 소비처가 한정되어 있고 소나 말은 축력으로 이용하나 오늘의 농가 현실이 소를 선뜻 구입할 처지가 못 되지 않습니까. 그러므로 농사란 아무래도 전과 답이 대종이 되어야지요. 논농사가 농업의 대종이 아닙니까."

"집단으로 농장을 운영하자면 무엇보다 경작할 농지의 확보가 선결 문제겠지요. 제가 지주나 자본가가 아니기에 기본조건이 해결되지 않고는 탁상공론에 불과합니다. 제 능력으로는 단기간에 추진할 수 없으므로 긴 시간을 내다보았습니다. 아까 말씀드린 대로 향후 삼 년을 정착기로 잡고, 그때까지 자립 기반을 마련하면 개간으로 답을 늘리고 전은 개간과 매입을 겸해 늘려나가야겠지요. 함께 공동 생활할 가구수도 점차 늘려나갈 작정입니다. 그렇게 되면 십 년 안쪽으로 이삼십 가구 정도로 한 단위 집단농장을 실현할 수 있을 겁니다. 그동안 제 취지에 동조자가 생겨나고 홍보가 된다면 제이, 제삼의 집단농장이 생겨날 테지요." 석주율은 하고 싶은 말이 더 있었으나 일을 시작하는 마당에 계획만 앞세우는 듯

해 입을 다물었다. 혈연으로 묶여진 씨족이 아닌 타성바지를 모아 네 것 내 것 없이 공동 생활을 하자면 처음 한동안은 몰라도 날수가 지나면 갈등의 요인이 드러날 터였다. 그러자면 그들에게 단결력과 일체감을 심어줄 수 있는 그 어떤 이상적인 구심점을 상정해두어야 마땅했다. 그 점에 대해 구상해둔 생각이 있었으나 다음 기회로 미루었다.

"하고자 하는 일이 진실되니 앞으로 후원자가 더 나서겠지요. 현현역술소가 우선 일익을 담당하겠습니다. 일차 사백 원을 드릴 테니 축산과 개간 사업비로 쓰십시오." 백운이 흔쾌히 승낙했다.

"고맙습니다. 은혜는 잊지 않겠습니다. 빌린 돈 갚을 날이 필경 올 겁니다."

"부담 갖지 마십시오. 이 땅에 살아 숨쉬는 고통을 신탁(神託)해보려 현현역술소를 찾는 백성의 돈을 여축하며, 선화와 저는 이 돈이 언젠가 좋은 일에 쓰일 것이라 소원했더랬습니다."

"돌아오는 추석 절기에 아버지 뵙고 어머님 성묘길에 갓골에 한번 들르겠습니다." 선화가 미소 머금고 말했다.

이튿날, 석주율은 백운과 겸상해 아침밥 먹고 나자 두루마기를 걸쳤다. 백운이 집안 인력거 타고 가라했으나 그는 사양하고 선걸음에 나섰다. 스승을 뵙고, 밤길을 걷게 되더라도 그는 오늘 부산을 떠나기로 작정했다.

"그럼 은행에서 돈 찾아 준비해두겠습니다." 백운이 대문 밖까지 석주율을 배웅했다.

부산감옥 정문으로 들어선 석주율은 면회 창구 앞에서 얼쩡거리는 김기조를 보았다. 흰옷 무리들 사이에 그의 회색 양복과 파나마모자가 쉽게 눈에 띄었다. 기조 옆에는 가방 멘 교복 차림의 윤세가 서 있었다. 기조가 주율을 보자 함빡 웃음을 물고 바쁘게 다가왔다.

"석형, 이게 얼마 만이오. 석형은 문자 그대로 정말 인물이 됐소. 일본 유학 간 몇 년간 빼곤 석형 소식을 늘 듣지요. 그 스승에 그 제자라더니, 먼저 출옥한 석형이 스승님 면회 올 줄 짐작했지요. 지금은 어디 있소? 범서면 갓골로 들어갔나요?" 김기조가 석주율 손을 잡고 흔들며 수다스럽게 여러 질문을 퍼부었다.

"갓골에 정착했습니다. 모든 일이 시작인 셈이지요."

"난 다른 길을 걷지만 석형 일은 보람 있잖아요. 스승님이나 석형이 걷는 길은 가시밭길이나, 사람은 다 제 길이 있으니깐." 김기조가 사방을 두리번거리더니 석주율에게 의논성스럽게 말했다. "내 일과가 바빠 그래요. 내가 석형과 아기씨 면회허가증을 순번 일등으로 끊어줄 테니 스승님 면회를 내 대신 해주오. 그리고 이 돈으로 아기씨 인력거에 태워 집으로 보내줘요. 글쎄, 학교 갈 생도가 수업 빼먹고 아버지 면회하겠다고 이렇게 따라나섰으니…… 석형, 우리 한번 만나자구. 우리가 어디 보통 사이요? 석형. 그럼 수고해주시오."

석주율에게 30전을 넘기고 김기조가 면회소 사무실로 들어갔다. 잠시 뒤 그는 면회허가증을 들고 나와 주율에게 넘기곤 손을 흔들며 정문으로 빠르게 사라졌다.

"내가 누구인지 알겠어요?" 석주율이 윤세를 보고 물었다. 윤세가 머리를 흔들었다. "아기씨가 아주 어릴 적에 우리는 산속 외딴집에 함께 살았던 적이 있어요. 아버님은 글 읽으시고, 어머니는 밥짓고 바느질하시고, 나는 나무하고……"

"어머니 살았을 적에 그런 말씀 하셨어요. 스님이 되겠다고 절로 떠났다는 분이 아저씨세요?"

"맞아요."

"그렇다면 선화언니 오빠시네."

"형세 도련님은 잘 있지요?"

"학교에 갔어요. 저도 학교에 간다며 집 나와 큰길에서 기조 아저씨를 기다렸죠. 공부 빼먹고요."

잠시 뒤, 백상충 수인 번호와 이름이 호명되어 둘은 면회실로 들어갔다. 둘이 2호 창구 앞으로 다가가자, 그물망 건너에 백상충이 먼저 나와 있었다. 석주율과 윤세가 인사를 했다. 백상충은 초췌한 얼굴에 수염이 거칫했다. 스승 앞에만 서면 마음이 떨리어 주율은 스승 눈을 마주볼 수 없었다.

"기조가 보이지 않군. 그 녀석 부산에 없냐?"

"여기까지 왔다가 바쁜 일이 있어 먼저 떠났습니다. 혹 부탁한 게 있었습니까?"

"서책 차입을 부탁했지. 자네는 요즘 어떤가?" 백상충의 냉담한 질문이 선화 말투와 그럴싸했다.

석주율은 범서면 구영리에 정착해 농촌운동 하며 글방을 열고 있다고 말했다. 그리고 언양 고하골로 다녀온 소식도 전했다. 그런 말이 옥중 생활에 근심을 안겨드리지나 않을까 저어했으나 사

356

실대로 말함이 좋을 듯해, 큰서방님의 위독한 병세도 알렸다. 백상충은 그런 보고에 별 반응을 보이지 않다가, 면회 마감시간이 촉박한 그제야 딸에게 눈을 돌렸다. 윤세 눈에 눈물이 그득했다.

"윤세야, 올해 보내고 내년 가을 바람 불어야 아버지가 바깥세상으로 나갈 테니 자주 면회 올 필요 없다. 면회 와서 네게 도움될 것도 없고, 아버지한테도 위로가 되지 않는다. 아버지는 여기서 잘 지내니, 너는 공부만 열심히 하거라."

"아버지 뵙지 않으면 공부가 안 돼요. 지난 한 주일 동안 오늘을 손꼽아 기다리느라 공부도 못했어요. 아버지 뵙고 가니 이젠 공부가 잘될 거예요. 지난 면회 때도 아버지 뵙고 간 후 과목마다 백점 맞았어요."

"그럼 잘 가. 주율도 잘 가고. 바쁠 텐데 이렇게 찾아줘 반갑군. 열심히 일하게." 백상충이 말하곤 호루라기 소리가 아직 들리지 않았는데 등을 돌렸다.

*

그날 밤, 자정이 가까울 무렵이었다. 본정통 아타미 요릿집 앞은 인력거들로 붐볐다. 색등이 내걸린 청기와 대문 앞에는 술 취한 양복쟁이들이 기모노 차림의 게이샤 부축을 받으며 줄지어 대기하는 인력거에 오르고 있었다. 술자리가 파장을 맞아 노랫가락도 그치고, 취객들이 열린 대문 밖으로 쏟아져나왔다.

김기조와 한일은행 부산지점 히데오 대리도 거나하게 취해 요릿집 청기와 대문을 나섰다. 김기조가 대기 중인 인력거를 불렀다. 후쿠모토 대리와 김기조가 서로 먼저 타라며 양보하다, 기조가 후쿠모토를 인력거에 밀어넣었다.

"난 볼 일이 남았습니다. 우리 방엔 들어오지 않았지만 만날 애가 있어요. 사요나라(안녕)!" 김기조가 떠나는 인력거에 손을 흔들었다.

김기조는 잠시 아랫길로 걸어 일본인 거류민사무소 담벼락에 기대서서 궐련을 불붙여 물고 아타미 정문을 눈여겨보았다. 4월 초순, 항도의 밤 공기는 부드러웠다. 마신 술기운이 깨는 가운데 그는 아타미의 신참 게이샤 소란이를 기다리는 참이었다. 손님을 보내면 기녀들은 시마다 가발과 기모노를 벗고 간편한 출입복 차림으로 퇴근을 서두를 터였다. 소란이 역시 다른 게이샤들처럼 인력거를 타면 자기가 서 있는 지점을 늘 통과했다.

김기조는 소란이를 아타미에 적을 얹어준 대가를 구실로 서정에 있는 그녀 월세방에서 겁탈로 살을 섞은 지 열흘이 지났다. 그 뒤로 그는 어루어 달래기도 하고 협박도 했으나 그녀는 갖은 핑계를 대며 좀체 몸을 열지 않았다. 그렇다고 소란이에게 물주가 나타난 것 같지도 않았다. 그는 한창 물오른 소란이 기둥서방 노릇을 이태 정도만 하면 한밑천 건질 수 있겠다는 계산이 섰다. 그래서 오늘은 어떤 방법으로든 소란이를 자기 것으로 만들겠다며 별렀다.

김기조는 요즘 신변의 위험을 느끼고 있어 뒤쪽을 살폈다. 깊은 밤 시간이라 비탈을 이룬 아랫길은 어둠만이 깔렸을 뿐 사람 그림

358

자가 없었다. 뱃고동 소리에 섞여 멀리서 모찌(일본 찹쌀떡)를 사라는 외침이 들렸다. 그는 아타미 정문에 눈을 주었다. 퇴근하는 기녀들이 아직 눈에 띄지 않았다.

취객을 태운 인력거 두 대가 김기조 앞을 지나간 뒤였다. 꺾여진 골목길 전봇대 뒤쪽에서 벙거지 쓴 사내가 나타났다. 궐련을 피우며 아타미 정문에 눈독을 들이던 기조는 뒤쪽에서 발소리 죽여 다가오는 사내를 알지 못했다. 그러다 직감적으로 뒤꼭지에 섬뜩함을 느낀 기조가 머리를 돌리자, 쇠망치가 그의 뒤통수를 찍었다. 기조가 뭇별이 눈앞에서 번쩍이는 충격을 깨닫기도 순간적이었다. 그는 비명을 뱉으며 쓰러졌다. 벙거지 쓴 사내가 기조를 땅바닥에 끌고 아랫길로 내려갔다. 벙거지를 쓴 사내는 작두로, 그는 기조를 끌고 전봇대 있는 골목길로 꺾어들었다. 골목길 안, 이사청 담장 그늘에 인력거가 대기하고 있었다.

"됐어. 태우자구."

작두 말에 인력거를 지키던 갈고리가 기조 다리를 잡아 들었다. 작두와 갈고리는 기조를 쑤셔 넣다시피 인력거에 태웠다. 작두가 기조 옆에 앉아 수건으로 재갈을 먹일 동안 갈고리가 인력거를 끌었다. 인력거는 언덕길을 내려와 대창정 한길을 빠르게 달렸다.

김기조가 깨어나기는 인력거가 어물시장을 지나 유곽거리에 당도했을 때였다. 작두와 갈고리가 기조를 양팔에 끼고 골목 안 주점으로 끌고 갔다. 허름한 술집 문을 열자, 술청에 앉아 막걸리 마시던 사내 둘이 그들을 맞았다. 김기조는 흙바닥에 끓어앉혀졌다.

작두가 부엌과 창고를 낀 통로를 거쳐 뒤꼍으로 들어갔다. 뒷방에는 램프등이 켜졌고 방문 앞에는 신발 여러 켤레가 널려 있었다. 방안은 화투판이 한창이었다.

"큰형님, 충곤입니다. 홍복상사 김가놈 데려왔습니다."

"알았어."

김기조를 술청에 꿇어앉혀놓고, 한참 기다려서야 최학규가 나왔다. 의자에 앉았던 졸개들이 일어서서 부동자세를 취했다.

"자네들, 이렇게 다뤄서야 되나. 입마개 풀어줘."

최학규 말에 갈고리가 김기조의 재갈 물린 수건을 풀었다. 피에 젖은 얼굴로 어마지두해 있던 기조가 얼른 이마를 땅바닥에 붙이며 절을 했다.

"불초 소생을 용서해주십시오. 제가 지은 죄를 백배 참회하고 사죄 올리는 바입니다. 앞으로는 경거망동 삼가고 큰형님께 충성을 맹세합니다." 어쨌든 위기를 모면함이 급선무라 김기조는 연방 머리를 조아렸다. 발뒷굽 심줄을 끊어 절름발이를 만들거나 손가락 자르는 따위의 야쿠자 세계 형벌을 그는 알고 있었다.

"자네가 자네 죄를 안다면 뭘 그렇게 겁낼 게 있나. 떨지 말고 이리 와 앉아." 최학규가 너그럽게 말하며 졸개 둘이 술 마시던 술 상 의자에 앉았다.

김기조가 다시 사죄하며 엎드려 있자 작두가, 큰형님 말씀을 뭘로 듣느냐며 호통쳤다. 기조는 쭈뼛거리며 최학규 맞은편 의자에 엉거주춤 앉았다.

"큰형님, 저를 용서해주시는 거죠? 이제부터 충실한 일꾼으로 관내 은행 문제, 금융조합 문제 등 중요 정보를 따내 오겠습니다.

신임 받는 충직한 일꾼이 되겠습니다."

"네가 여러 일로 바쁜 줄 알아. 술부터 한잔 받아. 나와 술 마셨다는 건 동지란 뜻이지. 어려워 말더라구."

최학규가 빈 사발에 술을 쳤다. 김기조가 떨며 잔을 받았다. 학규는 간빠이(건배)하자며 술잔을 부딪쳤다. 둘이 잔을 비워낼 동안 졸개 넷은 부동자세로 지켜보고 있었다.

"사람은 착해야 돼. 의리가 있어야 하구. 의리 없는 자는 상종할 수 없지. 내 말 틀렸는가?"

"지당한 말씀입지요. 남자는 의리를 금쪽보다 귀하게 여겨야지요. 저도 이번 기회에 대오각성하겠습니다."

"의리를 아는 자는 약한 여자를 협박하지 않아. 자네가 아타미 지배인마님을 협박해 돈푼깨나 울궈냈다며?"

"그 말씀은 어디서?"

"나도 홍복상사 영감은 별로 좋아하지 않아. 그러나 그 영감도 장사 의리는 있어."

"큰형님, 무조건 잘못했습니다. 앞으로 절대 그런 일이, 큰형님이 아시니 말씀드리겠습니다만……"

"아가리 닥쳐. 난 뭐가 뭔지 몰라. 알고 싶지도 않고. 남자는 입이 무거워야지. 안 그런가? 그게 의리와 통하거든. 이 바닥 세계가 그런 의리 빼면 살아남기 힘들지."

"무슨 말씀인지 알겠습니다. 마음 깊게 새겨……"

"알았어. 그럼 가보더라구. 가기 전에 애들이 몇 마디 교훈을 줄 걸세. 참고 삼아 명심하도록. 자네는 머리가 좋으니 금방 깨칠 거야.

앞으로는 신의를 중히 여겨."

최학규가 의자에서 일어났다. 그는 뒷짐을 지고 뒤곁으로 사라졌다. 김기조는 최학규 등에 대고 절하곤 안도의 숨을 쉬었다. 역시 큰형님 인품이 졸개들과는 다르고, 그래서 미나미우라파 오야카타 자리에 올랐겠거니 여겼다. 그러나 김기조가 숨 돌리기도 잠시, 술청에서 술 마셨던 졸개 둘이 기조 양팔을 뒤로 꺾었다.

"너들 왜 이래! 큰형님 말씀 들었잖아. 이렇게 무례한 짓을 해도 돼?" 김기조가 호통쳤다.

작두가 달려들어 기조 입에 다시 재갈을 물렸다. 기조 팔을 뒤로 꺾은 졸개가 허리에서 오랏줄을 꺼내더니 손목을 묶었다. 기조가 온몸으로 버둥대며 소리쳤으나 말이 입 밖으로 터지지 않았다. 두 졸개는 기조를 술집 밖으로 끌어냈다.

하나가 김기조 멱살을 끌고, 하나가 옆에서 기조 뒷목덜미를 눌렀다. 목덜미 누르는 손아귀 힘이 어찌나 센지 기조는 숨을 제대로 쉴 수 없었다. 그들은 골목길을 나서서 별빛을 밟고 매립 공사장의 집채만큼 쌓인 돌무더기 사이로 걸었다. 자정이 넘은 시간이라 사위는 적막했고 가까이 철썩이는 파도 소리가 높았다.

김기조는 어쩜 이 길을 마지막으로, 자신이 죽게 될지 모른다는 생각이 설핏 들었다. 자루에 돌덩이와 함께 넣어 난바다에 던져버리면 자신은 이 지상에서 사라질 터였다. 내가 무슨 죽을죄를 지었단 말인가. 아무리 따져보아도 목숨 빼앗길 정도의 죄가 떠오르지 않았다. 미나미우라파 조직에서 이탈한 죄? 그러나 자신은 미나미우라파 하수인이 아니었다. 길안여관 중노미 시절과 일본에서 귀국해 한 달여 건달로 지낼 때 그 세계에 발을 붙여 유곽거리를 싸돌며 어울려 지냈으나 흥복상사에서 밥술 먹게 된 뒤로는 발을 끊다시피 했다. 미나미우라파의 밀수, 밀매, 공갈, 납치 따위의 조직범죄에 관여한 적 없었고, 그 일에 끼일 정도로 중요한 인물이 아니었기에 비밀을 누설한 적 없었다. 한 달쯤 전인가, 작두와 갈고리를 칼로 위협하고 도망친 적 있으나 그 일이 죽음을 당할 이유는 되지 않을 터였다.

두 졸개는 거룻배와 너벅선들이 정착한 어항까지 김기조를 끌고 갔다. 기조 멱살을 틀어쥔 사내가 모래톱에 끌어올려진 배 사이를 빠져나가며 휘파람을 불자 어둠 속에서, 여기다며 한 사내가 나타났다. 그들은 기조를 돛대 없는 너벅선에 태웠다.

물이랑 건너 멀리로 등대와 어촌 불빛이 보여 김기조는 영도로 건너가는 도선목임을 짐작했다. 놈들은 자신을 난바다로 끌고 나갈 것이란 예감이 들었다. 해안 순찰경비선이 야밤에도 활동하는지 어쩐지 알 수 없었다. 이제 곱다랗게 죽는 일만 남았다는 절망적인 생각이 머릿속을 채웠다. 야쿠자 세계의 비정성은 사람 목숨을 파리 죽이듯 할 수 있었다. 그는 배신자를 수장(水葬)시켰다는 말을 듣기도 했다.

김기조는 비바람막이 뜸 안에 팽개쳐졌다. 거적문을 닫자 배 안으로 안내한 더벅머리 사내가 어유등을 밝혔다.

"우리는 네놈을 작살내기로 했다." 김기조 목덜미를 눌렀던 졸개가 첫마디를 떼었다.

훈계를 주라던 오야카타 말과 다르지 않소? 도대체 누가 나를 죽이라고 명령했소? 밀고자가 누구요? 김기조는 죽기 전 이 말이라도 고함치고 싶을 만큼 억울한 마음이었다. 그는 순간적으로 아타미 요릿집 지배인마님이 떠올랐다. 지배인마님이 뒷돈을 대기로 하고 미나미우라파 일당에게 나를 아주 없애버리라고 사주했을까? 그런 흉계쯤은 꾸밀 여자였다. 아니면 지배인마님이 조익겸 사장에게 이실직고해, 조사장이 지령을 내렸을 수도 있었다. 그 양쪽이 아니라면 졸개들 보고를 받고 최학규가 최종적으로 내린 명령일까? 잘 회전되던 머리인데 다급한 상황에 몰린 탓인지 지금은 앞뒤가 꽉 막힌 느낌이었다.

"우리는 관내 질서 유지를 위해 규율을 철저히 지킨다. 상하 법도를 중히 여기며, 큰형님 말씀도 있었다시피 의리를 생명으로 아는 동지들이다. 그런데 올챙이 같은 네놈이 감히 이 바닥이 어디라고 안하무인으로 놀아나. 큰형님을 옹립하는 데 장애 되는 놈들을 우리는 숱하게 피부림으로 제거해왔다. 이제 마나미우라파 명예를 위해서 규율을 어긴 네놈에게는 중벌이 불가피해!" 김기조목덜미를 눌렀던 졸개가 말을 맺고 눈짓하자, 배에서 대기했던 사내가 동아줄로 기조 발목을 묶었다. 멱살 잡아끌었던 졸개는 기조에게 달려들어 허리띠를 풀고 바지와 잠방이를 까내렸다. 거뭇한 거웃 가운데 늘어진 굵은 남근이 드러났다.

"칼 어딨어?"

김기조 목덜미를 눌렀던 졸개가 작업복 소매를 걷었다. 배에서 대기했던 사내가 돗자리 벽을 간살 지른 대나무에 꽂힌 회칼을 뽑아 넘겼다.

"요동 못 치게 눌러 밟아!" 칼 쥔 사내 말에 두 사내는 기조 윗몸과 아랫몸을 타고 앉았다.

김기조는 이자들이 자기에게 무슨 짓을 하려 함인지 알아차렸다. 눈앞이 아득했다. 차라리 물에 던져져 죽는 게 낫지 않을까 하는 생각마저 들었다. 손발이 묶여 있지 않아도 죽기 아니면 살기로 세 놈을 상대해 한바탕 싸우고 싶었으나, 때를 놓쳤음이 분명했다. 재갈 물린 입이지만 힘껏 비명을 질렀다.

"개새끼들아!" 김기조가 악썼다.

"네놈 하나 죽여 없애버리는 일쯤은 아침 해장거리도 안 돼. 우린 칼잽이니깐. 만리 같은 청춘이 아까워 목숨은 살려주니 고맙게 여겨. 이는 하늘이 내린 징벌인 줄 알아!" 회칼 쥔 사내가 이죽거리곤 기조의 움츠러든 남근을 자라 모가지 뽑듯 뽑아냈다. 그는 망설임 없이 순대를 자르듯 기조 남근을 잘라버렸다. 막혔던 수도관이 터지듯 피가 쏟아졌다.

"낚싯줄로 짜매줘" 하곤, 사내는 남근 토막을 거적문 밖으로 내던지곤 칼을 놓았다. 피가 튄 손을 털었다. "부산 바닥서 아주 꺼져! 앞으로 이 바닥에서 얼쩡거렸다 눈에 띄면 그때는 상어밥으로 수장시키겠어. 네놈이 신고하는 따위의 어리석은 수작을 한다면 네놈 가족을 모조리 병신으로 만들 테다. 우리 보복은 저승까지 따라간다!"

*

    현현역술소는 미리 나누어준 접견표에 따라 정해진 손님 스물을 받고 오전 일과를 마감했다. 점심밥은 늘 백운 방인 건넌방에서 둥글상으로 넷이 함께 먹었다. 선화와 명구할멈, 백운과 옥천댁이었다. 이를테면 그들이 현현역술소를 운영하는 네 개 받침기둥이었다. 옥천댁은 선화와 명구할멈 사이에 앉아 상에 오른 찬을 알려주고 선화와 명구할멈 젓가락 길을 안내하는 역할을 맡았다. 식사가 대충 끝났을 때였다. 바깥에서 마당쇠 길명이, 이러심 안 돼요 하는 볼멘소리를 무릅쓰고 성급하게 마루로 오르는 발소리가 들렸다. 방문을 열고 비단 치마저고리를 차려입은 새댁이 들이닥쳤다.

    "선화언니, 나 왔소. 복례예요." 복례가 상기된 얼굴로 방바닥에 퍼질고 앉았다.

    "숨넘어가는 사람 있냐, 웬 수선인고." 선화가 옥천댁이 건네주는 숭늉 대접을 받으며 말했다.

    "제가 숨 안 넘어가게 됐나 말 좀 들어봐요." 복례가 소매 사이에서 꺼낸 손수건으로 지분이 땀에 섞여 흘러내린 눈자위와 뺨을 다독거렸다. "기조오빠 있잖아요. 기조오빠가 감쪽같이 사라졌어요. 날수로 아흐레나 됐어요. 사흘째 되는 날까지 홍복상사에 코빼기도 안 보인다기에 제가 하숙집으로 찾아갔지요. 그런데 집 발 끊은 지 닷새랍니다. 가방이며 옷가지는 그대로 있는데 말입니다. 고향으로 갔나 하고 전보냈는데, 아버지가 어제 올라왔어요.

고향에도 걸음하지 않았대요. 그렇다면 어디로 갔어요? 일본? 글쎄…… 아무한테도 귀띔 않고 사라졌으니 이런 변고가 어딨어요. 언니, 우리 오빠 좀 찾아줘요. 점괘가 어떻게 나오나봐줘요."

"새댁 보게, 눈뜬 자네도 찾지 못하는데 소경이 어찌 찾아. 그걸 알면 바다에 빠져 죽은 뱃사람도 우리가 찾아내 건져주겠다." 식사를 마친 명구할멈이 옷섶에 꽂은 바늘로 이빨을 쑤시다 흰소리했다.

"할머니, 그렇담 우리 오빠가 바다에 빠져 죽었단 말입니까? 자살했나요, 누가 빠트려 죽였나요? 원한 살 일이 무엇이며, 스스로 목숨 끊을 일은 또 뭐예요?"

"말을 하자면 그렇다는 게야. 누가 자네 오라비를 죽였다고 말했나." 명구할멈이 싱뚱하게 말을 받곤 일어서자, 옥천댁이 그네를 부축했다.

복례 호들갑에도 선화와 백운은 덤덤히 앉아 있었다. 속이 탄 복례가 선화 앞에 다잡아 앉았다.

"언니, 오빠가 얼마나 똑똑하우. 어진이오빠와 함께 백립초당에서 학동으로 지낸 인연을 생각해서라도 점괘를 짚어줘봐요. 오빠는 우리 집 기둥이라오. 부모님을 부산으로 모셔오겠다 해서 언양 고하골 살림도 이사 준비를 마친 마당에 이 무슨 횡액이야요?" 복례가 질금거렸다.

"아버님이 오셨다니, 집안 소식은 들었냐? 큰서방님 병환은 어떠하시다더냐?" 선화가 말문을 떼었다.

"경황이 없어 물어보지 못했어요. 위채어르신 병환은 고사하고

선돌이할아범 안부라도 묻고 왔어야 하는데……" 하다 늦게 생각
이 났던지, "참, 어제 대창정 나리마님이 오랜만에 아타미에 오셨
어요. 마침 제가 옆자리에서 시중 들다 언니 얘기가 나왔지 뭐예요.
역술소가 성업 중인 줄은 나리마님께서도 알고 계십디다. 나리마
님 말씀이, 사람을 보내 언니를 조만간 집으로 불러야겠다기에,
제가 내일 당장 언니 만나러 간다고 말했지요. 그 말에, 요즘은 일
찍 귀가하니 집에 한번 들러달라는 말을 전하라더군요."

"자네 아버님은 환고향하셨나?"

"아니요. 오빠 행방을 수소문한다며 제 집에 계세요."

"대창정 나리마님도 자네 오빠 행방을 모르신다더냐?"

"출근 안한 지 일주일 넘었다잖아요. 그놈이 여자 밝히더니 계
집 꿰차고 내지로 들어갔나, 이 말씀만 하십디다."

"자네 거처가 대창정이라 했지?"

"아타미와 가까워요."

선화가 백운 쪽으로 얼굴을 돌렸다.

"스승님, 오랫동안 나리마님을 뵙지 못했습니다. 오늘 저녁에
대창정을 들러올까 합니다. 복례 부모님이 제 아버지를 거느리시
니 부산에 오신 기회에 인사드렸으면 합니다."

"좋도록 하구려. 새댁 아버님 인편에 고하골 아버님과 석선생께
뭘 좀 보내야 할 텐데……"

"나중에 사모님과 상의하지요. 길명이만 데리고 다녀오겠습니
다." 선화가 복례 쪽으로 얼굴을 돌렸다. "그럼 너는 물러가도록
하거라. 보다시피 바깥에 차례를 기다리는 손님이 많지 않더냐.

368

저녁에 만나도록 해. 자네 거처는 길명이 편에 말해둬라. 나리마
님 뵙고 자네 아버님을 뵙도록 하마."

"언니, 오빠 점괘는 어떡하고요?"

"장부에 오빠 생년월일시가 있으니 풀이해뒀다 저녁에 일러주
마." 선화가 몸을 일으키자 백운도 일어섰다.

마당과 쪽마루에 진을 쳤던 손님이 다 물러가고 집안 식구가 저
녁밥 먹고 난 뒤, 날이 어두워져서야 선화는 인력거에 올랐다. 옥
천댁이 꿀단지와 햇김 여섯 톳 싼 선물 두 덩이를 선화 옆자리에
실었다. 꿀단지가 인력거 요동으로 넘어질까봐 그네는 선화 손에
보자기 매듭을 쥐여주었다.

인력거가 대창정에 도착하자, 조익겸은 집으로 돌아오지 않았고,
그의 처 엄씨가 선화를 반갑게 맞았다. 안방은 전등불이 환했으나
선화는 그 밝음을 볼 리 없었다. 그네는 가져온 선물을 내놓고, 엄
씨 따라 안채 안방에 마주앉았다.

"언제 보아도 너는 이 세상 사람 같잖고 선계에서 내려온 선녀
같구나. 바깥어르신이 자주 네 소식을 묻곤 한단다. 요즘도 손님
은 여전하지?"

엄씨는 지난 정월 집안 신수점을 본다며 역술소를 들렀다 간 적
있었다. 그날은 추위가 심했는데도 마당과 골목길까지 점 보러 온
사람들로 붐볐다.

"마님 염려 덕분에 잘 지냅니다."

"선화야, 네 점이 어찌 그리 맞을꼬. 며늘아기와 어린 자식을 여
기 떨어뜨려놓고 큰애는 늘 집을 비운단다. 돈 쓰러 다녀도 부산

서 쓰면 안 되나. 며늘아기를 독수공방시키고 큰애는 경성으로, 일본으로, 뭐라더라, 예술한다며 과객처럼 떠도니 제 아버지가 역정낼 만도 하지. 요즘은 활동사진에 미쳤어. 제 손으로 그걸 만든다고 돈가방 들고 경성으로 올라가 여관방에 그 패거리들과 진을 치는 모양이라. 지난번 또 돈을 얻으러 왔을 때는 부자간에 대판 싸웠다. 제 아버지가 사업 일이나 착실히 배우랬더니, 뭐라더라, 낡은 노친네와 생각이 다르다나. 이혼까지 하겠다며 악을 쓰는 걸 겨우 타일러 올려보냈어. 내남없이 일본 보내 공부시킨 자식들은 모두 그렇게 신식물 먹어 시건방만 잔뜩 들었으니……" 엄씨가 방바닥이 꺼져라 한숨을 쉬었다. 여학교를 졸업시킨 둘째딸애도 부청 서기한테 시집보냈더니 시댁에 살지 않고 홑살림 나겠다며 속을 썩인다 했다. 큰딸은 청상에 죽고 맏사위는 감옥에 있으니, 자식복도 지지리 없다며 엄씨는 눈물을 흘렸다.

바깥에 여러 발소리가 분주해지고 인사말이 부산해졌다. 조익겸이 귀가한 모양이었다. 엄씨는 옷고름으로 눈물 자국을 지우고 마루로 나섰다. 선화도 자리에서 일어났다.

정원 사이로 난 돌계단 길 가장자리에 도열한 식솔로부터 인사받으며 조익겸이 안채 지대로 올라서자, 엄씨가 서방 맥고모자와 지팡이를 넘겨받았다.

"선화 아니냐. 그러잖아도 너를 한번 봤으면 했다. 잘 왔다." 안방으로 들어와 양복 윗도리를 벗으며 조익겸이 말했다. 그는 검정 치마저고리를 받쳐입은 탓인지 긴 목과 유난히 희고 수려한 선화를 훑어보며, 신비롭게 뵈는 저 요괴스런 용모가 손님을 구름같

370

이 모을까 하고 문득 생각했다. 조익겸은 신교육을 받지 않았으나 젊은 때부터 점이니 굿이니 하는 따위의 영험을 인정하지 않았다. 사람은 제 노력과 능력에 따라 제 인생살이가 결정된다고 믿었고, 영계(靈界)나 저승을 부정했다. 그래서 그는 종교를 갖지 않았고, 숨 끊어져 땅에 묻히면 그것으로 한 인간의 삶도 끝난다는 생각은 나이 들어도 변하지 않았다.

"하늘 같은 은혜를 입고도 나리마님을 자주 찾아뵙지 못한 허물을 용서하십시오. 강녕하시다는 소식은 늘 들어 다행하다 여겼사옵니다." 선화는 조익겸에게 나붓이 큰절을 올렸다.

"그래, 고맙다. 선화 네가 내 딸보다 낫구나. 몸 좀 닦고 만나자. 조금 후 사랑으로 건너오너라."

선화 인사를 받고 난 조익겸이 엄씨에게, 저녁밥은 먹고 들어왔다고 말했다. 그가 사랑채로 나서자 엄씨가 유카타와 수건을 챙겨 뒤따랐다.

간단히 몸을 씻고 나온 조익겸과 선화가 팔모반을 가운데 두고 앉았다. 상에는 갖가지 강정과 인삼차가 올라 있었다. 열어놓은 창으로 후원의 산수유꽃 향기가 은은했다.

"네 마사를 안 받은 지도 벌써 이태가 넘었구나. 그 생활도 벌써 청산했으니, 그 시절을 생각하면 네 마음 또한 지옥굴을 빠져나온 듯하겠구나. 애 이름이 뭐랬나, 병 없이 잘 크는가?"

"정흠이옵니다. 잘 자랍니다."

"나도 이제 늙었어. 그 좋던 기억력도 떨어져 누가 옆에서 일러주지 않으면 모든 걸 그 자리에서 까먹어. 술도 몇 잔 마시면 취하고, 잠자리 힘도 영 없어져버렸고. 내 나이 벌써 예순하고도 몇인가. 긴 세월을 살았다 싶고, 어찌 보면 한세상이 후딱 넘어간 듯도 하고. 선화야, 내 수가 얼마쯤 될 것 같은가? 어찌 십 년은 더 살랴?" 조익겸이 장침을 당겨 비스듬히 기대앉으며 넌지시 물었다. 그는 선화에게 그렇게 물었으나 대답이 어떠하든 신경을 쓰지 않았다. 점쟁이들이 인간 생사화복을 맞춘다지만 그런 예언이 적중하기는 어쩌다 말 뒷굽에 차인 생쥐처럼, 그는 우연의 일치라 치부했다. 정말 그들에게 미래를 내다보는 영안이 있다면 그 궁상스러운 자기 팔자부터 고치고 볼 일이었다. 그러므로 세상사 변혁과 인간의 생사화복에 따른 비밀은 무소불능한 인간조차 알 수 없는 오묘한 신비라 할 만했다.

"나리마님은 타고난 건강체라 수를 충분히 누리실 것입니다. 오직 연세 들수록 분기를 누르시고 과욕을 피하시면 장수하실 운세입니다." 선화 대답이 또렷했다.

"분기를 누르고 과욕을 피하라? 그 말도 일리가 있지. 양생법에도 그 말이 첫째라 들은 적 있느니라. 그러나 세상살이란 하루가 천날같이 약육강식 싸움터 아닌가. 사람과 사람이 만나 흥정하고 자기 잇속 차리려면 어찌 어진 보살로만 되랴. 더욱 아랫사람 거느리다 보면 분기를 내지 않을 수 있겠어? 고함 질러야 일이 재깍재깍 돌아가는 판이니. 그렇게 수족들이 움직여줘야 적자생존에서도 이기는 게 세상 이치요 상리(商理) 아닌가. 그러다 보니 나는 분기를 못 참는다. 시원히 털어버려야 마음이 편해. 과욕이란 내 경우 어디에 해당되는가? 나이 드니 힘이 달리고 고단해 방사도 안 되는 마당인데 말이다."

"나리마님은 당대에 가세가 크게 번창하셨고 사업 또한 반석에 올라섰으니, 이제 순리에 맡기셔도 별 허실이 없으실 것입니다."

선화 말에 조익겸의 여유 있던 표정이 뻐덩해졌다. 그는 장침에 기대었던 몸을 바로 세워 앉았다.

"그럴 수 없어. 순리에 맡기라니. 큰아들놈은 가업을 이을 생각은 않고 다른 길로 천방지축 날뛰고, 아랫놈은 어찌될는지 모르지만 아직 학업에 매였고 어리지 않은가. 나머지 배다른 자식들이야 돈이나 바라지 어디 쓸 만한 재목이 되랴. 이런 마당에 내가 순리에 맡기고 들어앉는다면 사업은 일 년을 못 가 거덜나버릴 텐데 어찌 태무심하랴."

"노심초사 걱정되겠사오나 순행(順行)을 타고 계시니 쉬 어려워지지 않을 것입니다. 현달하여 공명을 얻어도 수필난(壽必難)이면 만사휴지 아니겠습니까. 장구함을 바라시려면 첫째가 나리마님 건강입니다. 머리는 남이 대신해줘도 자기 건강을 남이 대신할 수는 없습니다."

"선화가 도통한 소리만 하는구나. 내 사업은 그렇다 치고, 너희 역술소 성업(盛業)은 언제까지 가려나? 너는 그 길흉도 내다보고 있겠군그래?" 조익겸이 선화 의중을 떠보았다.

"지금은 문전성시를 이루나 분주하던 발길도 끊길 날이 올 것입니다."

"그게 언제며, 왜 많던 손이 끊기게 되냐?" 조익겸은 선화의 말에 미혹해, 그 참 재미있다는 듯 굵은 목을 뽑았다.

"오뉴월 긴 해도 저물 때가 있듯, 대운을 타고난 사람도 언젠가 기울 때가 있습니다. 저는 일찍이 목질(目疾)을 타고난 팔자라 적은 복으로 일시에 재물을 얻으나 재승덕박(才勝德薄)하여 모래땅에 쉬 마르는 물과 같다 할 것입니다. 수원(水源)이 없는 물처럼 재능이 격(格)을 갖추지 못했으니 곶감을 뽑아먹듯 재주를 팔아먹고 나면 더 들려줄 말이 없는 게 당연한 이치 아니겠습니까. 저는 그 세월을 앞으로 다섯 해 정도 내다보고 있습니다."

"듣자 하니 참 희한한 변설이로군. 앞으로 다섯 해라? 그동안 뭇사람의 각양각색한 점괘를 볼 텐데 그만한 경험을 여축한다면 그 후부터는 선례를 참작해 매미처럼 읊어주기만 하면 되지 않는가? 장사 이치가 바로 그러하다. 타고난 장사치가 있다지만 경험을 이기지는 못한다. 그런데 네 말은 거꾸로가 아닌가?" 조익겸이 책상다리를 고쳐 앉았다.

"그렇지 않습니다. 물은 나무를 키우고, 나무는 불에 타고, 불은 물을 이기지 못하며, 물은 땅이 없으면 담을 수 없습니다. 세상이 이렇게 상관에 의지해 있듯, 지금은 솟고 있는 재능이 언제인가 고갈되면 상(想)이 떠오르지 않고, 상이 잡히지 않으면 말문이 막힙니다. 앞에 사람이 앉아 있어도 그 사람이 목석으로 여겨질 때, 어찌 생령(生靈)의 운세를 풀 수 있겠습니까."

"듣고 보니 그 말도 그럴듯하군. 그렇다면 다섯 해 후에 말문이 막혀 역술소 간판을 내린다고 치자. 그러면 여생은 어찌할 작정인가?"

"그때 손수(損壽)가 있어 큰 병을 얻게 될 것이고, 만약에 천운

374

으로 목숨을 건지게 된다면 한촌으로 내려가 숨어살까 하옵니다."

"네 말이 그렇게 빈틈없이 이루어진다면 그 재앙을 물리칠 비법 또한 괘에 나와 있을 게 아닌가?"

"한 잔 물로 한 수레에 실은 나무에 붙은 불을 끄지 못합니다. 다만 선한 일에 부지런히 보시한다면 어찌 음덕을 받을 수 있을는지 모르겠습니다."

"그렇다면 너는 보시를 하고 있는가?"

"예."

"절이란 말인가?"

"옥에서 나온 오빠입니다." 비로소 선화의 냉랭한 표정에 언뜻 화기가 감돌았다.

"오빠에게 보시한다? 네 오빠가 옥에서 나왔다는 말은 기조 편에 들었다. 지금은 어디서 뭘 하는데?" 조익겸이 물었다. 언제던가, 남매를 처음으로 눈여겨보았던 때가 아슴아슴 떠올랐다. 바깥사돈이 별세한 직후였으니 선화 오누이가 청소하던 시절이었다. 선화 오빠는 버드나무처럼 호리한 몸에 허여멀쑥한 얼굴이었고 선화는 염려하여 씨받이 헌첩감이 어떨까 여겨졌다. 선화가 소경인 줄 미처 몰랐던 때였다.

"오빠는 기미년 전처럼 울산 범서면 갓골에서 빈자를 구휼하며 농촌운동을 하고 있답니다. 글방에서 학동과 어른들을 가르치고요."

"관헌의 눈총깨나 받겠어. 한번 나섰다 하면 그 길만이 지상의 과제라고 여기기는 백서방과 여일하군."

조익겸은 옥에 있는 사위를 떠올렸다. 아직도 그의 석방은 1년

반을 남기고 있었다. 석방 뒤 사위 앞길을 생각하니, 이가 서 말이라는 홀아비 몸으로 또 무슨 사단을 일으킬는지, 그저 첩첩산중이란 느낌밖에 없었다. 차라리 선화 오라비처럼 농촌에 박혀 그런 운동이라도 했으면 좋겠으나 백면서생 백서방이 여태껏 괭이나 삽자루 잡는 꼴을 본 적 없으니 글방선생이라면 모를까 농민운동도 쉽지는 않을 터였다.

"나리마님께서도 선한 일 하는 분에게 보시하시면 필히 음덕을 입으실 것입니다."

"누구나 하는 듣기 좋은 말이지. 죽을 때는 영화며 재물이며 다 가지고 떠날 수는 없으니깐. 그렇담 내가 어디에 보시할까?" 조익겸이 장침에 다시 기댄 느슨한 자세로 한가롭게 물었다. 사람은 모름지기 자립정신을 가져야지 남의 도움을 바라는 의타심은 버려야 한다는 생각이 그의 평소 지론이니 보시에는 별 뜻이 없었다. 그는 거지에게 하는 적선조차 탐탁잖게 여겼다.

"보시 참뜻은 그 일을 남이 몰라야 한다 합니다. 소녀가 오빠를 내세운 말도 잘못이지요."

"내가 알아서 하라, 그 말인가?"

"금빛 잉어를 낚아 막 삶으려는데 천년이나 된 영물이라 물에 다시 놓아주니, 당장 이득은 없으나 장차 살(煞)을 누르고 길(吉)을 얻으실 것입니다."

"그게 내 괘냐?"

"그렇사옵니다."

"그렇다면 고려해보도록 하지. 앞에 인삼차와 강정이 있으니 먹어." 조익겸이 인삼찻잔을 들었다.

"옥에 계신 형세아버님은 잘 계시온지요?"

"옥살이란 죽어 나오지 않으면 다행 아닌가. 그것도 한두 해가 아닌 긴 옥살이 경우에는. 탈출에 실패한 게 어쩜 잘된 일인지도 몰라. 탈출해서 광복투쟁인가, 또 그 일에 어서 나설 모양이었나 본데, 그렇담 지금쯤 비명횡사했을 수도 있겠지. 기조놈한테 백서방 일을 맡겼다 여의치 않아 내가 나서서 겨우 서책 차입을 허락받았다. 책상물림 출신이니 책이나 보며 시간을 죽일 테지."

잠시 뒤, 사랑에서 물러나온 선화는 엄씨에게 작별인사를 올렸다. 솟을대문을 나서니 길명이가 인력거를 세워놓고 있었다. 그런데 복례가 귀띔했는지 그네 아비 김첨지가 먼저 와서 장맞이하고 있었다.

"선화로구나. 나 기조아비다."

"어르신, 그동안 기체 안녕하셨습니까."

"그런 인사 받을 경황도 없다. 수고스럽지만 잠시 복례 있는 데로 가주련. 긴히 할 말이 있으니." 김첨지는 선화 대답도 듣지 않고 헛기침하며 앞장섰다.

복례가 문간방에 세를 얻어 사는 집은 걸어서 10분 정도 걸리는 가까운 거리였다.

"선화야, 속시원하게 말 좀 해주려무나. 기조가 어떻게 됐니? 죽었니, 살았니? 살아 있다면 방위가 어느 쪽인가?" 지분 내음 풍기는 복례 빈방에 들어앉자마자, 김첨지가 선화에게 다잡아 물었다.

"기조 씨 아버님." 선화는 한동안 뜸을 들이더니 매정하게 입을 뗴었다. "전방에 독오른 대사(大蛇)가 앞길을 막고 후방에는 열흘 굶은 대호(大虎)가 기다리니 앞도 뒤도 나갈 수 없어 모골만 송연하다는 괘가 나왔습니다."

"아이구 두야! 그렇다면 곱다시 죽을 괘가 아닌가. 이런 변고가 어디 있나."

"목숨은 건지겠으나 봉욕은 어쩔 수 없겠지요."

"선화야, 기조와 너는 길안여관에서 한솥밥 먹지 않았느냐. 네 아비 또한 고하골에서 우리 내외와 동거동락하는 처지고. 그런 정리를 봐서라도 속시원케 털어놓거라. 내 복채만은 톡톡히 내놓으마. 기조가 지금 어디 있나? 그렇게 위급하다면 어서 구해내야지, 그냥 둘 수는 없지 않겠는가?"

"간교로써 위급함을 넘겨 지옥굴을 빠져나오니 사방은 암흑인데, 갈 데가 없고 오라는 데 또한 없으니 그 심사가 창망할 따름입니다. 동으로 가자니 수십 길 벼랑이요, 서로 가자니 가시밭길이요, 남으로 가자니 시퍼런 물이요, 북으로 가면 뭍짐승 울음소리니, 이리 가다 발길을 돌리고 저리 가다 발길을 돌려, 동에도 있다가 서로 갔다가 북에도 잠시 유하니, 그 정처를 저로서도 종잡을 수 없습니다."

선화 말에 김첨지가 방바닥을 치며 장탄식을 읊었다. 그는 무슨 생각이 짚였던지 충혈된 눈으로 선화를 보았다.

"그래, 그렇구나. 복례가 네 점괘를 처음은 따르다 끝내 제 오라비 간청에 좇아 마지막 가서야 귀주를 영감 댁에 넘겨주었다지 않

는가. 그래서 집칸 장만할 돈을 얻어내 기조가 맡았단다. 그런데
어느 못된 협잡패가 그 돈을 탐내어 그애 목에 비수를 들이대었군.
선화야, 그렇지? 내 말이 맞지?"

선화가 대답하지 않았다. 바깥에서 대문 여닫는 소리가 들리더
니, 딸각대는 왜나막신 소리에 이어 방문이 열렸다. 진홍색 비단
에 금실로 매화를 수놓은 화려한 고소데 차림의 홍이엄마였다.

"바쁘실 텐데 마님까지 이렇게 왕림하셨군요." 김첨지가 엉거
주춤 일어서며 방석을 내놓았다.

"선화야, 내 너를 만나러 아타미에서 잠시 빠져나왔다. 복례는
손님방에 있어 못 나섰지. 그런데 도대체 기조가 어떻게 된 거냐?"

홍이엄마에게 단정히 절을 하고 난 선화는 이제 제 할 말을 다
했다는 듯 대답이 없었다. 선화가 대답을 않자, 김첨지가 홍이엄
마에게 선화로부터 들은 점괘를 털어놓았다. 기조가 죽지 않고 어
디엔가 살아 있다는 선화의 괘를 들려준 뒤, 그는 복례가 기조한
테 맡겨둔 돈걱정을 주절거렸다.

"……마님, 아들놈 방을 샅샅이 뒤졌으나 돈다발을 찾을 수 없
었답니다. 물경 팔백 원이나 되는 돈인데 말입니다. 우리 양주는
아들놈 기별만 오면 부산으로 이사 나려고 짐까지 싸두었는데, 이
무슨 날벼락입니까. 자식이 알성급제하듯 출세하니 양주가 호강
하러 대처로 떠난다는 소문까지 동네방네 쫙 돌아버린 마당에 말
입니다."

"영감님 말씀 듣자 하니 아들 목숨보다 돈다발 놓친 게 더 절통
한 모양이구려." 홍이엄마가 빈정거리곤 고소데 오비 속에 찔러둔

궐련갑과 성냥을 꺼내어 궐련을 불붙여 물었다. "말이 났으니 하는 말이지만, 기조는 머리 쓰는 게 보통 사람과는 달라요. 나도 오늘에서야 그런 생각이 듭디다. 기조는 상리(商利)에 밝으니 그 돈 다발을 쟁여놓지 않고 장변(場邊)을 놓았거나 하다못해 은행에라도 여축해뒀을 거예요. 하루 이자가 얼만데 그 산술을 안했겠어요. 그러니 비명횡사했다면 몰라도 그렇지 않다면야 벌써 그 돈 챙겨 줄행랑 놓았을 겁니다. 길안여관 중노미 때처럼 계집 꿰차고 현해탄 건너간 게 틀림없어요. 선화야, 기조가 부산 바닥에는 분명히 없겠지?"

"그분이 부산 바닥에 있고 없고가 지배인마님과도 상관이 있습니까?" 선화 말이 차가웠다.

"판수가 그걸 왜 나한테 물어? 난 다만 기조가 이 바닥에 있나 없나가 궁금해서 널 만나러 왔는데……" 홍이엄마가 찔끔해하며 말꼬리를 사렸다.

"일본으로요? 왜, 무엇 때문에 도망갔단 말입니까? 높은 학교에서 공부하고 왔는데 또 배울 게 있습니까? 이제 부모님 잘 모시겠다는 서찰이 온 지 불과 달포 전인데 말입니다." 김첨지가 말했다.

"하늘에서 내려온 선녀 판수라고, 부산 바닥에 소문이 뜨르르한 선화조차 못 맞히는 걸 내가 어찌 알겠어요. 그러니 영감님은 딴 걱정 마시고 백씨 댁 제실 논이나 계속 부치고 있어봐요. 누가 알아요. 재주 있는 아들이니 그 돈 굴려 수레에 가마니째 돈뭉치 싣고 환고향할는지." 홍이엄마가 담배 연기를 날리며 흰소리했다.

그때까지 잠자코 있던 선화가 말문을 열었다.

"마님, 수동이는 잘 크지요?"

선화 말에 홍이엄마는, 자라 보고 놀란 가슴 소댕 보고 놀란다는 속담대로, 가슴이 펄떡 뛰었다. 그네는 순간적으로 선화가 여느 판수가 아니라고 혀를 내둘렀다.

"그러잖아도 막내놈 신수점도 볼까 하고 네가 왔다기에 급히 들른 길이다. 네가 내 마음을 어찌 그리 용케 아니? 정말 놀랍구나. 왜, 수동이한테 무슨 액이라도 끼었니?" 홍이엄마가 정색하며 물었다.

"아닙니다. 그냥 여쭈었을 뿐입니다." 무심코 흘린 말이듯 선화 대답이 수월했다. 홍이엄마가 다시 다그쳐 물었으나 선화는 끝내 인사 삼아 물은 말이라고만 발뺌했다.

착근(着根)

　석주율은 백운으로부터 4백 원을 받자, 황황히 성내 땅을 벗어
났다. 스스로 생각해도 염치없는 짓을 저지른 꼴이었다. 살기 어
렵더라도 자력으로 버텨내야 하는데 노력 없이 큰돈을 쥐니 그 돈
을 도둑질이나 한 듯, 아니면 길에서 주운 돈주머니이듯 부담감이
컸다. 용미산 토막촌 시절에는 지게질에서부터 축항공사 노동판
으로, 장마로 벌이도 막막해 토막촌 식구가 굶어 늘어져 있을 때
는 거지 노릇까지 했어도 그때는 곤궁을 혼자 힘으로 이겨냈다.
물론 그때도 역술소와 최학규 도움을 받기는 했으나 이번처럼 목
돈이 아니었다. 더욱 이번 돈은 농장 식구 호구를 위해서가 아닌,
사업자금인 셈이었다. 후원자가 도와주는데도 농장 경영에 실패
한다면 그때는 입이 열 개라 해도 할 말이 없겠다고 생각하니 그
의 어깨가 더욱 무거웠다. 한편, 보란듯 반드시 자립해 백운과 누
이에게 은공을 갚을 수 있어야 한다고 새삼 다짐했다.

석주율이 기장을 지날 때는 마침 장날이었고 낮참이 한참 지난 뒤였다. 장터 어귀를 지나다 우연찮게 수채 앞에 쪼그려 앉은 예닐곱 살 됨직한 거지 소년을 보았다. 넝마옷 탓이 아니라 그 앉음새와 동작이 특이해 눈길을 끌었다. 거지 소년이 이상한 자세로 삐뚜름히 앉아 수채물에서 무엇인가 건져 먹고 있었는데, 꼬챙이 같이 마른 손을 떨었고 콩나물 줄기를 쥔 손을 분명 입으로 가져가는데도 갓난아기처럼 조준이 서툴렀다. 소년은 소아마비로 한쪽 팔과 다리가 뒤틀린데다 뇌막염을 앓았는지 눈동자는 사팔뜨기였고 발음도 제대로 못했다. 부모와 출생지는 물론 제 이름조차 알지 못하는 미숙아였다. 소년은 국밥집 수채에 버려진 밥찌꺼기와 콩나물을 주워먹던 참이었다. 주율이 국밥집 아주머니에게 소년 집을 물으니, 장터거리 아이가 아니며 이틀째 장터를 싸돌며 걸식한다 했다.

　"지나던 과객이나 아낙이 키울 수 없어 내버린 자식이겠죠. 누가 거두어주지 않으면 보름 못 넘겨 죽을걸요. 지금도 다 죽어가잖아요? 얼마나 굶었던지 걸음도 제대로 못 걸어요. 아침에 내가 조밥이나마 조금 먹였는데……"

　"아주머니, 국밥 한 그릇 말아주세요."

　석주율은 국밥을 시켜 거지 소년에게 먹였다. 소년에게는 살아감이 죽음보다 더한 형벌이겠으나 그런 자각조차 할 수 없는 미숙아였다. 국밥을 먹인 뒤 주율은 제대로 걷지도 못하는 소년을 등에 업었는데 얼마나 말랐던지 아기를 업은 듯 가벼웠다. 그가 울산 읍내에 들어갔을 때는 밤이 깊었으나 달빛을 벗 삼아 갓골로 내처 걸었다. 알아들을 수 없는 기성을 내지르던 등짝의 소년도 읍내를 넘고부터 잠이 들었다.

석주율은 김복남과 박장쾌와 상의 끝에 부산에서 가져온 돈으로 우선 어미소와 송아지 한 마리를 구입하기로 결정을 보았다. 석주율은 갓골로 돌아온 이튿날부터 일이 바빠 김복남을 울산장으로 보내 개간과 밭갈이에 당장 한몫할 세 살배기 황소와 암놈으로 송아지 한 마리를 사오고 쟁기와 운반에 이용할 달구지도 맞추게 했다.

석주율은 올해 목표로 전 2백 평, 답 1천5백 평을 개간하기로 했는데, 점심참만 내는 조건으로 청년회 회원들의 노력 봉사만으로는 어림없는 일이었다. 농장 식구로 노동가용 인원은 김복남, 이맹필, 곽근출, 주봉익이 있었으나, 김복남을 제외하고는 셋이 글방을 다녀 반나절 일밖에 할 수 없었다. 석주율은 공동 생활할 한 가구를 농장 식구로 맞아들이기로 했다. 입주할 가구는 주철규 이장 천거로 설만술 씨네를 택하고, 두 칸 초가가 완성되는 대로 옮기기로 했다.

설만술 씨는 소작농으로 논 일곱 마지기를 부쳤으나 지주인 울산 읍내 한 참사가 그 논을 작년 추수를 마감하고 도요오카 농장에 넘겨버렸다. 도요오카 농장으로부터 빌려쓴 장리 빚이 1년을 넘겨 원금 두 배로 불어나자 논을 넘기지 않을 수 없었던 것이다. 한순간에 부칠 땅을 잃어버린 설씨는 장성한 자식을 이 집 저 집 막일 도와주는 품팔이꾼 내보내고 나이 쉰을 바라보는 자신도 행랑살이로 나설까, 아니면 식솔 거느리고 북지 간도로 들어갈까 망설이던 딱한 처지에 있었다. 갓골 사람들은 설만술 씨 가족의 부지런함과 순박한 마음씨를 아는지라 마을에 주저앉히려 내어놓은 소작지를 백방으로 알아보던 중이었다. 설씨는 자식을 넷 두어 모두 여섯 식구였는데 맏아들이 스물한 살이요, 막내딸이 열네 살로 3남 1녀였다. 둘째아들과 셋째아들은 기미년 전 주율이 운영하던 서숙 생도이기도 했다. 마을 이장은 설씨네를 추천하며, 여섯 식구가 모두 한몫할 만한 일꾼들이니 개간사업에 큰 도움을 줄 거라고 말했다. 주율도 추천을 흡족하게 받아들였다. 주율이 그들에게 양식만 제공한다는 조건이었으나, 설씨 집안 이외에도 그런 조건이라면 개간사업에 참여할 형편이 딱한 농사꾼이 구영리 일대에도 많았다. 그러나 설씨네만한 성실한 농사꾼 구하기도 쉽지 않다. 자기네가 살 집을 짓고, 우물 파고 우사와 돈사 짓는 데는 설씨 식구가 발벗고 나섰다.

석주율의 계획으로는 우선 설씨네 가구를 받고 가을 추수가 끝날 때까지 두 가구를 더 정착시키기로 했다. 그렇게 되면 작은 규모지만 내년이면 집단농장이 세워지는 셈이었다.

석주율은 새벽부터 농장 식구와 함께 개간 현장으로 나가 곡괭이질도 하고 바지게로 잡석을 져날랐다. 쓸모없는 바위와 잡석은 골짜기를 막아 둑을 쌓는 데 이용되었다. 윗답이 될 머리쪽 골짜기에 작은 저수지를 만들고 아래쪽 골짜기를 끼고 다랑이논 7백 평을 연차적으로 마련할 계획이었다. 아침밥 먹고 나면 청년회원들과 울력꾼들이 올라왔다. 청년회원은 다섯 명씩 조를 짜서 일주일에 한 번 윤번제로 개간 일에 봉사하고 있었다. 울력꾼들은 점심참과 일당으로 보리쌀 반 되를 받았는데, 이를 양식에 보태려 구영리 중늙은이와 아녀자들도 품을 팔러 농장으로 왔다. 그 인원이 날마다 열댓은 되었다.

석주율은 오전 열시가 되면 갓골 글방으로 내려가 훈도 직분을 맡았다. 그가 가르치는 과목은 수신(도덕), 조선어, 한문, 지리문화였다. 오전 초급반은 두 반으로 나누어 예전 글방과 예배당 예배실을 빌려 이희덕과 분담해 수업했다. 그는 오전 두 시간 외, 오후에는 예전에 야학당을 다녀 조선글을 뗀 중급반 수업을 한 시간 맡았다. 밤에는 기미년 전처럼 구영리 일대의 성인을 모아 조선글과 상식을 가르치며, 토론의 기회도 가졌다. 짚뭇을 가져오게 해서 새끼를 꼬게 하며 그들의 애로점을 듣고, 오늘의 농촌 문제를 두고 타개책에 대해서 의논했다. 또한 주율은 '청년회' '소작인회' '부녀공조회' 회원과의 좌담 또한 밤 시간을 이용할 수밖에 없었다. 그러다 보니 그는 밤에도 사람들을 모아놓은 글방과 예배당을 번갈아 종종걸음쳤다.

석주율에게 가장 시급한 문제는 글방 교사 확보였다. 함안의 강치현으로부터는 그때까지 소식이 없었다. 그는 인편으로 장경부 선생에게 교사 추천을 의뢰했으나 아직 연락이 없어 조만간 짬을 내어 광명고등보통학교 교감이 된 장선생을 직접 만나 교사 추천을 의뢰할 작정이었다.

*

  김복남이 울산 장날을 맞아 돼지새끼 여섯 마리를 사서 돌아온 날이었다. 어느덧 해가 무학산 너머로 기울어 학떼도 낮 동안 놀던 태화강 둔치에서 돌아와 노송 가지마다 제자리 찾기에 부산했다. 개간 일에 매달렸던 울력꾼들도 일손을 털었고 설씨네 가족도 집 짓기 울력에서 일손을 떼었다. 부엌을 내지 않은 두 칸 집은 용마루를 얹었으니 비 가림은 될 정도로 완성을 눈앞에 두고 있었다.

  김복남이 돼지새끼들을 몰고 돌아온 것을 본 석주율은 돌무더기를 져나르던 바지게를 벗고 돈사 쪽으로 갔다. 김복남이 돼지새끼들을 돈사에 몰아넣고 등겨를 물에 풀어 먹이를 주고 있었다. 먼저 들여놓은 다섯 마리를 합쳐 새끼들만 열한 마리였다. 장판에서 하루를 굶은 새끼들이 터줏대감을 밀치고 구유통에 머리 쑤셔박아 먹어대기 시작했다.

  "그놈들 똘똘도 하다." 석주율이 돼지새끼들 먹성을 보며 흐뭇해했다.

  "이놈들 데리고 오느라고 애먹었습니다. 자꾸 다른 데로 도망치려 해서 회초리도 제법 맞았지요."

  "앞으로 먹어댈 양식이 수월찮을 겁니다. 사람은 굶어도 집짐승은 굶길 수 없으니깐요."

  "참, 요즘 정심네가 통 걸음 않습니다. 무슨 일이 있는지 모르겠어요. 여장부라 몸져누울 일도 없을 텐데요?"

  "나도 영문을 알 수 없군요. 고하골 아버지 쪽으로는 모녀가 더러 들르는 모양이던데……"

"오늘 울산 장터에 나가지 않고 글피에 언양장으로 나갔다면 그 주막에 들러보았을 텐데 말씀입죠."

갓골에서 언양까지는 읍내 길보다 5리 남짓 더 멀었으므로 갓골 사람들은 주로 읍내장을 이용했다.

"모녀가 농사짓지 않으나 요즘이 농번기라 바쁠 테지요."

석주율은 김복남이 정심네에게 마음 쓰고 있음을 느낄 수 있었다. 자신이 출옥할 때 부산까지 내려왔던 정심네가 두 달 가까이 갓골에 걸음 끊는다는 게 주율로서는 괴이쩍게 생각되었다. 자신이 너무 무심했기 때문일까? 그러나 그네에게 달리 정이 담긴 말을 건넬 처지도 아니었고 그리고 싶은 마음도 없었다. 마음속으로는 늘 평생 은혜를 갚아야 할 고마움을 느끼면서도, 왠지 그네를 보면 마음이 천근 무게를 단 듯 무겁기만 했다. 부담감? 그럴는지도 몰랐다.

"선생님, 우리도 중고품으로 자전거 한 대 들여놓았으면 좋겠어요. 그러면 읍내도 휑하니 나다닐 수 있지 않겠습니까. 자전거만 있다면 내 당장 밤길이나마 언양 면소를 갔다 오겠어요. 선생님 의원 노릇 하기에도 편리할 텐데요."

석주율이 침을 잘 놓는다고 알려져 구영리 일대에서는 그의 침술을 청하는 사람이 많았다. 주로 발을 삐거나 허리를 다쳐 걷지 못하는 사람들이었다. 환자를 업고 오기도 했지만 움직일 수 없어 자기 집으로 청하기도 했기에, 주율은 그들이 청할 때는 다른 일 제쳐놓고 십 리 걸음이라도 왕진을 가지 않을 수 없어 시간 손실이 많았다.

"서, 선생님, 쇼님이 차쟈 오셔셔슴니다." 치마귀에 물 묻은 손을 닦으며 분님이가 달려왔다. 그녀는 이제 스물한 살 처녀로 성장했으나 해사한 얼굴에 몸이 약한데다 간질을 앓고 있어 스스로도 시집가기를 단념하던 참에 박장쾌와 짝이 되겠다고 나섰으니 참으로 갸륵한 결심이었다. 그녀는 간난이엄마를 도와 대식구 부엌일이며 빨래일에 한몫을 했다. 특히 주율이 기장 장터에서 데려온 소아마비 미숙아 솔이를 옆에 두고 친동기이듯 보살피는 정이 각별했다. 주율은 이름도 없는 그 아이에게 자기 성인 석 자와 무학산 소나무가 되라고 솔이라 이름을 붙여주었다.

집짓기에 소용될 건자재로 앞마당이 어지러운 설씨네 집 앞으로 한 사내가 걸어오고 있었다.

"저 사람이 누군가. 강치현 아닌가!" 김복남이 그를 알아보았다.

"강형 아니오!" 돼지새끼들의 앙징스러운 먹성에서 눈을 거두고 뛰어가며 석주율이 외쳤다.

"형님, 그동안 안녕하셨습니까." 강치현 목소리도 목이 메었다. 주율과 치현은 서로 껴안고 잠시 동안 다시 만난 기쁨을 나누었다. 치현은 무명 바지저고리에 등짐으로 고리궤짝을 메고 있었다.

"강형이 오기를 이제나저제나 학수고대했는데, 정말 와주었군요. 고마우이."

"형님 찾아 나서겠다니 부모님 반대가 심해 설득하느라 날수가 지체되었어요. 형님이 옥살이를 네 해 넘게 했다니 저와 작당해 또 광복운동 관련 일에 나설까봐 부모님으로서는 걱정이 되셨겠지요. 저도 몇 가지 정리해두고 올 일도 있고 해서요."

"자네 우선 짐부터 벗고 좀 씻게. 시장할 텐데 함께 밥 먹도록 하세." 김복남이 강치현 손을 맞잡고 즐거워했다. 봉화군 소천면 산판에서 동고동락하며 고생을 겪을 동안 쌓인 정리가 그만큼 두터웠던 터였다.

세 사람은 석주율 방에서 따로 저녁밥상을 받았다. 산판 시절의 고생담이 분분하게 오고갔다. 강치현은 충성대 대원들의 연대 농성투쟁 주모자로서 재판에 회부된 후일담을 들려주었다.

"봉화경찰서에서 죽을 고문을 당했지요. 고문이 얼마나 심했던지 대구재판소로 넘어갈 때 보니깐 정억쇠 그분은 반미치광이가 되어 헛소리를 마구 내뱉습디다. 김달식 그 양반은 왼쪽 다리를 아주 못 쓰게 되어 절름거리고."

"나 때문에 모두가 당한 고통 아닙니까. 제가 죄인이지요. 마음속으로 늘 죄송하게 생각합니다." 석주율 말에 달아 김복남이 거들고 나섰다.

"정가는 결기가 대단했으니 끝까지 맞서다 더 많은 매질을 당했을걸."

"그래요. 그분은 정의감과 의협심이 남다른 분이었지요. 저는 대구재판소에서 치안유지법 가중처벌죄로 육 개월 추가 징역형을 선고받고 석방될 때까지 대구감옥에서 보냈지요."

"말도 말게. 감옥살이 고생이야 어딘들 다르려구. 우리 감옥서에서 배운 노래도 있잖는가. 자네도 더러 들었을걸." 김복남이 걸직하게 「옥살이타령」 한마당을 읊었다.

머리엔 벼락같은 곤봉 세례요 / 허리엔 무정한 발길질이라 / 죽을힘 다하여 일어나면 / 허리에 찬 쇠사슬은 천근 무게라 / 어제는 이 동무에 가죽조끼요 / 오늘은 저 동무에 중영창이라 / 양과 같이 온순한 우리 형제에게 / 가죽조끼 중영창이 웬일이더냐 / 오늘도 인간백정 도살꾼들이 / 검은 집에 내 동무 끌고 갔는데 / 가증한 왜놈 중의 교화사 소리 / 멀리서 제 육감에 들려오누나……

"강형, 먼길 오느라 고단하겠지만 나랑 글방으로 내려갑시다. 이희덕 선생과도 인사 나눌 겸해서요. 아무래도 강형 거처는 이 선생과 함께 당분간 글방을 써야 할 테니깐요. 밥은 함숙장 댁에 부쳐먹으면 될 겁니다. 이 선생도 그렇게 하고 있지요. 나 또한 수업이 있으니 어차피 글방으로 나서야 합니다."

석주율 말에 강치현이 그렇게 하자고 했다. 그는 고리짝을 다시 등짐 졌다.

이튿날부터 강치현이 석주율을 대신해 여러 과목의 수업을 맡다 보니 주율은 물론 이희덕도 큰 부담을 덜게 되었다. 비로소 틈을 낸 석주율은 이틀 뒤, 아침 나절에 울산 읍내로 들어갔다. 장경부 선생을 만나 늦게나마 출옥 인사를 드리고, 강치현이 왔으므로 부탁한 선생 추천 건을 철회시키기로 했다. 생도들에게 필요한 갱지묶음과 연필, 석유와 당성냥 따위도 읍내 나간 길에 사오기로 했다.

석주율은 읍내 들머리에 있는 광명고등보통학교를 찾았다. 예전에는 '광명서숙'이란 작은 간판이 교문 기둥 앞에 내걸려 있었는데 이제 정식학교로 인가가 나서 '광명고등보통학교'란 큰 간판이 번듯하게 걸려 있었다. 빈 운동장을 질러가자, 생도들의 글 읽는 소리가 낭랑하게 들려왔다. 석주율은 짚신을 벗고 복도를 거쳐 교무실로 들어갔다. 수업 중이라 선생들의 자리는 비어 있었다. 햇살이 비껴드는 창 쪽에 신식 머리한 여선생이 책을 읽다 흰 당목 두루마기 차림으로 엉거주춤 들어서는 석주율을 보았다.

"장경부 교감선생님을 뵈올까 해서 찾아왔습니다."

"수업에 들어가셨어요. 곧 끝나니 기다리세요." 나이 서른 중반쯤 된 여선생이었다.

여선생은 일장기가 걸린 앞자리 교감 책상 옆의 보조의자로 주율을 안내했다. 책상이 열 개 남짓해 주율은 선생 수를 대충 짐작할 수 있었다. 장경부 선생을 기다릴 동안 주율은 여선생에게 갓골의 석주율이라고 자기 이름을 밝혔다. 여선생이 반색을 했다.

"교감선생이 제 바깥분입니다. 저는 가사와 수예를 가르치지요. 석선생 말씀은 예전부터 들어 잘 압니다."

석주율이 교감 책상 뒤 서가에 꽂힌 책 등피를 살피며 기다리자, 종 치는 소리가 들리고 바깥이 소란해졌다. 책과 출석부와 분필갑을 든 선생이 하나둘 교무실로 들어왔다. 양복 차림의 장경부가 들어서자, 석주율이 일어서서 그를 맞았다.

"자네 어진이 아닌가." 얼굴 가득 웃음을 띠며 장경부가 석주율 손을 잡았다. 폐병을 앓던 예전과 달리 그는 혈색이 좋았다.

"오랫동안 뵙지 못했습니다. 학교가 많이 발전했군요."

석주율 출현에 선생들이 모두 이쪽을 보고 있었다. 여선생은 하나였고 남선생들이었다. 머리카락 길러 가리마 탄 선생도 있었으나 대체로 상고머리와 알머리였다. 그중 장경부와 책상과 나란히 한 선생은 병정 복장에 칼을 차고 있었다.

"공무로 부산에 더러 갔으나 자네 면회는 못 가 미안하네. 몸 성히 출감했으니 다행이야. 백선생은 작년 동짓달에 면회 가서 뵈었지. 그 안에서 자주 만났는가?"

"잘 계십니다. 교감선생님도 건강이 좋아 보입니다. 자녀분도 안녕하시지요?"

"건강은 좋아졌지. 애들도 잘 있고. 명색 교감이지만 국어(일본어) 수업을 내가 맡고 있어. 국어와 조선어는 양쪽 다 능통해야 수업이 제대로 되거든. 그건 그렇고, 자네야말로 인물이 됐어. 읍내에 자네 성명을 아는 청년들도 많아." 선생들 시선이 쏠린 것을 기회로 장경부가 석주율을 그들에게 소개했다. "선생님들, 이 청년이 석주율 군입니다. 이름 들으셨죠? 범서면 구영리에서 독자적으로 글방을 열고 있지요. 다이쇼 육년 만세사건으로 옥에 갔다……이번에 형기 마치고 석방됐나 봅니다. 전도 유망한 청년이지요."

석주율은 일어서서 선생들에게 목례했다.

"자네가 인편에 교사 천거를 부탁했지? 내가 여기저기 알아보는 중이야. 이희덕 군은 잘 있지?" 장경부가 물었다.

"이선생과 함께 잘 지냅니다. 그런데 교사 건은 당분간 보류하셔도 되겠습니다. 한 분을 모셨거던요. 교사를 증축하면 그때 다시 말씀드리겠습니다."

석주율이 선생들에게 인사하고 교무실을 떠나려 하자, 장경부가 이렇게 섭섭히 헤어질 수 있냐며 그를 붙잡았다.

"이게 몇 년 만인가. 내 오늘 오전수업은 끝났어. 모처럼 얘기나 하고 가게."

수업을 알리는 종소리가 울리자 선생들이 하나둘 교무실을 떠났다. 장경부 옆자리 칼 찬 선생만 수업이 없는지 책을 읽고 있었다.

"자네가 하는 농장을 한번 방문한다는 게 차일피일 늦어졌어. 빈민 구휼에, 글방에, 농장 개간에…… 정말 바쁘겠군. 역시 자네는 그 스승에 그 제자다워. 모범적인 조선 청년이야." 장경부가 석주율을 추켜세웠다.

"앞으로 교감선생님 가르침을 더 받아야지요."

"내가 뭐 가르칠 게 있어야지" 하더니 장경부가 헛기침 끝에, 정말 가르치기로 작정한 듯 말을 이었다. "자네도 옥에서 반성했겠고 바깥소문도 들었을 테지. 이제 세상이 좋아졌어. 만세 운동 후 총독부가 인도주의에 입각해 반도를 통치하니 세상 인심이 바뀌었지. 조선인이 조선글로 쓴 문학잡지책도 생겨나고, 조선어로 법국, 영란 연애소설이며 시도 번역이 되어 읽히고, 마을마다 활동사진까지 들어와 청춘남녀를 울리고 웃기는 세상이 되었네."

장경부가 자랑스레 말을 늘어놓자 옆자리 선생이 읽던 책을 덮고 자리를 비켜주었다. 작달막한 키에 앙바틈한 몸매의 그가 절도 있는 걸음으로 교무실을 떠났다. 생도들에게 체조를 가르치는 교유 같아 보였다.

"훈육주임 도쿠다 선생이지. 학교 인가가 나고 곧 부임해 오셨는데, 모두 도쿠다 선생 눈치를 살피지 않을 수 없어. 학교 사찰 형사격이랄까……"

"교감선생님은 세상이 좋아졌다지만 구영리 농민들 말로는, 기미년 이후 몇 해 사이 조선 농민은 궁핍이 더 심해졌다는 하소연도 많습니다."

"말이야 바른말이지, 작인들 가난이야 어디 어제오늘 일인가. 역대 어느 현군이 들어선들 하루 세 끼 밥 배불리 먹은 해가 있었던가. 그들 궁상 타령은 입에 발린 말이요, 옛날이 좋았다는 거야 하는 소리 아닌가. 늙으면 젊은 시절이 좋았다는 푸념과 다를 바 없지."

도쿠다 선생이 없는 자리에서도 장경부가 그런 말을 서슴없이 하자, 석주율은 장경부 선생이 예전에 작은서방님 만나려 백군수 댁으로 들랑거릴 때와는 달라졌음을 알았다.

"총독부가 기미년 이후 조선인에게 문화적인 시혜를 조금 베풀었다 해서 근본적으로 달라진 점은 없지 않습니까?"

"자넨 그새 생각이 굳어졌군. 변화란, 말 그대로 바뀌어져 간다는 게 아닌가. 하루아침에 세상이 어떻게 싹 바뀌겠어. 썩은 물이 빠진 양만큼 새 물이 조금씩 섞이면 나중에는 다 새 물이 되는 법이지. 만세 운동은 그런 점에서 촉매제가 되었다고 봐. 총독부 입장에서 보자면 아닌 밤중에 홍두깨를 맞은 꼴이었지. 너들도 보자하니 보통내기가 아니군. 그래, 좋다, 이제부터 인간 대접을 해주마, 하며 두 손 들고 나섰다고나 할까. 그래서 총독부는 무단통치를 철회하더니 행정을 쇄신해 지방관서 장(長)에 조선인을 등용하고, 문화와 복리를 증진시키고, 조선인 물산을 장려하는 평화정책을 적극적으로 추진하게 된 셈이지. 한편, 조선인측에서 보자면 만세 운동이 비록 실패로 끝났지만, 백배의 용기를 얻게 되었다고나 할까. 그러니 자네같이 식견 있는 청년이 잠자는 농민을 각성시키겠다며 농촌운동에 발벗고 나섰잖았나. 어디 그뿐인가. 이제 우리가 부락 가가호호마다 찾아다니며 자식을 학교에 보내라고 간청할 필요가 없어. 신분의 귀천이 없어진 세상이니 사람은 모름지기 배워야 한다며 촌민들이 자식 앞세워 스스로 학교를 찾게 되었으니깐. 작년과 올해에 한 학년이 두 반씩으로 늘어났어. 시도 아닌 일개 군청 소재지에 고등보통학교가 있다는 점만도 대견한데 말일세." 장경부가 열을 올렸다. 석주율은 듣고만 있었다. 주율의 표정에 변화가 없자 긴 뜸이 초조한지 장경부가 의자를 당겨 앉아 목소리 낮추어 말했다. "세간에는 나를 변절자라 험담하고, 심지어 누가 고자질했는지 면회 간 나를 백선생님까지 탐탁잖게 여겼지만…… 내 뜻에 동조하는 양식 있는 조선인들도 많아. 석군도 두 번이나 옥고를 치렀으니 알지 않는가. 세계 정세로 보나 동양의 상황으로 보나 일본의 권좌는 반석과 같아. 그런 의미에서 현단계로 조선의 독립투쟁은 한계가 있어. 그러니 자네처럼 양식 있는 조선인은 총독부 정책에 협조할 건 협조해가며, 조선민 자력갱생을 점진적으로 추진하자는 절충론을 선택한 게지. 그중 성공 사례의 일례를 꼽는다면, 나는 교육에 있다고 봐. 조선민의 급선무는 무지에서 해방이야. 그리고 또 한 가지, 조선민에 의한 물산 장려에 관건이 달렸어. 아버지도 그런 말씀 하셨지만, 조선민에 의한 산업 발전 없이는 영원히 일본인 종 신세를 면할 수 없어. 총독부도 이제 조선인에게 문호를 활짝 개방하고 있으니깐."

"좋은 말씀 잘 들었습니다." 장경부 말이 잠시 중단된 틈에 석주율이 의자에서 일어났다.

"석군은 어릴 적부터 과묵하고 심지가 굳으니 반드시 성공할 게야. 현금 조선의 피폐한 농촌은 석군같이 의지력 강하고 불퇴전의 용기가 투철한 젊은이를 부르고 있어. 내게 협조받을 일이 있으면 나를 찾아와. 관청과 잘 통하니 내 힘 자라는 대로 밀어줄 테니깐."

따라 일어선 장경부가 석주율 어깨를 두드렸다. 그는 현관까지 따라나와 석주율을 배웅했다. 어느덧 해는 이마쯤에 올라와 있었다. 그가 읍내 학산동 상점거리에 나가 필요한 물품을 사서 갓골로 돌아오니 김복남이, 언양주재소 강오무라 차석이 다녀갔다 했다. 출감했다면 언양이 20리 남짓한 길인데 인사도 못 오냐며 강차석이 한바탕 호통을 치곤 농장을 둘러보고 갔다는 것이다.

*

5월 하순에 들어 실개천 가생이 다랑이논에 모심기를 끝냈다. 농장 팻말이 서 있는 입구에 나무다리를 놓아 여름철에 장마가 져도 우마차가 다닐 수 있게 길을 넓혔다. 설씨네 가족이 거처하는 두 칸 집도 문짝 달고 구들 놓아 완성되었다. 장독을 옮겨놓고 집 둘레에 대추나무며 감나무를 심으니 사람이 거처하는 흉내는 갖춘 셈이었다. 그들 여섯 식구도 개간사업에 매달렸다.

아침이면 농장 개간 현장에는 서른 명에 가까운 흰옷이 깔렸다. 남루한 차림의 울력꾼들의 일하는 모습을 보면 지나가던 농부들이 모두 신기해했다. 과연 석송농장이 소문난 대로 네 것 내 것 없이 집단농장으로 기반을 다질 수 있을까도 의문이지만, 그 일에 기를 쓰고 매달리는 석주율 심중 또한 이해가 되지 않았던 것이다. 5천 평 개간을 마치면 그 토지를 면사무소에 등재할 때 입주한 가구수와 농장 식구 공동명의로 한다는 소문이 믿어지지 않았다. 잡종지를 개인이 매입하고 품삯으로 양곡까지 풀어놓으며 개간하는데 공동소유 등재란 이치에 맞지 않았던 것이다. 그렇다고 석주율을 바보라고 여길 수 없었고, 그가 대지주 집안 자식도 아니었다. 구영리 일대 사람은 그가 울산 읍내 예전 백군수 댁 행랑살이 출신임을 알고 있었다. 한편으로, 감옥 생활을 숱해 겪은 그가 어디에서 돈을 마련했는지에 대해서도 수상쩍게 여겼다. 잡종지 매입도 그렇고, 소와 돼지를 사들이고 개간에 따른 품삯도 적잖게 드는데 그 돈의 출처에 대해 알지 못했다. 더욱, 마치 신이 붙은 듯한 석주율 열성에 모두 감복했다.

이희덕과 강치현에게 낮 수업을 맡기자 석주율은 울력꾼들과 함께 맨발로 개간 일에 열성을 다했다. 바소쿠리 없은 지게질로 자갈더미를 저수지둑 공사장에 져나르고, 곡괭이질, 돌더미를 파내옮기는 지레질, 셋이 흙을 퍼다 옮기는 가래질에, 소몰이꾼이 쉬는 틈을 이용해 소를 몰며 후치질도 했다. "무리 마시고 쉬어가며 천천히 하십시오." 울력꾼들이 할 말을 석주율이 대신해버리니 일하던 사람이 쉬고 싶어도 그럴 수 없었다. 그의 말에는 의뭉떠는 느낌이 없었기 때문이다. 버썩 마른 몸에 까맣게 그을은 젊은 농장주인이 맨발로 죽기 아니면 살기로 일에 매달리는 모습이 그들 보기에 대견했지만, 저러다 쓰러져 누워버리면 어쩔꼬 싶어 안쓰럽기도 했다. 무엇보다 설씨 처 다락골댁과 딸 은전이가 간난이엄마와 분님이를 도와 부엌일을 거들었으므로 아녀자들이 마련해내는 점심밥을 주율이 마다할 때는, 석선생 저 사람이 과연 보통 인간인지 별종의 도사인지 판별이 가지 않았다. 절 생활과 옥중에서 단련되어 점심을 먹지 않아도 배가 고프지 않다고 주율이 누차 말했지만, 울력꾼들이 나무 그늘에 둘러앉아 꽁보리밥이나마 감투밥으로 한 그릇씩 받아 허겁지겁 먹을 때면 자연스럽게 그의 절식이 우러러보일 수밖에 없었다. 낮 동안은 누구 못지않은 중노동에, 밤이면 농민운동 교사로 마을의 갖가지 밤 모임을 이끌며 동분서주하는 그의 모습이 모든 사람들에게는 초인으로 비칠 만도 했다.

울력꾼들이 점심밥을 먹은 뒤 30여 분 담소하며 쉴 동안, 석주율은 경작지로 일구어놓은 논밭을 둘러보곤 했다. 서둘러 파종한 수수밭, 조밭, 콩밭부터 걸음을 떼었다. 4월 하순에 감질나게 이슬비가 며칠 뿌려 그런대로 뿌리를 내렸는지 산들바람에 연약한 줄기와 잎이 잘 자랐다. 씨 뿌린 고구마밭과 목화밭, 참깨밭도 그랬다. 남새밭에 심은 무, 배추, 고추, 파, 마늘도 잘 자랐다. 개간터 위쪽에는 울 삼아 구덩이 파고 호박과 옥수수를 심었고, 양봉을 시작해 벌통도 다섯 개나 놓았다. 무학산 아랫녘을 온통 붉게 물들이던 진달래가 지자 뒤이어 복사꽃이 피고 5월에 들자 찔레꽃이 만발해, 벌통으로 꿀을 물어다 나르는 일벌들의 소요가 부산스러윘다. 주율은 벌들의 노동을 보면 인간이 아무리 부지런을 떨어도 벌과 개미만하랴 하는 생각이 들었다. 그가 그렇게 농장을 둘러보는 마음은 감회가 남달랐다. 옥에 있을 때, 손수 땅 갈아 씨 뿌리고 열매 거두어들이는 상상만 해도 늘 마음이 부풀었다. 그런데 그는 자유로운 몸으로 그 꿈을 실현하고 있었다.

6월에 들자 날씨가 더워졌다.

그날도 울력꾼들이 점심참 먹고 한참 쉬다, 이제 슬슬 일을 시작해보자며 엉덩이 털고 일어났을 때였다. 갓골에서 올라오는 언덕길로 자전거 탄 송하경 순사가 뙤약볕 아래 힘들게 딛개를 밟고 있었다.

"송순사네. 요즘 뜸하다 싶더니 또 무얼 캐러 오는고." 설만술 씨가 말했다. 송하경은 며칠걸이로 석송농장에 들러 갈개꾼으로 어슬렁거리다 돌아가곤 했다.

석주율이 갓골에 정착해 열흘 뒤 개간 허가를 내려 울산군청을 찾은 바 있었다. 개간 허가에 따른 서류가 생각 밖으로 까다로웠으나 일주일 만에 가까스로 허가증이 나와 주율은 곧 개간에 박차를 가했던 터였다. 석주율이 가축을 사들이고 울력꾼을 동원하자 범서주재소 고무라 차석이 주율을 불러들여 자금 출처를 추궁한 바 있었다. 주율은 성내에 사는 누이로부터 돈을 빌렸다고 사실대로 말했다. 그 뒤 잠시 뜸하더니 고무라 차석이 면사무소 오서기를 대동하고 개간 현장에 들이닥쳤다. 오서기에게 개간 계획 내용과 작물 재배 현황을 상세히 조사하게 했다. 그리고 열흘 뒤 어느 날, 오서기가 다시 나타나 옥수수를 심은 위터에 듬성듬성 있는 십수년생 소나무를 일일이 새곤 돌아갔다. 울력꾼들은 그런 조사가 가탈 잡으려는 주재소 수작질이라고 수군거렸다. 주율 또한 그 점을 염려해 모든 일을 신중하고 빈틈없이, 올곧게 처리하고 있었다. 그래서 잡종지 관목들은 뿌리째 캐내어 화목감으로 여투어두었으나 윗터 교목은 베지 못하게 했다. 주재소에서 산림단속법을 적용한다며 무슨 트집을 잡을는지 몰랐기 때문이었다.

"어휴 숨차. 석상은 어디 갔나?" 마당에 자전거를 세운 송하경이 설만술 씨에게 물었다.

설만술이 소나무가 있는 윗터를 가리켰다. 석주율도 먼발치로 송순사를 보았던지 아래로 내려오고 있었다.

"여전들 하시구면. 올 때마다 마당만한 밭뙈기가 늘어나니 석상이 조만간 범서면 알부자 소리 듣겠어." 울력꾼들 작업을 둘러보며 송하경이 말했다.

"딸린 식구가 많아 자립하려 해도 몇 년은 걸릴 겁니다." 설만술 씨가 대답하자, 석주율이 송하경에게 인사를 했다.

"석상, 지금 당장 주재소로 가줘야겠어." 송하경이 허리에 찬 수건으로 땀을 닦았다.

"무슨 일로요?" 보릿짚모자를 벗어든 김복남이 물었다.

"난들 아나. 윗사람이 시키니 명령에 따를 수밖에. 자네는 물이나 한잔 줘. 기갈 들어 미치겠어."

그길로 석주율은 송하경을 따라나섰다. 잠방이 위에 홑저고리 걸치고 흙 묻은 바지에 짚신 꿴 차림이었다.

일을 하면서도 연방 이쪽 동정을 곁눈질하던 울력꾼들이 마당으로 몰려왔다. 그들은 나무다리를 건너 멀어지는 석주율과 자전거 탄 송순사를 보며 한마디씩 떠들었다.

"순사가 가자면 친상 중에라도 따라나서야겠지만, 도대체 무슨 일이라요?" "무슨 꼬투리를 낚은 모양이지요?" "이제 시작일 거야. 석선생이 워낙 출중한 인물이라 자꾸 불러들여 성가시게 굴겠지." "개간 허가 낸 땅에 씨 뿌려 곡식 심는데, 그것도 죄가 되나요?"

웅성거리던 울력꾼 중 나이 젊은 홍석구가, 우리도 선생님을 따라 주재소까지 가자는 의견을 냈다. 결기 있는 그의 말에 여럿이 그렇게 하자며 들고 있던 연장을 놓았다.

"오늘 마쳐야 할 작업량이 있는데, 우리는 그냥 일합시다. 우리가 나선다고 무슨 도움이 되겠어요. 주재소 순사들 기분이나 상하게 하면 쉬 내보낼 걸 공연히 오래 잡아두기도 하겠지요." 김복남이 나서서 말렸다. 그는 봉화군 소천면 산판 시절의 농성을 기억하고 있었다. 관청이나 일본인을 상대할 때 죽기 아니면 이기기로 끝장보겠다고 나서면 몰라도 섣불리 덤볐다간 늘 당하는 쪽은 항의꾼이었다.

"아마, 그 연설 때문인지도 몰라." 울력꾼 중에 나이가 든 한첨지가 신중하게 말을 꺼냈다. "그저께 상여 나간 한실 영감 있잖는가. 한실 영감이 별세하셨다는 기별이 늦게 갔는지, 술시가 넘어서야 석선생이 문상을 왔데. 멍석마당에 마을 사람들이 스무 명은 넘게 있잖았겠어. 그러자 헌출이아범이, 모처럼 노소동락한 자리이니 석선생이 연설이나 한 차례 하라며 졸랐지. 그러자 석선생이, 조선 농민의 살길이 어떤 길이냐며 제법 긴 연설을 했어. 부끄럼을 잘 타서 연설은 잘 못할 줄 알았더니 시작하자 말잘하기꾼같이 청산유수라. 농민의 독립심은 무엇인고 하고 첫마디를 꺼내 모두들 깜짝 놀랐어. 독립이란 말만 들어도 주재소 생각이 나서 가슴 철렁하는데, 석선생이 말한 독립은 조선 독립이 아니라, 조선 농민은 독립심을 가져야 한다는 말이었어. 일본이 이 땅에 들어오기 전부터도 조선 농민은 관아와 권세가와 지주 등쌀에 눌려 살다 보니 마음이 쭈그러들어 목숨 부지하는 데만 급급해왔다는 게야. 당장 호구가 급하니 제 주장 하며 살게 됐어? 그런데 석선생 말로는, 농민은 누구나 자기 몫을 챙길 권리가 있다는 게야. 사람은 누구나 똑같은 권리를 가지고 태어났기에 양반 상놈이 따로 없고 지주 작인이 따로 없다, 그러기에 권리도 똑같이 가졌다고 말이거든. 햇살이 부잣집이나 오두막집이나 골고루 내리듯 하늘님은 사람에게 공평한 권리를 주었는데, 아랫백성 누르는 권세가들이 돼먹잖은 조례를 만들어 상하귀천으로 갈라놓았으니, 이제 농민들도 제 몫 찾기 주장을 세워야 한다더군. 둘째가, 남에게 의지하려는 의타심을 버리고, 셋째가 게으른 자는 먹지도 말라는 속담대로 일할 수 있는 몸을 가졌음이 큰 복이라 여겨야 한다고 말했어. 굼벵이, 지렁이를 필두로 목숨 가진 것치고 열심히 일 않는 게 없는데, 부자라고 편편히 놀고먹으면 그게 큰 죄라는 게야. 하늘님이 사람에게 건강 주어 일할 수 있게 함은 즐거움이요 보람이다……"

"자네야말로 석선생한테 배웠는지 말잘하기꾼이로군. 그런 말 했다고 주재소에서 불러들일 리가 있냐. 자네가 뭘 잘못 짚었구먼

그려." 명길이아범이 받고 나섰다.

"이 사람아, 내 말 끝까지 듣기나 하고 면박 주게. 타작마당에 모인 사람들이 모두, 참말로 알짜배기 말만 골라 한다고 머리를 끄덕이자, 석선생이 마지막으로 농민은 뭉쳐야 한다고 말했어. 지닌 농토 없고 두 끼 먹기도 힘들다고 낙심하고 있으면 구차함을 영원히 벗어날 수 없다는 게야. 세상을 원망하고 팔자타령하며 남 흉이나 보면, 그런 사람은 하늘도 외면한다 이거야. 그러며 하는 말이, 지주나 마름이나, 면소에서나 주재소에나 사리에 맞지 않는 부당한 요구를 할 때는 뭉쳐서 맞서야 한다고 말했어. 곡괭이나 낫자루를 들고 싸우자는 게 아니라 부당함을 깨우쳐주기 위해서 공동 대처하자는 게야. 맞서봐도 안 될 걸 몸 다칠라 그만두자고 주저앉으면 자자손손 궁상을 면한 길이 없으니, 우는 아이부터 젖 물린다고 따질 건 따져가며 일어서야 한다는 말에 박수가 터졌지. 그런데 그 말을 누가 삐딱하게 주재소에 고해바치면, 코에 걸면 코걸이라고 트집을 안 잡게 생겼어? 그러잖아도 눈엣가시 같은 석선생일 텐데 말이야."

울력꾼들이 그런 말을 나누고 있을 때, 송하경 순사에게 연행당해 범서주재소로 온 석주율은 불문곡직 숙직실과 붙어 있는 감방에 처넣어졌다. 연통 구멍만한 환기통이 벽 높이 뚫렸고 빛이 환기통으로만 들어 실내가 어둑신했다. 바깥 날씨는 화창한데 꿉꿉한 냉기가 감돌았고 지린내와 똥냄새가 질척하게 배어 있었다. 석주율은 밝은 곳에 있다 갑자기 들어왔으므로 눈앞이 깜깜했다. 그러나 아무도 말을 하지 않는데도 인기척은 느낄 수 있었다. 희끄

404

무레한 옷이 눈에 띄어 감방 안을 살피니 선임자가 넷이었다. 그들은 웅크리고 앉아 숨소리조차 죽인 채 토끼눈을 뜨고 석주율을 보았다. 셋은 젊은이들로 맨숭머리와 더벅머리가 섞였고, 한 사람만이 나이 지긋한 중년이었다. 송순사가 감방문을 열 때 또 누구를 찍어 불러내 곤죽이 되게 매질이나 하지 않을까 조마조마해 있던 참이라 송순사 발소리가 멀어지자 맨숭머리 젊은이가 말문을 떼었다.

"어데 사시는 뉘시며 무슨 일로 들어왔나요?"

"저는 갓골 무학산 아래 농장을 하는 석주율이라 합니다. 무슨 일 때문인지는 아직 모르겠습니다." 석주율이 공손하게 대답했다.

"석송농장 주인장이라면, 거기서 글방 열고 있는 석선생님이시구면요. 선생을 칭송하는 말은 늘 듣고 있습죠. 만나뵙게 되어 영광이로소이다." 상투머리 중년사내가 말하며 앉은 채 절을 하자, 다른 젊은이 하나도, 말씀 많이 들었다며 인사했다.

맨숭머리는 어느 부잣집을 월담해 고방 곡식 가마를 들어내다 붙잡혀왔고, 다른 젊은이는 주막에서 빚쟁이에게 손찌검한 폭행죄로 붙잡혀 온 자였다. 나머지 둘은 소작지를 빼앗긴 분풀이로 작당해서 마름집에 불을 지른 방화죄였다.

"석선생, 우리 사정을 들어보시고 어찌 좀 힘을 써주십시오. 우리가 비록 자린고비 마름놈 아래채 한 칸을 태워버렸지만 사람이 죽지는 않았습니다. 그렇게까지 복수할 마음도 없었고요. 하도 억울한 심정이라 분김에 저지른 실수였습죠. 날벼락도 유분수지, 하루아침에 여섯 해를 부쳐먹던 소작지를 내놓으라니 어디 말이 되는 소립니까. 작년 소출이 적은 건 작인 탓이 아닙니다. 작년 여름 물난리로 강변 논들이 닷새 동안 물에 잠긴 건 마름 제놈도 두 눈깔로 직접 확인했으니깐요." 중년사내가 석주율에게 통사정을 늘어놓았다.

부잣집에 월담한 자는 굶는 처자식을 보다 못해, 빚쟁이에게 멱살잡이한 자는 고리채 독촉을 견디다 못해 일을 저질렀다고 사연을 늘어놓았다.

감방 생활이라면 누구보다 이력이 난 석주율인지라 그들의 하소연을 직수긋하게 들어주며, 자신이 감방 생활할 때 그들과 비슷한 사건으로 옥살이하던 다른 죄수들 사례를 들려주었다. 넷이 그런 경우에 해당되지는 않았으나, 동정심이라고는 겨자씨만큼도 가지 않는 흉악범일지라도 사건 전후의 구구절절한 사연에 귀기울이면 그자가 왜 그런 끔찍한 죄를 저질렀는지 이해가 가는 대목이 있게 마련이었다. 태어날 때 사람 본성은 누구나 착하지만 사회적 환경, 성장한 터전, 인간 관계, 무지가 그로 하여금 삐뚜름한 길을 걷게 한 점에는 수긍이 갔던 것이다. 잡혀온 지 사나흘 안팎인 넷은 그럴 만한 이유가 있었고, 주율도 충분히 이해가 갔다. 그러나 법의 적용이란 면도날 같아 사사로운 개인 사정을 들어주지 않았고, 무엇보다 주재소는 조선인 다루기를 짐승처럼 하대하니 그들은 당분간 고생을 겪을 터였다.

저녁이 될 때까지 석주율을 그대로 팽개쳐둔 채 넷이 번갈아가며 자주 불려나갔다. 한참 뒤 돌아올 때 보면 예외 없이 앓는 신음을 흘렸고 허리를 제대로 펴지 못한 채 꿉꿉한 땅바닥에 널브러졌

다. 무슨 말을 추달하더냐, 누가 매질을 하더냐 하고 물어도 한동
안 된숨만 쉴 뿐 대답을 못했다. 고 뭐라는 차석놈이 왜놈 순사 중
두번째로 높고 가장 악질인데, 그자한테 걸리면 뼈도 못 추린다는
말도 했다. 석선생도 왜놈 고가놈한테 걸리게 되면 마음을 단단히
먹어야 한다고 상투머리가 주의말을 일렀다.

석주율은 낮 시간을 한가하게 쉬기도 오랜만이라 좌정하고 앉아
예전 감방 생활 때처럼 머릿속을 비우고 단전호흡에 임했다. 무슨
일로 잡혀왔든 그 점에는 별로 신경이 쓰이지 않았고 쉬 풀려나리
란 당연한 생각뿐이었다. 신교육 받은 젊은이들이 피폐한 농촌으
로 들어가 여러 곳에서 농민운동과 야학운동을 벌이고 있음은 신
문에도 자주 실리고 있었기에 그 점을 문제 삼을 리는 없었다. 그
래서 그런지, 아니면 무리한 개간 일에 쏟아 부어 쌓인 피곤 탓인지,
마치 잠결이듯 그는 쉽게 무(無)의 상태에 침잠할 수 있었다.

주재소 급사가 저녁끼니를 굶기는 대신 물만 양철통으로 넣어
주었다. 아침에 콩밥 몇 숟가락으로 배에 기별을 보냈던 터라 미
결수 넷은 배가 고파 죽겠다고 감방 문짝을 치며 통사정했으나 소
용이 없었다. 밤이 되자 그들은 고드라진 풀같이 아무렇게나 쓰러
져 잠이 들었다. 주율은 앉은 자세로 잠을 청했다.

석주율이 감방에서 불려 나가기는 이튿날 환기통으로 빛살이
밀려들고도 한참 지나서였다. 그때까지 아침끼니는 배급되지 않
아 미결수 넷은 일어나 앉을 힘도 없는지 습기 밴 땅바닥에 누워
있었다. 주재소 사무실에는 고무라 차석이 주율 취조를 기다리고
있었다.

"잠방이만 걸쳐 간밤에 꽤 떨었겠소. 석상 수하에 있는 녀석이 옷 가져왔더군. 어젯밤에 내가 그놈 손 좀 봐서 돌려보냈지요. 전과가 있던 놈이라 앞으로 관찰 철저히 해야겠더구먼. 이거 입고 여기 앉으슈." 고무라가 누비저고리를 건네주며 옆자리 도마의자를 가리켰다. 손을 봐줬다는 녀석은 김복남이나 강치현을 두고 하는 말 같았다. 석주율이 의자에 앉자 고무라가 책상 위 서류철을 펼쳤다. 살갑던 표정이 한순간에 삭막해지고 주율을 보는 눈빛이 날카로웠다.

"지금 내가 읽는 대로 듣고, 그런 일 없었다는 대목만 말을 해주기 바란다. 단, 이 조사는 현장에서 직접 보고 들은 대로 작성했기에 한치 오차 없을 것이다." 갑자기 하대말로 검세게 말을 마친 고무라가 서류 기록을 읽어나갔다. "오월 사일 오후 일곱시경, 구영리 능골영감 머슴방에서 구영소작인회 회합이 있었는데 참석자는 열두 명이었다. 회합에서 석주율은 도요오카 농장측과 소작인과 맺은 소작계약서를 낭독한 바 있다. 낭독 직후 계약조건이 부적합하다고 판단되는 다섯 조항을 두고 안건에 부친즉, 석은 교묘한 방법으로 토론을 유도해 결론에 있어 선량한 농민을 선동한 바 있다. 즉 도요오카 농장측에 일차 서명항의각서를 전달하고 전달이 관철되지 않을 시는 이차로 대표자를 선발코 농장을 방문하여 담판한다. 결과 도요오카 농장측이 시정 불가를 통보하면, 삼차로 구영리 일대 도요오카 농장 전 소작인을 규합해 '도요오카 농장 소작인 대책회'를 결성, 회원을 대동코 농장 사무소에서 항의시위를 벌인다. 소작지를 박탈당할 경우에는 그 논에 돌을 부어 경작을 불가능케 하고, 도요오카 농장측이 새로 지명한 타인 경작자로 하여금 모를 내지 못하게 압력을 가한다……"

"고무라 차석님." 얼굴이 달아오른 석주율이 고무라 말을 조심스럽게 꺾었다. "누가 조사했는지 모르겠으나 조사 내용이 사실과 다릅니다. 소작인회가 여러 차례 모임을 가지기는 했으나 그런 투쟁노선을 채택한 적 없습니다."

"그런 모의를 한 것은 사실이지? 사족 달지 말고 묻는 말에 짧게 대답해!" 고무라가 옷걸이에 걸어둔 호신용 방망이를 책상에 옮겨놓았다.

"모의가 아닌 토론이겠지요. 토론하다 보면, 안건을 없던 것으로 하자는 온건론에서부터 극단적인 적극론이 거론되지 않겠습니까. 그중 실천 가능성이 있는 합리적인 방법이 채택되겠지요. 평화적인……"

"그만, 내 말 들어. 일차, 이차, 삼차 투쟁노선 방법을 석상 입으로 말했지? 그 점부터 대답해."

"모든 문제가 토의된 건 사실입니다. 그러나 일차 항의각서를 도요오카 농장측에 전달하는 것만으로……"

"네가 말했냐, 묻지 않나!" 말을 꺾은 고무라가 드디어 방망이로 석주율의 어깨를 내리쳤다.

"여러 의견이 나왔고, 저는 일차와 이차까지만 동의했습니다. 도요오카 농장측 회답이 여태 없어 저와 청년회 대표가 글피쯤 언양 도요오카 농장사무소를 방문하기로 했습니다. 부당성을 설명하고 선처를 부탁드려볼 작정입니다."

"너가 말하지 않았단 말이지?"

"누가 말했든 그게 무슨 상관입니까?"

"뭐라구?"

고무라가 석주율의 멱살을 쥐더니 일어섰다. 그는 주율을 끌고 뒷문으로 빠져나갔다. 뒷마당에서 주율 손목에 수갑을 채우곤 숙직실로 끌고 갔다. 고무라는 숙직실에 있는 대나무 몽둥이로 주율에게 한 차례 타작매를 놓았다. 주율의 머리가 깨지고 코피가 터졌다. 주율은 매질을 순순히 받았다. 매질 소리에 노무라 순사가 숙직실로 들어오자 고무라가 그제야 매를 거두고, 저놈을 씻겨 다시 데리고 오라고 일렀다.

석주율이 얼굴을 씻고 사무실로 들어가자 심문은 다시 이어졌다. 주율은 삼차로 항의시위를 하자고 의견 냈던 홍석구 이름을 끝까지 밝히지 않았다. 주율은 고무라에게 다시 매질을 당했다.

"차석님, 농민이 모여 농촌을 살리고 농민 자신도 살길을 도모하자고 의논한 것도 죄가 됩니까? 법치국가라고 세계 만방에 자랑하며 조선인을 신민(神民)이라 선전하는 일본이 죄 없는 사람을 이렇게 하대해도 돼요?" 석주율이 모욕을 달게 받으며 끝까지 참자고 마음을 눌렀으나 더 견딜 수 없는 의분으로 목청을 돋우었다.

"네놈이 여기로 다시 왔을 때, 내가 두고두고 맞상대할 스모꾼으로 간파했어. 좋다. 오월 사일 모의 건은 뒤로 미루자. 앞으로 네놈에 관해 따질 게 줄줄이 엮여 있으니깐." 고무라가 고달 빼며 서류철을 들춰 보였다. 물경 여섯 장이나 되었다. 석주율이 글방을 열고부터 신상기록이 깨알처럼 적혀 있었다.

4월 18일 부녀공조회 모임 주선, 4월 23일 청년회 모임에서 '농촌 청년들이 해야 할 일'로 연설, 4월 25일 야학당에서 백두산 탐방기를 소개하며 조선 시조 단군을 장황하게 언급, 4월 30일 부녀공조회 모임에서 '농촌 생활과 위생'을 연설, 5월 10일 다시 청년회 모임에서 '세계 정세와 조선인의 갈 길'을 연설, 5월 20일 김막동 씨 집에서 마을 장년층 여덟 명을 모아놓고 양산군 하북면 주진사가 풀어놓은 소 배내기 문제를 분석코 대책 모의……

주재소에서 그동안 수집해놓은 자료는 석주율이 들어도 놀랄 만했다. 도대체 누가 자기 뒤를 밟으며 꼼꼼하게 뒷조사했는지 알 수 없었다. 주재소에서 관할 마을마다 밀정을 박아놓고 있기에 갓골에도 밀정이 없을 리 없었다. 그가 누구인지, 석주율은 짐작가는 얼굴이 떠오르지 않았다. 주위에서 갓골에도 밀정이 있으니 늘 말조심해야 한다는 귀띔이 있었으나 그는 괘념치 않았다. 아니, 사람을 의심하는 것은 죄라며 귀띔을 아예 묵살했다.

석주율의 행적조사는 엿새 전 한실 영감 별세로 문상갔을 때, 문상객 스무여 명에게 '조선 농민의 살길'을 두고 연설한 내용이 마지막을 장식하고 있었다. 주율이 농민의 독립심을 이야기하며 뭉쳐야 한다고 강조한 대목이 엉뚱하게도 소작층이 뭉쳐 도요오카 농장과 지주와 관청을 상대로 싸워야 한다고 날조되어 있었다.

석주율이 갓골에 정착해 농민운동을 시작하고 난 뒤 주재소에서 일절 간섭을 않고 모른 체한다 싶더니 아니나 다를까, 그동안 방증 수집을 철저히 해놓았던 것이다. 언젠가 한꺼번에 터뜨릴 기회를 노리고 있었음이 틀림없었다.

방대하다면 방대하다 할 만한 수집자료를 근거로 고무라와 석주율의 입씨름은 계속되었다. 그는 예전 강오무라만큼 집요한 데가 있었다. 그랬기에 주재소 차석 지위에 올랐겠지만, 주율로서는 제2의 강오무라를 만난 격이었다.

고무라가 잠시 쉬었다 하자며 한 시간 정도 점심밥을 먹고 올 동안 석주율은 감방으로 돌아갈 수 있었다. 미결수 넷은 아침에 주율이 불려 나간 뒤 콩밥이나마 주먹밥 한 덩이씩으로 끼니를 해결했다고 말했다. 주율에게는 물 이외 아무것도 주어지지 않았다. 그는 어제 아침밥 먹고 난 뒤 네 끼니를 꼬박 굶은 셈이었다.

석주율은 오후에도 고무라로부터 계속 심문을 받으며 적잖게 구타를 당했다. 고무라의 윽박지름에 주율이 순순히 수긍 않으니 매질이 따를 수밖에 없었다. 그런 심문은 바깥에 어둠이 내릴 때까지 계속되었다.

"오늘은 이만큼 해두고 내일 다시 해. 넌 무고한 자 잡아가둬 폭행한다 하지만 나는 충분히 사건 엮을 수 있어. 두고 보라고, 반드시 울산경찰서로 송치하고 말 테니." 고무라가 이렇게 말하고 석주율 행적을 기록한 서류철을 덮기는 밤이 이슥했을 때였다. 순사들도 퇴근하고 당직으로 노무라 순사만 남아 있었다.

석주율은 노무라 순사에 의해 감방으로 옮겨졌다. 매타작으로 온몸이 퉁퉁 부었고 주림까지 겹쳐 뭇 별조차 눈앞에 숨덩이같이 흐려 보였다. 영일(寧日) 없는 나날이란 말이 있듯, 그는 이렇게 잦은 주림과 고문 끝에 자신이 쉬 죽을 것 같은 예감이 들었다. 내 삶과 내 길이 왜 이렇게 가파른가 하는 비감이 들자, 괴로움이 가슴을 채웠고 눈물이 돌았다. 감방으로 돌아온 주율은 저절로 무릎이 꺾여 앞으로 쓰러지고 말았다. 축축한 흙이 얼굴에 닿았다. 이빨을 앙다물었는데도 신음이 입안에서 궁글렀다.

"석선생, 어찌됐소? 정신 차려야 합니다." 다른 세 미결수는 잠들었으나 상투머리만이 주율을 기다리다 그를 바로 뉘어주었다.

석주율은 목구멍이 막혀 말을 할 수 없었다. 내가 북지에서 죽인 일본군 죄업을 이렇게 받는구나. 그 죄업이라면 달게 받아야 하리. 하느님, 그를 천상의 좋은 자리로 이끌어주옵시고 살인한 죄인을 용서해주옵소서. 주율이 마른 입술을 달싹이며 중얼거렸다. 한참 뒤, 감방문이 열리더니 노무라 순사가 숟가락이 꽂힌 뚝배기를 두고 가며 주율에게, 국밥이니 먹어두라고 말했다. 주율은 주린 개처럼 허금스럽게 국밥을 먹어치웠다.

석주율이 잠에서 깨기는 새벽녘 무렵이었다. 닭 우는 소리가 아득하게 들렸다. 한기가 들었으나 머릿속은 맑았다. 온몸이 쑤시는데도 뱃속은 편안했다. 연달아 닭 우는 소리가 들렸다. 주재소로 오기 전에도 그는 첫닭 우는 소리에 잠을 깨곤 했다. 잠이 깨면 하루 할 일이 눈앞에 그려졌고 몸이 절로 일어났다. 그는 환기통으로 먹물 어둠이 엷게 벗겨짐을 보며 고무라와 싸움을 두고 따져보았다. 어제 하루 동안은 농촌운동이란 명목 아래 농민을 선동해 독립사상을 고취했다는 고무라의 우격다짐과, 조선 농민의 자립 영농을 고취한 연설에 무슨 잘못이 있느냐는 주율의 맞섬으로 일관되었다. 오늘과 내일, 어쩌면 며칠 동안 고무라와 그런 싸움이 계속될 테고 폭행도 따를 터였다. 법에 저촉될 만한 잘못이 없는 이상 주율은 매질에 항복할 수 없기에 계속 싸울 수밖에 없었다. 울산경찰서에서 자기 주장을 관철시키자면 어차피 고무라의 직권 남용에 따른 수사 과잉을 낱낱이 밝혀 허위를 입증하지 않을 수 없었다. 그 결과 자기 반론이 인정되지 않아 형을 살게 되더라도 석방되면 다시 석송농장으로 돌아와야 했다. 무혐의로 석방되더라도 결과는 마찬가지였다. 그렇게 되면 지금도 사이가 좋지 않은 고무라가 상부기관에 자기를 헐뜯었다고 앙심을 품을 테니 사건건 심한 마찰이 불가피했다. 그의 손아귀를 벗어나지 않곤 또 어떤 행악을 당할는지 알 수 없었다. 그렇게 빚어질 결과를 피하자면 두 가지가 있다고 판단되었다. 고무라 비위를 맞추어 앞으로 총독부 시책에 어긋남 없이 조신하겠으며 농민 상대로 어떤 연설도 하지 않겠다고 무조건 사과하는 길이었다. 아니면, 장경부 선생 힘을 빌려 울산경찰서에서 범서주재소로 압력을 넣는 무마책이었다. 그러나 주율은 어느 쪽도 정당한 방법이 아니라는 결론에 도달했다. 지금 하는 일에서 한 치 양보도 있을 수 없고, 양보란 곧 농촌운동 포기를 뜻함이었다. 하나둘 양보하기 시작하면 상대를 더욱 경멸해 더 많은 포기를 강요할 게 뻔했다. 한편, 남의 도움을 빌려 고무라로 하여금 포악성을 고쳐보겠다거나 기를 꺾겠다는 발상은 떳떳지 못한 한갓 술수에 지나지 않았다. 더욱 장경부 선생에게 상부기관에 압력을 넣어달라는 부탁만은 할 수 없다고 판단했다. 결론은 고무라의 불의, 비도덕성, 폭력에 맞서 정의, 도덕성, 비폭력으로 물러섬 없이 끝까지 싸우는 길밖에 없었다. 어둠 속에서 새벽이 오고 있음을 알리는 닭의 고고한 외침같이 좌절과 비분을 극복하고 다시 일어서야 한다고 그는 결심했다. 싸움의 방법론으로 두 가지 대책이 자연스럽게 떠올랐다. 물 이외 일절 음식을 거절하는 단식과, 말이 안 되는 말에는 대답할 필요가 없으므로 묵비권을 행사한다는 방편이었다. 단식과 묵비권은 주율이 봉화군 소천면 산판 시절 충성대 사무소 앞에서 단식 참선을 통해 체득한 바 있었다. 그러나 그때는 상대가 양식 있는 일본인 시노다 총대였으나 지금은 고무라 차석이었다.

송하경 순사가 석주율을 다시 불러내기는 아침 열시가 가까워서였다. 주율이 다리를 절었기에 송순사가 부축했다. 어제 매질 탓으로 석주율의 무릎 관절이 부어 있었다.

"이 조사보고서가 사실임을 인정하지? 인정해야 자네 신상에 이로울 거야." 궐련을 태우던 고무라가 말했다. 석주율은 입을 다물고 있었다. "농민을 거짓말로 선동하면 치안유지법에 걸린다는 걸 알고 있지?"

석주율이 역시 대답하지 않았다. 고무라가 네 차례나 같은 질문을 했으나 주율은 귀머거리이거나 벙어리가 된 듯 입을 다물고 있었다. 고무라 얼굴이 분노로 일그러졌다. 그는 강오무라 차석으로부터 들었던 말이 생각났다. 강차석은 다이쇼 5년(1916) 부산경찰부 특고과에 영남유림단 사건 취조 형사로 차출된 적 있었다. 그때 모리 형사와 한 조로 석주율의 자백을 강요하며 고문하다 그에게 치명상을 입혀 뇌사상태가 되자, 목줄이 달아날 뻔했다고 말했다. 고무라는 그 당시 후유증이 근치되지 않은 상태에서 어제 매타작으로 주율이 어찌되지 않았느냐는 의구심이 들었다.

"왜 갑자기 대답이 없어? 정신 나갔나?"

석주율이 입을 다문 채 상대를 바라보고 있었다. 소장실 문이 열리고 후치다 소장이 얼굴을 내밀었다.

"고무라상, 그자를 나에게 넘겨주오."

분기가 머리끝까지 치솟던 고무라가 당조짐을 놓으려다 석주율을 소장에게 인계했다.

"안처시오." 후치다 소장이 의자를 책상 건너 자리에 놓고 자기는 자기 자리에 앉았다. "국어 할 줄 아시오?"

"조금……"

"왜 묵비권을 행사하오?" 후치다가 저희 말로 물었다.

"조서 내용이 사실이 아니기에 대답할 가치가 없다고 판단했습니다." 석주율이 조선어로 대답했다.

"그럼 묻겠어요. 농민회합을 가졌으나 회합 내용은 사실이 아니란 말이지요?"

"저는 법 테두리 안에서 농촌운동을 하고 있습니다."

"농민을 선동했다는 점 인정하겠지요?"

"농민이 제 권리를 찾자는 점은 인정합니다."

일본말로 묻고 조선어로 대답하는 이상한 대화가 계속될 때, 밖에서 소장실 문을 두드렸다. 송하경이 소장실로 들어와 후치다에게 귀엣말을 전했다. 후치다가 송하경을 따라 밖으로 나갔다. 사무실에 낯선 젊은이 둘이 대기용 의자에 앉아 있다 소장을 보자 일어섰다.

"『조선일보』 울산지국에서 나온 임태원 기잡니다. 소장님께서 석주율 씨 면담을 요청합니다." 흰 셔츠 차림의 키가 작달막한 젊은이가 후치다 소장에게 일본말로 말했다.

"무슨 용건입니까?"

"불법구금이란 진정이 있어 사실 여부를 알아보려고요."

"지금 문초 중이므로 면담을 허가할 수 없소." 고무라가 조선말로 소장 대신 나섰다.

"기소되지 않았는데 면담할 수 없다니, 주재소 월권 아닙니까. 또한 석선생이 현행범으로 중죄를 짓지도 않았는데…… 문명을 자랑하는 법치국가가 이럴 수 있어요?" 회색셔츠 청년이 고무라에게 따졌다. 그는 장경부 사촌 장욱이었다. 기미년 만세 때 경성 전수학교 학우들과 함께 만세 운동에 뛰어들었다 6월 실형을 살고 나온 뒤 학교를 졸업하자 향리에 내려와, 그 역시 울산 읍내를 중심으로 야학운동에 헌신하고 있었다.

"당신은 누구요?" 고무라가 장욱에게 물었다.

"울산 읍내에 사는 장욱입니다. 저 역시 이태째 야학운동을 하고 있으나 관에서 제재를 받아본 적 없습니다."

"차석님." 임기자가 나섰다. "석씨 면담을 허가하지 않는다면, 좋습니다. 구영리 청년회원들 의견을 토대로 기사를 작성해 경성 본사로 송고하겠습니다."

임태원이 발길을 돌리려 하자, 후치다 소장이 그를 세웠다.

"잠깐만. 면회 허락 가부는 내일 아침 다시 방문하시오. 기사 송고는 보류함이 좋겠습니다." 후치다 소장이 저희 말로 말했다.

임태원은 내일 아침에 다시 들르겠다는 말을 남기고 장욱과 함께 주재소에서 나왔다. 둘은 읍내로 돌아가지 않고 그길로 갓골로 들어갔다. 임태원은 이희덕, 강치현, 김복남을 비롯한 청년회 회원들을 만나 석주율 연행에 따른 방증을 수집했다. 임기자가 석주율이 범서주재소에 연행되었음을 알기는 장경부 교감을 통해서였고, 김복남과 이희덕이 장교감을 찾아가 어떻게 손을 써달라고 부탁했던 것이다.

"일터에서 돌아오면 청년회 회원을 모아 주재소로 갈 작정입니다. 주재소 앞에서 석선생님 석방을 위한 연좌농성을 벌이겠습니다. 선생께서 그런 일을 원치 않을지라도 그대로 두고 볼 수는 없으니깐요." 이희덕이 둘에게 말했다.

"우리는 주재소 앞에서 구호를 외치는 짓거리는 하지 않을 것입니다. 선생님 방식대로 침묵 연좌농성을 벌이겠습니다. 경북 봉화군 산판에서 강제노역으로 혹사당할 때, 선생이 단식하며 그런 방법으로 맞섰으니깐요. 조를 둘로 짜 첫 조는 저녁 여덟시부터 새벽 두시까지, 다음 조는 두시부터 아침 여섯시까지 연좌농성하고, 날이 밝으면 철수했다 저녁에 다시 모이겠습니다. 농사철이라 낮에까지 사람을 동원할 수 없으니깐요."

강치현 말에 장욱이 자기도 동참하겠다고 나섰다. 임기자는 농촌운동가의 불법 연행만도 기사거리가 될 수 있으므로 1차 기사를 경성 본사로 송고하겠다며, 타고 온 자전거 편에 먼저 떠났다. 장욱은 구영리에 남아 연좌농성에 따른 사람 모으는 일을 돕기로 했다.

한편, 석주율을 감방에 다시 가둬놓고 후치다 소장과 고무라 차석은 소장실에서 머리 맞대며 대책을 숙의했다. 후치다는 신문에 기사화되기 전에 기자의 석주율 면담을 허락하고 하루나 이틀 더 주율을 잡아두었다 훈방하자는 의견을 냈다. 국헌에 반항하는 불령도배는 가차없이 단속해야 하나 선량한 내선인(內鮮人)은 융화를 도모하라는 상부 방침을 따름이 옳다는 견해였다.

"소장님, 그렇다면 석상이 선량한 내선인이란 말입니까? 그놈이야말로 전력이 말해주듯 불령도배 아닙니까. 조선 신문 일개 지국 졸자기자에게 겁먹어 불령도배를 방면해준다면 대황실 충군인 경찰 위신 문젭니다. 증거가 있는 이상 그놈을 본서로 송치하고 볼 일입니다. 그러면 우리가 기자 나부랭이를 상대할 필요가 없을 것입니다. 울산 본서가 알아서 처리하겠지요." 고무라가 후치다 소장의 온건론을 꺾었다.

"석상이 단식과 묵비권을 행사하니 진술조서를 받아내기가 힘들지 않소. 시말서 받고 훈방시켜 차후를 기약함이 좋을 것이오."

"그 문제는 제게 맡기고 내일 하루 말미를 주십시오. 본서 이첩이냐 훈방이냐의 가부는 내일 오후에 서장님께 보고드리겠습니다." 고무라는 석주율에 관한 건만은 자기 의지대로 밀고 나갈 속셈이었다. 경후와 백상충을 심문한 바 있는 그로서는 그자들과 동격인 주율과도 어차피 악연의 인과가 맺어진 이상 철저하게 물고 늘어지기로 했다. 그는 시중의 잡다한 범법 행위로 잡혀오는 자나 민사 사건에는 별 흥미가 없어도 국헌에 저항하는 불령도배를 다룰 때만은 추궁이 철저했다. 그런 사건으로 걸려든 자는 대체로 심지가 굳었고, 강직함과 겨루어 꺾는 데 사나이로서의 승부감이 있었다.

　고무라 차석은 석주율을 숙직실에서 끌어내어 노무라 순사 도움을 받아가며 진술조서 작성에 착수했다. 그의 예정으로는 밤을 새워서라도 진술조서 작성을 마쳐 임기자가 들이닥치기 전에 감방 잡범과 함께 석주율을 울산 본서로 이첩할 작정이었다. 그러나 고무라가 아무리 협박하고 얼러도 석주율은 끝내 입을 열지 않았다. 폭행하며 위협했으나 그의 묵비권에는 별 소용이 없었다.

　해가 지고 어스름이 내리자 한 무리의 젊은이들이 구영리 범서 주재소 앞으로 몰려왔다. 들일을 하다 옷 갈아입을 여유도 없이 달려온 농투성이들이라 바짓가랑이를 걷어붙이거나 잠방이 차림도 있었다. 땀수건을 목에 걸친 이, 머리띠를 맨 이, 보릿짚모자를 쓴 이, 행색도 제각각이었다. 앞장선 청년 둘이 장대에 현수막을 들었는데, 어두워오는 길을 밝히느라 김복남이 죽봉에 꽂은 관솔불에 현수막에 쓰인 글자가 뚜렷했다.

　無罪人 石朱律 先生을 즉각 釋放하라!

　구영리 청년회 회원들과 농장 식구였다. 박장쾌도 맹필이 등에 업혀왔다. 서른 명 남짓한 그들은 주재소 앞에 당도하자 현수막으로 뒷벽을 치고 정문 앞에 늘어앉았다. 주재소로 올 때 합의되었기에 그들은 구호를 외치지 않고 묵묵히 연좌농성 태세로 들어갔다.

　입초 선 명순사가 다급한 사태를 알리려 주재소 마당으로 들어가 숙직실부터 찾았다.

"차석님, 놈들이 몰려왔어요. 석상을 석방시키라는 현수막을 쳐들고 대거 들이닥쳤어요!"

묵비권을 행사하는 석주율을 두고 호통을 치던 고무라가 밖으로 나왔다. 현수막을 본 그는 명순사에게, 퇴근한 순사들을 불러들이고 소장님 사택에도 알리라고 말했다. 연좌농성을 벌이는 무리는 입을 다물고 고무라를 바라보기만 했다.

"석방하라고? 주재소가 어디 조선놈들 머슴방인가" 하던 고무라가 김복남이 들고 있던 횃대를 빼앗았다. "네놈이 선동했군. 저놈 셋과 함께 일을 벌였어."

고무라가 김복남 앞에 앉아 있는 강치현, 이희덕, 장욱을 횃대로 지목했다.

"차석 나으리, 선생님께서 무슨 죄가 있습니까. 불쌍한 소작농들 배 덜 곯게 하겠다고 한몸 던져 나선 것도 죄가 된다면 내 면상을……"

김복남 말이 끝나기 전에 고무라가 죽봉 횃대로 그의 머리통을 내리쳤다. 김복남이 그 자리에 꼬꾸라졌다.

그때까지 잠자코 있던 청년회 회원들이 더 참을 수 없다는 듯 불끈불끈 일어나 고무라를 에워쌌다. 멀찌감치 몰려서 있던 구경 나온 구영리 사람들도 저럴 수 있냐고 흥분하며 주재소 정문을 에둘렀다. 곧 무슨 일이 터질 듯 분위기가 험악해졌다.

장터 쪽에서 연달아 총소리가 터지고 여럿이 허겁지겁 달려왔다. 권총으로 공포를 쏘아대는 후치다 소장과 노무라 순사, 송하경 순사, 구보다 순사였다. 구영리 사람들은 총소리에 놀라 뒷걸음질을 쳤으나 청년회 회원들은 붙박인 듯 움직이지 않았다.

"여러분, 폭력을 쓰면 안 돼요!" 주재소 마당 쪽에서 꺼져가는 외침이 들리더니 옷이 물에 흠뻑 젖은 채 석주율이 비칠걸음으로 걸어나왔다.

"선생님이시다!" "선생님이 저렇게 되시다니!" 청년회 회원 여럿이 외치며 석주율 쪽으로 몰려갔다.

"즉시노 해산해! 해산 아니 하모노 체포다. 즈이각 체포하무다!" 후치다 소장이 청년회 회원들을 밀쳤다.

기세가 오른 고무라가, 대항하는 놈은 무조건 총살한다고 으름장을 놓으며, 주율을 부축해 정문 쪽으로 이끌던 청년회 회원 앞을 막아섰다.

"죄수로부터 손 떼. 범인 도주 알선 죄목으로 영창살이 하지 않겠다면 모두 물러서. 죄인을 두고 밖으로 나가!"

"여러분, 저는 괜찮으니 차석님 말씀대로 밖으로 나가십시오. 저 때문에 다른 사람까지 다쳐서는 안 됩니다." 석주율이 헉헉대며 그렇게 말할 때, 정문 밖에서는 이희덕이 후치다 소장에게 열띠게 항변하고 있었다.

"석선생을 방면하지 않고는 우리도 물러설 수 없습니다. 우리는 주재소에 어떤 피해도 주지 않겠으며, 선생이 석방될 때까지 이 자리를 떠나지 않을 것입니다. 명백하게 말하지만 선생에게는 아무런 잘못이 없기 때문입니다. 우리가 어거지로 선생을 내보내달라고 떼를 쓰고 있지 않습니다."

"모두들 제자리에 앉으십시오. 제자리를 지켜야 합니다."

장욱의 말에 청년회 회원들이 처음 위치로 돌아가 다시 연좌농성에 들어갔다. 후치다 소장이 어찌할 바를 몰라 고무라 쪽을 보았다.

"노무라상, 석가를 영창에 처넣어. 그놈을 놓지 않겠다는 불령배는 사벨(경찰도)로 팔을 쳐도 좋아!" 고무라가 명령하곤, 후치다 소장에게 여쭐 말이 있다며 사철나무가 서 있는 마당 한켠으로 옮겨갔다.

"본서에 연락해 병력을 출동시켜야겠습니다. 집단 항명이니 불령죄로 놈들을 모조리 본서로 연행해야 합니다. 화근을 지금 제거하지 않으면 필경 후환을 당할 것입니다." 고무라가 말했다.

"일을 그렇게 벌여야 할까요. 내게도 생각할 여유를 줘요. 우선모인 무리부터 진정시키고 봐야 하니깐."

후치다 소장이 정문으로 걸음을 옮기자, 석주율이 노무라 순사와 송순사에게 겨드랑이를 끼인 채 끌려가며 청년회 회원들 쪽으로 머리를 돌렸다.

"바쁜 농사철에 저로 하여 헛되이 시간을 버리면 안 됩니다. 돌아가십시오."

석주율은 감방에 다시 수감되었다. 청년회 회원들은 꿈쩍 않고 그 자리를 지켰다. 총소리에 놀란 구영리 남녀노소가 죄 몰려나와 구경했다. 후치다 소장은 한길을 메운 마을사람들의 귀가를 종용했다. 송하경과 구보다 순사가 착검한 총부리를 앞세워 마을 사람들을 몰았다.

"여기서 얼쩡거리는 사람은 모두 주재소로 잡아들이겠다." 송하경의 협박에 마을 어른들은 아이들을 앞세워 주재소 앞을 떠났다.

마을 젊은이들은 여러 개의 횃불을 날라와 농성 벌이는 청년회원들에게 넘겨 주재소 정문 주위가 낮같이 훤했다. 목이나 축이라며 물동이에 표주박 띄워 날라온 아낙도 있었다. 후치다 소장은 다섯 명씩 명태쾌로 엮어 뒷마당에 잡아두자는 고무라 말을 묵살하며 직접 청년회 회원 설득에 나섰다.

"너희들 정말 가지 아니하겠느냐?"

"선생님께서 자기 발로 걸어나올 때까지 기다리겠습니다. 조용히 기다리기만 하겠습니다." 앞자리에 앉은 박장쾌가 직수굿하게 대답했다.

그런 대치 상태가 자정에 이르자, 그새 이희덕이 갓골로 돌아가 교대할 젊은이 열대여섯 명을 이끌고 주재소 앞으로 나왔다. 청년회 회원들과 글방의 나이 든 생도들이었다. 장욱은 내일 아침에 임태원 기자와 함께 오겠다며 자전거를 타고 읍내로 떠났다.

주재소 정문 앞에 여러 개의 횃불을 밝힌 가운데 구영리 일대에서 나온 교대조 청년들은 밤이슬 맞으며 침묵의 연좌농성을 벌였다. 순사 넷 역시 철야로 그들 동태를 감시했다. 소장실에는 후치다와 고무라가 수습책을 두고 팽팽히 맞섰다. 고무라는 청년회 회원을 모두 체포하자고 주장하다가 농성꾼들이 한순간에 물갈이되자 일부 후퇴해 주동자로 지목되는 김복남, 이희덕, 강치현, 장욱부터 우선 잡아들이자고 말했다. 후치다 소장은 석주율의 각서를 받고 훈방시켜 농성꾼을 해산함이 최선책이라며 차석 의견에 반대했다.

그러나 주재소가 선겁먹어 그렇게 양보해버리면 석주율을 일시에 영웅으로 만들어주는 결과를 빚는다는 고무라 말에도 일리가 있었다. 후치다는 결정권을 가진 직속 상관이었으나 범서주재소 부임이 불과 3개월이었고 고무라 차석은 관내 사정에 밝은 선임자였다.

"소장님, 우선 본서에 사태 전말을 보고부터 해야겠습니다." 고무라가 말했다.

"보고부터 해버리면 어쩌자는 거요. 내일 아침 본서가 출동해 마구잡이로 족쳐대면 농성패도 곤조통 부릴 텐데, 그동안 수수방관했던 우리 꼴이 뭐가 되오? 신문기자까지 들이닥칠 게 아뇨." 후치다 소장은 양산경찰서 경비주임으로 있다 좌천으로 밀려온 처지라 본서 견책이 두렵기도 했다.

"그렇다면 저 패거리 작태를 언제까지 두고 보시겠습니까?"

"차석, 내 이런 말 꼭 해야 되겠소? 석상을 잡아들인 게 성급하다고 말하지 않았던가요. 지금까지의 전력만으로는 입건 송치할 명분이 없어요."

설왕설래하던 둘의 대화가 문 두드리는 소리에 그쳤다. 송순사가 소장실로 들어와 고무라에게 보고하였다.

"박가와 김가가 왔다는 연락을 받았습니다. 사람들 이목을 피해 오느라 늦었다는군요. 강둑 다리 아래에서 기다립니다."

송하경 말에 고무라가 몸을 일으켰다. 그는 후치다 소장에게 잠시 다녀오겠다며 서둘러 어둠 속 주재소 뒷문을 빠져나갔다. 박가와 김가는 갓골과 구영리 청년회에 박아놓은 주재소 밀정이었다.

이튿날, 동이 트자 울산 읍내에서 임태원 기자, 장욱, 장경부가 자전거 편에 범서주재소로 들이닥쳤다. 주재소 정문 앞에 앉아 밤을 새운 구영리 젊은이들 이진이 철수하기 전이었다.

이렇다 할 결론을 내리지 못하고 후치다 소장은 새벽 세시경에 잠시 눈을 붙이고 오겠다며 집으로 돌아갔고, 고무라는 자기 책상에 두 팔을 괴어 설핏 말뚝잠이 들어 있었다.

"고무라 차석님, 그동안 안녕하셨습니까?"

일본말에 고무라가 눈을 뜨니, 장경부 뒤로 임태원과 장욱이 서 있었다.

"교감선생까지 출동하셨군요. 춘부장도 별고 없지요?"

장경부 부친 장순후는 기미년 만세사건 뒤, 총독부가 내세운 일 선(日鮮) 융화정책에 따라 울산군을 대표한 경남도의회 의원 자리에 있었다.

"별고 없으십니다." 장경부가 단도직입으로 말했다. "고무라 차석님이 석주율을 선처해주셔야겠습니다."

"그 문제라면 저도 어쩔 수 없습니다. 혐의점 건수가 많아 조사가 더 필요합니다." 고무라가 저희 말로 대답했다.

"혐의점이라니요?" 뒤쪽에 섰던 임태원이 나섰다. "제가 갓골로 들어가 조사한 바로는 석주율 씨는 석송농장을 개척해 극빈자를 구휼하고, 농민들 신망이 두터운 농촌 지도자던데요? 농업 장려는 국가 시책 중 최우선 아닙니까. 조선 농촌에는 석씨 같은 지도자가 더 필요합니다. 그런 취지에서 이미 기사를 긴급 전보로 경성 본사에 송달했습니다."

"형씨가 기사를 송달하건 말건 우리와는 상관없어요. 우리는 관

426

내 치안 유지를 담당하는 임무를 총독부로부터 부여받았고 치안 유지에 장애가 될 소지가 있는 자를 조사할 권한이 있소."

"말이 안 통하는군. 소장님을 찾는 게 낫겠어요."

장경부가 소장 사택 위치를 확인하곤 주재소를 나섰다. 주재소 밖에는 새벽 두시부터 교대로 밤을 새운 구영리 청년들은 돌아가고, 김복남과 홍석구만이 현수막 장대를 쥐고 남았다.

장경부는 후치다 소장 사택을 찾았다. 막 아침밥을 끝낸 후치다가 그를 맞았다. 장경부는 아버지로부터 받아온 '석주율 군 신원 보증서'를 소장에게 보였다. 장순후가 도의회 의원의 명예를 걸고 석주율 향후 신분을 책임 보장하겠으니 훈방 조치를 선처해달라는 탄원서였다. 장경부는 어젯밤 사촌 아우와 임태원 기자 내방을 받자 그길로 위채로 올라가 아버지를 설득해 탄원서를 받아냈던 것이다.

"알겠습니다. 주재소에서 기다리십시오. 옷 입고 곧 나가겠습니다." 후치다 소장이 밝은 표정으로 대답했다. 그는 주율을 연행해 온 뒤부터 그의 훈방을 고려했으나 고무라의 반대 의견을 꺾지 못하던 터라, 도의회 의원 탄원서를 보자 일을 쉽게 풀 수 있음을 알았던 것이다. 차석도 이 탄원서 앞에서는 더 고집 부릴 수 없을 테고, 석주율이 다시 문제를 일으킨다면 장순후 의원에게도 연대책임을 물을 수 있다고 판단되었다.

기미년 만세 운동 이후 총독부는 융화정책으로 조선인 중 사상이 견실하고 행정 수완이 있는 자를 발탁해 관리로 등용하는 회유정책을 썼는데, 도의회 의원은 조선인으로 임명된 지방 행정관인

군수와 동격의 예우를 받고 있었다. 그래서 그의 추천장이나 소개장, 또는 진정서는 일본인이 수급으로 앉은 어느 관청에서도 영향력이 있었다.

후치다 소장이 주재소로 나오자, 석주율 훈방이 쉽게 결판이 났다. 고무라도 석주율을 더 잡아둘 명분이 없었다. 아니, 도의원의 석주율 신분보장서를 보자 소장과 맞섰던 고집에서 양보할 명분을 찾은 셈이었다.

"좋소. 소장님 의향도 그러하니 앞으로 농민 대중을 선동하지 않겠다는 각서를 받고 석상을 훈방하리다." 고무라가 장경부에게 말했다.

장경부는 학교 출근이 바빴기에 석주율 얼굴만 보고 곧 떠나기로 했다. 장경부, 임태원, 장욱이 감방으로 갔다. 기력이 쇠진한 주율은 감방 찬 땅바닥에 누운 채 파리한 얼굴로 그들을 맞았다.

"석군, 이제 풀려나게 됐네. 아버지가 자네 신원보증을 섰어. 그동안 수고 많았다. 이제 뭘 좀 먹고 원기를 찾도록 하게. 자네라면 농촌운동에 성공할걸세. 기대가 크네." 장경부가 석주율을 격려하곤, 먼저 읍내로 떠났다.

"단식과 묵비권으로 나흘을 버티다니. 놀랄 만한 정신력입니다." 임태원이 감동받은 눈길로 주율을 내려다보았다.

"앞으로 석형을 자주 만나 농민운동에 공동 보조를 취해야겠어요. 이번 학기 방학에 경성, 동경 유학생들이 귀향하면 석형을 앞장세워 각 마을을 돌며 계몽강연회를 개최할까 합니다." 장욱이 말했다.

석주율은 제대로 걸을 수가 없어 임태원과 장욱의 부축을 받아 주재소 사무소로 들어갔다. 그는 손이 떨려 철필을 쥘 수도 없어 고무라가 대신 쓴 각서에 서명하고 손도장을 찍었다. 각서는 주율이 갓골에 다시 정착했던 석 달여 전 주재소로 불려와 쓴 내용과 비슷했다.

석주율은 김복남 등에 업혀 지서 정문을 나섰다. 들일 나가지 않고 마을에 남았던 늙은이와 아이들이 주재소 정문 밖에서 기다리다 주율의 석방을 박수로 맞았다.

"석형이 이긴 겁니다." 김복남을 뒤따르던 장욱이 말했다.

"곧 속보기사를 본사로 송달하겠습니다. 그리고 이번 기회에 석선생의 농민운동 체험수기를 받았으면 합니다. 석선생이 농민운동에 뛰어들게 된 동기, 지금 하는 일, 조선 농민의 장래를 요약해서 사백 자 원고지로 열 장 정도 써주십시오. 신문 게재 가부는 장담할 수 없으나 수기를 본사로 보내겠습니다. 조선 농촌 현실의 문제점을 생각할 때, 선생 수기는 틀림없이 채택되어 게재될 겁니다."

임태원 기자가 말했으나, 석주율은 김복남 등에 업힌 채 터진 입가에 미소만 지었다.

임태원과 장욱은 마을이 끝나는 데까지 주율 일행을 배웅하곤 끌고 온 자전거에 올라 읍내로 길을 꺾었다.

고갯마루를 넘어 갓골을 눈앞에 두었을 때부터 동네마당에서 놀던 아이들과 아기 업은 노친네들이 석주율 일행 뒤를 따르기 시작했다. 석선생님이 오신다며 아이들이 외쳐대는 논밭까지 일하던 농사꾼들도 연장을 놓고 하나둘 무리에 껴붙었다. 그래서 갓골로 들어갔을 때는 석주율 뒤로 긴 행렬을 이루었다. 생도 둘이 현수막을 넘겨받아 앞에서 펼쳐 들고 우쭐대며 걸었다.

갓골 입구 정자나무를 먼발치로 두었을 때는 아이들 몇이 먼저 달려가 소식을 알렸던지 갓골 주민이 무리 지어 몰려나왔다.

"선생님을 환영하는 동네 사람들 보세요. 만세 부르며 달려오고 있지 않습니까." 김복남이 감격한 목소리로 등에 업힌 석주율에게 말했다. 주율이 힘들게 고개를 젖혀 앞쪽을 보니 갓골 주민이 마치 기미년 만세 운동 때처럼 함성을 지르고 손을 흔들며 몰려오고 있었다.

"김형, 나를 내려줘요. 업혀서 저분들을 대할 수 없어요. 내 발로 걷게 해줘요." 석주율이 김복남에게 말했다.

"안 돼요. 선생님은 중환잡니다. 곧장 집으로 가서 누워야 해요. 누가 의원부터 청해주시오." 김복남이 주위 사람을 둘러보며 말했다.

*

석주율이 자리보전한 이틀 동안 많은 사람들이 그를 문병하고 갔다. 그들은 제 식구 건사하기도 힘든 보릿고개에 달걀꾸러미, 꿀, 약초, 제사에 쓰려 갈무리했던 되쌀을 들고 찾아왔다. 그렇게 이틀 동안 누워 있으며 주율이 줄곧 생각한 점은 농민들에게 삶의 의욕을 갖게 하는 실질적인 희망도 중요하지만, 보다 초월적인 믿음을 갖게 할 수 없을까 하는 궁리였다. 그것은 바로 영육을 온전히 위탁시키는 신앙, 아니면 그와 유사한 그 무엇이어야 했다. 그가 그런 생각을 하게 된 것은 석송농장을 총괄하는 자신에게도 문제가 있다는 것을 알게 되었기 때문이다.

구영리 일대 농민들만 해도 영육이 곤핍할 때, 집안에 우환이 있을 때, 큰 슬픔이 닥쳤을 때, 제가끔 자기가 의지하는 신앙적 대상에게 기원을 올렸다. 불교를 믿는 신도는 부처님께, 야소교를 믿는 신도는 야소님께, 천도교를 믿는 신도는 한울님과 수운 시천 주님께 복락과 영생을 빌었다. 종교를 갖지 않은 사람은 천지신명께, 산신당이나 조왕신에게, 신령한 나무와 바위한테 빌기도 했고, 무당이나 판수에게 가족과 자신의 운명을 의탁했다. 영험이 나타나든 나타나지 않든 간절한 기원을 드릴 때만은 소망을 품을 수 있었고, 소망을 간직할 동안은 소망 자체가 힘든 삶의 의지기둥이 되었다. 사람의 능력으로 그 어떤 숙제를 해결할 수 없을 때, 절대적 권능이나 초월적인 능력에 의지하려 함이 종교심이라면, 종교적 심성은 생명체 중에도 인간만이 가진 특권이라 할 만했다. 주율 역시 자신의 그런 종교적 심성을 누구보다도 자주 느끼고 있었으니 일찍 출가까지 했던 터였다. 그런데 지금에 와서 되짚어보면 그 초월적 존재에게 기원을 드릴 때, 그 대상이 막연하다는 데 스스로의 문제점이 있었다. 기원드릴 때, 그 기원을 받아줄 뚜렷한 대상이 머릿속에 그려지지 않았다. 기원의 대상은 부처이기도 하다가 야소이기도 하다가, 두 분이 함께 떠오르기도 했다. 두 종교적 대상은 자신의 교리를 터득해가며 깊이 감복당한 바 있었다. 한편, 대종교를 통해 알게 된 겨레의 시조인 단군을 기원의 대상으로 삼으면 어떨까 하는 생각도 들었다. 그렇다고 북간도 화룡현 청포촌에서 보고 들은 대종교에 매료되어 자형처럼 신도가 될 마음은 없었다. 단군 시대의 고토를 후손이 되찾아야 하고 그러기 위해서 일본과 무력투쟁을 전개해야 한다는 강성의 목적에 동조하지도 않았다. 그러나 나라를 잃은 지금, 우선적으로 나라를 되찾을 동안 이 민족이 기원의 대상으로 삼아야 할 초월적인 존재는 누구보다 단군 성조여야 마땅했다. 그분에게 민족해방을 기원함과 아울러, 민족적 자존을 면면히 이어가야 할 후손으로서의 책무가 있었다. 주율은 청포촌 대종교 총본사에서 가져온 단군 성조 초상을 은밀한 곳에 모셔둘 작정이었다. 앞으로 새벽과 취침 전에 가부좌해 참선할 때, 잠시나마 시간을 쪼개서 단군 성조에게 기원하기로 했다. 단군 성조를 부처나 야소처럼 초월적인 신앙의 대상으로서가 아닌, 겨레의 가장 웃어른으로서 존숭하기로 한 것이다. 그리고 석송농장에 입주하는 사람들에게도 그런 면에 모범을 보여 따르게 해볼 요량이었다. 사람은 누구나 제가끔 마음속에 간직한 신앙의 대상이 있을 터였다. 그런즉 단군 성조를 섬기라고 족쇄를 채울 수는 없었다. '그것은 교리도 없는 한갓 구습이기에 미신이오' '그것은 엉터리 사교니 미혹당하면 안 되오' '그것은 서양 종교니 우리와 맞지 않소' '조선인은 반드시 조선의 국조를 믿어야 하오' 이렇게 내치며 오직 단군 성조를 의탁하라고 강요하기에는 그의 마음이 움직여지지 않았다. 그가 생각하기에 대종교는 영세불변한 초월적 신앙이라기보다 국권회복에 우선을 둔 민족 구심점으로서의 그 무엇이었다. 무엇보다 종교가 군대를 조직해 적을 살상해서는 안 된다는 것이 그의 견해였다. 아무리 상대가 원수라 할지라도 종교가 원수를 처단하라고 가르치면 이미 종교가 아니었다. 종교란 세상사에 깊이 개입하기보다 인간이 가진 원초적인 심성을 꿰뚫으며, 인간이 인간의 힘으로 해결할 수 없는 그 무엇이나, 인간이므로 당할 수밖에 없는 고난을 위로받기 위해 더 큰 우주론적 대상을 향한 기원이 있어야 마땅했다. 그래서 주율은 농장 식구가 어떤 신앙적 대상을 가졌든 믿음은 자유 의사에 맡기고, 갸륵한 정성으로 민족의 국조를 늘 마음 중심에 두자고 권유함이 합당하리라 여겨졌다. 그런 구심점을 세워둠은 단결력, 협동심이라는 측면에서도 공동체 생활에 도움이 될 터였다.

석주율은 사흘째 되는 밤, 임태원 주재기자가 부탁한 농촌운동의 수기를 썼다. 이튿날 새벽닭 울음이 들리자 자리 떨치고 일어났다. 그날 그는 농장 개간에 열성인 울력꾼들과 함께 맨발로 삽을 들고 나섰다.

"선생님이 주재소로 달려가고 안 계실 동안 모두 배로 일해 저수지 못둑을 거의 다 쌓았습니다. 못 아래 다랑이논에는 늦게나마 모심기도 마쳤구요." 설만술 씨가 마중나와 석주율에게 말했다.

"모두 수고 많았습니다. 여러분들 성원 덕분에 저도 쉬 일어날 수 있었습니다." 맨발로 걸으며 주율이 웃었다.

그날, 석주율은 석송농장에서 힘든 노동은 할 수 없었으나 아녀자들과 함께 개간한 밭에서 돌멩이를 주워내고 콩밭을 매는 일로 하루를 보내었다.

저녁밥을 먹고 나자, 석주율은 오랜만에 글방으로 내려갔다. 짚뭇을 든 구영리 어른들이 꾸역꾸역 모여들었다. 주율이 미국 개척 사와 원주민에 관한 말을 시작했을 때, 주철규 이장과 청년회원 마충구가 글방 문을 열었다. 이장 표정이 굳어 있었고 마충구는 노기 띤 얼굴이라 석주율은 무슨 일이 생겼음을 직감했다.

"석선생, 잠시 밖으로 나오시오." 이장 말에 주율이 글방을 나 섰다. "석선생, 주재소와 줄을 댄 첩자 두 놈을 청년회 회원들이 찾아냈어."

"두 놈을 묶어 방앗간 고방에 가둬뒀습니다. 병신 만들어 구영 리에서 내쫓아버릴까요, 멍석말이로 반쯤 죽여놓을까요?" 마충구 가 툽상스럽게 말했다.

"두 녀석이 주재소에 낱낱이 고해 바쳐 석선생이 고생했으니 판 관은 선생이 하게. 마을 어른들 뜻도 대충 그러니깐. 집행은 청년 회 회원들이 맡겠다네."

"선생님, 갑시다. 놈들 면상에 침이나 뱉어주십시오."

"제가 가서 뭘 어쩌겠습니까. 한순간 마음을 달리 먹고 그런 일 을 했다기로서니 동족이 동족에게 체형으로 복수해서야 되겠습니 까. 지금은 수업 중이라 빠질 수 없습니다."

"잠시 동안 새끼 꼬며 기다리라지요. 제가 말하지요." 석주율이 제지할 틈 없게 마충구가 글방으로 들어갔다.

"동족이 동족을 팔아 몇 푼 잇속을 챙겼으니 그놈들이야말로 더 악질이 아닌가." 이장이 말했다.

"저는 판관 자격이 없습니다. 그 사람들한테 원한도 없고요."

계면쩍어하는 석주율 말을 이장이 꺾었다. "우물터 뒷집 김삼종

434

하고 청년회 회원 박팔주, 두 놈이야. 삼종이는 마을 집회에 늘 끼어 뒷전에 고슴도치처럼 앉아 있잖았나. 사람이 좀 모자라는 팔주가 삼종이 꾐에 넘어간 거야."

"선생님이 벌을 내릴 수 없다면 우리 청년회 회원 다수결로 두 놈을 작살내겠습니다. 허락하시는 거죠?" 글방에서 나온 마충구가 물었다.

"내가 가겠어요. 방앗간으로 갑시다."

그냥 뒀다간 안 되겠다 싶어 석주율이 두 사람을 따라나섰다. 그들은 어두운 고샅길을 걸어 방앗간으로 갔다. 고방 앞에는 청년회 회원 여럿이 둘러앉아 밀때꾼들 처리 문제를 놓고 토론을 벌이고 있었다. 석주율과 이장을 앞세워 김삼종과 박팔주가 있는 고방으로 들어갔다. 둘이 오라에 묶인 채 무릎 꿇고 앉아 있었다. 등잔불빛을 받은 둘의 초췌한 표정이 석주율을 보자 일그러졌다. 둘은 고개를 꺾었다. 김삼종과 박팔주를 보자 석주율은 가련하다는 느낌밖에 들지 않았다. 그들을 뭇매질해 반성케 함이 약이 되는지는 몰랐으나, 그 짓이야말로 폭력으로 당한 수모를 폭력으로 되갚는, 주재소 짓거리와 다를 바 없었다.

"선생님, 면목 없습니다. 일등답으로 소작지를 부치게 해주겠다는 송순사 말에…… 늘 조마조마해 차라리 북지로 떠날까도 생각했습니다." 고개 든 김삼종이 엉절거렸다.

"주둥이 성하니 변구 한번 그럴듯하군. 그렇다면 네놈이나 밀때꾼 노릇 하지 팔주는 왜 끌어들였어? 팔주보다 네놈이 더 악질이다." 주철규 이장이 면박 주었다.

"죽을죄를 지었으니 용서해주십시오. 선생님, 벌을 내리면 달게 받겠습니다." 몇 대 쥐어 박혔는지 이마에 혹 달고 입술이 부푼 박 팔주가 말했다.

"홍군, 두 분을 풀어줘요." 석주율이 말했다.

"어떻게 하시려구요?"

"집으로 돌아가게 해요."

석주율 말에 이장과 청년회 회원들이 놀랐다. 주율의 성격을 아는지라 모진 벌을 내리지 않으리라 예측했지만 조건 없이 풀어주라니 이럴 수 있을까 싶었다.

"선생님, 차마……" 소매 걷어붙인 신성우가 나섰다.

"우리는 두 분에게 벌 줄 자격이 없습니다. 저분들이 주재소에 보고한 내용은 틀린 말이 없습니다. 주재소에서 말을 보태고 줄여 꾸몄을 따름이지요. 두 분이 그 일을 몰래 감춰 밀고한 짓은 나쁘지만, 그 점을 뉘우치니 없던 일로 해요." 석주율이 말하곤 고방 밖으로 나가 글방으로 향했다.

"선생님 은덕은 잊지 않겠습니다. 선생님 고맙습니다!" 멀어지는 석주율 뒷모습을 보며 김삼종이 울먹이며 외쳤다.

마충구와 홍석구가 김삼종과 박팔주의 오라를 풀어주었다.

"석선생 마음 씀씀이 보았지? 앞으로 주재소 사냥개 노릇에서 당장 손떼." 주철규 이장이 타일렀다.

음조(陰助)

　　농민운동가로서 경상남도 울산군 범서면 일대에는 이름이 알려진 석주율이란 청년이 관내 주재소에 연행되자 구영리 일대 농민들이 그의 석방을 위해 주재소 앞에서 시위를 벌였다는 『조선일보』 기사가 울산지국 주재기자 임태원 이름으로 이틀에 걸쳐 게재되었다. 처음 실린 기사는 석주율이 벌인 농민운동이 영세 농민들의 큰 호응을 얻자 이를 불령인 소행으로 간주한 주재소 연행 전말과, 그가 운영하는 석송농장, 글방 현황, 그가 주동되어 벌이는 청년회, 부녀회, 소작인회의 활동이 실렸다. 둘째날 기사는 속보 형식으로, 구영리 농민의 비폭력 농성과 이에 굴복한 주재소의 석주율 석방 과정과, 의탁할 데 없는 장애인 빈민 구휼 활동을 게재했다. 둘째날 기사는 이렇게 끝맺고 있었다.

　　……그 어떠한 정치적인 색채도 전무하며 오로지 농촌 잘살

기 운동이라고 결백함을 주장한바, 주재소가 이를 면박하자 석주율 군은 사흘간을 단식과 묵비권으로 항의하는 기백을 보였음이다. 주재소 앞에서 묵묵히 연좌농성하던 농민들이 그 소식을 듣고, 그의 이름을 부르며 흐느껴 우니 그 간절한 인간애가 가히 보는 이의 심금을 적신 바이다. 구영리 농민의 등불인 석주율 군은 평소 신조가 자비와 사랑의 실천이며, 어떠한 경우에도 폭력은 반대하는 순교자적 자세라, 근동에서는 더욱 칭송이 자자한 바이다.

그로부터 닷새 뒤『조선일보』에는 석주율의 '농민운동 체험수기'도 게재되었다. 주율은 석송농장 사례는 들지 않고 조선 농민운동의 방향만을 언급했다. 조선 농민의 살길은 농사방법의 개량, 주부식 이외 부업 장려, 무지의 탈피에 있으며, 이는 불굴의 신념과 근면성으로 활로를 찾아야 한다고 썼다. 그런 동기 부여를 위해 청년 학도의 농촌 정착과 자산가의 후원이 필요함을 역설했다. 주율의 수기는 다음과 같은 호소로 끝맺고 있었다.

……날로 영세성을 더해가는 소작 농민 참상은 이루 말할 수 없고, 그들이 끝내 농사를 포기하고 정든 고향을 떠나 남부여대해 북지로, 도회지로 유랑하는 모습은 안타까움을 금할 수 없습니다. 농민들의 동무가 되어 함께 일하며 함께 걱정하고 연구하는 동지가 늘어날 때, 농민 대중에게도 꺼져가는 등불을 살리듯 희망을 심어줄 수 있습니다. 소작농 한 팔이 되어 지주측, 농장측,

관청측의 여러 불평등한 조치에 공동 대처하며, 쟁의를 평화적으로 해결하는 역할 또한 우리들의 큰 임무라 아니할 수 없습니다. 미력한 필로 두서없이 이 글을 맺으며, 우리 모두 조선 농민의 참다운 살길을 두고 한번쯤 숙고하시기 바랍니다.

석주율 연행과 석방 과정을 소개한 『조선일보』기사와 석주율이 발표한 농민운동 체험수기의 반응은 놀랄 만했다. 신문 위력은 대단해 범서면에서는 일대 사건이 되었다.

울산군수 조승규가 예하 관계 직원 여럿을 대동해서 석송농장을 시찰하곤 지원을 약속하고 돌아갔다. 경남도청 농무과와 산미개량조합, 토지개량조합 임직원이 농장 개간 현황을 둘러보고 보고서를 작성해 갔다. 글방 교사 강치현 부친은 집을 떠난 아들이 또 일경에 책잡힐 모의나 하고 있지 않나 안달 내던 참에 신문을 보고 달려와, 농장에 기부해달라는 아들의 간청에 따라 함안으로 돌아가는 대로 3백 원 희사를 약속했다. 강참사는 주율과 밤 깊도록 조선의 농촌 문제를 토론한 끝에 그 성실함과 신중함의 인물됨에 감복해 큰돈을 내놓기로 했던 것이다. 경남도의회 의원 장순후역시 아들 경부와 함께 농장을 방문하곤 금일봉을 희사했다. 그외에도 독지가들 성금이 답지했으니, 가까이로는 경상남북도, 멀게는 평안도와 함경도에서까지 성원의 뜻으로 편지와 함께 격려금을 보내왔다. 적은 금액이나마 농장 운영과 빈민 구휼에 보태라, 글방 생도들의 학용품을 구입하는 데 써달라는 기부 내용이었다. 신문사와 잡지사에서도 경성에서 기자가 직접 농장을 방문해 취재해 갔고, 주율이 행려자와 고아를 모아 그들의 의식주를 해결해 주고 있음을 목격하곤 더 감복해 새 원고를 청탁하기도 했다. 월간잡지 『농업월보』와 『조선농민』에서는 석주율에게 체험수기 연재를 의뢰해 오기도 했다.

소문이 널리 퍼져 석송농장에는 날마다 많은 방문객이 몰려들어 개간사업에 지장을 초래할 정도였다. 그중에는 멀지 않은 마을에서 별 뜻 없이 구경 삼아 나선 이들이나 언양주재소 강오무라 차석 같은 치안 담당관 방문도 있었지만, 견학을 오는 사람이 많았다. 농민운동에 뜻을 둔 청년들도 있었다. 석송농장에서 1년 정도 실습을 겸해 무보수로 일하거나 훈도를 지원하는 청년들이 십수 명에 이르렀다. 그들은 대체로 보통학교를 졸업했거나 고등보통학교 과정을 배운 자들이었다. 석주율은 이희덕, 강치현과 상의해 그들을 면담하고 그중 농민운동에 조건을 갖춘 신실한 젊은이 두셋을 선발하기로 했다.

석주율이 더 바빠진 나날을 보내는 중 특히 가슴 뿌듯하기는 석송농장을 보는 뭇 시선의 변화였다. 그가 농민운동을 조선 광복이나 자치권 획득과 결부시키지 않고, 순수한 농민 자강운동임을 강조한 효과가 나타나기 시작했던 것이다. 소작쟁의가 발생하더라도 협상을 통한 상호 양보 선에서 평화적으로 해결해야 한다는 주장 또한 지주와 도요오카 농장측의 신임을 받는 계기가 되었다.

무엇보다 범서주재소에서 석주율을 대하는 태도가 달라졌다. 조승규 군수가 석송농장을 시찰할 때 면장과 주재소장이 따라왔지만, 후치다 소장은 그 뒤에도 종종 글방과 농장에 들렀다. 성격이 강파르지 않기도 했지만 일본인 겉모습대로 예의를 차렸다. 송하경 순사도 조사나 정탐이 아닌 구경꾼 입장으로 자주 들렀다. 그는 고무라 차석을 두고, 석상 말만 화제에 오르면 생감 씹는 얼굴이 된다고 빈정거리기까지 했다. 모르기는 해도 당분간은 주재소에서 석상을 어찌하지 못할 거라고 송순사가 귀띔했다. 본서로 불려가서 시말서까지 쓰고 왔다는 고무라 차석을 두고 하는 말이었다. "구영리는 주재소가 코앞이지만 우리가 손들었어. 이제 보고해줄 용원도 구할 수 없으니, 젠장." 송순사 말은 김삼종과 박팔주를 찍지는 않았으나 구영리에 밀때꾼이 없어졌다는 뜻이었다.

한편, 구영리 일대의 농가에 배내기 소를 풀어놓고 있는 양산군 하북면 주진사도 마름을 보내와 수탁자가 사역료를 지불하지 않고 송아지를 나누어 가진다는 새 계약조건을 철회하며 종전대로 환원하겠다고 통보해왔다.

석주율은 주재소에서 풀려난 지 열흘쯤 뒤 틈을 내어 주철규 이장과 도요오카 농장 작인 셋과 함께 언양면소에 있는 도요오카 농장 사무소로 찾아갔다. 농장 사무소는 태화강 아래쪽 항교마을 앞들에 있었다. 주율은 농감 신만준을 만나 수세(水稅) 연납비(延納費)와 저수지 공사비 체납에 따른 이자 탕감 문제를 상의한 결과 확답을 얻지는 못했으나 추수기까지 상환 연장 승낙을 받아냈고, 도쿄로 사업차 들어간 오카모토 회장이 돌아오는 대로 그 문제를 의논해보겠다는 언질을 받았다.

"예전 초동이던 자네가 이렇게 클 줄 몰랐어. 신문에서 자네 기사를 읽었지. 자네는 이제 울산 군내 유명인사가 됐어. 신문에까

지 실렸으니깐. 내 일찍 총수 자제분 모시고 연화산으로 사냥 나
갔을 때, 초동이던 자네를 봤지. 귀골로 생겼다 했더니 나중에 중
이 됐기에 웬일인가 싶었어. 들리는 소문으로는 그동안 고생도 꽤
했더구먼. 그건 그렇고, 자네 청에 무리가 있으나 과거 정리로 뜸
을 두니 그렇게 알더라고. 앞으로 구영리에 소작쟁의니 뭐니 그런
사건이 터지면 그때는 자네가 설령 면장이라 해도 내 가만있지 않
겠어. 그러니 이제부터 자네가 마을 사음(舍音, 마름)과 상의해서
작인들 불평을 잘 다독거려주게. 그러면 내가 농장에 양식도 얼마
간 지원해줄 테니. 그러나 내 비위를 거슬렀다간 재미 없어. 내가
위관 출신 무관임을 잊지 말더라고." 회전의자에 비스듬히 앉은
신만준이 옻 올린 참나무 지휘봉을 만지작거리며 농 반 위협 반
말했다. 주율은 그만한 내약도 큰 성과였기에 고맙다는 인사를 하
고 물러났다.

*

가뭄이 심했다. 6월 하순이면 한차례 첫 장마라도 닥치련만 소
나기만 몇 차례 지나가고 7월에 들어도 비가 오지 않았다. 농장 밭
작물이 타들어갔다. 새로 만든 저수지 물도 바닥나 개울물 퍼올리
는 용두레 일에 농장 식구가 매달렸고, 절름발이 소녀 모슬이까지
무, 이모작 참깨를 파종한 밭에 양철동이로 물을 길어 날랐다. 울
력꾼들은 개간을 뒤로 미루고 흙벽돌 만드는 작업에 나섰다. 진흙
에 짚을 섞어 모형틀에 박았다 빼낸 직사각형 흙벽돌은 신축 중인

교실 벽을 쌓는 데 쓰였다.

7월 중순에 접어들자 구름이 몰리고 강풍이 불어 장마 조짐이 보였다. 저녁 나절이었다. 자기를 찾는 말에 비를 대비해 뙤약볕에 말리던 흙벽돌을 설만술 씨네 토방으로 옮기던 석주율이 얼굴을 돌렸다. 보릿짚모자를 벗어든 젊은이였다. 주율이 어디서 온 뉘시냐고 물었다.

"언양 반곡리 고하골 백군수 댁 논을 부치는 작인입지요. 오늘 새벽에 백군수 댁 주인님이 별세하셨어요. 집안에 통기할 사람이 없어 제가 나섰습니다."

석주율이 손을 털고 목에 걸쳤던 수건으로 얼굴의 땀을 닦았다. 출옥 뒤 마지막으로 보았던 주인어른의 검누른 얼굴이 떠올랐다.

"저는 읍내 여러 곳에 통기해야겠기에 물러가겠습니다."

"며칠 장으로 모신답디까?"

"닷새 장은 되야 한다는 말이 문중에서 있었나 봅니다."

"보다시피 일을 벌여놓아 바쁘군요. 글피는 진곡 마을 청년회에서 강연을 부탁해 거기에 다녀와야겠고…… 발인날 문상 가겠습니다. 참, 저희 아버지는 요즘 어떠십니까?"

"기력은 많이 쇠했으나 그럭저럭 지내시지요. 석선생님이 신문에 났던 소문은 고하골 사람도 다 알지요. 면소 장거리에는 여기 농장 구경 다녀온 사람들도 많고요."

"아무 볼 것도 없는데 먼 걸음 해주시니 그분들에게 도움되는 말도 들려주다 보면 시간이 어찌 빨리 가는지……"

"직접 와보니 굉장하군요."

설만술 씨네 가족 외 새로 두 가구가 입주할 집을 짓는데다 교실까지 세우니 젊은이 눈에 그 공사가 대단해 보였다. 구름이 더껑이로 껴 저녁이 일찍 찾아드는 가운데 많은 인부들이 동원되어 집짓기에 열을 올리고 있었다.

　숲으로 찾아드는 새 떼 우짖음이 여느 날보다 시끄러워 날짐승이 먼저 밤새 들이칠 빗발을 예감하는지 몰랐다. 그날 밤, 잠을 이루지 못할 정도로 찐득한 무더위가 계속되더니 자정을 넘기고부터 빗발이 듣기 시작했다. 오랜 가뭄 끝에 장마가 시작되었다. 이튿날은 하루 내 폭우가 쏟아졌고, 사흘째부터는 빗발이 약해졌다.

　백상헌 발인날도 날씨가 궂었다. 석주율이 길 나설 채비를 할 아침녘도 부슬비가 시름시름 내렸다. 혼자 다녀오기로 했는데, 김복남이 선생을 모시겠다며 부득부득 우겼다. 장마기에 들었으니 별로 할 일이 없었다. 집짓기는 쉴 수밖에 없었고, 농작물은 물 관리를 대충 마쳐두었다 했다. 석주율은 당목 두루마기 차림에 지우산 들고, 김복남은 삿갓에 도롱이 쓰고 나섰다. 언양면소 쪽이 아닌 지름길을 잡아 대곡천을 타고 오르니 강물이 붇기 시작했다. 십몇 년 전이던가. 스승을 따라 처음으로 동운사로 들어갈 때 그 길을 거쳐갔다. 그때 스승께서는 포은 정몽주 유배 이야기며 선사시대 각석과 화랑 벽화 내력을 들려주며, 나라 잃은 설움으로 탄식했다. 그런데 스승은 옥에 갇혀 가형 장례에도 참석 못하니 그 통절함이 어떠하리오. 석주율은 그런 상념에 잠겨 말없이 걸었다.

　둘이 고하골 상가에 도착하니 출상(出喪)이 막 시작되고 있었다. 백상헌이 나이 쉰이 못 되어 세상을 떠났으나 울산, 언양 근동의 성헌공파 당주라 문중이 다 동원되었고, 집안과 교유가 있던 근동 친지들도 조객으로 와서 자못 성시를 이루었다. 그러나 발인에 참석한 모두가 한 시절 영화롭던 백군수 댁 몰락을 그동안 보아왔고, 당주의 이른 죽음을 확인하는 마당이라 분위기가 침울했다. 더욱 날씨마저 궂어 만장이며 꽃상여가 비에 후줄근히 젖은 모양이 처량했다.

"둘째자제분이라도 있으면 망자가 덜 외로울 텐데…… 옥중에서 소식 들으면 얼마나 애운해할꼬." "여식뿐인 상주들 보더라고. 하나도 출가를 못 시켰으니, 쯔쯔." "이제 이 집에 주인이 없으니 선산은 누가 돌보랴." 마당 뒷전에 모여 선 사람들이 쑤군거리는 말이었다.

유가족을 뵙고 조의부터 표해야 마땅했으나 운구가 막 시작되는 참이었고, 뭇사람들 사이를 뚫고 앞으로 나서기가 무엇해 석주율이 뒷전에서 쭈뼛거렸다. 그를 먼저 알아본 사람은 백운이었다.

"석선생 왔구려. 어젯밤부터 기다렸습니다."

"여기서 거사님을 뵙다니……" 선화를 대신해 왔다 한들 그는 참석하지 않아도 결례가 아닐 텐데 싶었다.

"일간 농장을 방문하겠다고 벼르던 참에 대창정 조사장님으로부터 연락이 있었기에 그쪽 문상객과 함께 나섰지요. 신문에 난 기사와 선생 글을 잘 읽었습니다."

옆에 섰던 우억갑과 형세가 주율을 보고 알은체 인사했다.

상여 운구는 선산이 바로 뒷동산이라 운구랄 것도 없었다. 문중 청년들과 마을 사람이 상여를 메고 언덕길을 오르자 부슬비 속에

곡성이 질펀하게 퍼졌다. 조문객은 묵묵히 운구를 뒤따랐다. 위채 마당에는 뭇 발자국만 오목하게 남아 빗물을 모으고 있었다. 마당이 비게 되자 석주율은 아버지를 뵐 수 있었다. 3대에 걸쳐 백군수 댁 종살이를 지내다 보니 주인집 길흉사가 있으면 가장 바쁘기가 행랑채 식구였다. 부리아범은 꾸부정한 몸으로 음식상을 나르다 아들을 보았다.

"바쁘다더니…… 왔구먼." 부리아범은 그 말만 했다. 거칠한 얼굴에 상투가 비에 젖어 반쯤 풀렸다.

"주세요. 제가 옮길 테니."

"새 옷인데, 옷 버리겠다."

뒤꼍에는 포장이 쳐졌고 노천에 내다 건 가마솥에는 조문객 점심 대접으로 끓이는 고깃국 내음이 구수했다. 전을 부치랴, 나물을 무치랴, 상을 보랴, 음식을 장만하는 아녀자들이 분주하게 오갔다. 그들 중에는 주율 맏형수와 김기조 모친 갈밭댁도 있었다. 주율이 아는 얼굴들에게 대충 인사하고 장지로 올라가려 뒤꼍에서 돌아 나올 때, 마주 오던 아낙이 반색했다.

"농장선생님, 농장에 갔을 때 선생께서 읍내 출타 중이라 뵙지 못하고 왔지요. 그러잖아도 오늘 오실 줄 알고 기다렸습니다." 채반에 부추를 담아든 면소 주막 신당댁이었다.

"아버지 뒷바라지 해주신다는 말을 진작 들었는데 인사 차리지 못해 죄송합니다. 정심네는 잘 계시지요? 요즘은 농장에 통 오시지 않아……"

"저는 정심네나 뵐까 하고 선생님 따라나섰는데 안 보이는군요."

뒤에 섰던 김복남이 나섰다.

"걔도 곧 올라올 겁니다" 하더니, 신당댁이 석주율을 보고 물었다. "농장으로 언제 떠납니까?"

"오늘 돌아갈 겁니다."

"점심밥 자시고 떠나시겠구려. 그전에 저 잠시 만나고 가요." 신당댁은 총총 뒤꼍으로 사라졌다.

백상충 내외가 거처하던 아래채와, 묘지기 김첨지 내외가 부산 딸네 집으로 솔가한 뒤 석서방 가족 차지가 된 두 칸 방과, 부리아범이 거처하는 토방까지, 비 피할 장소마다 상객들이 들어앉아 음식상을 받았다. 석주율은 아버지가 거처하는 토방에 앉았다 상을 받았다. 김복남과 부산에서 온 백운이 함께 자리했다. 조익겸을 대신해 형세를 데리고 문상 온 우억갑은 끼일 자리를 못 찾다 낯익은 얼굴이 있는 토방으로 들어왔다. 주율 형수가 밥과 국을 나르자, 어디든 끼어 한술 떠야겠다며 석서방이 선돌이를 달고 들어왔다.

식사가 시작되기 전에 석주율이 슬그머니 자리에서 일어났다. 뗏장을 입혔는지 어쨌는지 묘소를 둘러보고 오겠다며 그는 토방을 나섰다.

"밥상 받아놓고 자리 뜨다니, 석씨, 밥 먹고 가소." 숟가락을 들다 말고 우억갑이 말했다.

"선생께서는 점심을 먹지 않는답니다."

김복남 말에 우억갑이, 길안여관 시절 장작 패어줄 때도 점심은 한사코 마다하더니 아직 그 고집을 못 꺾었군 하고 구시렁거렸다.

"형세도련님 외할아버지 사업은 번창하지요?" 석서방이 우억갑에게 물었다.

"번창하다 말다요." 우억갑이 기다렸다는 듯 말문을 떼었다. "사장님 주업체인 홍복물산주식회사는 부산에서 수출업체로 열 손가락 안에 들지요. 선적해 내지로 들여보내는 물품이 건어물에서부터 생사, 피륙, 미곡 등, 취급 종류도 많아 연간 수출액만도 수십만 원대에 이릅니다."

"김기조 그 사람은 아직 생사가 묘연합니까?" 백운이 다른 말을 꺼냈다.

"오리무중이지요. 기조 부친이 못 오고 갈밭댁만 온 것도 기조 그 사람 행방을 찾기 위함이오. 기조 부친이 도쿄로 들어갔다는 말은 들었지요? 기조가 일본으로 건너가 처음은 도쿄 기치오요 철도변에 살았고, 요요기 상업전수학교를 다녔다는 이력만 가지고 아들 찾으러 떠났으니 영감님이 일본말을 아나, 길을 아나, 생각만 해도 딱해요. 기조가 워낙 머리 좋은 인물이라 찾기가 쉬울 거라고 말하지만, 나는 강물에 던진 엽전 찾기보다 힘들다고 봅니다. 개가 꼭 도쿄로 다시 들어가란 법 있습니까. 수중에 집 살 돈으로 거금을 쥐었으니 그 돈 다 날리면 부산에 나타날까, 그렇지 않으면 찾기가 글렀어요. 도쿄로 갔다느니, 상해로 갔다느니, 북지로 갔다느니, 말이 많아 종잡을 수 있어야지요. 백운거사, 임자가 역을 하니 기조가 정말 동경으로 들어갔을까요?"

"나 역시 그가 어디 있는지 모르오."

"이거 내가 안할 소린지 모르지만…… 기조에 관해 이상한 소문을 들었소. 안사람이 부두거리에서 들었다며 내게 귀띔해서 알게 됐지요." 우억갑이 입가에 웃음을 물고 좌중을 둘러보았다.

"이상한 소문이라니요?" 석서방이 물었다.

"이거 밥상머리에서 뭐한 얘기지만……" 우억갑이 힐끔 형세 눈치를 살폈다. 형세는 열심히 밥을 먹고 있었다. 내친김이란 듯 우억갑이 말했다. "기조가 양물이 잘려 고자가 됐다지 않소. 부두거리 주먹 쓰는 야쿠자들한테 잡혀 그런 흉측한 횡액을 입었다는구려. 사실 말이 났으니 하는 말인데, 기조가 그 힘 하나는 세어 제법 반반한 계집년은 상하 가리지 않고 구멍을 팠지요. 그래서 아예 버릇을 고친다고 야쿠자들이 양물을 잘라버렸다더군요. 그렇게 되자 기조가 실성해 부산 바닥에서 사라져버렸다지 뭡니까. 기조 부모가 그 소문까지 귀동냥했는지 모르겠으나 하여간 그런 소문이 부두거리에서는 짠하게 퍼졌다고 안사람이 말해줍디다. 그래서 나도 그 바닥 왈패를 만나 사실 여부를 확인해봤더니 양물 잘린 얘기는 흐지부지 꼬리를 사리고, 색골이 다시 이 바닥에서는 얼쩡거리지 못할 거라고만 씹어뱉습디다."

우억갑 말에 둥글상에 둘러앉았던 사람은 밥 먹기를 멈추고 멍해져버렸다. 상상만 해도 해괴한 사건이었다.

"허긴 기조가 색을 밝혀 여기 있을 때도 그런 소문이 돌았지요." 석서방이 말했다.

"그것 참 괴사로다. 그 사람한테 그런 형파수(刑破數)가 있었던가. 불측지화(不測之禍)로 유이파산(流離破産)하나, 그게 약이 되어 정주득명(定住得名)할는지 어찌 아오." 백운이 의미심장하게 말했다.

"그게 무슨 말입니까?" 김복남이 물었다.

"시우쇠가 명장색(名匠色)을 만나면 보금이 되듯, 달인의 장색은 그 쇠를 오래 불에 달구고 오래 연마하오. 모진 시련과 고초를 이기면 지혜가 트인다는 말입니다. 생사경(生死境)의 악운만 잘 넘긴다면 그 사람이 머리는 명민하니 정도(正道)를 찾을 겝니다."

좌중 사람들은 수저질을 잊고 그 패 풀이에 골몰했다.

"할아버지는 진지도 안 드시고 어디 가셨지?" 밥 한 그릇을 후딱 먹어치운 선돌이가 할아버지를 찾으러 자리 떴다. 선돌이가 아래채 안팎을 두루 둘러보아도 부리아범을 만나지 못하자 위채로 올라갔다. 부엌에서 숭늉 그릇을 소반에 받쳐들고 나오던 신당댁을 만나자 선돌이가, 할아버지 못 봤느냐고 물었다. "장지로 올라가봐요" 하는 말에, 선돌이 삿갓 쓰고 주인댁 선산을 향해 언덕길을 올랐다. 빗발이 가늘어졌으나 나뭇잎에서 떨어지는 물방울이 삿갓에 소리 내어 튀겼다. 선돌이가 돌계단을 오르자 재실 처마 아래 한 여인이 장옷으로 머리를 가리고 서 있었다. 이팝나무의 흰 꽃이 져버려 재실 뜰이 눈가루를 뿌린 듯했다.

"정심이 누님 아니세요. 웬일로 여기 계세요?" 장옷을 뒤집어써서 눈과 코만 남겼으나 여장부다운 큰 키에 날카로운 눈매로 쉽게 알아볼 수 있었다.

"농장선생님 뵐까 하고 기다려."

"삼촌요? 묘소 간다고 올라갔으니 저와 같이 가봐요."

"난 여기서 기다릴래. 장생포 포유공장은 어때?"

"어디 가나 사람 사는 데는 한가집니다. 하루 휴가를 겨우 받았지요."

선돌이가 장지에 이르니 임시로 가설한 천막 아래 산역꾼들의 식사가 한창이었다. 부리아범과 석주율이 천막 귀퉁이에 쪼그려 앉아 새 봉분을 보며 말을 나누고 있었다.

"할아버지, 진지 드셔야지요. 아침밥도 거르다시피 하시고선." 선돌이 말했다.

"술 몇 잔 걸쳤더니 밥 생각이 없다." 부리아범이 곰방대 담배를 피우며 응절거렸다. "죽어도 내가 먼저 죽어야 하는데 모두 앞서 떠나보내니, 사는 게 뭔지 허망하구나."

"삼촌, 재실 앞에서 정심이 누님이 기다리던데요. 무슨 할 말이 있나봐요." 선돌이 말했다.

"참, 내 정신 봐." 부리아범이 아들을 보았다. "바빠 그 말을 까먹었군. 어진아, 신당댁이 네 농장 구경하고 온 줄은 알지? 농장 갔다 와서 하는 말이, 자기 모녀도 농장 식구로 들어가 농사일 도우면 안 될까 하고 묻더라. 장터거리 주막도 시들한지 어쩐지, 예전 한초시네 집에서처럼 농사짓고 싶다고. 모녀가 살 집은 자기네가 목수를 들여 짓겠다더라. 밥만 먹여주면 되니 붙여만 달라며 내게 청을 넣어달라잖아. 그래서 모처럼 너도 볼 겸 농장 구경 나서려던 참에 주인나리가 갑자기 혼절했으니 길을 나설 수 있어야지."

"함께 일할 사람을 뽑는데 조건이 있는 건 아니지만…… 여러 사람과 의논해봐야지요."

석주율은 그네와 한 울타리 안에 살게 된다면 자연 그쪽에 신경이 쓰이고 마음이 편하지 않을 것 같았다. 만약 그네에게 서방과 자식이 있다면 농장 생활을 함께 해도 무방했으나, 그 조건으로 내칠 수는 없었다.

"농장 주인이 넌데, 누구하고 의논하겠다는 거냐? 이제 이 집에서 큰애와 살게 됐으니 내 조석 끼니며 빨래 걱정은 덜게 되었다만, 그동안 모녀가 아비에게 해준 은공을 봐서라도 그 청을 들어주려무나. 정심네가 여장부라 남자 일 한몫은 할 테고 모녀가 네 조석 공양은 성심껏 할 것이다. 집을 여러 채 지어 남도 받아들인다면서, 오갈 데 없는 모녀를 마다한다면 그 처사가 너무 매정하다."

"삼촌, 그렇게 하세요." 선돌이도 거들고 나섰다. "아까 여기 방앗간 아저씨가 그러던데 지난 장날 면소에 나간 길에 신당댁 주막에 들렀더니, 술청이 휑해 파리만 날더랍니다. 정심이 누님이 고집 세어 술시중은 일절 마다하고 신당댁은 할망구 소리 들으니, 객들도 꽃 있는 주막을 찾지 신당댁 주막에 들게 됐어요? 면소에도 작부 둔 술집이 그새 세 군데나 생겼다더군요. 그러니 처지가 딱하잖아요. 할아버지께 해준 성의나 작은서방님 면소 주재소에 갇혔을 때 수발해준 인연도 있으니 그렇게 하세요." 선돌이가 어른스럽게 말했다.

"어쨌든 그 문제는 저 혼자 결정 내릴 수 없습니다. 김복남 형, 박장쾌 형, 먼저 정착한 설서방과 의논드려야지요. 농장 식구가 되고 싶다고 모두 받아들일 순 없으니깐요."

석주율이 일어섰다. 재실로 걷자, 아무래도 신당댁 모녀를 농장에 받아들일 수 없다는 쪽으로 생각이 기울었다. 왜 정심네를 한 사코 멀리하려는 걸까. 그 이유가 자신에게도 납득되지 않았다. 그가 언덕을 내려가니 재실 앞에 서 있던 정심네가, "선생님, 잠시 봬요. 여쭐 말이 있어요" 했다.

"그동안 별고 없으셨지요?" 왜 요즘은 농장에 걸음 않느냐는 말이 석주율 입속에 맴돌았으나 말이 되지 않았다.

"다름이 아니옵고, 엄마와 제가 석송농장 식구가 됐으면 하고요. 그곳에 들어가 농사일 돕고 싶어요."

"조금 전에 아버지한테 들었습니다. 그런데 제 단독으로 결정할 성질이 못 돼서…… 다른 분들과 의논해봐야지요."

"선생님이 결정하지 못하신다면…… 그럼 우리 모녀가 농장에 들어가기 힘들다는 말씀입니까?"

"그런 게 아니라……" 석주율은 김복남이 떠올랐다. 그는 틀림 없이 신당댁 모녀를 농장 식구로 받아들이는 데 환영할 터였다. 김복남은 정심네를 마음에 두고 있었다. "기다려주십시오. 인편으로 통기해드리겠습니다."

"선생님, 사실 그동안 제가 농장 발길을 끊은 건 선생님을 잊고 살아보려 했던 겁니다. 선생님을 잊어야 한다고 마음을 다잡았습니다. 그런데, 그 일이 쉽지 않더군요. 잊으려 해도 자꾸…… 용케 몇 달 버텼으나……" 정심네가 주율을 건너다보았다. 큰 눈이 물기를 담고 있었다. "선생님이 총상 입고 백련정에 숨어 계실 때, 저 북지 독립군정서에 있을 때, 한 달 걸려 갓골로 돌아올 때도…… 아무 일 없었잖아요? 엄마와 제가 농장에 들어가더라도 결단코 아무 일 없을 겁니다. 우리 모녀가 새경 받겠다는 것도 아니고……"

"말씀 뜻은 알겠습니다. 그럼 이만……" 석주율은 정심네의 간절한 시선을 피해 목례하곤 돌계단을 밟았다.

위채로 내려온 석주율은 형세를 만나 그동안 스승의 옥중 소식을 물었다. 형세는 지난달에 아버지 면회를 다녀왔다며 잘 계시더라고 말했다. 이제 졸업반이라 어쩜 아버지 출옥도 못 보고 도쿄로 유학길에 오를 것 같다고 덧붙였다.

"부모님의 따뜻한 정도 못 받고 자란 도련님 남매를 생각하면 늘 마음이 아픕니다. 그러나 그럴수록 열심히 공부해서 큰 인물이 되어야지요."

"아저씨가 신문에 난 걸 외할아버님도 알고 계세요. 저도 그 수기를 읽었고요."

석주율은 위채에 머무는 백군수 댁 문중 어른들과 낯익은 옷갓 한 문상객들에게 작별인사를 했다. 그들은 대체로 주율의 근황을 알고 있어 농민운동의 노고를 치하했다.

"저 청년이 바로 그 청년이로군. 울산에 큰 인물 났군." 석주율을 처음 보는 어떤 노인장이 말했다.

"성님, 상충이와 감옥서 생활도 같이 겪지 않았나요. 영남유림단 사건 때 말입니다." 옆에 앉은 중늙은이가 말했다.

"이제 감옥서니 감옥소라 말게. 지난달로 형무소로 이름을 바꿨다네. 감옥이 조선인들로만 들어차 감옥이라면 모두 치를 떠니, 총독부가 형무소라 부르기로 했다네." 북정골 어른 백하중이 말하더니 석주율을 보았다. "과연 그 스승에 그 제자로다. 상충이 저애를 행랑아이로 대하지 않고 글을 가르쳐 내제자로 삼았으니, 그때 이미 싹수를 보았음이라."

가형이 별세한 이듬해 신해년(1912) 대구로 솔가한 백하중은 남산정에서 미곡상을 경영하며 기반을 다졌고, 미곡 도매상을 장자에게 넘긴 뒤 향교나 나다니며 소일하고 있었다.

아래채로 내려온 석주율은 식구에게 길 떠날 인사를 하자 김복남과 백운이 따라나섰다. 석서방은 보리타작이 끝나는 대로 아버지를 모시고 농장에 들르겠다 했다.

빗발이 듣는 중에, 허리 꼿꼿이 세운 벼포기 사이에서 개구리들이 그악스럽게 울었다. 가뭄으로 누렇게 말라가던 벼가 기운을 얻었다. 지우산 든 석주율이 앞서 걷고, 삿갓을 쓰고 도롱이를 두른 김복남이 지우산 든 백운에게 농장 개간 현황을 들려주며 뒤따랐다. 대곡천 물이 많이 불었으려니 해 그들은 면소로 빠지는 한길을 잡아 걸었다. 고하골 앞을 거쳐 넓은 길로 접어들었을 때였다. 뒤쪽에서 "농장선생님!" 하고 부르는 소리가 들렸다. 셋이 뒤돌아보니 먼발치로도 정심네와 신당댁이었다.

김복남이 쫓아오는 모녀를 보자 입이 벌어졌다. 신당댁이 지우산을 들고, 정심네는 장옷 위에 뚜껑 달린 자배기를 머리에 이어 바삐 오고 있었다.

"선생님이 금방 떠날 줄 몰랐어요. 선돌이할아범 말을 듣고 허겁지겁 나섰지요." 신당댁이 숨차게 말했다.

"선돌이엄마가 시루떡을 싸주기에 가져왔어요." 정심네가 자배기를 내려 한지에 싼 떡꾸러미를 김복남에게 주었다.

같이 걷게 되자 신당댁 모녀는 김복남과 백운을 제쳐두고 석주율에게 따라붙었다.

"선생님, 우리 모녀가 힘껏 농장 일을 돕겠습니다. 내일이라도 농장으로 들어오라면, 당장 장사 걷어치우고 세간 싸겠어요." 신당댁이 말했다.

"선생님이 가부를 통기해주신다니 한 장(場) 기다렸다 아무 연락이 오지 않으면 엄마와 함께 숫제 그리로 옮기겠어요. 아녀자도 일꾼으로 쓴다니 우리 모녀인들 무슨 일을 못하겠어요. 우리를 받아주지 않는담 농장 뒷산 아래 초가 짓고 화전이라도 부치겠어요." 정심네가 제 엄마 말에 한술 더 떴다. 활기찬 성정이 그네 본모습이기도 했다.

"선생님, 어떻게 선처를 하심이……" 김복남이 말했다.

석주율은 답이 궁해져 침묵만 지켰다. 정심네 우격다짐에 의하면 승낙 가부와 상관없이 농장 주위로 이사 올 것 같은데, 그 답은 이제 자기 결정을 떠난 셈이었다.

신당댁은 김복남을 잡고 자기네 모녀를 받아달라고 졸랐다. 백 군수 댁 작은서방님 옥바라지는 물론, 도부 장삿길에 들러 더러 숙식하다 만주로 들어간 주율 누님 내외까지 들먹여 인연이 깊음을 강조했다. 김복남 마음은 당장 농장으로 들어오라고 말했으면 싶었으나 석주율의 승낙이 떨어지지 않았기에 그 역시 대답이 궁했다.

언양면 면사무소 장거리에 닿자 일행과 신당댁 모녀는 헤어지게 되었다. 모녀는 석주율과 김복남에게 다시 한번 농장 입주를 간곡하게 부탁했다.

"정심네 저 덩치 보세요. 쌀가마도 거뜬히 지겠군요." 빗발 속으로 멀어지는 정심네 뒷모습을 보며 김복남이 말했다.

"김씨가 정심네한테 마음이 있는 모양군요. 김씨와 맺어진다면 씨름장사 자식은 보겠소." 백운이 빙그레 웃었다.

"거사님, 저한테 그런 사주가 있다는 말씀입니까?"

백운의 대답이 없었다. 석주율은 못 들은 체하고 앞서 걸었다. 그는 신당댁 모녀를 농장 식구로 받아들이는 데 자신이 왜 망설이냐를 두고 다시 따졌다. 여럿과 상의해본다는 것은 한갓 구실로 단독으로 결정 내려도 그만이었고, 모녀를 받아들이지 못할 이유가 없었다. 구태여 명분 세우자면, 농장 식구가 되려면 가족으로서의 구성 요건을 갖춘 빈농 출신이 적격인데 신당댁 모녀는 그렇지 못하다는 점이었다. 농사일에는 아무래도 남자 노동력을 기본으로 하기에 가장이 있고 그 아래 듬직한 사내아이가 있다면 좋았다. 그런데 신당댁 모녀는 아녀자 둘이니, 앞으로 다른 농장 식구를 입주시키는 데 남 보기에 원칙이 없었다. 그러나 아버지가 신당댁 모녀 말을 꺼냈을 때 주율에게는 그런 결격 사유가 먼저 떠오르지 않았고, 정심네를 연상하자 그 어떤 부담감이 마음을 눌렀다. 만약 신당댁만 농장 식구가 되겠다고 간청해 왔다면 망설임 없이 그네를 받아들였을 것이다. 나는 절로 들어갈 적부터 결혼하지 않기로 다짐하지 않았던가. 봉화군 소천면 산판에서 봉순네와 그 사건이 있은 뒤, 정욕을 스스로 제어 못한 불찰을 두고 자성하며, 앞으로 다시는 그런 실수를 범하지 않겠으며 혼인하지 않겠다고 맹세하지 않았던가. 그렇다면 나이를 두고 여자를 따지지 말며, 미모나 마음에도 혹하지 말며, 젊은 여인이라도 계집아이나 늙은이처럼 한결같이 대함이 마땅하지 않느냐. 그런데도 나는 왜 정심네 그 여인만 인연의 끈에서 헤어나지 못하며 유독 이성으로 느끼려 할까. 그는 자신의 수양 부족을 탓하지 않을 수 없었다. 다짐이니 맹세니 하고 마음을 굳혔으나 실은 이성을 찾고 있고, 그 그리움이 구체화될까봐 두려워하고 있음을 알았다. 자신이야말로 한낱 허위의식으로 겉치레한 속물임을 절감했다. 두 분이 농장 식구가 되어준다니 언제라도 환영합니다. 이렇게 속시원히 말하지 못한 마음 안쪽에 뭉쳐 놓은 소아병적인 자신을 들여다보며 석주율이 자괴감만 씹었다.

"석선생, 엔간하면 모녀를 농장 식구로 받아들이지요." 백운이 모녀를 두고 역이라도 짚은 듯 말했다.

"예?" 외쪽 생각에 잠겨 걷다 석주율이 되물었다.

"모녀를 받아들이면 농장에 도움이 될 겁니다."

조금 전 백운의 농말에 수꿀해져 있던 김복남이, "역 괘가 좋게 나온 모양입니다" 하며 석주율을 보았다.

"글쎄요…… 그렇게 되도록 해야겠지요."

석주율은 신당댁 모녀를 농장에 두기로 마음을 굳혔다. 정심네를 가까이 두더라도 아무렇지 않게 대할 수 있어야 한다고 생각을 고쳤다. 밥을 앞에 두고 금식함이 참 금식이지 밥을 먹지 못할 처지에 몰려서야 금식하겠다 하면 남이 웃을 일이었다. 결단에 의한 금식과 빈곤에 따른 주림은 구별되어야 마땅했다. 남녀 관계 이치도 그와 같을 터였다.

"거사님은 벌써 모녀 사주팔자를 보셨군요. 그래서 명판결을 내리셨지요?" 김복남이 싱글벙글하며 맞장구쳤다.

"꼭 그렇다는 건 아니지만, 그렇게 됨이 안 됨보다 나을 것 같아 권했을 따름이오. 사실, 석선생 같은 이한테는 마음 새겨 건강을 보살펴줄 분이 필요합니다. 제 몸 돌보지 않고 어떤 일에 죽자고 매달리는 사람은 다 해당되겠지만."

구영리 갓골에 도착한 백운은 글방의 마지막 수업시간에 참관했다. 강치현이 맡은 이과(理科) 시간이었다. 장마철임에도 교실은 생도로 차 있었다. 장맛비 무릅쓰고 몇십 리 길도 마다않고 달려와 열심히 배우는 농촌 생도들의 모습이 그에게는 감동적이었다. 그는 수업을 참관하고 석주율과 함께 농장으로 돌아와 작물 현황과 축사를 답사했다. 그 결과 역술소에서 석주율에게 아무런 조건 없이 선선히 내놓은 4백 원이 보람 있게 쓰임을 확인할 수 있었다. 저녁밥을 먹은 뒤 석주율은 글방으로 내려가고, 남자들이 거처하는 방에서 백운은 그들이 가마니 짜고 새끼 꼬는 일을 구경하다 자기도 새끼 꼬기를 거들었다. 가마니틀 앞에 앉아 짚 씨날을 엮어가며 난든 솜씨로 가마니 짜는 박장쾌가 돋보였다. 부산 토막촌 시절부터 익혀온 솜씨였다. 김복남, 주봉익, 곽근출, 맹필이에 못지않게 장님 구 노인의 새끼 꼬기도 재빨랐다. 그중 갑수만이 나이가 어려 백운처럼 솜씨가 서툴렀다.

한 시간 정도 걸려 작업을 끝내자 자유시간이었다. 낮 동안 일로 모두 지쳐 가로세로 누워 잡담이 분분했으나 이부자리 펴는 사람이 없었다.

"잠은 몇 시에 자는가요?" 백운이 김복남에게 물었다.

"선생님이 글방에서 올라와야 모두 잡니다."

"이거 너무 군대식 아닌가. 하루 종일 개간 일에 시달리다 잠도 제때 못 자다니. 석선생이 그렇게 지시했나요?"

"그건 아닙니다. 피곤하시면 거사님 먼저 잠자리에 드시지요. 분님이가 이부자리를 마련해뒀을 겁니다."

"주인 없는 방에 내가 먼저 잠을 청하다니. 그럼 나도 기다리겠소."

가늘게 뿌리던 비가 밤이 깊자 빗발이 굵어져 열어놓은 창문을 닫으니 방안은 한증막같이 무더웠다. 거기에 남자들만 거처하니 발 고린내와 땀내가 진득하니 배어났다.

백운이 하품을 끄기 몇 차례, 밤 아홉시 반이 되어서야 석주율이 농장으로 돌아왔다. 주율과 희덕, 치현이 방으로 들어서자, 음정이가 부엌 달린 쪽 쪽문을 열어 여자들이 거처하는 방에 대고, 선생님 오셨다고 알렸다. 김복남이 밖으로 나가자 여자들과 설씨네 가족이 방으로 몰려들었다. 야학 선생까지 합쳐 스무 명에 이르는 농장 식구로 방안이 금세 찼다.

백운이 영문을 몰라 어리둥절해진 채 방 귀퉁이에 앉아 있자 밖으로 나갔던 김복남이 무엇인가 품에 감추어 방으로 들어왔다. 그는 품에서 두루마리 족자를 꺼내 북쪽 벽 중앙 못걸이에 걸었다. 의자에 앉아 있는 단군 영정 목판화였다. 석주율을 중심으로 좌우에 남녀가 나누어진 채 모두 단군 영정을 향해 단정한 자세로 무릎 꿇었다. 갑자기 방안 분위기가 엄숙해져, 백운도 덩달아 무릎을 꿇었다. 잠시 묵념이 있은 뒤 주율 입에서 기도문이 흘러나왔다.

"조선 민족의 시조이신 단군님이시여. 오늘도 우리에게 양식을 주시고, 일할 수 있는 건강을 주시고, 무사히 하루를 보내게 해주신 은혜에 감사하나이다. 조선이 사천여 년의 역사 동안 나라를 이루었고, 전통과 풍속이 있어왔고, 우리말과 글이 있으나, 일본에 짓밟히는 바 되어 오늘의 힘든 세월을 살고 있으니 단군님이시여, 후손의 슬픔을 굽어살피소서. 백성을 더 낙담케 마시고, 나라를 되찾을 그날까지 굳건히 잡아주옵소서. 칠 개월 예정했던 천오백 평 개간이 넉 달도 되기 전에 거의 끝났음은 그동안 모두 한마음으로 합심해 일한 공적이요, 다친 자 없이 수고로움을 참아온 선한 식구들에게 평안과 위로를 주소서. 단군님께 기원 올리는 영육으로 부족한 우리들에게 더욱 일할 수 있는 능력을 주시고, 서로가 사랑으로 화목케 하여주옵소서. 석송농장과 야학 글방이 날로 번창해 모든 농민의 등불이 되게 하시고, 그 안에 거하는 식구로 하여금 보람찬 나날이 되게 도와주소서……" 석주율의 기원은 2분 정도 걸렸다.

기원이 끝난 뒤 한동안 묵상의 시간을 가졌고, 단군 영정에 절하는 순서로 경배시간을 마쳤다. 김복남이 못걸이에 걸린 영정을 다시 말아 품에 숨겨 밖으로 나갔다. 이어 20여 분 동안 농장 운영에 따른 제반 토의와 의견 나눔이 있었다. 그로서 하루 일과가 종료된 셈이었다.

"석선생, 언제부터 단군교 교도가 되셨어요?" 백운이 석주율 방으로 들어오자 궁금했던 점부터 물었다.

"교도가 아닙니다. 단군 임금이 조선의 시조시니 그분께 우리의 간절한 마음을 간구하는 경배를 올릴 따름이지요."

"단군을 경배하여 기원을 올림은 그게 교도가 아니고 뭡니까. 믿음의 대상이 단군이면 그게 곧 신앙 아니겠어요?"

"범서주재소 유치장에서 깨달은 바 있어 단군 성조께 경배를 올리기로 했지요. 조석으로 이런 시간을 갖기 시작한 지 스무 날 남짓 될 겁니다. 소망을 간구할 필요가 있어 대상을 찾다 석존도 아니고 야소도 아니라면 조선인은 마땅히 단군 성조여야 한다고 생각했습니다. 이선생, 강선생, 김복남 형과 박장쾌 형에게 제 의견을 구했더니 찬동해주었고요. 처음은 우리 넷이서 시작했는데 농장 식구가 자발적으로 참여하겠다고 해서 석회 때 경배시간을 갖기로 했지요. 그러나 저는 단군 성조를 신앙의 대상으로 삼지는 않습니다."

"참 묘한 논리네요. 조석으로 단군님 영정 앞에 참례하며 이를 신앙의 대상이 아니라 부인함은 억지가 아닐까요?"

"그 점을 두고 꽤 고심했습니다. 그런데 백운거사님, 이런 점을 생각해보면 어떨까요. 앞으로 농장 규모는 계속 확장될 테고, 삼 년 정도 지나면 농장식구가 최소한 오십 명은 될 겁니다. 그들 중에는 불교, 야소교 신도가 있고, 민간 신앙 믿는 사람도 있고, 동학교도도 있을 겁니다. 또 무종교인도 있겠지요. 그들에게 신앙으로서 대종교(단군교)를 믿으라 강요할 수는 없습니다. 저는 하늘 아래 모든 인간은 평등하고 자유로워야 하며, 종교의 선택권을 임의로 가질 수 있다고 생각합니다. 그러므로 농장에 입주하는 사람들에게 종교적 성분을 따지지 않기로 했지요. 그러다 보면 이웃 간에 종교 문제로 갈등도 생기겠으나 그 점은 중재자가 나서서 해결할 수 있습니다. 그렇게 각양각색 신자들이 공동체 생활을 하다 보면, 전체를 합심시킬 그 어떤 구심점이 없지 않느냐 이겁니다. 저는 그 정신적 지표를 단군 성조로 삼자는 거지요."

"제가 보건대 이상론에 치우쳐 힘든 논리를 만드는 것 같습니다. 어떤 집이 염주를 굴리며 나무아미타불을 읊는데 옆집은 야소교 창가를 부른다면, 끝내는 단결력이 와해되는 불씨가 될 텐데요. 또는 부처에게 경배하는 신도로 하여금 단군님께 경배하게 함은 아무리 단군님이 신앙의 대상이 아니라 해도 심리적으로 갈등을 유발할 겁니다. 그렇다면 농장 식구를 받아들일 때 단군교 신도로 국한시킨다면 모든 일이 수월하잖겠습니까. 동아리를 이끌어가려면 어느 정도 강제성은 필요하다고 사료되는데요?"

"우리나라가 삼국시대와 고려조를 거쳐오며 국교를 불교로 정했으나 조선조에 들어와서 종교의 해체기를 맞아 토속신앙, 불교, 유교가 공존하게 되었고 서로 영향을 끼쳤지요. 불교의식에 민족 신앙적 요소가 가미되고, 교도의 관혼상제와 가례를 보면 유교적 영향 또한 적지 않습니다. 위정자는 특정 종교를 강제하지 않았고 백성도 종교 선택은 자유로웠습니다. 그러나 백운거사님도 알다시피 국운이 기운 조선조 말기에 이르러 서양 문물이 종교를 앞세워 들어와 천주를 믿는 교와 뿌리가 하나인 야소를 믿는 교가 교세를 확장해나갔습니다. 또한 그에 반해 민족 종교라 할 수 있는 동학교와 대종교도 생겨났지요. 그야말로 백화난만 시대를 맞은 겁니다. 그러나 모든 종교의 근본이 참사람을 중히 여기고 선의 실천에 뿌리를 두기는 마찬가집니다. 각 종교의 경전을 구성한 말씀을 어떻게 생활화하고 실천하느냐가 문제겠지요. 물론 제 말은 종교마다 갖고 있는 특성과 개별성을 무시한 단순 논리라 얼마든지 반론이 있을 수 있을 겁니다. 그러나 믿음에는 누구에게나 선택의 자유가 있어야 한다고 봅니다. 개개인의 종교 문제를 두고 석송농장 같은 작은 동아리마저 어느 교를 믿어야 한다는 강제성을 두어서야 되겠습니까. 설령 어떤 이익이 있다 하더라도 근본을 바꾸어서야 안 되겠지요. 또한 농장이 어떤 특정 종교집단이 되어서도 안 되고요. 북간도에서 보았던 대종교가 이끄는 북로군정서 부대원이 모두 대종교 교도는 아니었습니다. 그러므로 우리 방침으로는 어느 농장 식구가 불도로 부처님께 자신의 소망을 기원 드리든, 야소교 교도로 야소님께 기원을 드려도 무방합니다. 그들이 오늘의 우리 민족을 있게 한 가장 윗대 조상 한 분에게도 함께 소망을 말해볼 수 있지 않겠습니까. 조석으로 경배시간을 가져 종교적 심성을 훈련함은……"

석주율 강론을 백운이 잘랐다.

"농장 식구 중, 나는 부처님을 유일한 신앙 대상으로 삼아 늘 그분에 의지하는데 또 한 분을 새로 모셔 기원을 드릴 수 없다고 한다면 어쩌겠습니까? 선생은 단군님이 신앙의 대상이 아니라지만 받아들이는 쪽에서 그렇게 생각지 않을 수도 있고, 구태여 신앙의 대상이 아니라면 단군께 기원을 드릴 필요가 없지 않겠습니까? 부처님이든 야소님이든 그 한 분만 마음에 모시어 조선 독립과 이웃이나 가족의 안전을 기원하는 것만으로도 충분한데 말입니다."

"어렵게 생각할 필요 없이 단군 성조가 우리 민족의 첫 조상이니 조상을 숭모하자는 정신이지요. 불교나 야소교도 그 경전을 보면, 오늘의 나를 있게 한 부모를 공경하라고 가르치지 않습니까. 우리가 선대 묘소를 참배하듯 그런 마음가짐이면 되겠지요. 조금 전에 했던 말이겠으나 제가 종교를 너무 단순한 논리로 결론짓는 듯하지만 사실은……"

"제 말은 불교나 야소교나 천도교를 믿는 자가 단군님께 따로 경배의식을 가질 필요가 없다는 뜻은 아닙니다. 일본에 압제를 당하는 암흑시대가 진정한 민족혼의 앙양을 요구하며, 조선 민족 정통성을 부단히 이어가야 한다고 할 때 단군님 숭모 정신은 무엇보다 우선되어야 하겠지요. 단군교가 북간도 일대에서 총 들고 싸우는 뜻도 맥락을 같이할 겁니다. 그러기에 제 말은, 석송농장 식구가 비록 여러 교 교도로 섞였을망정, 각자가 믿는 종교는 자기 처소에서 개인적으로 기원을 드리더라도 합동경배는 단군님과 나라의 장래를 위한 경배시간으로 갖는 게 가능하겠지요." 백운이 여태 자기 주장을 수정하며 주율 논조에 따라왔다.

"지금 우리가 단군 성조 영정을 일본 관헌이 보는 데 모셔놓을 수 없고, 경배시간조차 비밀히 가져야 함도 나라를 빼앗긴 불운 탓 아닙니까. 이럴수록 지하로 흐르는 물같이 민족 자긍심을 살리는 의식은 이어져야 합니다. 지하수가 땅 위로 솟아오를 그날까지 말입니다. 길어야 오 분 정도의 조석 경배시간만은 이 민족의 장래를 함께 생각하는 시간으로 갖자는 겁니다. 그러나 우리가 단군 영정을 모시고 경배를 드리지만 이는 종교 의식과 구별되어야 할 줄 압니다. 옛 우리 조상이 추수 끝내고 하늘에 감사하여 큰 잔치를 벌인 무천 행사도 올해 가을에는 석송농장이 주최해 동제(洞祭)로 지낼 예정입니다. 그런 맥락에서 봐야겠지요."

"전통을 재현함은 좋은 일이지요."

토론이 끝나자 석주율은 하루 동안 일과를 간단히 기록하곤 잠자리에 들었다.

이튿날, 새벽 하늘에는 모처럼 빗발이 듣지 않았으나 구름이 무겁게 실렸다. 석주율과 백운이 겸상한 밥상을 물리자, 어느새 농장 큰마당에는 울력 나온 일꾼이 모여들었다. 모처럼 비가 그쳤기에 개간 마무리 일과 가옥 신축에 품을 팔 농군들이었다.

"여기에 더 계셔도 무방하나 역술소 일도 바쁠 텐데 오래 비워 둬도 됩니까?" 마당에 나선 백운에게 김복남이 물었다.

"역술소도 경기를 타지요. 농번기에는 손님 발길이 뜸하고 장마철도 마찬가집니다. 그러나 나야 뭐 자리나 지키니 없어도 그만이지요. 손님이 나를 보고 몰려오는 게 아니라 선화 신통력을 믿고 찾아드니깐요. 그런데…… 최근 들어 선화 마음이 자꾸 흔들리는 게 걱정입니다."

"선화 아씨가 어디 아픕니까?"

"설명이 복잡한데…… 영매가 잘 안 된달까, 투시력이나 직관력이 흐려진달까, 그런 게 작용하는 모양입니다. 그럴 때마다 나는 역은 인위점(人爲占)이나 신비점(神秘占)이 아니라 괘를 풀이하

466

는 논증이니 지시대로만 따르라 이르지요. 그러나 사실은 나도 역술가로 자처했으나 역풀이만으로는 손님을 모을 수 없습니다. 면전 상대방 혼을 잡아매는 데는 역이 너무 고매해 한계가 있다고나 할까…… 또한 역술가도 자기 장래 운세를 짚게 되지요. 그럴 때마다 선화는, 나도 언젠가 오라버니 농장에 들어가 흙에 묻혀 살고 싶다는 타령도 더러 하지요."

석주율이 울력꾼으로 나서자 백운도 두루마기 벗고 삽을 들더니 장맛비에 무너진 밭두렁 보수와 물길을 내는 작업에 소매를 걷어붙였다. 점심때에는 목수패와 어울려 막걸리잔을 권하며 그도 몇 잔 마셨다. 취기가 오른 탓인지 자신도 언젠가 농장 식구가 되어 농장 발전을 돕고 싶다는 말도 했다.

석주율은 내심 신당댁 모녀를 농장 식구로 받으려 했기에 방 한 칸과 부엌 한 칸을 어디에 마련할까 궁리하던 끝에 설만술 씨 집과 나란히 짓는 집을 기역자로 달아내기로 했다. 도목수에게 증축을 부탁하니, 아무리 서둘러도 입주는 스무 날 정도 잡아야 한다 했다.

이튿날은 하늘이 갰고, 백운은 아침밥 먹기가 바쁘게 부산으로 길을 나섰다. 그는 떠나기 전 석주율에게 농장 운영에 보태라며 150원을 내놓았다. 그리고 석선생 운세가 이러하다며 『주역』의 '뇌수해(雷水解)'에 관해 풀이해주었다.

"뇌수해는 뜻 그대로, 겨울의 지독한 추위로부터 해방되어 봄의 천둥과 함께 봄비가 내려 새싹이 자라니, 이는 생명의 성장을 뜻합니다. 또한 동물들이 깨어나는 상태니 그동안의 괴로움에서 해방을 뜻하지요……" 백운 말은, 모처럼의 행운을 잘 잡아야 하는데, 수하에 유능한 인재를 두어 조직 분담으로 책임을 맡기고, 남의 시기 사는 일을 해서는 안 된다고 당부했다. "석선생, 내가 보니 김씨 박씨가 농장을, 글방은 이선생과 강선생이, 그 양쪽을 마차 바퀴 삼아 끌고 가는 모양인데 앞으로는 글방 교육 담당, 농장 담당, 재무 담당, 대외 문제 담당, 서기, 이렇게 부서를 두고 책임을 정하도록 하세요. 농장 운영위원회를 두어 규칙도 만들고. 반드시 그게 필요할 겁니다."

"좋은 말씀이십니다."

"한 가지 당부하고 싶은 말은 매사에 너무 서두르지 말라는 겁니다. 긴 날을 내다보고 천천히 하세요. 일이 벅차 쫓기면서도 또 새 일을 벌이는 과욕을 삼가야 합니다. 사람은 누구나 능력의 한계가 있으니깐요." 백운이 전송에 나선 석주율에게 충고하곤, 추수가 끝나고 추수감사제를 올릴 때 선화를 데리고 농장을 찾겠다고 말했다.

*

신당댁 모녀가 언양면소 주막을 남에게 넘기고 석송농장으로 이사를 오는 8월 초순, 말복 절기였다. 소달구지를 빌려 가재도구를 싣고 이사 오는 날, 석주율 부친이 함께 왔다. 부리아범은 하룻밤을 농장에서 자고 이튿날 빈 소달구지를 끌고 돌아갔다.

"농장이 듣던 대로 점점 알차지는구나. 이제 장가만 들면 되겠

468

다. 네가 평생을 홀몸으로 살겠다지만 스님이나 그럴까 세상살이가 그렇지 않다. 남자는 처자식을 두어야 어른 대접을 받지." 부리아범이 떠나며 자식에게 남긴 말이었다.

신당댁 모녀가 농장 식구 되기를 간청했던 만큼 부리아범이 떠나자 살림살이를 제자리에 놓을 짬도 없게 허드레옷으로 갈아입고 나섰다. 설만술 씨 처 다락골댁, 맏딸 은전이와 함께 참깨가 쓰러지지 않게 칡넝쿨 줄기로 줄지주를 설치하는 일부터 했다. 오후에는 정심네가 지게를 지고 나서서 퇴비풀을 한 짐 베어 날랐다.

"와따, 지게가 등짝에 찰싹 달라붙는 게 이력난 지게질입니다." 누구보다 신당댁 모녀의 농장 정착을 기뻐한 김복남이 고추밭에 배수로를 내다 말했을 정도로 정심네 듬직한 몸이 지게질에 잘 어울렸다.

새로 짓기 시작한 초가 두 채는 칸살을 지르고 구들을 들였으므로 그동안 선별해두었던 구서방네 가족 다섯 식구와 박영감네 가족 여섯 식구가 신당댁 모녀와 비슷한 시기에 농장에 입주했다. 통골에 움집 엮고 사는 구서방네는 처지가 설씨보다 딱한 빈농이었다. 내외가 이 집 저 집을 돌며 날품을 팔았는데 겨울 나고부터 석송농장 울력 일로 다섯 식구가 호구했다. 맏아들은 열여섯 살이었으나 소아마비로 다리를 절어 머슴살이로도 나가지 못할 약골이었다. 지난겨울을 날 동안은 마땅히 품 팔 데도 없어 어린 두 자식까지 잃었으니, 다섯 살배기 사내애는 열병으로 장이 꼬여 죽었고 막내딸은 너무 굶어 숨졌다. 구서방 내외는 농장에 입주가 결정되자 석주율에게 은덕을 백골이 돼도 잊지 않겠다며 땅바닥에 엎드려 절하며 감격해했다. 박영감 댁도 소작농 출신으로 소작지 마저 떼인 처지가 설씨 경우와 비슷했다. 한 가지 다른 점이 있다면, 기미년 만세 운동 뒤 머슴 살던 맏아들이 분연히 북지로 들어가 독립군 부대원이 됐는데, 3년 전 노령 땅 자유시(市) 흑하사변 때 노국 과격파 적군과 전투에서 전사해 유골상자가 인편으로 전해 왔다. 이장 주철규 씨는 그 가족을 두고, 구차한 집안에 충성된 열 사가 났으니 타의 본이 된다는 이유로 적극 추천했던 것이다. 그 러나 무슨 일이든 그 일이 아무리 정대하다 해도 사람 마음이 각 양각색인지라 석주율과 석송농장을 두고 험구를 일삼는 뒷공론도 적지 않았다.

"석선생은 마음이 여리고 귀가 얇아 그 앞에서 눈물 콧물 짜며 통사정하면 어떤 부탁도 반은 성사되지. 농장에 입주한 세 가구가 나름대로 이유는 있다지만 공평하다곤 볼 수 없어. 두만네 집안과 달식이네는 어디 처지가 그들만 못하냐. 달식이 말이, 심지뽑기라 도 해서 입주했다면 누굴 원망하겠냐더라. 주이장님도 석씨한테 너무 촐싹대고……" "석선생이 신문에 호가 나서 하루아침에 호 패 차니, 똥밭에 쇠파리 꾀듯 사람 몰리는 꼴 보더라고. 관청 양 복쟁이에서부터 반푼수 농투성이까지 그 앞에서 모가지 빼는 꼴 이라니. 그러니 술집 주모에 말상 같은 딸까지 농장에 들어왔잖아. 듣자 하니 그 딸이 예전에 석선생과 연분이 있었나봐. 석선생 아 비가 짝을 지어주려 애쓴다는 말을 언양장 갔다 온 칠성이가 들 었대."

그런 소문이 구영리 일대에 번졌고, 석주율 귀에도 들렸다. 주율은 남의 험구를 즐기는 그런 소리를 마음에 두지 않았다. 그러나 강치현으로부터 전해 들은 말에는 어떤 저의가 숨겨져 섬뜩한 느낌마저 들었다.

"제가 직접 들은 말이 아니라, 홍석구 군이 들은 말이라며 옮기더군요. 석송농장이 과연 몇 년을 유지하나 두고 보자며 농장 공생 체제를 비웃었다지 뭡니까. 여러 가구가 모여 농지를 공동으로 경작하고 네 것 내 것 없이 재산을 공동관리하며 산다는 게 북지 노국에 새로 들어선 혁명정부 제도와 비슷하다지 않습니까. 노국에는 황실정권을 몰아내고 혁명을 통해 인민정부가 들어선 지 몇 해째 되지 않습니까. 그 나라 통치방법이 개인 재산을 인정치 않고 정부가 관리하니, 집단농장 체제를 지향하는 석송농장과 비슷하다고 본 게지요. 저도 고보에 다닐 때 만민평등의 사회주의 사상이란 걸 독서회를 통해 들었습니다만, 석송농장이 공산, 공생 체제를 본떴다는 겁니다."

"그런 점은 인정하지만 도대체 누가……"

노국 푸로래타리아 혁명정부의 새 소식은 신문에 더러 실리나 신문 구독하는 집이 쌀에 뉘만큼 힘든 게 농촌 실정이었다. 그런데 구영리 일대에 그런 식견 가진 사람이 있나 싶어 석주율은 뒷말이 궁금했다.

"제가 홍군한테, 자네가 어디서 그런 어려운 말을 들었냐고 물었더니 읍내장에 갔다 돌아오는 길에 우연히 송순사를 만났는데, 함께 길을 오며 이 말 저 말 끝에 송순사가 그런 말을 하더라더군요."

"내가 송순사 인격을 낮춰보는 게 아니라 그분이 그런 공부까지

했을까요?"

"글쎄 말입니다. 그 역시 누구한테 들은 말일 테지요. 압제받는 약소민족은 혁명으로 독립을 쟁취해야 만민 평등한 세상을 맞을 수 있다는 주장을 노국 정부가 했다더군요. 노국 혁명정부가 왕정을 무너뜨리고 가난한 농민과 노동자를 해방시켰으니 그 사상을 신봉한 자는 일본 황실조차 대수롭잖게 여길 게 자명하잖습니까. 그 사상에 입각해 농장을 운영한다면 조만간 크게 박살날 거라는 얘기요."

"주재소에서 그 문제를 두고 장시간 토의했겠구려."

"고무라 차석이 짜낸 궁리 아닐까요?"

생각에 잠긴 석주율 머릿속에 고무라보다 먼저 떠오르는 얼굴이 장욱이었다. 그가 범서주재소에서 풀려나온 뒤 장욱은 사촌형 장경부 교감과 한 차례, 임태원 기자와 함께 두 차례 갓골로 들어왔다. 그 뒤 석송농장 후원자로 자처하며 울산 읍내 유지의 성금을 모아 오느라 세 차례나 다녀갔었다. 한번은 자전거 편에 밤늦게 도착해 잠을 자고 간 적도 있었는데, 그가 자기 주머니 털어 바깥 평상에서 술판을 벌였다. 합석했던 김복남, 박장쾌, 이희덕이 잠자리에 들고 주율과 둘만 남자, 그가 진지하게 꺼낸 화제가 노국 혁명이었다. 그는 노국을 소비예토인민공화국이라 호칭하며, 혁명가 래닌이 건설한 푸로래타리아 정권에 관해 여러 말을 들려주었다. 혁명정부의 국내외 정치 선언, 경제 시책과 복지정책에 이르기까지 광범위한 지식을 토로했다. 주율도 두번째 북간도로 들어갔을 때 용정촌 진성식으로부터 그런 말을 처음 들었고 그 사상을 요약한 등사판 얇은 책까지 얻어 읽기도 했다. 장욱 말로는, 자신이 울산 읍내 교동골에서 열고 있는 야학당도 암암리에 그 혁명사상을 조선 독립운동과 연계시켜 지도하니 석선생도 같은 길을 걷는 동지가 되어달라고 권했다.

"석선생도 앞으로 농장 입주자에게는 사유재산권을 인정치 않고 농장을 공동재산으로 한다는 말을 들었습니다. 그게 바로 노국 농업정책과 동일하지요. 석선생께서 그 이론을 터득한 줄 짐작했고, 제가 이런 청을 해도 무리가 아니다 싶어 하는 말입니다."

장욱이 말했을 때 석주율은 대답을 피했다.

"막스란 경제학자 이론을 해설한 소책자를 읽고 저도 동감한 바 있습니다. 물론 농장 운영방침에도 참고가 되었고요. 그러나 그 체제가 종교를 인정하지 않는 점과 폭력혁명 선동은 찬동할 수 없었습니다. 이런 소규모 농장 형태는 차라리 원시공동사회가 더 어울린다고나 할까요. 어쨌든 앞으로 농장을 운용하며 공부 더 하겠습니다."

그날 장욱은, 주율이 일본어를 안다고 하자 래닌의 『농민에게 고함』이란 일본어판 소책자를 빌려주었다.

"사회주의 운동이 일본서 공부하는 조선인 유학생 사이에 크게 번진다는 신문기사를 읽은 적 있어요. 현금 농촌운동도 그 주의에 입각해 펼치는 사례도 있겠구요. 그러나 아직까지는 탄압에 관한 보고기사는 접하지 못했습니다."

석주율이 말하자, 강치현이 확약이라도 받겠다는 듯 물었다.

"그렇다면 형님도 사회주의 농업 이론대로 농장을 이끌 계획입니까?"

"농장 운영을 그 운동에서 기초하지 않았습니다. 어찌 보면 비슷하지만 내용적으로는 다르지요. 저는 농민운동을 사랑의 실천 운동에 비유하고 싶습니다. 강선생한테도 그런 말을 했잖습니까. 석송농장이 비록 재산권을 농장 공동소유로 한다지만 그런 이론적 바탕을 적용한 결과는 아닙니다. 타인이 보면 개간농장이 제 소유인 줄 알 테지요. 그러나 저는 제 몫을 나누어 실제로 농사짓는 가난한 농민에게 땅을 돌려주자는 취지란 건 강선생도 잘 알지 않아요? 물론 농장은 제 몫도 조금 있고 강선생 몫도 있고, 다른 입주자 몫도 균등하게 분배되어 있지요. 그렇다고 지금 당장 농장을 떠나겠다면 그 몫을 떼어갈 수 없겠지만 말입니다. 올해 입주자는 이제 마감되었으니 농지분배계약서 초안을 요즘 제가 만드는 중입니다. 초안이 완성되면 모두 모여 합의에 따라 확정지어야겠지요. 국권회복운동도 그래요. 저는 지금 농장을 기반 삼아 그런 지하조직을 만들자는 게 아닙니다. 그럴 만한 여건도 안 되고요. 우선 힘을 길러야지요. 세월이 얼마만큼 걸릴는지 모르나 욕심내지 않고, 서두르지 않고 농장 건설에 진력하며, 밖으로 농민계몽운동을 계속한다면 반드시 좋은 때를 맞을 겁니다."

"어쨌든 형님이 어떤 문제로 다시 옥에 갇히게 된다면…… 그래서야 안 되겠지만, 형님이 오래 농장을 비우게 되면 농장 앞날이 암담할 수밖에 없습니다. 책잡히지 않도록 매사에 조심해야 합니다." 봉화군 소천면 산판 시절, 부잣집 아들답게 엄살 심했던 강치현은 그 뒤 옥고를 치르며 단련되었다곤 하지만 조심성스러운 성격은 여전했다.

"너무 걱정 마세요. 우리가 하는 일이 쉽지 않으나 그렇다고 어려운 일도 아니오. 난관도 따르겠으나 공명정대하게 나가면 두려울 게 없습니다. 제가 조만간 후치다 소장을 만나겠습니다. 주재소에서 석송농장을 의혹의 눈초리로 주시한다면 오해를 풀어줘야 마땅하겠지요. 송순사가 착한 사람이라 그런 귀띔이라도 해주었으니 다행입니다."

석주율은 강치현을 안심시켰다. 한편, 장욱이 며칠 안으로 농장에 들르지 않는다면 조만간 읍내 나가는 길에 그 문제에 관해 귀띔해줄 필요가 있었다. 범서주재소에서 사상 문제를 두고 토의가 있었다면 필경 상부에서 그 방면의 불령 용의처를 탐문하라는 지시가 하달되었을 터였다. 울산경찰서에서도 장욱이 운영하는 야학당을 내사하고 있을는지 몰랐다.

9월 1일, 일본 본토 관동 지방에 큰 지진이 일어났다. 정오 무렵 지진이 일어나자, 건물이 밀집한 도쿄는 아수라장으로 변했다. 집이 무너지고 많은 사람이 집더미에 깔려죽는 대참사였다. 지진이 일어난 관동 지방은 사회 질서가 극도로 혼란해지고 민심이 흉흉했다. "조선인이 지진을 틈타 폭동을 일으켜 무너진 일본인 가옥을 뒤져 물건을 훔치고 부녀자들까지 겁탈한다. 따지고 보면 지진도 내지로 건너온 조선인 때문에 일어났다." 이런 소문이 조작되어 유포되자, 그날 저녁부터 관동 지방 전역의 조선인에 대한 대학살이 자행되었다. 일본으로 건너가 노무자로 생계를 잇던 조선인들은 성난 일본 군중의 죽창, 꺽쇠, 쇠갈퀴, 삽, 낫, 자퀴, 일본

검에 의해 닥치는 대로 희생되었다. 며칠 사이 희생자가 5천 명을 넘어서자 『조선일보』와 『동아일보』가 이를 대서특필하며, 일본인의 만행을 규탄했다. 그렇게 되자 조선 전역 또한 민심이 흉흉했고, 조선에 나와 살던 일본인들은 보복이 두려워 일찍 귀가해선 문을 잠그고 자체 경비를 철저히 했다.

석주율도 신문을 통해 그 소식을 접하자 통분함을 가눌 길 없었고, 나라 없는 백성의 설움을 통감했다. 나라를 되찾는 길만이 그런 수모를 이길 수 있고, 주율로서 할 수 있는 일은 지금 일에 더욱 매진하는 길뿐이었다.

9월 초순, 석주율은 농촌운동에 뜻을 두고 석송농장 실습생으로 자원한 여러 젊은이 중 셋을 선발했다. 신태정은 양산읍 출신으로 향리에서 보통학교를 마친 헌걸찬 청년이었다. 열여덟 살로 체격이 늠름한 그는 얼굴이 붉고 목소리가 우렁차 무골형 기백이 있었다. "조선 농민의 살길이 제 어깨에 달렸다는 각오로 열심히 배우고 일하겠습니다. 잘못이 있으면 호되게 꾸짖어주십시오." 씨억한 목소리로 말하는 품이 사내다웠다. 안재화는 광명고등보통학교 출신이라 장욱 천거를 받은 젊은이였다. 체구는 작았으나 이목구비가 반듯했고 깊이 박힌 눈이 빛났다. 읍사무소 미곡창 임시직 서기로 있으며, 장욱이 교동골에서 운영하는 '등불야학교'의 교사로 일하고 있었다. "보통학교를 졸업했으나 집안 형편상 진학할 입장이 못 됐던 참에 장경부 선생님이 장학금 혜택을 주셔서 광명학교를 나왔습니다. 미곡창 임시직으로 양곡 출납을 맡아 보고 있으나 언제 면직될는지도 모르므로 별 의욕을 느끼지 못했습니다. 마침 장욱선생께서 여기를 추천하시기에 흔쾌히 달려왔습니다. 앞으로 많은 지도 편달을 바랍니다." 장욱 추천장에는 학성보통학교를 반 수석으로, 광명고등보통학교를 이등으로 졸업했다고 기재되어 있었으나 안재화는 그런 표현을 쓰지 않았다. 신태정과는 대조적으로 목소리가 차분했고, 성격은 내성적으로 보였다. 신태정보다 한 살 위였다. 대구 출신인 우경호는 석주율 이름을 오래전부터 듣고 있었다 했는데, 알고 보니 영남유림단 실무위원으로 대구지부 책임자였던 우용대 집안이었다. 박상진 한 팔로 강직 충절한 우용대는 충청도 아산군 도고면장 박용하 암살 사건 탄로로 광복회 충청도지부가 풍비박산되었으나 용케 피체를 면해 계속 활동 중 재작년 봄 전라북도 군산에서 체포되어 무기형 선고를 받고 경성감옥에 복역 중이었다. 우경호에게 우용대는 종숙이었다. 그는 대구에서 2년제 농업실업학교를 졸업하자 경산군 일본인 목장에서 3년 동안 일했던 만큼 축산 지식과 경험이 많았다. 그는 강치현과 동갑인 스물두 살로 한눈에 성실한 티가 나는 영농 지도자감이었다. "신문에서 석선생님 이름을 뵙고 얼마나 기뻤던지, 이틀 말미를 얻어 달려왔습니다. 그동안 배운 대로 축산 장려에 온 힘을 쏟겠습니다." 우경호의 감격 서린 말이었다.

석송농장에 거주하는 식구가 스무 명 넘게 불어나자, 그들이 하루에 먹는 양식이 수월찮았다. 점심은 감자나 국수 따위로 때운다 해도, 아직 소출이 보잘것없는 농장 살림이고 보니 주식은 돈 들여 구입해야 했다. 석주율은 농장 재무 담당을 김복남으로 삼고 그 아래 회계 경험이 있는 안재화를 두어 실무를 맡게 했으니, 안재화는 양식과 일용품 구매를 책임졌다.

야학 총괄 운영은 이희덕이 적격이었다. 수업은 이희덕, 강치현을 중심으로 안재화, 우경호가 시간을 나누어 맡았고 석주율도 일주일에 세 차례 한 시간씩 특별수업 형식으로 교단에 섰다. 그는 정규 학과목을 가르치지 않았고, 그때마다 제목을 정해 '조선 농민의 갈 길' '농업의 근대화' '세계 속 조선의 위치' '서양 정신과 동양 정신'이나 사서삼경의 유교 훈화를 생도들에게 들려주었다.

농장 전답과 과수, 양잠 관리는 가장 먼저 입주한 설만술 씨를 책임자로 그 아래 신태정이 보좌하게 했다. 축산은 농장에 황소 한 마리, 송아지 한 마리, 중소가 된 황소 한 마리, 돼지 열한 마리, 염소가 여덟 마리, 닭이 280수였는데, 우경호가 실무 경험이 많아 사육과 관리를 책임졌다. 영리하며 몸 빠른 홍석구를 농장 식구로 채용해 대외 연락책으로 삼았다. 그는 갓골 본가에서 출퇴근했는데, 농장 바깥과 연락을 맡다 보니 늘 바깥으로 나돌았다.

석주율 역시 홍석구와 처지가 비슷했다. 농장에 진득하니 머물 짬 없게 바빴다. 농장 일을 분담시켜 맡기고 그는 자전거 한 대를 구입해 사방 사오십 리 안쪽 마을을 누비고 다녔다. 강연회 초청, 사랑방 모임 참석 외에도 관청과 지주와의 자질구레한 송사 문제의 중재를 맡아달라는 부탁이 이어졌다. 이를테면 무보수 출장이었는데 길을 가다 동구 정자나무 아래 사람이 많이 모인 곳이면 반드시 자전거에서 내려 인사를 청한 뒤, 조선 농촌 현안 문제를 두고 담소하며 자신의 소견을 피력했다. 빨래터나 우물과 같이 아녀자들이 모인 곳에서는 건강, 위생, 부엌살림의 지혜 따위를 들려주기도 했다. 『조선농민』 같은 잡지에는 그런 상식문답이 많이 실렸다. 또한 자전거 뒷자리에는 언제나 가방을 싣고 다녔다. 표충사 시절 의중당에서 일했던 경험이 큰 도움이 되어 병자 구환에도 그는 솜씨를 보였다. 침구(鍼灸)와 옥도정기 따위 상비약이었다. 이발 기구도 넣고 다니며 땋은 머리가 아닐 때는 머리 긴 사내아이들을 삭발시켜주었다.

9월 중순에 접어들자 석주율은 그동안 글방에서 잠을 자며 함숙장 댁에서 밥을 부쳐먹던 이희덕과 강치현을 농장으로 이주케 했다. 그와 함께 갓골 글방은 폐쇄하고 농장에 새로이 글방을 열었다. 스무 평 남짓한 건물이 완성되었기 때문이었다. 그리고 글방 이름을 새로 짓기로 해 농장 식구에게 물은 결과, 여러 개 이름이 나왔다. '범서간이서숙', '개명글방', '씨알서숙', '한얼간이글방' 따위의 이름이 거론되던 끝에 순수한 조선말인 '씨알글방'과 '한얼글방'이란 두 가지가 마지막으로 남았다. 어느 쪽을 택해도 좋다는 석주율 말에, 모두의 동의 아래 '한얼글방'으로 결정 보았다. 씨알이란 말은 이희덕이, 한얼은 석주율이 낸 의견이었다. 주율이 한얼이란 잘 쓰이지 않는 말을 알게 되기는 누님 큰아들이 한얼이기도 했지만, 만주 북간도 대종교 총본산 청포촌에 들렀을 때였다. 한얼이란 말은 우주란 뜻이요, 한얼님 또는 하널림으로 불리는 이는 배달민족 조선인 시조이신 단군왕검을 지칭하는 말이었다. 그러므로 한얼이란 조선인이 고대로부터 받들어온 우주, 곧 만물의 근원이며 시종을 이루는 하느님인 환인의 또 다른 말이었다. 백두천산으로 내려와 신시를 열고 홍익인간의 뜻을 편 이가 환인의 아들인 환웅이요, 환웅의 아들이 곧 단군왕검이었다. 그러나 석주율이 씨알이란 이름에도 찬동했던 만큼 한얼글방이란 이름을 지었다 해서 대종교를 신봉하고 대종교 교리를 교육 목표 대들보로 삼겠다는 뜻은 아니었다. 글방에서 배울 생도는 조선인이므로 고래로부터 조선인의 경천사상(敬天思想)에서 따왔을 뿐이었다. 한얼, 그 말은 말 그대로 풀이하더라도 한민족의 얼이니, 조선인이 조선인으로서의 뿌리와 정신을 잃어버렸을 때는 일본의 노예가 되는 길밖에 없었다. 이희덕이 의견을 낸 씨알이란 말은 종자를 뜻하므로 씨알이란 곧 생명의 본질이었다. 씨알이 싹을 틔우는 데서부터 농사가 시작되듯, 사람도 배워야만 사람으로서 한몫할 수 있음은 자명한 이치였다. 그 씨알이 싹을 틔워 잘 자라 많은 열매를 맺음은 그만큼 이 사회를 개명되게 할 터였다. 또한 씨알은 사람과도 비견될 수 있었다. 야소교 성경에 한 알의 씨앗이 죽음으로써 많은 열매를 맺게 한다는 비유가 있었다. 곧 씨알학교라함은 그 학교에 몸담은 씨알들이 앞으로의 농촌운동에 초석이 될참다운 농민상이라 일컬을 수 있었다. 그렇기에 한얼글방으로 이름이 결정된 것은 이희덕 양보 결과였다.

초가 세 채는 뒷마무리가 아직 덜 되어 남자들은 한뎃잠을 잤다. 절기가 아직은 서리 내리지는 않을 때여서 나무 밑에 가마니 깔고 포장 친 한데 잠자리는 시원한 밤바람 때문에 운치가 있었다. 이제 문짝 짜거나 마루 놓는 목수 몇 외엔 놉을 살 필요가 없어 농장 대가족이 총동원되어 농사일과 집짓기 뒷갈망에 나섰다. 그 일은 자기네를 위한 일이었기에 모두 열성을 다했다.

　농사 한철 지어보세 / 어떤 농사 지었던가 / 앞들 논은 만석지기 / 문 앞 전장 고래실 논 / 높은 데는 밭을 치고 / 깊은 데는 논을 쳐서 / 물을 풍덩 들여보세 / 종자씨를 들여보세 / 보리농사 지어보세 / 갈에 갈면 갈보리요 / 봄에 갈면 봄보리요 / 몽글몽글 중보리는 / 일취월장 잘 크구나……

밭일하며, 저수지 동막이 하며 남정네들은 즐겁게 '농사 노래'를 불렀다. 그 소리에 뒤질세라 목수들은 '집짓기 노래'로 맞섰다.

　이 집 한번 지어보세 / 양지바른 명당자리 / 주춧돌에 기둥 세워 / 기둥 위에 들보 올려 / 상량 위에 지붕 덮고 / 벽을 쳐서 바람 막고 / 구들 놓고 마루 깔아 / 초가삼간 집을 짓세 / 수숫대로 울을 치고 / 뒤란에는 우물 파서 / 남새밭도 가꿔보세……

그 노래에 장단이라도 맞추듯 밤나무와 미루나무에 앉은 매미들이 기세 좋게 울었다.

9월 하순을 넘길 무렵, 석주율은 자신이 썼던 골방을 잠실(蠶室)로 내어놓고 교실 옆에 부엌 내지 않은 대신 봉당을 둔 방 세 개를 나란히 지은 초가 끝방을 혼자 쓰게 되었다. 봉당 건너 가운뎃방에는 김복남, 이희덕, 강치현이, 한얼글방 교실문과 가까운 끝방은 농장 실습생으로 자원한 신태정, 안재화, 우경호가 썼다. '선생님 숙사'라 불리는 초가에 거하는 독신인 일곱 명 식사와 빨래는 신당댁 모녀가 맡게 되어, 둘은 그 뒤치다꺼리만도 바빴다.

석송농장과 한얼글방을 이끌어가는 실무진이라 할 일곱은 늘 석주율 방에서 함께 식사했다. 그들은 신당댁 모녀가 마련해준 아침밥을 먹으며 농장과 글방의 현안 문제를 두고 여러 말을 나누는 중 당면 과제인 두 가지 문제가 다시 집중적으로 거론되었다. 첫해에 모든 일을 지나치게 의욕적으로 추진해 서두르는 감이 있지만, 천상못 서쪽에 위치한 임야 6천여 평 매입과 간이학교 설립 인가 건이었다. 석주율이 그 문제는 내년 계획으로 미루자 했으나, 다른 여섯이 하나같이 올해를 넘기기 전에 착수해야 한다고 우겨 다수 의견을 따르기로 했다.

잡목과 다복솔이 자라고 있는 임야 4천 평은 지대가 높고 땅의 굴곡이 심해 개간한다 해도 석송농장만큼 비옥한 밭으로 만들기 어려웠다. 그러나 농장에서 얕은 골짜기를 건너 빤히 바라보이는 5백 미터 거리의 가까운 위치였고 옥수수 농사와 축산 단지로 활용할 수 있었다. 약초 재배와 대추나무 경작도 가능했다. 버려둔 땅이라 흥정 또한 싸게 할 수 있었다. 그 임야는 함양 여씨 문중 소유로 매입 교섭은 김복남이 맡아 울산 읍내 여씨 종가로 출입하고 있었다.

간이학교는 일본어를 읽고 쓰고 말할 수 있으며, 직업에 대한 이해와 능력을 기르며, 벽지 농촌에까지 초등교육을 보급한다는 목적으로 총독부가 기미년 무단 정치에서 문화 정치로 전환한 뒤 인가한 준보통학교 교육제도였다. 수업 연한은 2년, 학급은 1개 학급,

입학 연령은 열 살을 표준으로 하며, 교원은 한 학급에 한 명에서 두 명까지 둘 수 있다고 규정되어 있었다. 한 학급당 생도 수는 마흔 명이 표준이니, 2년으로 졸업할 때까지 간이학교 재학생 수는 여든 명 안팎이었다. 간이학교 인가는 석주율이 주무를 맡아 내년 봄 개학을 목표로 추진하고 있었다.

경신(敬信)

　새벽별이 차츰 빛을 잃더니 날이 밝아왔다. 부산형무소 정문 앞에는 많은 가족이 닫힌 철대문 앞에서 기다리고 있었다. 추석을 사흘 앞두었으므로 가석방 혜택을 입은 수감자 출옥도 있어 다른 날보다 사람이 많았다. 백상충 출감을 기다리는 가족과 친지도 섞여 있었다. 딸 윤세, 장모 엄씨, 우억갑, 현현역술소 백운, 상충의 형수 허씨, 석주율이었다.

　옥문이 열리기는 사방이 훤하게 밝은 뒤였다. 바지저고리 차림에 보퉁이 든 까까머리 석방자들이 줄줄이 쏟아져 나왔다. 목놓아 이름을 부르는 사람, 쫓음걸음으로 달려가 껴안으며 곡지통을 터뜨리는 사람, 환호성을 지르는 사람들로 형무소 앞마당은 금세 장판이 되었다. 두부장수까지 합세해 요령을 흔들며, 떡은 체하니 두부부터 먹여야 한다며 부산 떨었다.

　마흔여 명의 석방자들 꼬리에서 백상충이 절름거리며 옥문을 나왔다. 등판 달린 교복 입은 윤세가 아버지를 부르며 뛰어갔다.

"백서방 이게 얼마 만인가." "아지뱀, 그동안 무고하셨군요." "서방님, 나오셨군요." "백선생님 석방을 진심으로 환영합니다." 모두한마디씩 인사말을 했고 윤세는 제 아버지 허리를 안고 흐느꼈다.

백상충은 딸에게 붙들린 채 마중나온 사람들을 물끄러미 보았다. 책꾸러미와 옷보퉁이를 양손에 든 그의 표정이 굳어 있었다. 움푹 꺼진 눈과 여윈 얼굴은 볕을 받지 못해 창호지처럼 바래 탈바가지를 연상케 했다. 그런 스승을 보자 석주율은 목젖이 잠겨 아무 말도 할 수 없었다. 박상진 선생이 순국했을 때는 대구부가 떠들썩할 정도로 추모 열기로 찼었다던데, 스승님 석방에는 옛 동지 중 어느 누구도 마중 온 자가 없음이 서글펐다. 장경부 선생조차 오지 않았다. 그러기에 스승의 외로운 모습은 고절(苦節)의 한 표상이었다. 주율은 문득 박호문 도정어른이 떠올랐고, 그가 살았더라면 이 자리에 있으리라 싶었다.

"스승님, 그동안 고생 많으셨습니다. 자주 찾아뵙지도 못하고……" 석주율이 절하곤 스승의 보퉁이를 받았다. 백상충은 두루마기 입은 주율을 볼 뿐 말이 없었다.

"이 사람들아, 뭘 보고만 섰냐. 어서 모시지 않고."

손수건으로 눈물을 닦던 엄씨 말에 우두커니 섰던 우억갑이 나서서, 인력거를 대기시켜 놓았다고 말했다. 백상충이 걸음을 떼자 여기저기서 갓 석방된 사람들이 쫓아와 "선다님 안녕히 가십시오." "선생님 또 언제 뵙게 되는지요" 하며 작별인사를 했다. 감방 생활하며 백상충에게 교화받았던 수인들이었다.

일행은 여러 대 인력거에 나누어 탔다. 백상충과 윤세, 엄씨와 사돈 허씨, 석주율과 백운이 세 대 인력거에 오르고 우억갑은 인력거 한 대에 홀로 탔다.

아직 해가 떠오르기 전이어서 한길은 한가로웠다. 인력거들은 보수산 고개턱을 향해 달렸다. 추석 절기라 새벽 공기가 시원했고 버드나무 가로수 누런 잎이 바람에 지고 있었다.

"석선생이 출옥할 때 모습과 흡사하구려. 다른 점이 있다면, 한쪽은 온화한 화기가 있었다면 한쪽은 서릿발 같은 서늘함이 있달까." 백운이 말했다.

"언제나 외로운 분이시라……"

"청고(淸高)하니 따라 오르는 자 없고, 정수(淨水)하니 물고기가 놀지 못하지요."

"앞으로 운세는 어떠합니까?" 석주율은 순간적으로, 내가 왜 스승님 앞날을 예측하려 백운 점괘에 관심을 기울일까 하는 생각이 들었다. 그만큼 지금 스승 처지가 안쓰럽고 앞날의 첩첩한 먹구름을 보았기 때문인지 몰랐다.

"선화가 백선생님 두고 그런 말을 했습니다. 사람들은 모르되 하늘은 아는 분이요, 하늘이 내린 갑옷을 입었으되 사람들은 백선생이 알몸으로 말을 타고 달린다 말한답디다."

석주율은 스승님이 그런 분이란 생각이 들었다. 세속을 초월했으니 속인들 냉담과 비웃음이 안중에 있을 리 없었다.

대창정 삼정목 조익겸 댁 솟을대문 앞에서 여러 대 인력거가 멈추었다. 우억갑이 대문 앞에서, 울산 서방님이 도착했다고 왜자겼다. 기다렸다는 듯 청지기가 문을 열었다.

평소에는 집안에서 일본 옷 나카기를 입었으나 출소한 사위의 까다로운 성미를 염두에 두어 조선 바지저고리를 입은 조익겸이 안채 마루로 나섰다. 그는 뒷짐지고 서서 정원 사잇길로 절름거리며 걸어오는 사위를 맞았다. 그는 안방으로 먼저 들어갔다.

"백서방, 어서 들어가게. 사돈마님은 건넌방으로 들어가십시다. 시장하실 텐데 아침상을 받으셔야지요." 엄씨가 말하곤 뒤쪽에 선 윤세 글선생 한군에게, 사돈댁 남정네는 사랑으로 모시라 일렀다. 석주율과 백운을 가리킨 말이었다.

"그동안 기체 안강하오신지요. 가솔을 잘 거두지 못한 허물을 용서하십시오." 안방으로 들어온 백상충이 장인에게 큰절을 올리며 말했다.

"시절 탓으로 돌리면 그만이렷다만…… 왜 하필 시절이 자네한테만 모진 액운을 안기는가 모르겠군." 안석의자를 뒤로하고 보료에 앉은 조익겸이 한숨을 쉬었다. 근엄으로 채신을 세우려 별렀으나 껍더기가 되어 바람에 날릴 듯 허박한 사위를 보자 그런 허세도 움츠러들고 말았다.

윤세가 방문을 살그머니 열고 들어오더니 윗목에 다리 접고 앉았다. 외손녀를 보자 죽은 제 어미의 가련한 모습까지 떠올라 조익겸은 심기가 불편한데, 앞에 무릎 꿇어 앉은 사위는 마른 고목이듯 꿈쩍을 않았다.

"형세는 동경으로 유학 보냈는데, 아비 출옥에 인사 못 드려 죄송하다는 서찰이 왔네. 그건 그렇고, 건강은 어떤가?"

"괜찮습니다."

"악식으로 몸이 상했군. 내가 병감(病監)으로 보내 편케 지내게
하려 해도 자네가 마다했으니 할 수 없었지." 백상충이 말이 없자,
그가 말을 이었다. "면회를 통해 소식 들었겠으나, 언양 고하골 자
네 본가는 행랑식구나 지키지 아무도 없어. 작년에 대상 치르고
가족이 대구로 나갔다니 선산 돌볼 자도 없고…… 비단같이 심성
곱던 딸년이 무주고혼으로 쓸쓸한 산채에 누웠다는 생각만 해도
기가 차서……" 목이 잠기는지 조익겸은 말을 끊었다.

"아버지, 오빠 편지 여있어요." 윤세가 등뒤에 감추었던 서찰을
내밀었으나 백상충은 눈으로 거두었을 뿐 표정은 여전히 무뚝뚝
했다.

"장래 일은 생각해보았는가?"

"먼저 고향에 들르겠습니다."

"그러고선?"

"……"

"내가 안살림 챙겨줄 사람 하나 붙여줄 테니 당분간 책 읽으며
정양하련? 예전 동운사 옆 초당을 개수해도 좋겠고, 아니면 선산
을 지키거나 부산에……" 사위가 숙인 머리를 들어, 조익겸이 뒷
말을 움츠렸다.

"북지 만주로 들어갈까 합니다."

"만주? 아직도 미련이 남았는가?"

"제가 할 일이 그곳에 있습니다."

"애들은 어떡하고?"

"여태 장인어른이 맡아주셨으니 보살펴주십시오. 제 갈 길이 험하니 자식 달고 다닐 수도 없고, 그렇다고 두 아이를 마땅히 의탁할 데가 없음은 장인어른도 아시지 않습니까."

"아버지." 윤세가 제 아버지 말을 받았다. "저도 따라갈래요. 엄마 대신 제가 아버지를 돌봐드리겠어요."

"뭐라고?" 숙성해 앳된 처녀티 나는 윤세의 당찬 말에 조익겸이 나섰다. "네 몇 살인데 어딜 따라나선다고? 오늘은 학교도 안 가는 날인가? 왜 여기서 얼쩡거려. 썩 나가!"

"어제 결석계 냈어요. 그런데, 딸이 아버지와 함께 살겠다는데 할아버진 왜 반대하시죠? 만주 가서도 공부 계속하면 될 것 아닙니까. 일본인 학교가 아닌 조선인 여자고등보통학교가 간도 지방에도 있다는 말을 들었어요."

"조 요망한 말버릇 봐라. 제 오라비하고 어떻게 저렇게 달라. 물러가! 어른들 말하는데 턱받이하고 앉아 말대꾸하는 꼬락서니하곤. 누굴 닮아 저토록 영악해. 썩 나가래도!" 조익겸이 분기를 못 누르더니 안석의자에 기대어, "아이구 두야" 하며 손으로 얼굴을 덮었다.

"네가 이렇게 예의 없을 줄 몰랐다. 나가 있어!"

백상충 나무람에 윤세가 일어섰다. 방안 고함에 방문이 열리고 엄씨가 들어섰다.

"좋은 날에 애는 왜 울려요. 임자는 언제 그 성질 좀 죽이겠수. 백서방도 인사나 받고 얼른 내보내지 않고선. 백서방이 지금 성한 사람입니까." 엄씨가 방문을 나서는 손녀딸을 품에 거두며 말했다.

"이것아, 뭘 모르면 가만있어! 백서방도 그렇지만 조 쬐그만 계집애가, 누가 그 자식 아니랄까봐 할아비 오장육부를 뒤집어. 아이구 두야. 약 줘. 약부터 찾아줘." 이마를 짚은 조익겸이 머리를 흔들었다.

"백서방, 나가세. 옷 갈아입고 빈속부터 다스려야지. 우선 달여 놓은 약제부터 먹음세. 푹 쉬어야지. 햇수로 몇 년인가. 기미년 봄에 들어가 올해가 갑자년이니, 다섯 해를 옥살이하지 않았나. 바깥세상에 나온다고 간밤에 잠이나 제대로 잤겠어." 엄씨가 사위에게 이르곤 방문 열린 바깥에 대고, 숭늉 그릇 가져오라고 일렀다.

"그럼 물러가겠습니다. 윤세는 제가 잘 타이르지요."

"뭐, 만주로 가겠다고?" 조익겸은 사위 말은 들은 척도 않고 바깥에 대고 땡고함을 질렀다. "불쌍타고 얼러줬더니 싹수가 없어도 한참 없는 버르장머리하고서는. 뭐가 되려고 조렇게 발랑 까져 맹랑한지. 갈 테면 가봐! 아비 따라 전쟁터로 가든 동냥질로 아비 먹여 살리든, 한데 벌판으로 가버려! 차라리 안 보고 사는 게 후련켔다."

조익겸이 보료에 누웠다. 혈압이 높아 어질머리가 찾아온 탓이었다. 찬모가 부리나케 소반에 숭늉 그릇을 받쳐오자, 엄씨가 문갑에서 명심환 환약을 꺼내 서방에게 먹였다.

마루로 나선 백상충은 마루기둥에 이마 붙이고 훌쩍이는 딸 옆으로 갔다.

"윤세야, 네 쓰는 방이 어디냐. 네 방 구경이나 하자." 퉁명스럽던 백상충 목소리가 그제야 누그러졌다. 축담에 선 한군이 부녀를 아래채로 안내했다. 윤세는 훌쩍이며 제 아버지 손에 끌려

490

갔다. 윤세는 방으로 들어오자 이제 봇물 터지듯 질펀하게 울음을 쏟았다.

"그쳐라. 아버지 따라 북지까지 가겠다고 말한 애가 그렇게 눈물이 흔해서야 되겠느냐."

"아버지!" 윤세가 제 아버지 품에 몸을 던지고 얼굴을 묻었다. 울음이 좀체 그치지 않았다. 백상충이 측은한 눈길로 딸을 내려다보았다. 아비가 옥에 있을 때 어미를 여의는 슬픔을 당했고, 하나 있던 오라버니마저 외지로 떠났으니 그 외로움을 짐작했다.

"할아버지한테 그런 말버릇이 어딨느냐. 그러잖아도 부모 없이 자라는데 남이 들으면 막된 자식이라 손가락질 받겠구나. 나중에 할아버지한테 용서 빌어라." 백상충 타이름에 윤세가 세차게 도리질하며 울음 사이로 말을 끊어냈다.

"아니에요. 아버지가 불쌍해서…… 감옥에서 나오실 때 울지 않으려 했는데, 아버지 모습이 너무……"

"나는 아무렇지 않다. 아버지는 강한 사람이다."

방문이 열리고 엄씨가 진솔 바지저고리 한 벌과 속옷을 들고 들어왔다. 뒤따라 찬모가 소반에 받친 약사발을 방안으로 들이밀었다.

"백서방, 욕실에 물 데워놓았는데 목욕하랴?"

"출소 전에 씻었습니다."

"윤세야, 아버지 옷 갈아입게 나가자. 아버지는 속을 버려 하루 정도 죽을 먹는 게 좋대. 너는 할미하고 밥 먹자."

"아버지하고 먹을래요."

"옥에서 나왔으니 얼마나 피곤하시겠니. 아버지도 쉬는 짬을 줘야지" 하더니 엄씨가 사위에게 말했다. "윤세가 일본 애들 제치고 일등만 하는데다 너무 똑똑해서 탈인데, 저렇게 투정할 때는 영락없이 애라니깐."

"저는 석군하고 역술사와 같이 먹겠습니다."

"아무렴, 세상이 변했기로서니 아랫사람들과 상을 같이 받다니. 자네는 여기 있어. 내가 상 따로 보아올 테니. 우선 식기 전에 약부터 마시게. 내가 단골 약국에 특별히 부탁해서 지은 보약이네." 엄씨가 외손녀를 거두어 밖으로 나갔다.

약사발을 비운 백상충이 옷을 갈아입었다. 그가 사랑채로 건너와 석주율, 백운과 마주앉기는 아침식사를 끝내고였다.

"서찰은 잘 받았다. 하는 일은 잘되냐?" 백상충이 주율에게 물었다.

"열심히 합니다."

"백선생님, 말도 마십시오. 일 욕심을 너무 부리지 말랬는데 석선생이 출옥해 구영리에 정착한 첫해, 그러니 작년이 되겠습니다. 과로 끝에 앓아누워 동절기 석 달을 자리보전해 신고했지요. 모두 회복이 힘들다 했는데 올봄 들고 용케 건강을 찾았습니다." 백운이 말했다.

"신문에 더러 실리는 자네 기사와 글도 읽었지."

"거기서 그럴 수 있었습니까?"

"장인이 특청을 넣었는지 마지막 몇 달은 신문을 봤지."

"추수 때라 농장 일이 바빠 저는 오늘로 돌아갈까 합니다. 스승

492

님은 언제쯤 고향에 들르시려는지요? 고하골로 인사드리러 가겠습니다. 농장도 한번 방문하셨으면 고맙겠고요."

"내일쯤 나서야지. 선산부터 들렀다, 상진이 묘소도 찾아야겠고…… 자네 농장에 들를 짬이 있을지 모르겠어."

석주율은 스승의 서두름에서 얼핏 만주를 떠올렸다. 스승은 마땅히 정착할 곳이 없었다. 인척 없는 언양 고하골에 들어앉기도, 그렇다고 사모님이 별세한 마당에 처가살이할 리도 없었다.

"만주나 상해 쪽으로 들어가시려는지요?" 백운이 주율의 마음을 짚듯 백상충에게 물었다.

"그렇소. 내 탈옥에 실패했으나 이제 자유로운 몸이 되었으니 만주에서 독립군 소총수로 총 들고 싸우겠소." 백상충이 말했다. 퀭한 눈에 한 줄기 섬광이 스쳤다.

"이제 곧 겨울이 닥치는데 옥체 보존하셨다 후일을 기약하심이……" 석주율이 스승을 보았다. 그는 눈보라 가르고 끝없는 숲속을 누비며 행군으로 지새우는 독립군 생활을 했던 만큼, 선생이 절름거리는 다리로 그 고행을 감당해낼 수 있을는지 걱정되었다. 낙오되어 얼어죽거나 굶어 죽거나 포로가 된다면…… 스승님 뜻은 이해할 수 있었으나 그 결심이 섶을 지고 불속으로 뛰어드는 우행과 다를 바 없었다. 시절도 자신이 북로군정서에 몸담았던 1920년 그때와 많이 달랐다. 당시는 무장한 독립군부대들이 서간도를 누볐으나 이제 무리 수십 명의 소부대들만 산재하고, 활동상도 미약했다. 만주에 주둔한 일본군부대 토벌 또한 응징이 철저했다. 『동아일보』기사에 따르면 독립군 소부대들이 압록강과 두만강을 월강해 영림청, 경찰서, 관공서를 기습하고 재빨리 잠적한다는 기사가 지난여름에도 더러 실리긴 했다.

"왜적과의 싸움은 한시가 급하다. 성묘 마치면 그길로 북지로 떠날 것이다."

"석선생 말처럼 겨울 넘길 동안 국내외 정세를 관망하며 심신을 돌보심이 어떨는지요? 그런 연후에 결정하셔도 늦지는 않으실 겁니다. 지피지기란 말처럼, 일본 본토로 들어가 두루 유람하시고 나오셔도 좋겠구요." 백운이 의견을 냈다.

"그렇게 한가하게 처신할 시간이 없소. 곧장 만주로 들어가겠소."

스승의 황우고집을 아는지라 석주율이 보기에 누가 간청해도 소용이 없을 것 같았다. 한번 결단 내리기가 어렵지 실천에는 망설임이나 굽힘이 없던 스승이었다. 문득 박상진 선생 순국이 스승 마음에 불을 지르지 않았나 싶었다. 화랑의 세속오계(世俗五戒)대로, 죽은 죽마고우와의 신의를 지키려 동무가 걸었던 길을 서둘러 달려가 똑같은 최후를 맞겠다는 용맹성도 느껴졌다.

"백선생님 한 분이 당장 왜적과 싸운다고 왜가 타격받을 리도 없겠고, 지금 시국이 누구나 총 들고 싸워야 될 만큼 그 어떤 전기가 도래하지 않았잖습니까. 유교 이념의 핵을 살신성인이라 할 때, 선생님 그 결단이 조국을 위한 충성에 있음은 잘 알지만은……" 백운이 말했다.

"뭐라고?" 백운을 쏘아보던 백상충이 결기를 돋우었다. "임자가 역술을 했기로서니 무슨 신통력이 대단하다고 남의 뜻을 손바닥에 올려 어루오! 내 옥중에 있었어도 조선의 현실에 까막눈이

494

아니었고 왜의 강대함을 모르는 바 아니오. 어렵다, 힘들다고 모두 후일만 도모하며 엎드려 있다면 백년하청이오!" 여윈 목울대가 들먹일 정도로 백상충의 감정이 격앙되어 있었다.

석주율이 머리를 떨구었고, 백운은 말문을 닫았다. 백상충이 주율을 보더니 목소리를 누그러뜨렸다.

"주율, 너한테도 할 말이 있어. 농촌운동이다, 서숙이다, 다 좋아. 그러나 조선민의 실력양성운동이랄까, 민족 개량주의 사상으로는 조선 독립의 길이 요원하다는 걸 알아야 해. 왜정 경찰 통치하에서는 손발이 묶여 어쩔 수 없으니 그 방편이 최선이라는 안일무사 정신으로는 안 된단 말이야. 농촌운동을 통한 농민의 피땀 바친 미곡 증산이 왜놈 배만 불려주는 꼴이요, 글방이니, 서숙을 통한 교육운동 또한 조선민을 더 충량한 식민지 종으로 양성하는 데 이바지한다면 어쩌겠어? 글 배워 면서기 되거나 왜놈 밑에 서생이라도 되겠다? 그게 말이나 되는 소린가!"

일본인과 동격에 서려면 조선인도 배워 깨우쳐야 한다며 광명학교 설립에 앞장서서 동분서주했고, 교재까지 손수 만들었던 스승님이 이제 와서 조선인 교육마저 매도하는 저의가 석주율은 쉬 납득되지 않았다. 무력투쟁만이 조선인이 취할 유일한 방법이라 할 때 반도에서의 맨주먹 투쟁은 불가능하니 어차피 만주로 들어가 독립군 부대원이 되는 길밖에 없고, 스승은 이제 그 실천에 나설 참이었다. 그러나 반도의 모든 조선인이 그렇게 떠날 수 없을 때, 식민지 땅에 남은 조선민을 위해 할 일은 역시 계몽운동이 첩경이었다.

"일찍 스승님께서 조선 백성이 일본 압제에서 벗어날 길은 두

가지 방법이 있으니 한 가지는 무력항쟁이요, 한 가지는 몽매한 백성을 일깨워 민족의식을 고취하는 길이라 일렀습니다. 저는 후자를 택하다 보니 농촌운동에 헌신하게 된 것입니다. 이 땅에 붙박아 살며 농촌운동을 하자면 총독부 제반 시책을 아예 무시하곤 이룰 일이 없으니⋯⋯"

석주율 말을 백상충이 막았다.

"네 뜻을 모르는 바 아니요, 나 또한 한때는 그렇게 생각했다. 그러므로 내 말은 너를 못박아 공박한 말은 아니야. 내가 감옥에 있을 때 야학이나 보통학교를 다녀 글을 깨우친 여러 조선 청년을 만났던바, 그들의 사고방법이 하나같이 글러먹어 통분함을 금할 수 없었기 때문이다. 글을 배워 순박한 동족을 등쳐먹은 횡령, 사기, 협박범은 글을 배운 목적을 면서기나 순사보나 왜놈 회사나 상점 취직을 목표로 했다니, 왜놈 충복이 되자는 심보가 아니고 무언가. 감방에서 그들을 교화시켜보려 강론도 폈으나, 조선 독립은 영 가망이 없다는 패배주의에 젖어 마이동풍이니 이제 조선민 교육에도 큰 기대를 걸 수 없음을 깨달았다. 배운 자 열에 여덟은 그런 썩어빠진 정신을 가졌으니 한둘을 건지려 노력함이 허사로 여겨졌다⋯⋯" 백상충 목소리가 절절했다.

"백선생님." 면박당한 뒤 말이 없던 백운이 상충이 잠시 숨 돌리는 틈에 끼어들었다. "석선생은 그 한둘을 건지겠다는 데 희망을 걸고 있으니, 이 또한 기릴 만하다고 봅니다. 이 땅을 떠나 목숨 바쳐 싸울 분이 있다면, 이 땅에 남아 수모당하는 민중과 동고동락할 분도 있어야겠지요."

백상충이 따귀라도 올려붙일 듯 불꽃 튀는 눈길을 백운에게 보냈다. 그러나 백운은 꼿꼿한 태도로 상대의 타는 눈길을 무심히 받았다. 백상충이 자리 박차고 일어섰다.

　"스승님!" 석주율이 따라 일어섰으나 백상충은 절름발로 방문을 열고 문지방을 넘었다.

*

　석주율은 부산에서 하루를 묵기로 작정했다. 스승이 하룻밤을 처가에서 쉬고 이튿날 당신 형수와 함께 언양으로 떠난다 했으니, 고향 땅까지 스승님 짐이나 들어주며 모시기로 한 것이다. 선산을 참배한 뒤 스승이 곧장 북지로 떠난다면 앞으로 언제 다시 뵈올지 알 수 없었다. 아니, 이번으로 스승과 영원한 작별이 되는지도 몰랐다.

　석주율은 스승에게 그런 말을 않고 백운과 함께 조익겸 저택에서 물러나왔다. 내일 아침 일찍 이곳으로 오면 자연스럽게 동행이 될 터였다. 백운은 그길로 성내 동장대 역술소로 돌아가고, 석주율은 선창거리로 내려와 최학규를 만나보기로 했다. 국일화물에 들러 업동이를 만나 최학규 소재를 파악하니, 그가 뜻밖의 소식을 전했다.

　"오야카타님께서 이상한 병에 걸려 치료를 받는다고 경성으로 올라가셨습니다. 한가위 전에는 내려오신다는 기별이 온 모양입니다."

　"이상한 병이라니?"

"밥은 아예 안 먹고 주야장천 술만 퍼마시다 증세가 도지면 발광한다지 뭡니까. 골이 터져나가게 아프다나요. 발광이 끝나면 죽은듯이 잠에 든답니다. 잠에 들면 밤낮을 넘겨도 하루 내 깨어나지 않나봐요. 그런데 경성에 있는 큰 양의원에서 치료받으면 효험을 본다 해서 어르신께서 오야카타를 데리고 상경하셨어요."

석주율은 최학규에게 편지 한 통을 남겨 업동이에게 전해달라고 말했다. 조속한 쾌유를 바라며 부산 본가로 내려오면 정양 삼아 석송농장을 꼭 방문해달라고 썼다.

석주율은 현현역술소에서 일박하기로 했기에 성내로 떠났다. 모처럼 서점에 들러 선언사에서 간행된 『조선독립운동사략』과 문필인 이광수가 쓴 『조선의 현재와 장래』와, 서서(瑞西, 스위스) 태생 계몽주의 사상가 나색(羅索, 루소)의 일어판 『에밀』 외, 새 잡지 몇 권을 구입했다. 거리에 나앉은 잡상인 좌판에는 가을 실과인 밤, 대추, 홍시 따위가 벌써 선을 보였다. 주율은 정흠이도 있고 하여 떡전에서 인절미와 송편을 사고 홍시도 몇 개 샀다.

해가 서장대 산마루로 기웃이 기울었는데도 역술소 안마당은 사람들이 꽤 남아 있었다. 차례를 기다리는 사람이 태반이었지만 안방에서 나와 다른 사람과 어울려 신세한탄을 나누는 사람도 있었다. 역술소를 찾게 되기까지는 모두 그만한 사연이 있었고 집안 액운을 늘어놓다 보면 말이 길어지게 마련이었다. 오곡백과가 영그는 가을이라 사주단자 길일을 잡아가는 사람이나 아이 이름을 짓자고 찾아온 사람들은 휑하니 대문을 나섰으나, 꾀죄죄한 차림의 아낙들은 맺힌 한을 풀어놓으며 머릿수건을 벗어 눈물도 찍었다.

대문으로 들어선 석주율은 문간채 쪽마루에 앉아 아낙들의 하소연을 들었다. 돈벌이 나서 집을 떠났거나 병들어 누운 서방, 북지로 나갔거나 옥에 갇힌 자식, 서방 난봉질에 분통이 터진 아낙으로부터, 일본 가쓰산 광산철도 공사장으로 돈벌이 간 아들의 행방이 묘연하다는 아낙, 부산 면사공장에서 일하는 딸이 작업 중에 쓰러졌다는 연락을 받고 나선 길에 용한 판수가 있다기에 찾아왔다는 아낙, 송사 사건을 점괘로 풀어보겠다는 중늙은이…… 그들은 끼리끼리 모여 앉아 갖가지 사연을 털어놓고 있었다.

　『주역』이 우주 삼라만상의 운행과 그 생성, 소멸의 이치를 인간 운세와 맞추어 풀이함으로써 신빙성이 높다지만, 석주율은 아낙들의 이런저런 딱한 사연에 선화의 괘풀이가 얼마만한 만족을 줄까에 대해서는 비관적이었다. 그들에게 만족감이란 난망한 인생살이의 어둠이 그치고 햇빛 찬연한 해결책을 말함이요, 점꾼들은 그 소망을 좇아 쌈지돈을 허물어 나섰을 터였다. 물론 선화는 인간이 살아온 세월처럼 앞으로 살아갈 세상일을 훤히 내다보는 하늘님 같은 존재가 아닐진대, 『주역』 책과 영감을 통해 풀이한다 해도 일정한 한계를 긋고 있을 것이다. 물에 빠져 허우적거리는 자가 지푸라기에라도 매달리겠다는 심정으로 하소연을 늘어놓을 때, 실낱 같은 희망을 심어주기도 할 터였다. 실낱 같은 희망에 마음을 달래는 자에게 더러는 그 실을 매정하게 끊는 절망도 주리라. 그 모든 전언도 직유를 쓰지 않고, 모인 구름이 흩어지니 빛이 보인다거나 때아닌 한파에 그곳 보리만이 왜 뿌리째 얼어죽는지 모르겠다는 식의 은유를 쓰리라. 아니, 백운 말에 따르면 역이란 인간이 지향해야 할 덕성, 정직, 근면, 충효 따위의 도리에 좇아 그 행할 길을 밝혀주므로 양생(養生) 구실에 일익을 할 것이다. 그러나 주율은 긍정적 결론을 유도하는 역의 세계를 비웃는 거대한 어둠의 권력 집단이 배후에 진을 치고 있음을 느끼지 않을 수 없었다. 설령 태평성대 세월일지라도 평화로움과 넉넉함의 뒤안에는 그늘도 있게 마련이었다. 위로부터 임금과 아래로 지방 이속의 선정을 칭송하는 백성들 얼굴색이 밝고, 거리에는 물산과 풍악이 넘치고, 곳간에는 곡식이 재여 있어도, 어떤 호구는 가족 중에 재앙을 만나 비탄하며 절망하는 자도 있게 마련이었다. 그러나 오늘 같은 시대는 나라를 빼앗기고 압제자로부터 온갖 봉욕을 당하는 수난의 세월이라, 만백성이 깊은 수렁에 빠져 헤매는 참극을 빚는 마당이었다. 그러다 보니 그 어디 기댈 데를 찾지 못하고 뜬풀처럼 방황하는 백성이 종교에 마음을 의탁하고, 더러는 점에 운세를 풀이해봄직도 했다. 난세에 사이비 종교와 미신과 점바치가 성행함도 다 그에 연유함일 것이다. 나라 안이 온통 어둠으로 찼을 때, 역풀이가 신빙성이 있다면 대세를 드러냄이 마땅한즉, 모든 사람의 원을 만족하게 풀어주기는 힘듦이 당연했다. 그러므로 백성의 근심 걱정이 비단 가정 문제에 있다 하나 넓게 보자면 나라 잃은 고통에서 연유하는 경우가 더 많겠고, 역 역할 또한 근본 문제와 부딪치면 개인 능력으로 해결할 수 있는 올바른 풀이가 궁색해질 터였다. 선화 역시 그 점을 꿰뚫고 있다면, 꿰뚫음으로써 진정한 해답을 상대방에게 들려주려면 스스로 적잖은 고민을 겪으리라 주율은 짐작했다. 백운이 선화를 두고, 영매가 잘되지 않아 고

500

민에 빠질 적이 있다 함도 원인의 한 가닥은 그 점에 있을 거라는 생각도 들었다.

저녁참이 되어 석주율은 백운과 누이와 함께 저녁밥상을 받았다. 그제야 말 나눌 짬이 마련되었다. 선화 옆에는 백운 처 옥천댁이 앉아 선화 젓가락질을 거들었다.

"스승님 말씀 듣자니 올해도 농장 추수가 끝나면 경천(敬天) 감사잔치를 동제(洞祭)로 벌인다면서요?" 선화가 물었다.

"농장에서 생산한 곡식으로 떡과 술을 마련하고 돼지도 한두 마리 잡아야지. 글방 생도가 주동이 되어 농악놀이, 탈놀이, 줄다리기 시합도 할 거야."

"기별 오면 스승님 따라 저도 잔치 구경 갈게요. 아버지 오시게 해서 만나뵙고⋯⋯" 선화가 말했다.

"지난여름 장마철에 농장을 다녀온 후 그곳 사정을 자세히 설명해주었더니 선화가 거기 나들이를 더욱 소원한답니다." 백운이 말했다.

"농장에서 일하는 분들도 선화네가 오면 크게 반길 거야. 농장 식구가 이제 마흔 명에 이르렀으니 이 정도 되기까지 백운거사님과 네 도움이 절대적이었음을 모두 아니깐." 석주율이 말했다. 그는 한 해 사이 지체가 부자유한 고아와, 거동 불편한 사고무친의 노인들 여덟을 받아들였던 것이다.

석주율은 검정 저고리에 받쳐진 누이의 해사한 안색과 해맑은 무표정 속에 늘 슬픔이 깃듦을 느꼈다. 어쩜 슬픔이 아니라 그네만이 간직한 숙명 같은 고뇌일는지 몰랐다. 몇 숟가락 뜨지 않고 밥상에서 물러앉는 짧은 식성 또한 선화가 무슨 속병을 앓고 있지 않을까 염려되기도 했다.

이튿날, 먼동이 트기 바쁘게 뒤채에서 잠을 자고 난 석주율이 행장 차려 앞마당으로 나섰다.

"일찍 떠난다기에 지금 새벽동자를 마련 중입니다. 먼길 걸으실 텐데 아침밥 든든히 잡수셔야지요." 보꾹이 연기로 자욱한 부엌에서 옥천댁이 나오며 말했다.

"시장하면 가다 요기하지요. 스승님 떠나시기 전에 대창정에 도착해야 하기에 서둘러야겠습니다." 석주율은 괴나리봇짐을 메고 책보퉁이를 들었다. 봇짐에는 선화가 고하골 아버지께 전해달라는 건어물과 양초 따위의 추석 제물감과 엽연초 봉지, 한얼글방 생도들을 위한 백지 묶음과 연필 몇 갑이 들어 있었다.

"석선생, 나 좀 봅시다." 건넌방에서 백운이 나와 마당으로 나섰다. 안방문이 열리고 선화도 마루로 나왔다. 언제 일어났는지 모두 출입복 차림이었고 선화는 검정옷이었다.

"전차 타고 가면 잠신데 뭘 그렇게 서두르십니까" 하더니, 백운이 "추수절 잔치 비용에 보태 쓰십시오" 하며 품에서 두툼한 봉투를 꺼내 석주율에게 주었다.

"잔치에는 우리가 농사지은 것만을 쓰기로 했으니 괜찮습니다." 석주율이 백운 손을 뿌리쳤다.

"이 돈은 선화 뜻입니다. 잔치 비용에 쓰고 남으면 여씨 문중 임야 매입에 보태십시오. 선화 말로는 이번 잔치에 군내 높은 자리에 있는 기관장을 모두 초대하랍니다."

석주율이 마루에 나와 선 선화를 보았다. 작년 가을부터 김복남이 앞장서 추진하던 여씨 문중 임야 4천 평 매입은 주율이 병이 깊어 자리에 누워 지냄으로써 중단되었고, 문중에서도 값을 지나치게 불러 성사되지 않은 채 지금껏 끌어오고 있었다. 주율로서는 돈이 부족하기도 했는데 이번 추수로 돈이 마련되면 다시 추진해보기로 했던 것이다.

"오빠, 기관장들이야 공사다망하니 오고 안 오고는 그 사람들 사정이겠으나 군수는 물론 경찰서장, 헌병대장, 각급 학교장, 금융조합장 모두에게 사람을 보내 초청장을 전하고, 참석하는 이에게는 대접이 융숭해야 할 것입니다."

"우리 식구와 마을 사람끼리 지내는데, 그렇게 크게 잔치를 벌이다니. 소문나면 지서 순사나 기웃거릴 테지." 석주율이 선화 말을 잘랐다. 반도 안에서 농촌 계몽운동이 삐꿋하면 총독부 제반 시책 하수인 노릇으로 전락할 소지가 있음을 경계한 스승 말이 떠올랐지만, 그런 이유가 아니더라도 잔치를 떠벌일 마음은 애초에 없었다.

"그렇게 하셔야 하는 일이 수월할 것입니다. 더 참을 수 없을 때에 당도하더라도, 언제나 참는 슬기가 필요함은 오빠도 아실 텐데요. 그리고 잔칫날은 음력 시월 초사흘을 피하심이 좋겠습니다."

음력 시월 초사흘은 단군 임금이 처음으로 나라를 세운 개천성절(開天聖節)이었다. 선화가 개국일 뜻을 미리 간파하고 있음을 알자 주율은 마음이 뜨끔했다. 그러나 길 나선 마당에 그 문제를 따지며 시간 늦추기도 무엇해, 돌아가서 여러분과 의논해보겠다고 얼버무리곤 대문께로 걸었다.

"삼백 원은 봇짐에 찔러 넣었습니다. 편히 가십시오. 전차 정거장에는 팥죽이며 재첩국 파는 장사꾼들이 벌써 나와 앉았을 겝니다. 속을 여물리고 떠나도록 하세요." 골목길까지 따라나온 백운이 말했다.

석주율은 이제 그런 돈을 지원받지 않아도 어려운 대로 자립 터전이 마련되었다고 사양했으나 백운은 한사코 돈봉투를 돌려받지 않았다. 주율이 동장대 언덕길로 내려오자 물지게 멘 물장수와 요령을 달랑대는 두부장수가 언덕길을 올랐다. 선득한 바닷바람이 소매깃 사이로 스며들었다. 그는 전차를 이용하지 않고 바삐 걸었다. 성내에서부터 대창정 삼정목까지가 20리 길, 조익겸 저택 어귀에 도착했을 때는 등교를 서두르는 생도들이 속속 대문을 나서는 시간이었다.

석주율은 청지기 안내를 받아 백상충이 아침식사 중이라는 사랑채로 갔다. 신방돌에는 상충의 고무신과 가죽단화가 놓였는데 방안에서는 훌쩍이는 소리가 났다.

"아비를 걱정하는 네 마음은 알겠다. 내가 만주로 가서 정착되는 대로 서찰을 보내마. 네가 나를 따라나서기에는 아직 어리다. 열네 살이라면 학업에 충실해야 할 나이야. 아비와 함께 지낼 날이 반드시 올 테고, 그때는 너를 부르마." 백상충이 딸을 타이르는 목소리였다.

"스승님, 주율 왔습니다." 석주율은 스승을 대할 때면 늘 마음이 두근거려 목소리가 떨렸다.

"어제 떠난 줄 알았더니…… 들어오너라."

방안에서 말이 떨어지자 석주율이 고무신 벗고 마루로 올랐다. 방으로 들어서니 식사는 끝나 있었다. 주율은 스승에게 큰절을 올렸다.

"고향까지 스승님 모시려고 일정을 하루 늦추었습니다."

"그래? 말동무 삼아, 잘됐군."

백상충이 책가방 멘 채 훌쩍이고 서 있는 딸에게, 학교에 늦겠다며 어서 가보라고 일렀다. 윤세가 눈물을 훔치던 손을 거두곤 제 아버지를 보았다.

"아버지, 올해 가기 전에 꼭 편지해주세요. 아버지가 계시는 곳 말예요. 저는 오늘부터 날마다 한 장씩 편지를 써놓았다 그때 모두 보내드릴게요. 약속하시죠?"

"오냐. 그렇게 약속하마."

"그럼…… 안녕히 가세요."

이빨 앙다문 윤세가 제 아버지에게 절하더니, 와락 울음을 터뜨리며 열어놓은 방문 밖으로 뛰쳐나갔다. 언제 왔는지 엄씨가 축담에 서 있다 울음보 터뜨리며 달려나오는 외손녀를 껴안았다.

"윤세야, 겨울방학 되면 아저씨 농장에도 놀러와. 시골 아이들에게 우리글과 창가도 가르쳐주고." 석주율이 말했다.

아버지와 헤어지는 슬픔이 너무 큰 탓인지 윤세는 할머니 품에 묻혀 어깨만 들썩일 뿐 대답이 없었다.

"장인어른께 인사드리고 곧 나서겠습니다. 형수님도 떠날 준비 서두르시라 일러주십시오." 윤세를 겨드랑이에 끼고 정원 숲길을 빠져나가는 장모에게 백상충이 말했다.

"아침상을 물리고 기다리시네. 어서 올라가보게."

"잠시 기다리게. 내 인사드리고 행장 차려 내려올 테니." 백상충이 주율에게 말하곤 사랑방을 나섰다. 그는 그길로 위채로 올라갔다.

돋보기 끼고 일본 신문을 읽던 조익겸이 사위를 맞았다.

"이제 떠나면 언제 다시 이쪽 걸음하게 될지 모르겠습니다. 안정되는 대로 서찰 올리지요. 모쪼록 두 아이를 조선의 아들딸로…… 잘 거두어주십시오."

"하루 자고 나니 오늘은 어찌 목소리며 안색에 생기가 도는 것 같군." 조익겸이 신문을 접으며 넌지시 물었다. "만주로 간다니 대충 짐작 간다만, 누구를 만나 무슨 일부터 시작할 작정인가?"

"경신년 전후 제가 그 지방으로 나다닐 때 교류가 있었던 애국지사들이 많습니다. 이규, 이상룡, 김동삼 선생, 김좌진 참령이 있습니다."

"기미년 만세사건이 있은 직후, 일 년 정도 압록강과 두만강 이북에서 독립군부대가 반짝 힘을 냈지. 그러나 자네는 감옥에 있어서 잘 모를 테지만, 세상일은 대세가 결정해. 몇 년 사이 만주 쪽은 이제 노국, 중국 어느 쪽도 우군이 안 되고 막강한 일본군이 만주에 상주해 독립군을 족집게처럼 집어내니 궤멸의 수난을 맞아 오합지졸로 흩어질 수밖에. 내 말 너무 고깝게 듣지 말게. 요는 현실이 그렇단 말이야. 어느 씨름판에서 장사 둘이 한때는 대등하게 힘을 겨루었다고 하자. 그런데 불행히도 한 장사가 외팔이 신세

506

가 됐다면 다시 승부내기는 그만둬야 마땅하잖겠어? 그런데도 부득부득 외팔이가 승부를 걸어온다면 구경꾼들은 가소롭다며 웃을 수밖에."

"장인어른 입장에서 보면 합당한 말씀이지요. 조선이 일본의 적수가 안 됨은 저도 알고 있습니다. 만약 적수가 된다면 반도 안이 이렇게 조용할 리 없겠지요. 그러나 조선이 적수가 되지 않는다고 항복해 평생을 노예로 살 수 없다는 데 독립정신의 의의가 있습니다. 제가 외팔이라 하더라도 다시 승부를 걸어야지요. 그러다 기진해 죽으면 제 자식 대에서 아비 숙원을 받들어 또 도전하겠지요."

"자네와 대화는 동문서답이다. 장사에도 말귀를 알아듣지 못하는 자와는 홍정을 말랬다. 내가 자네를 다시 감옥에 처넣어 꼼짝달싹 못하게 할 수 없기에 더 실랑이하고 싶지 않아. 해방된 망아지니 자네 하고 싶은 대로 놓아둘 수밖에. 북지에서 뭘 하든 마음대로 하게."

"이만 일어서겠습니다." 백상충이 목례하곤 일어났다. 잠깐만, 하며 조익겸이 등을 보이는 사위를 불렀다. 그는 보료 아래 찔러둔 봉투를 꺼냈다.

"이 돈 가져가. 숙식과 여비에 쓰고, 남으면 잘 보관해 요긴한데 쓰도록." 조익겸이 돈봉투를 사위 발치에 밀었다. 상충이 봉투를 잠시 내려다보더니 집어들었다.

백상충이 밖으로 나오자 마루에서 방안 대화를 엿듣던 엄씨가 사위를 옆방으로 끌었다.

"백서방, 가방에 속옷과 버선 켤레도 여러 벌 넣었어. 양복 한 벌과 외투도 넣고. 큰딸애가 있다면 고루 챙겨주련만…… 겨울은 닥치는데 그 춥다는 북지로 떠돈다고 생각을 하니……" 엄씨는 앞서간 딸이 생각나는지 물코를 들이켰다.

"어린아이가 아니니 걱정 마십시오."

"백서방, 마적 떼처럼 제발 총 들고 싸우는 일일랑 말게나. 싸움 꾼이 따로 있지, 자네야말로 백면서생 아닌가. 거기에다 성한 몸도 아니고. 부디 사람 모여 사는 데 끼어 사무 보는 일이나 맡게. 어미 없는 두 자식을 고아로 만들 생각이 아니라면 내 말 명심해야 하네." 백상충은 표정이 굳은 채 대답이 없었다. "자네 맨머리가 숭하다며 바깥양반이 모자를 사왔더군. 한번 써봐, 맞나 안 맞나. 요즘 남정네는 다 이런 나카오리를 쓰고 다니더라."

엄씨가 건네주는 모자를 받아 쓴 백상충이 큼직한 가죽가방을 들고 방을 나섰다. 안마당에는 두루마기 차림의 허씨와 석주율이 기다리고 있었다. 집안 노복도 죄 나와 떠나는 주인어른 맏사위를 송별하려 얼쩡거렸다. 작대기를 받쳐놓은 지게에는 큼지막한 보퉁이 두 개가 실려 있었다. 한가위 명절을 코앞에 두어 엄씨가 사가에 보내는 제수감 물목과 상충이 옥에서 들고 나온 헌옷 꾸러미와 책이었다.

"나리, 이리 주십시오." 청지기가 백상충이 들고 나온 가방을 받아 지게에 싣고 노끈으로 보퉁이와 함께 싸맸다.

"백서방, 그럼 먼저 나서게. 추석 차례며 성묘는 지내고 떠나렷다. 떠나더라도 거기 행랑식구가 거처한다니 비록 주인 없는 선산이지만 묘소를 잘 돌보라 이르게. 조상을 잘 모셔야 후대가 번성하는 법인데, 쯔쯔." 마루에서 뒷짐지고 선 조익겸이 마당을 내려다보며 사위에게 일렀다. 그 은성했던 사돈댁 선대 묘소는 어찌되었든 그에게는 딸애의 시신이 거기에 잠들어 있었다.

백상충이 대답 없자 양쪽 눈치를 살피던 허씨가 조익겸 말을 받았다.

"사장어른이 걱정하시지 않더라도 선산 간수에는 소홀함이 없을 것입니다. 아지벰이 계시지 않아도 제가 자주 들를 테니깐요. 그곳에 아직 전답이 있습니다. 석군이 여기 섰지만 석군 아비며, 형 되는 큰머슴이 여간 충직하지 않답니다. 사장어른도 알고 계시잖습니까. 행랑아범이야말로 백씨 집안 삼대째 충복 아니오니까." 사가로부터 제수감은 물론 명절 쇨 돈까지 받은 허씨라 목소리가 싹싹했다.

"그러고 보니 그렇군. 자네가 범서면에서 농장이며 서숙 하는 선화 오라비구먼. 설마 백서방과 함께 먼길 나설 참은 아닐 테지?" 조익겸이 석주율을 보며 물었다.

"저는 범서면에 그대로 남습니다."

"자네 누이가 자네 말을 하더구먼. 어떻게 알고 쇠파리 꾀듯 날아드는지, 백서방 봐서라도 의연에 협조하라고 손 벌리는 치들이 어디 한둘인가. 정말 독립군팬지, 협잡팬지 내가 알 수 있어야지. 단돈 일 전 내놓지 않았으나 자네한테는 뭘 좀 해주고 싶더군. 농촌운동이라? 암, 장한 일이지, 일간 자네 누이를 불러 내가 농장 운영에 보내라고 얼마간 돈은 내놓음세. 애국자란 주먹 쥐고 나서지 않고 바로 자네같이 그렇게 묵묵히 숨어 일하는 청년들이야."

사위가 들으라고 조익겸이 말하곤 등을 돌렸다.

"백서방, 그럼 나섬세." 돌아서는 서방에게 눈을 흘기며 엄씨가 사위를 채근했다.

"서방님, 사무소 큰길까지는 걸으셔야겠습니다. 울산 가는 화물차를 그 앞에 대기시켜놓았으니깐요." 우억갑이 앞장섰다. 양복 차림의 그는 조끼 주머니에서 회중시계를 꺼내보더니, 이 여편네는 어찌된 셈이냐며 혼잣말을 중덜거렸다.

"아이구 고마우시라. 자동차까지 편의를 봐주시니 이런 생광스러움이 어디 있담. 대구서 부산까지는 열차편에 편케 왔는데, 부산서 울산은 철도가 있나요. 저 짐 지고 언양까지 백 리 넘는 길을 걸을 생각 하니 아득하더니, 사장마님 정말 고맙습니다." 허씨가 엄씨에게 새살거렸다.

일행이 담장 높은 주택가 언덕길을 거의 다 내려왔을 때였다. 앞쪽에서 자주색 치마에 노란색 삼호장 저고리를 차려입은 여인이 바삐 언덕길을 오르고 있었다. 홍이엄마였다. 거울 앞에 붙어앉아 공들여 화장하고 이 옷 저 옷 꺼내 입어보느라 서방을 먼저 보내고도 늦은 참이었다.

"형세아버님, 그동안 얼마나 노심초사하셨습니까. 아녀자라 면회 한번 못 가뵈었으나 마음속으로는 늘 무사 안녕을 빌고 또 빌었답니다." 홍이엄마가 백상충 앞에서 나부죽이 절했다.

"오랜만이네." 백상충이 짤막하게 말하곤 언덕길을 내처 걸었다.

아이들 벤토(도시락) 챙겨 학교에 보내고 나서다 보니 이렇게 늦었다며 홍이엄마가 엄씨에게 수다 떨곤 허씨에게도, 아이들 수발 탓으로 큰서방님 별세에 문상을 못 가고 서방이 대신 가서 큰 결례를 했다며 수선을 피웠다.

"듣던 대로 자네 신수가 훤하군. 사람은 모름지기 대처 물을 먹어야 하나봐." 허씨가 홍이엄마를 훑어보며 말했다. 나이 들자 몸이 불어나 허벅진 어깨살 위로 분발 곱게 먹힌 홍이엄마 얼굴이 달덩이 같았다.

"마님께서도 대처로 나가셨으니 이제 무슨 걱정입니까. 전차야 없다지만 대구가 어디 부산만 못합니까."

홍이엄마가 내숭을 떨었으나 그네는 줄곧 지겟짐 진 청지기 옆을 따르는 석주율에게 신경을 곤두세웠다. 그가 한 시절 자신으로 하여금 상사병을 앓게 한 연인이었으나 이제 흘러가버린 옛적 얘기였다. 그런데도 그네는 그를 보자 숨길 가빠오는 흥분을 느꼈다. 석주율은 그저 무심한 얼굴로 길 앞만 보며 걷고 있었다. 여자 쪽에서 말을 걸지 않더라도 불알 찬 사내라면 옛 정리를 생각해서 인사를 청할 법도 하련만 그의 무심한 태도가 하늘로 차오르던 그네 기분에 날개를 꺾었다. 길안여관 시절 장작 패줄 때도 그랬지만 무슨 저런 장작개비 같은 사내도 있담, 그네는 두근거리던 가슴이 싸늘하게 식고 화가 치밀었다.

"마님, 저 보통이가 다 사갓집에 보내는 봉물이옵니까? 많기도 해라. 출가외인이 시댁귀신 되어도 사돈댁 문지방은 높기만 한가 봅니다." 홍이엄마가 주율 쪽을 바라볼 명분을 찾느라 지겟짐에 눈을 주며 능청을 떨었다.

엄씨는 눈에 쌍심지만 켤 뿐 대답이 없었다. 홍이엄마의 무람한

입버릇을 아는지라 그네는 대꾸가 필요치 않았다. 홍이엄마가 아타미 요릿집에 안주인 행세를 하고부터 안하무인으로 콧대가 높아져, 엄씨가 영감에게 그네를 아타미에서 내쫓으라고 몇 차례 강짜를 부리기도 했다. 그러나 무슨 꿀단지를 품었는지 영감은 홍이엄마를 두둔하기만 했다. 그래서 홍이엄마와는 숫제 본체만체하고 지내기 여러 해째였다. 그러다 보니 사이가 개와 고양이처럼 앙숙이 되었고, 홍이엄마도 대창정 마님댁 출입을 좀체 않았다.

"어진이 오랜만이네." 홍이엄마가 기어코 말을 붙였다.

"오랜만에 뵙는군요."

"농장은 잘되는가?"

"그럭저럭 꾸려갑니다."

"여태 독수공방살인가? 이제 서른 살은 됐을 텐데 총각치고 늙은 총각이군." 석주율의 대답이 없었다. 홍이엄마는 더 건넬 말이 떠오르지 않았다. "신문에도 났다더군?"

"아, 예. 어쩌다 보니……"

어느새 일행은 큰길로 접어들었다. 조선옷보다 왜옷 입은 사람 내왕이 더 많았고 지게꾼, 우마차, 자전거가 큰길을 누비고 있었다. 흥복상업주식회사 2층 건물 앞에 화물차가 대기하고 있었다. 짐칸 앞쪽에는 석유 드럼통이 두 줄로 열 개가량 놓였고 쌀가마는 아닌 듯한데 배부른 가마니부대가 뒤쪽까지 재여 있었다.

"운전사 양반, 출발을 서두릅시다."

우억갑 말에 운전사가 조수에게 시동을 걸게 했다. 더벅머리 조수가 차 앞에 붙어 서서 시동걸이 쇠막대를 차체에 꽂더니 힘껏 돌렸다. 한참 만에야 화물자동차에 발동이 걸려 부릉부릉 소리를 냈다. 짐칸 옆구리에 붙은 쇠대롱에서 푸른 연기가 뿜어져 나오자 시동 걸기를 구경하던 아이들이 그쪽으로 몰려가 머리를 들이밀고 연기를 맡았다. 경유가 연소되는 향긋한 냄새를 맡으면 기분이 좋았던 것이다.

지겟짐을 가마니부대 틈새에 우겨 얹고, 드럼통과 가마니부대 사이 발줌한 터에는 사람이 앉게 짚을 깔아두었다.

"아주머니는 운전대에 타시지요. 뒤쪽은 덜컹거려 멀미하실 겝니다. 바람도 차갑고요." 떡메같이 단단하게 생긴 얼굴에 콧수염을 짧게 기른 운전사가 허씨에게 점잖게 일렀다. 양복 차려입고 흰 셔츠를 받쳐 입어 과연 운전사란 직업이 인기 있는 새 직종임을 알 수 있었다.

"망측하게 남자들 틈에 끼어 어떻게 가란 말이에요. 아지벰이 앞쪽에 타세요." 허씨가 운전사 옆 좌석을 살피더니 얼굴이 홍당무가 되었다.

"나중에 후회하실 텐데요."

"열차를 탔어도 난 멀미 같은 것 안해요."

백상충이 운전석 옆자리에 오르고, 석주율과 허씨는 짐칸에 올랐다.

"백서방, 이렇게 떠나면 언제 볼꼬. 내가 백년 천년 살 몸도 아니요, 애들은 그렇게 남겨두고…… 어미 아비 없이 자라는 그것들을 두고 이렇게 가다니……" 엄씨가 차 문에 붙어 서서 눈물을 질금거리더니 손수건에 꼬깃꼬깃 뭉쳐 싼 것을 사위에게 건네주며,

길 가다 요기라도 하라고 말했다.

"정착하는 대로 서찰 올리겠습니다. 조선이 독립될 그날이면 금의환향할 테지요." 백상충이 장모를 보며 손을 흔들었다.

조수가 차 앞뒤에 몰려선 사람들과 아이들을 쫓고 백상충 옆자리에 올라 문을 닫았다. 화물차가 경적을 울리더니 발동 소리도 요란하게 출발했다.

"삼월네, 잘 있어. 또 언제 만나랴!" 허씨가 차 뒤쪽을 돌아보며 손을 흔들었다.

홍이엄마가 멀어지는 화물차를 뚫어져라 쏘아보았으나 주율 시선을 잡지 못했다.

"부모 없이 자란 계집종 팔자가 어찌 저렇게 펴일꼬. 삼월이야말로 정승마님이 부럽잖겠다." 허씨가 한숨을 쉬었다.

화물차는 해관청 앞을 거쳐 부산역 쪽으로 달려갔다. 예전에는 바다였으나 바다를 메운 매립지에는 관청 건물이 즐비했고 여기저기 신축 중인 건물도 있었다. 새로 짓는 건물은 벽돌이나 석조를 쓴 서양식이었다. 그 건물은 관청이 아니더라도 일본인이 주인일 터였다. 조선이 일본 식민지가 된 뒤 10년 남짓 사이 부산은 이제 대륙 침탈의 발판으로 송두리째 잠식당하고 있었다. 길거리에 넘치는 사람도 왜옷에 나막신 신은 쪽은 형색이 멀끔했으나 조선옷 차림은 날품팔이꾼이나 거지요, 여염집 아낙도 구저분하기는 마찬가지였다.

화물차는 연방 경적을 울려 앞을 막은 사람을 헤치고 가느라 속력이 느렸으나, 전차는 요란한 쇳소리를 내며 화물차를 앞질렀다.

허씨는 길거리 풍물을 구경하느라 정신이 없었다. 화물차가 좌천동을 빠져 수영 쪽으로 꺾어들자 큰길이 한갓져 속력을 내기 시작했다. 자갈길이라 짐칸은 요동이 심했고 드럼통이 석유 내음을 풍기며 덜컹거렸다. 드럼통 석유와 가마니부대에 든 고무신은 울산에 부려지고, 화물차가 부산으로 돌아올 때는 오징어, 명태, 미역 따위의 건어물을 실어나를 참이었다.

화물차가 수영 앞바다를 오른쪽에 끼고 바닷가를 달릴 때, 기름 냄새로 속이 메스껍던 허씨가 노란 얼굴로 석주율에게 물었다.

"석군, 만약 아지뱀이 만주 여비로 고하골 논 몇 마지기를 팔자면 어쩌지? 선대 재산에는 차자 몫도 있다지만 살아생전에 형제가 많은 논밭을 작살낸 줄 자네도 알지?"

"스승님이 추석만 지내고 곧 북지로 들어갈 테고, 그런 일은 없을 겁니다."

허씨가 울컥 구역질했다. 허씨가 화물차 난간 밖으로 목을 뽑아 속엣것을 토해냈다. 석주율은 상대가 마님이라 어떻게 손써볼 수 없었다. 허씨는 한참을 그렇게 토하더니 소매 사이에서 손수건을 꺼내 입가를 훔쳤다.

"마님, 아무래도 앞쪽으로 옮겨 타야겠습니다."

"열차는 편안히 가더만 자동차는 어찌 이렇게 요동이 심하냐. 기름 냄새가 속을 발칵 뒤집는군."

운전사에게 했던 말이 있는지라 허씨는 앞자리로 가지 않겠다고 우겼으나 다시 한 차례 구역질을 하자, 석주율이 운전사 쪽으로 고함질러 화물차를 세웠다.

"내가 뭐랍디까. 마님 위해 했던 말이지요. 우리가 사람 잡아먹는 악귀는 아니니 앞쪽으로 오십시오."

운전사 말에 허씨가 미안쩍어하며 시동생과 자리를 바꾸어 탔다. 화물차는 다시 출발했다.

석주율과 백상충은 말이 없었다. 주율은 스승이 생각에 잠긴 침울한 얼굴이어서 섣불리 말을 붙일 수 없었다. 차가 송정리를 넘어섰을 때야 주율이 입을 떼었다.

"스승님, 울산 읍내서 언양으로 곧장 들어가실 겁니까?"

"읍내에 만날 사람이 있으니 잠시 유하다 선산부터 찾아야지. 혼백일지라도 형님이며 안사람이 내 출옥을 얼마나 기다렸겠냐." 백상충 눈길이 다시 바다로 옮겨갔다. 돛단배 한 척이 한가로이 고기잡이하고 있을 뿐, 파도 없는 잔잔한 가을 바다였다.

"주율아," 백상충이 무겁게 입을 열었다. "기미년 만세사건으로 혼겁한 총독부가 조선인 유화정책을 쓴답시고 여러 분야에 숨통을 틔워주었음을 나도 안다. 조선인에게 하급관리 길을 열어주고 초급교육 기회를 늘려준 것도 한 예겠지. 훈도가 칼 차지 않는 것도 위화감을 없애려는 잔꾀겠고……"

스승의 낮은 목소리가 주율에게는 지난 시절 그리움을 소롯이 살려주었다. 동운사에서 스승을 모신 초동 시절, 스승은 늘 그렇게 울분을 가라앉힌, 그러나 마디마디 힘이 서린 목소리로 강론하셨다.

"……무단통치를 획책하던 총독부 유화정책이란 게 아귀 들린 몽매한 백성은 내팽개치고 글줄 안다는 유식자 층과 토착지주들

516

의 구미를 맞춘 정책 선회로서 소위 문화정치란 거다. 조선인 산업투자를 장려하고, 민립대학 설립을 인가하고, 조선인이 신문도 발행하게 허가하고, 문화적인 각종 잡지도 만들 수 있게 했다. 독립을 부르짖지만 않는다면 글도 자유로이 발표할 수 있게 묵인했다. 그러나 따져보자. 이 나라 백성 구 할이 농어민이요 도회 토막민이라 할 때, 그런 혜택이야말로 극소수를 위한 임시 처방에 불과하다. 극소수 상층 비위를 맞춰주어 그들로 하여금 조선 민중을 계도하게 한다면, 총독부야말로 상층 소수만 조종하면 된다는 계산이 섰겠지. 기미년 삼월부터 이듬해 삼월까지 조선 독립을 외치다 피살된 동포가 칠천육백이요, 부상한 자가 만육천이요, 사만육천여 명이 검거당하여 혹독한 고초를 겪었다는 통계 자료도 보았다. 국권회복이 당연하다고 외치다 희생된 사람이 그렇게나 많았다. 그 희생의 대가로 얻어낸 성과가 바로 내가 열거한 그런 혜택이다. 너도 옥살이 겪으며 보았듯, 독립을 외치다 감옥에 들어온 자들 중에 유식자와 토호가 과연 몇이나 되던? 그 숫자는 쌀에 미요, 대부분이 무지렁이 농민과 도회지 날품팔이들 아니더냐?"

"스승님 말씀이 맞습니다." 석주율이 그렇게 수긍할 만큼 스승 말씀은 옳은 소리였다. 무단통치가 문화정치로 바뀌었다 함은 가진 자나 유식자에게 얼마간 숨통을 틔워주었을 뿐, 백성 삶에는 영향을 미치지 못했다. 아니, 기미년 이후 농촌은 일본인 지주와 토착 지주의 농지 겸병이 더 드세져 북지로 떠나거나 도회지로 몰려나오는 이농자가 속출하고 있었다.

"총독부 문화정책이란 게 얼마나 음흉한가를 우리는 똑똑히 알아야 한다. 총독부가 이제 조선민을 두 계층으로 확연하게 갈라놓는 작업을 추진하니, 몽매한 마소 무리와 자기네 손발로 이용할 앞잡이 양성이 바로 그것이다. 일찍 동학교도가 중심이 된 거대한 민중혁명을 체험한 그들이 지난번에 다시 기미년 만세 운동을 겪게 되자 민심 이간질이 무엇보다 중요함을 깨달았다고나 할까. 민중은 생존권마저 박탈하고 무자비하게 억눌러 마소로 부리는 한편, 토호와 유식자는 자기네 손발로 만들어 올가미를 씌운다. 토호들에게는 상업과 공업의 투자를 장려하고 유식자에게는 얄팍한 서양 사조에 현혹되게 엇길로 걷게 하니, 그 무리와 다수의 민중은 같은 핏줄이라 해도 생활과 생각이 둘로 나누어져 다른 길로 가고 있음을 알아야 한단 말이다……"

비분강개하는 스승 말이 여기에 이르자, 석주율은 조심스럽게 자기 뜻을 밝혔다. 스승 말이 한 면은 타당하지만 해석이 너무 외곬로 치우친 감이 있었다.

"스승님, 제 생각이 여물지 못해 여쭙는 말입니다만, 조선인이 서양의 문물과 제도를 늦게나마 배워 깨우치고, 학교를 설립해 인재를 양성하고, 자산가가 근대적 산업에 투자해 기술을 익힘은 곧 민족자본으로서……"

석주율 말이 끝나기 전에 백상충 호통이 떨어졌다. 설령 그렇잖아도 주율은 자기 소견을 더 밝힐 수 없었다. 부릅뜬 스승의 타는 눈이 자기를 보고 있기 때문이었다.

"모진 고초를 겪고 나온 네 생각이 아직 그 수준에서 맴돌다니! 너는 왜 이 현실의 이면을 더 깊이 숙고하지 못하는고. 그럴싸한

518

허상 뒤에 감춘 음모를 꿰뚫어봐야 하잖아!"

"물론 산업은 산업대로, 학교와 신문은 그 나름대로 총독부에 부화뇌동하지 않으면 경영권을 빼앗겠다는 압력을 가하겠지요. 그나마 이권을 주고 그 이권 단맛에 길들여졌을 때, 권리를 강제당하고 싶지 않음은 인지상정이니깐요."

"너는 지금 조선인 중 기득권 가진 자들이 벌이는 실력양성운동이니, 민족개량주의니, 물산장려운동 따위를 염두에 두는 모양이구나. 아서라. 그 양두구육(羊頭狗肉)의 넉살이라니. 위로는 지배자에게 간살 떨다, 그래도 속죄의식은 있어 아래로는 눈귀 가리고 손발 묶인 민중을 내려다보며 짖어대는 헛소리 같으니라고……조선이 국권을 강탈당하기 전에도 애국계몽운동이 유식자 층에서 활발하게 전개된 바 있었다. 대한자강회니, 신민회란 단체에서 벌인 국채보상운동, 교육기관 설치, 상공업 진흥, 민족문화운동이 그것이었다. 그러나 그런 문약한 운동이 투쟁성을 지니지 못했고 민중의 지지를 받지 못했기에 독립을 쟁취하는 길과는 먼, 시대착오적인 발상이었고, 결국 경술국욕을 당하고야 말았다. 나라를 강탈당하기 전이 그럴진대, 조선이 식민지로 전락해 왜놈 철권통치를 받기가 십여 년, 기미년에 있었던 민중만세 운동으로 숨통이 조금 틔자 다시 그 짓거리를 들고 나온다는 게 말이나 되는 소린가. 토착 지주며 유식자가 뭣 하는 작자들인가? 호의호식으로 거드름이나 피우고 왜놈말 할 줄 알며 기생방이나 카페란 데 출입하는 한량들 아닌가. 자식들은 도쿄나 경성에 유학 보내고, 작첩해 빈둥거리기 미안해서 민족개량이 어떻다느니 물산장려를 해야 한다느니, 그런 허튼소리를 지껄여!"

"그렇다면 조선의 나아갈 길은 무력에 의한 민족 해방투쟁밖에 달리 길이 없다는 말씀입니까?"

"나는 그렇게 봐. 기미년 만세 운동 때 독립선언서에 서명한 민족지도자란 인사들이 목숨 내놓고 앞장서서 민중을 선도하지 못하고 제 발로 경찰서로 찾아가서 자수하다니. 그게 바로 유식자들 한계 아닌가. 그렇게 해서야 어찌 우리 민족이 우리 손으로 독립을 쟁취하겠는가."

"스승님, 북지로 가시면 정말 직접 총을 들고 싸우실 작정이십니까?" 어리석은 질문인 줄 알면서 석주율이 물었다. 스승이 이역 땅에서 한줌 흙으로 돌아갈 것임이 십중팔구라는 예감이 들었고, 그 안쓰러움 때문이었다.

"만세 운동 때 왜놈 총부리와 맞서다 순국한 칠천육백 생령들에 내가 끼지 못했거늘, 여벌로 사는 목숨 아까울 게 뭐가 있는가. 이 땅에 앉아 눈감고 말 못하고, 손발 묶여 사느니 반도 벗어나면 그래도 조선 광복을 말할 수 있고, 독립과 해방을 외칠 수 있지 않은가. 내가 탈옥을 획책한 것도 다 그 이유 때문이었다. 그즈음 나는 거의 미칠 지경이었다. 감방 수인들 말에 따르면, 백씨는 반미치광이가 되었다고 간수에게 통사정까지 했으니깐. 물론 안사람 죽음에서도 영향을 받았겠지. 상진 처형 소식에 더 절망하기도 했고. 나는 도저히 감옥 안에서 일 년여를 버틸 수 없다고 판단했다. 탈옥하다가 놈들 총질로 죽으면 그만이라고 각오했지. 정말 미칠 것만 같은 하루하루가 내게는 일 년보다 더 긴 세월이었다. 그러나 탈옥의 가장 큰 이유는 역시 도정 박생원을 필두로 한 만세꾼들 죽음이요, 그 복수는 내가 총을 들 수밖에 없다는 당위성에 있었다. 그러나 그 탈옥도 수포로 돌아가고 이 년 형이 다시 추가되었으니…… 그때서야 나는 울분을 삭일 수 있었고 살아 있다는 자체조차 아예 체념하고 말았다." 말을 마친 백상충이 바다로 눈길을 옮겼다. 갈매기 여러 마리가 한가로이 해안을 날고 있었다. 화물차는 기장 땅을 거쳐가고 있었다.

스승님, 제가 두번째 북지로 들어갔을 때, 제가 살 곳은 역시 조국 땅이라고 생각했습니다. 왜의 총칼에 내몰려 버림받는 백성들과 함께 고락을 나누다 해방의 그날을 당대에 보지 못하더라도 이 땅을 버리지 않고, 여기에 붙박여 살다가 흙에 묻히기로 했습니다. 석주율은 스승에게 이렇게 실토하고 싶었다. 그러나 감히 입을 뗄 수 없었다.

"제가 농촌운동을 하더라도 진정으로 농민 편에 서야 한다는 스승님 말씀을 잊지 않겠습니다." 석주율이 그 말만 했다. 그는 스승에게 더 여쭐 말이 없었다. 스승이 가는 길과 자기가 가는 길이 다름을 그는 새삼 깨달았다. 스승으로부터 글을 깨우쳐 실천으로서의 학문과 삶의 일치를 익혔고 지향할 방법 또한 배웠건만 끝내 같은 길로 나가지 못함은 무엇에 기인함일까. 그 점은 자라온 환경과, 학문 도달점과, 세대 차이에 따른 시대 탓도 있겠으나, 근본적으로는 본성에 연유한다고 여겨졌다. 어떠한 경우에도 폭력이나 무력을 통한 문제 해결이 불가하다는 결심은 절에서 익힌 종교적 심성에서 유발되었다고 볼 수 있겠으나 이미 자기 본성은 그런 물리적 힘을 경원했고, 그 본성을 여러 종교가 재차 확인한 결과이리라. 스승과 자기가 가는 길이 달랐고, 어느 쪽이 나라와 민족 사랑의 진정한 길인지는 저울질할 수 없었다. 그렇지 않았다. 박상진 선생의 순국에서도 느꼈듯, 그 점에서는 스승이 훨씬 윗길이요 당당하다. 그러나 자신은 본성이 시키는 대로 그 차선책을 좇아 낮고 좁은 길을 선택할 수밖에 없었다.

한동안 서로 다른 생각에 골똘하다가 화제를 바꾸어 백상헌 당주 장례와 박상진 선생 순국, 광명고등보통학교 장경부 교감 말이 더 있었다. 그러나 그런 화제는 그저 시간을 보내기 위한 땜질로 스쳐갔고, 특히 장경부 선생 말을 주율이 꺼내자, 그놈이 바로 오늘의 유식자가 된 변절자가 아닌가 하며 백상충이 코웃음쳤다.

화물차는 큰 나룻배로 태화강을 건너 점심참을 넘겨서야 울산 읍내에 닿았다. 부산을 출발한 지 네 시간이 채 걸리지 않았다. 문명의 이기로서 차가 얼마나 편리한지 석주율은 다시 실감했다. 차는 장생포로 곧장 빠져야 했기에 백상충, 석주율, 허씨는 차에서 내렸다.

"스승님, 그럼 저는 구영리로 출발하겠습니다. 소관하시고 고하골로 들어가는 길에 거쳐가시니 농장에 잠시 들렀다 쉬시고 가시지요."

"여기 친지 두엇 만나고, 곧장 들어가 성묘부터 해야 순서가 아니겠는가."

"추석 전날 고하골로 들어가 스승님을 뵙겠습니다." 석주율은 농장를 보여드리고 싶다는 말을 생략했다.

"그러려무나." 백상충 대답이 수월했다.

"석군, 잘 가게. 나도 모처럼 읍내 나들이 길이니 예전 이웃이나 돌아보고 가겠어." 허씨가 주율에게 말했다. 그네는 여전히 노랗게 뜬 얼굴이었다.

석주율은 절름걸음으로 멀어지는 스승 뒷모습을 보며 자기가 무엇 때문에 스승에게 농장을 보여주고 싶어했는지를 생각했다. 물론, 제가 맨손으로 이만한 땅을 일구었고 부락 공동체 생활을 정착시켰다며 자랑할 마음은 추호도 없었다. 혼자 힘만으로 이룬 일도 아니요, 많은 사람들의 도움이 있었고, 자신은 오직 구심점 역할을 했을 따름이었다. 따지고 보면 스승이 품고 있는 농촌운동의 회의점을 얼마만큼 불식시켜줄 수 있지 않겠느냐는 정도가 이유라면 이유였다.

석주율은 옥교리 한길을 따라 걸었다. 이제 석주율 이름이 읍내에도 널리 알려져 그는 여러 사람들과 인사를 주고받기에 바빴다.

"석선생님, 잠시 쉬어 가시지요."

누군가 불러 석주율이 돌아보니 『조선일보』 울산보급소장 주씨였다. 아침밥을 걸러선지 속이 헛헛하던 참이라 주율은 냉수 한 그릇을 청해 마시고, 보급소 앞 한길에 놓인 평상에 앉았다. 대서방을 겸하고 있는 주씨는 신문보급소를 경영하는 만큼 민족의식이 있는 30대 중반이었다. 몇 마디 세상 말을 나누고 주율은 일어섰다.

＊

농장으로 돌아온 석주율은 사흘 동안 농사일에 휘뚜루마뚜루 휘둘렸다. 1년 사이 불어난 식구가 여덟이나 되었지만 그들은 모두 신체 불구이거나 노동력이 없는 사람들이었다. 그러나 그들 나름으로 깜냥껏 농장 일을 도왔다. 마늘 파종 적기라 마늘 심기, 가을누에 치기, 능금 수확에, 건초를 베어 날랐다.

추석을 이틀 앞두고 농장 일손도 하나둘 빠져나갔다. 본가가 함양인 강치현이 먼저 떠났다. 이어, 대구 출신 우경호가 떠나고, 추석을 하루 앞두곤 이희덕, 안재화, 신태정도 아침에 본가로 떠났다. 주율은 그들에게 제상에 올릴 고기근이라도 사서 귀가하게 얼마간 돈을 쥐여주었다.

"다들 저렇게 떠나니 선산도, 부모도, 처자식도 없는 우리 농장 식구만 남는구먼. 자네들 집에 들더라도 조석으로 단군님께 경배 드리는 일 까먹지 말더라구. 성묘할 때도 반드시 그 점을 명심해야 돼." 아침밥 먹고 쪽마루에 나앉아 곰방대에 담배잎 쟁이던 김복남의 말이었다.

"이거 미안해서 어쩌지요. 돌아올 때 큰형님 잡수실 떡이나 한 광주리 메고 오겠습니다." 넉살 좋은 신태정이 말을 받았다.

안재화와 신태정은 신당댁 모녀가 손질한 깨끗한 옷을 입고 나서니 인물이 한결 나아 보였다. 안재화는 바지저고리였으나 신태정은 국민복이었다.

"너무 부러워 말게. 내가 걸쩍한 추석 상차림 해 올릴 테니. 우

524

리 모녀야말로 이제 이 집에서 영감 제상 차려야 하잖는가." 석주율 방으로 숭늉 그릇을 나르던 신당댁 말이었다.

"그러고 보니 정말 그렇네. 추석날은 내가 데릴사위는 아니지만 신당댁 모녀와 겸상해 밥 먹게 됐어. 내 팔자야말로 상팔자로군." 김복남이 무릎을 치며 낄낄거렸다.

석주율은 아침밥 먹고 나자 삽 들고 나서서 새로 만든 작은 못 아래 세 마지기 논의 완전물떼기를 마쳤다. 자갈밭을 객토해 일군 논이었으나 정성을 쏟은 탓인지 첫해인 올해 소출은 평년작에 이를 것 같았다. 다른 논과 떨어져 있는 덕분에 벼멸구 병충해도 무사히 넘겨 팬 이삭이 제법 통통하게 알이 배어갔다. 돌아오는 길에 못 안을 살피니 수초 사이로 손바닥만한 잉어가 떼를 이루어 노닐었다. 양식을 해본다고 봄부터 몇 마리를 길렀는데 적기에 산란해 식구가 적잖게 불어나 있었다. 음식 찌꺼기를 주면 놈들이 재빠르게 몰려들었다.

"내일 아침 상차림 하자면 음식 준비도 바쁠 텐데 오늘은 쉬시지요." 고추밭을 지나며 석주율이 정심네에게 말을 걸었다. 그네는 붉게 익은 고추를 따서 바구니에 담고 있었다.

"선생님은 고하골로 언제 가시려고 아직 삽 들고 계셔요?" 정심네가 돌아보며 싱긋 웃었다.

"해 떨어지기 전에 들면 되겠지요."

"백군수 댁 작은서방님이 석방되어 돌아오셨다니 엄마가 인사 차려야 도리라 말씀합디다만……"

"부친 묘를 어디 쓰셔 성묘를 못합니까?" 객사나 화장을 염두에

두었으나 그렇게 묻기 거북해 주율이 말을 둘렀다.

"종살이 신세에 맷등이 뭡니까. 한초시 집안 종은 거적때기에 말려 나가면 강변서 화장해 재를 강에 띄웠지요. 여염집은 절에 위패를 모시지만 그럴 형편도 아니었지요."

"정말 두 분이 몸 아끼지 않고 수고해주시니 식구가 모두 고맙게 여기지요. 저 역시…… 너무 늦게 이런 말씀드려 미안합니다." 분위기가 한갓진 탓에 석주율이 정심네와 이 정도 사담을 나누기도 오랜만이었다. 지난겨울 열병과 설사와 전신무력증으로 석 달을 누워지낼 때 정심네의 간병이 아니었다면 회복되기 힘들 뻔했고, 농장 식구도 그 점은 인정하고 있었다. 그네는 중풍 걸린 노인, 치매증으로 똥오줌을 함부로 싸는 노인들 수발까지 도맡았다.

"그런 말씀은 엄마와 제가 드려야 마땅합니다. 엄마는 잠자리에 들면, 사람 사는 보람이 뭔지 이제야 알겠다며 늘 기뻐한답니다. 저 역시 같은 마음이고요. 선생님 수발해드리는 일 하나만으로도 저는 더 이상 소원이 없습니다. 농장에서 죽는 그날까지 선생님 모시며 살겠어요." 주율을 그윽이 바라보는 정심네 방울눈이 따뜻하게 타올랐다.

석주율은 정염의 눈길을 마주볼 용기가 없었다. 달아오르는 부끄러움으로 얼굴이 붉어진 그는 그네 시선을 피했다.

"함께 힘을 합쳐 석송농장을 모범농장으로 만들어야겠지요. 앞으로 숱한 난관이 있을 겝니다. 우리가 힘을 합쳐야지요." 늘 누구에게나 하는 그런 말 이외에 주율이 들려줄 새로운 말은 없었다. 더욱 그네의 기대에 부응할 만한 그 어떤 달콤한 말은 떠오르지 않았다.

석주율은 농가 쪽으로 걸음을 돌렸다. 정심네만 대하면 이렇게 어색하고 거북할 바에야 차라리 그네가 김복남과 한 짝이 되었으면 하는 바람도 있었다. 김복남이 정심네를 좋아하고 있음은 그의 실없는 농담에도 보이듯, 농장 식구가 다 아는 사실이었다. 한식구가 된 지 1년이 되어가는 마당에 정심네가 그 농담을 받아주지 않을뿐더러 반응을 보이지 않는 데 문제가 있었다. 둘이 배필을 이룬다면 농장으로서도 경사가 아닐 수 없었다. 박장쾌에게도 이제 분님이라는 짝이 생겼으나, 그런 인륜대사란 우격다짐으로 성사되지 않을 테니 때를 기다림이 옳았다.

오후에 들자 석주율은 선화가 추석 제수감으로 준 선물을 괴나리봇짐으로 메고 발 비끄러맨 장닭 한 마리를 들고 농장을 나설 때, 농장 식구 모두가 글방 앞마당으로 나와, 잘 다녀오시라며 인사했다. 주율은 몸이 불편한 어린이로 솔이, 춘구, 구만이, 별남이를 일일이 안아주고 뺨을 쓸어주며, 아줌마들이 너들 추석 음식을 잘 해줄 거라고 격려했다.

석주율이 들국이 소담하게 핀 갓골 가는 길로 걷자 한얼글방 남생도 둘과 여생도가 광주리를 이거나 망태기를 들고 농장으로 오고 있었다. 그들은 추석 명절을 그냥 넘길 수 없다며 집안에서 가을걷이해 들인 조, 참깨, 호박 따위의 선물을 들고 오는 참이었다. 아침에도 몇이 그렇게 다녀갔다.

"두 분 선생님도 추석 쇠러 어제 고향으로 떠났는데, 무슨 선물을 그렇게 싸들고 와?"

"숙장선생님 드리려고요."

석주율은 이제 글방 생도들에게 숙장선생으로 불리고 있었다. 성의로 가져온 선물을 마다할 수 없어 농장에 두고 가게 하고, 주율은 범티고개로 길을 잡았다. 그가 언양 고하골 옛 주인댁에 도착하기는 저녁 무렵이었다. 땅거미가 내리고 있었다. 뜻밖에도 집에는 주율 둘째형수인, 예전 이웃에 살던 깨분이가 와 있었다.

"아이구 도련님, 이게 몇 해 만이에요. 안 죽고 살았으니 이렇게 상면하는구려." 충선이엄마가 주율 옷소매를 잡고 반색했다. 따지고 보면 열세 해가 넘은 세월이었다. 깨를 뿌린 듯 얼굴에 박힌 점은 여전했으나 그네의 조붓한 처녀 적 모습은 간데없었다. 세파에 찌들어 주름 잡힌 중년아낙으로 변해 있었다.

석주율은 집안 식구와 두서없이 인사를 나누다 그들 사이에 둘째형이 없음을 알았다.

"차봉이형님 형수님과 같이 안 왔어요?"

"올 처지가 못 된단다. 긴 사연은 나중에 하기로 하고 서방님께 인사드리고 오너라." 부리아범 말이 무거웠다.

"스승님은 위채에 머무십니까?"

"선산에 모닥불 피워놓고 거처하신다."

"제가 안내하지요." 선돌이가 나섰다.

날이 어두웠으나 한가윗날을 하루 앞두어 동산 위로 두둥실 달이 떠올랐다. 위채는 부엌이 훤하게 밝았고, 허씨와 주율 형수 둘이 음식 준비에 바빴다. 안방에서는 주인댁 딸애들의 재잘거리는 소리가 들렸다.

"할아버지 말씀으로는, 서방님이 집에 들자마자 선걸음에 산소부터 들르시더니, 거기 계속 있겠다고 우겼다지 뭡니까. 그래서 할아버지가 임시로 초막을 엮어드렸대요. 몇 날 며칠을 거기 유하신다지 않아요. 밤이면 날씨가 차가워 할아버지가 초막 앞에 모닥불을 피워드린답니다." 어둠 짙은 숲 사잇길을 오르며 선돌이 말했다.

스승께서 따뜻한 방 마다하고 여막(廬幕)살이를 자청한다는 선돌이 말을 듣자, 석주율은 마음이 아렸다. 어르신 나리가 별세하신 날이 생각났다. 동운사에 계시던 작은서방님을 마중나갔던 그날, 웬 눈은 그렇게 퍼붓던지. 경술년 8월의 한일강제병합 이후 사랑채에 칩거해 망국의 통한으로 곡기를 끊다시피 지내던 어르신께서는 그날 끝내 스승님을 상면 못하고 운명했던 것이다. 스승께서는 부친의 그 혈통을 이었고, 이번에도 옥중에 있어 큰서방님과 부산 마님 임종을 지키지 못한 불비를 사죄하느라 여막살이 하실까. 아니면 북지로 떠나기에 앞서 선대 영령 앞에 충절의 실천을 다짐하는 걸까. 어느 쪽에 이유를 대든 스승은 능히 그럴 분이었다.

은곡 백하명 비신과 상석에 조금 비켜 모닥불이 시나브로 타올랐고, 그 옆에 삿갓 꼴로 엉성하게 엮은 움집이 있었다.

"나리님, 삼촌이 인사 오셨습니다."

선돌이 말에 어둑한 여막 안에서 기침 소리가 났다. 석주율은 선 자리에서 여막을 향해 엎드려 큰절부터 올렸다.

"스승님, 야기가 심한데, 병환 드시면 어쩌시려고……"

"감방 생활로 단련되어 나야 아무렇지 않다." 백상충이 여막 안에서 쉰 목소리 말했다.

석주율이 모닥불 옆에 무릎 꿇어 앉아 여막 안에 눈을 주니 옷 갖한 스승이 가마니 위에 가부좌하고 있었다. 여막이라야 허리 숙여 들어갈 수 있게 천장이 낮았고, 비바람이나 피할 정도로 짚을 덮은 움막이었다. 주율은 선돌이에게, 나는 여기 있을 테니 내려 가서 일보라고 일렀다.

하나는 여막 속에 가부좌하고 하나는 바깥 모닥불 옆에 무릎 꿇어, 둘은 마주보고 앉았으나 말이 없었다. 이상한 대좌였으나 둘은 눈을 감은 채 각자 생각에 잠겼다.

달은 휘영청 밝은데 쌀쌀한 바람을 타고 낙엽 지는 소리가 스산했다. 하늘에는 철새들이 달빛에 함초롬히 젖어 날았고 이따금 먼데서 승냥이 울음도 들렸다.

아래쪽에서 인기척이 들리기는 둘이 마주보고 앉아 말없이 30여 분을 보낸 뒤였다. 선돌이가 사방등을 들고 앞섰고, 허씨 둘째 딸과 주율 큰형수가 함지와 채반에 각각 저녁참을 이고 날랐다.

"아지벰도 여기서 밤새울 작정이오?" 음식 담은 채반을 주율 앞에 놓으며 선돌이어멈이 물었다.

"서방님과 함께 있겠습니다."

"벌써 서리가 내리는데 어쩌려고……"

"제 걱정은 마십시오."

여자들과 선돌이가 집으로 내려가고, 둘이 따로 받은 상으로 밥을 먹자, 석주율이 조심스럽게 말을 꺼냈다.

"스승님, 언제 떠나실 작정이십니까?"

"내일 오후에 나설 참이야. 경주 녹동리 스승님 댁을 들렀다 상진이 유택이나 돌아보고 경주로 나가, 거기서부터 열차를 이용하면 나흘 후쯤은 압록강을 넘을 테지."

"박상진 선생님 유택은 경주군 내남면 동운산입니다."

"치술령을 넘을 작정이야."

"이제 떠나시면 스승님 뵙기가 어렵겠습니다."

"그날이 언제일꼬. 조선이 자주 독립 국가로 해방될 그날에나 돌아올까, 내 다시 이 땅에 걸음하기 어렵겠지. 그러나 사람의 길을 하늘이나 알지 어찌 알겠는가. 내 언제 다시 이 땅에 돌아와 사랑에 홀로 앉아 서책을 벗할는지…… 선고 무덤 앞에서 그분의 일편단심을 되새기며 그렇게 맹약했고, 안사람 무덤을 보며 나란히 서게 될 봉분도 그려보았으나 광복의 날을 맞지 못하면 그런 희망이 이루어질 것 같지 않아. 북지 땅 어느 들판이나 산자락에 백골로 남게 되더라도 광복의 그날이 오지 않는다면 백골인들 돌아오면 뭘 하겠는가. 언젠가 형세를 만나면 내 그런 뜻을 전해주게. 수인사대천명(修人事待天命)이라, 상진이와 녹동에서 서당글 배울 때 스승님으로부터 그런 말을 숱해 들었는데, 이제야 그 뜻이 심중에서 칼날을 벼르는구나."

석주율은 스승에게 더 여쭐 말이나 하고 싶은 말이 없었다. 채반상을 한쪽에 물리고, 스승이 수저를 놓자 함지상도 치웠다. 그는 다시 무릎 꿇어 앉았다. 모닥불이 차츰 사위어갔다. 옆에 있는 장작을 꺼져가는 불길에 얹었다. 안쪽에서부터 불길이 밝게 타올랐다.

석주율이 눈을 감고 다시 생각에 잠기자, 스승이 말한 수인사대천명 글귀가 살아났다. 그 말이 맞았다. 사람의 할 바를 다하고 하늘의 뜻을 기다릴 일이었다. 농민운동과 자립 영농, 글방을 통해 민족의식의 계몽에 헌신하는 노력과 그 값어치에 대해 스승에게 안달복달 이해를 구할 필요가 없었다. 자기 하는 일이 총독부의 교활한 통치술에 이용되지 않기 위해 애면글면 애쓰고 있다는 부언 역시 필요 없었다. 스승 힐책과 충고는 노파심일 테고, 자기의 그런 심중을 훤히 알고 있으리라 여겨졌다. 그래서, 네 도리를 다하고 하늘의 뜻을 기다리라는 언중유골을 던졌을 터였다. 스승의 깊은 뜻이 비로소 주율 마음을 따뜻하게 적셨다.

"너는 내려가거라. 인천에서 네 형수도 왔던데, 모처럼 가족끼리 할 얘기도 많을 테지. 여기는 자네가 밤을 새울 처소가 아니다." 선돌이 묘소로 올라와 밥상을 챙겨 내려가기도 한참 되어 밤이 깊었을 무렵, 백상충이 말했다.

"오늘 밤은 스승님 옆에 있고 싶습니다."

석주율 대답에 백상충이 하산을 더 권하지 않았다.

한참 뒤, 허씨가 선돌이어멈과 함께 묘소를 다녀가고, 부리아범이 다시 올라왔다. 그들이 모두 백상충에게, 오늘은 그만 안채로 드시라고 권했다. 백상충은 그 말을 듣지 않았고, 그의 강고집을 알아 권하던 이들이 머쓱해지고 말았다.

선돌이가 이불 두 채를 가져왔으나 백상충은 그 역시 거절했다. 스승이 갓을 반듯이 쓰고 두루마기 차림으로 앉았는데, 아무리 한데라지만 주율이 이불을 둘러쓸 수 없었다. 그는 그러고 싶지 않앉고, 모처럼의 선정이 그의 마음을 홀가분하게 했다. 서리가 축축이 내려 머리며 옷이 꿉꿉하게 젖었으나 아무렇지 않았다. 봉화군 소천면 충성대 시절, 그는 눈사람이 되어 금식하며 사흘을 견디어내기도 했다. 그러므로 설령 섶에 앉아 밤을 새우더라도 참고 배겨낼 터였다.

석주율은 한기를 느꼈다. 닭 울음소리가 아련히 들려 그는 홀연히 정신을 차렸다. 조금 전까지 단전호흡을 하고 있었는데, 어느새 깜박 선잠에 들었던 모양이었다. 절에 있었더라면 죽비 세례를 톡톡히 받았겠다 싶었고, 자신의 나약한 의지력이 스승 앞이라 부끄러웠다. 모닥불은 다 타버려 흰 재를 쓴 채 불기를 숨겼다.

먼동이 트자 봉분을 에두른 흰 소나무도 어슴푸레 윤곽이 드러났다. 숲을 뒤지는 새 떼 지저귐이 요란했다. 먼 데서 닭들이 힘찬 소리로 날이 밝았음을 알렸다.

"스승님." 석주율 부름에 백상충이 말뚝잠에 들었다 눈을 떴다. "내려가시지요. 분향할 시간이 되었습니다."

"그렇군. 내려가도록 하자."

백상충이 무릎걸음으로 여막에서 나와 일어서려 했으나 다리가 말을 듣지 않았다. 오래 앉아 버티다 보니 관절에 이상이 온 탓이었다. 석주율이 얼른 스승을 부축해 일으켜 세웠으나, 백상충이 혼자 버티어 서지 못했다.

"제가 업고 내려가겠습니다."

"괜찮아. 쥐가 났나봐. 금세 풀리겠지."

석주율은 스승을 부축해서 사당을 거쳐 위채로 내려왔다.

반구대 쪽 둔덕의 솔수펑 위로 아침해가 솟을 때, 새벽길을 나섰던 울산, 언양 근동 성헌공파 백씨 문중 집안이 제물을 싸들고 종가로 모여들었다. 그들은 오랜만에 대하는 백상충과 상면하자, 높은 의절을 치하하며 옥고를 위로했다. 문중 선대 위패를 모신 사당 앞에는 제물이 진설되고 초석이 깔려, 서른 명 넘는 후손이 유가 법도를 좇아 차례를 지냈다. 이어, 모두 선산으로 올라가 윗대 묘부터 성묘가 행해졌다.

행랑채 석씨 식구는 주인댁 성묘가 끝나면 점심 먹고 울산 신두골 공동묘지로 성묘를 떠날 예정이었다. 오랜만에 모인 식구가 좌상으로 부리아범을 모시고 아침식사 할 때야 석주율은 인천 둘째 형 소식을 들을 수 있었다. 지난 7월 중순 인천부두 운송업자 대표들이 모여 8월부터 삯전을 1할 인하한다는 통보가 있자, 인천부두 노동조합 조합원 8백여 명이 모여 8월 초하루부터 파업에 돌입하기로 결의했는데, 해산 와중에 운송업자 대표들의 사주를 받은 부랑패들과 큰 싸움판이 벌어졌다는 것이다. 석차봉이 부랑패가 휘두른 칼에 왼쪽 팔을 난자당하는 참변을 입었다 했다. 차봉의 처가 주율에게 그 과정을 설명했다.

"……석탄 운송업자, 기계 운송업자, 곡물 운송업자, 이런 치들은 모두 일본인 아닙니까. 그들이 조선인 날품꾼들을 발가락 때처럼 업신여기기는 어제오늘이 아니지요. 삯전 깎기는 물가가 그만큼 내렸다는 핑계지만 도련님도 보다시피 물가 내린 게 뭐 있나요? 하절이라 채소값 내린 게 고작 아닙니까. 차라리 제 살 깎으라는 게 낫지, 하루 벌이 사십 전 남짓한 날품에 일 할이나 삯전을 깎다니. 그래서 부두 창고에 부두 인력거꾼까지 합세해 팔백여 명이 궐기대회를 끝내고 막 창고를 나서는데, 웬 야쿠자인지, 불한당인지 험상궂은 왈패들이 떼거리로 모여 있다 들고 있던 몽둥이와 닛폰도를 휘두르며 조합원을 패기 시작했대요. 저야 공장에서 일하는 몸이라 뒤에 들은 얘기지만, 왜경과 헌병이 말을 타고 출동해 있었는데도 그 소란을 보고만 있더라잖아요. 조합원들은 맨손이다 보니 당하기만 했지 어디 맞싸움이 됐겠어요. 애 아버지는 조합 간부라 선두에서 나섰다 크게 당하고 말았지요. 그렇게 당하니 어디에 하소연할 데가 있나요, 누가 치료를 해주나요. 덜렁거리는 팔에 판자를 대고 붕대를 감았는데 돈이 없어 의원을 자주 찾지 않다 보니 상처는 자꾸 악화되고 구더기는 슬고……" 처음은 야무지게 시작한 말이었으나 충선엄마는 끝내 울음을 터뜨렸다.

"결국 팔을 자르게 됐다니, 이제 날품조차 팔 수 없게 되었단다." 명절 밥상이라 햇쌀밥에 찬이 갖가지건만 입맛이 쓴지 부리아범이 숟가락을 상에 놓고 물러앉으며 말했다.

"그동안 차봉이 치료비다 뭐다 해서 빚도 적잖게 졌다는데, 보다시피 우리 형편에 뭘 어떻게 도와줘야 할지…… 제수씨가 열심히 벌고 애들도 벌이에 나섰지만 얻어 쓴 장리빚 이자 갚기도 힘든다니……" 추석맞이 귀향이라기보다 어떻게 돈을 변통하러 시댁에 들렀다는 말을 맏이 석서방이 완곡하게 표현했다.

탕국을 숟가락질하던 석서방이 아우를 건너다보았다. 주율 역시 마땅한 대답을 할 수 없었다. 주율은 독립군부대 의연에 보태라며 스승에게 드릴 돈을 준비해왔는데, 그 돈을 형수에게 넘길까

하는 생각이 설핏 들었다. 가져온 돈은 백 원으로, 백운이 괴나리 봇짐에 찔러 넣어준 돈의 일부였다.

"그래서 내가 며늘아기한테 말했어. 빚만 끄면 객지서 고생하지 말고 환고향하라고. 여기서 어르신 댁 농사 함께 돌보면 다섯 식구 입에 금구야 치겠냐." 부리아범이 말했다.

"형수님, 그렇게 하세요. 신문 보니 올해 저 전라도 땅 금산, 진안, 익산에 대흉작이 들어 하루 한 끼나마 겨우 먹는 농민이 물경 사십만 명이 넘는대요. 그래도 여기 내려오시면 입 건사는 될 수 있습니다. 충선이는 저를 도와 농장 일을 함께하면 될 테고요." 석주율이 말했다.

그런 여러 소리가 듣기 거북했던지 치마귀에 얼굴을 묻고 있던 충선엄마가 밖으로 나가버렸다. 방문이 닫히자 석서방이 주율에게 의견을 냈다.

"제수씨 말로는, 병신 몸으로 무슨 낯짝 있다고 처자 이끌고 환고향하겠냐며 차봉이가 펄쩍 뛰더라는 얘기야. 그런 말을 흘리는 걸 보면 둘 사이에 고향으로 돌아가자는 의견도 있었다고 봐야지. 그러나 아버지 말씀에도 무리가 있어. 제수씨가 없으니 하는 말이지만, 우리가 부치는 논이래야 오오제로 나누는 백씨 문중 종답 열 마지기, 주인댁 고하골 논 열두 마지기, 떠밭띠에 있는 내 소유 천수답 다섯 마지기가 전부 아닌가. 우리 식구가 모두 매달려야 겨우 앞가림하는 판에 차봉이 식구까지 붙어서야 꽁보리밥인들 하루 두 끼라도 먹을 수 있겠냐. 세금 내고 비료대 내고 나면 돌아오는 쌀이래야 반년 양식이 안 된다. 밭작물로 나머지를 때운다 하더라도 가용에 쓸 돈도 있어야 하니 쌀은 내다 팔 수밖에. 그렇다고 들어앉은 산촌에 소작 내어줄 지주가 있겠느냐."

"이놈아, 그걸 말이라고 하는 소리냐!" 장자 푸념을 부리아범이 언성 높여 막았다. "형편 딱한 차봉이 식구가 들어온다고 어디 손 재어놓고 놀겠느냐? 다 제 밥 먹을 일은 할 것이다. 동기간에 인정 없는 말버릇하고선!"

"그러니 어진아, 네가 농장에 어찌 차봉이 식구를 받을 수 없겠느냐?" 아버지 꾸중을 귀 밖으로 들으며 석서방이 막내아우 의견을 물었다.

"작은형님 환고향한다면 받아들여야지요. 형님이 어렵다면 저와 함께 일하면 될 겁니다." 석주율이 선선히 승낙했다.

"농장에는 남의 식구도 데려다 쓰는 판이라니 도련님이 그렇게 하면 꿩 먹고 알 먹기겠군요." 주율 말에 밝아지는 서방 표정을 살피며 선돌이어멈이 말했다.

"두 연놈이 한통속이라니깐. 저걸 집안 기둥으로 삼았으니, 네 어미가 눈 뜨고 있다면 불호령이 떨어졌을 게야." 부리아범이 내뱉곤 틀어 앉으며 곰방대에 담배잎을 쟁였다.

"아버지, 무슨 말씀을 그렇게 하세요? 빈 독에 인심 나는 법 없다고, 내가 죽을 판인데 형제가 무슨 소용입니까. 내 살 만하다면 찾아오는 동기간을 왜 마다하겠어요. 또한 차봉이가 여태 한식구로 있었다면 이런 구차한 소리 않겠어요. 제 한 몸 살겠다고 부모형제 버리고 뛰쳐나갔다······"

맏이 말이 끝나기 전에 부리아범이 곰방대로 재털이를 내리쳤다.

평소 좀체 목청 높이지 않던 그가 결기를 돋우었다.

"아가리 닥쳐! 먹고살만 하다면야 남도 돌보는데, 그걸 말이라고 해? 어려울 때일수록 동기간에 우애가 있어야지. 너도 들었지? 차봉이 처 밤내 기침하는 것. 제대로 먹지도 못하고 제사공장인지 뭔지 먼지 속에 일한다고 노란 안색 보라고. 내가 보건대 폐병이야. 불쌍치도 않아? 설령 어진이가 형네 식구를 맞겠다 해도 네놈이 그런 말 하는 법이 아냐! 종놈 자식이라더니, 네가 바로 씨종 표를 내는구나."

한가윗날 아침 밥상머리가 차봉이네 식구의 환고향 문제로 쑥대밭이 되자, 쌀밥 한 그릇을 후딱 비운 선돌이가 먼저 밖으로 나갔다. 이어 위채 셋째딸애가, 엄마가 찾는다며 석서방을 불러냈다. 석주율도 맏형 따라 밖으로 나오니 둘째형수가 축담에 쪼그리고 앉아 어깨 들먹이며 울고 있었다. 방안 말을 죄 엿들은 모양이었다.

뒤늦게 백상충 석방 소문이 퍼졌는지 대문께에는 인사차 내방하는 옷갖한 근동 유지들 발길이 잦았다. 석주율은 그들을 따라 위채로 올라갔다. 주인 집 어른들은 모두 선산으로 올라가고 새 옷치레한 아이들만 볕 고운 마당에서 놀았다.

성묘가 끝나자 위채로 내려온 백상충은 사랑에 들어 곧 떠날 차비를 했다. 집안 식구가 점심밥 먹고 나서라 했으나 그는 그 말을 듣지 않았다. 상충은 겨울날 옷가지 담은 가죽 트렁크에 광목끈으로 멜빵을 동이고 바짓가랑이를 여며 행전을 쳤다. 마루에 걸터앉거나 마당에 둘러섰던 남녀노소가 무명 두루마기 차림에 갓 대신 중절모 쓰고 나선 백상충을 보았다. 상충은 중절모를 벗고 마당과

538

축담에 늘어선 집안 사람들을 둘러보곤 마루청에 너부죽이 엎드려 큰절을 올렸다. 문중 어른들은 숙연히 그 절을 받았다.

"여러 어르신과 벗님과 대소가 집안 식구께 소생이 마지막이 될지 모르는 인사를 올렸습니다. 제가 이제 이 땅을 떠나더라도 선조의 은성했던 영광에 누됨이 없이 살 것이요, 죽더라도 오늘을 있게 한 이 고향 산천과 어르신들 은혜를 잊지 않을 것입니다. 조국이 광복을 맞을 그날까지 생사를 초월해 오직 한길로 매진하기를 선조 영령 앞에 맹약코 떠나오니 불초 소생이 작고하신 형님 뒤를 이어 선영을 지키지 못하는 불효를 혜량해주옵소서. 대소간 가내에 두루 평강을 앙원합니다." 꿇어앉은 백상충이 신중하고 침통하게 말을 마치자, 트렁크 들고 마루에서 내려섰다.

축담에 비켜서 있던 석서방이 얼른 트렁크를 넘겨받아 등짐 졌다. 석서방은 경주 땅 녹동리까지 주인어른 배행을 맡았던 것이다.

"장허이. 잘 가게나. 모쪼록 건강을 조심하고." 추석 성묘차 대구에서 내려온 북정골 어른 백하중이 머리를 끄덕였다.

사람들은 아래채에 이르기까지 한 줄로 늘어서서 한마디씩 작별의 말을 했고, 아녀자들은 훌쩍이며 떠나는 이를 차마 마주보지 못했다.

"서방님, 만주로 들어가시면 꼭 우리 기조를 백방으로 수소문해주십시오. 그 자식은 우리 집안 종손이옵니다." 일본 도쿄까지 들어갔다 허탕치고 돌아온 묘지기 김첨지가 추석 성묘차 고향에 들렀다 눈물 글썽이며 당부했다.

사람들은 모두 솟을대문 밖까지 따라나와 떠나는 이와 마지막 작별인사를 나누었다. 부리아범과 석주율만이 절름거리며 걷는 백상충을 뒤따랐다.

"서방님, 북지로 들어가 독립군에 관여하시면 필경 사위 곽서 방을 만나시게 될 겁니다. 독립군부대 위관으로 있다는 소문 들은 지 오랜데, 살았는지 죽었는지 뒷소식을 모르고 있습니다. 북지로 들어갔던 어진이가 경신년(1920) 동절에 여기로 내려올 때까지 화룡현 대종교 총본사에 제 여식이 외손 둘을 거느리고 있었다 하 니, 거기 들르시면 소식을 알 수 있을 겝니다." 부리아범이 백상충 에게 부탁했다.

"그러잖아도 만주로 들어가는 대로 곽서방 행방을 찾기로 했 네. 만주 땅이 넓기는 하지만 북로군정서 위관이었던 그를 수소문 하기는 어렵지 않을걸세. 소식 아는 대로 내가 주율이한테 서찰을 보내도록 함세." 아들 행방을 수소문해달라는 김첨지 부탁 때와는 달리 백상충 대답이 시원했다.

"스승님, 이거 얼마 안 되는 돈입니다만……" 석주율이 주머니 에서 한지로 싼 봉투를 꺼냈다. 앞면에는 '義捐'이라 적혀 있었다. 백상충이 그 글귀를 읽었다.

"내가 너한테까지 이런 걸 받아서 될까?"

"스승님이 북지로 들어가시니 의연 또한 소용에 닿겠지요. 저도 조선 백성이오니 작은 성의나마 표하고 싶습니다. 안착하시는 대 로 연락주시옵고, 이쪽에 필요한 일이 있으면 제게 심부름 시켜주 십시오." 석주율이 담은 의연금은 50원이었다. 50원은 둘째형수 에게 주기로 해 떼어놓았다.

"사용(私用)에 쓰라고 주는 돈이 아니니 받겠다. 내가 네 일을 두고 심기가 불편한 말을 많이 했다만 노파심에서 한 말이었으니 가려서 들었을 테지. 내 너의 진중하고 청결한 본심을 모르는 바 아니야."

"스승님, 고맙습니다."

"영육으로 학대받는 조선 농민들을 진정으로 위한다면 그들 주림을 면케 해줌도 중요하지만 반드시 민족혼을 심어줘야 함을 잊지 말게. 백성 주림은 비단 그들이 왜놈 노예로 전락했기 때문만이 아니라 겹친 흉년이나 지방 이속의 가렴주구가 심해서 그럴 수도 있느니라. 그러나 어떠한 자연 재해나 학정에도 면면히 목숨줄 잇고 살아온 백성일진대, 그들이 자기가 서 있는 자리마저 잊어버릴 때면 정말 왜놈 마소가 될 수밖에 없어. 생도들을 지도함에도 마찬가지고."

"스승님 말씀 명심하겠습니다."

"그럼 더 따라오지 말고 여기서 돌아가게. 연로하신 아버지 자주 찾아뵙도록 하고."

백상충은 걸음을 돌렸다. 길가에 선 버드나무 노란 잎이 바람에 날려 떨어지고 있었다. 버드나무에 매달린 까치집에서 까치 한 마리가 푸른 하늘로 날아올랐다.

석주율은 절름걸음으로 멀어지는 스승 뒷모습을 바라보다 그 자리에서 무릎을 꿇었다. 이마를 땅에 대고 절하자 한줄기 더운 눈물이 속눈썹을 적셨다.

풍화(風化)

가을걷이도 끝나 온 산을 붉게 물들였던 단풍도 시나브로 졌다. 아침저녁으로는 홑옷이 썰렁하게 기온이 떨어졌다. 낮 동안 석송 농장 장정들은 겨울날 땔감을 해 나르고 아녀자들은 가을걷이 끝난 밭에 보리씨를 뿌렸다.

얼마 남지 않은 추수감사 동제(洞祭)를 위해 글방 생도 중에 청년들은 농장으로 나와 농악놀이를 연습하느라 꽹과리와 장구를 쳐댔다. 행사 준비를 맡은 몇은 줄다리기에 쓸 애기줄꼬기 독려와 씨름선수 뽑는 일로 인근 마을을 돌았다.

석주율은 선화 점괘가 좋잖다는 반대의견이 있었으나 개천성절인 음력 10월 초사흘날을 잔칫날로 밀고 나갔다. 그 점에는 농장 식구 찬성이 절대적이었고 주율 역시 날짜를 바꿀 마음이 없었다. 또한 잔칫날 관내 각 기관장과 유지를 초대하는 문제도 선화 뜻을 따르지 않기로 했다. 잔치는 어디까지나 한 해 농사일로 수고한 농민을 위한 잔치였기에 높은 자리에 있는 사람들 초대와 무관했다. 그들을 초치함으로써 농장에 어떤 이익을 구하자는 속셈 또한 없었다.

장년과 나이 든 층 공부시간과 여러 모임 회합이 끝나는 밤 아홉시를 넘겨 아홉시 반에 종을 치면 농장 식구는 모두 글방으로 모여 공동시간을 가졌다. 하루 일과를 무사히 끝낸 데 따른 석회 형식이었다. 5분 정도는 단군 영정을 모시고 예배를 보았다. 나머지 20분은 농장 일에 따른 토론이 있거나 학습시간으로 보냈다. 학습시간에는 석주율의 짧은 강의가 있기도 했고, 이희덕이나 강치현의 조선 역사에 관한 공부시간으로 메워졌다. 그 뒤부터 자유시간이었다. 잠을 자도 되고, 담소해도 되고, 제가끔 자기 일을 해도 무방했다. 공부하거나 새끼 꼬거나 바느질로 시간을 보내기도 했다. 처음에는 밤 열한시를 넘기지 않고 반드시 불을 끄고 취침 해야 한다는 규칙을 정했으나 그런 강제규정을 없애기로 했다. 공동체 생활에는 반드시 여러 규칙의 준수가 필요하나 규칙을 자주 적용하다 보면 군대나 감옥같이 규칙에 매이게 되기에 규칙 또한 있듯 없듯 각자 알아 행하도록 했다. 사실 밤 열한시 취침은 석주율 자신이 어기는 경우가 많았다. 그는 사위가 조용한 혼자 있는 시간에 농사 관계 책이나 생도를 가르칠 교재를 읽었고 취침 전에 일기를 썼다.

그날 밤, 예배가 끝나고 강치현의 고려시대 금속 활자 발명에 대한 공부시간이었다. 바깥은 가랑잎 쓸고 가는 바람과 귀뚜라미 울음이 쓸쓸한데, 갑자기 개 짖는 소리가 요란했다. 농장에는 개가

세 마리 있었다. 뒤쪽에 앉았던 석주율이 슬그머니 자리에서 일어나 밖으로 나왔다. 희뿌염한 달빛 아래 농장 입구에 벙거지 쓴 사람 모습이 보였다. 개들이 외투 자락이라도 물듯 짖어댔으나 사내는 태무심하게 우두커니 서 있었다.

"누구십니까?" 석주율이 물었으나 상대는 대답이 없었다. 혼잣몸으로 보아 북지행에 나선 이농자는 아닌 듯했다. 남도 끝에서 북상길에 오른 가족이 더러 농장에서 하룻밤 잠을 청하기도 했던 것이다.

"밤이 깊은데 용케 쉴 곳을 찾았군요. 들어오시지요." 석주율이 행려자에게는 끼니를 대접하고 잠을 재워주었기에 누구냐고 따지지 않았다. 주율이 짖는 개를 쫓았다.

"나 기조요. 김기조."

"이게 웬일입니까? 가족이 김형 수소문에 애태우던데 그동안 어디 계셨다 오는 길입니까?"

"사연이 길지요. 내가 여기 와도 되는지, 읍내에 머물며 생각했으나…… 일단 석형을 만나기로 했어요."

"제 방으로 들어갑시다."

석주율은 호롱불 켜고 김기조와 마주앉았다. 늠름하던 그의 예전 모습은 간데없고 봉두난발에 광대뼈가 두드러졌다. 거칫한 수염이 턱주가리와 코밑을 덮고 있었다. 몸에서는 쉰내가 풍겨 오랜 행려가 한눈에 드러났다.

"저녁밥은 어찌했습니까? 밥상 준비시킬까요?"

"먹었어요. 그런데 하룻밤 유숙해도 되겠습니까?"

"물론이지요."

김기조는 외투 주머니를 뒤지더니 궐련갑에서 담배를 꺼내어 당성냥으로 불붙여 연기를 흘려냈다.

"석형은 작년에 내 양물 잘린 걸 풍문으로 들었나요?" 그는 무엇을 떠올렸는지 실소를 짓더니 첫 운을 뗐다.

"그게 사실입니까?"

"그래요."

"어떻게 그런 일이 있을 수 있습니까?"

"한순간에 그런 자상을 당하자 한동안은 수치심과 맹렬한 복수심으로, 그 패거리에 보복하겠다고 결심했지요. 그런데 이상합디다. 결심이 열흘 못 넘겨 허물어졌지요. 보복이 만용 아닌가, 하늘이 내린 징벌로 자업자득이 아닐까 하는 회의로 결심이 허물어진 게 아닙니다. 나를 돌아본 깨달음은 훨씬 후에 찾아왔지만, 삶의 의욕이 깡그리 빠져나가는 무력증이 그렇게 무서운 줄 몰랐어요……"

석주율은 기조를 지켜볼 뿐 입을 다물고 있었다. 머리 회전이 빠른데다 구변이 좋았으나 지금 그가 하는 말은 진심이라 해도 좋았다. 때가 까맣게 낀 손톱이 타도록 꽁초를 빨며 말했는데, 쉰 목소리가 진지했다.

"말하자면 내시가 된 셈 아닙니까. 내 나이 서른하난데 계집질에 미쳐 장가를 안 갔으니 장자로서 씨손도 못 두게 됐지요. 소생 문제를 떠나서라도, 생식기가 없다는 건 온전한 인간이라 할 수 없지요. 제 발로 움직이며 활동하던 동물이 갑자기 식물 상태로 변이된 꼴이지요. 생식기가 없다는 건 연장이 제구실 못한다는 자체에만 문제가 있지 않고, 정신마저 백지로 만들어버린다는 걸 알았어요. 궁중에 있는 내시는 색을 알기 전 소년 적에 그런 형벌을 당하는데, 그건 형벌이 아니라 숙명이라면, 내 경우는…… 하여간 나는 삶의 의욕도, 미래의 전망도, 그 어떤 희망도 잃고 철저히 무력증에 빠진 거지요. 첫 출발은 진주로 흘러가 기생방에 죽치고 앉아 주야장천 술만 퍼마셨습니다. 복수심도 삭아지고, 취생몽사로 달포를 보냈으니 두둑하던 돈도 제법 작살냈지요. 그런데 초향이란 기생은 내가 허구한 날 술만 퍼마셨지 자기를 품에 안지 않자 내 비밀을 캐낸 모양이라요. 초향이가 하루는 이런 말을 합디다. 자기가 수소문한 끝에 환관 출신 영감을 찾았으니 한번 만나보는 게 어떠냐고. 그것도 괜찮을 것 같아 그를 만나기로 했지요. 한양 궁궐 내시부에서 환관으로 있다 대한제국이 망하자 양자 고향인 진주로 낙향한 늙은이였습니다. 비봉산 아래 은둔해 있다는 그를 찾아가니, 지난 재물이 넉넉했던지 살림이 포시랍습디다. 마누라가 있고 양자에 며느리까지 두었더군요. 환갑을 넘겼는데 머리칼은 검고 턱주가리와 코밑은 수염이 없어 묘한 인상이긴 합디다. 이목구비가 반듯하고 인상이 맑아 풍모가 의젓하더군요. 내가 노인을 선달님으로 높여 부르며, 제 기구한 팔자타령을 듣고 좋은 말씀을 하교해달라고 부탁했지요. 그러자 노인이 한가롭게, 인간의 길흉화복은 하늘이 정한 뜻이니 마음을 편케 가지면 복이 마음에서 나온다는 도사 같은 말을 읊더군요. 수염 없는 얼굴에 목소리가 여자같이 가늘어 여잔지 남잔지 흉물스럽던 참에 하는 말이 태평이라 실망해서 물러나려 하자, 노인이 나를 불러, 끝말이나 듣고 가라고 잡습디다. 갑신년 우정국 정변 때 환관 유재현이 임금님을 호위하다 죽임을 당했고, 을사년에는 왜국과 보호조약이 맺어지자 환관 반한영이 종로에서 호국을 열변한 후 자결했고, 강석호 또한 나라 잃은 통분으로 자결했으니, 이를 두고 장안 백성이 충환(忠宦)이라 우러러 불렀다더군요. 헌종 때 황윤명과 그 손자 안호영은 서화로 이름을 떨쳐 부자들이 돈을 싸들고 와서 서화를 얻어가려 문전성시를 이루었다며, 내시 자랑을 한바탕 늘어놓습디다. 그런데 노인 마지막 한마디가 그럴싸하게 들리더군요. 인간사 색욕과 자손 끊게 함을 두고 속인들은 문둥병과 같은 천형이라 말하지만, 선계(仙界)에서 볼작시면 그런 허언이 가소롭다 이거요. 천상에 사는 신선세상에는 남녀 구별이 없고, 구별이 없으니 색이 있을 수 없고, 신선은 천년만년을 사니 자손이 필요 없다는 그럴싸한 주석을 달더군요. 임자도 하늘 점지를 받아 이제 신선 길로 들어섰으니 도를 좇으면 세속에서 일탈할 거라고, 마치 점괘를 풀듯 일갈합디다. 거기서 물러나오자 이튿날로 마산으로 나와 중국 땅 상해로 가는 배를 탔지요. 바람과 풍랑에 떠내려가는 사공 없는 배처럼, 탈진한 채 나그네길에 올랐다고나 할까……"

김기조의 신세타령은 자정이 넘도록 이어졌다.

김기조는 중국 땅 상해를 거쳐 북으로 방향을 잡아 만주 땅으로 들어가 선양에서 뤼다(旅大, 현재의 다롄)로 내려와, 거기서 일본으로 가는 상선을 타고 오사카로, 남단 가고시마에 이르기까지 반년 동안 동가식서가숙하며 헤매고 다녔다는 것이다. 고국 땅으로 들어오기가 지난 초가을이라 했다. 그동안 배 이외는 탈것에 의지하지 않고 도보로 여행했는데, 강도와 마적과 사나운 짐승에 쫓겨 여러 번 죽을 고비도 넘겼고 이질에 걸려 고생도 적잖게 겪었다고 했다. 돈도 그제야 바닥이 나버려 노숙을 일삼으며 울산 땅까지 오기가 이틀 전이라 했다.

"내가 석형 앞에 이런 말 할 입장이 되는지 어쩐지 모르지만, 그렇게 정처 없이 떠돌 동안 인생에 대해 깨달은 바 또한 적지 않았어요. 먼저 가식으로 겹겹이 위장된 내 허상을 봤어요. 두번째로 내 허상이 무너져 껍질을 벗자 세상 사람의 살아가는 실체가 제대로 눈에 들어왔지요. 세번째로 내가 배운 학식이란 게 얼마나 깊이 없으며 나를 교만덩어리로 만들었나를 반성할 계기가 되었다고 할까…… 그렇게 반성하고 이런저런 경험을 쌓았는데도, 아직 나는 내가 앞으로 무엇을 해야 할지 그 문제 해답만은 막막할 따름이오. 궁극적으로 내가 살아야 할지 죽어서 신선이라도 돼야 할지 판단이 서지 않아요. 내가 석형을 떠올리게 된 건 경성에서 우연히 헌 농민잡지를 뒤적이다 거기에 석형이 쓴 '조선 농민의 당면 과제'란 글을 보게 됐지요. 아, 그 사람이 진인(眞人)인 줄 왜 내가 미처 몰랐던가. 나는 부끄럽게도 그제야 석형의 걸어온 길이 나와는 정반대였음을 짚게 된 겁니다. 오늘 아침에 구영리에 도착해 마을 사람들에게 석형에 대해 이것저것 물어보다…… 내가 정말 석형을 만나야 할지, 또 이곳을 떠나야 할지 망설이다……" 김기조가 고개를 떨구고 한참 말이 없더니 석주율을 보았다. "석형, 스승과 석형이 백립초당에 살 때 스승으로부터 빌려 본 서책에 이런 말이 있었소. '호마는 북풍이 불어오는 쪽으로 머리 돌리고, 월나라에서 온 새는 남쪽으로 뻗은 가지에 둥지 튼다(胡馬依北風 越鳥巢南枝)'는 그 말이 여기까지 오자 홀연히 자각에 이른 것이오. 수륙 만리를 부유했지만…… 역시 쉴 곳은 내가 태어나고 자란 이 땅이 아닐까 하는……"

석주율은 그가 노독으로 피곤에 절었다고 판단했다.

"김형, 고하골 본가에는 들렀습니까?"

"부모님 만날 면목도, 만난들 무슨 말을 하겠어요."

"곤하신 모양인데 주무십시오. 우선 쉬셔야겠습니다."

석주율 말이 떨어지자 김기조는 짚동이듯 그 자리에 모로 쓰러졌다. 그는 곧 단잠에 빠졌다. 주율은 수건을 들고 밖으로 나와서 우물터로 갔다. 수건을 빨아와 땟국 앉은 그의 얼굴을 닦았다. 숯검댕이 된 발도 닦아주었다. 기조에게 말을 하지는 않았지만 그의 회개에 주율은 감복받았다.

이튿날 아침, 석주율이 눈을 떴을 때 김기조는 잠에서 깨어나지 않고 있었다. 어젯밤에 들이닥친 손님이 누군지 궁금해 농장 식구가 주율 방을 삐꿈거려 기조의 잠자는 모습을 보았다.

"아니, 저 양반 고하골 백군수 선산 묘지기 아들 아닌가. 부산에서 성공했다더니……" 신당댁이 방문 열고 들여다보곤 김기조를 알아보았다.

"맞아요. 홍복상사에서 서기 일 보던 사람입니다." 김복남이 신당댁 말을 받았다.

정심네도 그를 잘 알았으나 아무 내색을 않았다.

"학교 선배지만 일찍 졸업해 직접 대면 못했으나 이름은 들었습니다. 수재라는 평판이 자자했지요. 뒷소문은 그리 좋지 않았지만." 안재화 말이었다. 모두 뒷소문이란 게 뭐냐고 물었으나 재화는 대답하지 않았다.

"그런 소문이야 나도 환하지. 저 양반 색탐은 언양 바닥에 소문이 돌았으니깐." 신당댁이 대신 말했다.

"선생님과는 어떤 사이인데요?" 신태정이 물었다.

"백군수 댁 작은서방님이 동운사에 유하실 때 우리 선생님과 함께 선다님께 글 배웠다나 어쨌다나."

농장 식구가 김기조를 두고 쑥덕공론이 있었으나 그가 쉬 떠나리라 여겨 그의 출현을 대수롭지 않게 생각했다.

이튿날 아침, 석주율은 손님을 깨우지 말고 푹 자게 두라는 말을 남긴 뒤 자전거를 타고 나가 면소에 다녀왔다. 그가 낮참에 돌아오니 김기조가 방안에 넋 놓고 앉아 있었다. 주율은 신당댁에게 손님 점심 밥상을 차려주라고 말했다.

김기조는 점심밥을 먹고 난 뒤 개울로 나가 몸을 씻고 돌아와 다시 주율 방에 칩거했다. 언제 떠나겠다는 말 없이 그는 하룻밤을 더 묵었다. 첫날과 달리 그는 입을 꿰맨 듯 말이 없었고 내내 표정이 침울했다. 낮 동안은 방에서 신문이나 책을 뒤적이거나 바깥을 싸도니 석주율도 그의 심사를 건드리지 않고 모르는 체 두었다.

김기조가 농장에 나타나 기식을 시작하고 사흘째 되는 날 석회시간이었다. 아이들을 잠자리로 보내고 어른만 남게 되자 드디어

기조에 관한 문제가 식구 사이에 거론되었다. 김복남이 석주율에게 말문을 열었다.

"선생님, 김기조란 그 사람이 언제까지 농장에 머물겠답디까. 식객으로 무작정 눌러앉아 있는 건 아니겠지요?"

"글쎄요, 물어보지 않았지만…… 김형이 알아 처신하겠지요." 석주율은 그렇게 대답할 수밖에 없었다.

"선생님께서 말씀하시기 어렵다면 우리가 나서겠습니다. 그분은 농장 식구가 아니므로 무작정 묵게 할 수 없습니다. 하루 종일 방안에 박혀 편편히 놀고 지내니 농장 식구 보기에도 민망합니다." 설만술 씨가 말했다.

"선생님 글동무 되신다는 분에게는 안된 소립니다만 어떤 조치가 있었으면 합니다." 구서방도 설씨 말에 맞장구쳤다.

"여러분 뜻을 잘 알겠습니다. 글피가 추수감사 잔칫날이니 그 문제는 그때까지 접어두기로 합시다. 모처럼 방문한 손님을 박절하게 떠나달랄 수는 없습니다."

석주율 말에 그 문제는 일단락되었다.

그날 밤, 석주율이 잠자리에 들어서였다.

"석형, 조석으로 교실에서 단군 영정 모시고 예배드리는 모양이던데, 언제부터 대종교를 신봉했습니까?" 목침 베고 누운 김기조가 오랜만에 말을 꺼냈다.

"종교적 예배가 아닙니다. 우리가 나라를 빼앗겼으나 뿌리까지 잃을 수 없기에 그분을 기리는 겁니다."

"그렇다면 석형은 곰이 여자로 변해 웅녀가 되었고, 단군님이 웅녀 자식이라는 옛날 옛적 이야기를 믿습니까?"

"역사적 사실과 신화는 구별되어야겠지요. '옛날에 단군이란 분이 평양에 도읍을 정하고 조선이란 나라를 세웠으니 이는 중국 요임금과 같은 시대다'란 기록은 여러 서책에 기록되어 있잖아요. 이는 사실이고 신화는 그 사실의 가공으로 보아야겠지요. 그런데 중요한 점은, 가공의 건국신화야말로 조선이 고대로부터 독립된 국가였음을 입증하는 근거라고 봅니다. 조선이 원시부족사회를 거쳐 국가가 형성된 역사 시대로 넘어와 어느 국가로부터 분할되어 독립국이 되었다면 건국신화가 탄생하기 힘들겠지요. 일본도 그렇지 않습니까. 일본은 고대에 조선 반도를 중심으로 대륙을 거쳐 섬으로 들어간 사람들에 의해 나라가 세워졌으나, 따로 건국신화가 있잖아요."

"일본 건국신화를 아십니까?"

"책에서 읽었습니다."

일본에서 가장 오래 된 역사책인 『고사기』에 따르면, 신무천황(神武天皇)은 고대 야마토족(大和族)이 숭배하는 태양의 여신 아마테라스오미카미(天照大神) 자손이라는 것이다. 여신 손자가 하늘로부터 일본 땅으로 내려왔으며 그의 손자가 일본 제1대 천황인 신무로, 처음에는 구주 히유가 다카치호노미야에 살았다 했다. 그러므로 일본 천황은 신의 자손으로, 지금 천황 다이쇼는 신무천황으로부터 123대 손이라는 것이다.

"일설에 의하면 백제 왕족이 일본 구주 지방으로 들어가 야만 생활을 하던 야마토족을 다스렸으므로 일본 황실 혈통은 백제 피가 섞였다는 말도 있더군요." 김기조가 말했다.

"지금 현실과 정반대로 우리나라가 일본을 식민지로 삼았다면 그게 풍문이냐, 역사적 사실이냐를 증명해낼 수 있겠지요. 역사적 진실은 반드시 고증이 필요하니까요. 일본 고대 황제 무덤을 발굴해 그런 기록이 나온다면…… 그러나 지금 단계에서 그런 가설을 궁리한들 무엇하겠습니까. 조선이 일본과 대등한 위치의 자주권을 찾는 게 급선무겠지요."

김기조는 한동안 말이 없었다.

"나도 조석예배에 참석해도 될까요?" 한동안 말이 없다 김기조가 물었다. "나도 단군님께 경배드리고 싶습니다."

"그렇게 하십시오." 석주율은 승낙할 수밖에 없었다. 석송농장 식구만 참석하는 시간에 기조가 끼인다면 그도 한식구로 정착하겠다는 뜻인지 어쩐지 주율은 알 수 없었다. 설마하니 구경 삼아 단군 경배시간에 참관하려는 속셈이 아닐 터였다. 그의 진퇴는 추수감사 동제를 치른 뒤에나 결정할 문제였다.

이튿날, 동창이 밝아오고 닭 울음소리가 들리자 석주율은 잠에서 깨었다. 세수하러 수건 챙겨들고 보니 김기조 잠자리가 비어 있었다.

교사 현관 처마에 걸린 종이 울리고 세수 마친 농장 식구가 교실로 모여들 때, 교실에 남 먼저 와 있는 자가 책상다리해 묵상에 잠긴 김기조였다. 그의 갑작스런 출현에 농장 식구들은 적잖게 놀랐다. 강치현의 통성기도와 김복남의 당일 작업발표가 진행될 동안 기조는 그 자세를 유지했다.

그날 밤, 농장 식구들이 모여 석회시간을 가질 때도 기조는 예의 까치머리에 수염 더부룩한 몰골로 뒷자리에 앉아 있었다. 석회가 끝나자 그런 그를 두고 남자들이 쑥덕거렸다.

"김씨 그 사람 웃기는구먼. 낮 동안은 어디로 휘질렀다 저녁끼니때 맞춰 나타나? 아주 눌러붙기로 작정했나, 조석으로 교실엔왜 와?" "석구 말로는 오늘 면소 장거리를 어슬렁거리더라잖아." "우리 선생님은 다 좋은데 딱 하나 맺고 끊는 게 없어 탈이란 말이야." "신당댁 말로는 부산에서 큰 상점 치부를 담당했다더니 돈빼내 쓰고 쫓기는 몸이 틀림없어. 두고 보라고. 잔칫날 순사가 나타나면 사라져버릴 테니깐." "제발 그랬으면 좋겠어." 다들 김기조가 내시인 줄 몰랐으므로 쑥덕공론이 변죽만 울릴 따름이었다.

추수감사 잔치 전날은 갓골 부녀회 아낙들까지 동원되어 음식만들기에 법석을 떨었다. 구영리를 비롯해 인근 마을의 제 논밭가진 농사꾼들이 잔치음식에 보태라며 햇곡을 몇 됫박씩 내놓아그것만으로도 시루떡, 수수떡, 증편, 이렇게 떡을 세 종류나 만들었다. 개울가에는 서 말 치 솥을 걸고 잡은 돼지 두 마리를 연방삶아냈고, 솥뚜껑을 번철 삼아 부침개도 진종일 부쳐댔다. 닷새전에 담은 술은 잘 익었다. 남정네는 술 마시지만 술 못 마시는 아녀자들과 아이들을 위해 감주도 두 독이나 담았다.

까치설날이 설날만큼 흥청거리듯, 동제 전날 석송농장은 많은일손과 구경꾼들로 북적거렸다. 아낙들은 음식 만들며 끼리끼리웃음꽃을 피웠고, 글방 농악패도 풍악 연습에 마지막 신바람을 피웠다. 농장 식구 중 나이 어린 아이들이 풍악 장단에 더 흥을 냈다.

아둔한 솔이는 뒤틀린 다리로 비칠걸음을 걸으며 농악패를 따라 다녔다.

백운과 선화가 석송농장으로 오기는 그날 해가 진 뒤였다. 낙엽이 져버려 한결 말갛게 보이는 온 산에 어둠이 깃들고 추수 끝난 빈들을 달리는 바람 소리가 스산할 무렵, 잔치 첫 손님이 찾아온 것이다. 오늘의 집단농장을 이루기까지 적지 않은 목돈을 희사했음을 알고 있는 농장 식구들에게는 빈객이 아닐 수 없었다. 둘은 선물보퉁이를 지겟짐 진 놉을 앞세워 왔고, 닭장에서 나오던 김복남이 일행을 먼저 보았다.

"부산 백운거사님과 선생님 누이분이 오셨어요!"

김복남의 외침에 그때까지 음식 준비로 미처 손 거두지 못했던 아녀자들까지 일손 놓고 앞마당으로 나왔다. 아녀자들은 옹기종기 몰려 서서 백운을 뒤따라오는 선화에게 눈을 뗄 줄 몰랐다. 당목 두루마기에 겉옷까지 검정으로 일색한 선화의 해맑은 얼굴이 짙어오는 어둠 속에 도드라져, 아낙들이 보기에는 이 세상 사람이 아닌 듯했다.

"달님같이 곱기도 해라." "작년보다 더 여위신 것 같네."

주위의 그런 귀엣말을 들으며 정심네 역시 선화를 뚫어지게 보자 옆에 섰던 김복남이 "백운거사 사모님이라 부르면 경칠 거예요. 석선생님 누이동생이지요" 했다.

부뜰이가 석주율 방으로 가더니 댓돌 앞에서, 백운거사님과 선화 아씨가 오셨다고 알렸다. 마침 주율은 장욱과 그와 함께 온 선우길동이란 청년을 상대로 말을 나누던 참이었다. 김기조는 구석에서 호롱불 아래 신문을 뒤적이고 있었다.

"바쁜 날에 와서 시간 뺏어 미안하구려. 그럼 나도 내일 경부 형님과 올게요." 장욱이 일어섰다.

"선생님, 잘 부탁드립니다. 선생님께서 강연한다니 회원들 기대가 큽니다. 선생님 조카분도 우리 회원이라 자기 이름을 댄다면 쾌히 승낙하실 거라고 말했거든요." 선우길동이 말했다. 그는 장생포에 있는 선일제유공장 직공이었다.

고래잡이 전진 기지인 장생포에는 고래 살과 뼈에서 기름을 빼내는 소규모 경유(鯨油)공장이 여럿 있었다. 이번에 '장생포 경유 노동회' 결성을 계기로 강연회를 여는데, 연사로 석주율을 초청하겠다고 찾아온 참이었다. 노동회가 결성되기까지는 장욱 힘이 컸고, 그 역시 연사로 나선다 했다.

석주율은 장욱과 선우길동을 배웅하려 밖으로 나왔으나, 김기조는 딴전 피우듯 신문만 뒤적거렸다. 나서는 손님도 본체만체했고 부산에서 백운과 선화가 왔다는 말을 들었으나 별다른 반응을 보이지 않았다.

"백운거사님 오셨군요. 선화까지 힘든 걸음 했군." 석주율은 장욱 자전거에 선우길동이 뒤에 타고 땅거미 내린 들길로 떠나는 걸 보고서야 설만술 씨 집 마루에 앉아 있는 둘을 맞았다. 그는 백운과 선화를 자기 방으로 안내하며, 김기조가 농장에 머문다고 귀띔했다.

"그래요. 언제 왔습니까?" 백운이 물었다.

"엿새쯤 됐나요. 그동안 중국, 일본 땅을 여행했답디다."

556

백운은 더 묻지 않았고 선화도 말이 없었다. 일행이 방으로 들어가자 김기조가 그제야 신문을 걷더니, 이거 면목 없이 뵙게 됐구먼 하며 부산 손님을 맞았다.

"김서기, 오랜만이오. 어찌 갑자기 사라져 사람 놀라게 하오?" 농 섞인 백운 말에 김기조는 윗목에 앉는 선화로부터 눈길을 거두었다.

"이런 말 선화에게 물어야 할지, 거사님께 여쭈어야 할는지 모르겠으나 내가 자업자득의 낭패당한 소문은 들었겠지요?"

"해괴한 그 소문이 사실인 모양이구려. 김서기는 학식 있고 언변이 좋으니 앞길을 잘 챙기겠지요." 백운이 파안대소로 응대했다.

"김형이 마음만 잡으면 하실 일이 많잖습니까. 일찍 스승님께서도 김형을 두고 학문을 익히는 재능이 대단하다고 칭찬하셨잖습니까." 석주율이 말했다.

"재능? 그거야말로 껍데기지요. 순박한 바보가 부럽습니다. 석형, 우리 동운사 절마당에서 조실스님 법어를 같이 들은 적 있잖습니까. 조실스님이 연당에 핀 연꽃을 바라보며, 진흙 속에서 연이 꽃을 피우는 지혜조차 인간은 왜 깨닫지 못하느냐고. 그때 그 말씀은 물같이 흘러가버렸지요. 물이 왜 낮추어 흐르는지 지혜를 겨우 깨우치니……"

김기조의 회한에 찬 말에 백운 얼굴이 굳어졌다. 그는 기조가 다른 사람으로 변했음을 알아본 것이다.

"진흙밭에서 피는 연꽃이라? 연꽃 본성이 자라는 환경을 탓하지 않는 이치겠지요. 김서기께서도 본성이 예시하는 대로 따른다면 그 행함이 곧 갈 길 아니겠습니까." 백운이 역술사 위치로 돌아가 신중하게 말했다.

"본성을 좇아라?" 김기조가 턱에 손 괴고 혼잣말했다.

"저녁밥상 들일까 하는데요." 바깥에서 정심네가 말했다.

정심네가 두레상을 들여와 상다리 펴고 행주질하자, 신당댁이 소반에 날라온 음식을 방안에 들여놓았다.

"선화 아씨는 바깥분들과 드시기 불편할 것 같아 우리 방에 따로 상을 보았습니다."

신당댁 말에 말없이 앉았던 선화가 몸을 일으켰다. 정심네가 선화를 자기 처소로 데리고 갔다.

두레상은 진수성찬이었다. 기름이 뜨는 돼지고깃국에, 나물 반찬에, 김치도 세 종류였다. 파전과 묵에 삶은 문어까지 올라 있어, 밥과 국 이외 찬은 세 가지 이상 올리지 않는다는 농장 취사 규칙이 아예 무시된 밥상이었다.

"잔치 밑이 걸긴 걸군요." 백운이 말했다.

"맞이굿(迎神祭) 제상에도 올리기 전 이런 법이 있습니까." 석주율이 웃으며 말을 받았다.

식사를 하며 농장과 글방 현황에 관해 백운이 이런저런 질문을 하고 석주율이 대답할 동안, 김기조는 대화에 끼지 않고 묵묵히 밥만 먹었다.

"참, 열흘쯤 됐나요. 하루는 대창정 조익겸 어른이 선화를 자택으로 불러 석송농장에 낼 기부금이라며 목돈을 주셨답니다. 선화가 아무 주석도 달지 않고 내게 넘겨주기에 영문도 모르는 채 맡아서 왔지요. 그 영감님이 석송농장에 적선할 줄은 몰랐습니다."
백운이 말하며 조끼주머니에서 봉투를 꺼내자, 김기조가 들던 숟
가락을 멈추며 봉투를 보았다.

"석형, 밥값은 낼 테니 겨울날 동안 농장에 묵게 해주시오." 김
기조가 이 말을 꺼내기는 밥상 물리고 한참 뒤였다.

김기조 말을 듣자 석주율은 농장 식구들의 거센 항의부터 떠올
렸다. 그가 밥값을 낸다 한들 밥값이 함께 살 조건이 될 수 없었다.
농장은 여느 장터거리 봉놋방이 아니었고, 함께 일하며 함께 생활
하는 공동체 터전이었다.

"그 문제는 다른 분들과 의논해야 하고 모두 찬성해야지요. 여
기 농장은 주인이 따로 없으며 모두가 주인입니다."

"농장 재산이 공동소유란 것쯤 나도 압니다. 나는 자원봉사자로
얼마 동안 도와드리겠다는 거지요. 글방 선생 노릇도 할 수 있고,
맡겨준다면 내가 배운 회계 일도 볼 수 있어요. 그 외에도 석형 한
팔이 되어 도울 일이 있을 겝니다." 김기조는 곰삭여둔 말을 했다.

석주율이 대답하지 않고 백운을 보았다.

"김서기야말로 워낙 능력이 출중해 이런 농장에 머무르긴 아깝
지요. 농장을 개울이라 한다면, 넓은 바다로 나가 큰일을 도모해
야 할 겁니다. 김서기가 상업에 나선다면 크게 성공할 수 있을 텐
데요? 연세로 봐서도 적당한 시깁니다." 백운이 말했다.

"내 점괘가 그렇단 말입니까?"

"평소 김서기를 보았던 소감입니다. 역풀이 또한 과히 틀리지
않겠지요. 김서기는 이번 일을 새 출발의 전기로 삼아야 할 것인즉,

이 처소는 그릇이 작다는 뜻이지요."

"그럴까요?" 김기조가 반문하고 잠시 생각에 잠기더니 힘주어 말했다. "아까 거사님이 본성의 향대로 살라 하셨죠? 그러겠습니다. 여기에서 새 출발 하겠어요. 농장 식구가 나를 받아주지 않는다면 따로 움집 엮고 조석 끼니는 내가 해결하며 당분간 농장 일을 돕겠어요. 부산 경남은행에 내 예금잔고가 있습니다. 수고스럽지만 거사님이 그 돈 좀 찾아 보내주십시오. 이자도 제법 붙었을 테니 그 돈이면 겨울은 충분히 날 수 있을 겁니다."

김기조 말을 듣자 석주율 마음은 때아니게 비구름이 몰려오듯 난감해졌다. 이제 밀어내도 그는 떠나지 않을 터였다. 한편, 그가 농장을 찾게 된 연유에는 하늘의 뜻이 있으리라 여겨지기도 했다. 그는 예전 기조가 아니었기 때문이다.

*

동살이 밝아오기 전에 잠자리에서 일어난 석주율은 남 먼저 개울로 내려갔다. 입동도 지난 절기라 냇물이 써늘했으나 오늘 축제 제관(祭官)이었기에 그는 옷을 벗고 정성 들여 목욕재계했다. 표충사에 있던 시절, 한겨울에도 새벽마다 학암폭포로 올라가 얼음 언 시린 물에 몸을 담갔던 기억이 새로웠다. 그때는 세상일의 잡념을 떨쳤기에 오직 구도를 향한 정진의 미진함에만 번뇌가 일었다. 그 시절에 비한다면 저잣거리로 내려온 지금은 세상 온갖 번뇌를 떠맡은 느낌이었다.

동녘 하늘이 밝아오자 어둠에 잠겼던 산천이 잿빛으로 살아났다. 시든 풀숲에 서리가 내려 날씨는 따뜻하고 쾌청할 것 같았다.

앞마당 정북향에 멍석과 초석을 깔고 병풍 쳐 제상부터 차렸다. 햇곡으로 빚은 떡시루에 갖은 실과와 정성 들여 만든 온갖 제물이 제상에 올려졌다. 축관(祝官)을 맡은 박영감이 제례에는 밝아 아녀자들이 날라온 음식을, 좌포우혜(左捕右醯) 홍동백서(紅東白西) 하고 어동육서(魚東肉西)에 두서미동(頭西尾東)으로 상차림을 지시했다. 농장 식구는 모두 설빔이듯 지닌 입성 중 가장 좋은 옷으로 치레하고 나섰다. 농장의 장애아들이 가장 좋아해 서툰 몸짓으로 깡총거렸다.

해가 떠오르자 인근 마을 남녀노소가 석송농장으로 모여들었다. 맞이굿 제상에 껴붙어 올려놓으려 집안 햇곡이나 과일을 가져오는 사람도 있었다. 내년 한 해 농사일도 일월성신(日月星辰)께서 보살펴달라고 덤으로 축원하기 위해서였다.

울산 지방에서는 가장 영통하다는 당주무패 표법사(法師) 일행이 들이닥치기도 그 시간쯤이었다. 무패는 표법사 식구로 이루어진 다섯이었다. 그들은 장구, 징, 피리, 해금, 잣대 따위의 악기와 색색의 종이꽃 묶음에, 갈아입을 무복 보퉁이를 들고 왔다.

석주율은 굿판을 벌이지 않고 경천제(敬天祭) 의식만 간단히 치르려 했으나 설만술 씨와 박영감이 굿판 없는 제의(祭儀)를 어떻게 시작하느냐며 반대하고 나섰다. 두 시간 정도 굿거리 복채에 쌀이 서 말이라면 그도 적지 않은 허실이었으나 어차피 벌인 잔치니 다음에 허리띠 졸라매더라도 맞이굿판이 있어야 한다고 우겼던 것이다. 주율도 『조선고사(朝鮮古事)』라는 이야기책을 보니 『훈몽자회(訓蒙字會)』에서 발췌했다며, 예족(濊族, 고조선)은 시월 제사를 무천(舞天)이라 했는데 며칠씩 큰 잔치를 베풀어 노래와 춤을 즐겼고, 그때는 반드시 화랑이 박수무당의 강신제의(降神祭儀)로 시작되었다는 예증이 있었다.

동으로는 울산 읍내, 서로는 입암과 반연리, 북으로는 서사골, 남으로는 태화강 건너 천상리에서 농장으로 들어오는 길은 축제 참례자 행렬로 하얀 띠를 이루었다. 오랜만에 허기진 삶의 시름을 털고 한마당 놀이에 나선 어른들도 그렇지만, 아이들은 놀이판을 보기도 전에 깨금발로 뛰며 모여들었다. 농장 마당에 높이 내걸려 나부끼는 '農者天下之大本'이란 깃대만 보아도 벌써 마음이 들떴던 것이다. 엿장수와 들병이는 물론 근동을 돌며 각설이타령 읊조리는 거지들도 잔치판에 빠질세라 이른 아침부터 찾아들었다. 구영 예배당 소선묵 도조사와 함께 올라온 야소꾼들도 섞였다.

제관이라 도포 입은 석주율이 무릎 꿇고 제상의 삶은 돼지머리를 향해 엎드렸다. 제상 앞과 좌우에는 마을 사람들이 가져다 놓은 제물이 따로 진설되어 있었다.

잽(악사)들이 갖가지 악기로 무악부터 시작했다. 높은 음조의 빠른 박자였다. 현란한 색깔의 활옷(圓衫) 위에 금줄과 삼색 띠로 치장한 박수무당 표법사가 거먹초립을 쓴 머리를 흔들며 제상 앞에 나타났다. 그는 한 손에는 대나무로 만든 신칼(神劍)을 쥐고 다른 손에 아라한상이 그려진 쥘부채를 쥐고 나서서 어깻짓 발짓으로 춤을 추기 시작했다. 신칼 끝에는 종이술이 달려 칼을 휘두를 때마다 상모처럼 나부꼈다. 표법사가 엎드려 있는 석주율 주위를 팔자걸음으로 돌며 걸쭉한 목소리로 사설을 읊었다.

……천상 천황의 부명 받들어 / 지상에 강세하여 유임처 정하사 / 태극환웅 불러 웅녀와 혼인하니 / 함백산 영묘 태기 태백산 단목 하계 / 영이 신임 탄생하니 / 지혜 명민하고 인생관 주체하여 / 배달 나라 단군성에 / 천이백 년 통솔하니 / 팔괘괘상 태극에 낙락장송 웅성하고 / 단군 왕님 만불지령 조선국 시조로 / 시월 초사흘날 개국이 선양되니 / 단군 성조 신도법 숭령전 대종교라 / 신천지 후천지 개벽 세상 / 조선 삼신 왕이 억년년에 / 신도법 전통이라……

표법사가 잠시 숨을 돌리고 덩실덩실 춤을 추자 잽들이 무악으로 흥을 돋우는 중에 "옳거니" "얼씨구" "좋다" 하며 추임새로 탄성을 질렀다.

마을마다 끼리끼리 무리 이루어 둘러앉은 구경꾼들이 함박웃음을 물고 눈물까지 질금거리며, 더러는 어깻짓하며 손뼉을 쳤다. 소아마비를 앓은 솔이와 춘구가 박수무당 뒤를 돌며 춤을 추자 어색한 아이 둘의 동작이 측은한 중에도 웃음을 자아냈다. 탕건 쓴 중늙은이 하나가 무리 사이에서 빠져나와 깨끼춤을 추기 시작했다. 난봉꾼의 멋스런 춤에 모두 탄복하며, 이제 구경꾼들이 추임새를 질러댔다. "어절시구, 조오타!" "어기여차, 조오타!" 질러대는 흥겨운 고함이 교사 앞마당에 넘쳐났다.

범서주재소 후치다 소장과 고무라 차석, 송하경 순사 일행이 농장에 나타나기는 박수무당 창이 일월성신의 오묘한 운행을 두고 휘몰이로 치달을 때였다.

"나리님들 오셨습니까. 원로에 이른 걸음 하시느라 수고 많으십니다. 이쪽에 앉으시지요." 유지들이 내방하면 접대를 맡기로 된 신태정이 제복 입은 그들을 멍석자리로 안내했다. 구서방댁이 준비해 둔 술상을 그들 앞에 놓았다.

장경부와 장욱, 산림조합 야마다 소장, 임태원 기자, 그 외 울산 읍내 양복쟁이 몇과 면사무소 관리 몇이 들이닥치기는 무당패가 재앙 악귀를 쫓는다며 집안을 샅샅이 돌고 있을 때였다. 이 집 저 집 마루, 부엌, 장독대를 순회하며 표법사는 쉬지 않고 사설을 읊었다. 그는 지신밟기로 땅바닥을 찧어 밟으며 신검으로 여기저기를 찌르고 베는 시늉을 했다. 잽들은 표법사 뒤를 따르며 제가끔 악기로 신명나게 무곡을 뽑아냈다. 아이들은 무당패를 에워싸고 따라다녔다.

무당패는 농장 안의 산천경개를 한바퀴 돌며 사설과 무악을 흩어 뿌리고 와서야 소리판을 멈추었다. 이제 유교 의식 차례였다. 제관인 석주율이 분향 재배한 뒤 헌주를 제상에 바치자 축관인 박영감이 축문을 읊었다. 제관에 이어 모든 농장 식구가 제상 앞에 도열해 재배하자, 이 자리 저 자리에서 나온 마을 사람도 함께 엎드려 절했다. 음덕 좋게 웃고 있는 삶은 돼지머리가 환인이나 단군 화신이듯 절을 받았다.

"여기서 고하골이 멀지 않은데 아버지와 큰오라버님 식구가 아직 안 왔군요." 선화가 옆에 앉은 백운에게 말했다. 그네는 어제 저녁 농장에 도착한 뒤부터 말이 없었고 표정 또한 밝지 않았다. 작년에 이어 일 년 만이니 그동안 오빠 농장 방문이 소원이었는데, 그네 얼굴이 어두웠기에 백운 심사도 편치 않았다. 피하라는 축제일을 그대로 밀고 나갔음은 알고 왔으나 그네가 말한 관내 기관장과 유지들을 초청하지 않았음은 여기에 와서 들었기에 그 점이 마음에 걸렸으려니, 그는 그렇게 짐작했다.

"곧 도착하겠지요. 지금도 사람들이 모여들어요." 백운이 놀이마당을 싸고 앉은 구경꾼을 둘러보며 말했다.

실히 사오 백 명은 모였을 듯싶은데, 한쪽에서는 씨름시합을 시작하려 청년회 준비위원들이 모래판을 고르고 있었다. 힘자랑이라면 내로라하는 건장한 장정들이 윗몸 드러낸 채 고쟁이 바람에 샅바 차고 엉켜 한판 씨름을 겨룰 때야 부리아범과 석서방 가족이 놀이마당으로 들어섰다.

"우리 선화로구나." 부리아범이 막내딸을 반겼다.

"그동안 안녕하셨어요." 선화가 아버지 목소리를 듣자 비로소 입가에 웃음을 띠었다.

부녀는 신당댁 방으로 옮겨 해후의 기쁨을 나누었다. 선화는 아버지 거친 손을 잡고 어루며 노후가 얼마나 적적하시겠느냐며 위로했다.

"나야 아무렇지도 않다. 노비적에 얹혀 생겨나 말년이 이만하면 괜찮지. 며느리 해주는 밥 삼시 세끼 먹고 살잖냐. 주인댁도 떠나버려 늙은이 부릴 사람도 없고. 너른 집에 우리 식구뿐이니 죽은

네 어미 생각이 자주 나니라. 좀더 살았다면 이런 호강을 누렸을
게 아닌가."

"아버지 목소리 들으니 근력이 많이 쇠하셨군요. 들일은 오라버
님께 넘겼으니 이제 쉬십시오."

"네 말 맞다. 나도 그렇게 살려 한다. 마실도 다니고. 네 차봉이
팔 잘렸다는 소식은 들었냐?"

"어진이오빠가 부산 와서 일러줬어요."

"차봉이 처가 인천으로 올라가고 서찰이 한 통 왔더라. 차봉이
가 죽어도 환고향은 않겠다더라고. 외팔이로 행상이라도 할 모양
인지 어쩐지…… 만주 쪽 한얼이어멈은 여태 소식 없다. 개네들한
테 무슨 일이 있는 게 아냐?"

"둘째오빠는 버텨낼 겁니다. 성깔 있고 객지살이에 이골 났으
니깐요. 환고향하면 술독에나 젖어 살까, 남의 전답 부치는 농사
일은 성에 차지 않겠지요. 그런데 언니네는 아무래도 변고가 있을
듯싶습니다. 우물은 깊은데 물은 말랐고 숲은 짙으나 관을 짤 나
무가 없으니, 흉괘입니다."

"그게 정말인가? 언제 보았는데 그런 괘가 나왔는가?"

"작년 섣달 때니 오래되었습니다. 언니가 취발이 탈을 쓰고 나
타나 울부짖기에 그 꿈이 괴이쩍다 싶어 짚어봤지요."

"왜 그 말을 내게 진작 하지 않았던가?"

"좋은 패도 아니어서 저만 알고 있었지요."

바깥은 농악 소리, 고함 소리, 웃음소리로 시끌버끌한데, 오랜
만에 만난 부녀는 정담이 깊었다.

석주율은 어디 한군데 진득하니 자리해 앉았을 수 없게 바빴다. 부르는 데며 소매 끄는 자리가 많았다.

"석선생님은 범서면의 살아 있는 수호신입니다." "글방 숙장 음덕이 근동에 자자합니다." "삼천 평 넘게 개간하셨군요. 개활지가 훤한 옥답이 됐습니다. 그동안 노심초사 많았겠습니다." "여씨 문중 소유 임야 사천 평을 또 매입한다니, 대단합니다." 둘러앉아 술판 벌인 마을 사람들이 석주율을 두고 덕담하며 막걸리잔을 안겼다. 주율이 사양했으나 마지못해 이 자리 저 자리에서 한 모금씩 찔끔거린 술로 아침부터 거나해져 얼굴이 붉었다. 그는 여러 자리를 돌며 인사 차리다 관내 유지급이 모인 자리에 다시 붙잡혔다. 신용수 부면장, 도요오카 농장 신만준 농감, 고무라 차석 자리였다. 농장 아녀자들이 그 자리에 신경을 써서 돼지고기며 안주감이 푸짐했다. 신만준이 작인에게 대여한 대부금과 종자대 회수 불이행을 두고 한참 열을 내던 참이었다. 추수가 끝난 지 한 달이 가까운데, 작인놈들이 나락섬을 어디로 빼돌렸는지 차입조차 불가능하며 더러는 집단으로 탕감해달라는 항의까지 하고 있다는 것이다.

"뒤에서 사주하는 자가 있지 않고 그럴 엄두가 나겠습니까. 조사를 철저히 해보면 미끼 던지는 선동꾼이 있을 겁니다." 송하경 순사가 소피보고 오다 석주율을 만나 그를 자리에 끼워 앉히자, 고무라가 저희 말 말문을 닫았다.

"석상, 저기 저 노루목 일대 임야 팔만여 평이 도요오카 농장 소유란 걸 알고 있겠지? 산주 허락 없이 벌채는 물론 갈잎도 채취하면 안 되네. 군 산림계에서도 지시가 있고 해서 조만간 산림감독을 상주시킬 작정이야." 신만준이 송순사로부터 술잔을 받는 석주율에게 말했다.

잔을 받아든 석주율이, 물론 알고 있다고 건성으로 대답했다. 욱곡 마을 일대 높드리야말로 입암, 반연, 구영리 사람들의 겨울 땔감 공급처인데, 산림감독이 지킨다고 겨울을 삼청냉돌로 넘길 수는 없을 터였다. 그러나 이를 엄포로 여겼다 발각되면 주재소로 불려다니며 고초 겪기 십상이므로 주율은 농장 식구들에게 주의를 주지 않을 수 없었다.

"석상, 저놈이 기조 아닌가? 저 녀석이 언제부터 여기 왔어? 여기서 무슨 일 하나?" 고무라가 김기조를 지목해 석주율에게 물었다. 그는 백상충을 언양주재소로 예비검속했을 때 면회 온 기조를 잡아넣어 추달한 적이 있었다.

김기조는 저만큼 떨어진 가죽나무 아래에서 석서방을 상대로 근황을 떠벌리는 중이었다.

"겨울날 동안 농장 일을 돕겠답디다." 석주율이 말했다.

"부산에 있다더니…… 저 녀석이야말로 머리에 구렁이가 몇 마리 들어앉은 종자지. 석상, 뒤탈 없으려면 조심해."

마침 김기조가 이쪽 자리를 보다 고무라와 눈이 마주쳤다.

"야, 김기조. 십 년이면 강산도 변한다지만 나를 몰라봐? 인사 올려야 할 거 아냐, 너 여기 와봐!" 고무라가 벌건 얼굴로 김기조를 불렀다.

송순사는 술잔 쥐고 머무적거리는 석주율에게 어서 잔을 비우라고 재촉했다. 주율이 겨우 잔을 비우고 자리 뜨려 하자 고무라가,

568

"석상" 하며 그를 세웠다.

"일간 한번 주재소로 나와줘야겠어. 내일, 아니, 내가 바쁘니 모레 낮쯤 들려줘. 알아볼 게 있으니깐."

"선약이 있는데, 오래 지체할 일입니까?"

모레라면 석주율이 장생포 제유공장 노동회에서 강연하기로 날짜가 잡혀 있었다.

"곧 끝날 일이긴 하지." 고무라 대답이 떨떠름했다.

석주율이 떠난 자리에 김기조가 쭈뼛거리며 앉았다.

"자네 언제 여기로 왔어?" 고무라가 물었다.

"일주일쯤 됐습니다."

"자네도 글방 선생질 하겠다는 건가?"

"석형이 시켜주면 해보지요."

"내 술 한잔 받아." 고무라가 빈 잔을 김기조에게 넘기고 술을 쳤다. 그는 목을 뽑아 주위를 두리번거렸다. "언양주재소 강차석이 꼭 온다 했는데 왜 이렇게 늦나?"

"차석님, 아직 모르시는군요. 부산에 진급시험 치러 가잖았습니까. 전과목 칠십 점 이상 맞아야 합격되는데 경부로 진급하면 주재소 소장 한 자리는 얻어걸릴 테지요." 송순사가 돼지 편육 한 토막을 새우젓에 찍으며 말했다.

"시험 친다는 말을 듣긴 들었어."

씨름시합과 탈놀이가 끝나자 점심참이 되었다. 농장 아낙들은 이틀 동안 밤낮 없이 장만한 먹거리를 아낌없이 풀어놓았다. 모처럼 흥겨운 먹새판에 술이 거나해진 남정네와 노파들은 농기(農旗)

를 앞세워 바깥마당을 도는 농악패 풍악에 맞추어 춤을 추었다. 젊은이들은 서로 어깨 겯고 원을 이루어 돌며 선창 후창으로 '옹헤야'를 불렀다. 곱게 단장하고 나온 처녀들도 끼리끼리 모여 앉아 백설기며 시루떡을 오물거리며 젊은 사내들의 겅중거리는 놀이판을 구경하다 연방 웃음을 터뜨렸다.

오후에는 한얼글방 청년들의 탈놀이가 있었다. 황창랑(黃倡郞)탈, 거북이탈, 사자탈, 허수아비탈, 닭탈을 쓰고 나온 젊은이들이 칼춤 추고 더러는 짐승 흉내를 내며 풍악에 맞추어 놀이판을 벌였다. 그동안 아녀자들의 길쌈 재간을 경쟁하는 시합도 있었다. 마지막 여흥은 부락마다 나이별로 다섯 명씩, 모두 스무 명 선수가 참가하는 줄다리기 시합이었다. 줄다리기 시합은 초겨울 짧은 해가 무학산 마루에 걸리고 소슬한 저녁바람이 바깥마당의 흙먼지를 날릴 때 열렸다. 축제에 참가한 모든 사람의 열기와 흥분이 들불처럼 타올라 막상 줄다리기에 나선 선수들보다 응원전이 더 볼 만했다. 풍물 소리, 고함 소리가 농장을 떠나가라 울렸다.

해가 지고 땅거미가 내렸다. 빈들을 달려온 드세진 바람이 농장을 휩쓸고 갈잎나무들은 마지막 잎을 어스레한 허공에 뿌려 날렸다. 산지사방에서 모여든 사람들은 하루 여흥을 아쉬워하며 부락별로 끼리끼리 돌아간 뒤였다.

"무사히 끝난 것 같군. 다행이야. 소장님과 차석님이 잔뜩 신경을 곤두세웠어. 울산헌병대에 부탁해 무장 순사 다섯을 갓골에 대기시켜두었지. 차석님은 여기에 직접 경비를 세우려 했으나 소장님께서는 좋은 날 위압감을 주면 내선일체에 도움이 안 된다며 그렇게 고려했어. 만약 무슨 사단이 벌어졌다면 무장 순사를 투입하고 자네부터 단박 채어가려 했지. 무사히 끝났으니 나도 가겠네. 순사들도 철수시켜야지."

송하경 순사가 이렇게 말하고 떠난 지도 한참 되었다. 면내 유지들, 양복쟁이패, 주재소 간부들은 오후 서너시에 이미 자리 떴던 것이다. 그런 중에도 글방 젊은 패와 아이들은 화톳불을 피워 놓고 풍물 울리며 지치지 않고 놀았다.

구서방과 박영감은 바깥마당에 깔았던 거적과 멍석을 걷어들였다. 선머슴애들은 화톳불 주위를 싸고돌며 깔깔거렸는데, 밤 구워 먹느라 잿불에서는 밤 터지는 소리가 요란했다. 구서방이 깜깜하기 전에 어서 돌아가라고 채근했으나 잿마루 너머 있는 새인리 아이들은 들은 척도 않았다.

짙어오는 어둠 속에 스무 명에 가까운 젊은이들이 화톳불을 멀찍이 싸고돌며 풍물 장단에 맞추어 길길이 뛰었다. 바짓가랑이를 걷어붙인 짚신발이 허공을 내두르며 경중거렸고, 탈 쓴 몇몇은 불꽃을 날리는 화톳불을 받아 한에 사무친 원귀 같았다. 「쾌지나 칭칭 나네」의 선창을 내지르는 청년은 홍석구였다. 처음은 "하늘에는 잔별도 많고, 시내 강변에는 자갈도 많다"란 본래 가사로 읊더니 차츰 가사 내용이 변질되었다.

……부역이 많아 못살겠다 / 쾌지나 칭칭 나네 / 소작지 뺏겨 못살겠다 / 쾌지나 칭칭 나네 / 설움 많고 한도 많아 / 쾌지나 칭 칭 나네 / 조선 동포 못살겠다 / 쾌지나 칭칭 나네……

"이희덕 선생도 저기 섞였잖아. 저 착실한 청년도 술 한잔 들어가니 신명이 받치는 모양이군."

"글방 중급반에 나오던 송현 마을 박첨지 딸과 언약했대. 혼사가 아마 섣달이래지." 설만술 씨 말을 구영감이 받았다.

"이선생도 만세시위 때 옥고를 치렀잖아. 기름기로 목구멍에 때 벗겼다고 잘도 노는군. 젊으니 기운도 좋다." 박영감이 젊은 패를 보며 한마디했다.

"저놈들이 잡혀가려고 환장했군. 삼경에 만난 액이라더니, 잔치 끝내고 경치겠어." 박장쾌가 엉덩이를 밀고 그쪽으로 앉은뱅이걸음을 걸으며 혀를 차더니 "못살겠다는 소리 걷어치우지 못해! 축수한다고 태평성대가 오냐!" 하고 땡고함 질렀다.

석주율이 얼얼한 술기운을 깨우느라 개울로 내려가 낯을 씻고 돌아오니 씻은 그릇을 자기네 부엌으로 나르던 신당댁이 "방마다 숙장선생님 찾느라 야단입니다. 술독이 비어야 엉덩이를 들려는지 웬 술을 그렇게도 마신담" 하고 말했다.

"읍내에서 온 교감선생님 아직 계십니까?"

"끝방에 계시고, 가운뎃방에는 갓골 이장패가 있고, 선생님 방에는 가족분과 김씨 그 양반이 있어요. 이제 막 저녁참으로 국수를 들여 넣었습니다."

석주율은 끝방으로 갔다. 등잔불이 뿌윰한데 둥글상을 가운데 두고 다섯이 둘러앉아 한창 먹자판을 벌이고 있었다.

"어서 들어오게. 얼굴이나 보고 가려 자네를 찾았지." 국수 먹던 국민복 차림의 장경부였다.

신태정, 안재화, 우경호도 식사 중이었으나 장욱만 젓가락을 들지 않고 세 젊은이를 상대로 열변을 토하던 중이었다.

　"……그렇듯 조선 당면과제는 하나의 문제가 아닌 두 개의 문제를 결합해서 해결해나가야 하는 데 숙제가 있습니다. 민족적 모순이란 바로 조선이 일본의 식민지 지배를 받고 있고 제국주의 독점자본에 종속되어 있으므로 이는 조선 독립 쟁취 이외에 해결 방법이 없습니다. 한편, 계급적 모순은 왕권시대의 봉건 잔재인 지주 대 소작인이란 케케묵은 계급 구분의 타팝니다. 보다시피 제국주의 식민지가 된 후에도 지주 계급은 엄연히 존재하잖습니까. 아니, 지주 계급은 조선 인민 압제자들과 손잡고 확보된 기득권을 강화하고 있는 게 현실입니다. 어떤 면에서는 예전 부락공동체 상부상조 정신마저 헌 짚신처럼 내던지고 소작인을 더욱 착취하며 항의하는 자는 불령선인으로 몰아 일제 관헌에 고발까지 하는 매국노 노릇에 망설임이 없습니다. 그러므로 조선의 사회주의운동은 반제국주의와 반봉건투쟁을 결합해나가는 길밖에 없습니다. 여기에 푸로래타리아 혁명의 당위성이 설정되는데, 혁명 방법으로는 래닌이 갈파한 전위조직과 대중조직 건설입니다. 석형이 벌이는 농촌운동도 따지고 보면 대중조직의 한 방법이 되겠지요. 전위조직이란……"

　신태정, 안재화, 우경호가 장욱의 달변을 듣고 있었다. 장욱이 상에 놓인 막걸리잔으로 목을 축이자, 끊긴 말을 빌미로 장경부가 석주율에게 작은 소리로 "석군, 나하고 바람이나 쐴까" 하고 말했다. 간이학교 인가건을 두고 따로 할 말이 있겠거니 싶어 석주율은 밖으로 나왔다. 둘은 글방 교사 뒤를 돌아 밭두렁 따라 걸음을 옮겼다. 달빛이 두렁길을 어렴풋이 밝혔다.

"석군, 장욱의 사회주의 혁명론을 어떻게 생각해?"

석주율은 대답을 망설였다. 장선생 묻는 의도를 짐작했고 자기 의견을 펴자면 말이 길어질 터였다.

"민족적 모순과 계급적 모순이라? 조선 현실에 적용하자면 맞는 소리이기도 하지. 두 연결고리에 의해 조선이 늑탈당하고 있으니깐. 욱의 논리를 빌리자면 나는 계급적 모순으로서 타도돼야 할 대상이겠지. 그렇다면 자기는 뭔가? 지주 아들로 진보적 식자로 자처한다? 제가 언제 엄동 냉방에서 떨어본 적 있으며 굶어본 적 있는가? 야학도 후배에게 맡기고 죽이 맞는 친구들과 어울려 농민회니 노동회니 조직운동에 동분서주하지만, 그게 뭔가?"

"무어라니요?" 석주율이 바보스럽게 되물었다. 장경부 선생이 사촌아우 발언에 자격지심을 느끼는 줄은 알았으나, 당사자가 비판할 입장에 서 있는가를 되묻지 않을 수 없었다. 장경부는 기미년 만세 운동 이후 문화정치를 내세운 총독부가 지방자치제 자문기관으로 설치한 '학교평의회' 울산군지부 부회장이었다. 내지연장주의(內地延長主義)에 입각한 내선공학(內鮮共學)을 통해 민족동화정책을 강력히 추진하던 총독부 교육시책에, '학교평의회'란 친일 어용단체였다. 그러나 주율 역시 장경부 선생을 비판할 입장이 아니었다. 내년 봄 개교를 목표로 하는 준보통학교 수준인 간이학교 설립 허가에는 그의 협조가 필요했다.

"자네도 보다시피 막강한 일본 통치 아래 맨주먹으로 노동회다

574

농민회다, 그런 조직을 한다고 조선 땅에 노국 혁명 같은 혁명이 가능할까? 언 발에 오줌 누기지. 가능성이 있는 일을 해야 내가 입다물고 있잖겠어. 안 그런가?"

"푸로래타리아 혁명까지는 모르지만, 조선인의 그런 조직은 필요하다고 보는데요. 개인 힘으로는 열악한 노동조건과 임금 개선이 불가능하니 단체를 만들어 정당한 제 몫을 찾자는 것 아닙니까?"

"이 사람아, 누가 그 취지를 모르나. 그렇게 해서 찾아진다면야 누가 말리겠어. 몽땅 잡혀 들어가 영창살이 하는 길밖에 더 있겠나. 특급 요시찰 인물인 장욱이 아버지 덕에 여러 번 빠졌으나 한 번 만 더 걸리면 끝장이야."

"장욱 씨를 걱정하는 선생님 말씀은 이해하겠으나 장욱 씨가 하는 일은 그만한 값어치가 있다고 봅니다. 본인인들 자기 하는 일이 일경의 감시를 받는 걸 왜 모르겠습니까. 그런 위험을 두려워하지 않는 정열을 사줘야지요." 석주율은 장경부 선생이 고깝게 여길망정 솔직한 심정으로 말했다. 백상충 스승님이나, 장욱 씨나, 자기가 하는 일이 방법은 달랐으나 조선 민족의 장래를 위해 하는 일임에 그 뜻이 같았다.

"미친 자식. 제 마누라는 무식쟁이라며 헌 짚신짝처럼 버려두고 야학당 여선생과 단풍놀이나 다니는 주제에……" 장경부가 씁어 뱉듯 말했다.

"신학문 배운 남자측이 집안에서 일찍 정혼해준 구식 처가 싫다며 이혼 송사가 많더군요. 신문에도 자주 실려요."

"나를 봐. 누구는 집안에서 정혼해주지 않았냐. 나는 예배당에서 여자 얼굴 딱 한 번 보고 혼인했어."

"사모님께서는 신교육을 받지 않았습니까."

장경부는 석주율 말에 대답 없이 개울을 향해 아랫길로 걸었다. 등 너머로부터 젊은 패들 풍물과 노랫소리가 아득하게 들려왔다. 주율 귀에는 바람에 실려오는 「쾌지나 칭칭 나네」의 악쓰는 외침이 온 산천에 들어찬 악귀를 내쫓는 사무친 원풀이 같았다. 언제까지 저렇게 지치지 않고 놀겠다는 건지 알 수 없었다. 옛날 옛적 무천절(舞天節)에는 흰옷 즐겨 입은 백성들이 몇 날 며칠을 밤새워 놀았다 했다. 그래서 중국은 사록에, 동쪽 땅에는 예족이란 유목민이 살고 있는데 그들은 말 잘 타고 활 잘 쏘며 가무를 즐긴다고 했다. 밤새워 저렇게 악머구리로 온갖 귀신을 내쫓아 동녘 하늘에 해가 솟을 때 조선 또한 어둠을 내치고 광명을 찾으면 오죽 좋으랴, 주율은 그런 생각에 잠겨 걸었다. 그때 소슬한 바람결에 실려 환청으로 노래가 들렸다. 「백두산 노래」였다. 북로군정서 부대원이 백운평에서 갑산촌으로 이동하던 이맘때 절기, 피로와 허기와 추위의 삼중고를 겪으며 백 리 길을 강행군할 때 그 노래로 힘을 북돋워주었다. 노래 곡조는 주율이 지금도 되살릴 수 있었다. 그래서 그는 「백두산 노래」를 농장과 글방에 보급하기로 마음먹었다.

앞서 걷던 장경부가 개울가 판판한 바위에 걸터앉으며, 잠시 쉬어 가자 했다. 주율도 시든 풀밭에 앉았다. 바람결에 서걱이는 억새 소리와 개울물 흐르는 소리가 은은한 달빛 아래 가을밤의 정취를 자아냈다. 밤새 울음과 풀벌레 소리가 쓸쓸함을 더했다. 주율이 간이학교 인가 문제로 운을 떼려 하자, 경부가 먼저 말을 꺼냈다.

"석군, 자네도 나를 변절자로 생각하는가?" 걸으며 그 문제로 고민한 듯 그의 목소리가 침울했다.

"이 땅에 살다 보면 총독부 시책에 협조하지 않을 수 없는 경우가 있지요. 백이숙제처럼 수양산으로 들어가거나 마의태자처럼 개골산으로 들어가지 않는다면 말입니다."

"그렇다면 자네는 선문에서 왜 나왔는가?"

"혼자 수양하기보다 대중에 섞여 살기로 하고……"

"그 결과, 초지(初志)가 지금은 어떠한가?"

"하산 명분과 달리 허장성세로 느껴질 적도 있으나, 정성을 다해 하루하루를 부끄럼 없이 살겠다는 마음은 변함없습니다. 그런데 교감선생님, 한얼간이학교 인가가 양력 그믐 안으로는 가부가 결정나겠지요?"

"도평의회로 서류가 올라갔어. 자네 평점에 부정적인 면이 작용했으나 내가 극구 변호했지. 개과천선해 착실한 독농가가 된 마당에 천황 폐하의 인혜(仁惠)를 내리시면 내선(內鮮) 동화교육에 일조를 할 거라고 말일세. 이런 말 자네는 듣기 거북하겠지만 우선 인가부터 받는 게 장땡이니 그렇게 찬양조 발언을 할 수밖에. 모리 회장은 한얼이란 명칭을 두고 또 트집을 잡더구면. 이유는, 한자로 쓸 수 없는 순 조선말이란 데 있어. 신일(新日)이 어떠냐 해서 그렇게 정정해 서류를 송달했어."

"무슨 말씀인지 알겠습니다."

"연말까지 기다려봐. 가부간에 통지가 오겠지."

갑자기 개울 하류 억새밭에서 인기척이 들렸다. "김씨 마음만은 잘 알겠습니다" 하는 여자 목소리에 이어, 달빛 아래 언뜻 억새풀 위로 머리와 어깨를 드러냈다. 여자가 치맛귀를 날리며 농장 쪽으로 뛰어갔다. "정심네, 내 말을 마저 들어요!" 하고 외치기는 김복남 목소리였다.

"농장도 사람 사는 곳이라 춘사(春思)가 있군."

"누군지 알겠습니다. 두 분 다 나이도 웬만하고 홀몸인지라 어쩌면 섣달 안에 식구가 떡국 먹을 수 있을 것 같습니다. 또 다른 두 쌍의 경사도 있을 거고요."

석주율이 그렇게 말했으나 정심네와의 인연을 되새기자 가을밤의 쓸쓸함이 마치 자기 심경과 같았다. 그들 사이가 저렇게 되었구나 하는 놀람도 잠시, 그 맺어짐이 당연한 순리였으나 자신은 열매와 잎을 다 지운 빈 나무라는 외로움 또한 숨길 수 없었다. 질투심일까. 그랬다. 자신도 평범한 남성일진대 서운한 감정이 조금도 없다 함은 거짓이었다.

"석군은 언제까지 혼자 살 텐가?"

"입산할 때 마음은 아직 변하지 않았습니다."

잠시 침묵이 흘렀다.

"석방 소식 접했어도 백선생님 뵐 면목은 없더군. 끝내 북지로 떠나셨다니…… 나에 관해 무슨 말씀 안하시던가?"

"……"

"나를 원망깨나 하셨겠지. 그러나 나는 예전 나로 돌아갈 수 없어." 울적한 심사를 털어버릴 듯 장경부가 일어섰다. "이제 나서 야지. 오늘 대접 잘 받았네."

이튿날, 아침밥 먹고 나자 석주율 가족이 떠날 차비를 했다. 부리아범과 석서방은 언양 고하골로, 선화와 백운이 부산으로 떠나자면 석송농장에서 동과 서로 갈라서야 했다. 농장 식구가 모두 마당으로 나와 떠나는 이들을 송별했다. 김기조도 뒷전에 서 있었다.

"아버지, 안녕히 가십시오. 만수무강하옵시고⋯⋯" 지팡이 짚고 나선 선화가 아버지께 인사 차렸다.

"내가 근력만 좋다면 소일 삼아 부산 출입도 하련만, 또 언제 네 얼굴을 보게 될지⋯⋯" 부리아범이 백운에게, 우리 딸애를 잘 보살펴달라고 새삼 당부했다.

석서방은 김기조에게, 부모님이 자네가 여기에 있다는 소식을 접하면 선걸음에 달려올걸세 하고 말했으나, 기조는 대답이 없었다.

선화와 백운을 배웅 삼아 석주율은 울산 읍내까지 따라나섰다. 누이를 자전거에 태워 바래다주기 위해서였다. 읍내에서 부산까지는 차부에서 삯전 주고 편승해서 갈 터였다.

아침 바람이 서늘했으나 논보리갈이가 대충 끝난 빈들에 아침 볕이 하얗게 내린 서리를 녹이고 있었다. 논둑에는 까마귀 떼가 도열하고 앉아 날개를 털며 울어댔다. 철이 바뀌는 절기라 하늘 높이 북방에서 내려오는 도요새 무리가 검정깨를 뿌린 듯 날았다. 태화강을 끼고 갓골을 지나자 들오리 떼가 수초를 헤치며 먹이

사냥에 바빴다. 마을 타작마당에는 벼 말리기가 한창이었고 지붕이나 평상에 늘어놓은 선연한 고추 색깔이 고왔다.

백운 걸음과 보조를 맞추느라 석주율은 자전거를 갈지자로 천천히 몰았다. 한 마장 거리인 구영리를 지날 때까지 뒷안장에 옆으로 앉은 선화는 말이 없었다.

"선화야, 일 년 만에 와보니 농장이 어떻든? 농장 식구가 마음에 들고?" 석주율이 물었다. 그동안 선화는 농장 방문에 따른 감상을 한마디도 꺼내지 않아 그는 누이 마음이 궁금했다. 선화는 어젯밤에도 처지가 같은 눈먼 구노인과 오랫동안 말을 나누다 신당댁 모녀 방으로 건너가 잠을 잤다.

"맹필 씨 안내로 농장을 둘러볼 때 오빠가 흘린 땀내를 느꼈어요. 농장 식구도 모두 착하고…… 특히 신당댁과 정심네를 잘 들인 것 같아요." 선화가 목소리가 처연했다. "언젠가 역술에서 물러나면 오빠 농장에 몸을 의탁해 함께 살아야지 하는 바람도 가져봤지요."

"그런데, 마음이 바뀌었나?"

"작은 암자에 숨어 여생을 보낼까봐요."

"네 말이 이상하군. 젊은 나이에 멀고먼 노후 걱정하다니. 역을 안다고 앞일을 너무 멀게 내다보는 게 아닌가? 그건 그렇고, 농장에서 지내기를 포기했다면…… 농장이 언젠가 문을 닫기라도 한단 말인가?" 석주율은 불길한 예감이 들었다. 자신이 농장에 있지 않게 되거나 농장이 타의에 의해 폐쇄된다거나, 둘 중 하나가 짚여졌다.

"아닙니다. 제 탓입니다. 요즘은 사람 사는 세상을 떠나 호젓이 지내고 싶다는 생각이 자주 들어서요."

"또 그 소리군요." 뒤따르던 백운이 선화 말을 받았다. "올여름 들고 선화가 부쩍 비관에 빠졌답니다. 여기 오면 좀 나아질까 했으나 역시 기분 전환이 안 되는 것 같군요. 역술에서 물러앉고 싶다는 건 나로서도 이해할 대목이 있으나, 젊은 나이인데 자기 수(壽)를 오 년이다, 몇 년이다 하며 짚는다는 게 문제 아니겠습니까."

백운이 별로 심각하지 않게 말했으나 석주율이 자전거를 세우고 누이를 돌아보았다.

"선화 네가 감춘 속병이라도 있는 게 아니냐?"

"속병은 없습니다."

"의원을 모셔 진맥했으나 특별히 나쁜 곳은 없답디다. 선화가 신경이 예민해 두통과 불면증 증세는 있어왔지요. 의원 말이 신경, 폐, 가슴이 약한 체질이라 해서 약제를 두 달 썼지요. 효험을 본 듯합니다." 백운이 말했다.

"오래 살아야지. 선화는 이제 누이가 아니라 은연중에 내 의지 기둥이 되었어. 무슨 일을 할 때, 무슨 일이 생겼을 때, 이 일을 선화와 백운거사님이 어떻게 생각할까, 그런 마음부터 드니깐. 참, 거사님. 기조가 엄동을 날 동안 농장에 있겠다는데 그 청을 들어 줘야 할 것 같습니다. 막상 마땅히 갈 데도 없는 모양이니깐요."

"김서기가 농장에 남아 무슨 도움을 줄는지 모르겠으나 석선생께서 그렇게 마음먹었다니 어쩔 수 없지요. 사람이 달라진 지금은 어떨는지, 줏대가 센 위인이라 당사자가 그렇게 말한 이상 농장에서 쉬 떠나지도 않을 겁니다." 백운이 말했으나 석주율 결정이 별로 내키지 않는다는 어투였다.

"선화 네 생각은 어떠냐?" 석주율이 물었다. 자기가 결정 내렸으면 그뿐, 묻지 않아야 할 말을 묻는다는 후회가 따랐으나 순간적인 호기심을 떨칠 수 없었다.

"오빠가 언제 제 말 들었나요. 이번 행사 날짜도 마음대로 잡고 관내 유지를 모두 초대하라 했으나 어디 그렇게 했습니까. 역이 변이하는 세상일을 따라잡아 세상사와 개개인의 운세를 족집게처럼 맞히지는 못해도 그 일이 옳다든지, 그 길보다 이 길이 더 좋다는 정도의 조언은 줄 수 있는데도 말입니다." 선화가 오빠를 꾸짖듯 또박또박 말했다.

"미안해. 내가 네 뜻에 따르지 않음은 그럴 만한 생각이 있어 그랬던 게야. 물론 내 생각이나 주장 또한 네가 이미 알고 분별력 있게 권했을 테지만, 인생이 꼭 역풀이대로 되라는 법은 없지 않은가. 설령 역의 순리를 좇지 않아 재앙을 받게 되더라도 운명이 그렇다면 어쩔 수 없겠지."

석주율은 어제 있었던 맞이굿을 벌인 무패나 무속에서의 악귀 쫓기, 역술을 포함한 여러 종류의 점복을 어디까지 믿고 어디까지 믿지 않아야 할지 모를 만큼, 그런 주술적 예언이 그의 마음을 사로잡지는 못했다. 아니, 역이 서양의 과학과 견줄 정도로 논리적이라 하지만 거기에 이승살이 도정을 전폭적으로 맡기고 싶지 않았다. 유학을 존숭한 사대부는 몰라도 세정인은 그런 예언적인 점지에 훗날의 많은 부분을 의지해왔으나, 그 예언의 운명대로 장본인의 이승살이가 결정된다고 보지도 않았다. 태어남과 죽음이 있으므로 종교가 설자리를 마련했듯, 인간은 운명을 두려워하므로 그런 예언도 있어왔을 터였다.

"오빠, 흔하디흔한 생령 가진 것 중에 전도 후도 아닌 한 시절에 인간으로 태어나, 많고 많은 인종 중에 한 장소에서, 한 사람을 만난다 함은 우주의 큰 뜻이 있는 것입니다." 구르는 자전거 짐받이에 앉아 몸을 흔들며 천천히 말하던 선화의 목소리가 차츰 빨라졌다. "사람과 사람의 만남에도 그 관계에 이(利)와 해(害)가 있고, 정(正)과 사(邪)가 있고, 애(愛)와 증(憎)이 있으니, 그렇게 따지면 상극 또한 수백 가지입니다. 상극 중에서 이와 해의 관계만을 골라봐도 이가 해로 변하는 운세가 있고, 해를 이로 만드는 운세가 있고, 처음은 이로우나 말년이 해로우며, 처음은 이로우나 중도에 해로웠다 다시 이로울 수 있고, 처음은 해로우나 큰 이를 도모하고 결국 해롭게 끝날 수가 있고…… 이렇게 짚어나가면 그 가짓수만도 수백에 이르는 사례를 끌어댈 수 있습니다. 부모와 자식의 관계처럼 이나 해를 떠나 이 세상에서 만났어도 때가 지나면 그사이에 이와 해가 성립되며 애와 증이 생겨납니다. 갈밭댁 아들과 오빠의 만남 또한 필연의 운명이니 해로 만났을망정, 서로가 뿌리칠 수 없습니다. 주인댁 작은서방님과 오빠는 정으로 만났으나 그 처소의 향이 남북으로 갈라져 이제 이승의 연이 끝났습니다. 갈밭댁 아들과는 그 연이 남아 다시 만난 게지요. 만남도 짧게 만나 만리성을 쌓기도 하고 평생 동안 만나도 아이들 모래성같이 돌아서면 남는 게 없어 쉬 잊기도 합니다. 저는 두 분 만남이 물과 불이요 하늘과 땅같이 상극의 괘가 있으나 의외로 이를 얻을 수도 있다고 봅니다. 부탁하고 싶은 말은, 오빠는 그이 청에 너무 의지하지 말고, 매사에 오늘 대답할 말이라도 내일로 미루는 신중함이 있어야 할 것입니다."

선화는 입술에 말이 붙기라도 한 듯 한마디 실언 없이 빠르게 지껄이니 듣는 쪽에서는 신력(神力)이 작용한 듯한 느낌을 받지 않을 수 없었다. 주율 역시 마찬가지였다. 그래서 누이가 마지막으로 말한, 오늘 대답할 말도 내일로 미루라는 당부를 입속말로 다시 굴렸다.

"오랜만에 선화의 심간(心肝)에서 나온 말을 듣는구려." 백운이 헛기침 끝에 스승답게 칭찬말을 했다.

"철새가 이동하는 이 절기면 집 떠나던 생각이 나요. 그날은 바람이 드세었는데 오늘은 볕이 곱기도 하군요. 나를 데리고 떠난 젓갈장수 지서방도 이제 환갑 나이가 됐겠지요. 마음씨 착한 그분은 등짐장수도 작파했을 텐데 어디서 늙마를 의탁하고 있는지……"

생기를 얻은 선화가 혼잣말을 종알거렸으나, 주율은 생각에 잠긴 채 묵묵히 자전거만 몰았다. 선화가 한 말, 대답을 신중히 하라 함은 비단 자기뿐만 아니라 누구에게나 해당되는 말이었다. 말이나 행동이 신중하면 이가 있지 해를 입을 일이 없을 터였다.

읍내 어귀에 도착하자 선화는 자전거에서 내렸다. 셋은 장터거리 차부로 갔으나 맞춤하여 부산으로 떠날 차가 없었다. 마침 시오 리 아래 남창 면소 지주 집까지 소작료로 낼 쌀을 운반하는 바리들을 만났다. 우선 거기까지라도 내려가기로 하고 백운이 5전

삯전을 내놓았다. 운반꾼이 한사코 받지 않으려 했으나 새참에 보태라며 그는 그의 허리춤에 돈을 찔러 넣었다.

"백운거사님, 와주셔서 정말 고마웠습니다. 선화도 잘 가려무나. 건강에 조심하고……"

"해 바뀌기 전 역마살이 끼면 또 걸음하지요."

"오빠, 안녕히 계십시오."

나락 가마 뒷전에 다리 드리우고 앉은 남녀는 한 쌍의 다정한 부부였다. 여섯 바리 달구지가 한 줄로 늘어서서 잎진 미루나무 가로수 길로 쉬엄쉬엄 떠났다. 석주율은 선화에게 무슨 말인가 건네는 백운을 멀리서 보며, 그가 이제 거사 위치에서 세정인으로 얼마쯤 내려와 있다는 느낌이 들었다. 처음 만났을 때의 청고한 선비 풍모가 많이 흐트러져, 누이 영험에 얹혀 자족하게 사는 위치로 내려앉은 한량다움이 말과 행동에도 배어 있었다.

석주율은 자전거를 돌렸다. 고무라 차석이 내일 주재소에 들러 달라는 호출 이유가 무엇인지 따져보았으나 감잡을 수 없었다. 부역의 과다한 차출을 두고 면소와 따졌던 점, 추수감사 축제와 관련된 어떤 문제, '장생포 경유노동회' 강연을 미리 탐지하고 내사하지 않나 하는 점 따위를 떠올릴 수 있었다. 아니면 도요오카 농장측과 구영리 일대의 소작인과 협상 중인 내년 소작계약 갱신의 승강이에 주재소가 어떤 압력을 넣지 않나 하는 우려도 생각해볼 수 있었다. 주율이 그 악법 갱신의 반대 모임에 자주 참석해왔던 것이다.

어제 잔칫날 새인리 물치댁이, 서방이 땔나무를 하다 낙상해 팔과 다리를 삐어 거동 못하니 침을 놓아달라는 부탁이 있었기에 석주율은 차생원 댁에 들렀다. 주율이 왔다는 소문이 금방 토담을 넘어 마을 사람들에게 알려지자 여러 환자가 찾아왔다. 배앓이가 심한 아낙, 부스럼으로 머리털이 빠진 사내아이, 업혀 온 중풍 환자, 옆구리 상처가 곪아 종기가 생긴 계집아이였다. 한두 차례 치료해주었던 환자도 있었다. 주율은 자전거 짐받이에 싣고 다니는 치료 가방을 열었다. 배앓이 환자에게는 상비하고 다니는 환약을 주었다. 부스럼 환자는 붕산수(硼酸水)로 소독해주었다. 종기가 생긴 계집아이는 부모로 하여금 환자 팔다리를 잡게 한 뒤 장두칼로 종기를 째고 고름을 짜냈다. 구멍이 난 환부에는 붕산수 솜으로 심지를 박고 붕대를 감아주었다. "제가 늘 말하지만 위생에는 깨끗한 환경이 중요합니다. 부스럼이 생기고 상처가 곪은 것은 병균이 상처에 터를 잡아 창궐하기 때문입니다. 더러운 손으로 상처를 만지면 균이 들어가고, 깨끗하지 않은 헝겊으로 싸매도 상처가 덧납니다. 제가 손을 씻고 종기를 째는 이유도 거기에 있습니다." 석주율이 계집아이 부모에게 일러주었다. 중풍 환자와 차생원에게는 침술을 썼다. 주율은 서투른 의원 노릇을 했으나 일절 그에 상응하는 대가를 받지 않았으므로 어느 마을에 들러도 환자가 줄을 이었다. 마을 의원을 찾을 수도 없게 적빈한 집안의 위급한 환자는 성한 사람 등에 업혀 석송농장을 찾기도 했고, 왕진을 청하는 때도 있었다. 그러나 주율의 의술에는 한계가 있어 어떻게 손써볼 수 없는 경우도 많았다.

그날 오후, 도요오카 농장의 내년 소작조건 갱신에 따른 대책회의를 마치고 석주율이 반연리에서 돌아오니 저물녘이었다.

마을 어른들을 대상으로 한 수업이 끝나자 그들은 별빛을 밟으며 총총히 돌아갔다. 일본의 성덕태자와 연계해 백제의 일본 불교 전파에 관한 마지막 시간 수업을 강의하고 방으로 돌아온 석주율은 짜다 그만둔 '12월 계획표' 작성에 골몰했다. 경지작업, 잠업, 축산의 월동 대책과 운영비를 두고 부문별로 담당자 계획표를 받아 이를 종합하는 일이었다. 그 일을 마무리짓기 전에 석회를 알리는 종이 울렸다.

"김형, 석회에 가야지요." 석주율이 생각에 잠겨 있는 김기조에게 말했다. "오늘 석회 때는 김형에 관한 말이 나올 것 같아요. 잔치 끝나면 김형 문제에 관한 가부를 알려주기로 했거든요. 월동할 동안 김형이 농장에 있게 될 거라고 제가 먼저 양해부터 구하겠습니다."

바깥으로 나오자 산내리바람이 차가웠다.

"나도 농장 식구 눈치를 대충 짐작하고 있었습니다. 석형이 어렵게 동의를 얻어낼 게 아니라 제가 직접 말하겠습니다." 몇 걸음 내딛더니 그가 새삼스러운 듯 덧붙였다. "석형, 여기에 있게 해줘 고맙습니다. 반드시 은공을 갚겠습니다."

단군 성조에게 경배하는 시간이 끝나자 아이들이 제 방으로 돌아가고 어른들만 남게 되자 우경호가 먼저 발언권을 얻어 월동 가축 사료 문제에 대한 의견을 제시했다. 등겨, 볏짚, 건초 확보는 지금부터 서둘러야 했다. 그동안 묵묵히 앉아 있던 김기조가 손을 들더니, 제가 한말씀 올리겠다며 일어섰다. 그가 농장 식구가 모인 자리에서 말을 꺼내기는 처음이라 모두 긴장해 쳐다보았다.

"석형, 아니 모두 숙장, 또는 선생님이라 부르니 저도 이제 석선생님이라 호칭하겠습니다. 석선생님이 저 때문에 어제 밤잠도 제대로 주무시지 못했습니다만…… 사실은 어젯밤 자정을 넘겨 제 부친이 여기를 다녀갔기 때문입니다. 죽었는지 살았는지 일 년 넘게 소식이 돈절되었던 장자가 여기서 기식한다는 소식을 석선생님 부친으로부터 전해 듣자, 야심(夜深)을 아랑곳 않고 선걸음에 달려오신 겁니다. 어머니는 부산 누이 뒤를 봐준다고 고향에 없어 부친만 오셨던 겁니다. 저를 붙잡고 울며 원망도 하다…… 닭 울기 전에 떠났습니다." 김기조가 서두를 뗐는데 굵직한 목소리에 어조가 침착해 좌중을 압도했다. "어젯밤 부친께 자초지종 털어놓았으니 여러분에게도 숨기고 싶지 않습니다. 이제 부끄러울 것도 없습니다. 여기 여자분도 계신데 말씀드리기 무엇하지만…… 사실 저는 작년 오월 부산 선창거리의 불한당 손에 끌려가 회칼에 연장이 잘려버린…… 고자가 된 병신입니다."

김기조 말이 떨어지자, 남녀부동석(男女不同席)으로 한쪽에 동아리 튼 여자들 쪽에서, "어머머" "끔찍도 해라"는 비명이 터졌다. 설씨 딸 은전이와 박장쾌와 혼례를 앞둔 분님이는 다 자란 처녀라 말뜻을 알아듣자 뺨이 발개지더니 치마폭에 얼굴을 묻었다.

"출셋길 보장된 회사에서 경리일 보며 은행돈 주무르고 흥청망청 놀던 때 끔찍한 변을 당했으니, 억하심정을 무어라 말할 수 있겠습니까. 지금 와서 되짚어보면, 이는 하늘이 내린 천벌로, 인생을 새롭게 시작하라는 하늘의 교훈으로 여기게 되었으니, 이 모든 결과를 순종하겠다는 마음뿐입니다. 그런 마음을 갖기는 석선생님 음덕이 컸으니 선생님의 인품과 근검한 생활을 통해 깨달은 바 적지 않았습니다. 내가 가야 할 길에 큰 깨우침을 받았으니 이 음덕은 길이 잊지 못할 것입니다. 이 자리를 빌려 고마움을 전합니다……" 김기조 석주율에게 공손히 절했다. 처음에는 한가로이 그의 말을 듣던 농장 식구 표정이 차츰 숙연해졌다. "돌이켜보건대 저는 천하의 개망나니였습니다. 일찍이 색에 눈떠 음행을 일삼았으니 내가 취한 여자만도 두 손가락을 몇 번은 꼽아야 할 겝니다. 나는 여자를 취하곤 헌신짝처럼 버렸습니다. 또한 광명학교에서 글줄이나 배웠다고 대처 부산으로 나가 한동안 여각거리에서 중노미질하며 초량 헌병대 요시타로 헌병 밀정 노릇까지 했지요. 관부연락선 편에 일본으로 들어가는 수상쩍은 조선 학생과 독립지사를 밀고해 보상금을 타기도 여러 번이었습니다. 선창거리 불한당과 어울려 협잡꾼 노릇도 마다하지 않았지요. 일본 동경으로 들어가 전수학교까지 마치자, 세상 사람 백 명 머리를 합쳐도 내 머리 하나 못 따라온다는 자만심에 차 있었습니다. 그런 저야말로 인간 말자가 아니고 무엇이겠습니까……" 어느덧, 김기조의 걸쭉한 목소리가 떨리기 시작했다. 그의 방울눈에 눈물이 번들거렸고 표정은 참회의 진지함이 넘쳤다.

　머리 숙이고 있던 석주율도 그의 말을 들으며, 그가 참사람이 되었음을 마음으로 받아들였다. 고백이란 죄악을 숨기지 않을 때 값어치가 있으며, 성인이란 '끊임없이 노력하는 죄인'이란 말도 참회와 죄 사함의 노력이 누구의 눈에도 진실되게 보일 때, 그가 군자요 진인(眞人) 반열에 올랐음을 뜻할 터였다.

"……제가 여러 어르신께 이런 구차한 과거의 악행을 밝힌 소이는 이제 그런 생활을 청산했다는 점 이외 다른 아무 뜻이 없습니다. 마음 같아서는 저에게 피해 본 사람마다 찾아다니며 속죄해야겠으나 그럴 수 없기에 여러 어르신께 대신 사과한 셈입니다. 이렇게 고백하고 나니 묵은 체증이 내려간 듯 속이 후련합니다."

"그랬군. 개과천선 잘했어. 김씨, 그렇다면 장차 어쩔 셈인가? 앞으로 무슨 일 하며 새사람이 되겠다는 건가?" 박 영감이 물었다.

"겨울을 날 동안 농장에 있게 해주십시오. 석선생님으로부터 더배워 깨우치겠습니다. 제 먹을 양식은 별도로 제가 조달하겠으니, 머물게 허락만 해주십시오. 농장 일을 저도 하겠습니다. 그동안제가 할 일도 찾았습니다. 내일부터 절대 여러분께 성가신 존재나무위도식하는 꼴불견을 보이지 않겠음을 약속합니다. 한번 믿어주십시오."

김기조가 두 손 모아 쥐고 애소할 때, 뒷전에 앉았던 석주율은슬그머니 교실 밖으로 나왔다. 그가 교실을 빠져나올 때까지 교실안 분위기로 보아 기조로 하여금 내일이라도 농장을 떠나달라고말할 사람은 없어 보였다. 바깥은 밤바람이 차가웠고 가랑잎 구르는 소리가 스산했다. 뒷산 소나무숲이 바람을 타는 소리가 군사들함성 같았다.

이튿날 석주율은 아침부터 농장 일을 하고 낮참에 두루마기를걸쳤다. 그는 범서주재소를 거쳐 장생포 경유노동회로 나가려는참이었다.

"선생님이 중요한 일로 외출할 때는 제가 동행하겠습니다." 봉당에서 자전거를 끌어내는 석주율을 보고 김기조가 말했다.

"혼자 다녀오겠습니다."

"아닙니다. 선생님은 중요한 몸이니 반드시 보필이 필요합니다. 복남 씨와 홍석구가 그 일을 맡는 모양입니다만, 앞으로는 제가 전담하겠습니다." 어젯밤 석회에서 참회의 고백을 통해 겨울날 동안 농장 식구로 편입된 김기조는 자기 직분이 바로 그 일이란 듯 망설임이 없었다.

난처해진 석주율이 그의 청을 거절하고, 기조는 따라나서겠다고 억지를 썼다. 말이 오가자 밭으로 두엄을 져나르던 신태정과 우사에 있던 우경호가 봉당 쪽으로 왔다. 무슨 일로 이러냐고 우경호가 물었다. 주재소 가는데 김형이 따라나서려 해 말리는 중이라고 석주율이 말했다.

"주재소 출두에는 그러잖아도 누가 모셨으면 했는데 잘됐네요. 고무라가 아무렇지 않게 말했지만 그 사람들 말을 곧이곧대로 들을 수 있나요. 지난번 사건도 그랬고, 망성리 허첨지도, 잠시 들렀다 가라 해놓곤 농지개혁에 비협조적이었다며 이틀을 가둬뒀잖아요. 고무라는 독종입니다."

"뒷안장에 선생님을 편히 모시겠습니다."

자전거를 서로 몰겠다는 승강이 끝에 석주율이 김기조에게 양보하고 말았다. 둘은 농장을 떠났다.

"늘 이렇게 모셨으면 좋겠습니다. 농장도 농장이지만 선생님의 바깥일이 참된 일이라 그 일 돕는 게 기뻐요."

석주율은 김기조 말을 어디까지 정직하게 받아들여야 할지 몰랐다. 사람이 변해도 너무 변해버려 아첨으로 느껴졌다. 고자가 되면 마음까지 양순해질까. 그러나 생리적 변화가 그 점까지 인간을 개조시킨다고 믿어지지 않았다.

"석선생님, 주재소 고무라 말입니다. 언양 살 때 내가 그치를 처음 보았을 때는 순사보였는데 십몇 년 사이 차석까지 승진했으니 출세한 셈이지요. 그저께 잔칫날 있잖아요. 날 따로 부르더니 여러 가지를 꼬치꼬치 캐어묻습니다. 왜 여기에 왔느냐, 농장에서 무슨 일을 하느냐 하고 말입니다. 대충 대답해줬지요. 백군수 댁 작은서방님에 대해서도 묻더군요. 아는 대로 말했습니다. 그런데, 그 개새끼가……" 김기조가 잠시 말을 끊었다. 석주율은 잠자코 있었다. 햇볕 맑은 시원한 늦가을 바람을 가르고 자전거가 빠르게 달렸다. 길가에는 들국화가 피었고 태화강 강변의 갈대가 물결을 이루며 일렁이는 모양이 아름다웠다. "선생님, 그 녀석이 뭐랬는지 아십니까? 나를 보고 농장, 특히 선생님 일거수 일투족을 충실히 보고해주면 그에 상응하는 대가를 지불하겠다는 겁니다. 내가 한마디로 거절했지요. 그러자 그치가 어디 두고 보자며 벼릅디다. 미친놈, 나를 일본놈 순사 사냥개가 되라? 그놈이 나를 벼른다면 내가 그놈을 벼르겠습니다!" 김기조가 말했다.

석주율은 그의 옛적 목소리가 생각나서 섬뜩했다. 백립초당 시절, "두고 보자, 네놈을 뛰어넘고 말겠다"며 벼른 대로 그는 단숨에 독학으로 조선글과 천자문을 깨치고 사서삼경을 독파했던 것이다. 주율은 우환 덩어리를 가슴에 품은 듯 갑자기 김기조가 두려웠다. 그는 인간의 양면성, 선과 악을 동시에 품고 있는지 몰랐다.

"제발 선생님이란 말 쓰지 마세요. 듣기 거북해서……"

"석형으로 부르면 농장 식구가 가만두겠습니까. 사실 나도 선생님으로 호칭하니 마음 편합니다."

"그럼 저도 김형을 선생님으로 호칭하겠습니다."

그 말에 김기조는 대답이 없었다.

범서주재소에 도착하자 석주율은 김기조에게, 밖에서 기다리라고 말했다. 입초 선 순사보에게 용건을 말하곤 건물 안으로 들어갔다. 고무라 차석은 점심식사 때 나가 돌아오지 않았다. 한참 대기하자 고무라가 국민복 차림의 중년사내와 함께 들어왔다.

"도지사가 비서 달고 다니듯 석상도 그 녀석 호위 받고 행차하셨군." 정문 밖에서 얼쩡거리는 김기조를 두고 고무라가 빈정거렸다. 그는 석주율에게, 이쪽으로 들어오라며 취조실로 쓰는 빈방으로 그를 데리고 들어갔다. 주율은 그 방에서 당한 폭행이 떠올라 섬뜩했다. 창틀 없는 캄캄한 방이라 고무라가 남포등에 불을 켰다. 중년사내도 따라 들어왔다. 셋은 책상 주위 의자에 삼각형 꼴로 앉았다. 중년사내는 머리를 짧게 길렀고 얼굴이 깡말라 야무진 인상이었다.

"석상, 인사하게. 농소면 농지개량조합 부조합장이셔."

석주율과 부조합장 민갑술이 통성명을 했다.

"석송농장은 농소면 농민들도 잘 압디다. 농민운동가를 만나뵈어서 반갑습니다." 민갑술이 말했다. 말할 때 앞니 두 개가 없어 발음이 샜다.

"연설을 잘하지요. 뒷자리에서 들었는데 농민들 호응이 대단합 디다." 고무라가 석주율을 치켜세우곤 본론을 꺼냈다. "일본이 반 도를 경영함에 있어 내선동화정책 일환으로 각 지방 조선인 유력 자를 보호하고 우대한다는 시책은 석상도 알 테지. 요는 석상도 이제 울산 지방 유력자 위치에 올라선 셈이야. 민 부조합장까지 석상을 만나러 사십 리 길을 찾아왔으니. 우리는 석상이 벌이는 자력갱생운동을 적극 지원할 참이야. 석상, 우리가 도울 일이 무 엇인가? 서슴없이 말해보게. 관계 부처 협조를 구해 최선을 다해 줄 테니."

석주율은 대답하지 않았다. 도움을 구하자면 여러 가지 일이 있 었다. 그러나 그들 도움이란 한계가 정해져 있게 마련이었다. 이 를테면 도요오카 농장측의 소작인을 상대로 한 내년 소작지 재계 약 갱신 건만 해도 관에서는 작인측 반대에도 도요오카 농장측 안 을 지원하고 있었다. 그것을 관에 청탁해 뒤집기란 가망이 없었다. 또한, 다른 건으로 관의 도움을 받게 된다면 보답 조건을 다시 제 시할 테고 이를 거절하기가 난처할 수밖에 없었다.

밖에서 문 두드리는 소리가 났다. 문이 열리고 김기조가 들어서 더니 깍듯이 인사했다.

"여기가 어디라고, 누가 너를 불렀어?" 고무라가 말했다.

"죄송합니다. 무슨 의논인지, 저도 합석하러 왔어요. 제가 석송 농장 대외책임을 맡고 있으니깐요."

이놈 하는 말 봐라, 하듯 고무라가 놀란 눈으로 김기조를 보며 고소를 머금었다.

"제가 참석해도 좋다는 주재소장님 허락을 받았습니다."

김기조 말에 민갑술이, 그렇다면 앉으라며 의자를 권했다. 고무라도 그의 동석을 묵인했다.

"대답을 않는 걸 보니 도움받고 싶지 않다는 건가? 그렇다면 우리 지역 유력자인 석상에게 우리가 협조를 요청해볼까. 들어줄 수 있겠소?" 고무라가 석주율에게 물었다.

"용건이 무엇입니까?"

"잠깐만." 민갑술이 나섰다. "석씨도 알다시피 반도 땅은 천여(天與)의 쌀 생산지로 농지만 현대적으로 개량된다면 연 일천 석 쌀을 더 증산할 수 있습니다. 그런데 조선 농민이 무지하다 보니 눈앞의 작은 손실에만 현혹되어 개량조합 방침을 따라줘야지요. 제일차 산미 증산 계획이 본궤도에 진입한 마당이다 보니 윗 관청 독려가 득달같은데 말씀입니다. 그래서 농민운동가 석씨가 우리 농소면 농민을 상대로 설득 연설에 나서주었으며 합니다. 석씨도 아는지 모르지만, 농소면은 불령인 박상진 향리인 탓인지 송정리 일대 농민 단결력이 대단합니다."

"요는 개량조합이 한창 벌이는 관개사업에 농민이 제 땅을 내놓지 않는다는 말씀이군요?" 김기조가 석주율을 대신해 물었다.

"그렇습니다. 물론 조합비를 내자면 농민도 기가 차겠지요. 그러나 장래를 길게 내다보면 결과적으로 그들에게 이익이 돌아가는 사업 아닙니까. 농지개량조합은 농림청으로부터 막대한 사업비를 지원받고 있습니다." 석주율은 일언지하 그 청을 거절하고 싶었으나 뜸을 들이자 민갑술이 말을 이었다. "농장에도 신문을 구독한다면 알 테지요. 작년 조선 미곡 생산이 만육천 석에 가까웠습니다. 그런데 제일차 산미 증산 계획이 완료되는 다이쇼 십오년(1925)이면 이만 석을 내다볼 수 있습니다. 물론 풍년과 흉년에 따라 차이가 있겠고, 토지개량사업 성과 여하에도 관계가 있겠지요. 그러나 총독부 농림청으로서는 이만 석까지 올리겠다는 방침입니다. 그러자면 농지개량조합 역할이 산미 증산의 핵심을 담당한다는 말입니다. 산록 완경사지(山麓 緩傾斜地), 하변 황무지(河邊 荒蕪地), 간석지 개간도 중요하지만, 무엇보다 용수원(用水源)과 용수도(用水道) 확보가 선결문젭니다. 아시다시피 조선은 수천 년 동안 하늘만 쳐다보고 농사지어오지 않았습니까. 그런 원시적 농법의 천수답 상태로 쌀을 증산한다는 것은 백년하청입니다. 관개시설을 통해 계속 수리답을 늘려야지요. 가뭄이 들거나 홍수가 져도 일정량 수확을 산정하는 통계적인 농법이 바로 과학적 영농 아니겠습니까. 이 방면 전문가 앞에서 내가 떠들었으나, 어디 제 말이 틀렸습니까?"

김기조가 석주율의 덤덤한 표정을 읽더니 다시 나섰다.

"말씀 들자 하니 농소면 면민이 저수지 만들고, 수로 내고, 길 확장하는 데 제 땅을 내놓지 않는데다 부역을 못하겠다, 이 말 아닙니까. 단체로 나서서 농지개량조합과 맞서 싸운다, 그러니 우리 선생님이 그들을 타이를 연사로 나서달라는 청이군요."

"말귀 하나는 빨리 알아듣는군. 부조합장 앞니 보더라고. 농민과 멱살잡이하다 이빨까지 나가버렸잖아. 싸움한 두 놈은 콩밥 먹는 신세가 됐지만 말야." 고무라가 말하며 석주율을 보았다. 또 묵비권을 시작하는 참인가 하듯 곱지 않은 눈길이었다.

"제 판단으로 그 문제는 여기서 당장 답할 성질이 아니라 보는데요. 그곳 농민의 불만 또한 경청한 후에 판단을 내릴 성질 아닙니까." 김기조가 말했다.

"너가 장본인인가? 왜 자꾸 나서! 네놈이 연설할 장본인이 아니지 않는가? 썩 나가!" 고무라가 주먹으로 책상을 쳤다

"죄송합니다. 나가서 기다리겠습니다." 고무라가 따귀라도 올려붙일 기세여서 김기조가 자리에서 일어섰다.

"김선생님 말이 온당합니다. 오늘 읍내로 나가니 송정리에 들러 그곳 농민 말을 들어보고 가부간 연락드리지요." 석주율이 말했다.

민갑술은 석주율에게 호계리 면사무소 앞, 송정리 홰나무 공터, 달천골 공회당 앞, 이렇게 3회에 걸쳐 농지개량사업의 의의에 관해 협조 연설을 부탁했다. 수고비로 농지개량조합과 수리조합에서 금일봉을 희사하겠다고 말했다.

"석상, 금일봉이 문젠가. 앞으로 그렇게 내선일체 유대를 공고히 한다면 자네 숙원이 하나하나 해결될 거야. 듣자 하니 간이보통학교 인가 문제만 해도 쉬 허가가 떨어지겠지. 또한 여씨 문중 임야 매입도 우리가 거들면 흥정에 제법 이익을 볼걸. 석상이 자력심 강하고 신중하다 보니 그런 부탁을 안하는 줄 알고 있으나 기타 애로점도 쉽게 풀릴 수 있어. 그러나 만약에 협조하지 않는다면 반대급부의…… 내 더 말을 않겠어. 자네도 짐작할 테니깐." 고무라가 으름장을 놓았다.

"연설은 다음주 초로 잡으면 되겠습니다. 한 시간 정도 연설한

다면 하루 만에 세 곳을 돌 수 있겠지요. 농한기라 마을 사람들 집합시키기는 쉽습니다. 그리고 이건 농지개량사업 여러 통계자료니 연설에 참고하십시오." 민갑술이 석주율에게 서류가 든 봉투를 넘겼다.

석주율은 봉투를 들고 일어섰다. 그는 주재소를 나서자, 김기조가 운전하는 자전거 뒷안장에 타고 읍내로 떠났다. 주율은 말하지 않았으나 김기조 동행이 잘된 일로 여겨졌다. 주재소에서 보인 민첩함과 영민함은 역시 노련함이 있었다.

"장생포 강연회는 몇 시로 잡혔습니까?" 김기조가 물었다.

"작업 끝내고 모인다니 어두워져야 할 겁니다. 읍내 장욱 선생을 만나 같이 가기로 했어요."

"그렇다면 그 시간에 저 혼자 송정리를 다녀오지요. 관개사업을 왜 반대하는지 농민들 주장을 수렴해 오겠습니다."

"좋은 의견입니다. 오늘 밤으로 송정리까지 들렀다 오자면 시간이 너무 늦을 것 같아 걱정했습니다. 강연회가 끝나면 그럭저럭 아홉시, 장생포에서 읍내가 시오리 길이니 자전거 편에 나온다 해도 삼십 분, 그 늦은 시간에 송정리로 들어간다면 야밤이라……"

"아홉시 반이면 선생님이 읍내로 나오겠군요. 그렇다면 제가 옛 백군수 어르신 댁에서 기다리겠습니다. 건어물 창고직과 안면이 있으니깐요. 거기서 만나 함께 농장에 돌아가기로 하지요." 잠시 침묵하던 김기조가 석주율 마음을 넘겨짚고 의견을 말했다. "선생님은 분명 농지개량조합에서 맡긴 연설을 하지 않을 터인즉, 실정을 파악한들 뭘 어쩌겠습니까. 설령 농민 반대가 강제성에 의한 사유 농지 찬탈과 부역이 있다 해도 말입니다. 친일인사가 되려면 몰라도 관에서 앞장세운 자리에 선생님이 연사로 설 수야 없지요. 선생님이 선을 분명하게 긋고 있지 않습니까."

"옳은 말씀입니다."

"그러나 송정리에는 가봐야지요. 선생님 연설을 거절할 자료를 위해서도 실정을 알아봐야 하니깐요. 그보다도 농지개량조합과 수리조합이 어떻게 농민을 등쳐먹는지 그 사례를 우리 쪽에서도 조사해둬야지요. 구영리 일대에도 조만간 닥칠 일 아닙니까."

해가 서산마루에 걸렸다. 장욱 집은 우정리로, 지주 집안이었다. 둘이 장욱 집에 도착하자, 청기와 대문 앞을 지키던 납작모자 쓴 청년이 나섰다.

"누굴 찾나요?" 젊은이가 눈꼬리 세워 물었다.

"장욱 선생을 뵈러 왔습니다." 김기조가 말했다.

둘이 바깥마당으로 들어서니 행랑채 부엌에는 저녁동자 짓기가 한창이었다. 그들은 안채로 들어가 장욱을 찾았다. 주율과 안면 있는 청지기가 둘을 사랑마루 뒤로 이끌었다.

"형사놈이 아직 대문간에 있지요?" 청지기가 물었다.

"만나고 들어왔습니다." 석주율이 말했다.

"어제부터 경찰서에서 서방님을 찾고 있습니다. 잠시 몸을 피했습죠. 선생이 오시면 연락 취해달라는 전갈이 왔습니다. 학성공원 뒤 도갓집 아시지요? 거기 가면 사동이 안내할 겁니다. 미행꾼이 있을지 모르니 조심하십시오."

둘이 대문을 나설 때까지 형사가 어슬렁거리고 있었다.

"저는 송정에 들렀다 가겠습니다." 김기조가 말했다.

석주율은 장욱 자전거에 편승하기로 하고 자전거를 그에게 넘겼다. 김기조가 자전거를 몰고 떠났다. 그길로 석주율은 도갓집을 찾았다. 도갓집은 그가 어릴 적부터 술심부름을 다닌 집이었다. 학성공원에서 내려오는 산내리바람이 차가웠고 땅거미가 내렸다. 돌아보아도 미행꾼은 없었다. 도가로 들어간 석주율은 사동을 만나 장욱 있는 데를 물었다. 사동이 그를 뒷곁으로 안내했다.

"석선생 왔구려." 객방 앞마당에서 서성이던 장욱이 주율을 맞았다. "일이 틀어져 장생포 강연회는 부득이 무기 연기될 수밖에 없군요. 이거 면목없어서…… 밀고자가 생겨 노동회 조직을 주도하던 정택보와 석선생 조카 선돌이가 장생포주재소로 연행당했습니다."

객방은 방문이 밝았는데, 방문이 열리고 알머리 청년이 얼굴을 내밀었다. 방안에는 한 청년과 머리 땋은 처녀가 엉거주춤 일어서서 둘을 맞았다. 장욱이 주율에게 셋을 소개했다. 머리 터부룩한 젊은이는 장생포에서 온 노동회 회원이었고 알머리 청년은 읍내 청년회 회원이었다. 누비저고리에 목도리 두른 염주옥이란 처녀는 장욱이 운영하는 '등불야학' 선생이었다.

"집 대문간에 형사가 지키던데요?"

"내일 내 발로 경찰서로 나갈 겁니다. 경유노동회 조직에 관여했으나 노동회 조직이 불법은 아니니깐요. 잠시 피한 건 그 점보다 우리가 일을 하나 추진하는데 그게 탄로 났나 해서 경찰서 동정을 염탐 중입니다. 다행히 이쪽 일에 참가한 동지는 연행이 없어 안심이 됩니다만……"

"무슨 일입니까?"

"읍내 일부 농지 관개사업이 마무리되자 수리조합에서 조합비는 물론 내년 농사가 아직 멀었는데 과중한 수세(水稅) 고지서를 발부했지 뭡니까. 조만간 부당성을 항의하는 궐기대회를 가질까 합니다. 지주측은 몸을 사려 동조하지 않으나 영세 자작농들은 제 논을 방매할 위급에 처해 모두 찬동하고 나섰거든요. 작년과 올해에 걸쳐 토지개량에 따른 대부금에 이자며, 수도(水稻) 품종 개량비며, 기타 공과금이 밀려 있는 처지에 말입니다."

"일본놈들이 올해만도 삼백만 석의 조선 입쌀을 강탈해 가고 조선 농민은 만주 조로 연명하는 실정이 아닙니까." 청년회 회원이 토를 달았다.

"부녀회 조직까지 활용하고 있으니 궐기대회 참가인원은 남녀노소 이백 명을 웃돌 것 같아요. 물론 궐기대회의 성과에 큰 기대를 걸지는 않습니다. 이번 싸움 상대가 개인 지주가 아닌 수리조합이고, 사안이 읍내에 국한된 문제가 아니거든요. 명목은 그럴싸한 농지 현대화란 사업이 사실은 동척, 일본놈 지주, 친일 지주의 토지 겸병과 조선인 영세농의 파산을 획책하는 거대한 정책적 음모 아닙니까. 그러나 작년만 해도 김해와 창녕 지방에서는 대부금 연장과 이자 탕감은 부역으로 대치한 예도 있지요. 흔한 사례는 못 되나 역시 농민이 투쟁해서 얻어낸 성과이지요." 장욱이 말했다.

궐기대회 성과도 회의적인데다 경찰이 나선다면 필경 다칠 사람도 많을 텐데 2백여 명이 참가한다니 농민들 원성이 한계에 도달했음을 석주율도 짐작할 수 있었다. 석송농장 일대는 농지개혁 손길이 아직은 미치지 않았으나 기조 말처럼 언젠가 당할 일이었다. 아니, 내년 농사가 시작되기 전에 도요오카 농장측과 협상이 기다리고 있었다.

염주옥이 석주율에게 야학당에서 함께 일하다 석송농장으로 간 안재화 소식을 물었다. 석주율이 건실한 모범 청년이라고 말했다.

"이번 궐기대회에 선생님도 나서주신다면 읍내 농민이 큰 힘을 얻을 겁니다. 무엇한 말이지만 읍내 부녀회에서는 선생님 인기가 대단합니다. 상사병 앓는 처녀들도 있는걸요."

석주율은 염주옥 말을 듣고 얼굴을 붉혔다. 장경부 선생이 말한, 사촌아우 사랑놀음 대상이 이 여선생이리라 짚여졌다.

"수리조합 사무소 앞에서 궐기대회를 마치고 하룻밤 새우며 농성할 예정입니다." 청년회 회원이 말했다.

"농민들이 죽창이나 농기구를 지참하고 참가하면 안 됩니다. 일절 폭력을 써서는 안 된다고 주지시켜야 합니다." 석주율이 말했다.

"물론이오. 그러나 불가항력의 의외성은 우리로서도 막을 수 없습니다" 하더니, 장욱이 동지들을 둘러보며 말했다. "석선생은 철저한 비폭력 인도주의자니깐. 염선생, 인도의 간디라는 민중 지도자에 관해 알고 있나요? 인도에서는 그 사람 숭배자가 많은 모양이던데, 내가 보기에는, 글쎄……"

"일본 잡지 『문사(文思)』에 소개된 그분의 비폭력운동에 대해 읽은 적이 있습니다." 염주옥이 말했다.

"처음부터 끝까지 비폭력 궐기대회로 관철된다면 저도 참가하겠습니다. 다음에 날짜를 알려주십시오." 생각 끝에 석주율이 말했다. 농민들이 불의(不義)의 수난을 겪다 못해 그 불의에 곧은 소리로 항의할 때, 이를 알고도 방관한다면 불의에 동조자일 수밖에 없다고 생각했기 때문이었다.

"궐기대회 때 제가 총독부 농정당국과 농지개량조합, 수리조합에 포고하는 선언문을 낭독할 작정이오. 그렇다면 석형은 짤막한 강연을 해주면 어떻겠소?" 장욱이 의견을 냈다.

"글쎄요. 궐기대회라면 아무래도 분위기가 격앙되었을 텐데, 강연이 될는지 모르겠습니다."

그들은 장생포 경유노동회 조직이 출범과 더불어 수난을 당한 경위를 두고 한참 더 말을 나누었다.

"그만 돌아가야겠습니다."

석주율이 일어서자, 노동회 청년과 염주옥도 가겠다며 따라 일어섰다. 자기는 오늘 밤은 활동이 제약되어 출입을 할 수 없다며 장욱이 노동회 청년에게 지전 몇 닢을 주며, 장거리에서 석형과 국밥이라도 들라 했다.

셋은 총총히 학산공원 돌담을 돌아 학산리로 나왔다.

"선생님 강연에 기대가 컸는데, 섭섭하게 됐습니다. 어제 새벽에 택보 형과 석선돌이 주재소로 달려가고, 회원들은 더 뭉치기로 했으니 조직은 다시 재건될 겁니다. 주재소가 택보 형과 선돌이를 큰 죄인이나 된 듯 용수까지 씌워 오늘 본서로 넘겼습니다. 노동회란 게 무슨 거창한 불령단체라도 된다고. 선생님, 그 회야말로 친목계와 다름없잖습니까. 같은 일 하는 사람끼리 모여 상부상조하자는 건데. 우리 주장은, 열 시간으로 작업시간을 단축하고, 품 삯을 일당에서 월급제로 해달라는 것뿐인데 말입니다. 일당이란 게 뭡니까. 일을 하려 해도 할 일이 없을 때 네댓 시간 대기할 때면 그걸 일당에서 깎으니. 그렇다고 제 날짜에 돈을 줍니까. 한 달이나 달포를 넘겨야 겨우 셈을 쳐주잖습니까."

"경찰서에 구니타케란 헌병조장이 새로 왔는데 독사 같은 놈이란 소문이 자자해요. 정택보와 석선돌이 그놈한테 취조를 당한다면 고초를 심하게 겪을 텐데요." 염주옥이 말했다.

읍내로 내려오자 염주옥은 제 집으로 돌아가고, 석주율과 노동회 청년은 장거리로 내려갔다. 둘은 장사꾼 재워주는 여각을 찾아들어 목로에 마주앉았다.

"선생님, 택보 형과 석선돌은 어떻게 될까요? 설마 재판에 넘어가기까지야 하겠습니까."

노동회 청년이 사발로 시킨 막걸리를 들이켰다.

"큰 문제가 아니니 구류 정도 살고 방면될 겁니다."

"우리 경유노동회 회원들은 오늘부터 모두 작업장을 떠났습니다. 택보 형과 석선돌이 돌아올 때까지 일을 하지 않기로 했어요. 당장 호구가 급하지만 이판사판 아닙니까. 내일부터 회원 모두가 나서서 두 회원 석방을 위해 연판장을 돌릴 작정입니다."

"멀리 있다 보니 제가 힘이 되어주지 못해 미안합니다."

국밥 한 그릇씩을 먹고 셋은 헤어졌다. 석주율은 김기조와 약속한 시간이 아직 멀었기에 장경부 선생을 만나려 교동 장판관 댁으로 갔다. 그는 집에 있었다.

"밤중에 웬일인가?" 장경부가 서재에서 주율을 맞았다.

"일이 있어 읍내 나온 김에 들렀습니다. 간이학교 인가가 어찌 되나 궁금하고요."

"인가가 날 것 같더군. 어제 부군수를 만났더랬지."

"고맙습니다. 교사를 한 동 더 짓자면 겨울 동안 흙벽돌을 계속 찍어야겠군요." 석주율은 드디어 한 가지 숙원이 이루어졌다 싶어 기뻤다.

"그런데 선생님, 장생포 경유노동회 말을 들은 적 있습니까? 장욱 선생이 관여하는 모양이던데요?"

"들었어. 작은집에 형사가 대기하며 욱이를 찾는다더군. 제수씨가 아버지 찾아와 어떻게 손을 써달라며 통사정하고 갔네. 그 녀석 지금 어디 있나?"

석주율이 오늘 저녁 장생포에서의 노동회 강연이 취소된 전말을 전하며 도갓집 객방에서 장욱을 만나고 왔다 했다. 마침 장경부 부인이 꿀차를 내어와 대화가 그쳤다. 부인이 나가자, 장경부가 차를 마시며 말했다.

"자네는 거기서 강연 안한 게 잘한 일이야. 그런 일에 관여치 말아. 잘못했단 어렵게 성사된 학교인가가 취소될지도 모르니깐."

"선생님께서도 도움 주십시오. 상부상조를 위한 친목단체 조직이 무슨 죄가 있습니까. 경유회사 노동자 말을 들어보니 임금 조건이 너무 열악한 점도 있습디다. 생존권을 찾겠다고 발버둥치는 고충을 우리가 이해하고 도와줘야 한다고 봅니다. 맏형님 큰애와 정택보라는 회원이 경유노동회 조직에 관여했다 연행당해 읍내

경찰서로 넘어온 모양입니다. 교감선생님께서 무사히 풀려 나오
도록 힘써주십시오."

"자네는 자네 일만도 벅차지 않은가. 거기에만 전력할 일도 중
차대한데 매사를 다 참견하겠다고 나서지 마. 다쳐. 그러다간 정
말 몸 다치네."

"말씀 잘 알겠습니다."

"차 들어. 그런데 말야, 내가 보건대 요즘 신문지상에 자주 나오
는 적색(赤色)노동회가 당국 사찰 대상이거든. 거기에 경찰에 찍
힌 욱이가 관여했다는 게 문제야. 누가 그걸 단순한 친목단체라
보겠어? 새로 부임한 구니타케 형사주임이 불령선인 취조에 수완
이 있다니 문제가 쉽지 않을걸."

"저도 짐작합니다만……"

"욱은 언제까지 숨어 있겠대? 일은 자기가 저질러놓고 꼬리 빼
서야 그쪽 사람들한테도 옳은 대접 받겠어?"

"내일 경찰서로 자진 출두하겠답디다. 노동회가 조직 갖춰 투쟁
한 게 없으니 어렵게 풀릴 일은 아닐 것 같습니다."

"자네, 무슨 말인가. 예비음모죄에 해당되지 않는가? 욱이 노국
혁명을 추종하는 푸로래타리아주의자니 죄가 충분하게 성립될 수
있지." 말을 마친 장경부는 위채로 올라가서 아버지와 장생포 노
동회의 대책을 상의하겠다며 몸을 일으켰다. 마당으로 나선 석주
율이 장경부에게 작별인사를 하자, 그는 섶을 지고 불을 찾아다니
는 욱과 상종을 끊으라는 주의를 주었다.

석주율은 면회가 된다면 조카를 만나 위로해주려고 경찰서를

606

찾았다. 그러나 장생포 경유노동회 조직으로 달려온 둘은 조사를 끝내고 다시 장생포주재소로 되돌려보냈다는 것이다. 일이 잘됐다 싶어 그는 걸음을 돌렸다.

석주율이 학산리 예전 백군수 댁으로 가니 김기조가 돌아와 있었다. 둘은 자전거 앞뒤에 타고 어두운 밤길을 나섰다.

"선생님, 제가 송정리 머슴방 두 군데를 뒤져 농민과 대화를 나눴는데, 농지개량조합 원성이 대단합디다."

"저도 대충 들었습니다." 석주율이 장생포 강연회 취소와 욱을 만난 경위를 설명했다.

"내일 제가 범서주재소로 나가 선생님이 농소면 농민 설득에 나설 수 없다고 통고하겠습니다. 그 일은 제게 맡기십시오." 김기조가 어려운 일임에도 이를 맡겠다며 자신 있게 말했다.

청렬(淸冽)

  겨울이 깊어갔다. 양력 마지막 달을 넘기며 한 차례 눈이 내렸으나 곧 녹아버렸다. 매서운 북풍이 몰아쳐 태화강도 얼음이 넓게 얼어 아이들이 썰매를 타고 놀았다. 보리는 작은 키를 더 낮추어 언 땅에 뿌리를 깊이 박았고, 헐벗은 산에는 이따금 나무꾼들 모습만 보였다.

  석송농장에는 별다른 일이 없었다. 모든 농가가 휴면기로 들어가 마을 고샅에도 사람 그림자가 뜸했으나 농장만은 바빴다. 신축 교사를 짓느라 한파를 무릅쓰고 흙벽돌을 찍었다. 김기조도 착실한 일꾼으로 열심을 다했다. 그는 농장 식구들로부터 차츰 신임을 얻고 있었다. 농소면 토지개량조합에서 의뢰한 석주율 강연을 대신 거절하려 범서주재소로 갔다가, 이틀 동안 구류를 살고 나온 일이 있은 뒤부터 그는 농장에서 제 몫 위치를 확보했다. 고무라 부아를 끓게 해 억울하게 고초 겪은 일이 숙장선생을 대신한 희생임을 농장 식구가 알고 있었다. 그 뒤부터 기조는 주율을 대신해 크고 작은 바깥일을 도맡았고, 그가 아니면 할 수 없는 일을 잘 처리했다. 주재소나 관청에서 농장을 방문했을 때 석주율이 외출하고 없으면 그가 나서서 달변으로 그들을 상대했는데, 옆에서 들어보면 답변에 아귀가 맞았다. 농한기여서 글방 생도가 늘어나자, 기조도 선생으로 산술 과목을 가르쳤다. 그래서 농장 식구도 기조를 김선생이라 불렀다.

여러 마을 상담역에 의원 노릇까지 하느라 석주율은 여전히 바빴다. 자전거를 몰고 찬바람 가르며, 자기를 필요로 하는 자리면 마다않고 찾아다녔다. 언양 도요오카 농장사무소도 세 차례나 다녀왔다. 저녁 무렵 면사무소 앞을 거쳐오다 검도도장에서 운동하고 나오던 언양주재소 강오무라 차석을 만나기도 했다. 그는 석주율이 도요오카 농장 작인 대표 자격으로 농장측에 탄원을 빙자한 압력을 넣고 있음을 알고 있어, 그 일에서 손을 떼라고 충고했다. 만약 손을 떼지 않으면 도요오카 농장이 언양주재소 관할이므로 주재소가 개입하겠다고 으름장을 놓았다.

백상충으로부터 석주율에게 편지가 오기는 양력 새해에 들어서였다. 뒷 주소가 평양으로 되어 있었으나, 국내로 들어오는 인편을 통해 보낸 편지였다.

석주율 군 전.

동절기에 자네와 농장 가족 다 무고한가. 나는 염려 덕분에 열차편으로 신의주에서 압록강 넘어 봉천을 거쳐 용정으로 들어왔네. 용정에서 열흘여 머물며 이곳 동포들 형편을 살피고 구우(舊友)들과 재회도 있었네. 그러던 중 자네 자형 곽돌 군이 흑하사변에서 전사했다는 소식을 접했네. 기일은 노국 적군(赤軍)과 최대 접전을 벌였던 1921년 양력 6월 28일이라 들었어. 자네누님은 화룡현 청포촌 대종교 본사에 있다는 말도 있고 이도백하로 들어가 농사짓는다는 말도 있으나 자세한 내막은 알 길 없네. 곽돌 군이 북풍한설 몰아치는 이역 땅에서 전사했으나 조국광복에 바친 애국혼은 영영세세 남을 것이네……

이어, 백상충은 자기 근황을 간단하게 언급했다.

    ……나는 국자가에서 며칠 더 머물다 11월 중순경 봉천으로나왔네. 여기서 과거 친분이 있던 밀양 출신 약산(若山, 김원봉)을 만나 그가 벌이는 활동에 조력하고 있어. 약산은 길림성에서약관의 나이에 '의혈단(義血團)'을 조직한 용자라 서로 뜻이 맞네. 황포군관학교 입교도 생각해봤으나 내 이미 마흔 줄에 들어선 나이라 포기했네…… 이 지역 조선 민족 활동상을 상세히 기록할 수는 없으되, 사오 년 전 창공을 찌르던 기상에 비해 침체기에 들었다고나 할까. 그러나 모두 일편단심 원대한 희망을 저버리지 않고 생업과 운동을 병행, 노력하고 있는 모습이 장하네.……의가 아닌 길에 서지 말 것이며, 학정의 도탄에 신음하는조선 민중의 햇불이 되기를 소망하겠네.

                    봉천 북서가 일우에서, 상충 서.

스승 편지는 검열을 염려해 심중에 담긴 말을 생략했음이 행간 사이에 깔려 있었다. 봉천이라면 남만주 중심의 큰 도시요, 약산이란 분이 어떤 인물인지 모르지만 의혈단을 조직했다는 취지로 보아 그 성향이 박상진 선생의 실천 노선과 일맥 상통함을 짐작할 수 있었다.

석주율은 편지를 읽은 이튿날, 언양 고하골 본가로 들어가 자형 전사 소식을 알렸다. 부리아범은 죽은 사위의 망령은 되살릴 수 없으되, 초롱 같은 두 자식 거느린 딸의 청상을 두고 애통해했다. 첫 서방을 바다에 잃고 둘째 서방마저 만리이역 타관에서 잃었으니 전생에 서방 복 없기로서니 어떻게 그렇게나 없을 수 있냐며 방구들이 꺼져라 한숨을 깔았다. 여식이 서방 잃고 그곳에서 살기 힘들면 고향으로 내려올 일이지 여태 소식이 돈절된 걸 보면 굶어 죽거나 얼어죽었기 십상이라며 넋두리를 쏟았다. 석주율이 생각하건대 누님의 열렬한 대종교 정신과 돌아간 자형 유지를 받든다면, 이역 땅에서나마 어떤 난관이든 극복하고 두 조카를 훌륭한 조선 남아로 키우리라 여겨졌다.

백상충의 편지가 오고 며칠 뒤, 성내에서 백운이 서찰을 보내왔다.

석주율 선생 전.

엄동 한파가 휩쓰는 절기에 선생 옥체 강건하시고, 농장 여러분도 무고히 지내는지요? 자주 소식 전하지 못하다 불현듯 필을 들게 된 사연인즉, 오늘 아침 대창정 조익겸 어른 댁에서 역술소로 서생을 보내온 까닭입니다. 다름 아니라, 백상충 선생 고

명따님 윤세 학생이 친부 서찰을 받은 지 이틀 만에 집을 나갔다는 소식입니다. 방학 중이라 두문불출 중 홀연히 가출하며 책상에 외조부모님께 남긴 글월 사연인즉, 부친 찾아 만주 봉천으로 들어간다 했답니다. 그 서찰을 숨차며 읽던 조익겸 어른이 뒷골을 짚더니 쓰러져 의식을 잃었답니다. 평소에도 혈압이 높아 어질머리를 앓았는데, 외손녀 사단에 큰 충격을 받은 모양입니다. 다행히 목숨은 건졌으나 수족을 쓰지 못하고 말문마저 닫았으며 사람을 잘 알아보지 못한다니, 선화의 괘가 그렇듯 이제 세(勢)와 수(壽)가 석양에 당도한 듯합니다. 집을 떠난 윤세 학생은 그로부터 사흘이 지난 현재까지 소식이 없다 합니다. 윤세 학생은 성격이 남아장부 못지않은 용진형(勇進型)이요 아직 연소하지만 생각이 총명하여 능히 대담하게 행동할 소양을 지녔다 하겠습니다. 엄부가 딸을 북지로 불렀을 리 없을 터인즉, 경부선 열차에 오른 어린 심정이 어떠했으리오. 기미년 만세 때 피체되어 서대문감옥소에서 옥사한 유관순 생도를 불현듯 연상시킵니다……

백운은 편지 끝에 선화 소식을 언급했다.

……좋은 소식이 아니라 전하지 않았으나, 지난 추절 농장을 다녀온 후 선화 몸이 계속 좋지 않았습니다. 특별히 나쁜 데는 없는데 기가 빠진 형용이라 낮 시간도 좌석에서 겨우 이겨내는 형편이었습니다. 제가 가르친 기공법도 선화에게는 이제 효

험이 다했나 봅니다. 본인이 원하는 바 있어 지난 대설 절기에
는 통도사 원효암에서 열흘 정도 정양하고 돌아왔습니다. 데려
다 주고 데려오는 과정에서 짐작한 일이지만, 선화는 산사에서
묵언과 선(禪)으로 열흘을 보낸 모양입니다. 하산할 때 비로소
화기가 돌고 걸음이 제대로 섬이 기특하였소이다. 선화가 한 달
에 열흘은 불사(佛事)하며 암자에서 지내겠다 하여 뜻대로 하라
일렀습니다. 제가 선화를 처음 상면했을 때 그 괘를 명이(明夷)
라 짚었는데 성운(成運)도 잠시, 달이 차면 기울 듯 스스로 천뢰
무망(天雷无妄)을 읊으니, 하늘의 뜻이 어디 있는지…… 세사(世
事)와 인사(人事)가 그러려니 여기고 천공을 나는 기러기를 보
니 마음에 안정이 옵니다. 신춘이 도래하면 한번 출행하겠습니
다. 그동안 평안하시기를. 총총.

　　　　　　　　　　　　　　　　　　백운 배경준 서.

　두 통 편지는 흉보였으나 석주율 역시 세사와 인사가 그러려니
여겼다. 다만 자형 죽음이 애통했으니, 첫 북행길에서 보였던 그
의 진정함과 소름 돋게 하던 담력이 자주 눈에 선하게 잡혔다. 편
지 내용을 들은 신당댁과 정심네도 도부꾼 곽서방의 그 사내다움
을 아는지라 무척 애운해했다.
　음력 섣달을 넘기기 전에 석송농장에는 경사가 있었다. 한 울타
리 안에 살며 그런 눈치를 뻔히 알아챘던 농장 식구가 어차피 맺
어질 배필이라며 섣달을 넘기지 말라 주선해, 김복남과 정심네,
박장쾌와 곽분님, 이희덕과 송현 마을 박첨지 딸 선옥이의 합동

혼례식을 갖게 되었다. 앞 두 쌍은 불행한 과거가 있거나, 몸이 성치 않았기에 날잡아 신방이나 꾸며주자는 의견도 있었다. 그러나 모두 사모관대와 족두리를 못 써본 처지라 조촐한 초례상을 차리기로 했다. 그러자 허례허식 많은 조선의 관혼상제에 늘 비판적이던 이희덕도 두 쌍 혼례에 자기도 끼겠다 해서 세 쌍 잔치가 된 것이다.

혼례가 있던 날은 맑았으나 춥고 바람이 심했다. 마당에 친 차일이 풍구 소리를 내며 펄럭였다. 돗자리 깔고 나무기러기가 놓인 초례상 앞에 나선 신랑 셋은 내내 입가에 환한 웃음을 물고 있었다. 나이 든 신부 정심네는 늘 그렇듯 덤덤한 표정이었고 눈두덩이 부어 있었다. 모녀가 혼례날을 앞두고 밤 깊도록 울었던 것이다. 신당댁은 설움 많았던 지난 적을 떠올리며, 한편으로 딸에게 이제야 제 짝을 정해주는 기쁨이 있었다. 말은 않았으나 정심네는 오랜 세월 마음에 품었던 석주율과 한 지붕 밑에 살게 되었으나 외짝사랑 끝에 돌아서지 않을 수 없는 운명이 서러웠던 것이다. 분님이는 줄곧 부끄럼 타서 헬쑥한 얼굴을 바로 들지 못했다. 일찍이 그 유래가 없던 합동결혼식을 구경 온 많은 구경꾼들이 분님이를 두고 연지 곤지 잘 찍었나 어디 보자며 농을 했으나 그녀는 끝내 얼굴을 들지 않았다. 이희덕은 새 신랑답게 으젓했고 한얼글방 출신 박선옥은 연지 곤지 찍은 모습이 아름다웠다. 잔치 뒤끝에는 먹거리가 푸짐했다. 저녁에는 농장 식구가 모두 교실에 모여 함께 밥과 술을 먹었다. 남정네와 아낙네가 한데 어울려 장구 장단에 맞추어 춤추고, 상좌에 독상 받고 앉은 세 신랑신부를 웃겼다. 주는 술을 받아 마신 이희덕과 김복남은 불콰한 얼굴로 하객과 함께 어울려 춤을 추었다. 박장쾌는 장가든 게 아직 믿어지지 않는다는 듯 신부로부터 눈을 떼지 못했다. 정심네는 덤덤한 얼굴로 춤사위를 보기만 해, 보릿자루 꾸어다놓았느냐는 핀잔을 받았다. 분님이는 그때까지 얼굴 한번 제대로 들지 못했다.

농장 식구가 돌아가며 한 차례씩 노래를 부르자, 석주율도 차례가 되어 노래를 부르게 되었다. 그는 서른 해를 살 동안 남 앞에서 노래를 불러본 적 없었기에 표충사에서 늘 외었던 경(經)이나 한 소절 읊을까 하다 문득 「백두산 노래」가 떠올랐다. 그는 북로군정서부대가 백운평에서 갑산으로 행군할 때 익힌 그 노래를 불러 크게 박수를 받았다.

"석선생님 창가는 뜻이 깊습니다. 조회 때 우리 모두 그 창가를 부르도록 합시다."

김기조 말에 강치현, 신태정, 우경호, 안재화가 찬동했다. 점심참을 먹은 뒤 이희덕은 초야를 처가에서 보낸다 해 신부와 그쪽 가족과 함께 송현 마을로 떠났다.

어둠이 들자 두 쌍 신랑신부는 신방에 떼밀려 들어갔다. 김복남과 정심네는 신당댁 모녀가 쓰던 방이었다. 박장쾌와 분님이는 설만술 씨 뒤채에 방 한 칸을 꾸미며 그 방에 들었다. 농장 식구는 새벽지 발라 도배한 양쪽 신방에 촛불이 꺼지자 이쪽저쪽을 도다니며 문구멍 뚫고 머리 맞대어 방안을 들여다보았다. 무엇보다 앉은뱅이 박장쾌가 신부를 어찌 다루는지 궁금해 설만술 씨네 뒷방에 사람이 몰렸다. 밤이 깊자 문구멍으로 들여다보며 킬킬거리던 아낙들도 자리 떴다. 축담 아래 서서 장난질을 지켜보던 신당댁도 걸음을 돌렸다.

"신체 건강한 훌륭한 사위 맞았으니 아줌마야말로 팔자가 늘어졌구려. 데릴사위가 따로 있나, 한집에 두고 조석으로 보니 그 또한 얼마나 좋아요. 혼기 놓친 딸이라도 시집보내면 시원하고 섭섭하다는데, 아줌마는 섭섭한 게 없으니 눈물도 안 나겠구려." 설만술 씨 처 다락골댁이 덕담을 했다.

"자네 말이 맞다. 김서방같이 심덕 좋은 남정네 구하기도 쉽지 않고말고. 그런데 왜 이렇게 눈물이 나올꼬." 신당댁은 눈꼬리에 잡히는 눈물을 훔쳤다.

"기쁠 때 눈물 안 나오면 슬픈 일이 투기한다오."

막걸리 몇 잔을 걸치고 밖으로 나온 석주율은 체증이 가신 듯 마음이 홀가분했다. 그는 김복남과 정심네 혼례도 흐뭇했지만 박장쾌와 분님이 혼례야말로 하늘의 큰 축복이라 여겼다. 말더듬이에 간질을 앓는 분님이가 박장쾌 배필 되기를 작심해 한평생 그의 두 다리가 되어주겠다는 마음씨야말로 몸 성한 어느 누구도 할 수 없는 선의 실천이었다. 분님이 뜻을 받아들여 흡복한 박장쾌가 평생 분님이 형제를 내 몸 이상으로 거두겠다는 말 또한 갸륵한 마음이었다. 이희덕은 간이학교가 정식 인가 나면 학교 운영을 그와 강치현에게 맡기고 자신은 농민운동과 농장 경영에 전념하기로 했기에 그 혼례 또한 마음 든든했다. 한편, 주율은 정심네와 어쩌다 눈이 마주치면 괜히 무슨 죄나 지은 듯 마음이 움츠러들었는데, 앞으로는 그네를 무념하게 대할 수 있겠다 싶었다. 그는 저수

616

지 못둑으로 천천히 걸음을 옮겼다. 밤바람이 찼다.

석주율이 못둑을 거닐며 정심네와의 오랜 인연을 되새기자, 뒤쪽에서 인기척이 나더니 김기조가 다가왔다.

"선생님께 이런 말 해도 될는지요…… 술 한잔 걸쳤더니 문득 생각나군요."

"무슨 말씀입니까?"

"정심네가 오래전부터 선생님을 짝사랑했던 게 맞지요?"

석주율은 할 말이 없었다. 주제넘게 그렇다고 말하기도, 알 수 없는 일이라고 발뺌할 수도 없었다. 다만 기조의 눈썰미와 당돌함에 섬찟했다. 보름쯤 전인가, 저녁답에 농장에 들렀던 장욱을 배웅하고 오다 농장 입구에서 기다리던 정심네를 만나 저수지 둑에서 나눈 대화를 그가 엿들었나 싶었다.

"벌써 십여 년 세월이 흘렀으니 선생님이 표충사에 스님으로 계실 무렵이지요. 제가 언양장에 나가면 신당댁 주막에 자주 들렀거든요. 그러던 어느 날 저녁, 주막에 들렀는데 부엌에서 모녀가 나누는 말을 얼핏 들었지요. 네년 속셈을 남이 들으면 똥구녕이 웃겠다, 천지사방이 사낸데 하필이면 스님과 한 이불 덮겠다고? 신당댁 말에 정심네가, 남이야 팥으로 메주를 쑤든 말든 엄니가 무슨 참견이요 하고 악을 씁디다. 내가 큰기침하고 마당으로 들어서서 술상을 받곤, 조금 전에 말한 스님이 어느 절 뉘시요 하고 물었지요. 정심네는 말이 없고 신당댁이, 날아가는 방구 잡고 뉘 방구냐 물으면 자네가 어쩔 참이냐고 퇴박을 놓습디다. 그러곤 그 일을 잊어버렸는데 이번에 여기서 정심네를 보자, 문득 과거지사가 떠오르더군요. 물론 여기 와서 선생님과 정심네가 북지로 다녀왔다는 얘기도 들었고요. 그 후로 눈여겨보니, 정심네가 선생님을 보는 눈길이 다른 사람 보는 눈길과 다른 걸 느꼈어요. 뭐랄까, 큰 눈빛 속에 불길이 타고 있달까……"

"정심네는 남자 못지않게 큰그릇입니다. 보았다시피 과묵하고, 의지 굳고…… 그러나 나는 그분을 받아들일 수 없었습니다. 물론 정심네에게 모자람이 있어서가 아니라 제가 그럴 수 없습니다."

"이선생은 물론이고, 박형과 분님이도 짝 지은 마당에, 그렇다면 종교적 결심이라도? 요즘 보면 왜나라 불교 영향 탓인지 대처승도 흔합디다. 대처승이 주지인 절도 있고."

"저는 평생 독신으로 살기로 했습니다."

"농장과 함께요?"

"그렇게 알면 되겠군요." 석주율이 웃음으로 얼버무렸다.

"제가 육체적 고자라면 선생님은 정신적 고자라? 산문도 아닌데 꼭 평생 금욕 생활을 해야 할까요?"

"어쨌든 제 결심은 변함없습니다."

열댓새 전 장욱이 농장을 방문한 날이었다. 장욱은 '장생포 경유 노동회' 조직에 따른 치안유지법 위반으로 정택보와 선돌이와 함께 보름 동안 경찰서 유치장에서 구류를 살고 나온 뒤, 여전히 동분서주하고 있었다. 수리조합의 '수세(水稅) 부당 징수 반대 농민 궐기대회'를 열기 위한 예비공작이었다. 해를 넘기기 전에 궐기대회를 열기로 했으나 설 뒤로 미룬 데 따른 의논차 주율을 찾았던 것이다. 그날도 장욱은 미행꾼 따돌리고 구영리로 오느라 애를 먹었다 했다. 그를 다리목까지 바래다주고 돌아오자, 정심네가 농장 팻말 앞에서 기다리고 있었다. 잠시 뵙자는 그네 말에 좇아 둘은 못둑으로 걸었다. 못둑 아랫녘에 얼마간 간격을 두고 앉자, 한동안 옷고름만 만지작거리던 정심네가 힘들게 입을 떼었다. "선생님도 짐작하셨겠지요. 저는 복남 씨 그분과 혼례를 올리기로 했습니다." "결정 잘하셨습니다. 농장 식구가 모두 바라던 바니 여러분과 의논해서 해 넘기기 전에 날을 받아야겠군요." 석주율의 그 말에 정심네는 한참 뜸을 들였다. "선생님, 제가 선생님을 처음 뵙고 마음에 그려온 지 햇수로 벌써 열네 해가 흘렀습니다. 제가 계집종일 때 선생님은 도련님이셨다가, 제가 남 앞살이를 살 적에 스님이 되셨지요……" 정심네 목소리가 차츰 물기를 머금었다. "선생님이 절을 떠나신 후 옥고를 겪으셨고…… 세월이 물같이 흘러갔지요. 그렇게 오랫동안 제 마음에 선생님을 모신 것은, 그런 마음만으로도 기쁨이었습니다. 후살이일망정 마땅한 청혼도 있었으나 선생님이 제 마음에서 떠나지 않으니, 산다는 낙을 선생님 생각에만 매달고 이날까지 넘겨온 못난 계집이었습니다. 선생님이 홀로 사시겠다고 작심한 줄 알았으면서도……" 정심네 흐느낌이 고조되더니 말문이 울음에 삼켜져버렸다. 정심네가 머릿수건을 벗어 눈물을 훔쳤다. "고정하십시오. 이제 정혼자를 결정하셨으니 지난 일을 잊고 새 출발하셔야지요. 한두 차례도 아니고…… 저 북지까지 올라가 온갖 곤경을 이기며 저를 보살펴준 고마움은 늘 간직했고, 작년에 제가 앓았을 때만도 극진한 간호 덕에 건강을 찾지 않았습니까. 죽는 그날까지 그 은혜를 잊지 못할 겁니다." "어머니와 여기로 이사올 때는 하늘을 날아오를 만큼 기뻤으나⋯⋯ 선생님을 조석으로 뵙고 사는 은덕만도 감지덕지인 줄 깨달은 계집을 용서해주세요. 그러나 제 마음에 간직한 첫정은 눈감을 그날까지 저 역시 잊지 못할 겁니다. 제 처지로서는 복남 씨도 과분한 분이오니 앞으로도 지아비 될 분과 우리 모녀를 버리지 마시고 옆에 있게 해주신다면⋯⋯ 마음만은 힘써 선생님을 모시겠습니다." 정심네는 말을 마치자 수건에 얼굴을 묻고 흐느꼈다. 석주율은 정혼한 여자와 언제까지 이렇게 앉아 있을 수 없다 싶었다. "날씨가 찹니다. 집으로 드시지요." "선생님 먼저 들어가십시오. 저는 더 있다 가겠습니다." 석주율은 잠시 머뭇거리다, 그럼 먼저 들어가겠다며 일어섰다. 방문들이 밝은 집 쪽으로 걷자 주율은 옛적 태화강 둑에서 맞닥뜨린 삼월이의 흐느낌 섞인 사랑의 하소연이 떠올랐다. 왜 자기는 여자들이 주는 정을 그렇게 모질게 떼려 하는지, 스스로 생각해도 그 심사가 답답했다. 육체적 욕망에서 아주 떠나겠다는 맹세 또한 자연의 순리를 저버린 허세요 가식이 아닐까 하는 의구심이 들었다. "이승의 삶이란, 그 길이 정도(正道)에 한 치 어긋남이 없을수록 회의도 있고, 유혹도 많고, 좌절도 잦겠거니⋯⋯" 연화산 산자락을 보며 이렇게 읊던 동운사 조실승 말씀이 생각났다.

*

설을 쇠고 우수 절기를 넘기자 낮이 제법 길어지고 따뜻한 볕이 내리쬐는 날이 잦았다. 얼음 풀린 냇가 물소리가 한결 기운차고, 시린 물굽이를 헤치고 미나리가 파릇이 솟아올랐다. 농장 뒷산을 길게 에두른 소나무숲도 적송의 붉은 줄기가 돋보였고 머리에 인 솔잎도 푸르름을 더해갔다.

장욱이 읍내 청년회원을 통해 농민궐기대회를 알려오기가 그즈음이었다. 날짜는 2월 25일로, 그날은 울산 읍내장날이었다. 정오에 쇠전거리에 모여 거기서 현수막 펴들고 한 마장 거리인 수리조합 사무소로 행진하기로 한다 했다. 수리조합은 학성공원을 지나 서원말 아래쪽 태화강과 동진강이 만나는 방죽 안쪽이었다. 수리조합 사무소에 도착하면 앞마당에서 연좌를 벌인다는 것이다. 장욱의 선언문 낭독에 이어 '수세 형평의 부당성'을 두고 석주율이 30분 정도 강연할 예정이었다. 연좌농성 시한은 이틀로 잡혀 있었다. 궐기대회에 경찰서 병력 출동쯤은 예상하고 있었다. 그렇게 되면 다른 사람은 몰라도 장욱과 석주율은 경찰서 연행을 각오해야 될 터였다.

2월 25일, 석주율이 새벽에 냇가로 내려가니 늦서리가 하얗게 내려 있었다. 날씨가 쾌청할 것 같았다. 날마다 그랬듯 주율은 개울 위쪽으로 올라가 옷을 벗고 고쟁이 바람으로 냉수마찰을 하곤 돌아와서 농장 식구와 함께 단군 경배 시간을 가졌다. 기원에 나선 김복남은, 오늘이 읍내 궐기대회 날이라 선생님께서 참가하시니 부디 뜻하는 바 잘 성취되고 신변을 지켜달라고 말했다. 그런 기원은 이번만 아니라 자주 있는 일이었다. 이런저런 일로 주재소, 면사무소, 읍내 농지개량조합, 산림조합 출두 요구가 뻔질났던 것이다. 그러나 이번만은 주재소 출두 지시처럼 주율 신변에 안위가 걸렸으므로 김복남의 기원이 각별할 수밖에 없었다. 「백두산 노래」 합창으로 조회가 끝났다.

석주율은 오늘 읍내 향교에서 그동안 궐기대회를 준비한 동지들과 아침 열시에 만나기로 약속되어 함께 나설 김기조와 아침밥을 서둘러 먹었다.

석주율은 흰 당목 두루마기를 입고, 김기조는 국민복 복장으로 마당에 나섰다. 농장 식구가 길 나선 둘을 배웅했다.

"선생님, 이번 일만은 너무 걱정돼서 어젯밤에 잠을 제대로 못 잤습니다." 설만술 씨 말에 이어 모두 걱정스러운 말을 한마디씩 달았다.

"김선생이 우리 선생님 잘 보필해 내일 무사히 모시고 오구려. 김선생만 믿소." 박장쾌가 말했다.

"그렇게 되어야지요. 그래서 제가 나선 게 아닙니까."

김기조가 자전거를 몰고 석주율이 뒷안장에 앉아, 둘은 농장을 떠났다. 다른 식구는 궐기대회에 나올 생각 말고 일과대로 흙벽돌 찍기와 과수원 버꾸깎기와 가지치기를 하라는 주율 말이 있어 그들은 발을 묶고 멀어지는 자전거 꽁무니만 보았다.

들길로 나서서 자전거로 한참을 달리자, 김기조가 석주율에게 말했다.

"궐기대회 말입니다. 아무래도 선생님이 연설할 차례까지는 오지 않을 것 같은데요." 석주율이 대답 않자, 그는 말을 이었다. "농민들이 떼 지어 수리조합 사무소로 몰려갈 때는 이미 경찰서에 정보가 들어갔을 테고, 연좌농성을 벌이면 무장한 병력이 농성꾼 해산을 종용할 겝니다."

"농민들 생존권이 걸린 문제라 연행을 두려워하지 않을 겁니다. 그러나 불상사가 일어나서는 안 되겠지요. 제가 나가는 목적이 몇 마디 강연에 있기는 하나 만에 하나 폭력 사태가 발생하면 막자는 데 뜻이 있습니다."

"아무래도 선생님이 다칠 것 같습니다."

"경찰서 연행은 각오하고 있어요. 불상사가 없다면 정당한 주장이니 조사 받고 방면되겠지요. 이번 기회에 관청도 농민 요구가 얼마나 절박한지 인식하겠지요."

"그렇지만 왜경이 조선 농민을 편들겠어요?" 석주율 말이 순진한 발상과 낙관론에 근거를 두었다는 듯, 김기조 대답이 무거웠다. 한편, 그는 주율 말이 어쩐지 앞뒤 논리가 맞지 않다고 생각했다. 억울한 일을 당하면 조선인은 합심해 그 부당성에 저항해야 한다는 주율 말은 일리 있었다. 그러나 조선인은 절대 폭력을 쓰지 말아야 하고 상대가 무작하게 폭력을 써도 맞고 있어야 한다는 대목에 문제가 있었다. 물론 저쪽은 총칼로 무장하고 있으니 싸워서 승산은 없었다. 그렇다면 관계 요로에 연판장이나 돌리고 말 일이지 뭇매 맞고 연행당할 결과를 내다보면서 궐기대회를 열 필요가 없었다. 주최측이 개인적으로 풀지 못하는 농민 울분을 부추겨 함께 모여 풀 수 있는 자리를 제공한다고 할 때, 욕구 발산과 목적 달성의 미지수에 비추어 치러야 할 희생이 클 수밖에 없었다. 김기조로서는 어쩌면 석선생이 그 결과까지 예측하고 있을 것이라

추측했다.

읍내로 들어간 둘이 향교에 도착하니 장욱과 청년 회원 다섯, 중년 나이의 농민 넷이 나와 있었다. 등불야학당 염주옥도 보였다. 그들은 이번 궐기대회 정보가 아직까지 외부에 누출되지 않아 다행이라며 입을 모으고 있었다. 부락책 청년회원들이 궐기대회에 참가할 농민 수를 최종적으로 점검하곤 몇은 쇠전거리 현장으로 먼저 떠났다. 잠시 뒤 등불야학당 생도들이 떼 지어 몰려왔다.

열한시 반을 넘겨 정오가 가까워지자 쇠전거리와 향교를 도다니며 연락을 취했던 청년회원이 와서 전한 말이, 80명 정도 인원이 모였는데 정오가 되면 백 명은 쉽게 넘으리라 했다. 취재를 의뢰한 『동아일보』와 『조선일보』 울산 주재기자도 나와 있다 했다.

"우리도 떠납시다." 장욱이 결심을 굳힌 듯 말했다.

봄갈이를 앞둔 해동기를 맞아 장판은 장사치와 장꾼으로 붐벼 장꼴이 섰다. 겨울 동안은 나무전과 곡물전에나 사람이 뀔까 다른 물목전은 휑뎅그렁한 장바닥에 바람만 넘쳤다. 그러나 양력 2월에 접어들면 먼저 대장간부터 붐비게 마련이고, 겨우내 여투어두었던 잡곡도 장판으로 나왔고, 겨우내 호롱불 심지 돋우어 짰던 무명필도 선을 보였다. 산촌 아낙들은 벌써부터 파릇한 냉이와 쑥, 청청한 미나리를 소쿠리에 가득 담아 장에 내왔다.

향교 앞을 떠난 일행 열예닐곱은 장꾼들이 붙어나는 장터거리를 질러 쇠전거리로 내려갔다. 쇠전 어귀에는 궐기대회에 나설 꾼들로 보이는 장정과 중늙은이들이 삼삼오오 몰려섰다 내려오는 그들을 보며 눈짓으로 인사를 교환했다. 하이칼라 머리의 젊은 양복쟁이가 장욱에게 달려왔다.

"장선생, 경찰서에 정보가 들어갔어요. 두고 보자는 속셈인지 장판에 순사복이 싹 그쳤군요."『동아일보』주재기자 한춘만이었다.

장욱이 둘러보아도 정말 그랬다. 다른 때 같으면 장판을 오르내리는 장총 멘 순사가 있게 마련인데 눈에 띄지 않았다. 장사꾼들의 물건을 뒤지거나 장꾼의 거동을 감시하는 눈초리가 없다는 게 알 만했다.

"판이 무르익어 주동자가 나서면 그때 덮칠 속셈이겠지요. 우리는 그대로 밀고 나가면 됩니다."

일을 밀어붙이는 데는 서슴없는 장욱의 태도가 주율 눈에는 스승의 한 면을 보는 듯했다. 다른 점이 있다면 스승은 세속적인 일에 일절 관심이 없는 외곬의 투사라면, 장욱은 술담배 하고 연애하며, 동무 좋아해 경성 출타도 잦은, 어떤 일에나 나서기 좋아하는 다혈질로 성격이 낙천적이었다.

"석선생님 말씀도 그렇긴 한데, 경찰 쪽이 고분고분 나오지 않을걸요." 김기조가 장욱 말을 반박했다.

그런 낌새에 아랑곳없이 쇠전에는 송아지에서부터 큰 소에 이르기까지 쉰 마리 넘는 소가 말목에 고삐 매인 채 팔려갈 새 주인에게 선을 보이고 있었다. 피붙이보다 소중하게 키워온 소를 내다 팔아야 하는 소 임자의 아픈 마음이야 어떻든 퍼질러앉아 되새김질하는 소, 길게 울음을 빼는 소, 어미소 옆을 맴돌며 꼬리 흔드는 송아지는 한가로웠다. 거간꾼과 소 임자 사이에 흥정이 벌어지기에는 아직 이른 시간이었다. 소꼴이나 살피고 값이나 튕기다 파장에나 그동안의 심리전을 마감하고 본격적인 흥정이 이루어질 터였다.

퀼기대회에 나설 농군들은 쇠전 주막 앞 평상 주위에 몰려 있었고, 태화강 쪽 묵정논과 홰나무 선 쉼터에도 흩어져 있었다. 아낙도 섞여 귀엣말을 나누었다. 석주율이 그들을 살피니 모두 빈손이었다. 죽창, 낫, 몽둥이 따위를 들고 나오지 말라고 주최측에 당부했는데 지켜졌음에 안심되었다.

정오를 넘기자 쇠장 주변에 모인 군중 수가 얼추 130명이 넘었다. 군중 속에 등불야학 젊은 생도가 군데군데 박혀 퀼기대회 구호와 진행 과정을 농성 참여자들에게 주지시키고 있었다.

청년회 회원 둘이 여염집 마루 아래 장대에 말아둔 현수막 두 개를 들고 왔다. 현수막을 펴자 광목 바탕에 굵은 먹글씨가 뚜렷했다.

조선 농민 못살겠다. 수리조합 각성하라!
水稅의 과중부담 膏血 빠는 水利組合!

"여러분, 현수막 아래로 모이세요. 수리조합 사무소로 출발합니다!" 함석 깔때기를 통해 청년회 회원이 외쳤다.

다른 청년회 회원 셋이 꽹과리와 장구를 쳐대기 시작했다. 쇠전 주변에 웅성거리던 농군들이 현수막 아래로 모였다. 참가자를 2백 명으로 예상했으나 그럭저럭 150명은 되었다. 아이들은 구경거리

626

가 생겨 현수막 쪽으로 쫓아왔다.

현수막이 앞뒤로 벽을 치고 가운데 들어선 대열이 옥계 마을 쪽으로 움직였다. 장욱과 석주율과 청년회 회원들이 앞장섰고 뒤쪽은 등불야학당 생도들이 따랐다. 김기조가 석주율에게, 수리조합 피해 당사자가 아니니 열외로 빠져 걷자고 종용했으나 주율은 그 말을 묵살했다. 풍악을 울리는 가운데 대열이 태화강 둑 쪽으로 길을 잡았다. 그때까지 어디에도 순사나 헌병 모습이 보이지 않았다. 팔뚝에 완장을 찬 기자 둘이 장욱과 석주율을 맡아 취재에 열을 올렸다.

"……그렇다면 이번 궐기대회 결과를 어떻게 예측하십니까?" 안경 낀 한 기자가 석주율을 맡았다.

"결과에 대해선 낙관도 비관도 하지 않습니다. 어떤 결과가 나타나든, 지금 항의 자체가 중요하다고 봅니다. 농민 생존권이 협박당하는 마당에 인내도 한계가 있습니다. 시정책 건의에 평화적 궐기대회도 한 가지 방법입니다."

"요즘 전국적으로 조직되고 있는 적농(赤農, 적색 농민조합)에 관해 선생님 견해를 말씀해주십시오."

"그 문제는 장욱 선생께 여쭤보십시오."

버드나무가 늘어선 들녘 건너 수리조합사무소를 5백 미터 앞쯤 두었을 때, 측백나무 울타리를 싸고 검은 복장들이 부산하게 움직이는 모양이 보였다. 출동한 순사와 헌병들로 수가 스무 명은 넘을 듯했다.

"왜놈 순사와 헌병들이 수리조합을 지키고 있다!" 농군들 사이에서 수군거리는 소리가 났다. 동요가 일고 대열이 어수선해졌다. 선겁 먹고 둑길 아래로 내려서거나 짚신끈 고쳐 매는 체하며 아이들 속에 묻히는 자도 있었다.

"대오를 지어 갑시다. 흩어지면 안 돼요!" 장욱이 외치곤 주먹을 내두르며 구호를 선창했다. "조선 농민 못살겠다, 수리조합 각성하라!"

농군들도 따라 외쳤고, 풍악이 합세했다. 농군들도 사기가 살아나 열심히 구호를 외쳤다.

현수막을 앞세운 대열이 수리조합 사무소 앞에 도착하자, 병렬하고 있던 순사와 헌병들이 길을 내주며 절도 있게 양쪽으로 갈라섰다. 스무여 명순사와 헌병이 착검한 장총을 메고 이열횡대로 서니 농군 대열은 자연스럽게 그들에게 포위된 꼴이었다. 사무소 정문 앞에는 울산경찰서 서장 쓰나요시가 버티고 있었고, 그 뒤로 경찰 간부들이 섰다.

"너들은 무엇 하러 여기 왔나?" 조선말에 능통한 구니타케 헌병 조장이 앞줄에 나선 장욱과 석주율에게 물었다. 마른 얼굴에 콧수염 기른 서른 중반 나이였다.

"수세고지서 철회와 각종 공과금 감면, 연장을 호소하러 왔습니다." 장욱이 말했다.

"집회 신고했고 허가 받았는가?"

"신고해도 안 나올 허가라 별도로 신고하지 않았습니다."

"그렇다면 불법 집회 아닌가?"

장욱이 대답을 않자, 구니타케 뒤쪽에 선 국민복 차림의 쓰나요

628

시 경찰서장이 나섰다.

"너들은 불법단체 결성과 예비음모, 민심 교란의 범법을 자행했으므로 치안방해죄로 모두 체포한다." 쓰나요시가 저희 말로 말하자, 조선인 형사가 통변했다.

"수리조합장을 면담코 우리 뜻을 전달한 후 해산하겠습니다." 장욱이 말했다.

어깨 걸고 있던 농군이 함성을 질렀다.

"부당한 수세를 받지 마시오!" "수리조합은 조선 농민 다 죽인다!" "우리는 죽을 각오로 여기에 왔다!" "수리조합은 각성하라!" 농민들이 중구난방 외쳤다. 청년회원과 야학당 생도들이 땅바닥에 앉았다. 김기조는 사무소 앞에 도착하기 전에 동아리에서 빠져 구경꾼과 아이들 사이에 섞여 곧 벌어질 사태를 지켜보고 있었다.

"총독부 농림청, 농지개량조합, 수리조합에 발송하는 울산군 울산읍 농민들의⋯⋯" 장욱이 주머니에서 꺼낸 건의서를 목청 돋궈 낭독했으나 계속 읽을 수 없었다.

구니타케가 건의서를 낚아채곤 호루라기를 불었다. 이를 신호로 순사와 헌병이 농민들을 끌어내기 시작했다. 농민들이 결사적으로 떨어지지 않으려 하자, 그들은 몽둥이를 휘둘렀다. 비명이 터지고 금세 수라장이 되었다.

"순순히 연행당하겠습니다. 폭력을 쓰지 마십시오. 몽둥이를 거둬요!" 석주율이 외쳤다.

순간, 석주율의 두 손이 뒤로 젖혀지며 수갑이 채워졌다. 주모자 체포조를 따로 선발해두었는지 장욱을 포함해서 앞줄의 다섯이 눈 깜짝할 새 같은 꼴을 당했다.

"석선생님은 이번 일과 관계없습니다. 불상사를 방지하려 나온 참관인에 불과합니다!" 기자와 함께 있던 김기조가 구니타케 헌병조장에게 일본말로 통사정했다. 아수라판에 그의 말이 먹혀들리 없었다.

"우리는 수세 고지서를 찢어버리고 수납을 거부한다! 우리는 이번 건의가 관철될 때까지 적극 투쟁한다. 조선 농민은 더 이상 노예가 아니다. 조선 농민 만세!"

장욱이 소리치며 수갑 찬 손을 쳐들자, 순사 몽둥이가 그의 어깨를 내리쳤다. 그는 그 자리에 쓰러졌다.

궐기대회에 참가해 끝까지 자리 뜨지 않고 뭉쳐 있던 농민과 생도들은 그 절반이 경찰서로 연행당했다. 그들을 경찰서 유치장에 수용하자 스무 평 남짓한 유치장 안은 일반 재소자까지 합쳐 발디딜 틈이 없었다. 경찰서 앞 한길은 연행당한 사람들 가족과 읍내 구경꾼들이 장사진을 쳤다.

유치장에 수감된 직후 1차로 개인별 신원 파악이 있었고, 이어 주모자급으로 판별되는 자부터 호출이 시작되었다. 수갑 차고 왔던 청년회원 둘에 농민 대표, 장욱과 석주율이 먼저 불려 나갔다. 취조는 개인별이었다. 장욱만이 독방으로 불려 들어갔고, 청년회원 둘과 농민 하나와 석주율은 형사실 책상 앞에 여기저기 흩어져 심문을 받았다. 석주율 담당자는 형사계장 나이토였다. 눈썹이 짙고 콧대가 선 잘생긴 용모로, 서른 초반 나이였다. 그는 주율을 점잖게 대했다. 당신에 관해 잘 알고 있으나 절차상 필요하다며, 신상에 관해 물었다. 이어 백지 여러 장을 넘겨주며 이번 사건 참여 동기, 접촉 인물과 경위를 소상히 쓰라고 말했다.

"석상은 국어를 안다는 보고를 받았소. 총독부 농업정책과 반도의 농지개량사업을 정(正)과 반(反)으로 쓰시오. 농림청이 추진하는 산미 증산 계획에도 의견이 있을 것 아니오. 그 점에도 정, 반 방법으로 쓰시오." 나이토는 저희 말로 말하곤 보고 서류를 들고 서장실로 들어갔다.

석주율은 나이토가 넘겨준 백지를 앞에 놓고 묵상에 잠겼다. 그는 더하고 뺄 것 없이 곧이곧대로 쓰리라 마음먹었다. 관과 민, 일본인과 조선인 사이에 마찰은 끊임없이 있을 것이고, 그 일에 관여한다면 자술서는 쓰고 또 쓸 터였다.

석주율이 자술서를 쓰는 동안 옆자리에서 심문받던 청년 둘과 농투성이는 연방 손찌검을 당했다. 장욱이 끌려간 밀실에서는 비명이 터지고 있었다. 유치장 안에서는 악을 쓰는 합창이 쏟아져 나오다 그쳤다 했다. 누가 선도하는지 「농민가」가 이어지다 「아리랑」으로 바뀌곤 했다. 경찰서 바깥은, 연행자를 석방하라는 외침이 안까지 들렸다.

한 시간 남짓 걸려 석주율은 자술서 쓰기를 마쳤다. 그는 자술서 마지막을 이렇게 매조지했다.

…… 그러므로 진정 일본이 내선일체를 주장한다면 조선인 지주만의 동화정책을 강조하여 선린할 것이 아니라, 조선인 영세 자작농과 소작인도 그들의 생업을 도모토록 하여 형평에 맞게

대접해주어야 합니다. 이번 영세 자작농의 수세건에 대한 집단 항의도 형평과 정의가 무시되었으므로 발생했음을 통찰해야 할 것입니다. 부당한 조례에 순종하라고 강요함은 오히려 그 시행에도 큰 차질을 빚을 것인즉, 발부된 고지서는 마땅히 재조정되어야 합니다. 다시 말하지만, 소인이 궐기대회에 참석한 까닭도 그 점에 있습니다.

나이토는 석주율이 쓴 자술서 쪽수를 헤아리곤 다시 수갑을 채웠다. 그는 수감자로 빽빽한 유치장에 갇혔다. 유치장 안에서는 등불야학생들이 「야학의 노래」를 손뼉치며 불렀다. 유치장 안으로 들어설 수 없게 사람이 찼기에 순사는 창살 밖에서 노래를 그치라고 외쳐댔다.

　광명과 자유를 찾아 나아가는 배움의 터전 / 우리 모두 열심히 익혀 새날을 맞으세……

"선생님, 연설 한차례 하십시오.""그래요. 석선생님이 수리조합 앞마당에서 못한 연설 여기서 하십시오." 야학당 생도들이 합창을 그치곤 말했고, 농민들이 열렬한 박수로 석주율을 맞았다.

창을 통해 그 소란을 지켜본 순사가 석주율을 다시 끌어냈다. 주율은 반 평이 채 안 되는 독방에 갇혔다. 지척을 분별할 수 없게 깜깜한 독방에서 그는 가부좌했다. 바깥 소음이 아스라이 들려왔다. 수세 문제가 원만한 타협으로 수습되고 붙들려 온 농민들을

632

다치지 않게 하여 석방시켜달라는 기원을 드리고, 그는 일체의 상념을 물리치려 삼매에 들었다. 잡념이 좀처럼 사라지지 않았다. 장욱 선생 요청을 거절했어야 옳았는가. 그러나 공명정대한 이유로 도움을 청할 때 회피함이란, 이 땅에서 자신이 하는 일을 포기하지 않는 다음에야 있을 수 없는 일이었다. 설령 장선생 요청이 없었더라도 그런 일에는 자발적으로 참여함이 농촌과 농민을 위한 본분이었다. 그러나 이번 사단이 쉽게 해결되지 않는다면 한얼글방 간이학교 인가 문제에도 영향을 미칠 것이다.

석주율은 두 시간 넘게 시간이 흘렀다고 느꼈다. 그때서야 생각이 차츰 끊기고, 바깥 소음이 정적에 묻혀갔다. 깜깜한 무한대 공간 멀리로, 상념이 살별처럼 빠르게 사라졌다. 그의 머릿속에는 정체된 공간만 남았을 뿐 시간은 떠나버렸다. 그로부터 얼마의 시간이 더 흘렀는지 그는 알지 못했다.

문이 열리더니 누구인가 내팽개쳐졌다. 독방 공간이 협소해 쓰러지는 자 머리통이 가부좌한 주율 복부에 박혔다. 무릎 위에 윗몸을 실은 자는 된신음만 흘렸다. 주율은 그가 누군지 알았다. 잠시라도 제 무릎에서 쉬라며 석주율이 장욱 어깨에 수갑 찬 손을 얹었다. 장욱은 대답을 못했고, 차츰 신음도 잦아들었다.

석주율은 뱃속이 아주 가벼운 것으로 보아 시간이 꽤 흘렀음을 알았다. 장선생이 내던져졌을 때 열린 문틈 사이로 언뜻 스쳤던 빛이라면 그새 밤이 지나고 이튿날 아침일 터였다. 삼매가 숙면으로 이어져 긴 시간을 무아로 보냈음인지 머릿속이 맑았고 마음이 편안했다.

"석상, 나와!" 개폐구가 열리고 고함이 터졌다.

석주율이 장욱을 바닥에 뉘고 밖으로 나오니 낮이었다. 그가 취조실로 들어서니 궐기대회에 참가했던 농민들이 여기저기 무더기로 앉아 집단 조사를 받고 있었다.

"석주율상 맞지?" 구니타케가 묻곤, 석주율에 관한 서류철을 들고 의자에서 일어섰다. 석주율이 그렇다고 대답했다. "당신에 관해 공부 좀 했지. 자술서도 보았고. 나를 따라와. 내가 당신 아타마(머리)를 바꿔놓지."

구니타케가 옆건물로 옮겨 방문을 열었다. 빈방이었다. 앞쪽에 책상과 의자가 놓였고 뒤쪽으로는 고문 도구가 보였다. 뉘어 묶어 놓고 난장질하는 십자형 형틀, 가죽채찍과 대나무 몽둥이, 물이 담긴 양동이와 젖은 수건 따위가 널려 있었다.

구니타케가 책상에 서류철을 놓고 의자에 앉았다.

"당신이 연설하기로 했다며?"

"그렇습니다."

"면내를 돌다 이제 읍내까지 나서군. 이번은 목적이 뭔가?"

"농민 계몽이 목적입니다. 농민의 자각과 자력도 중요하지만, 관이 그들을 괴롭히지 말아야 합니다. 수세 문제는 농민 쪽을 전혀 고려하지 않은 조치입니다."

"관할 후치다 소장은 석상을 내선일체 동화 대상자로 분류했던데, 포기해야겠어. 재판에 회부되더라도 이의 없나?"

"재판이 공명정대하지 않다면 승복할 수 없습니다."

"네놈을 그냥 둘 수 없다. 아타마를 바꿔놓겠다! 당신 와루이야

츠(나쁜 놈)라면 나 역시 와루이야츠다!"

구니타케가 대나무를 들더니 석주율을 삿매질하기 시작했다. 수갑에 채인 주율은 무작한 매를 고스란히 받다 의자에서 땅바닥에 굴러 떨어졌다. 매질은 주율이 실신할 때까지 계속되었다. 구니타케가 스스로 지쳐 매를 내던지더니 서류철을 챙겨 밖으로 나갔다. 잠시 뒤, 순사 둘이 들어와 혼절한 석주율을 잡아 들고 그가 갇혔던 독방에 내던졌다.

석주율의 의식이 돌아오기는 이튿날 오후에 들어서였다. 눈앞은 어둠뿐이었다. 따뜻한 손이 자기 이마에 얹혀 있었다.

"장선생이오?" 석주율이 물었다.

"깨어나셨군요. 접니다. 기좁니다. 목 축이십시오." 석주율 머리를 자기 허벅지로 괴고 있던 김기조가 말했다. 그는 표주박 물을 주율 입안에 흘려 넣었다.

"어, 어떻게 김선생님이 여기로?"

"선생님을 간병하려 제가 소란 피워 잡혀 들어왔지요. 선생님을 구슬려보겠다 했더니 유치장이 아닌 선생님 있는 독방에 가둡디다. 그런데 도대체 어느 놈이 선생님을 이 지경으로 만들었습니까?" 석주율은 대답할 기력마저 없었다. "선생님, 주먹밥 숨겨 왔는데 드시지요. 이틀을 굶었습니다."

"단식에 이, 익숙해져……"

"자시고 이겨내야 합니다. 정신력에도 한계가……" 김기조는 말을 멈추었다. 허벅지에 얹혔던 주율 머리가 옆으로 기울더니 불두덩께에 박혀버렸다. 주율은 다시 까무러쳤다.

두 시간쯤 지났을까. 독방문이 열리고 장욱이 두 순사에 의해 양팔이 끼인 채 들어왔다. 순사는 장욱을 쌀가마 부리듯 던져놓곤 석주율을 잡아챘다.

"보시오. 석선생이 아직 깨어나지 못한 걸 보니, 거의 죽었어요. 생사람을 이렇게 잡다니, 이건 분명 살인입니다!" 김기조 말에, 순사가 가죽신코로 그의 면상을 걷어찼다. 쓰러진 김기조가 외쳤다. "석선생 사망이 신문에 공개되면 당신네는 처벌을 면치 못할 것이오!"

순사는 석주율 겨드랑이를 끼고, 취조실로 끌고 갔다. 기다리던 구니타케가 석주율을 맞았다. 순사가 주율을 의자에 앉혔으나 그는 몸을 가누지 못한 채 고개를 떨구고 있었다. 구니타케가 주율 머리채를 잡아채어 따귀를 몇 차례 올려붙여도 주율은 깨어나지 않았다. 구니타케가 취조를 포기하자 주율은 다시 독방으로 옮겨졌다. 김기조가 주율을 넘겨받아 그를 편안히 뉘고 손목 맥을 짚자 맥박은 여리게 뛰고 있었다. 기조는 저고리 위에 덧입었던 누비잠방이를 벗어 주율 윗몸을 덮었다. 한쪽에서는 장욱이 연방 앓는 소리를 흘렸다. 기조는 구석에 놓아둔 표주박 소금물을 주율 입에 흘려 넣곤, 감방 문짝을 주먹으로 치기 시작했다.

"사람이 죽었어요! 누구 없습니까?" 김기조가 일본말로 고함지르며 문짝을 치기 한참, 감방문이 열리더니 조선인 순사보가 기조 멱살을 잡아 끌어냈다. 그는 자신이 불려 나가기를 원했기에 선선히 끌려 나갔다. 바깥은 어둠이 내렸고, 센바람에 나뭇가지가 떨고 있었다.

"그놈 이리 보내." 구니타케가 말했다. 순사보가 밖으로 나가고, 김기조는 구니타케 책상 앞에 불려갔다. "앉아."

"하이(네)" 하고 곱송거리며 김기조가 의자에 앉았다.

"석상과 합방시켜주면 정보를 얻어오겠다고 했잖는가?"

"마음을 돌려보려 했지요. 그런데 사람이 죽었으니……"

"정말 죽었어?"

"숨 끊어지기 직전입니다."

"국어 어디서 배웠어?"

"도쿄 요요기 상업전수학교를 졸업했습니다."

구니타케가 석주율 상태를 알아보려 일어섰다.

"조장님, 잠깐만." 김기조가 구니타케를 세웠다. "조장님도 아시겠지만, 저는 궐기대회에 참가하지 않았고 오직 석선생 석방을 위해 부랴부랴 달려왔습니다. 석선생은 산미 증산에 앞장선 모범적 일꾼입니다. 이번 궐기대회 모의에 석선생이 참여한 바 없고, 장선생한테 연설을 부탁받자, 농민을 타일러 궐기대회를 해산시킬 목적으로 읍내에 나왔습니다."

"너는 국어를 유창하게 쓰는데 왜 농촌에 처박혔어?"

"저는 부산 한일은행에 주사로 근무했지요. 그런데 동향 출신 석선생을 뵙고 인품에 반해 그분을 돕기로 했지요. 그분은 제게 성자(聖者)로 보였습니다. 무엇에 홀린 듯 그분을 따라나섰지요. 만약 석선생 같은 분이 내지인으로 태어났다면 농업, 교육, 어느 분야든 대단한 지도자가 되었을 겁니다. 대화민족(大和民族, 일본민족)을 위해……"

"말솜씨가 그럴듯해. 네 말 더 들을 시간이 없어" 하더니 구니타케가 조선인 순사보를 불렀다. "이 녀석을 처넣고, 석상이 어찌됐나 보고해. 죽을 먹여. 죽여선 안 되니깐."

구니타케는 수리조합 시위사건에 따른 연행자 명부를 들췄다. 연행자 쉰여덟 명이 세 등급으로 분류되어 있었다. 자작농 머슴이나 곁살이 식구로 단순 가담자와 아녀자는 협소한 감방 사정을 고려해 훈방 조치하기로 했다. 경찰서 감방에 열흘 정도 구류시킬 대상자는 열 명이었다. 나머지 주모급 다섯은 순회재판에 회부하기로 분류되어 있었다. 주모급 일곱은 읍내 청년회원 둘과 농군하나, 장욱과 석주율이었다. 그런데 구니타케가 검토한 바로는 궐기대회가 있기까지 예비 음모 과정에서 석주율이 개입, 관여했던흔적은 어느 자 자술서나 경위서에도 나타나 있지 않았다. 그렇다면 석주율이 울산 근동 조선인 거물임을 인지해 주모자들이 그에게 대중연설만 선동했음에 틀림없었다. 석은 이를 수락했고, 연설도 못한 채 대회가 폭력화되지 않게 막는 역할만 했기에 주모자급으로 분류함에는 문제가 있다고 판단되었다. 석주율 건을 서장과상의하기에 앞서 구니타케는 우선 다시 그를 심문해보기로 작정했다.

"석상을 불러내." 당직 형사에게 구니타케가 말했다.

감방을 다녀온 당직 형사가 고개를 저었다.

"아직 깨어나지 못했는데요."

"죽은 먹였나?"

"강제로 먹이려 해도 뱉어버린답니다."

"의사를 불러. 장가 놈을 끌어내 취조실에 대기시켜."

구니타케는 연행자 명부를 들고 서장실을 찾았으나 쓰나요시 서장은 퇴근하고 없었다. 그 시간, 쓰나요시 서장은 요릿집 명월옥에서 도의회 의원인 장순후, 그의 아우요 궐기대회 주모자인 장욱 부친 장병후와 자리를 함께하고 있었다. 장씨 형제는 욱의 선처를 호소했으나 쓰나요시는 이번만은 관용이 절대 불가하다는 강경론을 되풀이했다.

"두 분 말씀은 이해하나 사건이 사건인 만큼 우리도 어쩔 수 없습니다. 보셨지요? 오늘 아침에 배달된 신문마다 이번 울산 궐기대회가 대서특필되지 않았습니까. 부산경찰부에서도 사건 후속 조치를 보고하라는 전문이 하달되었어요." 쓰나요시 서장이 자리 뜰 차비로 일어섰다.

이튿날 아침, 울산경찰서는 간부회의에서 농민 궐기대회 연행자 처리 방안을 확정지었다. 사건 전말을 확대나 축소할 필요 없이 진상대로 보고한다는 취지 아래 1차 쉰다섯 명은 재범 방지를 위한 각서를 받고 훈방 조치하기로 했다. 뒤늦게 잡혀온 김기조도 들어 있었다. 2차로 열 명은 열흘 구류에 처하기로 했다. 그들은 수리조합 수세고지서 발부에 불만을 품은 읍내 영세 자작농들이었다. 그들 가운데에는 장생포 경유노동회 결성에 참여했던 청년도 섞여 있었다.

열흘에 한 차례씩 각군청 소재지를 순회하는 판사에게 넘겨 정식 재판에 회부할 다섯 명 중 석주율을 두고 간부회의에서는 갑론을박을 겪었다. 주율을 정식 재판에 회부하는 데 반대하는 쪽은 그가 궐기대회 사건 주모자가 아니요, 혼수상태에서 겨우 깨어나기는 했으나 거동이 불가능한 현실적 사정을 들었다. 한편, 석주율을 구속 송치해야 한다고 주장하는 측은 그의 전과 이력과 차후 사태의 봉쇄에 중점을 두었다. 석상은 앞으로도 농민운동에 적극 개입할 소지가 있으므로 이번 기회에 선을 차단해야 한다는 주장이었다. 서장 쓰나요시는 그를 순회재판에 회부하기로 결정했고, 구니타케도 동조했다.

그 시간, 깜깜한 독거 감방에서는 김기조가 석주율을 상대로 연방 말을 걸고 있었다.

"선생님, 대답 좀 하세요. 의식을 놓으면 끝장입니다. 단군 성조께서도 인간의 죽음만은 좌지우지할 수 없습니다. 숨을 쉬지 않거나 오래 굶으면 죽는 게 정한 이치 아닙니까. 선생님, 제 말 듣고 있나요? 대답하세요." 김기조가 다시 물었다. 한참 전 주율 입에서, 단군 성조여 하는 읊조림이 있은 뒤 여태껏 아무런 기척이 없었다.

어젯밤 왕진 온 '기시(岸) 병원' 의사의 주사를 맞고 석주율이 혼절에서 깨어난 뒤, 그는 의식이 까부라졌다 다시 소생하는 과정을 되풀이하고 있었다. 물 이외 일절 음식을 거부한 지 나흘째를 맞고 있었다.

석주율 머리맡에 쪼그려 앉았던 김기조가 감방문을 두들겼다. 누구 없냐고 조선말과 일본말을 되풀이 외쳤다. 바깥에서는 아무런 반응이 없었다. 기조의 그 짓거리는 한 시간마다 반복되어 감방 감시 순사도 이력이 난 터였다. 점심때에 들어서야 감방 문이 열리고 순사가 김기조를 불러냈다.

"선생님을 병실로 옮겨주십시오. 저러다간 곧 숨이 끊어질 겝니다. 목숨부터 구해놓고 봐야지요." 김기조가 순사에게 호소했으나 간청은 묵살되었다.

그로부터 한 시간 뒤, 김기조는 다른 훈방 대상자에 섞여 시말서를 썼다. 그는 훈방 대상자 마흔넷과 함께 경찰서 뒷마당에서 쓰나요시 서장 훈계를 듣고 석방되었다.

김기조가 석방자 무리에 섞여 경찰서 정문을 나서니 기다리던 가족이 우르르 몰려왔다. 석방자와 가족이 서로 부둥켜안고 울음을 터뜨리는 속에 기조만이 외돌토리였다. 김복남과 정심네가 기조를 보고 달려왔다.

"석선생님은 어찌되었소?" 김복남이 물었다.

"계속 식사를 거부한 채 의식을 못 차립니다."

"전복죽을 차입했는데……" 정심네가 말했다.

"이틀 동안 선생 옆에 있었는데 전복죽은 구경 못한걸요. 지금으로선 전복죽이 아니라 용봉탕도 소용없습니다."

"선생님이 훈방 안 된 걸 보니 재판에 넘길 모양이지요?"

"주모자급으로 분류되었으니 순회재판에 회부되면 보통 삼 개월 전후 형을 받습니다. 그러나 지금 할 일은 선생 건강부터 회복시키는 게 급선뭅니다. 기시 병원장부터 만나봐야겠어요." 김기조는 김복남에게, 농장 식구로 조를 편성해 하루마다 교대로 여섯 명씩 경찰서 앞으로 보내달라고 청했다. "선생님 석방을 위해 우리가 계속 연좌농성을 벌여야 합니다. 재판부에 압력을 넣는 데 유리하고, 읍내 여론을 조성할 수 있으니깐요. 선생님의 덕망과 인품을 선전하는 데 이런 호기가 어딨습니까. 선생님은 그런 걸 원치 않겠으나 모시는 우리로선 이제 울산 땅을 넘어 전국적인 인물로 선생님을 부각시켜야 합니다." 김기조는 얼마간 들떠 있었다.

"우리야 뭘 압니까. 김선생은 머리가 좋으니 선생님을 위한 일이라면 시키는 대로 따르겠습니다."

김복남은 처에게, 얼른 농장에 가서 농장 어른과 글방 선생들과 상의해 여섯 명을 추려 경찰서 앞으로 보내달라고 말했다. 인원을 차출해도 교사 증축에나 지장이 있을까 농한기라 농사일과는 무관할 터였다.

"한데서 밤 나야 하니 솜옷 겹으로 입고 짚방석 지참시켜요. 하루마다 교대할 테니 다음 조도 준비해두고요." 김기조는 말을 마치자 김복남에게, 자기를 따라오라며 앞장섰다.

경찰서 앞 한길은 훈방자와 그 가족이 떠났으나 아직 갇힌 자 가족 스무여 명 남아 있었다. 김기조는 그길로 김복남을 달고 포목점으로 가서 광목 반 필을 샀다. 기조는 장터거리에 있는 한약국에 들러 비위살 좋은 말솜씨로 필묵을 빌려 광목천을 대청에 펼쳐놓고 일필휘지했다.

石朱律 先生 獄中斷食 四日次, 死境直前의 農民指導者를 즉각 釋放하라!

김기조는 김복남에게 장대 두 개를 구해 오게 해 현수막을 만들었다.

"김형, 이걸 가져가 경찰서 앞에서 들고 계슈. 난 기시 원장 만나고 신문사 지국에 들러 기자 데리고 갈게요."

김복남이 현수막 들고 떠나자, 김기조는 그길로 기시병원을 찾았다. 기시병원 원장을 만나자 독거 감방에 갇힌 석주율의 정황을 일본말로 설명했다. 아울러 주율의 고결한 품성을 강조하며, 곧장 왕진해 음식을 대신할 만한 영양제 주사라도 놓아달라고 청했다. 저녁 무렵에 짬 내어 왕진하겠다는 기시 병원장 승낙을 얻어내자 그는 병원을 나섰다. 그길로 『조선일보』 울산지국에 들르니 임기자가 자리를 지키고 있었다. 김기조는 그에게 이번 수세 불납 궐기대회를 취재해 기사화되게 해줘서 고맙다고 말했다.

"……석선생이 단식 나흘째를 맞아 사경을 헤매고 있습니다. 구니타케 고문으로 의식 잃고 이틀 만에 겨우 깨어났으나 제가 훈방될 때 또 혼수상태에 빠졌어요."

"제가 할 일이 무엇입니까?"

"속보기사를 경성 본사에 송달해주십시오. 임기자님도 석송농장을 방문하며 봤겠지만, 석선생이야말로 당대 조선이 낳은 인물입니다. 심오한 정신과 온건한 애국혼은 범서면 일대 모든 조선인의 귀감이 되어 선생을 만나려는 자들로 농장은 문전성시를 이룹니다. 부당한 수세 불납을 관철하려 죽음을 불사하며 단식투쟁하는 선생의 희생정신이야말로 널리 선양되어야 한다고 봅니다. 임기자님이 지금 경찰서를 방문해 석선생 면담을 요청코, 선생이 단식하는 이유를 들어본 후 기사를 작성한다면 효과가 있지 않을까요?"

"그래보지요. 그런데 석선생이 혼수상태라면서요?"

"기시 병원장에게 왕진을 요청해놓고 오는 길입니다. 정신이 아주 가버리지는 않았으니 면담은 가능할 겁니다. 우선 선생이 계신 곳이 냉방이라 따뜻한 숙직실에 옮겨주도록 경찰서장에게 청을 넣어주십시오."

"장교감이 온다 해서 기다리는 중이니 함께 가겠어요."

김기조가 경찰서 정문 앞마당으로 오니 자기가 만든 현수막이 번듯하게 펼쳐져 있었고 그 아래 남녀노소 서른여 명이 추위에 떨며 웅기중기 쭈그려 앉아 있었다. 유치장에 갇힌 자들을 기다리던 가족이 자연스럽게 현수막 아래로 모여들어 동아리를 이루었다.

"김선생, 요기라도 하고 어디 가서 좀 쉬시지요. 이틀 동안 영창살이로 신고를 겪었을 텐데. 난 어젯밤 저잣거리 홍씨 집에서 눈을 붙였는데 그 집 머슴방이 따뜻합디다." 김복남이 현수막 장대 한쪽을 잡고 앞줄에 앉아 있다 말했다.

"선생님이 사경을 헤매는데 그럴 여유가 어디 있나요. 선생님이 석방될 동안 저도 이 자리를 떠나지 않겠어요."

한참 뒤, 임기자와 장경부가 경찰서 앞에 나타났다. 둘이 정문으로 들어가기 전에 김기조가 여러 청을 다시 넣었다. 둘은 경찰서에서 30분 넘게 머물다 밖으로 나왔다.

"석선생님은 어떻습니까?" 김기조가 달려가 물었다.

"의식이 돌아왔습니다. 면담했지요. 갇힌 자들이 석방될 동안 묵비권과 단식을 계속하겠다더군요. 의사 왕진도 거절했습니다." 임기자가 말했다.

"대단한 고집이야. 저러다간 이틀을 더 버티지 못할 건데." 장경부가 머리를 흔들었다.

"고집이 아니라 신념이지요." 임기자가 말했다.

어둠이 내리자 바람이 잠잠해지고 기온이 뚝 떨어졌다. 경찰서 정문 앞 현수막 주위에 죽치고 앉았던 연행자 가족들도 뿔뿔이 흩어졌다. 현수막 양쪽 장대를 잡고 앉은 김복남과 김기조만 남았다.

퇴청하는지 경찰서 정문에서 쓰나요시 서장과 구니타케 헌병조장이 나섰다. 구니타케가 현수막을 치우지 않는다면 둘을 잡아넣겠다고 말하곤, 자리를 떴다. 김기조는 불을 지피려고 나무를 구하러 나섰다. 그는 예전 백군수 댁인 홍복물산주식회사 울산 하치장에 들러 장작 두 단을 얻어 맡겨둔 자전거에 장작단을 싣고 왔다. 현수막 아래 불을 지펴 모닥불을 쬘 때야 농장 식구 여섯이 도착했다. 박영감, 안재화, 신태정, 설만술 씨 처 다락골댁과 홍석구였다. 안재화와 신태정은 지겟짐으로 멍석과 이불을 날랐다. 멍석은 현수막 아래에 깔고, 기조는 이불을 들고 경찰서로 들어갔다. 기조가 당직 순사에게 통사정해 석주율 독거 감방에 이불을 차입했다. 밖으로 나온 기조는 다락골댁이 함지에 마련해 온 밥과 찬으로 김복남과 함께 허갈난 배를 채웠다.

이튿날 아침, 김기조는 현수막에 쓰인 글자 한 자를 땜질해, '石朱律 先生 獄中 斷食 四日次'를 '五日次'로 바꾸었다.

해가 반구정 위로 솟자, 연행자 가족이 하나둘 경찰서 앞으로 나타나 현수막 주위에 모였다. 연행자 가족이 땔감을 가져와 꺼진 모닥불을 살렸다.

"농장 식구는 현수막 아래 일렬로 앉아 선생님을 위해 기원을 드립시다. 선생님께서는 단식 닷새째를 맞아 사투하는데 우리가 한가로이 불이나 쬐고 있을 수 없습니다."

농장 식구는 석선생 안위를 염려하지 않을 수 없어 김기조 말대로 책상다리해 묵상으로 들어갔다.

김기조의 방성대곡이 터진 것은 정오 무렵, 경찰서 앞마당에 연행자 가족과 구경꾼을 합쳐 예순여 명이 웅기중기 모였을 때였다. 그는 이때가 석선생을 알리는 적당한 기회라 판단했던 것이다.

"어이구, 어이구…… 우리 석선생님 별세하시는구나. 그토록 청렴하고 인자하신 우리 선생께서 기어코 옥중에서 숨을 거두시는구나. 삿매질에 혼절한 지 이틀 만에 깨어나서 음식을 거절하시고, 말도 거절하시고, 누운 지 이제 닷새째를 맞았고나. 어이구, 어이구, 어이할꼬. 선생께서 기어이 옥중에서 순국하시는구나. 불쌍코 가련한 조선 농민과 한몸 되시려 박토의 개간에 손수 곡괭이를 들고, 자갈짐 져나르며 땅을 일구셨도다. 불쌍한 행려자를 가족으로 맞아 거두시고, 글방 열어 문맹자 글눈 뜨게 하시고, 하루 두 끼 약식으로 근검하신 지도자시여. 이제 숨을 거두려 하시는구나. 오호통재라, 거룩한 선생님이여. 우리 선생님 별세하시면 석송농장 식구는 누굴 믿고 어이 살꼬. 지도자를 잃은 근동 농민들 또한 억울한 사정을 누구에게 하소할꼬. 설움 많고 한도 많은 조선 동포여, 떨어지는 큰 별을 보고만 지낼쏘냐. 어이구, 어이구, 선생님이시여, 부디 살아서 나오소서……" 목청 좋은 김기조가 만가의 매김소리 가락으로 구구절절 읊자, 김복남이 "어이구, 어이구" 하며 곡했다.

농장 식구는 소매로 눈물을 닦았고, 모닥불 주위에 앉은 연행자 가족과 구경꾼도 김기조의 구성진 읊조림에 감읍했다. 구경꾼 사이에 주재기자 둘도 섞여 있었다.

이튿날 아침, 김기조는 현수막의 글자를 '六日次'로 바꾸었다. 이날은 부산지방법원 소속 순회 판사가 양산군을 거쳐 울산군을 방문하는 날이었다. 일본인 판사와 서기가 오전 일찍 임시 지청으로 이용하는 등기사무소 회의실에 도착했다. 둘은 오전 내 판결을 내릴 다섯 명의 심문 조서를 검토했다. 오후부터 피고인의 직접 심문이 있었으므로 울산경찰서에서는 다섯 명에게 용수를 씌워 오라에 손과 허리를 묶어 등기사무소로 이송했다.

읍내 사람들이 경찰서 앞에 떼거리로 몰려나와 피고인들의 이송 과정을 지켜보았다. 재판이 있음을 알고 있던 석송농장 식구도 설만술 씨 노모와 어린이들만 남기고 모두 읍내로 나왔다. 구영리와 갓골 면소 사람들은 물론 글방 생도들까지 합쳐 마흔여 명 따라나섰다. 부리아범과 석서방도 언양 고하골에서 나왔다. 말을 탄 기마 헌병이 길을 열고 총 멘 헌병들이 피의자 좌우에 늘어서서 경비가 삼엄했다.

"장선생이 맨 앞에 섰잖는가. 걸음걸이가 의젓하네." "저기 저 절름거리는 이가 복술이애비 맞다." "순남이아버지, 접니다. 순남이에미예요!" "돌쇠아버지, 몸은 괜찮아요?" 용수를 썼으나 연행자 가족이 체격이며 거동과 입성으로 자기 식구를 알아보고 울부짖으며 접근하려 했으나 호위하는 헌병이 총대로 그들을 물리쳤다. 함구령을 내렸음인지 피의자들은 일절 대답 없이 걸음만 옮겼다.

석주율은 다섯 명 중 맨 꼬리에서 발을 땅에 끌 듯 힘들게 옮기고 있었다. 저고리는 어깻죽지가 터졌고 바지는 핏물에 얼룩졌는데, 맨발이었다.

"선생님, 힘내십시오, 농장 식구가 뒤에 있습니다!" "형님, 단식을 이제는 중단하십시오!" 이희덕과 강치현이 외쳤다.

맏아들 부축을 받고 있던 허리 꼬부장한 부리아범은 짓물러진 눈자위만 닦으며 어깨를 들먹였다.

"아버님, 고정하십시오. 석선생님은 이제 조선 땅이 낳은 큰 인물입니다. 곡기 끊은 지 엿새째, 저 당당한 자세를 보십시오." 부리아범 한 팔을 잡은 김기조가 말했다.

용수 쓰고 오라에 묶인 다섯 피고인 행렬과 군중이 무리지어 등기사무소로 이동했다. 등기사무소를 저만큼 두었을 때, 헌병들이 일렬로 한길을 막고 피고인 이외 진출을 통제했다. 주재기자 둘만 재판 방청이 허락되었다. 뒤쪽에서 호루라기 소리가 들리고 길을 비키라는 고함이 잇따랐다. 몰려 서서 웅성거리던 군중이 길을 텄다. 쓰나요시 경찰서장, 울산군 부군수 김한택, 모리 수리조합장, 도의회 의원 장순후, 주재소장이 재판에 참관하러 왔다.

재판은 세 시간 넘게 걸렸다.

아직 겨울이라 해거름이 쉬 찾아와 여염집 위로 저녁밥 짓는 남빛 연기가 피어올랐다. 그때서야 재판 방청인들이 등기사무소 앞 한길로 몰려나와 관리들은 군청으로, 치안 업무 종사자들은 경찰서로, 민간인들은 자기 집으로 흩어졌다. 주재기자는 임시 재판소에 머무는지 보이지 않았다.

한참이 지나서야 말을 탄 헌병이 한길로 나서서 순사들을 호루라기로 불러모았다. 잠시 뒤, 용수 쓴 피고인들이 오라에 묶여 한길로 나섰다. 판결 결과를 궁금해하며 피고인 가족이 피고인 이름을 외쳐 불렀다. 용수 쓴 피고인들은 순사들 경비에 싸여 경찰서로 향했다. 농장 가족이 현수막을 앞장세워 그들을 따랐다.

김기조는 등기사무소로 갔다. 판사와 서기가 사무소에서 나오자 주재기자 둘이 그들에게 붙었다.

"수리조합에 부당성을 따지러 갔다 해서 다섯 명을 실형 선고한 건 가혹하잖습니까?" "이번 수세 조기 징수는 조합측에 하자가 있으며, 농민의 건의가 정당한데도 불법집회로 따져 형사소송법 일백이조에 적용함은 무리 아닙니까?" 두 기자가 번갈아 질문을 퍼부었으나 판사와 서기는 바삐 걸을 뿐 대답이 없었다.

"당신들이 뭘 안다고 따져. 판사님 논고에서도 밝혔듯, 내선일체 은전을 베풀어 그 정도 언도한 점을 고맙게 받아들여야지. 그만 물러가시오." 젊은 서기가 짜증을 냈다.

두 기자가 걸음을 묶자, 김기조가 다가갔다.

"석선생님 언도가 어떻게 되었습니까?"

"모두 이십 일 구류 판결이 떨어졌소." 임기자가 말했다.

"어디 가서 저녁 요기라도 하십시다. 제가 대접해 올리겠습니다." 김기조가 두 기자에게 말했다.

"지국이 가까우니 오차나 합시다." 다른 한 기자가 말했다. "김씨, 현수막 말입니다. 오늘로 철거해요. 내일 아침부터 내다 걸지 못하게 한답니다. 경찰서 앞 연좌꾼도 쫓는대요."

"그러고 보니 내일이 울산 읍내 장날이군요. 그런데 재판 받을 때 석선생 태도는 어떠했습니까?"

"답변에는 공손했으나 내용은 당당했습니다. 다른 셋 사실심문은 십여 분 걸렸을까. 장욱 씨는 이십 분 정도, 석씨만 한 시간 걸렸지요. 조선의 농업 문제부터 총독부 시책에 이르기까지 여러 질문이 나오고, 석씨 명답변이 계속되었지요. 어떤 대목은 아슬아슬했습니다. 피고인은 진정으로 조선의 독립을 바라는가, 하는 질문에 석씨는 한참 숙고 끝에, 만약 일본이 더 강한 나라와 병합되면 독립을 바라지 않겠느냐고 되묻더군요. 그러자 약소국 조선은 어차피 서구 열강의 식민지로 전락할 운명이었지 않았느냐는 합병 당시 국제 정세 분석까지 왈가왈부됐지요. 만약 조선이 독립하려면 어떤 방법이 있느냐는 판사 질문에, 석씨가 독립하려는 명분을 세우더라도 무력 저항이나 폭력을 반대한다고 답변해 곤경을 넘겼지요. 석선생이 앞 의자 등받이를 짚고 더 서 있지 못한 채 비틀거리자, 판사가 앉아서 답변하라더군요. 판사는 인격자였습니다. 답변 듣는 태도가 진지했고 한 번도 석씨 말을 꺾거나 언성 높이지 않았어요."

『동아일보』 지국에 도착하자 셋은 난롯가에 앉아 보리차를 마시며, 석주율의 단식 문제를 두고 대화를 나누었다.

"고초를 겪는 석선생께는 안된 말 같지만, 선생께서 단식을 계속해주었으면 싶습니다. 앞으로 출감일까지 열나흘이 남았으나 그때까지 용케 견뎌주면 특종 기사감이 되겠지요?" 김기조가 물었다.

"김씨가 생사람 잡는 소릴 하네. 사경을 겪고 파김치가 된 몸인데, 집도 아닌 감방에서 그렇게 굶어 살아날 사람이 어딨어요. 석씨 의지가 아무리 강하기로서니 말입니다." 임기자가 핀잔을 놓았다.

"닷새를 굶어도 풍잠(風簪) 멋으로 굶는다는 속담이 있지만, 범인과 초인이란 말 들어보셨죠? 선생이야말로 이번 기회에 초인적인 가능성을 보여줘야 합니다. 범인의 한계를 뛰어넘어 초인만이 극복할 수 있는 신력(神力)이 나타나야 합니다. 석선생은 충분히 그럴 능력이 있습니다. 두고 보십시오. 제 말이 거짓말이 아닐 겁니다. 선생께서는 단식을 계속 실천하며 이겨낼걸요. 야소교 야소란 하느님 아들도 사십 일 금식해서 도통했다지 않습니까." 김기조가 열띠어 말했다.

"김씨 생각은 다분히 낭만적입니다. 석씨가 단식을 계속 강행한다고 경찰서에서 그 어떤 호의적인 조치를 취할 것 같지 않습니다. 지금 절기 또한 좋지 않고요. 만약 더 어떻게 손쓸 수 없게 되어 사망한다면 한 사람의 훌륭한 농민 지도자를 잃게 됩니다. 일 할 가능성을 내다보며 구 할 위험을 방치할 수는 없으니깐요. 넉넉잡아 열흘 넘기지 말고 단식 철회를 종용해야 합니다. 우리가 힘 자라는 대로 돕겠습니다. 그리고 임기자와 상의해 지금까지의 결과를 내일 각각 본사로 송고하겠습니다." 한만춘 기자가 말했다.

김기조가 신문사 지국을 나서서 경찰서 앞으로 오니, 현수막 주위에 모닥불을 피워놓고 많은 사람이 웅성거릴 줄 알았는데 한길이 휑했다. 그제야 순사가 농성꾼을 강제 해산시켰음을 알았다.

김기조가 농장 식구를 찾으러 한길을 둘러볼 때, 저만치서 삭정이
한 단을 든 홍석구가 왔다. 김기조가 어떻게 된 거냐고 묻자, 모두
쫓겨나 농장 식구는 장터에 모여 있다 했다. 둘은 장터마당으로
갔다. 생선전 서는 장옥 아래 모닥불 피워놓고 농장 식구가 둘러
앉아 있었다. 이희덕과 강치현은 글방 수업을 하러 농장으로 들어
가고 없었다. 한쪽에서는 솥을 걸어 신당댁 모녀가 죽을 쑤었다.

"이 사람아, 어딜 그렇게 싸돌아. 자네 보고 가려고 농장에도 못
가고 찾았어." 박영감이 곰방대를 빨다 말했다.

"여러분, 제 말을 들어보십시오." 하며 김기조가 그들 사이에
끼어 앉았다.

김기조는 석주율 판결 내용부터 알렸다. 그리고 오늘은 모두 여
기에서 밤을 새우자고 말했다. 내일 오후에 절반만 농장으로 돌아
가고 나머지 인원은 선생이 출감하는 날까지 교대로 농성을 계속
해야 한다는 것이다. 현수막을 들고 나설 수 없지만 머리와 어깨
에 띠를 두르고 경찰서가 보이는 여염집 처마 아래에서라도 죽치
고 앉아 석선생 안녕을 기원하며 노숙해야 한다 했다.

"내일이 울산 장날이니 장꾼이 몰려나올 때 선생님 단식이 이레
째라고 외치고 다닙시다. 그만한 일로 잡아들이지는 않을 테니깐
요. 선생께서는 틀림없이 단식을 밀고 나갈 겁니다. 날마다 우리
가 그렇게 힘쓴다면 차츰 우리 뜻에 호응하는 동조자가 늘어날 겝
니다. 신문에 기사가 터지면 울산경찰서 앞은 선생님을 숭배하는
많은 사람들로 넘쳐날 겁니다. 외지에서도 선생님 단식을 격려하
려 몰려오겠죠. 틀림없어요. 그러니 제 말대로 일을 그렇게 추진

652

해야 합니다."

김기조 말에 아무도 의견 내는 사람이 없었다. 일을 그렇게 떠벌림이 선생 단식과 출옥에 무슨 도움이 되는지 얼른 납득가지 않는 눈치였다. 농장 식구는 시래기죽으로 허기를 달랬다.

"밤을 나자면 땔감을 더 구해 와야겠고 가마니를 얻어 바람막이 벽이라도 쳐야겠습니다. 경호와 태정이가 나를 따라나서지." 안재화가 의견을 냈다. 안재화는 광명보통학교 출신에 등불야학당 선생으로 있었기에 읍내에 친지가 많았다.

"나도 따라감세." 김복남도 합류해 장터마당을 떠났다.

아녀자들은 요와 이불을 구해 와서 깔고 덮어 잠에 들었고 모닥불 가에 앉은 남정네들도 말뚝잠에 들어 고갯방아를 찧었다. 김복남, 김기조, 우경호만이 말을 나누었다.

"잠자리도 그렇고, 아무래도 날이 밝으면 아녀자들과 어르신들은 농장으로 보내야겠어요. 태정이 경호와 나만 남지요. 재화도 돈사 일로 바쁘니 들어가게 하고."

김복남이 의견을 내자, 김기조가 그 말을 꺾었다.

"안 됩니다. 장날이라 할 일이 많으니 저녁참에 들어가더라도 아침에는 안 돼요. 우군, 자네는 내일 새벽에 광명학교 생도 간부 집을 돌아줘. 석선생님 단식 경위를 알리고 우리와 함께 농성에 동조해달라고 권고해. 지금이 방학 중인데다 선배 입장이니 설득이 가능할 거야. 나는 교감선생 집에 들러 협조를 요청하겠어."

"그러도록 하지요."

우경호는 학교 선배 말을 따르지 않을 수 없었다. 그가 생각건대 읍내 여론을 조성한다고 선생 석방이 당겨질 것 같지는 않았으나 그렇다고 여론 조성에 반대할 명분도 없었다.

뜬눈으로 밤을 새운 김기조와 우경호는 새벽부터 바빴다. 기조는 장경부 교감선생 집부터 찾았다.

장경부는 석주율이 단식을 중단해야 한다며, 경찰서에 들러 단식 중단을 종용하겠다고 말했다.

"우선 석군 건강을 위해서도 그렇고, 단식 이유가 재판 결과의 항의 성격을 띠니 잘못하면 신성한 재판부 모독죄로 가중처벌을 받게 될 우려도 있어. 내가 나서서 막아봄세."

"교감선생님은 판단을 잘 못하십니다. 석선생님 단식은 재판 결과 항의라기보다 억압과 궁핍의 멍에를 진 조선 농민 전체를 위한 사랑의 결단입니다. 석방될 때까지 석선생님은 단식을 계속해야 합니다."

김기조 반박에 장경부는, 네놈이 언제부터 이렇게 달라졌느냐며 놀란 눈치였다. 장경부는 백상충 천거로 광명서숙에 입학한 김기조를 직접 가르쳐 그를 잘 알고 있었다. 머리가 명민하고 처세술에 밝았는데, 아니나 다를까 일본 유학까지 다녀와 부산에서 출세가도를 밟는다는 소문을 들었던 터였다. 그런데 돌연 울산 바닥에 까치머리로 나타나 석주율의 강력한 지지자가 되었음이 의아했다.

"석군이 단식을 계속해서 얻는 이득이 무인가? 자네, 무슨 착각하는 게 아냐?"

"착각이라뇨. 이 기회에 석선생님을 농민 지도자 차원을 넘어

민족적 지사로 부상시켜야 합니다."

"석군을 누구보다 내가 잘 아는데, 민족적 지사로? 자네가 엉뚱한 환상을 품었군. 물론 석군은 정직하고 성실한 젊은이지. 외유내강한 농민 지도자야. 그러나 그 정도 인품은 우리 군에도 많아. 자네는 그동안 영웅주의에 도취되었다 돌아온 사람 같군."

장경부의 냉소에 김기조는 더 따져보았댔자 시간만 낭비임을 깨달았다.

"알겠습니다. 선생님이 단식 중지를 종용하더라도 우리 선생님이 승복하지 않을 겁니다. 제자로 감히 말씀올립니다만, 교감선생님께서 지난번에 석선생님과 함께 와서 부탁드린 간이학교 인가건을 도와주십시오. 석선생님과 농장이 살아야 조선 농촌에 광명이 있습니다."

김기조는 인사하고 장순후 저택을 빠져나왔다. 그는 그길로 민족 의식이 강하고 인품이 강직한 명종모 선생 집을 들렀고, 등불야학당 염주옥도 만났다. 둘은 기조 뜻에 동감하며 힘 자라는 대로 적극 돕겠다고 약속했다.

장터마당으로 돌아오는 길에 김기조는 광목 한 필을 사서 농장식구가 머리에 두르고 허리에 걸칠 띠를 만들었다. 허리에 걸칠띠에는 '농민 지도자 석주율 선생 만세!'란 먹글씨를 썼다. 그리고 현수막에는 '獄中斷食六日次'를 '七日次'로 고쳤다.

농장 식구가 나무전이 서는 장터마당에 멍석 깔고 앉아 앞쪽에 현수막을 번듯하게 세워놓았다. 우경호 연락으로 광명고등보통학교 생도 몇이 농장 식구 농성에 동참하고, 염주옥이 아침 요깃거리로 주먹밥을 뭉쳐와 농장 식구가 허기를 껐을 때였다. 순사 셋이 들이닥쳐 현수막을 압수하고, 당장 농장으로 귀가하라고 윽박질렀다.

"우리는 선생님이 석방되는 날까지 읍내를 떠나지 않을 것입니다. 농장 식구는 그대로 앉아 있으시오." 김기조가 나서서 항의했다.

농성자 모두 어깨 걸고 멍석에 앉아 버티자 순사들이 총대를 휘두르며 그들을 내몰았다.

"경찰서 앞에서도 쫓겨났는데, 장터 바닥조차 마음대로 사용할 수 없습니까? 우리가 폭력을 조성해서 사람을 해하고 기물을 부숩니까? 우리는 석선생님 뜻을 좇아 평화롭게, 오직 선생님 건강을 위해 기원드릴 따름입니다."

김기조가 통사정을 했으나 그는 결국 멱살 잡혀 끌려났고 따귀까지 몇 대 맞았다. 농성자는 순사 총대에 쫓겨 멍석을 떠났다. 순사들이 멍석을 압수해 갔다. 그들이 떠나자 김기조는 흩어졌던 농성자를 모아 세 명씩 조를 짰다.

"각 조는 장판과 읍내를 돌며 석송농장 석선생께서 단식 여드레째를 맞아 옥중에서 고생하니 여러분도 선생 건강을 위한 기원회에 참석해달라고 외치십시오. 저녁에 장터마당 장옥이 집합처라 일러주면 됩니다. 그럼 출발하세요. 세 시간 후쯤 여기서 다시 집결합시다. 저는 신문사 지국에 들러 기자와 함께 경찰서로 가서 선생님 근황을 알아보겠습니다."

김기조 지시에 농성자가 싸돌 구역을 나누어 흩어졌다.

해가 중천으로 솟아 장터는 장꾼으로 붐볐다. 물건을 팔려 왜자

656

기는 소리에, 각설이패까지 설치고, 어디서 징까지 쳐대 장판이 시끄러웠다. 조를 짠 농성자는 저녁에 있을 석선생 건강을 위한 기원회에 동참을 종용하며 외치고 다녔다.

해가 서산마루에 걸려 장바닥이 썰렁해지자 어물전 장옥 아래는 동참자가 엄청 불어 있었다. 광명고등보통학교 생도 열대여섯 명 참가했고, 읍내 소작인, 장사치들도 열둘이나 함께 밤샘하겠다고 자청했다. 등불야학당 생도는 물론, 먼길을 걸어온 한얼글방 생도가 스무 명 넘게 모였으니, 네 채 장옥 아래가 북적거렸다. 밤을 새우려 땔감도 부지런히 날랐고, 동참 못하는 장터 주변 사람은 더운물과 고구마, 밤 따위 요깃감도 가져왔다. 그렇게 되니 김기조 어깨가 으쓱해졌고, 농장 식구는 그의 복안이 맞아떨어짐에 감탄했다.

힘은 발산과 소모의 과정을 거쳐 중심 이동을 하듯, 어떤 일을 구심점으로 사람이 모이면 구심점을 향해 어떻게 힘을 더 집결시키느냐도 중요하지만, 모임 자체가 두레 성격을 띠어 화합과 단결로 활기를 찾게 마련이었다. 밤을 새우려 교대조가 짜지고, 새 농성자를 끌어들이려 연락망이 생기고, 술과 안주를 날라오는 자도 있고, 잠자리를 위한 침구를 가져오는 자도 있었다. 그래서 장터 어물전은 때아니게 술렁거렸다. 이제는 추위도 아랑곳없었다. 순사 둘이 그런 광경을 둘러보곤 쫓을 대책이 서지 않는지 돌아갔다.

김기조 안내를 받고 장터로 나온 한기자와 임기자는 장터마당에 모인 많은 사람을 보고 놀랐다.

"이 사람들이 다 석선생 단식투쟁을 격려하러 모였단 말이오?"

임기자가 김기조에게 물었다.

"물론이지요. 기사가 신문에 실리면 울산 근동 여러 지방에서 또 몰려올 겝니다. 지금 이 상황을 두 기자님이 속보로 경성 본사에 보내주십시오. 오늘 밤 여덟시에 석주율 선생을 위한 기원의 시간을 갖기로 했습니다. 그래서 읍민을 모두 장터에 모을 예정입니다. 선생 약력 소개, 선생 실천사상 소개, 선생의 농민 계몽운동 실천상 소개, 이렇게 강연할 예정입니다. 나중에 나와보면 장터를 낮같이 밝힌 횃불이 장관을 이룰 겝니다." 행사를 진두지휘하는 김기조 목소리가 흥분으로 들떠 있었다.

저녁밥 먹고 오겠다며 두 기자가 돌아가자, 김기조는 생도를 모아 여덟시에 시작할 강연회 준비를 할당했다. 읍내와 읍내 부근 마을을 돌며 강연회 참석을 독려할 조를 편성하고, 일부는 관솔 횃불을 만들게 준비시켰다. 청년들이 장터를 떠나자, 농장 식구와 장터 주변 사람이 모인 자리에서 김기조가 말했다.

"오늘 저녁 석선생님을 기리는 기원회에 선생님 약력 보고는 김복남 형이, 선생님 실천사상은 제가 들은 바대로 강연하고, 선생님의 농촌 계몽 실천상은 안재화가 맡아요. 그러나 지난번 수리조합 앞 시위에서도 보았듯 기원회가 무사히 마치게 되리란 보장은 없습니다. 만약 경찰이 들이닥쳐 해산을 종용하며 총대를 휘두르더라도 여러분은 동요치 말 것이며 폭력으로 대항해서도 안 됩니다. 선생님은 무력과 폭력을 철저히 배격하는 평화주의자이기 때문입니다. 저는 경찰서로 연행당할 각오가 섰으며, 잡혀간다면 선생님과 함께 저 역시 단식하겠습니다."

김기조 말이 끝났을 때 사방이 어스레해지더니 금세 장바닥이 깜깜해졌다. 장터마당 여기저기에 모닥불이 지펴지고, 사람들이 웅기중기 모여들었다. 그러나 장터목에도 경찰서 밀정은 있게 마련이라 저녁 여덟시에 열린다는 석주율을 위한 기원회 모임을 모를 리 없었다. 일곱시를 넘기자 열댓 명의 순사와 헌병이 장총을 앞에총해 장터마당에 들이닥쳤다. 그들은 피워놓은 모닥불을 끄게 하고 모인 읍민에게 무조건 해산을 명령했다. 호루라기 소리와 고함이 요란한 가운데, 어둠 속에서 장바닥은 숨바꼭질이라도 하듯 읍민이 쫓겨 골목길로 숨었다 순사가 다른 쪽으로 가면 다시 모였다.

순사 다섯이 장옥을 급습하더니 김기조를 불문곡직 끌어냈다. 기조는 연행을 각오했던 터라 그들에게 끌려가면서도, 석주율 선생을 석방하라고 외쳤다.

경찰서로 잡혀온 김기조 심문은 구니타케가 직접 담당했다. 읍민 궐기를 선동한 책임자였기에 심문 과정이 보다 강압적이었다. 기조는 첫날 하루 동안 세 차례나 별채 고문실로 끌려가 난장질당하는 수난을 겪었다. 그러나 그는 남다른 달변과 의지력으로 버텨냈고, 하루 세끼를 굶긴 끝에 저녁참으로 나온 조밥 한 덩이마저 거부했다.

이튿날은 임기자가 경찰서를 방문해 김기조와 면회가 이루어졌다. 임기자는, 석선생 단식 10일째를 맞아 서른 명에서 쉰 명 정도의 사람이 장터에 모여 석방을 외치기도 하고 건강을 위해 기원회를 가진다고 바깥소식을 전했다. 순사들이 군중 집회를 단속하다

보니 모임이 산발적일 수밖에 없으나 장터 분위기가 계속 긴장을
띠고 있다 했다.

"다행히 신문에 석선생 단식 기사가 크게 취급되었으니 경상도
일원에서 더 많은 관심을 가질 겁니다." 임기자는 더 하고 싶은 말
이 있는 듯했으나 입회 순사 눈치를 보느라 말을 줄였다. 김기조
와의 면회는 3분으로 제한되어 있어 그는 자리를 떴다.

김기조는 뚜렷한 명분도 없이 자신을 유치장에 붙잡아두는 이유
가 바깥에서 벌어지는 석선생 단식 격려 기원회를 막기 위해서임
을 알고 있었다. 경찰서측은 자신을 석선생 출감일까지 잡아둘 게
분명하므로 그동안 단식을 계속하기로 했다. 그는 일곱 명의 잡범
과 함께 수감되어 있었는데, 하루 한두 차례씩 취조 받으러 불려
나갈 때, 언뜻언뜻 들리는 말을 종합해보더라도 바깥 공기가 심상
치 않음을 느낄 수 있었다. "선동자가 또 있어. 아무래도 확 쓸어
버려야 할까봐." "농장 몇하고, 광명학교 교사 둘부터 잡아들여야
해." 일본말, 또는 조선말로 지껄이는 소리를 기조는 복도로 걸어
가며 들었다. 그와 더불어 독방에 수감된 채 줄곧 묵비권을 행사
해온 석선생이 이제 앉아 버티지 못한 끝에 누워 단식 중이며, 맥
박이 아주 떨어졌다는 말도 들었다. 김기조는 물만으로 나흘을 버
텨냈다. 몸은 탈진상태로 악취가 풍겼고 정신 또한 온전치 못했다.
선생께서 단식을 보름째 계속하는데 나는 시작 아니냐며 자위했
으나 닷새째 되는 날은 단식이 처음이라 정신이 나가는 혼수상태
를 체험했다.

한낮에 바깥에서 울린 여러 발 총성이 경찰서 유치장 안까지 들

리기는 석주율 단식이 16일째를 맞는 날이었다. 총소리가 울리기 전 군중의 만세 소리와 함성이 들렸고, 총소리와 함께 왁자함은 곧 잦아들었다.

김기조는 의식이 혼미한 상태에서 바깥 총소리를 들었다.

"저 소리가 분명 방총질인데, 분명 무슨 일이 있지요?" 늘어져 누운 김기조가 가쁜 숨길로 물었다. 눈꺼풀을 치켜뜬 흰창이 노르끄레한 게 황달 증세를 보였다.

"다 죽어가며, 그 소리는 들리는 모양이군. 바깥에서 큰 소동이 난 모양이오. 임자 말처럼 경찰서 앞에 모인 군중이 석선생을 살려내라고 아우성치니 순사가 방총질했겠지." 사기죄로 구류를 살고 있는 황첨지 말이었다.

"이겼습니다. 우리가 이겼어요!" 김기조가 갑자기 고함지르며 일어나려 시늉했으나 몸이 말을 듣지 않아 손만 허우적거리다 까무러쳤다. 그는 다시 혼수상태로 들어갔다.

김기조는, 석선생이 출감일까지 스무날을 굶고 견디는 셈인데 그때까지 자신이 단식한다면 열이틀이었다. 그래서 감방 안 다른 수인의 권유를 뿌리치고 단식에 들어가기 7일째, 그는 끝내 깨어 있는 시간보다 잠에 들거나 혼수상태로 까무러치는 시간이 더 많았다.

유치장 안에까지 총소리가 들릴 정도로 경찰서 앞 한길의 군중 시위는 대단했다. 참가 인원이 2백 명 넘었으니 근래에 없던 대규모 시위였다. 석주율 선생이 운명하기 전에 석방하라는 구호에서 출발한 비폭력 시위가 수세 철폐, 농지개혁 중단, 춘궁기 절량 농가 대책으로까지 발전해 구호가 과격해지자 끝내 경찰서를 향한 돌팔매질로 무력시위에 이른 것이다. 시위 인원이 갑자기 불어나기는 신문을 통해 소식 접하고 원정 온 생도들, 이를테면 동래고등보통학교 학생과 경주고등보통학교 생도가 대규모 시위 날짜를 약속해 인원을 동원했던 것이다. 거기에 인근 보통학교 생도와 선생, 청년회 회원, 농민조합원, 향리에 은거한 지사까지 합세했으니 시위 규모가 커졌다. 결국 경찰서는 경주에 주둔해 있던 중대 병력 병대와 각 주재소 순사를 동원했고, 총질로 해산을 종용했다. 군중을 향해 직접 발포는 않았으나 육박전으로 부상자가 생겼고, 무차별 연행이 잇따랐다. 경찰서 유치장은 초만원을 이루었고, 시위꾼을 다 수용하지 못해 군청사 뒤 미창 목조 건물에도 수용되었다. 젊은 시위꾼은 유치장과 미창 안에서도 구호를 외치자 병대가 들이닥쳐 총대로 사정없이 구타했다. 얻어맞은 청년들은 면상이 터져 유혈이 낭자했다.

이튿날 아침부터는 돌팔매질로 폭력을 행사한 자들을 잡아내려는 조사가 시작되었다. 네댓 명씩 심문실로 끌려나갔다 취조 과정에서 대체로 치도곤을 당했다. 특히 원정 온 고등보통학교 생도들을 가혹하게 다루어 경찰서 안은 비명이 그치지 않았다. 바깥은 바깥대로 경찰서 앞마당에는 많은 사람들이 들끓어 난전을 방불케 했다. 잡혀 들어간 자 가족들과 읍민들이었다. 착검한 총구로 위협하는 살기 띤 병대 앞에 감히 재시위는 엄두조차 낼 수 없었으나 설움과 분노로 찌든 군중의 웅성거림이 일촉즉발의 분위기를 자아냈다. 그렇게 경찰서 안팎이 벌집 건드린 꼴로 북새통을 이루자, 원인 제공자인 석주율의 단식이 마지막 고비를 넘기고 있는데도 여론은 오히려 희석되었다. 70여 명 연행자 후속 조치 궁금증이 더 화급한 불길로 타올랐다.

김기조 단식은 어느 누구의 주의도 끌지 못한 채, 유치장 한구석에 방치되었다. 늘어져 누운 그의 몸은 복수까지 차올라 급성 간경화 증세가 완연했으나 의사 왕진은커녕 관심을 표하는 순사마저 없었다.

"봐요, 김씨가 다 죽어가잖습니까. 송장 썩는 냄새까지 난다니깐요. 얼굴이 새까맣고, 피골이 상접한데도 이대로 둬야 합니까." 유치장 안 똥오줌통을 밖으로 내갈 때마다 황첨지가 입초 순사에게 애걸했으나 이렇다 할 선처가 없었다.

연행당한 시위꾼 70여 명 중 50여 명이 일차로 훈방 조치되던 날에야 김기조의 심상찮은 상태가 구니타케 헌병조장의 주목을 끌었다. 감방을 순시하다 그는 송장이 다 된 기조를 보았다. 꺼멓게 탄 얼굴은 뱀이 허물을 벗듯 각피가 거품 꼴을 이루었고 입술은 난도질한 듯 주름마다 갈라 터져 피가 비쳤다. 그러고 보니 그가 기조를 보지 못한 지 엿새나 지났음을 알았다.

"이자가 언제부터 이런가?" 구니타케가 물었다.

"날수가 제법 됐습죠. 어제는 영 숨이 끊어졌다, 송장 내가라고 고함지르니 죽은 자가 말귀를 알아들었는지 푸 하고 거친 숨을 뿜는데, 코피가 흐릅디다."

"너가 업고 나와." 구니타케가 뒷짐지고 앞서 나갔다.

단식 9일째, 김기조는 그길로 훈방 조치되었다. 시체와 다를 바 없는 그의 늘어진 몸뚱이를 순사 둘이 양 겨드랑이를 끼고 경찰서 정문 밖에 내려놓고 돌아갔다. 정문 앞에 몰려 있던 사람들이 둘러싸고 고드라진 기조를 내려다보았다.

"석송농장 김씨다." "아이구, 끝내 죽어 나왔구만." 사람들이 탄성과 비명을 지르자 어깨 너머로 그를 발견한 김복남이 뛰어들었다. 둘러섰던 사람들이 길을 내주자 농장 식구가 둘을 에워쌌다. 설만술 씨, 안재화, 신태정, 정심네, 부산에서 온 백운이었다. 백운은 신문에 실린 석주율의 옥중 단식 기사를 읽고, 이틀 전에 부랴부랴 달려왔던 것이다. 읍내 주막에 방을 빌려 석주율 만기 출소만을 기다리던 참이었다.

"백운거사님 거처하는 데로 옮기게. 어찌 숨은 붙었는가 모르겠다." 설만술 씨가 말했다.

"설마하니 송장을 정문에 팽개쳤겠습니까." 김복남이 말하며 기조를 업었다.

"아직 살아 있군. 그런데 명이 경각에 달렸소." 백운이 김복남을 따르며 기조 손목 맥을 짚어보았다.

김기조는 주막 봉놋방으로 옮겨졌다. 정심네가 더운물을 얻어 와 기조 입에 흘려 넣었다. 백운은 처방이 용하다는 읍내 한약국 허의원을 모셔와 환자를 보였다. 석주율이 빈사상태로 출감하면 우선 응급조처가 필요했기에 그는 미리 허의원을 찾아가 비상 대책을 상의해두었던 것이다. 허의원은 환자를 보더니 드러난 증상이 뻔한지라 쉽게 처방을 내렸다.

"안정이 첫째요. 방을 덥게 하고 환자를 손가락조차 움직이게

해서는 안 되오. 소화가 쉬운 멀건 흰죽부터 먹이시오. 위장이 쪼
그라들었으니 종지 이상 양을 먹이면 안 되오. 내 곧장 약첩을 보
내고 조석으로 환자를 살피리다."

허의원이 돌아가자, 정심네가 주모로부터 좁쌀을 얻어 맷돌에
갈아 죽을 쑤었다.

김기조가 깨어나기는 정심네가 멀건 흰죽을 짬짬이 세 공기 먹
이고 쑥내 물씬 나게 달인 한약을 순가락으로 한 그릇이나 떠먹인
뒤였다. 한밤중이라 문풍지 우는 바람 소리만 스산할 뿐 바깥은
고요했다. 창호지 문에는 달빛이 비쳤다.

"여, 여기가 어디요? 선생님은 어찌됐어요?"

윗목에 앉아 졸던 정심네가 꿈결이듯 그 소리를 들었다.

"접니다. 깨어나셨군요. 여긴 옥이 아닙니다."

정심네가 부젓가락으로 화톳불 불씨를 돋우고 종이로 불을 댕
겨 호롱에 옮겨 붙였다. 방안이 밝아졌다. 김기조가 대추씨만하게
눈을 떴다. 대충 몸을 닦아주고 새 옷으로 갈아입혀 그의 모색이
땟물을 벗었다.

"근력이 좋았으니 망정이지 약골이었담 황천길 갔을 거다." 나
이 들어 잠귀 밝은 설만술 씨가 기침을 쿨룩이며 일어나 앉았다.
백운도 말소리에 깨어났다.

"선생님은 아직 단식 중입니까?" 김기조가 물었다.

"그런가봐. 이제 이틀만 지나면 나오시는데 요즘은 기자 양반조
차 소식을 물어다 주지 않으니 걱정이 태산이군. 어제 신문에 또
크게 선생님 굶는 기사가 실렸다더군."

설만술 씨 말에 김기조는 눈물만 흘릴 뿐 말이 없었다. 정심네가 화로 삼발이에 식은 죽냄비를 얹었다.

"김형, 그동안 노고 많았어요. 연일 경찰서 앞은 석선생의 무사석방을 기원하는 많은 빈객이 한파를 무릅쓰고 찾아드니, 그 모든 일이 김형 공적이라 들었어요." 백운이 김기조 손을 잡고 다독거렸다.

정심네가 김기조에게 죽 한 종지를 먹이고, 약탕관을 데워 약두 종지를 먹이자, 먼 데서 새벽닭 우는 소리가 들렸다.

날이 밝자 김기조는 경찰서 앞으로 나가봐야겠다고 철부지 아이처럼 우겼다. 때마침 허의원이 와서 열흘 동안 꼼짝 않고 누워 있어야 하며, 만약 간병(肝病)이 다시 덧나게 되면 그때는 가망 없다고 일렀다.

경찰서 앞은 여러 지방에서 몰려온 사람으로 붐볐다. 농투성이에서부터 교복 차림의 생도들, 갓 쓴 선비에서부터 양복쟁이에 이르기까지 여러 층 사람들이었다.

*

석주율의 만기 출소를 하루 앞두자, 농장 식구는 선생을 맞으려 모두 읍내로 나왔다. 농장을 지키라는 여러 사람들 말을 무릅쓰고 박장쾌는 김수만 지게에 얹혀 나왔고 벙어리인 장영감은 장님인 구영감 길잡이가 되었다. 그들은 한결같이 석선생님을 농장에 앉아 맞이할 수 없다며 길을 나선 것이다. 농장에 잠시 들렀던 정심네도 그들과 함께 나오며 석선생이 갈아입을 속옷과 겉옷, 두루마기와 버선을 챙겨 왔다.

"내가 이렇게 누워 있어서는 안 되는데…… 내가 누워서 어떻게 선생님을 맞겠어요."

김기조가 웅절거렸으나 허의원의 지시가 있었기에 그를 지키던 농장 식구가 일어나 앉기조차 말렸다. 기조가 임기자나 한기자를 불러달라고 채근한 끝에, 한기자가 주막에 들른 것은 그날 오후에 들어서였다. 하늘에 구름이 켜켜로 끼어 눈비라도 내릴 듯한 날씨였다.

"어찌되었어요? 선생께서 걸어나올 수는 없을 테고, 정신은 온전하답디까?" 김기조가 물었다.

"경찰서 안에 철저한 함구령을 내린 듯 석선생 근황은 통 알 수 없어요. 조선인 소사조차 목이 달아난다고 입을 봉했으니깐요. 어제 저녁에 기시 병원장이 왕진가방을 들고 경찰서 뒷문으로 들어가는 걸 봤다는 사람이 있어, 아침에 임기자와 함께 병원장을 만났더랬지요."

"그래서요?"

"죽지 않았다고만 대답합디다. 더 묻지 말라며 우리를 상대 않고 약제실로 들어가버려, 약제실까지 쳐들어갔지요. 원장 말로는, 내지인 순사 중에도 숭배자가 생겨날 정도니 대단한 사람이라고 석선생을 치켜세우더니, 나를 더 괴롭히지 말고 내일 출감하면 직접 만나보라며 답변을 거절하는 데는 우리도 어쩔 수 없었습니다."

"신문에는 후속 기사가 더 실리지 않았습니까?"

"면회 못하니 쓸 말이 있어야지요. 그러나 양쪽 지사로 경향 각지에서 격려 편지와 전보가 답지했습니다. 전보는, 장한 조선 남아 석주율 처사의 절개를 찬하노라, 조선 농민은 님의 투쟁에 용기를 얻었다는 내용이지요."

"궐기대회에 원정 참가한 생도들이 부산재판소로 이송되었다니, 뒷소식은 없습니까? 한얼글방에서도 다섯 명이나 넘어갔다던데요?"

"실형 선고를 받으면 퇴학이 불가피하겠지요. 총독부 검열 탓인지 그 기사가 하단에 작게 축소 취급되어 유감입니다." 한기자는 석선생 출소를 앞두고 2백여 명으로 불어난 군중을 취재하려 경찰서 앞마당으로 나가야겠다며 자리를 떴다.

석주율 출소를 하루 앞둔 날이라 주막 봉놋방은 한데 추위를 피해 잠을 잘 사람들로 만원이었다. 젊은이와 남정네들은 장터마당 어시장 가건물에서 밤을 새웠지만 주막 봉놋방은 기동을 못하는 김기조와 늙은이, 아녀자들 차지였다. 그들은 밤이 깊도록 말을 나누다 자정이 가까워서야 고사리 두름처럼 몸을 붙여 새우잠에 들었다.

정심네는 방문 앞에 쪼그려 앉아 세운 무릎에 얼굴을 묻고 선잠에 들었다 방문 앞에서 뱉는 잔기침 소리에 얼핏 눈을 떴다. 만귀 잠잠한 것으로 보아 새벽은 아직 먼 듯한데, 불길한 소식이라도 아닐까 여겨져 그네는 가슴부터 뛰었다.

"뉘십니까?"

"나요, 김서방이오." 서방 목소리에 안도의 숨을 쉬며 정심네가 방문을 열었다.

"무슨 일로 야밤에 오셨어요?"

"불 밝히지 말고 김선생만 깨우구려."

서방 말에 정심네가 손으로 더듬어 김기조가 덮은 이불 깃을 흔들었다. 기조가 잠을 깨자 다락골댁과 신당댁도, 누가 왔냐며 기척을 냈다.

"김선생, 경찰서에서 형사가 왔는데…… 지금 석선생님을 인계해 가라는구려. 인계하는 대로 몰래 농장으로 옮기랍니다. 밖에 형사가 대기해요." 김복남이 말했다.

"지금이 도대체 몇 시요?"

"자시 넘었을까, 새벽은 멀었어요."

"내 그럴 줄 알았지. 놈들이 잔꾀를 쓰누만. 경찰서 앞마당에 많은 사람이 노숙하니깐 날이 밝으면 석선생 출옥환영회로 또 난리라도 피울까봐 도둑고양이처럼 야밤에 석방시키자는 속셈이군" 하더니, 김기조가 시큰둥 내뱉었다. "백운거사가 허의원 댁 사랑채에 주무시니 일단 거기로 옮겨 진맥해보고 날이 밝으면 농장으로 모시든지 해야지, 이 야밤 추위에 생사람도 아닌 중환자를 이십 리나 어떻게 옮겨요. 선생님을 인수 못하겠다고 버틸 때까지 버텨봐요. 몇 시간 시차로 선생님이 어떻게 되진 않을 테니깐."

"그렇게 해보지요."

김복남이 나가자 정심네도 화로 옆 방석에 싸둔 미음 담긴 병을 두 젖두덩 사이 치마말기에 꽂았다. 그네는 석주율 옷보퉁이를 찾아들고 일어섰다.

"모르긴 해도 초주검이 되었을 선생님을 당장 농장까지 모시기는 무립니다. 허의원 댁에 우선 모셔 진맥하고 약첩을 지어 날이 밝으면 달구지 편에 모실게요." 외투 깃 세우고 마당에서 얼쩡거리는 조선인 형사에게 김복남이 말했다.

"그 문제는 내 소관 아니오. 조장님께 직접 말하시오."

김복남은 형사와 처를 달고 허의원 댁에 들렀다. 그는 사랑채에 든 백운을 깨워 장터마당 어시장 장옥으로 왔다. 농장 식구가 잠에서 깨어나 떼꾼한 눈으로 그들을 맞았다.

"다 나설 필요는 없고 둘만 따라오시오." 사위는 모닥불에 눈빛만 드러난 형사가 말했다.

"두 분이 가시죠. 우리는 어디서 기다릴까요?" 안재화가 김복남과 백운을 보고 물었다.

"그냥 여기 남아 있게."

형사가 앞장섰다. 김복남과 백운이 그를 따르자, 반대편 어둠속에서 봉놋방에 잠을 잤던 늙은이들이 일행과 합류하러 이쪽으로 몰려왔다. 형사는 경찰서 쪽 한길을 우회해 장터 뒤 고샅길로 걸었다.

경찰서 뒷문 앞에 총 멘 헌병대 대원 네댓이 서성였다.

"누구 한 사람만 따라 들어오시오."

형사 말에 김복남이 나섰다.

"이봐요, 이거 선생님 옷인데 가져가지요."

뒤를 밟고 따라왔던 정심네가 옷보퉁이를 서방에게 넘기려 하자, 형사가 필요 없다며 받지 못하게 했다. 백운과 정심네가 어둠 속에서 초조히 한참을 떨며 기다리자, 수군거리는 말소리가 들리고 뒷마당에 여러 사람 그림자가 나타났다.

"이 길로 곧바로 농장으로 가야 해. 자네들이 여기에 촌각이라도 남았다간 석가놈을 다시 처넣고 너희들도 잡아들일 테니 그리 알아." 조선인 헌병이 말했다.

김복남이 홑이불을 덮어씌운 석주율을 업고 뒷문을 나섰다. 스무 날 금식으로 석주율은 혼수상태였다.

"읍내를 벗어날 때까지 호송하시오." 따라나온 구니타케가 헌병 셋에게 말했다.

석선생을 무사히 인계받았다는 안도감에 일행은 아무 말도 못하고 걸음을 재촉했다. 형사와 헌병 셋이 앞뒤에 서서 그들을 호위했다.

"석선생님 상태가 어떠합디까?" 김복남을 따라붙으며 백운이 물었다.

"홑이불을 씌워놓은 채 그냥 업으라 해서 얼굴을 못 봤어요. 그래도 등짝에 훈기가 있는 걸 보니 괜찮은 것 같기도 합니다만, 글쎄요……" 허리 숙인 김복남은 등에 업힌 석주율에게 조금이라도 충격을 덜 주겠다는 요량으로 고양이걸음을 걸었다.

"정심네, 장터로 가서 우리 식구도 따라오게 알리시오. 기조 그 사람만 봉놋방에 남겨둘 게 아니라 누가 업고 나서시오. 차운리로 들어서면 어디 쉴 데를 마련할 테니깐요."

백운이 정심네에게 이르자, 앞서 걷던 형사가 손전지를 뒤쪽으로 비추었다.

"우리 쪽에서 통기할 테니 그럴 필요 없어요. 당신네가 나루를 건너면 그들도 뒤쫓아와 합류할 거요."

형사가 부지런히 길을 열어, 일행은 민락 고샅길로 빠져 평동 마을을 지났다. 별조차 가려진 바람 자는 밤이라 겨울치고 날씨가 푸근했다. 맵지 않은 강바람이 불었다.

차운리 들머리에서 형사 셋은 돌아갔다. 일행 셋은 길가 여염 집 바자울 앞에서 주인장을 찾았다. 잠귀 밝은 노파가 나와, 한밤 중에 누구냐고 물었다. 정심네가 사정을 설명하며 잠시 쉬어 가려 한다고 말하자, 노파는 유치장에서 단식하던 석선생 말을 들은 터라 집으로 들게 하여 자는 식구를 깨워 옆방으로 옮기고 등잔불을 밝혔다.

"이리 주시오. 선생님을 누입시다."

백운은 김복남 등에 납작 붙은 석주율을, 둘러씌운 홑이불째 넘겨받았다. 정심네가 거들었다. 백운이 햇솜처럼 가벼운 석주율을 따뜻한 방바닥에 누이자 그제야 덮은 홑이불을 걷었다. 김복남이 가물거리는 등잔을 들이댔다. 숨죽이고 내려다보던 정심네가 "엄마!" 하고 놀라며 터지는 비명을 손으로 눌렀다. 석주율의 핼쑥한 얼굴은 해골이었다. 감은 눈과 뺨은 종지로 채울 만큼 움푹 꺼졌고 광대뼈가 도드라졌는데, 살갗은 늙은이 뱃가죽처럼 쪼그라졌다. 얼굴은 온통 허물이 벗겨져 걸레쪽같이 너덜거렸다. 정심네가 울음을 삼키며 젖두덩 사이에 품었던 미음 담긴 병을 꺼냈다. 체온으로 녹인 병이 따뜻했다. 석주율을 내려다보며 혀를 차던 노파가 부엌으로 나가 숟가락을 가져왔다.

"자셔도 될까요?" 석주율 맥을 짚던 백운이 물었다.

"아주 묽게 쑤어 물과 다름없습니다. 뭐라도 자셔야 기력을 차리지요." 정심네 목소리가 울먹였다. 눈물 고인 큰 눈을 슴벅이며 그네는 석주율의 갈라 터진 마른입에 미음 담은 숟가락을 가져댔다. 백운이 주율 입을 조금 벌렸다. 정심네가 물 같은 죽을 입에 흘려 넣었다.

"석선생, 정신 차려요. 이제 바깥세상으로 나오셨소. 석선생!" 백운이 말했으나 석주율은 대답이 없었다.

"선생님 몸을 받쳐 안으시지요." 허리 숙여 등잔을 들고 있던 김복남이 말했다.

백운이 석주율 윗몸을 가슴에 품어 안았다. 정심네는 묽은 죽을 주율 입에 흘려 넣으며 입가로 흐르는 죽물을 옷고름으로 닦았다.

"사람 목숨이 모질기도 하군. 농장선생이 스무날을 굶었다니…… 그렇게 굶고 살아 있으니 지성이면 감천이라, 하늘이 보우하신 게야." 노파가 혼잣말을 흘렸다.

김복남은 뒤따라올 농장 식구를 맞으려 여염집을 나섰다. 어둠을 밟고 읍내로 거슬러가기 한참, 읍내 초입 화전리까지 와서야 그는 길을 서둘러 달려오는 농장 식구를 만났다.

"숙장선생님 어찌됐어요?" "선생님 지금 어디 계세요?" "건강은 어떠세요?" 농장 식구 질문이 쏟아졌다.

정심네가 더운물에 수건을 적셔 방안에 들여놓자 백운이 석주율의 찌든 옷을 벗겨 몸을 대충 닦고, 뼈만 남은 몸에 새 옷을 갈아입혔을 즈음 농장 식구가 들이닥쳤다. "우리 선생님이 어찌됐어요?" 농장 식구가 모두 한목소리로 물으며 마루와 뜰팡에 무릎 꿇어 곡지통을 터뜨리니, 날이 밝기도 멀었는데 집안은 울음이 질펀했다.

석주율이 눈을 뜨기는 날이 채 밝기 전 닭 울음소리가 들렸을 때였다. 바깥은 봄을 채근하는 빗발이 후드득 듣기 시작했다.

상록(常綠)

경칩을 넘기고 이틀 동안 비가 내렸다. 대지를 흠뻑 적신 비가 멎자 날이 갰다.

바깥의 군기침 소리에, 단군 영정 앞에 무릎 꿇어 기원 드리기를 마친 석주율이 방문을 열었다. 뜰팡에 김기조가 서 있었다. 울산경찰서에서 스무 날 동안 단식하고 나온 뒤 주율이 기동하게 되자, 그는 김기조 권유를 좇아 날마다 무학봉 정상으로 새벽 산책에 나섰다.

날이 희뿌옇게 터오는 중에 새 우짖는 소리가 청랑했다. 비가 내린 이틀 동안 둥지에 숨었던 새들이 상쾌한 새벽 공간을 힘차게 비상하고 있었다. 석주율과 김기조가 무학봉 쪽으로 걸음을 옮겼다. 오솔길이 촉촉히 젖어 있었으나 해토머리라 흙이 부푼 때문인지 밟는 촉감이 부드러웠다.

"애들이 할미꽃을 봤다더니, 진달래가 망울을 맺었습니다." 김기조가 길섶 진달래나무를 살피며 말했다. 그가 보기에 석선생의 걸음걸이가 며칠 사이에 많이 좋아졌다.

"단비가 내렸으니 앞으론 봄볕이 다사롭겠지요. 그러나 햇보리날 철까지 농민이 춘궁기를 어떻게 넘길지…… 아사자가 속출할 겝니다."

갓골만 해도 흰진흙(白粘土)에 도토리, 송기, 칡뿌리나 냉이, 달래를 넣고 끓인 죽으로 하루 한 끼를 대신하는 집이 늘어나고 있었다. 농장 식구가 하루 세끼를 먹을 수 있다는 게 다행이었다. 주율 얼굴은 울산경찰서 유치장에서 출소한 지 열흘을 넘겼으나 핏기 없이 핼쑥했다.

"어제 상천리에서 왔던 작인들 사정이 딱하더군요. 모내기 전에 도요오카 농장과 한판 붙겠던데요? 근년 들어 전국적으로 소작쟁의가 그칠 날 없지만 올봄도 꽤나 시끄러울 겝니다. 특히 도요오카 농장이 작년 추수 끝에 제시한 소작조건 갱신이야말로 터무니없는 요구라 작년 도조(賭租) 납입 때 소동이 있었다던데, 도요오카측이 양보하지 않으면 올봄이야말로 작인들이 그냥 참아 넘기겠어요?" 김기조가 말했다.

"걱정입니다. 제가 지난 입동 절기에 도요오카 농장을 세 번이나 방문했으나 아무런 소득이 없었잖아요. 김선생님도 지난 추수 감사제 때 왔던 신만준 농감 봤지요? 구한말 위관 출신으로 고집이 보통 센 사람이 아닙니다."

"어제 농장에 와서 울며불며 하소하던 딱한 사정이 어디 상천리 작인들에게만 해당되겠습니까?"

석주율이 생각에 잠겨 걸었다. 그가 스무 날 동안의 단식을 끝내고 농장으로 돌아온 뒤, 날마다 그를 만나러 오는 방문객이 줄을 이었다. 처음 며칠 동안은 하루 방문객이 백 명을 넘었으니 주율은 김기조 말대로, 조선 농민의 등불이라 일컬을 만했다. 전국 각지에서 격려 편지만도 하루 3백 통 넘게 배달되어 어떤 날은 우체부가 두 번씩 걸음하기도 했다. 그러나 어제 다녀간 한 무리 무자리는 그를 흠모하는 마음만으로 찾아오지 않았다.

언양면소에서 남으로 한 마장 거리인 상천리의 벌말, 양달말, 새각단의 도요오카 농장 소작인 열둘이 어제 농장을 방문하기는 농장측 소작조건 변경에 따른 대책 문제였다. 그들은 작년 추수를 끝내고 소작료를 현물로 납부한 뒤 도요오카 농장측으로부터 새로 작성된 소작증을 받고 지장을 찍어주었다. 그런데 깨알 같은 글자의 이면 양식이 변경된 줄을 미처 몰랐다. 작인들은 대체로 까막눈이었기에 사음이 건네준 새 소작증을 단순히 소작계약 연장으로만 받아들였다. 사음이 얼렁뚱땅 인주를 내밀어 소작인으로 하여금 소작증에 손도장 찍게 하고 서둘러 마을을 떠나자, 그날 밤 빽빽하게 등사된 이면 양식 중 종전과 다른 변경된 내용을 발견한 작인이 있었다. 한얼글방에서 한글과 천자문을 깨친 자식을 둔 어느 작인이 자식의 대견함을 시험할 겸 소작증 뒷면을 읽게 했던 것이다. 국한문 혼용의 소작증 뒷면을 띄엄띄엄 읽던 자식이 먼저 발견한 변경 내용은 탈곡 끝에 남게 되는 짚 문제였다.

借地에서 취득한 짚은 農場과 借地人이 半分한다.

내용을 읽던 열두 살 난 자식이 차(借) 자를 읽지 못해 건너뛰었으나 듣는 쪽은 '집'에 관한 어떤 설명임을 깨쳤다.

"취득한 집이라? 살고 있는 집을 반분한다니, 그게 무슨 말이냐?" 아비가 물었다.

"집자가 그 집자 아닌데요. 새끼 만드는 짚 있잖아요?"

"그렇다면 짚을 반분한다? 짚은 작인이 가지게 되는데 짚을 농장과 반분하다니?"

아비는 소작증을 들고 마을에서는 유식한 현달(賢達) 어른 댁을 찾아 전체 내용풀이를 부탁했다. 아니나 다를까, 변경 내용은 그 정도에 그치지 않고 다섯 항이 더 해당되었다. 총 여섯 항은 작인이 수긍할 수 없는 조처였다. 종전에는 소작지에서 나오는 짚은 작인 차지여서 짚으로 가축 사료에 쓰고, 이엉 올리고 새끼 꼬고 가마니 짜서 장에 내다 팔아 가용에 보태었다. 그런데 짚을 농장과 소작인이 반으로 나누어 가진다는 계약 변경은 농장측의 치졸한 발상이었다. 거기에다 나머지 다섯 항 변경 내용은 빈사상태에 놓인 작인의 숨통을 죄는 가혹한 조처였다. 소작지 이동은 계약 시효와 상관없이 농장 임의로 한다는 조항은, 작인이 사음이나 농장측 눈밖에 벗어날 때 소작지를 갓 개간한 돌투성이 논이나 집에서 몇십 리 떨어진 둠벙논으로 바꿔 부치게 할 수 있다는 뜻이었다. 공과금 체납시 소작권 박탈을 농장이 가진다는 조항은, 어느 작인이나 해당되므로 계약시효 3년은 아무런 뜻이 없었다. 기본소작료 외 비료값, 말몫(斗稅), 종자값, 지세(地稅), 수세(水稅), 수리조합세를 필두로 열 종에 가까운 각종 부담금과 공과금을 제때 납부할 수 있는 작인은 한 가구도 없었다. 거기에 사음 횡포까지 겹치니 교제비도 들어야 했기에 입도선매(立稻先賣)는 물론 입도차압(立稻差押)까지 강제되니, 공과금은 추수가 끝난 뒤로 미루거나 이자가 붙더라도 1년 연장 연기청원을 낼 수밖에 없을 정도로 가세가 절망적이기는 어느 작인이나 마찬가지였다. 거기에다 이모작물에 대한 소작료를 농장과 차인(借人)이 반분한다는 조항도, 논두렁에 심는 콩까지 절반을 빼앗겠다는 몰염치한 수탈이었다. 소작료 현물의 운반을 농장 소재지 3리(30리) 거리 안쪽은 차인이 부담한다는 조항 역시 종전의 1.5리에서 배로 늘어났으니, 소와 달구지가 없는 작인 형편으로는 볏가마를 지겟짐 지고 무상으로 30리를 걷지 않을 수 없었다. 마지막으로, 공제회, 농민회 등 차인이 단체에 가입할 시는 소작권 박탈을 농장이 결정 통고할 권리를 가진다는 조항 역시 집단 소작쟁의의 근절을 목적으로 작인을 개별화시키겠다는 음모였다. 고유의 소작료(토지 등급에 따라 차이는 있으나 평균 농장 6, 작인 4)에 공과금, 부담금, 무상노역, 사음에 대한 물품 증여 따위에 허덕이던 소작 농민으로서는 그러잖아도 힘 모아 불이익 사항을 농장측에 건의할 참인데, 새 소작조건이야말로 적반하장이 아닐 수 없었다. 그래서 작년 겨울 들머리에 울산, 언양 지방 도요오카 농장 작인 대표들이 여러 차례 농장을 방문해 계약 조건 변경 철회를 요청하고 읍소했던 것이다. 그러나 농감 신만준은 통사정을 들은 척도 않았다. 그 조건으로도 감지덕지 소작하겠다는 농가가 많다는 배짱이었다. 항의가 격렬했던 두 작인은 본때라도 보이듯 마을 담당 사음을 통해 소작지 회수를 통고하기까지

했다.

"작년에는 경북 영주군, 경기 안성군, 전남 광양군, 황해도 재령군과 봉산군, 또 경북 의성군에서 연달아 소작쟁의가 있어 신문이 떠들썩했는데, 뭐니뭐니 해도 전라도 암태도 소작쟁의가 가장 컸지요. 올해도 황해도 봉산군에서 동척 소작인들이 소작료를 차압하는 집달리와 충돌해, 관에서는 총포로 그들을 다스렸다지 않습니까. 이제 전국적으로 소작쟁의는 동시다발로 터질 겁니다." 석주율이 말했다.

"지난 일월, 『동아일보』가 사설을 통해 '지주의 각성을 절망(切望)하노라'를 썼다 신문이 압수되고, 이월 칠일자 '천인공노할 동척 죄악' 사설은 내용이 지워진 채 배달되지 않았습니까. 황해도 북률 소작인 농성시위가 극에 달하자 동척 경성지사에서는 총독부 고문 이규완을 황해도 지방 소작쟁의 실황 조사차 파견했다더군요."

등성이에 오르니 덤불숲이 어둠을 걷고 살아났다. 봄비에 해묵은 땟국을 턴 진달래, 철쭉, 오리목의 마른 줄기가 한결 싱싱했다. 양지바른 땅에는 냉이, 쑥이 돋아났고 삘기도 푸른 줄기를 세웠다. 가까이에 칡나무가 있는지 주율 코에 향긋한 칡내가 묻었다.

잡목숲이 끝나는 지대부터는 밋밋한 더기를 이루었는데 적송림이 울창했다. 10미터가 넘게 뻗은 적송이라 아랫동은 굵기가 도래방석만했다. 줄기도 봄맞이 채비를 하는지 붉은 껍질이 건강했고 가지를 평행으로 벌려 차양친 솔잎이 하늘을 가렸다. 겨우내 북풍한설을 견뎌낸 솔잎이 싱그러웠다.

석주율은 걸음을 멈추고 솔내음을 흠씬 마셨다. 그중 실히 2백 년은 넘겼을 법한 노송 허리를 쓰다듬었다. 습기와 더불어 찐득한 송진이 손바닥에 묻었다. 박토에 뿌리내려 외뚤비뚤 더디게 자라는 만큼 어느 해고 몸체에 고름 마를 날 없는 소나무, 그러나 고절하게 사철 푸르름을 잃지 않는 소나무야말로 조선인의 모습과 닮았다. 북지에서 본 백두산 미인송에서부터 탐라 한라산까지 조선 땅 어디에나 흔한 소나무야말로 조선인 몸이요 마음이었다. 그러나 자신이 혜산을 지나 백두산 오르며 보았고 봉화군 소천면에서 겪었듯, 소나무는 일본 산림 수탈로 곳곳에서 남획되고 있었다.

솔수펑이를 지나자 오솔길은 다시 가팔라지고 바위 많은 억새밭 위로 무학봉 정상이 나섰다. 정상은 해발 350미터가 채 안 되는 나지막한 봉우리였다. 정상에는 마른 억새가 새벽바람에 일렁였다. 정상에서 동남쪽 아래로 내려다보면 태화강이 푸른 띠를 이루어 말굽쇠 모양으로 휘어 돌고 입암마을 초가가 사이좋게 귀를 맞대고 있었다.

석주율이 무학봉 정상에 오르면 그가 늘 찾는 장소가 너럭바위였다. 네댓이 앉을 만한 반석에 정좌해 10분 정도 선정에 임했다. 그가 깍지 낀 두 손을 배꼽에 대고 단전호흡을 할 때, 기조도 어설프나마 흉내 냈다.

석주율과 김기조가 무학봉 새벽 등거를 마치고 오자 아침 조회가 있었다. 김복남의 일과 발표가 있기 전 단군 영정 두루마리를 칠판에 걸고 기원회를 가졌는데, 오늘은 김기조가 기원을 드렸다. 그는 해동기를 맞은 절량농가와 도요오카 농장 소작인들이 처한 소작계약 변경을 두고 걱정했다. 한편, 울산경찰서 앞 시위사건으로 부산지방재판소에 이송되어 판결을 기다리는 스물세 명 구속자에게 단군님의 가호가 있기를 기원했다.

"……그들 중 한얼글방 생도 다섯의 건강을 보살펴주소서. 우리 선생님의 단식에 동참해 그들이 의롭게 나섰으니 그들과 구속자 전원은 대명천지 아래 아무 죄가 없습니다. 나라 잃고 도탄에 헤매는 후손 또한 불쌍히 여기셔 굽어살피시고, 조국이 광복할 날까지 용기 잃지 않게 힘을 주소서."

김기조 기도는 감정 표현이 풍부했기에 호소력이 있었다. 그래서 그가 간절하게 간구할 때 아녀자들은 저도 모르게 "단군님" 하며 목멘 호소를 읊었다.

「백두산 노래」 합창으로 아침 조회를 마치면 식사시간이었고, 식사 뒤에 작업 준비하면 제가끔 일감을 맡아 나섰다.

해동기에 든 3월의 농촌은 눈코 뜰 사이 없이 바쁘지만 농장의 가장 중요한 일은 역시 객토였다. 개간 2년차에 접어든 땅이므로 거름을 충분히 줘야 했기에 축사 담당인 우경호를 제외하고 남정네들은 묵힌 거름과 웅덩이 흙을 지게질로 져 날랐고 흙 뒤집는 일에 동원되었다. 석주율도 똥장군을 지게로 져다 날랐기에 설거지와 빨래를 마친 아녀자들까지 소쿠리나 쇠스랑을 들고 나섰다. 객토가 끝나면 논 두 마지기를 새로 풀기로 했기에 그 일 또한 대기하고 있었다. 과수원 병충해 방제와 능금, 뽕나무 묘목심기 일도 줄을 잇고 있었다. 사방 벽을 얼추 올린 교사 한 동도 완공시켜야 했다. 석주율의 단식농성으로 간이보통학교가 허가 직전에 취소되기는 했으나 교실만 완공되면 생도를 지금보다 배로 인원을 늘려 받을 수 있었다.

오전에 다섯 사람이 농장을 방문했는데, 오후에 들자 석주율을 만나러 오는 농민이 줄을 이었다. 그중 역시 도요오카 농장 소작 계약 변경에 따른 대책을 의논하러 오는 여러 마을 농민이 많았다. 그 일이야말로 모내기 전에 결판 보아야 할, 작인들에게는 목숨줄 붙은 중대사안이었다.

"도요오카 농장 소작인조합 결성을 계기로 대보름 쇠고 이튿날 각 마을대표 열넷이 도요오카 농장을 방문하기로 했습니다. 최후 담판해서 계약 변경을 농장측이 무효화하지 않을 때는 우리도 실력행사로 들어갈 겁니다." 여럿 중 언양면 송대말 최덕보 말이었다. 우락부락하게 생긴 용모에 성깔깨나 있는 청년이었다.

"선생님, 시간이 없지 않습니까. 내달이면 모판 낼 마당인데." 석주율의 대답이 없자 청량면 밤골 차종태가 말했다.

"물론 여러분의 화급한 사정을 선생님이 모르는 바 아닙니다." 석주율 옆에 있던 김기조가 나섰다. "그러나 실천에 따른 계획은 보다 구체적이어야 합니다. 만약 최후 통첩이 실패로 돌아갈 때, 전 작인이 농장 사무소로 쳐들어간다. 그렇게 되면 경찰헌병이 출동해 무차별 진압한다. 작인측 사상자가 생기고 구속되는 자도 속출한다. 그 결과 다수가 연행당하고 소작지를 빼앗긴다. 일이 그렇게 커질 경우에, 그 대책도 마련되어 있다는 겁니까?"

"허허, 젊은이. 그런 최악의 상태를 미리 상정한다면 무슨 일을 하겠는가. 그렇게 되지는 않을걸세. 그전에 적당한 타협안이 나와 우선 모를 심게 할 테지. 농장측도 당장 많은 작인을 일시에 구할 수 없을 테니깐. 언양과 울산의 도요오카 소작 농장이 천이백여 정보라면 이쪽 끝에서 저쪽 끝이 보이지 않네. 거기에 매달린 작인 식솔을 합치면 만 명도 넘을걸세." 기미년 만세 때 언양장 시위를 모의하고 참가해 8개월 징역 살고 나온 상북면 천도교 도정 최해규 말이었다. 그는 연로해 거동이 불편했으나 석주율 출옥 소식을 전해 듣고 위로차 30여 리를 걸어 찾아온 참이었다. 그는 문벌 집안이어서 자작 논밭이 수월찮아 행랑 식솔을 두 가구 두어 양식 걱정이 없음에도 도요오카 농장의 이번 처사에 몹시 분개해 작인 편익을 들고 나선 참이었다.

"김선생 말도 일리가 있습니다. 도요오카 농장측이라고 우리 동태에 무관심할 리 있겠습니까. 우리가 암암리에 조합을 결성한 걸 이미 파악했고, 만약의 사태에 대비해 골마다 작인도 매수해놓은 줄 압니다. 그들에게만은 계약조건을 종전대로 한다는 언약을 주고, 문제가 되는 작인 소작지를 빼앗을 경우 그 전답을 부칠 새 작인 명단까지 마련 중인 모양입니다. 그러므로 우리는 무엇보다 도요오카 농장 전 작인을 일치 단결시킬 필요성이 급선무고, 그러자면 명망 높은 석선생님이 우리 편이 되어 적극 나서야겠습니다." 천산리 평천 마을에서 온 장년 오동환이 말했다.

좌중한 예닐곱 사람 눈길이 석주율에게 쏠렸다.

"단식투쟁 끝에 아직 건강이 여의치 않음을 알고 있습죠. 그러나 일이 워낙 중요하고 다급하다 보니 염치 불고하고 찾아왔습니다." 입을 다물고 있는 주율에게 최덕보가 말했다.

"여러분 뜻을 잘 알겠습니다. 도요오카 농장 소작계약 갱신은 저도 관심을 가져 지난해 추수 끝에 농장을 방문해 부당성을 따졌습니다. 그러나 지난 읍내 수리조합 앞 시위에서 경험했듯, 성과는 없었습니다. 수세 문제는, 오히려 세금 납부에 공권력을 총동원하니 폐농한 이농 가구만 속출하는 실정입니다. 많은 사람이 다치는 결과를 빚었고, 저 때문에 수십 명이 지금 재판에 계류 중입니다. 그러나 제 말은 이번도 결국 실패할 것이니 최후 통첩을 해보았자 소용없다는 패배주의가 아닙니다. 백 번 말해 듣지 않으면 천 번까지 부당성을 따져야 합니다……" 석주율이 여러 사람을 둘러보았다.

"말씀 도중 죄송하지만, 그렇다면 선생님이 자제하는 이유는 무엇입니까?" 차종태가 나섰다.

"여러분이 믿는 만큼 제가 도움이 될까를 생각하니 선뜻 답하기 어려워집니다."

석주율 말에 김기조가 보충 설명했다.

"선생님은 지금 부산재판소에서 판결을 기다리며 수감 중인 스물세 명을 두고 괴로워하십니다. 그분들은 선생님 단식농성을 지지하는 시위를 벌이다 잡혀갔잖습니까. 물론 이번 일에도 선생님이 방관하지는 않을 겁니다. 농민 권익을 대변하려 자신을 송두리째 던진 분이니깐요. 그러나 이번 일로 또 농민이 얼마나 희생될까 하고 걱정하는 거지요."

"그 점은 염려 마십시오. 관철되지 않을 때 모두 감옥에 갈 결심이 섰습니다. 농장측 계약 변경에 순순히 복종해 그 땅을 계속 부쳐서는 입에 풀칠조차 할 수 없으니깐요. 소작권을 빼앗기면 식솔을 끌고 만주로 들어가거나 뿔뿔이 흩어져 드난살이로 나서게 되겠지요." 최덕보가 말했다.

"음력 내달 초하룻날 오전 중에 여러분과 함께 도요오카 농장 언양사무소로 나가겠습니다." 갑자기 석주율이 단호하게 말했다.

*

석주율이 스무 날 단식 끝에 울산경찰서에서 풀려 나온 뒤 그가 가수에서 깨어났음을 확인하고 부산으로 내려간 백운으로부터 편지가 오기는 그로부터 일주일 뒤였다.

석주율 선생 전.

입춘지절에 건강 쾌차하시며 농장 가구도 모두 안녕한지요? 새해를 맞아 여기 가솔도 감위수(坎爲水) 그대로, 난이 지난 뒤 난이 닥친다는 이치인지, 선화 건강이 여의치 못해 여러 차례 위경을 넘겼습니다. 선화가 손을 받기도 스스로 꺼려해 무사안 일 자족을 염원하는 중에 해를 넘겼습니다. 심신의 괴로움에 쓰러지지 않고 견디어냄만도 장하다고 위로했으나 새해 첫날 아침에 토혈이 있어 아무래도 올해는 역술소 문을 닫고 심처(深處)에서 안정을 취함이 도리일 것 같습니다. 농장 뒷산 무학봉에 송림이 좋으니 초막을 마련함이 어떨까 하고 권해보았습니다. 그랬더니 선화가 숨긴 말을 밝히며, 오빠는 올해가 흉괘라 처신

686

에 신중해야 한다고 간곡히 말했습니다. 특히 올해 초반 운세가 불길하니, 초구(初九)의 효사에 군자거기실출기언(君子居其室出其言)이라, 군자는 문밖에 나가지 않으면 탈이 없다라고 했습니다. 선생께서는 앞으로 삼십 리 밖 출타는 삼가는 게 좋은 줄 압니다. 또한 비조유지음(飛鳥遺之音)이라, 새가 지저귀며 높이 날아오르려 함을 경계해야 된다고 말했습니다. 새는 지상이 안식처인데 날개 힘만 믿고 높이 날려 할 때 뇌우(雷雨)를 피할 수 없을 것입니다. 오호라, 오빠 운세가 이렇게 불길하니 제가 어찌 그곳에 안처를 구하리요 하며 선화가 눈물을 흘렸습니다. 신학문을 익힌 선생이 들으시면 이 무슨 허황한 망발이냐고 가소로이 여길는지 모르나, 한 자궁에서 태어난 인연은 그 예감이 천리 밖까지 감전되며, 선화의 주문(呪文) 또한 영매자(靈媒者)의 신기(神氣)가 있사오니 삼가 명심하셔서 액을 복으로 돌리게 신중하소서. 역은 사람이 할 수 없는 일을 하게끔 지시하지 않으니, 그 말을 중히 여겨 조심하면 액을 면하리다. 춘기(春氣)가 온누리에 광명할 때 선화를 설득하여 함께 농장을 방문하오리다. 새해에 덕담으로 서찰을 내지 못한 불비함을 해량하시기 바랍니다.

유첨: 다음 첨언은 세사(世事)의 한갓 소담이라 여기고 넘겨 주십시오. 다름이 아니옵고, 대창정 조익겸 어르신은 죽어 있지도, 그렇다고 살아 있지도 않은 상태에서 혼수의 인사불성 중입니다. 많은 재산을 정리하려 경성에서 장자가 내려왔으나 장본인 언질이 없으니 은행 거래며, 받을 돈이 어디 널렸는지 애를

태우는 사정이라 들었습니다. 김기조 씨 누이 복례가 역술소로 와서 전하는 말에 따르면, 예전 길안여관 마님인 홍이모친이 막내아들이 조익겸 어르신 씨손이라는 이유를 내세워 요릿집 아타미 소유권을 주장해 큰 분쟁이 있었다 합니다. 그 결과 홍이모친은 막내자식을 데리고 집을 나와 우서방과 별거에 들어가고, 친자확인 송사까지 붙었다니, 이를 속인들의 자업자득이라고나 해야 할는지……

백운 배경준 삼가.

백운 서찰을 읽은 석주율은 내용이 그렇듯 마음이 편치 않았다. 지나치게 나아가려는 의욕을 버리고 칩거함이 마땅하다고 일렀음에도 그는 모레 아침 당장 언양면소 도요오카 농장으로 나가지 않으면 안 되었다. 그래서 그는 백운 편지를 두고 농장 식구와 의논해봄이 좋겠다고 여겼다.

그날 저녁 석회를 마친 뒤 석주율은 농장 식구에게 백운 편지를 읽어주고 의견을 듣고 싶다고 말했다. 주율 말이 떨어지자 설만술 씨와 김복남이 자리 차고 일어나, 한마디하겠다며 나섰다. 김복남이 연하라 발언을 설씨에게 넘겼다.

"그러잖아도 요즘 꿈자리가 어수선하던 참에 선화님 점괘를 들으니 탄복하지 않을 수 없습니다. 선생님이 어떤 분이십니까. 선생님 신변에 만약 무슨 일이 일어난다면…… 생각만 해도 눈앞이 캄캄합니다. 제발 점괘를 따르십시오. 입추 절기까지 농장 밖으로는 일절 걸음 마십시오. 선화님 같은 명판수가, 더욱 오누이 사이라면 오죽 점괘가 들어맞겠습니까. 농장 식구를 대표해서 제가 이렇게 손발 닳도록 부탁드리니 지난 읍내 궐기대회 결과를 보더라도 부디 농장과 글방 일에만 신경 쓰십시오." 얼굴이 달아오를 정도로 흥분한 설만술 씨 말에 농장 식구 여럿이 옳은 소리라며 손뼉 쳤고, 박장쾌와 신당댁은 정말 그래야 한다고 외쳤다.

"저 역시 형님 말씀에 동감입니다. 지난번 단식 때도 피가 마를 지경이었습니다. 이제 겨우 회복되셨는데 점괘까지 그러니 모레 언양 도요오카 농장 출타는 사양하세요. 하절 넘기기까지 칩거하심이 마땅할 줄 압니다."

김복남 말에 "옳소" 하는 함성과 다시 박수가 터졌다. 이로써 석주율의 당분간 행동 반경이 농장 안으로 제한되는 쪽으로 일단락되었다. 말씀대로 따르겠다는 석주율 대답만 남아 모두 엉덩이를 일으켰을 때였다. 잠시만 기다리라며 나선 자가 김기조였다. 머리칼을 밀어 알머리된 기조가 석주율 옆으로 나갔다. 농장 식구가 뜨악한 표정으로 그를 보았다.

"선생님 거취 문제는 그렇게 간단히 종결지을 성질이 아닌 줄 압니다. 당장 모레로 약속된 선생님의 언양행만 하더라도 선생님께서 나서지 않는다면 농민들 실망이 대단할 줄 압니다. 무릇 사람이란 한번 한 약속을 생명으로 알아 지켜야 하거늘 선생님 같은 인격자가 약속을 파기한다면 여태껏 쌓은 인품에 큰 흠이 될 것입니다. 그동안 도요오카 농장 사무소 방문을 두고 여기를 다녀가며 의논한 작인들이 몇이며, 심지어 송대말 최덕보 씨와 밤골 차종태, 평천 마을 오동환 씨는 네 차례나 걸음하지 않았습니까. 그리고

앞으로 선생님께서 농장 안에서 생활한다지만 선생께서 병석에
누워 있지 않는 이상 범서면 제반 길흉사에 어찌 점괘를 핑계로
모른 체 넘길 수 있겠습니까. 또한 몸져누운 병자가 있다면 왕진
을 마다할 수 없을 겁니다. 운신 못할 처지라면 몰라도 점괘를 핑
계로 두문불출하면 이는 미신에 너무 집착하는 행실로, 생도들에
게 오늘의 과학문명에 입각한 신교육을 가르치는 본분에도 어긋
납니다. 선화아기씨 점괘를 해석해보건대, 출입을 삼가라 함은 집
바깥에서의 언행에 특별히 조심하라는 뜻이요, 새가 지저귀며 높
이 날지 말라 함은 선생께서 공명심을 내세워 남 위에 서려는 생
각을 갖지 말라는 뜻인 줄 압니다. 그러나 농장 어른들도 아시다
시피 우리 선생님이 어디 남 앞에 뭘 보이겠다고 우쭐댄 적 있습
디까? 세상에 우리 선생님처럼 겸손하게 자신을 낮추어 어린애까
지 공경으로 대하는 성인군자가 없을 겁니다. 제가 신학문을 익혔
다 해서 점을 미신으로 업신여겨 하는 말이 아닙니다. 점괘가 그
러니 매사에 조심해야겠으나, 사람이 지킬 도리는 지키며 살아야
온당할 줄 압니다. 또한 삼십 리 밖 출타를 삼가라 했는데, 농장에
서 언양면소까지가 정확하게 구 킬로, 즉 이십 리가 조금 넘는 잇
습니다. 제가 언양 고하골에서 읍내 광명서숙을 날마다 책보 끼고
다닐 때 지름길을 잡으면 정확하게 사십 리 정돕니다. 도요오카
농장 사무소가 면소에서 태화강에 걸린 섶다리를 지나 약 일 킬로
니, 갓골에서 도요오카 농장사무소까지는 이십오 리밖에 되지 않
으니 삼십 리가 안 됩니다. 그러므로 사람이 서른을 살고 일흔을
사는 일은 인명재천(人命在天)인데, 갑자기 신의를 바꾸어 일흔을

살면 그 무슨 상찬을 얻겠습니까. 제 말을 잘 통촉하십시오." 김기조가 석주율과 눈을 맞추곤 제자리로 돌아갔다.

김기조 말도 이치에 어긋나지 않아 농장 식구는 벙어리가 되어 석주율 결정만 기다렸다. 잠시 뒤 이희덕과 강치현이 기조 말을 반박하려 일어섰으나, 주율이 손짓으로 자제시켰다.

"어르신 말씀과 복남 형 말씀이 다 선화 점괘처럼 저를 염려하는 뜻인 줄 알겠습니다. 그러나 김선생님 또한 사리에 분별력 있는 말씀입니다. 앞으로 언행에 더욱 조심해 여러분에 누됨 없게 처신하겠습니다. 다만 모레 출행은 사전에 약속했으니 이를 파기할 수 없습니다. 해량해주십시오."

석주율이 절하곤 먼저 자리를 떴다. 김기조가 주율을 호위하듯 당당하게 뒤따라나갔다. 나머지 농장 식구는 닭 쫓던 개 꼴로 둘의 뒷모습을 흘겨보다, 우리끼리 의논을 더 하자는 설만술 씨 말에 자리를 지켰다. 이제 아녀자들도 제 의견을 서슴없이 내놓으며 갑론을박했다. 선생의 모레 출행을 막아야 한다는 의견에서부터 김기조의 그럴싸한 변설을 성토하는 말이 오고갔으나 쉬 결론 나지 않았다. 그러나 대체적인 의견은, 석선생 신변에 불길한 변고가 있을 거라는 예감에 모두 동의했다. 앞으로 석선생의 부득이한 출타조차 가능한 막아야 하고, 만약 선생 출행 시에는 여럿이 따라나서서 신변을 보호할 책임이 있다는 결론을 내리고 회의를 마쳤다. 교실을 나서는 그들 얼굴에 한결같이 근심이 서렸다.

*

이틀 뒤, 농장 식구가 아침밥 먹을 때 입암리와 구영리의 도요오카 농장 소작인 둘이 석주율을 모셔가려 농장으로 왔다. 둘은 농장 소작증 변경에 따른 마을 대책위원이었다.

석주율은 아침상을 물리자마자 나들이옷으로 흰 두루마기를 걸치고 나섰다. 주율이 출타할 때 김기조만 늘 동행했으나 이번에는 김복남이 홍석구와 함께 동행을 자청했다. 어젯밤 회의 끝에 석선생 신변 안전을 위해 김복남을 붙이기로 했고, 홍석구를 연락원으로 쓰기로 했던 것이다.

석주율은 아직 몸이 성치 않아 20여 리 걷기가 무리여서 김기조가 모는 자전거 뒷자리에 올랐다.

해가 동산 위로 떠오르자 온누리가 밝은 햇살 아래 싱그럽게 살아났다. 실버들은 연초록으로 푸르렀고 길섶 풀도 파란 줄기를 내밀었다. 가까운 산도 잿빛을 털고 화사한 푸른 색깔로 치장하고 있었다. 잡목의 푸른 새순, 개나리의 샛노란 꽃잎, 진달래도 만개해 분홍색이 산자락을 덮었다.

"김형, 올가을에는 경사가 있겠습니다. 형수씨 허리가 부쩍 늘었던데요." 김기조가 김복남에게 말했다.

"아무렴, 김선생 눈썰미를 누가 당하려구. 석선생님, 제 처가 애를 가졌어요. 선생님은 눈치 못 챘습니까?" 김복남이 싱글거리며 물었다.

"몰랐어요. 축하합니다. 가을엔 농장 출신 식구가 탄생하겠군요."

692

"제가 박서방 안사람도 유심히 관찰했는데 입덧이 있는가 봅디다." 김기조 말에 김복남이 귀를 세웠다.

"그래요? 정말 박서방이 자식을 보게 된다면 나보다 더 농장 경삽니다. 단군 성조님 축복 덕분이겠죠."

"정말 그렇군요." 석주율도 김복남 말에 맞장구쳤다.

도요오카 농장사무소는 태화강 아래쪽 향교 동쪽 수남못 옆에 자리했다. 함석으로 지은 미곡 창고 여섯 동이 각 세 동씩 자리잡은 가운데에 학교 운동장만한 공터가 있었다. 추수 끝난 뒤 소작료 현물 납부 때는 운동장에 쌓인 볏가마가 언덕을 이루었다. 볏섬은 여섯 동 미곡 창고에 보관되었다가 정미를 마치면 화물자동차편에 부산 부두로 빠져나갔다. 정미소는 창고 뒤쪽에 위치했다. 농장사무소는 운동장에서 남쪽으로 2백 보 정도 떨어진 못 앞에 있었는데, 운동장에서 사무소까지 길 양쪽으로 잘 가꾼 측백나무가 대빗자루를 거꾸로 세운 듯 도열해 있었다.

창고 앞 운동장 한켠에는 이미 소작인 열대여섯이 웅성거렸다. 서거나 쪼그려 앉아, 더러는 담배를 피우며 열띠게 의논하다 석주율 일행을 맞았다. 송대말 최덕보, 밤골 차종태, 천산리 평천 마을 오동환 외 석송농장을 부지런히 들랑거린 도요오카 농장 작인 대표들이었다. 각 마을 대책위원을 점검하니 아직 아홉 명이 빠져, 성원이 되기까지 기다리기로 했다. 그동안 측백나무 가로수 쪽에서 국민복 차림의 농장 직원이 염탐이나 하듯 이쪽 동태를 살피곤 사무소로 사라졌다.

시간이 얼추 정오에 가까워서야 일곱 명이 늦게 도착하자, 작인들은 더 지체할 것 없이 사무소를 찾기로 했다.

"석선생님이 앞서세요." 구영리 이책 황창갑이 말했다.

"안 됩니다. 선생님은 소작인 대표가 아니기에 앞장서서는 안 됩니다." 김복남이 황급히 나서서 말렸다.

"그래도 말발 서는 분이 앞장서셔야지요. 우리 같은 무지렁이야 농감이 눈 한번 껌벅합디까." 오동환이 말했다.

"정 그렇다면 제가 앞장서지요." 김기조가 자전거를 몰고 앞서 걸었다.

일행이 측백나무 사잇길로 나서자 저만큼 현장사무소 정문 앞에 나카기 입은 장정 예닐곱이 나타나 한 줄로 늘어섰다. 그 뒤로 다른 한 무리가 겹으로 울을 쳤다.

"우리가 온다는 걸 알고 검도 유단자를 대기시킨 듯합니다." 김기조가 돌아보며 말했다.

"몸싸움으로 밀어붙입시다. 돌파할 수 없다면 정문 앞에 진을 치고 신만준 그놈과 담판해야지요." 최덕보가 말하며 김기조와 나란히 앞장섰다.

그들이 정문과 20보 정도 거리를 두었을 때, 정문을 막아섰던 일본인들이 나카기 오비 옆구리에 찬 일본도를 칼집에서 뽑아냈다.

"서라. 더 걸어오며느 니폰도로 칠 테다. 거기서 용건이노 말을 해!" 일본인 사내가 칼을 쳐들며 외쳤다.

"우리는 소작증 변경 사유를 따지러 왔소. 말로써 따질 테니 칼을 거두시오. 싸우러 오지 않았소!" 최덕보가 외쳤다.

"설마하니 사람을 칠 텐가. 갑시다. 계속 가요." 뒤쪽에서 황창

694

갑이 말했다.

"물론 가야지요. 우리 상대가 어디 쪽바리 왈패가." 김기조가 싱뚱하게 말하곤 내처 걸었다.

김기조를 앞세운 소작인 대표들은 상대측 경고에도 사무소 정문을 향해 걸었다. 무리 가운데에 박힌 석주율도 묵묵히 걸음을 옮겼다. 옆에 선 김복남과 홍석구가 불안한 눈길로 주율을 흘끔거리며 무언가 한마디 뱉고 싶어 안달을 냈다.

일본도를 뽑아 든 나카기패 앞으로 제복 입은 일본인 순사가 나섰다.

"서지노 모할 텐가! 거기 서, 서라!" 순사가 어깨에 멘 장총을 벗어 내려 총구를 겨누었다.

"오카모토 농장주나 신만준을 내보내시오! 그러면 멈춰 서리다." 최덕보가 외쳤다.

김기조가 잠시 걸음을 묶을 사이 나카기패 뒤에서 얼쩡거리던 자가 옆구리에 손을 걸치고 앞으로 나섰다. 국민복에 당코바지 입은 신만준이었다.

"자네들이 몰려왔다고 해결될 건덕지는 없다. 누차에 걸쳐 말했지만 소작증은 일 구 일 자도 고칠 수 없어. 지장을 찍을 때는 언제고, 따질 게 있다는 망발은 또 뭔가. 따지려면 재판소에 가서 따지고, 그도 못하겠다면 소작지를 반납하면 될 거 아냐. 유치장 신세 지기 전에 돌아가. 타협할 게 있어야 담판이고 뭐고 성립되지, 이런 어거지가 어딨어. 무식한 종자들 같으니라구." 신만준이 내뱉곤 돌아섰다.

석주율이 서둘러 무리에서 빠져나왔다.

"농감 나리. 제 말 들어보십시오. 제가 이분들을 대신해서 말씀 드리겠습니다." 석주율이 김기조를 앞질러 걸어갔다. 김복남과 홍석구가 따랐다.

"또 넌가? 구더기 끓는 데 꼭 저 똥파리가 나타난다니깐. 석가 자네 말은 더 들을 필요가 없어." 신만준은 나카기패 뒤로 사라졌다.

"모두 앉아요. 여기서 연좌농성에 들어갑시다."

김기조 말에 좇아 소작인 대표들이 길을 막고 땅바닥에 주저앉았다. 석주율과 김복남도 무르춤히 서 있을 수 없어 기조 옆에 엉덩이를 붙였다.

"선생님 안 되겠습니다. 농장 전 소작인을 총동원해 연좌농성에 임할 수밖에 없어요. 이번에 뿌리뽑아야지요." 최덕보가 석주율에게 말했다.

"작인집 삽사리까지 다 쓸어모아 농성하는 것도 좋지만 우리 선생님만은 안 돼요. 최씨, 보다시피 지금 선생 얼굴이 어디 제 얼굴입니까. 여러분도 알겠지만 지난번 읍내 경찰서에서 스무 날을 굶어 다 죽어 나오셨잖아요. 두 달 정도는 정양해야 한다고 의원이 말했으나 이번 약조를 깰 수 없다 해서…… 지금이라도 돌아가 누워 계셔야 합니다." 김복남이 통사정했다.

석주율은 잠자코 있었다.

"석선생님이 계셔야 합니다. 전 작인이 동원되면 더욱 선생님이 필요합니다. 선생님 얼굴만 보아도 우리가 힘을 얻습니다. 저녁이면 면소에 따뜻한 방을 마련해드리지요. 낮 동안만이라도 함께 있어주세요." 차종태 말에 주위 사람들이 모두, 그러셔야 한다며 부추겼다.

"이제 춘궁기가 닥쳐 우리 아홉 식구가 초근목피로 명줄을 잇는데 소작지마저 떨구면 아주 굶어 죽습니다. 사생결단하고 나선 우리 사정을 살피셔서 석선생이 꼭 동참해주십시오." 중늙은이가 눈곱 낀 눈을 슴벅이며 애원했다.

"알겠습니다. 여러분과 함께 싸우겠습니다. 우선 제가 농감을 만나보겠습니다."

석주율이 일어서자 김복남이, 제가 함께 가겠다며 따라나섰다. 주율은 나카기패가 아직 경계를 늦추지 않고 있는 사무소 정문을 향해 걸어갔다. 김복남이, 이거 큰일났군 하고 연방 머리를 내두르며 뒤쪽에 대고 김기조에게 말했다.

"김선생, 석구를 얼른 갓골 농장에 보내 큰형님하고 젊은애들 나오라 해요. 제 집사람도 나와야겠어요."

"알았어요. 제가 조치하지요. 선생님이나 잘 보필하시오."

작인들이 지켜보는 가운데 나카기패는 제재 없이 석주율과 김복남에게 길을 열어주었다.

연좌농성을 벌이려던 작인들은 곧 대책회의에 들어갔다. 언양지방 도요오카 농장 작인을 모두 모으기 위해 연락망을 짜고 밤새워 농성하자면 저녁끼니를 해결해야 했기에 그 문제도 숙의했다. 자연 말발이 센 김기조가 모사답게 작전을 짰다. 연락망 짠 작인들이 자리 뜰 때, 그는 홍석구를 농장으로 보내며 읍내 주재기자 둘에게도 사태를 알리는 편지를 지참시켰다. 안재화 편에 서찰을 읍내로 전하게 했다.

석주율과 김복남이 도요오카 농장사무소로 들어간 뒤, 20여 분 만에 나왔다. 작인들이 둘을 에워싸고 농감 만난 결과를 물었다. 주율은 좀체 입을 열지 않았다.

"아무 성과가 없었습니다. 신가는 석선생 말을 듣는 척도 않고 콧구멍만 후비다 뒷간 다녀오겠다더니, 한참을 기다려도 오지 않아 제가 나가보니 벌써 뒷문으로 내빼버렸어요." 김복남이 말했다.

해가 질 때쯤, 연락받고 나선 소작인들이 농장 미곡창고 앞 운동장에 삼삼오오 떼 지어 모여들었다. 어느새 김기조가 마련한 장대에 매단, '소작농 피눈물 짜는 도요오카 농장 각성하라!'는 현수막이 운동장 입구에 세워져 있었다.

날이 어둡자 넓은 운동장이 꽉 찰 정도로 농민이 모여들었고, 곳곳에 모닥불이 지펴졌다. 이불을 이고 지고 식솔을 몰고 나온 가구도 많았다. 그렇게 되자 그들의 질서를 잡기 위해 김기조가 직접 나서지 않고 청년 중에 안내원 몇을 뽑아 정리를 맡겼다.

징과 꽹과리 따위의 농악패도 동원되었다. 김기조는 지난번 울산경찰서 앞과 장터에서 군중을 지도해본 이력이 있는데다, 그런 지휘가 그의 성격과도 맞아 "도요오카 농장의 소작증은 무효다!" "소작농 굶겨 죽이는 소작 조건을 철폐하라!" "농감 신만준은 각성하라!" 이렇게 구호를 외치게 하고, 「아리랑」과 「쾌지나 칭칭 나네」 노래를 합창하게 하니, 밤바람이 차가운데도 분위기가 들떴다. 그러자 울산경찰서 헌병대가 언양주재소에 도착했다느니, 무작정 구타로 해산을 종용하며 연행할 거라는 어수선한 소식도 전해졌다.

"선생님 강가놈이 보이지 않는뎁쇼. 언양주재소 차석이니 응당 여기 나타나야 할 게 아닙니까." 김기조가 석주율에게 말했다.

"저도 강차석이 왜 안 보이는지 궁금해하고 있습니다."

"오니게이사츠라는 소문이 있잖습니까. 그놈을 특히 조심해야 합니다."

"본서 구니타케나 고무라 차석이나 꼭 같은 사람들이지요. 다른 점이라곤 강오무라 차석이 조선인이라, 그 점이 안타까울 뿐입니다." 석주율은 문득 보아 소천면 산판에서 만났던 시노다 총대와 엔도 서기가 떠올랐다. 내지에서 건너와 점령자로서의 자만심에 차 있었으나 그들은 인간적이었고 조선인에 대한 이해심이 있었다.

날이 어두워지자 농성꾼들이 장작더미를 날라와 석주율이 앉아 있는 앞자리에 불을 피웠다. 쌀쌀한 저녁바람을 타고 불길이 크게 타올랐다. 석주율이 불길을 보다 옆에 앉은 김기조에게 눈길을 돌렸다.

"김선생님, 중국 『사기(史記)』에 나오는 춘추전국시대 오자서(伍子胥) 고사(故事)를 읽은 적 있습니까?" 석주율 목소리가 어느 때보다 부드러웠다.

"서책 놓은 지 하도 오래돼서…… 무슨 내용입니까?"

"초(楚)나라 지체 높은 집안 출신인 오자서는 부친과 가형이 평왕(平王)에게 억울한 죽음을 당하자 이웃 오(吳)나라로 도망쳤습니다. 오나라에서 복수를 맹세하며 때를 기다리다 궁궐 반란에 한

못 거들어 드디어 오나라 군사책임자가 되었지요. 고국을 떠난 지 십육 년 만에 오나라 군사를 이끌고 초나라를 쳐서 도읍지를 점령하고 보니, 예전 원수였던 평왕은 이미 죽고 없었습니다. 그러자 오자서는 평왕 무덤을 파헤쳐 그 시신에 삼백 회 매질을 했습니다. 그러자 옛 친구가 '아무리 부형(父兄) 원수지만 시신 매질은 지나치지 않는가' 하고 말하니, 오자서는 '해는 저무는데 길은 멀다(日暮途遠)'며 이렇게라도 복수해야 원한이 풀리겠다고 말했답니다. 이를 두고 후세 사람들은 오자서 방법이 너무 지나치다 했고, 복수는 역복수를 불러올 뿐이라 말했습니다."

"갑자기 왜 그 고사를 들려줍니까?" 김기조가 괴이쩍어하며 물었다. 주위 고함 소리와 웅성거림에 비추어 주율 목소리가 차분했고, 그에게는 그 고사 내용 역시 생경했다.

"그들이 비록 일본인이지만 저는 구니타케나 고무라를 원수로 생각지 않습니다. 물론 강차석과 신만준 농감도 마찬가집니다. 그들이 총독부 악법을 처신의 구실로 삼아 조선 백성을 지배하지만, 하수인에 불과하니깐요. 그들이 저를 어떻게 보든 저는 그들을 가련한 사람들이라 여깁니다. 그래서 그들이 저를 어쩔지라도 저는 그들에게 복수하고 싶은 마음은 추호도 없습니다. 그들이 악법을 맹목적으로 추종하다 죽은 후, 설령 광복의 날이 온다 해도 그들 시신에 다시 매질하는 복수는…… 이 세상에 누구도 그럴 자격을 가진 사람은 없습니다."

"선생님, 왜 갑자기 그런 말씀을 하십니까?"

"김선생께서 강차석 말을 꺼내자 문득 그런 생각이 들었습니다."

석주율이 김기조를 보며 풀썩 웃었다. 그러나 김기조가 보기에는 그 웃음은 자조(自嘲)로 보였다.

"선생님, 왔어요. 우리 식구들 왔습니다!" 김복남이 농성꾼들을 헤치고 달려오며 외쳤다.

석송농장 식구 여섯이 김복남을 뒤따라 들이닥쳐 석주율과 김기조를 에워쌌다. 농장 식구는 침구와 주먹밥을 뭉쳐 왔는데, 신당댁 모녀도 끼어 있었다. 신당댁 모녀는 언양면소에서 주막을 열었기에 이쪽은 발이 넓다 해서 따라나섰다.

"선생님부터 드세요. 얼마나 허기졌겠어요." 신당댁이 석주율에게 주먹밥 한 덩이를 내밀었으나 그는 머리를 저었다.

"저는 먹지 않겠습니다. 모두가 굶고 있는데 저만 먹을 수 없습니다." 낮에 신만준을 면담하고 왔으나 아무런 소득을 거두지 못해 자리만 지켰던 그였다. 농성꾼들이 와서 인사하면 공손히 응대만 할 뿐 조용히 가부좌해 운동장 가운데 앉아 있다 보니 모닥불을 피운 그를 중심으로 자연스럽게 지휘본부가 형성된 꼴이었다.

"선생님, 또 단식하실 작정은 아니지요? 부디 누이 분 신수풀이를 유념해 몸만은 상하지 않게 하세요."

설만술 씨의 간절한 당부에 이어, 뒷전에서 쭈뼛거리던 홍석구가 석주율 옆으로 다가왔다.

"선생님 찾아 농장에 오신 정씨란 분이 여기까지 따라왔어요."

홍석구 말에 우경호가 그제야 생각난 듯, 경상북도 영양 땅에서 온 청년인데 선생님 꼭 뵙고 가겠다며 오늘 낮참에 농장으로 왔다고 덧붙였다.

"영양에서 오신 정씨라?" 석주율 머릿속에 짚이는 얼굴이 없었다. "이리로 모셔오너라."

"아닙니다. 제가 그렇게 말씀드려도 숙장선생님을 따로 뵙겠다며……" 홍석구가 말꼬리를 사렸다.

"어디 계시냐?"

"향교 앞에서 기다리십니다."

석주율이 일어섰다. 설만술 씨가 김복남에게 눈짓으로 따라가보라는 뜻을 전했다.

"선생님, 영양이라면 봉화 아래 아닙니까. 그렇다면 소천면 산판에서 만났던 대원일지도 모르겠군요. 그렇다면 저도 알 만한 사람이니 함께 가시죠." 김복남이 엉덩이 털고 일어섰다. 둘은 홍석구를 앞세우고 운동장을 빠져나왔다. 달이 밝아 길이 훤했고, 저만큼 고래등 같은 향교 고가가 보였다.

"사태가 어떻게 진전될 것 같습니까?" 김복남이 물었다.

"저도 예측할 수 없습니다. 농장측이 변경한 소작계약 조항 여섯 가지 중 절반만이라도 철회하겠다면 어떻게 중재를 서보겠는데, 농감은 한 가지 자구 수정도 불가하다고 버티니 일이 쉽게 풀릴 성싶지 않군요."

"이 일이 결판날 때까지 계속 머무르시겠습니까?"

"지금 사정으로는 그럴 수밖에 없지 않습니까."

김복남이 더 말을 붙이지 못했다. 향교 앞에 서 있는 아름드리 홰나무 둘레에 축대를 쌓아 정자터를 마련해놓았는데, 한 사내가 축대 끝에 다리 포개고 앉아 있다 일행이 도착하자 일어나 그들을

702

맞았다. 바지저고리에 두툼한 조끼를 입은 스물네댓 살 된 청년이었다.

"어르신이 석선생이십니까?" 청년이 물었다. 석주율은 낯선 얼굴을 보며 그렇다고 말했다. "저는 영양 땅 수비골에 사는 정우칠이라 합니다. 뵙게 되어 영광입니다."

"무슨 일로 선생님을 뵙자 하십니까?" 김복남이 물었다.

"아, 예⋯⋯" 하며 말을 우물거리던 정우칠이 "석선생님, 잠시 따로 드릴 말씀이 있습니다" 하더니, 향교 솟을대문 쪽으로 걸음을 옮겼다.

정우칠 말에 김복남이 바짝 긴장했다. 낯선 그가 비수라도 감추었다 자상을 입힐지 모른다는 생각이 들었다.

"괜찮겠습니까?" 김복남이 석주율을 보았다.

"괜찮고말고요. 여기 계십시오. 무슨 용건인지 들어보고 오리다." 석주율이 향교 입구로 걸음을 옮겼다.

"선생님." 석주율이 다가오자 우칠이 낮은 목소리로 말을 꺼냈다. "혹시 봉화군 소천면 산판에서 벌채하실 때, 사무소 사택에서 부엌일 보던 아주머니를 아시지요?"

순간, 석주율 가슴이 철렁 내려앉았다. 눈앞에 봉순네의 복스럽던 얼굴부터 떠올랐다. 태어난 뒤 오직 한 번 몸을 섞었던 여인이었다. 그런 여인이라 잊을 수 없었기에 산판을 떠난 뒤로도 일을 하다, 밥을 먹다, 감방 안에 있을 때도 불현듯 눈앞에 잡히던 모습이었다.

"잘 알고 있지요. 봉순네라는 아주머닌데⋯⋯"

"제 누님 되십니다."

"그렇습니까. 제가 많은 신세졌더랬지요. 시가로 가시겠다며 저보다 먼저 산판을 떠났는데, 잘사시는지요?"

석주율은 봉순네가 산판을 떠나며 문둥병에 걸린 서방을 수발하겠다는 말을 했을 때의 섬뜩하던 느낌이 다시 살아났다. 문둥병에 걸린 서방과 동침했던 그네와 자신 역시 몸을 섞었다는 혐오감과 두려움을 곱씹으며 자신의 수양 덜된 마음을 채찍질하며 괴로워했던 시간 또한 얼마였던가. 그러나 세상살이 인연이란 묘해서 그네 피붙이를 다시 만난 셈이었다.

"선생님 존함은 신문을 통해서 우리 마을에도 알려졌고, 누님도 알고 있지요. 그런데 시댁에 계시던 누님마저 끝내 그 몹쓸 병에 걸려…… 지난 세밑에 자형이 돌아가시자 누님은 딸을 시가에 맡기고 친정으로 와서…… 전라도 땅 섬으로 가게 되어 제가 모시고 나섰지요."

"누님이 지금 어디 계십니까?"

"여기까지 모시고 왔지요. 누님 처지가 그러하니 길을 나서도 잠자리를 구할 수 없어 면소로 들어가는 다리 아래에 모셔두었습니다. 전라도 남녘으로 가자면 어차피 이쪽을 거쳐가기에…… 누님이 선생님 목소리라도 한번 듣고 싶다고 간청해서 체면 불고하고 찾았지요."

"그렇다면 갑시다. 저도 뵙고 싶습니다."

어떤 말로 봉순네를 위로해야 할지, 위로의 말로 그 천형(天刑)의 상처를 아물게 할 수 없겠지만 어쨌든 봉순네를 만나야 했기에 석주율이 정우칠을 뒤따랐다.

"선생님, 어디로 가십니까? 우리도 가겠어요." 홰나무 아래 있던 김복남이 쫓아왔다.

"먼저 가 계십시오. 면소에 잠시 들어갔다 곧 돌아오겠습니다. 잘 아는 분이니 염려하지 않아도 됩니다."

석주율이, 곧 다녀오겠다며 걸음을 빨리해 정우칠과 나란히 걸었다. 만월에 가까운 달빛 아래 면소로 빠지는 길이 드러났다. 온기 스민 바람이 귓불에 스쳤다.

"선생님, 전라도 갯가에 소록도란 작은 섬이 있고, 그곳에 문둥병 걸린 사람을 수용하는 양의(洋醫)요양소가 있다는 소문 들었습니까? 정사년(1917)에 생겼는데 풍병환자들만 모아 수용한다는 섬 말입니다."

"부산에 있을 때 거기 가는 환자를 만난 적 있어요."

"자형이 돌아가고 누님이 친정에 와 있자, 면소 직원이 누님 병을 알고 퇴거령을 내렸지요. 남에게 옮길까봐 그런 조치를 취했겠지요. 그러자 누님도 면소에서 권하는 그 요양소를 자청했어요."

"지금 상태는 어떠한지요?"

"남이 알아볼 정돕니다. 눈썹이 빠지고 얼굴에 백반이 생기고 있습니다."

둘은 태화강 둑이 보이는 어름에 도착했다. 석주율은 문득 『사복음서』가 생각났다. 그 복음서 내용에는 야소가 문둥병에 걸린 자를 기도로 고쳐주었다는 기록이 있었다. 그러나 그런 신통력은 아무에게나 주어지지 않았다. 야소 한마디 말에 앉은뱅이가 그 자리에서 일어서고 얼굴이 우렁쉥이처럼 뒤틀린 문둥병 환자가 본디 모습대로 말끔하게 고침을 받는 기적이야말로 그분이 아니면 그 누구도 역사할 수 없는 믿기지 않는 현상이었다. 물론 자신 역시 봉순네 병을 그 어떤 위무의 말로써도 고칠 수 없었다. 그러나 주율은 야소가 그러했듯, 문둥병에 걸린 불행한 여인의 손이나마 잡아줄 수 있고, 고름이 흐르더라도 그 손에 입을 맞춰줄 수 있었다.

둑 위로 올라서자 섶다리가 나섰다. 석주율이 다리 아래 눈을 주니 자갈 바닥에 모닥불이 타올랐고 누군가 누비쓰개치마로 머리통을 감싼 채 불을 쬐고 있었다. 봉순네였다.

"제가 나뭇단 사와 불을 피웠지요. 집 떠난 지 첫날 영천 보현사 앞까지 내려와 첫 밤을 날 때도 다리 아래 거처를 정하고 마을에 들러 밥을 사다 날랐습니다. 소록도까지 보행으로 가자면 열흘 넘게 잡아야 할 게고, 줄곧 그렇게 밤을 나야겠지요. 선생님, 내려가 보시겠습니까?"

"물론이지요."

석주율이 앞장서 둑 아래로 내려갔다. 인기척을 느낀 봉순네가 쓰개치마로 얼굴을 더 감싸더니 돌아앉았다.

"아주머니, 접니다. 석주율입니다." 석주율이 모닥불 옆으로 다가서며 말을 붙였다.

"더 가까이 오지 마세요. 저는 부정 탄 여잡니다." 봉순네가 선접 들린 목소리로 말하더니 무릎에 얼굴을 묻고 흐느꼈다. 모닥불 옆 뒤쪽에는 지게에 이부자리와 괴나리봇짐이 얹혀 있었다.

"육신의 멍에를 지고 현세를 사는 자는 피안의 세상에 안락한

706

처소가 마련되어 있다고 부처님이 말씀하셨고, 야소님도 이 땅에서 고난받는 자는 하늘의 큰 위로가 있다고 말씀하셨습니다. 아주머니는 비록 육신의 고통으로 괴로워하고 있으나 마음이 눈같이 깨끗하니 필경 하늘이 큰 상을 내리실 겁니다……" 석주율이 생각을 짜내 애써 말했으나 자기 말이 거짓 위로임을 알고 있었다. 봉순네가 다시 시댁으로 돌아가 서방과 한몸이 됨으로써 문둥병에 걸렸듯, 자기가 봉순네를 돌보다 문둥병에 걸린 연후라야 이런 말이 진실한 위무가 될 터였다.

"석선생님 말씀 고마워요……" 느껴 우는 울음 속에 봉순네의 여린 말이 새어나왔다.

"사람은 누구나 저마다 멍에를 지고 삽니다. 멍에가 겉으로 드러나기도 하고 안으로 감추어지기도 하고, 드러난 중에 유독 표가 나기도 하고 그렇지 않기도 하나, 하느님은 멍에의 정도를 다 알고 계시며 인자하신 눈으로 내려다보고 계십니다……" 석주율은 자기가 뱉는 말이 횡설수설이라 느껴져, 스스로에 대한 모멸감으로 더 지껄일 수 없었다. 가식이었고, 가식을 하느님이 내려다보며 비웃고 있을 것만 같았다. 주율은 봉순네 옆에 무릎을 꿇었다. 그네의 소리 죽인 흐느낌과 흐르는 물소리가 귓바퀴에 맴돌았다. 주율은 자신도 모르는 사이에 간절한 기도를 읊었다. "단군 성조시여. 몹쓸 병으로 고통받는 이 여인을 굽어살피시옵소서. 이 땅에서 우리 목숨이 백 년 안쪽일진대, 죽은 후 억만겁 내세에서 근심 없이 살 처소를 마련해주옵소서. 우리 모두가 앓을 병을 대신 앓는 선한 이 여인의 고통과 눈물을 보시옵니까? 그 뜻이 어디에 있는지 모르오나……" 석주율은 여기에서 말을 더 잇지 못했다. 코끝이 찡해 오고 눈물이 고였으나 자기 기원이 허황된 거짓 읊조림이란 자학에 시달렸다. 기원 또한 몰입되지 않다 보니 엉뚱한 연상까지 작용해 곤혹감에 시달렸다. 만약 이 여인이 그때의 육체적 결합으로 아이를 잉태했고, 소록도로 가는 길에 그 아이를 내게 넘기러 찾아왔다면, 그 아이를 내가 받아 키워야 하리라. 물론 가상이겠지만 그런 사태는 얼마든지 있을 수 있었다. 김기조가 치켜세우며 하는 말인즉, 울산과 언양 지방의 농민 대변인, 양심적인 민족지도자란 칭송이 하루아침에 물거품으로 사라질 터였다. 아니, 뭇사람에게 그런 사실이 감추어진다 하더라도 하늘은 알고 있기에 자기 실체는 거품과 다름없었다. 김기조가 성기를 잃은 뒤 깨달음에 도달했다면, 자기야말로 이번 일을 통해 대오각성해야 마땅했다.

"선생님, 고맙습니다. 이제 돌아가십시오. 선생님 목소리를 들었으니 제 소원을 풀었습니다."

"아주머니, 제가 손이라도 한번 잡아보고 싶습니다. 제 청을 허락하십시오."

"제 지원을 다 풀었으니 얼른 가세요." 돌아앉은 봉순네가 몸을 더 사리며 말했다.

석주율은 더 어떤 말도 못 건네고 일어섰다. 자기가 도울 일이 없느냐고 정우칠에게 물었다.

"선생님, 이제 되었습니다. 이 지방을 어차피 거쳐가야 했기에 누님이 선생님 목소리라도 들었으면 하고 소원했더랬습니다. 그

원을 푸셨으니 그만 가셔도 됩니다. 이 지방에 소작쟁의가 크게 일어나고 선생님이 그 일을 주관하신다니 바쁘실 텐데 어서 가보십시오."

석주율은 노자에나 보태라며 돈을 주고 싶었으나 가진 돈이 없었다. 농장이라면 더운밥이나 대접하며 따뜻한 방을 제공하련만 그럴 수도 없었다. 면소에 주막을 열었던 신당댁이 와 있지만 그네라고 문둥병자를 재워줄 방을 구할 성싶지 않았다.

"아주머니와 형씨를 모셔왔던 농장 식구를 보내겠습니다. 그분 따라 저희 농장에 가서 하룻밤 보내고 가시지요?"

"그럴 필요는 없습니다. 돈을 제법 마련해 나섰으니 소록도에 도착할 때까지는 걱정 없습니다."

정우칠 말에 달아 봉순네가 덧붙였다.

"죽지 못해 사는 몸, 제가 침소를 가릴 처지가 못 되고, 노숙이 차라리 마음 편합니다. 선생님, 제발 가십시오. 인연이 있다면 선남선녀로 저세상에서 만날 날도 있겠지요. 선생님은 어진 분이시니 사시는 동안 많은 공덕을 쌓을 것입니다. 선생님 덕분에 저도 사람의 도리를 다했고 이 천형도 하늘의 뜻인 줄 알아 마음 편케 받아들입니다."

"그럼 저는 그만⋯⋯"

석주율은 황황히 자리를 떴다. 부끄러움으로 더 서 있을 수 없었고 얼굴이 홧홧하게 달아올랐다. 그가 쫓기듯 강둑 위로 올라서니 다리 입구에 김복남과 홍석구가 기다리고 있었다. 무슨 일이 있을까 싶어 뒤를 밟아 따라왔던 것이다.

"차림을 보니 거렁뱅이가 아닌데 왜 다리 아래 기거한답디까?"
김복남이 물었다.

"사정이 있는 모양입니다."

봉순네라면 김복남도 기억할 이름이라 구차한 설명을 달기가
무엇해 석주율이 말길을 피했다. 그는 김복남 질문을 피하겠다는
속셈도 아닌데, 둘을 앞질러 걸음을 빨리했다. 다리가 후들거려
술 취한 사람 걸음걸이 같았다. 그는 지극한 은혜를 입었던 한 여
인이 이승의 나락에서 헤매는데도 아무 책임도 지지 않고 떠나온
자신을 책했다. 한때 그 여인과 살을 나눈 관계인데도 그네가 문
둥이라는 핑계로 서둘러 도망친 결과를 빚은 셈이었다. 버러지만
도 못한 인간이 대중의 존경을 받는다는 사실에 그는 스스로를 혐
오했다.

석주율은 하늘을 올려다보았다. 창공에 만월을 이룬 달이 덩그
렇게 떠 있어 뭇별이 숨어 반짝였다. 시야가 넓게 트였고 바람이
시원한데도 마음은 답답했고 살아 숨쉬고 있음이 부끄러웠다. 나
름대로 부지런히 닦아온 수양이 공염불이었고, 삶이 아무런 가치
가 없다는 생각마저 들었다. 어찌할까, 나를 어찌할까. 그는 탄식
하듯 중얼거렸다. 문득 선화 점괘가 떠올랐다. 문밖 출입과는 무
관할는지 모르나 높이 날며 지저귀던 새가 광풍에 휘말려 추락하
는 형상과 지금 자신의 처지와 그럴듯하게 맞아떨어지는 괘였다.
역리(易理)가 우주의 질서를 그대로 적용했기에 인간의 길흉화복
을 예시할 수 있다던 백운의 단언이 틀린 말이 아님을 실감했다.
어찌할까, 이 못난 나를 어찌할까. 만파(萬波)에 떼밀리는 가랑잎

같은 자신을 들여다보며 중얼거릴 때, 불현듯 주율은 이번 소작쟁의에서 자기 몫을 상기했다. 그래야 마땅했다. 마지막 한 명의 소작인이 남아 싸울 때까지 자신 또한 싸워야 하리라. 그들과 한몸이 되는 길만이 허섭스레기 같은 자기가 살아 숨쉴 수 있는 이유가 되리라. 그리고 지금부터 다시 단식에 들어가리라 마음을 굳혔다. 갑자기 온몸에 팽창한 긴장이 왔다. 가슴이 힘차게 뛰고 다리에 힘이 섰다.

누군가 관솔불을 들고 이쪽으로 달려왔다. 황창갑이었다.

"석선생님, 누가 이 쪽지를 선생님께 전하랍디다. 선생님이 향교 쪽으로 갔다기에 찾아 나섰지요."

석주율이 황창갑이 넘겨주는 쪽지를 펴 그가 들고 있는 관솔불빛에 펼쳐보았다.

석주율 군, 드디어 자네가 내 관할로 들어와 사건을 벌였군. 울산 본서에서 스무 날 동안 자네가 보인 놀라운 극기력과 투쟁 과정을 익히 알고 있네. 나는 자네를 불법 집회 사주죄로 당장 연행해 농성꾼과 차단할 수 있다. 그러나 백상충과 너, 그리고 나, 우리 셋의 오랜 숙원을 따져보더라도 그런 졸속한 방법이 너무 원론적이라, 우선 자네와 대화의 기회를 갖고 싶다. 이 서찰을 보는 즉시 면사무소 앞 '쓰루(鶴)'로 나오기 바란다.

언양주재소 차석 강오무라.

"누가 보낸 서찰입니까?" 김복남이 물었다.

"언양주재소 차석입니다. 예전부터 잘 아는 조선인이지요. 면사무소 앞에서 만나자니 잠시 다녀오겠습니다."

"우리가 따라가겠습니다. 놈이 당장 선생님을 주재소 영창에 가둘는지 모르니깐요." 홍석구 말에 김복남도, 그래야 한다 했다.

"그럴 리 없습니다. 연행하러 부르지 않았으니깐요."

석주율이 말렸으나 김복남과 홍석구가 한사코 따라나섰고, 황창갑은 돌아갔다. 셋은 섶다리 쪽으로 되돌아 걸었다. 달이 밝아 사방이 푸른색으로 드러났다. 섶다리 아래 봉순네가 있다고 생각하자 다리를 밟고 지나가야 할 주율 발걸음이 무거울 수밖에 없었다.

면소 중심 거리래야 백 보를 걸으면 끝이었다. 면사무소, 금융조합, 주재소, 농지개량조합, 농방, 자전거포, 방앗간, 곡물점, 잡화점, 목재소, 식당 따위가 한길 양쪽으로 몰려 있었다. '쓰루'는 면사무소 건너편에 있는 일식점이었다. 문 앞에 촛불 밝힌 수박등이 걸려 있었다. 석주율은 김복남과 홍석구를 밖에서 기다리게 하고 유리 달린 문을 밀었다. 일본식으로 꾸며진 간이주점이었다. 시간이 일러서인지, 관리 같기도 하고 보통학교 선생 같기도 한 일본인 한 패만 저희 말로 떠들며 술을 마시고 있었다. 석주율이 목로 뒤쪽에서 생선회를 뜨는 숙수에게 주재소 강차석을 찾는다고 하니, "하이" 하며 구석자리를 가리켰다.

강오무라는 외투 앞자락을 풀어놓고 덴뿌라 안주로 정종을 마시다 석주율을 맞았다.

"앉게. 도요오카 농장으로 몇 차례 들랑거리더니 드디어 원군(援

軍)을 몰고 왔군." 턱살 오른 강오무라가 웃었다. "석군은 뭘 먹겠
나? 오늘 저녁은 내가 대접하지."

"괜찮습니다."

나름이(하코비)가 찻잔을 놓고 갔다.

"내가 자네를 처음 보았을 때가 언제였던가. 자네가 백군수 댁
에 꼴망태 지고 다니던 소싯적 아니었나. 그동안 세상도 변했지만
자네도 엄청 변했어. 공부를 얼마나 했는지 자네가 신문에 쓴 글
을 보니 내가 자네한테는 이제 말로써 이길 수 없겠던걸."

석주율은 대답 없이 강오무라를 보았다. 14년 전이던가, 스승님
심부름으로 신현리 박참봉 댁에서 서찰과 돈을 받아 오다 울산 헌
병분견소로 연행당한 뒤, 강오무라로부터 난생처음 당한 삿매질
과 부산경찰부 지하실에서 당했던 고문이 떠올랐다.

"듣자 하니, 도요오카 농장 창고 앞에 사람을 꽤 모았다더군. 앞
으로 어쩔 작정인가?"

순간, 석주율은 섶다리 아래 지금도 눈물로 애달파하고 있을 봉
순네가 떠올랐다. 그 연상 탓인지 그의 목소리가 평소의 자제력을
잃고 무뚝뚝해졌다.

"도요오카 농장측이 올해부터 적용하기로 하여 갱신한 소작 조
건을 철회해달라는 겁니다."

"엿장수 마음대로?"

"소작농의 고통을 강요하는 대가만큼 농장측 이득이 크지 않다
고 봅니다. 차석님도 이 지방 작인들 실태를 아시지 않습니까. 농
민은 지금 빈사상탭니다. 농장측에 항의하려고 모인 취지도 농민

의 최저생존권 확보에 있지 다른 뜻은 추호도 없습니다."

"자네 취지가 그럴싸하군. 그러나 석주율이란 자가 누군가? 자네는 이제 울산군에서는 투사로 소문날 만큼 났어. 그런 자네 전력으로 미루어볼 때, 취지를 액면 그대로 받아들일 수 없다는 데 문제가 있어. 나도 농장으로부터 보고받았네만, 자네가 농장 작인 소작조건의 제반 문제, 고리채 문제를 집중적으로 조사한 목적이 무언가? 결론적으로 말하면 빈농을 선동해 소작쟁의 분쟁을 야기시키겠다는 속셈 아닌가." 강차석이 잔을 비우곤 자작으로 술을 쳤다.

"그런 목적은 없습니다."

"그럼 한 가지만 묻겠다. 자네는 도대체 뭐냐?" 막연한 질문치고는 강차석의 표정은 진지했다.

"조선인으로…… 농민입니다."

"농민이라? 단순한 농민은 아닐 테지. 바른대로 말하면, 농민 선봉에 선 불령도배 아닌가? 그 말이 귀에 거슬리면, 독립운동꾼 맞지? 솔직히 말해봐?"

어떻게 답해야 할지 몰라 석주율은 뜸을 들였다. 독립운동꾼? 맞는 말이다. 자신 역시 조선 독립을 누구보다 소망하고 있다.

"강차석님이 그렇게 본다면, 그렇습니다. 조선인이라면 독립을 원하지 않는 사람이 몇이나 되겠습니까." 석주율은 당당하게 말했다. 그는 예전의 어진이가 아니듯, 이제 그의 눈에 강오무라 역시 공포의 대상이 아니었다. 봉화군 소천면 산판 때, 신정 날 태백산 정상에 올라 시노다 총대 앞에서도 그는 그 말을 숨기지 않았다.

앞으로 누구 앞에서도 그 말은 숨길 필요가 없다고, 독립을 원하느냐고 물을 때 원하지 않는다고 거짓말할 수 없기에 바른 대답을 해야 마땅했다.

"독립운동꾼이라고 자네 입으로 말했겠다. 그런데 내지 반도 정책이 조선인에게 모든 재량권을 주나 꼭 한 가지는 안 돼. 그 점만은 단호하다는 걸 알지? 조선인에 의한 조선인의 민의 창달도 좋고, 문명 발전 도모도 좋고, 산업 장려도 좋고, 조선인에 의한 지방자치도 다 좋아. 그러나 단 한 가지, 조선 독립만은 영영세세 절대 도모해서는 안 된다는 게 불변의 국시(國是)야. 그러므로 그 음모를 품은 자, 음모를 타인에게 교사하는 자, 결사(結社)를 만드는 자, 결사에 가담하는 자를 국사범으로 처벌하고 있음 또한 숙지하고 있지?" 자신의 인내력을 시험하듯 강차석이 분기를 참으며 말했다.

"그 점은 일본인 관점이지 조선인 관점은 아닙니다."

"자네가 일본 통치권 아래, 이 땅에서 살고 있다면 이 땅을 다스리는 법에 저촉된 행위를 하고 있지 않나, 그 대답만 해!" 강차석이 더 자제할 수 없다는 듯 주먹으로 술상을 쳤다. 술잔이 쓰러지자 숙수와 나름이가 놀라 쫓아왔다.

"조선이 사천여 년 주권국가였기에 국권을 찾아야 할 당위성이 있습니다. 조선 땅은 일본 땅이 아니며, 조선인이 쓰는 말이 일본말과 다르듯, 조선인은 일본인이 아닙니다."

"뭐라구?"

강차석이 의자를 밀치고 일어섰다. 석주율은 꼿꼿이 앉은 자세를 흐트러뜨리지 않고 그를 보았다.

"강차석님이 총독부 녹을 먹으며 조선인의 독립을 인정치 않으나, 자신은 누굽니까? 스스로는 일본인이라 생각할지 모르나, 일본인은 물론, 조선인도 아닙니다." 석주율은 문득, 문둥병에 든 봉순네를 뜻밖에 만남으로써 감정을 자제하지 못하고 너무 올곧게 되받지 않느냐, 이러면 선화 예언처럼 다치지 않을까 하는 염려가 들었다.

"좋다. 그 말 명심하겠다. 사실 나는 너와의 악연을 더 원치 않아 대화로 타협하려 불렀어. 그런데 안 되겠군." 강차석이 석주율을 내려보며 목소리를 높였다. "마지막으로 묻겠다. 자네가 도요오카 농장 앞에 모인 농투성이를 해산시키지 못하겠다는 건가?"

"저는 그럴 자격이 없고, 제가 해산하라 해서 물러갈 농민들이 아닙니다. 지금 소작 조건만으로도 그들 가족은 너무 주려 사경을 헤맵니다."

"알았어. 협조 못하겠다면 어디 네놈 주장대로 밀고 나가봐. 내 요즘 진급 심사가 목전에 걸려 이번 일만은 조용히 넘기려 했는데, 어차피 전생에 너와 나 사이는 악연으로 맺어졌으니 한판 승부를 걸 수밖에 없다. 이제 내가 직접 나서겠다!" 강차석이 말을 맺곤 휑하니 자리 떴다.

석주율은 한길로 나왔다. 주재소 쪽으로 외투자락을 펄럭이며 멀어지는 강차석 꽁무니를 지켜보던 김복남과 홍석구가 지친거리며 나서는 석주율을 부축했다.

"언성 높은 소리가 들리던데 언짢은 일이라도 있었습니까?" 김

716

복남이 물었다.

"괜찮아요. 돌아갑시다."

셋은 섶다리 쪽으로 걸었다. 강차석과 다툼으로 석주율은 심기가 편치 않아 침묵했다. 그자 앞에 정직하게 벋섰음이 마음에 걸렸다. 그를 상대할 가치조차 없는 인간으로 무시했다면 그렇게까지 맞설 이유가 없었다. 그가 무슨 말을 하든 적당히 대꾸했으면 그만일 텐데 그를 동격의 인간으로 대해 결과적으로 그의 수심(獸心)을 충돌질하지 않았느냐 싶었다. 어쩌면 심리적으로 봉순네가 마음속에 자리해 수세게 나갔는지도 몰랐다. 그네와의 과거가 자기비하의 감정을 부추겼을 수도 있었다. 허섭스레기로 살아 있다는 명분은 이제라도 나를 속여서는 안 된다는 자긍심을 심어주어 독립운동꾼임을 그의 앞에 인정한 결과를 빚었는지도 몰랐다. 그러나 뉘우침은 없었다. 사람을 가려가며 어떤 사람에게는 적당히, 다른 어떤 사람에게는 올곧게 대해야 한다면, 이는 자신을 속이는 거짓이리라. 주율은 무거운 발걸음으로 섶다리를 건넜다. 다리 아래로 내려가볼 마음은 들지 않았다.

"선생님, 무슨 일이 일어난 모양이에요." 향교 앞을 거쳐갈 때, 홍석구가 미곡창고 운동장을 보며 말했다.

운동장에서 풍악과 구호의 외침이 멎은 대신 왁자한 고함이 향교 앞까지 들려왔다. 홍석구를 뒤따라 김복남이 쫓음걸음을 놓았으나 석주율은 그냥 걸어갔다.

석송농장 식구가 둘러앉은 운동장 가운데에 몇 사람을 꿇어 앉혀두고 농성꾼이 겹으로 울을 쳐, 한창 당조짐판이 벌어지고 있었다.

"창귀 같은 놈들. 네놈들도 인간 탈을 쓴 종자냐!" "도요오카 농장에 붙어 천년만년 종질 해먹어!" "아주 녹초로 만들어!" 꿇어앉은 자들을 두고 둘러선 농성꾼들이 삿대질하며 욕설을 퍼질렀다. 몽둥이와 죽창 든 자도 보였다.

"네놈들은 소작 갱신을 그대로 받아들여 장차 사음 노릇이나 얻어걸릴까 하고 잔꾀 부린 놈들이 아닌가. 아무리 호구가 중요하다지만 이웃을 팔아먹다니." 언제 왔는지 상북면의 도정 최해규였다.

"네놈들을 그냥 두지 않겠다!" 최덕보가 그들에게 침을 뱉곤 주위를 둘러보다 도리깨 든 자가 눈에 띄자, "도리깨꾼, 이놈들을 사정없이 내려치시오!" 하고 말했다.

도리깨 든 장정이 앞으로 나오더니, "물러서시오" 하곤 꿇어앉은 사내들을 향해 도리깨채를 휘둘렀다. 콩이나 보리타작하듯 그가 도리깨를 내리치자 머리통을 감싸쥔 사내들이 개구리뜀하며 비명을 질렀다.

석주율이 현장에 뛰어들었다. 그는 도리깨 내리치는 장정 팔을 잡았다.

"그만두십시오. 설령 이분들이 잘못이 있었기로서니 동포를 매질해서야 되겠습니까." 석주율이 도리깨를 빼앗고 겹으로 둘러선 사람을 둘러보았다. "여러분, 우리가 무엇 때문에 여기에 모였습니까. 우리는 지금 무엇을 위해 처자식 끌고 와 여기서 밤을 새웁니까. 큰일을 앞두고 작은 일에 집착해서는 안 됩니다. 농장측이 불러들인 총 쥔 자들과 맞서게 되면 우리가 폭력으로 그들을 이길 수 없습니다. 우리 비록 힘이 모자라더라도 마음으로 뭉쳐 끝까지 우리 주장을 세워야 합니다. 그 길에 나서려 우리가 이렇게 모였음을 아셔야지요. 모두들 몽둥이와 죽창을 버리십시오!"

평소 어눌하고 부드럽던 음성과 달리 석주율의 힘찬 소리에 농성꾼들이 숙연해졌다.

"그렇다면 이 배신자들을 어떻게 처리하자는 겁니까?" 최덕보가 볼멘소리로 물었다.

"각자 양심에 맡기십시오."

"선생님, 이자들 양심을 믿어요? 개만도 못한 놈들에게 무슨 양심을 기대해요. 결박지어 내일 싸움 붙을 때 이자들을 총대받이로 앞장세웁시다. 청년회원들이 마을마다 돌고 있으니 배신자 십수 명을 더 끌고 올 겁니다."

"그래서는 안 돼요. 우리가 농장측에 소작계약서 무효의 정당성을 주장하려 여기에 모였다면 다른 일도 그 정당함에 합당해야 합니다. 이분들을 결박지어 총대받이로 내세운다면 우리 역시 농장의 부당함을 본받는 결괍니다." 석주율이 말한 뒤 옹송그려 앉은 사내들에게 말했다. "여러분은 여기에 남아도 좋고 떠나도 좋습니다. 스스로 자신 양심에 물어보십시오. 앞으로는 양심이 시키는 대로 행동하십시오."

"석선생 말이 맞아. 악은 선으로 갚아야 해. 농장 맞설 때도 그래야 하고." 도정 최해규가 말했다.

사내들은 머리를 연방 조아리며 석주율과 최해규에게 고맙다는 말을 하곤 사람 사이를 뚫고 빠져나갔다. 석주율은 최덕보 뒤쪽에 팔짱 끼고 서 있는 김기조를 보았다.

"김선생님은 왜 이 소란을 막지 않았습니까?"

"선생님 뜻은 잘 알지요. 그러나 저따위 배신자는 응징해야 마땅합니다." 김기조 대답이 당당했다.

석주율은 더 따지고 싶은 마음이 없어 농장 식구 사이 자신이 조금 전에 비웠던 자리에 앉았다. 김기조만 나무랄 일이 아니었다. 도리깨질을 막지 않은 책임은 기조나 다른 농장 식구나 피장파장이었다. 조석으로 기도회를 가지며 그렇게 자비와 사랑을 읊었건만 아무도 그 난장질을 막지 않았다 함은 자신의 부덕한 소치로 돌릴 수밖에 없었다.

"숙장선생님, 뭘 조금이라도 드셔야지요?" 정심네가 걱정스러운 얼굴로 물었다.

"다른 분들이나 드세요. 전 괜찮습니다."

그때 한만춘, 임태원 기자와 최덕보가 석주율 쪽으로 왔다.

"저녁 무렵 울산경찰서에서 무장한 병력이 언양주재소에 도착했어요. 순사 떼거리가 서른 명은 넘겠던데요." 임기자가 석주율에게 말했다.

"양쪽 길목에 경비를 세워야겠습니다. 땔감을 구하러 보낸 청년들이 도착하면 순찰조를 짜겠습니다." 김기조가 의견을 냈다.

"우선 여자분, 노약자, 아이들은 집으로 돌려보내도록 합시다. 만약 무슨 사태가 생기면 다칠 위험이 있으니깐요. 오늘 밤은 그냥 넘길지 모르나 내일 아침이면 필경 무장 병력이 들이닥칠 겁니다." 석주율이 말했다.

"그러잖아도 새벽에 철수키로 했습니다. 그리고 각 마을 부녀회를 총동원해 형편 닿는 대로 곡식을 갹출하고 있어요. 이틀이든 사흘이든 우리가 버틸 때까지 허기는 면해야 하잖아요. 내일 아침은 언양부녀회에서 팥죽을 쑤어오기로 했고요." 최덕보가 말했다.

"제가 한마디하겠습니다." 한기자가 나섰다. "농장 총수 오카모토 사네미스 씨는 한 달에 서너 번 여기 들를까, 부산부 본사에서 집무해, 제가 신만준 농감을 자택으로 찾아가 만났더랬습니다. 사랑방에서 대책회의를 열고 있더군요. 부면장도 있고 본서 구니타케 헌병조장, 강오무라 언양주재소 차석도 보입디다. 신씨를 대문간에서 따로 만났는데, 이번 소작쟁의는 한발도 물러설 수 없다고 단언합디다. 올해 농장 소유 전 농지에 모를 못 내는 한이 있더라도 타협 여지가 없다지 뭡니까. 농장측 소작계약 갱신이 너무 가혹한 조치가 아니냐고 내가 따졌죠. 한마디로 농지 소유자를 일본인, 조선인 따질 것 없이 작인측 불이익이 그 정도에까지 이른 소작계약은 전대미문이라고요. 그러자 신씨도 할 말은 있더군요. 구랍 양력 십일월 경성에서 열린 전국 지주단합대회에서 결정을 본 안건이랍디다. 시행 연도를 올해부터 적용하느냐, 내년부터 적용하느냐는 각 지주 재량권에 맡기기로 했다는 겁니다. 농림부 양정국 관리도 입회해 그 안건에 동의를 했답디다. 그러므로 이번 소작계약에 농장측이 양보하면 그 영향이 전국에 파급되므로 도요오카측에서도 생사 결단할 수밖에 없다 이거지요."

"적반하장이로군. 생사 결단할 쪽은 우리요. 우리가 지면 조선 땅 작인은 다 죽은 거요." 최덕보가 분기했다.

"이번 사안의 중대함을 알고 있는 본사에서도 내일 기자 한 명을 여기로 파견하겠대요." 임기자가 말했다.

"그렇다면 이번 소작쟁의야말로 조선 전 소작인과 지주와의 한판 승부가 되겠습니다. 여기서 판결 나는 대로, 그게 바로 바꿀 수 없는 법이 되겠구려." 웅촌면 대봉리 대책위원 홍광만이 말했다.

"그러기에 농장측은 강경 대응으로 나올 게 분명합니다. 수단, 방법을 다 동원해서 각개 격파작전으로 나올 겝니다. 여러분들도 충분한 대응책을 세워놓아야 피해를 최소한으로 줄일 겁니다." 한 기자가 말했다.

"그렇다면 우리가 선수쳐야지요. 강자가 무장해서 죄어오면 약자는 고스란히 당하고 맙니다. 쇠뿔도 단김에 빼라고, 내일을 결판 날로 잡아야 합니다. 날수를 보낼수록 우리 쪽 이탈자가 생기게 마련이며 이 많은 식구를 먹이기도 문제 아닙니까. 틀림없이 병대까지 동원할 텐데, 그렇게 되면 우리는 포위되어 옴짝달싹할 수 없습니다." 김기조가 말했다.

"석선생님 생각은 어떠십니까?" 최덕보가 물었다.

석주율이 선뜻 대답 않자 그의 망설이는 말버릇을 아는 김기조가 다시 나섰다.

"새벽에 청년회원들을 모두 풀어 도요오카 농장에 소속된 작인만 아니라 근동 전 소작인을 총동원하고 보통학교 이상 모든 학생도 수업에 참석치 말게 해 동원해야 될 줄 압니다. 석선생님 복안대로 비폭력 저항을 하자면 인원수로 세를 과시해야 합니다."

김기조 말에 둘러앉은 사람들이 머리를 끄덕이며 석주율을 보았다. 주율이 결정 내리기를 기다리며 아무도 입을 떼지 않았다.

주율의 담담한 얼굴이 모닥불빛 반사로 붉게 타올랐다. 이윽고 그가 신중하게 말문을 열었다.

"여기에 모인 농민의 결단이 중요하다고 봅니다. 새 소작 계약서를 무효로 하라는 우리 조건이 받아들여지지 않을 때, 과연 올해 농사를 포기하겠느냐는 겁니다. 남의 전답을 빌려 짓는 농사지만 농사꾼이 경작지를 잃을 때 심적 타격은 예상외로 클 겁니다……"

"선생님, 우리는 그런 각오로 여기에 모였잖습니까. 새 계약조건으로는 농사지을 수 없기에 저는 식솔 이끌고 만주로 들어가겠습니다." 황창갑이 주율 말을 자르며 항의했다.

"석선생 말씀에 일리가 있습니다." 김기조가 나섰다. "황형은 이번 쟁의 주동자니 응당 소작을 포기할 각오가 섰겠지만 다른 작인들 속셈은 꼭 그렇지만은 않을 겁니다. 이 정도 세력을 만들어 거세게 몰아붙이면 농장측이 시행 연도를 일이 년 연장시키게 되거나 여섯 조항 중에 절반 정도를 양보 받을 수 있다는 계산쯤은 하고 있겠지요. 쟁의에 실패해 최악의 경우까지 가게 된다면 집행부도 원망을 듣게 될 겁니다. 말이 만주 이주라지만 식구 중 연로자나 병자가 있고, 갚지 않으면 안 될 빚이 있다면 마을을 떠날 형편이 못 되는 가구도 많을 게 아닙니까. 그렇다고 언양 지방에 땅을 부칠 대토(代土)가 넉넉한 형편도 아니고……"

"아니, 김씨. 그럼 어쩌자는 거요? 내일 결판을 내자더니 금방 엉뚱한 말을 하는 건 또 뭐요?" 황창갑이 따졌다.

"먼저 내일 정오를 기해 모든 소작농이 총궐기해 농장사무소를 포위한다 이겁니다. 그래서 소작계약 전면 무효 통달 시효를 하루로 잡고, 하루가 지나더라도 농장측이 계속 철회 불가를 고집할 때면 이태 연장이나 여섯 개 항목 중 수탈이 심한 서너 개 항목만 철회를 요청하는 타협안을 내는 겁니다. 제 말은 양쪽 명분을 살리는 선에서 결판 보자는 거지요."

"어차피 작인을 이만큼 모아 쟁의를 시작했으니 내일 정오에 밀고 들어가지. 사무소를 포위해 계속 구호를 외치면, 저쪽에서 어떤 타협안이 나올 거야. 석선생 말대로 폭력은 자제해." 젊은이들 토론을 듣던 도정 최해규가 말했다.

"내일 동원을 위해 청년회원들을 풀어놓을 때 각 마을마다 지난 대보름 줄다리기에 썼던 동아줄을 지고 나오게 합시다." 김기조가 말했다.

"그건 어디에 쓰게요?" 최덕보가 물었다.

"동아줄로 울을 쳐야 합니다. 필경 순사들이 우리를 각개 격파하려 끌어낼 때, 가장자리에 있는 사람들은 그 줄을 잡고 버텨야지요."

"그것도 좋은 의견이요." 오동환이 찬동했다.

그들은 곧 청년회원들을 모아 내일 거사를 위해 밤을 도와 각 마을로 파발을 떠나 보냈다.

"석선생은 내일 궐기 결과를 어떻게 보십니까?" 모였던 간부들이 각자가 일을 맡아 떠나자 한기자가 물었다.

"불행한 사태가 일어나지 않았으면 합니다."

"불행한 사태란 충돌이 일어날 때 생길 사상자를 말함입니까,

724

아니면 이쪽 요구조건이 받아들여지지 않음을 뜻합니까?"

"두 가지 모두겠지요."

"그렇다면 내일 정오 농장사무소를 포위한다는 작전에는 동의하시는군요?"

"지금으로서는 그럴 수밖에 없지 않습니까."

"한번 더 농감을 만나봅시다. 제가 관사로 안내하지요."

한기자, 석주율, 최덕보, 황창갑, 차종태 뒤로 김복남과 홍석구가 따랐다. 향교 앞을 지나 태화강 섶다리를 가까이 두자 석주율은 애써 다리 아래쪽으로부터 눈을 돌리려는 자신을 깨달았다. 아직 모닥불이 타오르고 있을 터였다. 불을 끼고 봉순네 남매가 모로 누워 잠을 청하고 있을 것이다. 지금이라도 다리 아래로 내려가 밤새워 그네를 위로하거나 따뜻한 방을 구해 옮겨주어야 마땅했다. 그러나 자신은 더 중요한 일을 핑계로 그네를 외면하는 셈이었다.

신만준 사택까지 오자, 담 너머로 집안을 들여다보니 방문마다 불을 꺼서 깜깜했다. 발소리를 들은 개가 짖자, 한기자가 판자문을 흔들었다. 요령 소리를 들은 아낙이 대문간으로 나왔다. 한기자가 농감을 찾았다.

"의논하던 사람들과 함께 주재소로 갔는지 어쩐지······"

아낙 말을 듣고 그들은 발길을 돌렸다. 빤한 면소재지라 불과 백미터 앞에 있는 주재소에 도착될 동안 그들은 야경대원의 불심검문을 당했다. 순찰 돌던 야경대원 둘은 일행이 미곡창고 운동장에서 온 자들임을 알아보았다.

"농감을 찾아 주재소로 가는 길이요." 한기자가 말했다.

"오늘 밤 자정으로 면소는 통행금지가 실시되었소. 주재소로 가면 그대로 감방에 처넣을 것이오. 거기서 오는 길인데, 신만준 농감은 못 보았어요. 빨리 돌아가시오." 야경대원 말이었다. 가까이에서 호루라기 소리가 들렸다.

"어쩔 수 없군요. 협상은 때가 늦었어요." 한기자가 허탈하게 말했다.

일행이 걸음을 돌려 다시 태화강 섶다리를 건널 때 석주율은, 잠시 뒤 운동장으로 가겠다며 홀로 다리 아래로 내려갔다. 동행하겠다는 김복남과 홍석구마저 그는 물리쳤다. 아니나 다를까. 시나브로 타는 모닥불을 가운데 두고 봉순네 남매는 이불을 머리까지 둘러쓴 채 잠들었는지 꼼짝을 않았다. 석주율은 남매 사이에 앉아 옆에 있는 가리나무를 숨죽이는 모닥불에 얹어 불길을 살렸다. 가부좌해 눈을 감자 동상과 주림 끝에 실신한 자기 알몸을 찜질해 주었던 한때의 봉순네가 떠올랐다. 이제 그네가 악창으로 신음하며 옆에 있음에도 자기는 아무 도움을 주지 못하고 있었다. 괴로움 탓인지, 허기 탓인지 석주율은 잠시 비몽사몽의 환각에 빠졌다. 드넓은 갈대밭을 태우며 들불이 번지고 있었다. 그는 그 불길 속을 알몸으로 무엇인가를 찾으며 이리저리 뛰었다. 대상은 봉순네가 아닌데, 불길 속에서 무엇인가 찾아 헤매고 다녔다. 내가 누구를 찾아 헤매다 소신(燒身)하겠다는 건가. 대상이 잡히지 않는데, 그는 부지런히 불길을 헤집고 다녔다. 그러나 끝내 살이 타는 고통 끝에 그 무엇을 찾지도 못한 채 뼈마저 재로 변하는 처참한 최후를 맞았다.

멀리서 요란한 군화발과 구령 소리가 들린 것이 그때였다. 석주율이 눈을 떴다. 역시 그 소리를 들은 정우칠이 이불을 걷고 일어나더니 돌부처이듯 앉아 있는 석주율을 보았다.

"석선생님이 여기 계셨군요."

이불을 둘러쓴 채 몸을 궁싯거려 일어나는 봉순네 쪽으로 석주율이 설핏 눈을 주었다. 그는 저 무수한 발소리가 섶다리에 이르기 전에 미곡창고 운동장으로 돌아가야 한다고 깨달았다. 한발 늦게 그들을 뒤따라간다면 운동장에 모인 작인과 합류되지 못한 채 차단될 게 분명했다.

"그럼 먼길에 안녕히……" 석주율이 두서없는 인사말을 남기곤 둑길로 올라섰다.

어느덧 동녘 하늘이 잿빛으로 밝아왔다. 면소 쪽에서 제복 입은 한 무리가 열 지어 뛰어왔다. 동네 개들이 요란하게 짖었다. 주율은 운동장으로 걸음을 서둘렀다. 맞은편에서 이쪽으로 달려오는 사람 모습이 보였다. 김기조와 김복남이었다.

"우리가 한발 늦었습니다!" "선생님 모시러 오는 길입니다." 둘이 헐떡이며 말했다.

"갑시다. 늦기 전에 대오를 정돈해서…… 끝까지 항쟁해야지요. 폭력을 써서는 안 됩니다."

셋이 미곡창고 운동장으로 들어서자, 그들을 뒤따라 밀고 들어온 무장 경찰대가 운동장 주위를 에워쌌다. 각반 차고 허리에 실탄 꾸러미를 두른 병력은 말뚝잠에서 깨어나 어마지두해 있는 농성꾼을 향해 총구를 겨누었다.

"흩어지면 안 됩니다. 뭉쳐야 해요!" 최덕보가 우왕좌왕하는 농민들에게 외쳤다.

청년들이 울을 쳐 농민 무리를 운동장 가운데로 몰았다. 총구에 겁을 먹은 그들은 키를 낮추어 허리 숙이거나 앉은걸음으로 운동장 가운데로 뭉쳤다.

"우리는 정당한 권리를 찾으려 모였으니 힘을 합치시오." 도정 최해규가 두루마기 소맷자락을 펄럭이며 사람 모으는 손짓을 했다.

"직접 총을 쏘지 못할 테니 위협에 굴복해서는 안 됩니다. 용기를 가집시다. 모두 힘을 내세요!" 김기조가 쪼그려 앉은 농민들을 독려했다.

순사들이 운동장을 둘러싸서 총구를 겨누는 중에 농장 사무소로 통하는 길 쪽에서 지휘관이 앞으로 나섰다. 강오무라 차석이었다. 그 뒤로 언양주재소장 아라하타, 본서에서 온 구니타케 헌병 조장, 신만준 농감도 보였다. 강차석이 두 손을 입에 대고 큰 소리로 외쳤다.

"너희들은 관내 치안을 어지럽힌 폭도라 국법의 엄정한 심판을 받게 될 것이다. 지금이라도 과오를 반성해 손 들고 나오는 자는 관용을 베풀어 방면을 약속하겠다. 만약 항거하는 자는 즉결 처형이다. 십오 분 여유를 주겠다!" 강차석 말에, 운동장의 소음이 차츰 가라앉았다.

어느새 사방이 희뿌옇게 트여 사람들 모습이 드러났다. 총구를 자기 쪽으로 겨눈 순사들을 둘러보는 농성꾼들 표정이 각양각색이었다. 분기로 이글거리는 눈빛과 앙다문 이빨, 겁에 질려 어쩔 줄을 모르는 채 경련을 일으키는 얼굴, 곧 울음을 터뜨릴 듯 찌그러진 표정도 있었다.

강차석이 회중시계를 꺼내 보며 시간을 재고 있었다. 갑자기 계집아이의 울음이 무거운 침묵을 흩뜨렸다.

"나는 빠, 빠지겠소!" 한 중늙은이가 두 손 치켜들고 일어서자, 손자를 보듬고 있던 옆자리 아낙도 함께 일어섰다. 서너 사람이 나도, 나도 하며 그 내외와 손자를 뒤따라 쪼그려 앉은 무리에서 빠져나갔다. 모두의 시선이 무리 가운데에 진을 치고 있는 석주율과 최해규 도정, 그리고 집행부 쪽으로 모아졌다. 어떤 결정을 내려달라는 간절한 눈빛이었다. 석주율이 일어섰다.

"저를 따르시오!" 쳐다보는 많은 눈망울을 둘러보며 석주율이 소리쳤다.

석주율이 경찰 지휘부가 몰려선 쪽으로 천천히 걸음을 옮기자, 작인들이 길을 내주며 하나둘 일어섰다. 김기조, 최해규, 최덕보, 황창갑, 차종태, 오동환, 그리고 석송농장 식구가 그 뒤를 따랐다.

"서라, 멈춰!"

강차석이 멀찌감치에서 걸어오는 석주율 일행을 향해 허리에 찬 권총갑에서 총을 뽑아내어 겨누었다. 창고 앞에 도열했던 순사들이 지휘부 쪽으로 이동해 농장사무소로 통하는 측백나무 가로수길을 겹으로 막아섰다.

"여기에 모인 사람들은 도요오카 농장 소작인들로 올해 농사를 앞두고 농장측과 소작계약 조건의 문제점에 대해 협의하고자 모였습니다. 우리는 질서를 지킬 겁니다. 우리가 파괴적인 행동을 하면 체포해도 좋습니다. 우리는 평화적 시위로 농장사무소까지 걷겠습니다!" 석주율이 외쳤다.

석주율이 경찰 지휘부를 향해 태연히 걸음을 옮겼다. 그러자 2백여 농성꾼도 힘을 얻은 듯 그 뒤를 따랐다. 그때, 면소로 통하는 한길에서 한 떼의 농민이 운동장으로 몰려오고 있었다. 어젯밤 청년회원들 연락을 받고 새벽길 나서서 모여든 언양 근동 소작인들이었다. 그들이 가져온 줄다리기에 쓰는 허리통 굵기의 동아줄이 사람들 손과 손을 거쳐 옮겨졌다. 큰 줄은 금방 농성꾼들을 큰 묶음으로 에둘렀다. 가에 포진한 사람들이 줄을 옆구리에 끼고 줄다리기라도 하듯 "영차, 영차" 하며 함성을 질러 기세를 돋우었다.

"모두 사무소 정문에 집결하라. 최후 방어선이다. 더 이상 근접하는 자는 누구를 막론하고 발포하라!"

구니타케가 저희 말로 외치자, 운동장을 포위했던 순사들이 측백나무 가로수길을 따라 도요오카 농장 사무소 정문으로 후퇴했다. 그들이 3열 횡대로 도열하자, 아라하타 소장 명령에 따라 앞줄은 땅바닥에 엎드리고, 가운뎃줄은 한쪽 무릎을 꿇고, 뒷줄은 버텨 선 채 거총자세로 들어갔다.

흰 두루마기 차림의 석주율과 도정 최해규, 양쪽으로 김기조, 최덕보, 황창갑이 앞장서서 신중한 걸음걸이로 가로수길을 걸었다. 강차석이 순사들이 도열한 앞쪽에 버티어 서서 다가오는 작인 무리를 보고 있었다. 거리가 80미터에서 50미터로 줄자, 강차석이 권총을 겨누며 외쳤다.

"서지 않으면 즉각 발포하겠다!"

"선생님, 쏘겠습니다. 이제 멈추세요. 멈춰야 합니다!" 석주율 뒤쪽에 선 김복남이 외쳤다.

"선생님, 정말 다치시겠습니다!" 뒤따르던 정심네 목소리가 울먹였다.

"선생님, 자제하세요. 선화 아씨가⋯⋯" 앞으로 뛰쳐나온 설만술 씨가 석주율 앞을 막으며 팔을 붙잡았다.

"이 일을 어쩌나!" "숙장선생님!" "선생님, 멈춰요!" 신당댁, 홍석구, 안재화, 김수만이 외쳤다.

최덕보 선창에 이어 뒤따르던 농성꾼의 우렁찬 구호가 터졌다. "농장은 소작 계약서를 철회하라!" "소작인 다 죽는다, 도요오카 농장 각성하라!" 목청이 터져라 외치는 함성은 울부짖음이었다. 북이 울리고 꽹과리 소리가 자지러졌다.

그때였다. 콩 볶듯 총소리가 연달아 터지고, 총알이 농장 사무소 쪽으로 걷는 대열 머리 위로 센바람을 일으키며 날아왔다. 머리통을 차고 나갈 듯 퍼붓는 총탄에 선겁 들린 작인들이 걸음을 묶고 허리를 낮추었다. 비명이 낭자했다. 설만술 씨가 앞을 막기도 했지만 석주율도 걸음을 멈추지 않을 수 없었다.

"선생님, 제발 여기서 그냥⋯⋯" 정심네가 석주율 앞으로 뛰쳐나와 엎어지며 버선목을 잡았다.

석주율은 저들의 위협 사격이 두렵지 않았기에 계속 나아가야 한다고 생각했다. 그러나 왠지 발길을 자신 있게 뗄 수 없었다. 김기조가 잽싸게 앞으로 나서더니 정심네와 설만술 씨를 밀쳐냈다.

"선생님, 여기서 멈추면 안 됩니다. 위협 사격을 하고 있을 뿐입니다. 정문까지는 계속 전진해야 합니다!"

김기조 말이 아니더라도 석주율은 정의가 불의를 이기는 길이므로 계속 나아가기로 작심하고 있었다. 한쪽으로 비켜서 있는 강차석과 많은 총구를 정면으로 바라보며 그는 다시 걸음을 떼었다. 이제 그는 단독자였다.

"강가 저놈 역시 우리를 조준해 직접 총을 쏘지는 못할 겁니다."

옆에서 따라 걸으며 김기조가 말했다.

다시 서너 발 총소리가 터지고, 총알은 분명 앞에 나선 두 사람 머리 위를 가깝게 스쳤다. 순간, 석주율은 깜깜한 허공 아래로 떨어지는 자신의 주검을 설핏 보았다. 지금 죽어서는 안 되며, 아직도 할 일이 많다는 생각이 들었다. 아니, 조국이 광복을 맞을 그날까지 살아야 한다는 절박감이 세포 하나하나가 살아서 뛰듯 온몸을 휩쌌다. 어찌할까, 이 정직함이여, 용기여. 아니, 이 어리석음이여. 그러나 이 어리석음을 나도 어쩔 수 없구나. 무엇 때문에 그 말을 중얼거렸는지 석주율은 자신도 알 수 없었다.

순간, 분명 강차석 권총 총구에서 두 발의 총소리가 터지고, 석주율은 숨을 들이키며 앞으로 고꾸라졌다.

"선생님!" "아이구, 이 일을 어쩌나!" "우리 선생님이 총에 맞았다!" 한꺼번에 비탄이 터졌다. 김기조가 얼른 석주율을 바로 누이니 그의 흰 두루마기 왼쪽 어깻죽지를 적시며 피가 배어나왔다.

총소리가 다시 콩 볶듯 튀더니, "도츠게키!" 하는 외침에 이어, 농장 사무소 정문 앞에 도열했던 무장 경찰들이 농민 대열을 향해 일제히 진격했다. 농성꾼들이 물방울 튀듯 측백나무 사이를 빠져 묵정논으로 흩어졌다.

"빨리 선생님을 피신시켜…… 선생님을 살려야 합니다!"

김복남 말에 김기조가 석주율을 들쳐업었다. 농장 식구가 한 묶음이 되어 묵정논으로 내려서서 화림사 기슭 쪽으로 내달았다.

어느새 가로수길은 텅 비어버렸다. 벗겨진 짚신짝과 망건이 나뒹굴었다. 공포를 쏘며 돌격해 온 순사들은 산지사방으로 흩어지는 농성꾼을 더 쫓지 않았다.

"아이구 절통해라. 선생님 어찌됐습니까!" 농장 식구가 석주율을 등에 업은 김기조를 뒤따르며 울음을 터뜨렸다.

"여보게, 쫓아오지 않네. 선생님을 어서 내려놓게. 어찌됐는지 좀 보세!" 설만술 씨가 숨이 턱에 닿는 소리로 말했다.

김기조가 화림사로 오르는 산발치 풀밭에 석주율을 내려놓았다. 석주율은 눈을 감은 채 입을 크게 벌리고 가쁜 숨을 몰아쉬었다. 여윈 얼굴은 백랍 같았고 진땀을 쏟아내고 있었다. 그의 왼쪽 윗몸은 물론, 업고 온 기조 등판까지 피가 묻었다. 김복남이 서둘러 주율 두루마기와 저고리 고름을 풀었다. 주율의 마른 앙가슴이 드러나자, 왼쪽 어깻죽지 아래에서 피가 뭉게뭉게 흘러나왔다. 내려다보던 정심네가 얼른 목에 두른 수건을 풀어 서방에게 넘겨주곤, 주율 발치에 몸을 던지며 오열을 터뜨렸다.

"선생님! 선생님이 이러시면……"

김복남이 처가 넘겨준 수건으로 피를 닦았다. 그가 석주율의 등쪽으로 손을 넣으니 그쪽에서도 피가 묻었다.

"총알이 어깻죽지 아래를 차고 나간 모양입니다. 폐는 다치지 않았는지 모르지만…… 우선 지혈시켜야지요."

김기조가 무명 저고리를 벗어 찢었다. 기조와 복남이 찢어낸 무명으로 총상 구멍부터 틀어막았다. 그리고 무명을 엮어 주율 가슴을 동여맸다. 대충 응급조치를 마쳤다.

"아이구, 이 일을 어쩌나. 이 사람아, 내가 뭐랬나, 선생님을 집에 모셔둬야 한다고 말하잖았나." 주먹으로 눈물을 닦던 설만술 씨가 발을 동동거리며 김기조를 다그쳤다.

"다툴 때가 아닙니다. 어서 면소 의원 댁으로 옮깁시다."

김복남이 말했을 때, 석주율 손가락이 경련을 일으키며 부드러운 흙을 긁어 쥐었다. 김기조가 석주율을 다시 업었다. 그는 방향을 바꾸어 면소로 들어가는 섶다리 쪽으로 미친 듯 내닫기 시작했다. 그 뒤로 농장 식구들이, 선생님을 외쳐 부르며 뒤쫓았다.

*

언양면소에는 양의병원이 없었다. 면소에 오래 터 잡고 살았던 신당댁 모녀가 쫓음걸음으로 길잡이에 나섰다. 석주율의 위급함이 시간을 다투는 만큼 면소에 있는 세 군데 한약국 중 거리가 가까운 태화강변 방천걸 구의원 댁을 찾았다.

"의원님 계세요! 숙장선생님이 총에 맞았어요!" 정심네가 꼬꾸라질 듯 열린 삽짝 안으로 달려들며 외쳤다.

"도요오카 농장 사무소 쪽에서 콩 볶듯 방총질 소리가 나던데

734

기어코…… 보자, 그 사람이 누구요?" 탕건을 쓰고 마고자를 입은 구의원이 마루에서 축담으로 내려섰다.

"의원님, 우리 석선생님 살려야 합니다. 어서, 어서 우리 선생님 좀 봐주십시오!" 무명 저고리를 석주율 총상 지혈대로 써버려 등거리 바람인 김기조가 숨이 턱에 닿게 말했다.

뒤따라 몰려들어온 농장 식구가 오열을 쏟으며, 석선생 화급함을 두고 구의원에게 읍소했다.

"어서 여기로 모셔요."

구의원이 건너채 약방 문을 열었다. 김기조가 석주율을 약방 돗자리 바닥에 내려놓았다. 늘어져 누인 주율은 입을 벌린 채 가쁜 숨을 몰아쉬었는데, 창백한 이마에는 땀이 방울방울 맺혔다. 구의원이 주율 옷을 벌려 앙가슴을 열고 싸맨 무명띠를 조심스럽게 풀었다. 어깨뼈 아래 왼가슴을 조금 비긴 총상 자리는 지혈이 채 되지 않아 끈적하게 엉긴 피 사이로 새 피가 배어나와 속옷과 옆구리를 온통 피로 물들였다. 구의원이 주율 몸을 옆으로 뉘었다.

"피를 너무 흘려서…… 이런 위중한 외상은 어떻게 다스려야 할지 나로서도 난감하오." 구의원 염소수염이 떨렸다. 그는 석주율 손목의 맥을 짚고 감은 눈꺼풀을 열어 동공을 살폈다. 동자가 생기를 잃고 있었다.

"맥박이 가쁘고…… 사경을 헤매고 있어요. 총알이 윗 가슴뼈를 부러뜨리고 나갔는데, 외상은 지혈시킨다 한들 안에서 혈관이 터졌을 것인즉 혈소판이 지혈을 돕지 않는다면 응고될 테고……"

구의원은 우선 외상 지혈이 화급하다며 약장에서 마른 쑥과 잘

게 쓴 담배잎을 꺼내고, 사동을 불러 된장떡을 가져오게 일렀다. 내출혈 지혈에는 애엽(艾葉), 황련(黃蓮), 산치자(山馳子) 복용이 좋다며 처방전을 내려 사동에게 이를 빨리 약탕관에 달이게 했다. 총상 자리에 지혈제를 바르면서도 구의원은 연방 머리를 흔들었다.

"의원님, 선생님을, 제발 숙장선생님을 살려내야 해요. 꼭 살려 내셔야 합니다!" 얼굴이 눈물로 질펀한 정심네가 머리맡에서 석주율을 내려다보며 오열을 쏟았다.

훌쩍이며 선생님을 목메어 부르던 농장 식구도 덩달아 울음을 터뜨렸다. 김복남과 설만술 씨는 방바닥을 치며 방성통곡했고 홍석구, 안재화, 신당댁까지 울음에 합세하니 약방 안은 초상이라도 난 듯 호곡이 끊어지지 않았다.

"구의원님, 확실하게 말해주세요. 한방 의술로는 별다른 처치법이 없다는 겁니까?" 유일하게 냉정을 견지하던 김기조가 물었다. 아니, 그 역시 얼이 빠진 모습이었다.

"팔다리가 아니고 이렇게 몸에 총상을 입은 중환자는 처음이라, 의식이 회복된다면 조혈제를 쓰는 외 나로서는 경과를 보는 수밖에 없어요."

"읍내에는 양의원 기시병원이 있습니다. 지난번 본서에서 선생님이 단식할 때 기시 병원장이 유치장으로 왕진왔더랬습니다. 거기로 옮기면 어떻겠습니까? 자전거가 있습니다."

"뭐라고 장담 못하겠구려. 양의라면 어떻게 집도(執刀)해 내출혈을 봉합할 수 있을는지……"

"알겠습니다. 미곡창고 앞에 둔 자전거를 가져오지요." 김기조가 부리나케 약방을 나섰다.

"저 우라질놈! 저놈이 선생님을 이 지경으로 만들었어. 만약 선생님 신상에 변고가 생기면 농장 식구가 네놈을 능지처참할 것이다! 나라도 네놈을 죽이고 말겠어!" 설만술 씨가 주먹으로 눈물을 닦으며, 짚신도 꿰지 않은 채 천방지축 삽짝을 나서는 김기조 등에 대고 오열 섞인 고함을 질렀다.

김기조가 땀에 젖은 채 자전거 끌고 구의원 집에 왔을 때, 석선생을 이곳에 그대로 두어 하루를 지켜보자는 쪽으로 중의가 모아져 있었다. 석선생을 40여 리 읍내까지 모셔가자면 자전거 편이라도 한 시간 넘게 잡아야 하고 돌팍길이라 아무래도 신체 요동이 심할 터인즉 내출혈이 더할 것이고, 양의인들 이 경우에 별다른 처치 방법이 있겠느냐는 의견이 지배적이었다. 구의원과 농장 식구도 양의병원에서 치료받은 적이 없었기에 그 의술을 신빙하고 있지 않았다.

"자전거는 잘 가져왔소. 석구 군을 농장으로 보내 석선생 위중함을 알리고 올 수 있는 식구는 모두 여기로 오게 해야겠어요." 눈이 충혈된 김복남이 바깥을 내다보며 말했다.

"아닙니다. 제가 가겠습니다. 가는 길에 내처 읍내까지 들어가기시 원장에게 왕진을 청해 여기로 모셔오겠습니다. 읍내 나가는 길에 부산 역술소로 전보도 치고요." 김기조가 그제야 제 짚신을 찾아 신더니 자전거를 끌고 밖으로 나갔다.

그새 한 고비를 넘겼는지 석주율의 가쁜 숨길이 어느 정도 진정되었으나 단속적으로 내쉬는 가쁜 호흡은 여전했다. 마른 얼굴은 백납 같았고 분무기로 잦듯 땀을 흘렸다.

"선생님, 말 좀 하세요. 선생님……" 머리맡에 앉은 정심네가 수건으로 석주율 얼굴과 앙가슴에 밴 땀을 닦으며 응절거렸으나 주율의 혼수상태는 호전되지 않았다.

석주율은 고통이 심한지 자주 얼굴을 찡그렸고 경련으로 줄곧 몸을 떨었다. 약국 사동이 내출혈 지혈제를 약탕관에 달여오자 구의원이 칡색 탕약을 숟가락으로 주율 입에 흘려 넣었다.

해가 정수리로 솟은 한낮에야 김기조가 통기해 석송농장 식구가 어른 아이 가리지 않고 구의원 집에 들이닥쳤다. 그들만 아니라 연곡댁, 주철규 이장, 소선묵 도조사를 비롯한 갓골과 구영리 사람 서른여 명이 따라왔다. 미곡 창고 운동장에서 농성을 벌였던 작인들까지 총상을 입은 석주율 소재지를 알고는 구의원 집으로 몰려들었다. 군중이 백 명을 웃돌아 구의원 집 약방과 마당이 그들로 차버렸고, 마당 밖 고샅길까지 늘어앉아 석주율 소생을 기원하며 끼리끼리 말을 나누었다. 오늘 새벽까지 작인 대표로 지휘부를 형성했던 도정 최해규를 중심으로 최덕보, 차종태, 오동환, 황창갑은, 내일 아침 다시 도요오카 농장 사무소로 시위대를 짜서 진군해야 한다는 강경한 의견을 내놓았다.

약방 턱밑 쪽마루와 축담에 늘어앉은 박장쾌를 비롯한 옛 부산 토막촌 식구는 약방 안 동정을 살피며 유독 서럽게 목놓아 통곡을 쏟으니, 그 애절함에 마당을 메운 사람들 사이에서도 여기저기 훌쩍거리는 소리가 났다. 머리맡에 꿇어앉은 이희덕, 강치현도 주먹으로 눈물을 닦으며, 선생님, 형님을 목놓아 불렀다.

"봉화군 산판 시절 형님의 그 우국충정과 고뇌가 어떠했는데, 이제 성공을 목전에 두고 이렇게 되시다니……" 강치현이 석주율의 손을 잡고 통곡했다.

구의원 댁에 농성꾼들이 떼거리로 몰렸음을 알고 언양주재소 순사 넷이 구의원 집으로 와서 만약의 돌발사태에 대비해 경계에 임했다.

석주율이 의식을 되찾지 못한 채 혼수상태가 계속되고, 해가 신불산 쪽으로 설핏 기울 때야 읍내로 나갔던 김기조가 자전거를 끌고 후줄근한 모습으로 돌아왔다. 농장에 들렀다 왔기에 작업복 윗도리를 걸치고 있었으나 기시 병원장 모습은 보이지 않았다.

"김선생 왔구려. 어찌된 거요?" 삽짝 바자울에 자전거를 부려놓고 마당을 채워 앉은 사람 사이를 뚫고 오는 김기조를 보고 신태정이 물었다.

"기시 병원장이 병원을 비웠습디다. 한 시간이나 기다려도 오지 않아 그냥 나섰지요. 선생님 상태는 어떻습니까?"

"아직도 여전한데 숨길이 고르지 못해……"

그사이 누가 반곡리 고하골에 연락했는지 석주율 머리맡에는 부리아범과 주율 맏형 석서방이 앉아 있었다.

"정심네가 표충사 방장스님께 처방전을 얻으러 갔네. 노스님이 아직 살아만 계신다면 반드시 우리 어진이를 살리실 거라며……" 부리아범이 손등으로 눈물을 씻으며 꺼져가는 목소리로 말했다.

"몸도 무거울 텐데 험한 간월재를 넘어 표충사까지요?"

"선생님을 섬기는 여편네 일편단심을 누가 말려요." 김복남이 석주율 얼굴을 내려다보며 남의 말 하듯 내뱉었다.

　김기조가 듣기에 그 서늘한 목소리에는 맺힌 응어리가 느껴졌다. 만약에 그네가 김복남과 짝을 맺지 않고 잉태하지 않았다면, 만약 석선생이 이 길로 세상을 뜬다면 함께 자결이라도 할 여인이 아닐까. 기조는 섬뜩하게 그런 추측을 했다. 그는 농장 식구 어깨 너머로 석주율을 보았다. 앙상한 갈비뼈 위쪽 총상 자리에는 된장떡을 붙였는데 지혈은 된 듯했다. 그러나 숨길이 붙었는지 모를 정도로 숨쉬기가 느껴지지 않았고 몸은 까라져 있었다. 하얗게 바랜 해골 같이 마른 얼굴은 평온했다. 배어나는 땀은 머리맡에 앉은 간난이 엄마가 닦아내고 있었다. 주율이 아직도 살아 있다는 증거로 이따금 괴로움을 참지 못해 얼굴을 찡그리고, 그럴 때마다 목줄기 심줄이 터질 듯 팽창되었다. 기조는 자기를 쏘아보는 주위의 따가운 시선에 눈을 감고 말았다. 기시 병원장이 왕진 온들 그 역시 어떻게 손을 쓸 수 없을 것 같았다. 기조는 기시 병원장을 못 만났다고 말했지만, 사실 기시는 기조로부터 환자 상태를 설명 듣곤 왕진을 거절했다. 그 정도 중상이라면 자기가 왕진한들 별다른 조치를 취할 수 없으니, 명을 하늘의 뜻에 맡기는 길밖에 없다고 말했다. 외과수술 시설을 갖추고 있는 부산 소화병원이나 야소교 병원으로 가면 모를까, 환자가 코앞에 있다 한들 그로서도 어떻게 손댈 수 없다는 것이었다.

　"김선생, 당신은 머리가 좋잖소. 우리 선생 깨어나게 할 방도가 없나요?" 쪽마루에 앉아 방안으로 목을 빼고 박장쾌가 물었다. 그의 얼굴은 온통 눈물로 번질거렸다.

"글쎄요, 전들……"

"김선생이 책임지시오. 김선생이 이런 결과를 빚었으니 책임지고 선생님을 살려내시오!" 약방 귀퉁이에 꿇어앉은 안재화가 기조를 쏘아보며 다질렀다.

"책임을 져야겠지만……" 말꼬리를 빼다 김기조가 쐐기를 박았다. "어떤 벌이라도 달게 받겠습니다. 그러나 석선생님은 절대 죽지 않을 겁니다."

김기조는 일어섰다. 그는 약방을 빠져나왔다. 마당을 채워 앉은 군중은 울음과 탄식, 한숨과 분노에 표정이 일그러져 있었다. 거풀은 굳었으나 속이 끓는 팥죽을 보는 듯했다. 기조는 구의원 집을 나섰다. 막상 나섰지만 갈 곳이 없어 그는 면소 중심부로 걸었다. 그의 추측으로는 아무래도 석선생이 깨어날 것 같지 않았다. 그렇게 숨을 연명하다 오늘 밤을 넘기지 못한 채 운명할 것 같았다. 만약 그렇게 된다면, 설만술 씨나 안재화 말대로 석선생을 죽게 만든 장본인으로서 자신은 책임을 면할 수 없으리라. 석선생으로 하여금 도요오카 농장 소작쟁의에 나서도록 자신이 적극 권유했고, 마지막 사무소 행진 과정에서 강오무라 차석의 마지막 경고를 무시하고 전진하기를 충동질했기 때문이었다. 아니, 자기가 그렇게 말했더라도 석선생이 걸음을 멈추고 더 나가지 않았더라면 최악의 불상사는 없었을 텐데 꿋꿋하게 전진했기에 일차 책임은 장본인이 져야 마땅했다. 자기도 옆에서 따랐는데 하필이면 총알이 석선생에게 명중되었다는 사실 또한 운명이라 말할 수밖에 없었다. 그렇더라도 만약 석선생이 별세한다면, 농장 식구들로부터 쏟아질 책임 추궁을 면할 길이 없었다. 설령 질타와 모멸을 묵묵히 순종하며 받아낸다 해도, 석선생이 없는 농장이라면 언제까지 눈총 받으며 계속 눌러 있을 명분이 없었다. 우선 김복남과 박장쾌가 이를 허락하지 않을 터였다. 자신은 애초부터 농민운동가나 빈민 구휼자가 아니요, 글방 선생도 투철한 사명감에서 출발하지 않았다. 오직 석주율이란 빛나는 존재가 있음으로써 그의 일에 동참할 계기를 마련했고 그의 뜻을 본받아 참답게 살려 노력해왔다. 그렇게 생각하자 석선생과 농장 식구들에게 겨울날 동안만 농장에 머물게 해달라고 간청했던 약속이 떠올랐다. 그 약속이 뜻밖의 변고로 다가온 셈이었다. 그 점보다 농장을 세운 장본인이 없어진다면, 농장 자체가 와해되어버릴 가능성마저 있었다. 아니, 그럴리는 없을 것이다. 농장은 김복남, 박장쾌를 중심으로 식구들이 똘똘 뭉쳤고, 한얼글방은 이희덕과 강치현이란 사명감 투철한 석선생 후계자가 있었다. 생각을 거기까지 엮다 김기조는 머리를 흔들었다. 아니다. 지금은 그런 예측이 필요 없다. 석선생은 불사조다. 영남유림단 사건에서 당한 고문으로 그는 일주일째 죽었다 깨어나지 않았는가. 김복남 씨와 강치현 말에 따르면 서간도에서 독립군으로 일본군과 전투에 나섰으나 살아남아 돌아왔고, 죄수로서 산판 벌목꾼으로 동원되었을 때 한데에서 눈사람이 되어 사흘을 공식하며 버틴 끝에 실신했으나 다시 깨어났다지 않는가. 석선생은 이 땅에서 아직 할 일이 너무 많으므로 하늘은 그를 쉬 불러가지 않을 것이다. 분명 그는 불사조처럼 다시 깨어나 농장을 일으키고 학대받는 농민 선두에서 그들의 희망으로 남아 진군을 계

742

속할 것이다. 김기조는 자신에게 최면이라도 걸 듯 다짐했으나 석선생이 반드시 살아난다는 신념을 덮으며 새삼스레 불안감이 엄습해 옴을 어쩔 수 없었다. 석선생이 중국 고사 오자서의 복수 이야기를 꺼냈던 게 이미 자신의 죽음을 예감하고 했던 말이었을까. 그럴 리는 없었다. 아니, 그분은 자기 운명을 내다보는 능력을 가졌는지도 몰랐다. 그분은 순결한 어린아이 마음을 가졌기에 예언자처럼 자기 앞날을 내다보고 무심히 그 말을 했을 수도 있었다.

김기조는 어둠이 내린 장터거리 쪽으로 천천히 걸음을 옮겼다. 강차석이 석선생을 직접 겨누어 총질했다고 그는 지금도 믿어지지 않았다. 치안 당국이 아무리 불령선인을 미친개로 취급한다 해도 소작쟁의 항의의 선두에 섰다고 이를 처형했다는 사례를, 그가 석송농장에 몸을 의탁한 몇 달 사이 신문을 통해서도 읽은 적 없었다. 반도 땅 전국에서 일어나는 소작쟁의와 노동쟁의 기사는 일주일이 멀다 하고 신문에 게재되었다. 강차석 입장에서는 오발이라고 발뺌할 수도 있었다.

김기조는 장터거리로 들어서서 눈에 익은 주막을 찾아들었다. 목로가 비어 있었다. 기조는 부엌 안을 들여다보았다. 주모가 부뚜막에 앉아 부엌칼로 냉이를 다듬고 있었다.

"아줌마, 안녕하슈. 벌써 십 년 다 됐네. 나 몰라요? 예전 광명서숙 다니던 고하골 김기줍니다. 그새 아줌마 신수도 훤해졌구려." 김기조가 목로의자에 앉으며 말했다.

"그러고 보니 옛 생각이 나누만. 고하골 김씨라 했겠다. 지금은 여기 살지 않나보군."

"술 한 되 주슈. 젠장맞을 것 술이나 마셔야지."

"그렇군. 김씨도 도요오카 농장사무소에 맞서려 나왔군. 그런데 범서면 석선생이 총에 맞았담서? 면소에도 벌써 소문이 돌았어. 그게 정말인가?"

"그러나 회복될 겁니다."

"주재소 강차석이 쏘았담서?" 주모가 부엌에서 오리병에 깔때기를 대어 독술을 퍼담으며 물었다.

"그런가 봐요. 더 말 시키지 마세요."

김기조는 주모가 날라온 술병을 사발에 가득 채웠다. 한 잔을 단숨에 들이켜곤 목로에 놓인 소금 그릇의 소금 한줌을 입에 털어넣었다. 순간, 문득 한 생각이 떠올랐다. 강차석을 자기가 죽여야 한다는 생각이 머릿속에 한 획을 그으며 스쳐갔다. 그 방법만이 농장 식구의 질시를 벗어나는 유일한 길이었다. 아니, 강차석이 석선생을 사경에 헤매도록 만들었기 때문에 그를 죽여야 했다. 기조가 거기까지 생각을 엮자, 강차석을 처치하는 문제는 농장 식구나 석선생과도 상관이 없는 일이다 싶었다. 강오무라야말로 인간 쓰레기였다. 쓰레기라면 거름에라도 쓰련만 그는 쓰레기조차 되지 못하는 인간의 탈을 쓴, 조선인으로서 조선인의 피를 빠는 짐승이었다. 만약 그를 죽인다면? 그랬다. 석선생 원수를 갚는 길일 뿐 아니라, 태어나서 처음으로 보람된 일 한 가지를 하는 셈이었다. 석선생이 강차석에게 복수하고 싶은 마음은 추호도 없다고 중국 고사를 빌려 말했으나, 자신이 석선생은 아니었다. 그분은 그런 복수를 원하지 않겠지만 자신이야말로 그의 시신을 파내어 매질하기 전, 그가 살아 있을 때 죽일 수 있었다. 그를 죽이고 농장에서 사라져버리자. 그렇게 결단을 내리자 음습한 마음속에 한줄기 구원의 빛이 스며드는 느낌이었다. 기조는 다시 오리병을 들고 빈 잔에 술을 채웠다. 사발 두 잔으로 병이 비었다. 그는 잔을 비우고 일어섰다.

"아줌마." 주모가 안채로 들어갔는지 대답이 없었다. 주머니에 잡히는 1전을 목로에 놓고 주막을 나서려다 걸음을 돌렸다. 부엌 안을 삐꿈 들여다보니 냉이를 다듬던 장두칼보다 조금 큰 부엌칼이 소쿠리에 담겨 있었다. 그는 칼을 얼른 허리춤에 꽂고 주막을 나섰다.

땅거미가 내리고 있었다. 냉기가 가신 이른봄의 훈훈한 저녁바람이 한길의 흙먼지를 날려 올렸다. 김기조는 언양주재소를 향해 걸었다. 입초 선 순사가 장총을 메고 주재소 앞을 어슬렁거렸다. 강오무라 차석은 분명 아직까지 퇴근하지 않았을 터였다. 석선생의 위중 상태와 농성꾼들 동태를 수시로 보고 받으며 주재소 안에 머물고 있음이 틀림없었다. 정문 안을 들여다보니 주재소 건물은 창마다 불이 밝았다.

"강오무라 차석님 퇴근하셨습니까?" 김기조가 일본말로 물었다.

"댁은 누구요?"

"조선인 순사시군요. 드릴 말씀이 있어서……"

입초 순사는 애젊은이로 순사보조원이었다.

"저기 쓰루로 가봐요. 소장님과 함께 계실걸."

김기조는 면사무소 쪽으로 걸었다. 면사무소 건너 쪽에 붉은 수

박등을 내다 건 왜식 주점 쓰루가 보였다. 그는 주점 길 건너 골목길 흙담벼락 그늘에 몸을 숨겨 쪼그려 앉았다. 강차석이 나오기를 기다릴 참이었다. 강차석이 아라하타 소장과 함께 주점에서 나와 주재소로 돌아간다. 그렇다면 그를 당장 해치울 수 없었다. 그가 주재소에서 다시 집으로 돌아갈 때까지 기다려야 했다. 그를 처치하고 자신이 체포되지 않으려면 그가 혼자일 때 해치워야 했다. 만약 강차석이 주재소에서 철야한다. 그러나 새벽이나 아침에 그는 식사나 옷을 갈아입으려, 하다못해 자기 안부라도 전하러 한번쯤은 주재소 가까이에 있을 자택으로 돌아갈 터였다. 그 시간까지 그를 놓치지 않아야 했다. 그 시간까지 석선생이 살아 있다면 다행이련만 만약 그동안 석선생이 운명한다면…… 어쨌든 좋았다. 석선생 생사에 상관없이 강오무라는 죽어 마땅한 인간이었다.

김기조가 골목길 어둠 속에서 담배를 태우며 무료히 시간을 보내자, 문득 부산 아타미 요릿집 앞에서 소란이를 기다리던 때가 생각났다. 소란이가 아직도 아타미에 있을까. 벌써 떠났으리라. 일본 도쿄나 오사카, 거기 어느 요릿집에 이 시간쯤 술상머리에 앉아 있을지 몰랐다.

김기조가 쓰루 출입문을 지켜보며 한 시간쯤 그렇게 장맞이하고 있었을까. 그동안 몇 차례 문을 밀고 들어가는 패와 나오는 패가 있었지만 강차석은 아니었다.

강차석과 아라하타 소장이 쓰루에서 나오기는 다시 20여 분이 더 지난 뒤였다.

"잠시 집에 들렀다 나오겠습니다. 오늘 당직은 제가 책임지겠습니다." 강차석이 일본말로 말했다.

"그 점에 대해 상심 마시오. 강차석 행위는 정당방위였으니깐. 책임은 내가 지겠소. 그럼 내일 아침에 봅시다. 긴급 사항이 발생하면 연락 주시오." 아라하타 소장이 말했다.

둘은 헤어져 소장은 태화강 쪽으로, 강차석은 보통학교 쪽으로 걸었다. 외투를 걸친 강차석의 걸음걸이가 조금 비틀거렸다. 김기조는 골목을 나서서 그를 뒤따랐다. 허리에 꽂은 부엌칼을 만져보았다. 칼끝이 예리해 실수는 없을 것 같았다. 상대가 틈을 가질 정도로 망설임이 있어서는 안 되었다. 버러지 같은 한 인간을 순간적으로 해치울 담력쯤은 자신 있었다. 을씨년스럽게 바람만 넘치는 통행인 뜸한 한길을 벗어나 강차석이 골목길로 꺾어들었을 때, 기조는 그를 바싹 따라붙었다. 술기운이 흥분을 알맞게 부풀어 올렸다. 그는 큰 숨을 내쉬고 허리춤에서 칼을 뽑아 작업복 주머니로 옮겼다. 칼자루를 힘껏 쥐었다. 다행히 골목길은 인적이 끊겼고 어둠만이 들어차 있었다.

"강오무라상." 김기조가 바싹 다가서며 그를 불렀다.

강오무라가 무심코 뒤돌아섰다. 순간, 기조는 그를 부둥켜안듯하며 앞단추를 풀어 젖힌 그의 배에 칼끝을 힘껏 찔러 박았다. 외마디 숨을 쉬며 강오무라가 김기조를 무의식중에 껴안았다. 기조는 몸을 뒤로 빼며 칼을 뽑아 다시 한번 상대 갈빗대 아래쪽을 찔렀다. 강오무라 몸이 힘없이 쓰러졌다. 모진 놈이 오래 산다고, 이치야말로 불사조처럼 다시 살아날 수도 있었다. 석선생이 그렇게 될지언정 이자야말로 그렇게 되어서는 안 된다며 기조가 엎어져

끄덕거리는 그를 뒤집어 가슴팍에 칼을 꽂았다 뽑았다. 그는 칼을
여염집 담 넘어 던져버리고 어두운 골목길 내처 걸어갔다.

　김기조는 방향을 잡았다. 오늘 밤으로 간월재를 넘어 표충사를
거쳐가기로 했다. 그길로 내처 밀양 읍내로 빠지면 열차를 탈 수
있었다. 북이면 경성과 신의주, 남이면 부산인데 그 방향은 언양
에서부터 밀양 읍내까지가 늘어진 80리 길이므로 그동안 결정해
도 시간은 충분했다. 석선생이 없는 석송농장을 훗날 언젠가 방문
할 기회가 온다면, 자신의 인격이 선생 반만큼이라도 성숙해 있을
까? 선화처럼 재력가가 되어 석송농장에 큰돈을 헌납할 수 있을까?
그렇게 되도록 각고의 노력이 있어야겠지만, 지금 장담할 수는 없
었다. 오직 석선생 생사를 확인하지 못하고 떠남만이 마음에 걸렸
다. 어쩌면 결과를 확인하지 못하고 떠남이 오히려 마음 가벼웠다.
길을 가다 설령 방장승이 입적했더라도 의중당에서 약첩을 지어
밤길 재촉해 마주 오는 정심네를 만난다면, 정심네가 석선생 안위
를 묻는다면 뭐라고 대답할까. 그렇다. 석선생은 백 년을 사는 태
화강 늪지의 두루미나, 무학봉 솔숲에 사는 황새처럼 길상한 날짐
승과 닮았으므로 다시 살아났다고 말해버리자. 그렇게 대답한다
면 그네는 구의원 집까지 기쁨의 울음을 쏟으며 달려가리라. 그래
서 불사조처럼 다시 살아난 석선생을 무등 태워 석송농장 식구들
과 즐거이 노래 부르며 갓골로 돌아가리라.

　나는 일어나리라. / 그대가 북 치고 노래하면 / 그때 우리는 /
조선의 먼동을 다시 보리라. / 나는 깨어나리라. / 그대가 억눌

려 신음하면 / 그때 우리는 조선의 먼동을 다시 보리라……

　　김기조는 농장 식구가 조회 때마다 부르는 그런 합창대로, 석선생이 다시 깨어나리라고 굳게 믿었다. 아니, 석선생은 하늘의 뜻이 다했기에 설령 운명하더라도 조선의 먼동이 되어 이 땅에 다시 태어나 돌아올 분이었다. 무학봉 소나무같이 만고풍상을 이기며 우뚝 서서 새봄에 돋아날 솔잎처럼 청청하게, 그분은 젊은 나이에 이미 자신의 전 생애를 완성했고, 억눌려 신음하는 사람들과 늘 같이할 분이었다.

(끝)

소설가의 성숙과 주인공의 성장

홍정선(문학평론가 · 인하대 교수)

1

김원일의 가족사소설에 익숙한 독자들에게 장편 『늘푸른 소나무』는 낯선, 혹은 예외적인 작품처럼 느껴진다. 김원일의 소설 중 독자들에게 비교적 널리 알려진 소설들은 대체로 가족사에 각인된 분단의 상처를 그려낸 소설들이었기 때문이다. 이를테면 독자들로 하여금 소설가 김원일을 본격적으로 주목하게 만든, 1973년에 발표된 「어둠의 혼」을 비롯해서, 그의 소설 중 가장 완성도가 높은 소설로 평가되는, 1978년에 발표된 『노을』과 1982년에 발표된 「미망」, 그의 실제 가족사를 배경으로 하면서 가장 많은 판매고를 기록한 『마당 깊은 집』(1988) 등이 모두 그러한 소설이었다. 이처럼 독자들에게 김원일이란 이름을 각인시킨 소설들은 공산주의자를 아버지로 둔 가족이 분단체제 하에서 겪어야 했던 고통스런 생활을 유년의 시점 혹은 자식의 시점에서 증언하거나 회상하는 방식으로 쓰인 작품들이었으며, 그 결과 사람들은 김원일의 소설을 분단소설, 가족사소설 등으로 받아들이게 되었다. 이런 관습에 익숙한 사람들에게 소설가 자신이 '교양소설'이란 서구적 명칭을 부여한, 자기 완성을 향한 주인공의 도정을 그리고 있는 장편 『늘푸른 소나무』는 김원일이란 소설가의 본질에서 비켜서 있는, 그의 작품 목록과 작품 세계에서 볼 때 상당히 이질적인 작품처럼 느껴진다. 그런데 『늘푸른 소나무』는 과연 느낌처럼 그런 작품인 것일까? 김원일은 장편 『늘푸른 소나무』의 집필 동기를 초판 서문에서 이렇게 밝히고 있다.

　　문학의 길로 들어서서 손에 닿는 대로 소설책을 열심히 읽던 스무 살 전후, 성향 탓이겠지만 왠지 그런 쪽 소설에 마음이 끌려, 훗날 내가 작가가 된다면 꼭 좋은 교양소설 한 편을 써보아야지 하는 소망을 가졌더랬습니다. (초간본 「작가의 말」, 3권 770쪽)

김원일은 위에서 보듯 장편 『늘푸른 소나무』를 '교양소설'로 규정하면서 이 같은 소설을 쓰고 싶다는 소망이 소설가로 입신하기 전에 열심히 읽었던, 그가 '그런 쪽 소설'이라 지칭한, 서구소설에서 비롯되었음을 밝히고 있다. 그가 말하는 '그런 쪽 소설'은 짐작건대 습작기에 그를 사로잡았던 독일의 교양소설들, 이를테면 괴테의 『빌헬름 마이스터』, 토마스 만의 『마의 산』, 헤르만 헤세의 『데미안』 같은 고전적 작품을 가리키고 있겠지만, 여기에서 우리가 주목해야 할 것은 그 점이 아니라 '교양소설'을 쓰겠다는 생각이 이미 습작기에 그의 머릿속에 강하게 각인되었다는 사실이다. 그가 '스무 살 전후'라고 말하는 그 시기, 작가 자신이 소설가에 대한 꿈을 키우고 있었던 그 시기까지 『늘푸른 소나무』의 소설적 뿌리가 소급될 수 있다는 것을 위의 인용문은 강하게 암시하고 있는 까닭이다. 소설가 자신의 이 같은 말에 따른다면 『늘푸른 소나무』는 어느 날 갑자기 나타난, 그의 소설사에서 예외적인 소설이 아니라 한국의 대표적 리얼리즘 소설가라는 명성을 그에게 안겨준 분단소설/가족사소설들에 못지않게 깊은 소설적 뿌리를 가진 작품일 수 있는 셈이다.

2

김원일의 장편 『늘푸른 소나무』는 어느 날 갑자기 쓰인 작품이 아니다. 이 사실은 무엇보다 『늘푸른 소나무』가 습작기 때부터 가졌던 '교양소설'에 대한 작가의 야심이 한 사람의 뛰어난 소설가로 성숙하면서 그 모습을 드러낸 작품이라는 점에서 그렇거니와, 『늘푸른 소나무』 이전에 이 소설에 등장하는 인물들과 시대적 배경의 단초가 될 단편 「절명」과 장편 『바람과 강』을 이미 썼다는 점에서도 그렇다. 이 두 가지 사실을 좀더 구체적으로 이야기해 보면 이렇다.

김원일의 『늘푸른 소나무』는 소설가로서의 성숙이 주인공의 성장 과정을 충분히 감당할 수 있다고 판단했을 때 내놓은 작품이다. 주지하다시피 뛰어난 소설가는 소설을 쓰면서 성장한다. 그는 소설을 쓰면서 앎의 범주를 넓히고 소설적 테크닉을 발전시키며, 인간과 세계에 대한 자신의 관점을 확립해나간다. 그것은 소설이라는 양식 자체가 본질적으로 세계와 맞서거나 타협하며 살아가는 인물들에 대한 이야기로 이루어지기 때문이다. 그렇기 때문에 뛰어난 소설가는 인물들의 성장과 좌절과 타협에 대한 이야기를 만들면서 동시에 자기계몽의 과정 역시 성실하게 밟아나가는 사람이다. 그는 세계와 대립하거나 불화하는 인물의 이야기를 만들면서 세계를 분석하고 이해하게 되며, 세계와 화해하거나 타협하는 인물의 이야기를 만들면서 자아와 세계의 관계를 수용하게 된다. 세계의 복잡성과 거기에 대응하는 다양한 인물들의 의식 세계를 창조하면서 자신의 의식 역시 발전시켜나가는 것이다. 그래서 뛰어난 소설가가 소설을 써나가는 과정은 자신과 인간에 대해, 역사와 사회에 대해 끊임없이 고뇌하는 과정이자 앎의 범주를 넓혀가는 과정이다. 우리는 김원일이 습작기에 '교양소설'이란 막연한 형태로 『늘푸른 소나무』의 씨앗을 구상했던 시점과 그것을 현재 우리가 읽을 수 있는 『늘푸른 소나무』란 작품으로 실현시킨 시점 사이에는 긴 시간적 거리가 있으며, 그는 그 거리를 수많은 뛰어난 소설을 창작하는 것으로 메웠다는 사실을 알고 있다. 이 사실은 그가 두 시점 사이의 기간 동안에 『늘푸른 소나무』를 쓸 수 있을 만큼 소설가로서의 성숙 과정을 충실히 밟아왔다는 것을 말해주고 있다. 우리는 김원일이란 소설가의 이러한 성숙을 『늘푸른 소나무』 속에서 자신과 세계에 대한 주인공 석주율의 앎이 깊어지고 넓어져가는 과정을 통해 구체적으로 확인해볼 수 있는데, 이 점에 대해서는 뒤에 작품을 분석하면서 좀더 상세하게 이야기하기로 하겠다.

김원일의 대하장편 『늘푸른 소나무』는 되풀이 말하지만, 어느날 갑자기 출현한 소설이 아니다. 이 사실을 우리는 실증적 차원에서 이 소설과 밀접한 관련을 맺고 있는, 1978년에 발표한 단편 「절명」과 1985년 말에 간행한 장편 『바람과 강』이라는 작품을 통해 확인할 수 있다. 이 두 소설 중 작가 자신이 『늘푸른 소나무』의 '모태'라고 말했던 「절명」이 『늘푸른 소나무』와 맺는 관계를 먼저 간단히 살펴보자.

"천지가 암흑이로다. 억조창생의 갈 길이 어둡다. 갑갑하구나. 누가 문, 문 좀 열어라."

백하명이 감았던 눈을 겨우 뜨며 꺼져가는 목소리로 말했다. 그의 말은 머리맡에 앉은 몇 사람의 귀에밖에 들리지 않았다. (단편 「절명」의 시작 부분)*

"천지가 암흑이로다. 이 나라 백성의 갈 길이 캄캄하구나. 갑갑하다. 누구 없느냐? 무, 문을 열어라." 은곡 백하명이 눈을 뜨며 꺼져가는 목소리로 말했다. 그의 말은 기력이 까라져 머리맡에 앉은 몇 사람 귀에만 들렸다. (장편 『늘푸른 소나무』의 시작 부분, 1권 7쪽)

---

* 김원일, 『오늘 부는 바람, 연 외』, 강, 411쪽.

위에 인용한 글에서 보듯 단편「절명」의 시작 장면과 장편『늘푸른 소나무』의 시작 장면은 거의 동일하다. 장편『늘푸른 소나무』는 소설의 시작 부분과 시대 배경과 백상충과 조익겸을 비롯한 일부 등장인물의 행동에서 단편「절명」의 모습을 그대로 이어받고 있으며, 아마도 이러한 사정 때문에 김원일은「절명」을 가리켜 장편『늘푸른 소나무』의 '모태'라고 말했을 것이다. 그렇지만 우리는 여기서 그가 사용한 '모태'라는 말을 제한적으로 이해할 필요가 있다. 그것은 두 소설의 이러한 동일성이 부분적이며, 단편「절명」이 그리고 있는, 위정척사의 길을 걷는 양반들의 세계가 장편『늘푸른 소나무』에서 소설의 중심 줄기를 차지하고 있는 것도 아닌 까닭이다. 단편「절명」의 주인공은 양반인 백상충이지만 장편『늘푸른 소나무』의 주인공은 양반인 백상충이 아니라 그의 집에서 종노릇을 하던 석주율이다. 또 단편「절명」이 그려 보이는 것이 조선이 일본에 강제 합병되던 시기를 배경으로 한 지조 있는 양반의 모습이라면, 장편『늘푸른 소나무』가 그려 보이는 것은 반대로 종의 신분으로 태어난 인물이 질곡의 역사를 견디며 뛰어난 인물로 자립하는 모습이다. 따라서 단편「절명」은 장편『늘푸른 소나무』의 구상이 일찍부터 시작되었다는 것을 보여주는 증거인 동시에 그 역할이 제한적이라는 것을 보여주는 증거이다. 단편「절명」의 세계가『늘푸른 소나무』에서 어디까지나 석주율의 유년기에서 청년기에 이르는 환경을 구성하는 데에 머무르고 있는 사실에서 알수 있듯, 이 소설은 모태적 성격보다는 배경적 성격을 강하게 지니고 있는 작품인 것이다.

김원일의 『바람과 강』이 『늘푸른 소나무』와 맺는 관계는 앞의 경우에 비해 더욱 제한적이다. 김원일이 이 소설에 대해 '변절자의 반성적인 삶'을 써보고 싶었다고 말했던 것처럼 이 소설은 주인공 이인태라는 인물이 해방 후에 어떤 궤적의 삶을 살았는가에 초점이 맞추어져 있다. 김원일은 이 소설과 『늘푸른 소나무』와의 관련성에 대해 초간본 서문에서 이렇게 말했다.

『늘푸른 소나무』의 시대적 배경은 일본의 조선 강제점령 전반기에 해당되는 1910년대에서 20년대를 관통하고 있습니다. 그러므로 제국주의 압제 아래에서의 민족해방운동과 피압박 민족의 참담한 정황이 그 배경을 이루고 있습니다. 그 비극적 시대의 곤고한 실체를 드러냄에는 평소에도 관심을 가져 장편 『바람과 강』에 원용하기도 했더랬습니다. 한편, 그 형극의 시대야말로 '나는 누구인가'란 질문에서부터 출발한 한 인간의 성장 과정을 추적하는 데 적당한 토양임도 아울러 판단하였습니다. (초간본 「작가의 말」, 3권 771쪽)

김원일이 위에서 우리에게 말해주고 있는 『늘푸른 소나무』와 『바람과 강』의 상관 관계는 두 가지이다. 하나는 그가 '비극적 시대의 곤고한 실체'라고 말하는 시대적 배경의 동일성이고, 다른 하나는 '나는 누구인가'란 질문이 어쩌면 『바람과 강』에서 시작되었을지도 모른다는 애매한 암시이다. 우리는 김원일이 말하는 배경적 동일성의 경우 『바람과 강』은, 주인공 이인태가 살고 있는 현재적 시간 속에서가 아니라 그가 고백하고 회고하는, 반성적 삶/과거적

삶이라는 제한적 국면에서만 『늘푸른 소나무』와 관련을 맺기 때문에 쉽게 확인할 수 있다. 예컨대 『늘푸른 소나무』에 빈번하게 등장하는 가혹한 고문 장면과 『바람과 강』에서 주인공 이인태가 회령의 일본 헌병대에 끌려가 고문당하는 장면의 유사성이라든가, 이인태의 변절이 낳은 비극적 행로와 『늘푸른 소나무』에 등장하는 변절자들이 걷게 되는 다양한 행로 사이의 유사성 등에서 그 관계를 찾아볼 수 있다. 그렇지만 후자의 경우는 직접적 확인이 쉽지 않다. 그것은 대부분의 사람들이 가혹한 고문 앞에서 육체의 고통이 의지의 나약함을 빚어내는 결과에 마주치게 되며, 인간성이 파괴되고 자아가 붕괴되는 절망적 상황을 경험하기 때문이다. 고문의 과정 속에서 예외적 강인함을 지닌 극소수의 사람들은 '나는 누구인가'라는 질문을 더욱 근원적으로 던지겠지만, 대다수의 사람들은 그러한 질문 자체를 포기해버리고 마는 것이다. 육체의 나약함에 굴복하는 이인태와 의지의 강인함을 초인적으로 보여주는 석주율이 바로 그 예들이다. 그러므로 '토양'에 대한 김원일의 이야기는 이인태가 석주율이란 인물의 원형일지도 모른다는 암시가 아니라 석주율이란 인물이 자라나는 환경/토양을 『바람과 강』에서 가져왔다는 이야기 정도로 이해해야 한다. 다시 말해 장편 『바람과 강』은 시대적 배경과 보조적 인물의 모습에서 『늘푸른 소나무』의 연습적 성격을 일부 가지고 있다고 보는 것이 옳을 것이다.

3

　김원일은『늘푸른 소나무』에 대해 스스로 '교양소설'이란 명칭을 붙였다. 그리고 필자는 앞에서 김원일의『늘푸른 소나무』는 소설가로서의 성숙이 주인공의 성장 과정을 충분히 감당할 수 있다고 판단했을 때 쓴 작품이라고 말했다. 교양소설이란 말은 독일 문학의 전통에서 발생한 용어로 한 개인이 자아를 형성해나가는 과정과 그러면서 사회에 통합되어가는 모습을 그리고 있는 소설을 가리킨다. 기왕의 지식과 기술, 기성 사회의 질서와 규범을 회의하고 거부하면서 인간으로서 갖추어야 할 자아를 스스로 형성하는 가운데 사회적 인간으로 성장하거나 사회에 통합되어 가는 모습을 그려내는 소설인 것이다. 그렇다면『늘푸른 소나무』에서 주인공 석주율이 성장하는 과정과 소설가 김원일의 성숙은 소설 속에서 어떤 내적 관계를 이루고 있는 것일까? 필자는 이 문제와 관련하여 "소설가로서의 성숙이 주인공의 성장 과정을 충분히 감당할 수 있다고 판단했을 때"라고 말함으로써 소설가의 성숙이 주인공의 성숙을 앞질러 이루어졌음을 이미 이야기했다. 이제 그 관계를『늘푸른 소나무』에 그려진 석주율이란 인물의 행적을 통해 추적해보기로 하자.

　『늘푸른 소나무』에 등장하는 주인공 석주율의 성장 과정은 크게 세 시기로 구분할 수 있다. 백상충의 집에서 '어진이'라고 불리면서 종노릇을 하던 시기, 석주율이란 이름을 얻고 부지런히 지식을 습득하는 가운데 자아와 민족에 대한 독자적 안목을 획득하는 시기, 자아의 정체성을 확립하고 '석송농장' 건설과 '구영글방' 운영에 매진하는 시기. 이렇게 세 시기로 구분해 볼 수 있다. 그리고 이 세 시기와 소설가 김원일의 관계는 각각 세계의 복잡성을 이미 이해하고 있는 소설가가 그렇지 못한 '어진이'란 인물을 그려내고 있는 단계, 소설가 자신의 의식 상태에 대응할 수 있는 인물로 석주율을 성장시키는 단계, 세계에 대한 소설가 자신의 생각과 주인공 석주율의 생각이 일치해서 나타나는 단계로 규정할 수 있다.

『늘푸른 소나무』에서 주인공 석주율이 어진이로 살고 있는 첫번째 단계의 경우 소설가 김원일의 의식은 주인공인 어진이의 의식을 훨씬 앞서 있다. 그것은 앞에서도 말했지만, 김원일이 『늘푸른 소나무』라는 교양소설에 대한 야심을 가진 후 오랫동안 자아와 세계에 대한 인식의 깊이와 넓이를 확대해왔기 때문이다. 그는 수많은 소설을 부지런히 쓰면서 앎의 범주를 넓히고 소설적 테크닉을 발전시키며, 인간과 세계에 대한 자신의 관점을 확립하는 과정을 밟아왔다. 한국의 근현대사를 학습하면서, 분단 문제가 투영된 가족사소설을 쓰면서, 이데올로기가 개인과 사회에 어떤 영향을 미치는지를 직간접적으로 생생하게 체험하면서 그는 자아와 세계의 관계에 대한 인식의 지평을 확대해왔다. 그랬기 때문에 소설가 김원일이 석주율이란 소설적 인물을 형상화하기 시작했을 때, 그의 의식이 주인공의 의식을 앞서 있게 된 것은 당연한 일이라 할 수 있다. 세계의 복잡성을 이해할 수 없는 주인공 '어진이'의 협소한 의식과 세계의 복잡성을 이미 이해하는 소설가 사이의 간극은 이렇게 해서 만들어진 것이다. 그 구체적 모습을 우리는 『늘푸른 소나무』의 다음과 같은 대목에서 마주칠 수 있다.

　어진이 물목전을 흘끗거리며 생각하니 서방님 의중을 짐작할 수 없었다. 조선인이라면 형살을 똑똑히 봐둬야 한다니. 그 말은 헌병대나 주재소 일본인이 해야 할 말이었다. 그래서 저들은 사람이 많이 꾀는 장날에 그 수작을 벌이려는 게 아닌가. 주인어르신 장례날도 그랬다. 꽃상여를 언양 선산으로 운구할 때, 근래 울산 읍내서는 보기 힘든 성대한 예장(禮葬)이라고 구경꾼들이 쑤군거렸다. 그때 헌병 셋이 들이닥쳐 작은서방님을 끌어내고 뭇사람 앞에서 보란듯 매질을 놓았다. 어진이는 형장을 보지 않고 달아나고 싶었다. 아버지가 따라나서라 했다면 당장 남사당패 놀이마당으로 내뺐을 터였다. (1권 61쪽)

　위의 대목은 어진이의 머릿속 생각을 묘사한 부분이다. 그렇지만 여기에서 어진이의 머릿속 생각을 이끌어 나가고 있는 것은 어진이 자신이 아니라 소설가 김원일이다. 어진이는 아직 세상에서 벌어지고 있는 이런저런 일을 체계적으로 이해할 능력이 없다. "짐작할 수 없었다", "달아나고 싶었다", "내뺐을 터였다"라는 서술어들이 시사하는 것처럼 어진이는 세계의 복잡성을 이해하거나 거기에 당당히 마주서지 못하는 혼란스런 상태에 있다. 어진이는 이성적·논리적 인간으로 성장하지 못한 상태, 미성숙한 유년의 상태에 놓여 있는 것이다. 따라서 그러한 어진이의 모습을 생생하게 묘사해서 논리적으로 우리에게 보여주는 것은 어진이 자신이 아니라 소설가 김원일이다. 소설가의 성숙한 의식이 미성숙한 주인공을 일정한 높이에서 내려다보며 관찰하고 있는 모습인 셈이다.

당연한 귀결이겠지만 그래서『늘푸른 소나무』에서 이 시기의 '어진이'는 독자적으로 사고하거나 행동하는 인물로 그려질 수가 없다. 이 시기의 어진이가 자신을 드러내는 중요한 방식은 자신이 모시는 상전 백상충에 대한 한없는 성실성이다. 자신의 직분이라고 생각하는 가사일과 주인 백상충을 모시는 일, 주인의 심부름을 하는 일 등에서 우직하다는 말로는 표현이 부족할 정도로 분골쇄신하는 것이 이 시기 어진이의 모습이다. 그리고 그러한 성실성으로 말미암아 어진이는 사회적 지위와 습득한 지식의 양에서 자신보다 훨씬 높은 위치에 있는 사람들로부터 '석주율'이란 인간으로 대접받을 수 있게 된다. 타인들로부터 믿을 수 있는 인간이란 신뢰를 획득함으로써 석주율이란 인격체로 재탄생하게 되는 것이다.

『늘푸른 소나무』에서 주인공 석주율의 두번째 성장 단계는 어진이가 석주율로 바뀌어 부지런히 지식을 습득하는 가운데 자아와 민족에 대한 독자적 안목을 획득하는 단계이다. 이 단계에서 소설가는 오랫동안의 소설 쓰기를 통해 성숙시킨 자신의 풍요로운 의식을 거침없이 펼쳐놓으며, 소설의 주인공은 게걸스럽게 다양한 인물과 만나고, 종교에 접하고, 사건에 직면하면서 소설가의 의식에 버금가는 성숙한 인물로서의 면모를 확립해나간다. 그때문에 『늘푸른 소나무』에서 소설가가 끝없이 펼쳐놓는 다양한 앎의 세계와 그것을 지칠 줄 모르는 에너지로 쫓아가며 학습하는 주인공 사이에 벌어지는 경쟁은 독자들에게는 한편으로는 풍요롭고 다른 한편으로는 지루하다.

석주율이, 내가 누구이며 어디에 서 있나를 캐다 자연스럽게 마주치게 된 처소가 절집(佛家)이었고, 출가 결심을 굳히게 되기는 집으로 내려와 농사일에 싫증을 낼 무렵이었다. (……) 어쩌면 그 모든 이유가 촉매작용을 함으로써 그로 하여금 뜻을 굳히게 했을 수 있었다. 그러나 주율은 무엇보다 석가 설법의 본질인 사성평등(四姓平等), 즉 사람은 모두 평등하다는 주장과 살생, 폭력을 멀리한 평화주의(平和主義)와 그 어디에도 치우치지 않고 극단을 피한 중도주의(中道主義)가 마음에 들었다. (1권 336~338쪽)

이 인용문은 주인공 석주율이 자신과 세계에 대한 나름의 인식체계를 빠르게 형성해가고 있는 모습을 보여준다. 그는 출가를 결심하기 전에 백상충이 건네준 책들을 통해 자아와 세계에 대한 이해를 확대해왔었다. 자신을 인격체로 정립해나가는, 짧은 기간 동안의 그 같은 학습 다음에 그는 위에서 보듯 자신이 선호하는 종교, 자신이 바람직하다고 생각하는 삶을 선택하면서 하늘처럼 모시던 상전 백상충에게 독자적인 길을 걷겠다는 결심을 밝히는 것이다. 그런데 이렇게 성장해나가는 주인공의 의식은 소설 속에서는 자립의 길이자 성숙의 과정이지만 결과적으로는 소설가가 형성한 세계관의 구현이란 범주를 벗어나지 않는다. 주인공의 의식이 성숙해가는 과정은 『늘푸른 소나무』에서 작가의 세계관과 일치해가는 과정인 것이다. 우리는 이 사실을 주인공이 잠시 불교에 매료되는 이유인 사성평등, 평화주의, 중도주의에서 알 수 있는데, 이 점은 세번째 시기에서 다시 이야기하도록 하겠다.

『천부경』 해설에 따르면, 환웅천왕이 썼다는 『천부경』이 고려시대 이후, 최치원의 글에서 발견되고 『삼국유사』 등을 통해 그 이름만 전할 뿐 원문이 전해지지 않았는데, 원문을 발견한 이가 운초 계연수 선생이라 했다. 그는 태백산(묘향산)에 들어가 10여 년 수도하며 약초를 캐다 어느 바위에 긴 이끼를 쓸어내니 『천부경』 여든한 자 자획이 풍우에 깎인 채 희미하게 나타났다 했다. 글자를 발견한 해가 병오년(1906) 가을이었고, 이듬해 정월 단군 교당에 원문과 발견 내력을 서신으로 보내옴으로써 세상에 알려지게 되었다는 것이다. (1권 514~515쪽)

『늘푸른 소나무』에는, 특히 세계에 대한 인식을 빠르게 확대하는 두번째 단계에서 위와 같은 방식으로 민족 현실에 대해, 사회 정세에 대해, 종교의 교리에 대해 지식을 열거하는 대목이 자주 등장한다. 이러한 대목들은 물론 소설 속에서는 주인공 석주율이 세상을 이해하고 삶의 태도를 정립하기 위해 직면하는 새로운 지식들의 형태로 나타나지만, 기실은 소설가 자신이 습득한 지식 혹은 세계 인식의 체계들이다. 그런 지식과 체계가 주인공이 깊이 고뇌하며 체험하는 형태를 통해서가 아니라 주인공을 스쳐가는 방식 또는 소설가가 주인공의 의식 밖에서 펼쳐 보이는 방식으로 자주 등장하기 때문에 『늘푸른 소나무』는 이런 대목들에서 풍요로우면서도 지루하다.

『늘푸른 소나무』에서 주인공의 의식 성장이 도달한 세번째 단계는 자아의 정체성을 확립한 석주율이 '석송농장' 건설과 '구영글방' 운영에 매진하는 단계이다. 이 단계에서 주인공 석주율의 행위는 더 이상 현실에 대한 학습이나, 각종 종교에 대한 탐구나, 다양한 형태의 모험적 여행으로 나타나지 않는다. 세계의 복잡성에 대한 학습과 분석은 앞에서 끝났고 주인공의 인생관은 평화주의, 비폭력 무저항주의라는 방향을 정립했으며, 그의 나아갈 길은 힘들고 어려운 사람들을 자립하게 만드는 계몽과 헌신으로 결정되었다. 그렇기 때문에 이 단계에서는 성숙의 과정을 거친 주인공의 의식과 이미 성숙해 있는 소설가의 의식이 구별할 수 없을 정도로 근접해 있다. 그 예가 바로 '석송농장'과 '구영글방'이다. 주인공이 혼신의 노력을 기울여서 건설해나가는 '석송농장'과 온갖 박해에도 불구하고 운영을 포기하지 않는 '구영글방'은 소설 속에서 주인공의 목적처럼 보이지만 사실은 소설가의 이상/세계관을 구체적으로 실현해 보이는 매개물에 지나지 않는다. 이 점은 김원일이 『늘푸른 소나무』라는 소설을 쓰게 된 이유, 석주율이란 인물을 만들어낸 이유를 보면 더욱 분명해진다.

삶으로서의 실천, 또는 소설로서의 성취점이 사람과 사람이 호혜하여 평화스러운 공동체의 사회를 만들어나가는 데도 희망의 줄기가 닿아 있다면, 작가는 그런 사회를 만들기 위해 저 낮은 곳으로 내려가 참다운 사랑을 실천하는 인물을 형상화해보고 싶다는 간절함은 누구나 품게 마련입니다. (초간본 「작가의 말」, 771쪽)

필자는 앞의 두번째 단계에서 주인공 석주율이 불교의 사성평등, 평화주의, 중도주의에 잠시 매료당하는 모습을 이야기하면서 이

같은 매료가 주인공 자신의 성격에서 비롯된 매료일 뿐만 아니라 소설가가 지닌 세계관의 표현이란 이야기를 했었다. 이제 우리는 그 사실을 김원일이 『늘푸른 소나무』를 쓴 이유를 밝히는 위 대목에서 좀더 확실하게 확인할 수 있다. 김원일은 위에서 소설로 성취하는 것과 삶에서 실천하는 것이 다르다고 이야기하지 않는다. 이 두 가지는 다른 것이 아니라, 리얼리즘 소설가답게, "평화스러운 공동체의 사회를 만들어나가는 데"에서 일치하는 것이라고 이야기한다. 그러면서 그러한 일치에 대한 소망을 담아본 것이 바로 『늘푸른 소나무』라고 밝히고 있는 것이다.

이렇게 세 단계를 거치면서 자아를 형성해나가는 주인공의 궤적은, 그런데 『늘푸른 소나무』에서 지나칠 정도로 초인적이며 도덕적이어서 성자의 행적에 가깝다. 『늘푸른 소나무』에서 주인공 석주율이 심각하게 죄의식을 느끼는 사건은 북로군정서 소속 독립군의 일원으로 일본군과 전투를 벌이면서 사람을 죽인 사건과 충성대에서 단독 농성을 벌이다 쓰러진 후 봉순네의 유혹에 넘어가 동정을 잃은 사건 둘 뿐이다. 이 두 가지 사건을 겪은 후 주인공이 겪는 혼란과 갈등만 인간적인 면모를 보여줄 뿐, 다른 대부분의 사건에서 주인공은 초인적인 의지를 과시하는 인물, 어떤 오류도 저지르지 않는 인물로 나타난다. 그래서 『늘푸른 소나무』의 주인공 석주율이 걸어간 삶은 한 인간이 달성해 보인 자기완성의 도정이면서도 일상적 인간의 삶과는 거리가 있는 삶이다.

4

한국소설사에서 성장소설이라 부를 수 있는 소설은 적지 않다. 이태준의 『사상의 월야』, 이문열의 『젊은 날의 초상』, 박완서의 『그 많던 싱아는 누가 다 먹었을까』 등 많은 작품들이 개인의 성장과 그에 따른 번뇌와 갈등을 담고 있다. 그러나 본격적인 의미에서 '교양소설'이라 부를 수 있는 소설은 많지 않다. 그것은 한 개인이 우리 사회의 모순에 대해 사적인 청춘의 번뇌 차원에서가 아니라 상징적이고 문화적인 차원에서 맞서는 모습을 소설가들이 제대로 그려내지 못했기 때문이다. 이런 점에서 김원일의 『늘푸른 소나무』는 한국소설사에서 가장 도전적이고 모험적인 교양소설이라 할 수 있다.

한국에서 성장소설이라고 꼽을 수 있는 소설들의 상당수는 나이 어린 1인칭 화자를 등장시키고 있다. 이를테면 윤흥길의 「장마」, 이문열의 「그해 겨울」, 박완서의 「엄마의 말뚝」 등이 그 예이다. 이같은 소설들에게 유년의 시점은 어른들이 지닌 세계의 모순을 더욱 예리하게 부각시키는 효과와 함께 유년으로부터의 탈출 혹은 성장이란 결과를 노리고 있다. 그리고 1인칭 화자는 현재 성인 상태인 자신이 과거를 회상하는 방식으로 소설을 서술할 수 있게끔 만들어주는 데에 유리하다. 그렇지만 이러한 서술 방식은 이야기하는 자아와 이야기되는 자아가 분리될 수밖에 없다는 문제점과 주인공의 성장하는 시간이 자연의 시간과 일치하지 않는다는 문제점, 세계의 특정한 모순만을 지나치게 부각시키고 있다는 문제점 등을 가지고 있다. 이런 점에서도 3인칭인 석주율이 자연스러운 시간의 흐름 속에서 성장하여 죽음으로 소설이 끝나는 김원일의 『늘푸른 소나무』는 훨씬 더 본격적인 교양소설에 가까워 보인다.

김원일의 『늘푸른 소나무』에는 수많은 인물들의 다양한 삶이 펼쳐져 있다. 지사적인 삶을 끝까지 고수하는 백상충, 일제 시대를 축재의 호기로 삼아 물 만난 고기처럼 살아가는 조익겸, 자신의 총명함을 현실에서 지나치게 이기적으로 이용하다가 나락에 떨어지는 김기조, 민족해방을 위한 무장투쟁의 길을 굳건하게 걸어가는 곽돌 등 셀 수 없을 정도로 많은 인물들이 자신의 독자적인 삶을 펼쳐 보인다. 그럼에도 이 글에서는 그러한 인물들에 대한 논의를 거의 하지 못했다는 한계가 있다. 이 글의 성격상 불가피했다고 자위하지만 아쉬움이 따른다.

개정판 작가의 말

이 소설의 초간본이 나온 뒤에야, 당대 현실과 그때 사람들의
삶에 대해 너무 많은 걸 보여주겠다는 의욕이 앞서지 않았느냐에
서부터, 이 시대에 이렇게 긴 소설이 과연 유용할까에 대한 회의
가 따랐습니다. 성장소설, 교양소설, 발전소설로 불리는 형식에
대해서도, 그 개념을 식민지 현실에 담아 재구성해보려는 의도가
감정적으로 작용하지 않았느냐에 대한 실망감이 늘 부담스러웠습
니다. 곁가지를 쳐내어 정돈해봐야겠다고 마음먹기가 몇 해 전인
데, 지난해 봄에야 묵은 디스켓을 화면에 띄워 수정 작업에 들어
갈 수 있었습니다. 완벽한 정리란 있을 수 없지만 힘써 손을 본다
면 그동안 지고 있던 마음의 채무에서 벗어나리란 결벽증이 일을
부추겨, 1년 가까이 심혈을 기울였습니다. 이 소설은 장년기 한 시
절을 바친, 어느 작품보다 애증이 남은 소설이기에, 자신을 다룬
다는 마음으로 애써 다듬었으나 더 정련하지 못했다면 이는 내 능
력의 한계일 것입니다. 큰 줄기와 주요 장면은 초간본 그대로 살

렸으되 결과적으로 4할 정도를 추려낼 수 있었습니다.

　이순을 맞아 개정판 정본을 출간할 수 있으니 초간본이 나온 지 아홉 해 만이고, 마음의 부담에서 놓여나는 해방감에 기쁩니다. 중간본의 경제성을 알면서도 출판에 동의해준 이룸출판사 여러분에게 고마움을 전합니다.

2002년 이른 봄

김원일

초간본 작가의 말

　문학의 길로 들어서서 손에 닿는 대로 소설책을 열심히 읽던 스무 살 전후, 성향 탓이겠지만 왠지 그런 쪽 소설에 마음이 끌려, 훗날 내가 작가가 된다면 꼭 좋은 교양소설 한 편을 써보아야지 하는 소망을 가졌더랬습니다. 소설을 발표하기 시작한 지 서른 해가 가까운 지금, 그동안 철없던 시절의 그 바람이 끝내 삭지 않아 단편과 중편으로 그런 글감을 써보았으나 만족한 작품을 얻지 못하였습니다. 생성과 소멸의 우주적 질서를 마음 넉넉하게 품는 달관은 애초에도 바라지 않았지만 삶의 다양한 면면조차 헤아리지 못했고 열정과 학문 또한 모자랐습니다.

　세월이 흐르고, 그나마 처음 이 길로 접어들 때의 그 뜨겁던 사모의 마음조차 희석되어갔습니다. 한편, 한 인간의 성장 과정을 발전적으로 엮는 소설 한 편은 꼭 쓰고 쉬어야지, 하는 욕망과 초조함 역시 수양 부족에 따른 세속적 성취욕의 드러냄일 것입니다.

　3부작『늘푸른 소나무』는 1978년에 발표했던 단편「절명(絶命)」

이 그 모태로, 이 장편의 서두 부분에 해당됩니다. 그 뒤부터 나름대로 구상을 다듬으며 짝사랑해오기 10년, 지난 1987년 일간지에 지면을 얻게 되었습니다. 개인과 현실, 사회와 민족, 세속과 초월, 완성으로서의 인간의 도정…… 민족의 자긍심 고취가 그 어느 시대보다 요구되던 당시의 시대상과, 암울한 현실을 뚫고 자아 실현에 따른 생의 총체적인 풀이가 제 능력으로서 과욕인 줄은 진작부터 깨달았습니다. 고백건대, 그 보편성의 공감대를 어떻게 형상화하느냐의 숙제에는 답을 미지수에 둔 채, 숙원을 풀겠다는 마음만 앞세워 연재를 시작하였습니다. 1992년에 들어, 5년에 걸친 연재를 마치고 보니 마음만 앞섰지 글의 됨됨이에 실망이 커 허탈감이 먼저 엄습해 왔습니다. 쇠잔한 기력과 혼미한 정신을 가다듬어 추고하기 1년여, 이제야 겨우 미흡한 대로 아홉 권의 책으로 묶어내게 되었습니다.

『늘푸른 소나무』의 시대적 배경은 일본의 조선 강제점령 전반기에 해당되는 1910년대에서 20년대를 관통하고 있습니다. 그러므로 제국주의 압제 아래에서의 민족해방운동과 피압박 민족의 참담한 정황이 그 배경을 이루고 있습니다. 그 비극적 시대의 곤고한 실체를 드러냄에는 평소에도 관심을 가져 장편『바람과 강』에 원용하기도 했더랬습니다. 한편, 그 형극의 시대야말로 '나는 누구인가'란 질문에서부터 출발한 한 인간의 성장 과정을 추적하는 데 적당한 토양임도 아울러 판단하였습니다.

삶으로서의 실천, 또는 소설로서의 성취점이 사람과 사람이 호혜하여 평화스러운 공동체의 사회를 만들어나가는 데도 희망의 줄기가 닿아 있다면, 작가는 그런 사회를 만들기 위해 저 낮은 곳으로 내려가 참다운 사랑을 실천하는 인물을 형상화해보고 싶다는 간절함은 누구나 품게 마련입니다.

저는 현실과 이상의 간극에서 고뇌하는 주인공을 그런 유형의 하나로 내세워보았습니다. 한 인간이 닫힌 자아의 문을 고통스럽게 열어 이웃과의 관계 맺음을 통해 참다운 '사랑'을 실천해나갈 때, 그 길이 순탄하지만은 않음이 이 세계의 진상입니다. 그런 주인공을 오래전부터 사랑하여 무작정 따라나선 쓰는 이의 마음은, 이 작품의 성패를 오로지 하늘의 뜻이라고 여기고, 곡식을 키우는 농부의 심정으로 성실만을 다했을 따름입니다.

그동안 저는 모든 이로부터 분에 넘치는 사랑을 받아왔습니다. 이 자리를 빌려 그 고마움을 전합니다.

1993년 이른 봄
김원일